한자와 유학사상

동서대학교 공자아카데미·대한중국학회
〈중국 인문·사회과학 학술저서 번역·출판 지원사업〉

한자와 유학사상

장극화 臧克和 지음
김화영 金和英 옮김

學古房

본 도서는 동서대학교 공자아카데미·대한중국학회 〈중국 인문·사회과학 학술저서 번역·출판 지원 사업〉의 지원금으로 번역·출간되었습니다.

한자 - 영원히 변치 않을 문화의 정기

한자라는 체계는 오랜 역사가 있으면서도 정밀하고도 심오하며, 유구한 세월 속에서도 오히려 늘 새로운 모습을 보여 왔다. 그것은 중국 민족의 위대한 창조물이자 영원히 변치 않을 문화의 정기이다.

한자의 탄생은 인류 문명사의 위대한 사건이었다. 그래서 동한 때의 학자인 왕충(王充)은 이렇게 말한 바 있다. "한자의 창제는 해와 달처럼 빛나며 천지를 뒤덮을 만한 위대한 업적이다. 천지가 책이 되고 창힐이 문자를 만들었으니, 그 공은 하늘과 땅과 같으며, 그 가리키는 바는 신령과 하나 된다 할 것이다."(『논형(論衡)·감허편(感虛篇)』)

창힐이 문자를 창제했는지는 차치하고라도, 한자의 역사가 오래되었다는 것은 분명한 사실이며 그 매력 또한 공인된 사실이다. 출토 유물의 고증에 의하면, 한자는 대략 지금으로부터 약 6천여 년 전에 출현했다고 한다. 세계의 여러 민족이 이 문자의 발생을 '신성의 유형[神聖類型]'으로 귀속시키는 것과 같이, 창힐의 신비로움이나 한자의 기묘함은 현실적 사실의 비현실적 반영이며, 선현들의 창조력에 대한 후대 사람들의 숭배이며 그 해석이라 할 수 있다. 그래서 한자의 최초 창조와 확인 및 사용부터 점차 규범화된 한자와 유학 사상의 통일에 이르기까지, 수많은 세월 동안의 도태과정을 거치면서 무수한 사람들의 지혜와 노력이 깃들여졌다는 데에는 의문의 여지가 없을 것이다. 한자의 전체 발전과정은 바로 중화 민족의 지혜가 축적된 과정이라고 할 수 있다.

한자가 생겨난 후에야 한자 연구가 이루어진다. 한자의 발생과 발전, 그리고 진보는 대대로 한자를 연구하고 발전시킨 중국의 현자들과 일반 대중들에 의해서 이루어졌다. 한자의 발전사는 바로 한자의 연구사이다. 역사 기록에 근거해 보면, 주(周)나라 태사(太史)였던 주(籀)가『사주편(史籀篇)』을 지었고, 이를 필두로 하여 진(秦)나라 때에는 이사(李斯)의『창힐편(倉頡篇)』이 있었고, 한(漢)나라 때에는 사유(史游)의『급취편(急就篇)』과 같은 아동 교학서[童蒙書]가 있었다. 동한의 고문 경학가 허신(許愼)이 집대성한『설문해자(說文解字)』에 의해 한자 연구의 학술적 규범이 확립되었으며, 그로부터 대단한 성황을 이루었던 '허학(許學)'의 연구가 시작되었다. 한자 연구사를 살펴보면, 늦어도 서주와 동주 때에 그 연구가 시작되었고, 진(秦)나라에 이르러 자각의 시기를 거쳤으며, 양한(兩漢) 때에 흥성하였다. 그리고 위진(魏晉)·수당(隋唐)·송원(宋元)을 거치면서 연구가 끊이지 않고 대대로 계속 이어졌으며, 청(淸)나라 때 대가들과 저술이 쏟아져 최고봉에 이르게 되었다.

청나라 말 이후로는 서양의 학문이 점차 유입되면서 연구의 시각이 더욱 새로워졌다. 더욱이 은상(殷商) 시대의 갑골 자료가 대거 출토되면서 학자들의 시야가 크게 넓혀졌고, 문헌의 고증과 지하 발굴 자료의 검증이라는 이중의 확인을 통해 한자 연구는 새로운 국면을 형성하게 되었으며, 문자학의 이론 체계가 확립되었다. 20세기 말을 맞이한 지금, 컴퓨터의 광범위한 응용으로 한자의 정보처리, 입력법의 발달 등과 같은 성과들이 끊임없이 생겨남에 따라, 여러 학과의 종합적인 연구가 다양하게 이루어지고 있다. 심지어 어떤 학자들은 21세기는 한자의 신기원이 열리는 세기가 될 것으로 예측하기도 하였다.

한자 연구의 역사는 수천 년 이래로 그 독특한 특색을 보여주고 있으며 복잡다단한 과정을 거쳐 왔다.

첫째, 다른 연구의 취지와 확연히 다른 것은 역대 한자 연구가 시종일관 경전을 해석하고 세상의 이치를 밝히는 데 그 목적이 있다는 점이다. '소학(小學)'과 '경학(經學)'은 서로 연결되어 있어, 고증[考據]·사장(辭章)·의리(義理)의 세 가지는 모두 통한다. 오경(五經) 연구에서 독보적 존재였던 허신은 한자학의 최고봉에 우뚝 섰으며, 『설문해자』로 인해 시대를 뛰어넘어 그 영향력이 지속되고 있다. 중국 민족의 지혜가 허신을 키웠고, 허신은 한 시대의 학술을 총정리했으며, 한 시대의 학술의 한계를 뛰어넘었다. 『설문해자』는 한나라 때에 완성되었지만, '『설문해자』 연구'는 청나라 때에 성행하였다. 청나라 학자들의 고증이나 경전 해석들은 후학들의 감탄을 자아내기에 충분하였다.

둘째, 서양 문자학의 다원적 연구 메커니즘과는 달리, 역대의 한자 연구는 그 수단이 비교적 단순하고 방법도 상대적으로 간단하고 투박하였으며, 연구 사상 역시 보수적이었다. 모든 것이 경전의 해석에 그 목적이 있었고, 고증을 핵심으로 하여, 세상에 전해지는 문헌을 정리하여 밝히는 데 국한되어 있었다. 그리하여 한자 연구는 날로 현실로부터 멀어졌으며 세계와 단절되고 말았다. 건륭 가경[乾嘉] 연간 고증학파의 방대한 연구성과는 후학들이 쳐다보기조차 어렵게 만들었으며, 그와 함께 후학들의 학문적 범위를 속박하였다. 그들의 성과를 지키는 것조차 힘든데 어떻게 더 발전시킬 수 있겠는가?

셋째, 서양의 순수 학문 연구와 크게 다른 방향은 바로 한자의 연구가 수차례의 재앙과 수많은 운명과 우여곡절을 겪었다는 데 있다. 하지만 한자는 강인한 천성으로 인해 몇 차례에 걸친 한자에 대한 긍정-부정-부정의 부정이라는 여러 기복을 거치면서도 자신만의 발전의 길을 지키며 살아왔다. 주지하다시피, 한자는 글자체가 복잡하고 그 수량이 방대한 관계로 평소 '인식하기 힘들고, 기억하기 힘들며, 쓰기 힘들다'는 비난을 받아왔다.

청나라 말 이후로 개혁의 목소리가 날로 높아졌고, 학계의 거물들과 정계의 중요 인사들이 모두 그 속에서 쉴 새 없이 지껄여댔다. 그 과정에서 한자의 연구는 본질이 희석될 수밖에 없었고 개혁은 사회운동의 왜곡을 받지 않을 수 없었다. 주요한 대규모 변화를 가져온 경우가 네 번 있었는데, 그것은 다름 아닌 '절음자(切音字) 운동'과 '중국어 로마자 운동', '라틴화 신문자(新文字) 운동', '한어병음 및 한자 간화 운동' 등이다. 역대 한자 개혁 운동은 분명히 그 공이 없다고 할 수 없지만, 편향되고 오류가 있었다는 것도 홀대할 수 없는 부분이다. 급진파들은 한자의 폐기를 주장함으로써 모든 것을 털어버리자는 것이었으며, 지각 있는 자들은 혁신을 주장했지만, 하늘을 받치기엔 힘이 부족하고 어찌할 도리가 없음을 한탄할 수밖에 없었다. 혁명적 비판은 결국 창조적 건설을 대체하지 못하고, 사회운동을 통해 과학적 연구의 깊이와 복잡성을 완성하기는 어렵다는 것이다.

한자 연구사를 회고해 볼 때, 몇 차례의 우연한 기회가 이 오래된 연구 영역에 거대한 격동을 가져왔다는 사실을 발견할 수 있다. 첫째는 은상 갑골문의 발견이요, 둘째는 망해가는 조국을 구하고 교육을 보급시키자는 조류였으며, 셋째는 역사 유물주의와 변증법적 유물주의 세계관과 방법론의 적용이었다. 하늘이 내린 이러한 몇 차례의 좋은 기회는 한자 연구에 새로운 동력을 불어넣었으며 새로운 시야를 개척했다. 하지만 생명의 투쟁과 정치적으로 급변하는 현실이 학술을 왜곡시켰고, 이러한 기회는 거듭 손에서 벗어나고 말았다. 그 결과, 한자 연구는 결국 비상하지 못했으며, 역사는 무거운 과제를 남기게 되어 거대한 공백이 생겨났다. 지금, 중국 민족은 새로운 자료, 새로운 방법, 새로운 시야를 가진 학자들이 한자 연구를 새로운 단계로 끌어올릴 것을 갈망하고 있다.

한자 연구사를 되돌아볼 때, 우리는 또 규칙성을 가진 다음과 같은 인식을 얻을 수 있었다. 즉, 개혁은 반드시 기회를 잡아야 하며, 연구는 반드시 도전을 받아들여야 한다는 것이다. 경제 건설이 이와 같을진대 학술의 건설 또한 이러하지 않을 수 없다. 창조하고 혁신하려면, 반드시 단선적 탐구를 다원적 소통으로 바꾸어야 하며, 과거의 고립적인 주소(注疏)학을 현대의 체계적인 해석학으로 바꾸어야 한다.

지금은 한 세기가 교체되고 있는 시점으로, 한자의 연구는 전례 없는 기회에 직면하고 있다. 개혁 개방이라는 시대적 대 조류는 거대하고 관용적인 학술적 상황을 만들어 놓았다. 새로운 세대의 학자들은 종이 위의 문헌 자료와 출토된 문물자료를 통한 증거 이외에 인류사회의 다원화된 문화를 채집하고 참고함으로써 고증학의 여러 증거를 형성하고, 다양한 참조를 통해 고금을 하나로 녹이고 동서양을 통하게 하는 학술의 길을 개척해야만 할 것이다.

사회의 전환과 문화의 변천은 학술의 전환과 변천을 필연적으로 요구한다. 21세기의 민족 문화를 구축하기 위해서는 고대문화에 얽매여서도 안 되고, 맹목적으로 서구를 따라서도 안 되며, 시대적 흐름을 따라서는 더욱 안 된다. 단지 전통문화의 단순한 누적과 자연적 성장에만 기대거나, 아니면 외래문화를 무비판적으로 수용하고 그대로 도입하거나, 아니면 상업경제의 종속과 노예가 되는 것 등은 모두가 노신(魯迅)이 비웃었던 치욕일 뿐이며, 모두가 옛사람들과 서양인, 과거의 전통이나 구시대적 사상의 그림자 속에서 무게를 잃고 품격을 상실하며 낙오되는 것에 불과하다.

바로 한 시대 학자들의 인품과 학문적 품격을 다시 세우고, 한자 연구의 찬란함을 재현하고자 1993년부터 우리는 "새로운 시야의 한자 연구(漢字研究新視野)"에 관한 총서를 출판하기 시작했다.

'새로운 시야'에 초점을 맞춰, 우리는 저자들의 저술 문풍과 학문 연구의 학풍이 새로워야 하고, 민족 문화의 구축도 새롭게 해야 한다고 요구하였다.

단순히 타인을 모방한 설익은 학습이 되어서도 안 되고, 제대로 소화도

시키지 못한 채 서양의 문화를 그대로 받아들여서도 안 되며, 공허한 이론에 빠진 근거 없는 담론은 더더욱 불가할 것이다. 우리는 저자들이 자신의 소질과 지식 구조, 사유 품격의 자아 혁신을 기대할 뿐만 아니라 총서의 시야와 흉금 또한 열어젖히고 방법과 수단, 성과와 결론이 시대와 세계와 연결될 수 있기를 기대한다. 결론적으로 말해서, 학과를 뛰어넘는, 시대를 뛰어넘는, 국가를 뛰어넘는 '새로운 시야'를 통해 완전히 새로운 한자 문화를 연구해야 한다는 것이다.

한자 체계는 원래부터 특수형태를 띤 문화 사상의 사료이다. 중국의 학술사를 종합적으로 살펴보면, 역대의 학자들이 고심하여 추구했던 것은 다양한 측면에서 한자 체계의 문화적 특징을 심층적으로 조망하는 것이었다.

역사는 과거 선현들을 제한했다. 선현들의 성과와 실패들은 모두 우리들이 발꿈치를 높이 들 수 있도록 만들어 주었다. 중국의 전통문화를 깊이 있게 관찰하였으나, 관념적 형태의 문헌들은 이리저리 전사되는 과정에서 사라지고 과장되거나 아름답게 꾸며짐으로써 원래의 진면목이 날로 퇴색되어 갔다. 하지만 상대적으로 한자 자체가 함축하고 있는 문화적 요소, 거기에 녹아있는 정신적 공간, 거기서 빚어진 인지 방식 등등은 더욱 순수하고 분명하며, 더욱 원래의 생태적 풍부와 도탑고 개성적인 탁월성을 가지고 있다. 깊이 있게 연구하기만 한다면, 한자가 가장 생명력 충만한 문자체계이며 민족 문화의 영원한 문화적 근원임에 놀라게 될 것이다.

한자 체계의 '새로운 시야'에 의한 관조는 기본적인 이미지[意象] 단위로부터 폐기되지 않을 항구적인 생명력을 가진 인문 정신의 요소를 발굴하고, 원래 모습 그대로의 민족 문화의 심리적 상태를 발굴하는 데 있다. 이것은 중국 학술 사상의 '단위 개념 역사학[單位觀念史學]'에 대한 연구라 이름 붙일 수 있을 것이다.

이를 출발점으로 삼아, 중국 상고사의 여러 국면을 환원시키고, 이미 그 근원을 알 수 없을 정도로 희미해져 버린 중국 문화 관념의 심성 구조를 발생하게 만든 사회·역사적 배경을 보충하고 꿰맬 수 있을 것이다. 아울러 이를 통해 전통 고증학의 과학적 실증 정신을 충분히 흡수하면서도, 언어학, 고고학, 인류학 등의 연구 성과와 과학적 연구 방법을 적절히 참고해야 한다.

영역적인 측면으로 말하자면, 모든 힘을 다하여 문학, 사학, 철학, 경학 전체를 관통시켜야 할 것이다. 단계적인 측면으로 말하자면, '의리(義理)'¹, '사장(辭章)'², '고증'을 모두 융합하여 탐구해야 할 것이다. 전체적으로 말해서,

---

1 (역주) '의리'라는 단어는 중국어에서 여러 가지 의미를 담고 있다.

첫째, 일정한 윤리 도덕에 합당한 행동 규범을 뜻한다. 예를 들어, 『한비자(韓非子)·난언(難言)』에서는 "비록 법도가 옳더라도 반드시 듣지 않을 수 있고, 원칙이 완전하더라도 반드시 사용되지 않을 수 있다.(故度量雖正, 未必聽也; 義理雖全, 未必用也.)" 라고 하였다.

둘째, 유가(儒家)의 경전의 의미를 중시하는 학문을 뜻한다. 예를 들어, 『한서(漢書)·유흠전(劉歆傳)』에서는 "유흠은 『좌씨춘추』를 다룰 때, 구절을 인용하여 경전을 해석함으로써 장절과 구두의 의미를 풍부하게 하였다.(及歆治『左氏』, 引傳文以解經, 轉相發明, 由是章句義理備焉.)"라고 하였다.

셋째, 송나라 이후의 이학(理學)을 '의리지학(義理之學)'이라고 부른다. 예를 들어, 송나라 장재(張載)는 『경학리굴(經學理窟)·의리(義理)』에서 "의리를 급하게 구하고자 하면 찾지 못하고, 한가한 때에 찾을 수 있다.(有急求義理複不得, 於閑暇有時得.)"라고 하였다.

넷째, 문장의 글귀와 관련이 있다. 예를 들어, 진(晉)나라 갈홍(葛洪)은 『포박자(抱朴子)·균세(鈞世)』에서 "지금의 시와 옛날의 시는 모두 의리(義理)를 가지고 있지만, 아름다움의 정도에는 차이가 있다. 이는 선비를 대하는 것과 같다. 그들 모두가 덕행을 행하고 있지만, 그들 중 한 사람이 문학과 예술에 특히 능하다면, 그들을 하나로 묶어 평가할 수 없다.(今詩與古詩, 俱有義理, 而盈於差美. 方之於士, 並有德行, 而一人偏長藝文, 不可謂一例也.)"라고 하였다.

다섯째, '도리(道理)'와 같다. 예를 들어, 송나라 소식(蘇軾)은 『여장자후서(與章子厚書)』에서 "잘못한 것을 좇아 생각하는 것은 정말 도리가 없다.(追思所犯, 真無義理.)"라고 하였다.

2 (역주) '사장(辭章)'은 두 가지 뜻을 내포하고 있다. 첫째, 운문과 산문의 총칭을 말한다.

고대와 현대, 동양과 서양의 경계를 넘어 서로 소통될 수 있도록 해야 할 것이며, '세계적인 안목'으로 한자 과학의 문화적 전석(詮釋)을 이루어내어야 할 것이다. 한자는 중국 민족의 위대한 창조물이자, 인류문명의 공동 자산이다.

한자 연구는 국가를 넘어선 전 인류의 문화체계의 프로젝트가 되어야 한다. 그래서 우리는 "돈황(敦煌)이 중국에 있다고 해서 돈황의 연구는 반드시 중국에서 이루어져야 한다."라는 식의 폐쇄적인 태도와 자기만족의 심리적 태도에 얽매이지 않는다. 우리는 한자 연구가 중국에서 시작하여 전 세계를 향하여 나아가는 창조적 모델과 개방적 태도를 지지한다. 이것이야말로 근본적 의미에서의 인품과 문학적 품격의 승화이자 현대적 재창조라 생각한다.

이 "한자 연구의 새로운 시야" 총서의 제1차분은 『한자와 서예 문화(漢字與書法文化)』──서체와 자형의 문화적 탐구, 『한자 문화 총론(漢字文化綜論)』──한자 문화 연구의 방법론적 소묘, 『설문해자의 한자 체계와 중국 상고사(「說文」漢字體系與中國上古史)』[3]──6천 년 이래의 한자의 진면목을 전방위적으로 파헤친 최초의 연구서, 『중국 문자와 유학 사상(中國文字與儒學思想)』──한자의 체계와 철학, 경학의 학술적 대화 등이다.

만약 조건이 된다면 제2차분으로, 『한자 심리학 연구(漢字心理學研究)』,

즉, 시(詩), 사(詞), 희곡[曲], 산문(散文) 등 다양한 문체의 작품을 담고 있다. 둘째, '사장'은 수사법을 포함하여 기사의 작문 기술을 나타낼 수도 있다. 여기서 '사장'은 단순히 글의 배열 조합에 국한되지 않고 작가가 언어, 문장법, 스타일 및 기타 수단을 통해 생각과 감정을 표현하여 독자가 작가의 관점을 더 잘 이해하고 수용할 수 있도록 하는 방법을 포함한다. 일반적으로 '사장'은 특정 유형의 문학 작품뿐만 아니라 이러한 작품을 만드는 데 필요한 기술과 방법을 나타낼 수 있다.

3 1999년 개정판에서는 『설문해자의 한자 체계 연구법(「說文」漢字體系研究法)』으로 개명함.

『한자 정보처리 체계 연구(漢字信息處理系統研究)』, 『해외[4] 한자 비교연구(中外漢字研究之比較)』등 여러 주제에 대해 학제 간, 지역 간의 경계를 초월한 새로운 탐색을 시도해 보고자 한다.

이전에는 글자를 빌어서 역사를 증명했고 글자를 통해서 경전을 고증하는 것이 한자 연구의 뛰어난 전통이었다.

지금은 '글자[文]'로 들어가 '문화[化]'를 살피고, '글자[文]'에서 나와 '문화[化]'로 들어가는 것, 이것이 바로 "한 시대에는 그 시대만의 학술 패러다임이 있다."라는 학술사적 명제에 대한 우리의 자각적 탐구의 해결책이 될 것이다.

끝으로 여러 학자의 질정을 기다리며, 많은 독자의 지지를 충심으로 기원한다.

그만큼 우리도 쉼 없는 노력을 게을리하지 않을 것이다.

이인범(李人凡), 장극화(臧克和)
1995년 10월, 남녕(南寧)—남경(南京)에서

---

4 특히 중국 한자와 일본 한자를 중점적인 대상으로 함.

범례

번역

1. 설문해자 에 대한 번역은 하영삼 교수의 허락을 받고, 하영삼 교수의 완역설문해자 (도서출판3, 2022)의 내용을 따랐다.

2. 시경 에 대한 번역은 김학주의 새로 옮긴 시경 (명문당, 2010) 을 참고했다.

3. 본문에 포함된 문헌에 대한 번역은 의미의 정확성을 위해 가능한 한 한자를 괄호 속 에 넣어 병기했다.

차례

머리말

한자 - 영원히 변치 않을 문화의 정기·····5

제1장. 서론

역사 증명과 사상과의 결합으로서의 문자

제1절. 중국 학술 사상사의 형태적 특징·····20
제2절. 한자의 특징·····22
제3절. 한자와 중국의 학술 사상·····32
제4절. 한자에서 유학 사상 연구로 들어가는 몇 가지 단계와 방법·····40

제2장. 인仁의 근원

유가의 인도주의 정신의 재구

제1절. 인본人本 인권사상에 대한 최초의 표현·····94
제2절. 인의仁義 이상적인 인격에 대한 경전의 이해·····97
제3절. 지과止戈 행운과 다를 바 없는 역사적 오해·····124

제3장. 중中의 근원

유가의 철학사상에 대한 추정과 연역적 고찰

제1절. 중용中庸 새로운 문자학적 해석·····147
제2절. 중정中正 고증학적 실증·····154
제3절. 중도中道 유학자들의 다시 세우기·····181
제4절. 무례巫禮 '유儒'자의 본모습·····191
제5절. 보충설명 몇 가지의 증거 자료·····199

제4장. 덕德의 근원

유가 도덕 이념의 통합에 관한 고찰

제1절. 갑골문에서의 '덕德'의 의미 형상————208
제2절. 『설문』에서의 '덕德'자의 연계————211
제3절. '덕德'에 대한 경학적 판단————231
제4절. '선善'에 대한 원시적 증거————242

제5장. 시詩의 근원

유가 시학 사상의 변천

제1절. 시가 뜻을 표현한다는 것에 대한 논의————256
제2절. 시는 감정을 불러일으킬 수 있다.————277
제3절. '풍요風謠'의 '체體'와 '용用'————286
제4절. '금琴'은 '금하다[禁]'는 뜻이다.————310
제5절. 시는 원망할 수 있다.————320

제6장. 화和의 근원

유가에서 미학 관념의 발생

제1절. '화和'의 어원적 연계————325
제2절. '화和'의 감각기관과의 연계————330
제3절. '화和'와 '동同'의 변증법적 관계————348
제4절. 여러 경전에서의 '화和'자의 사용————356
제5절. '화和'와 음악의 관계————364

제7장. 문文의 근원

유학 문장文章 정신의 실현

제1절. 복식服飾 기능————372
제2절. 문심조룡文心雕龍————392

제3절. 자체적으로 형체와 기능을 다 갖추고 있다. ―――――― 405
제4절. 글로써 사상을 표현한다. ―――――――――――――― 421

제8장. 옥玉의 근원
유학의 관물취상 사유고

제1절. 『설문』에서의 '옥玉'의 이미지 ――――――――――― 443
제2절. 출토 문헌에서의 '옥玉'의 이미지 ―――――――――― 467
제3절. 유학 경전에서의 '옥玉'의 이미지 ―――――――――― 474

부록
『설문해자』에서 인용한 경전 목록 ――――――――――――― 485

역사 증명과 사상과의
결합으로서의 문자

"한 시대의 심성이 습관이 되어 선입견이 되고 풍토를
이루면서, 당시의 의리(義理)에 관한 저술들은 자연스
레 서로 잊히고 홀대되어 갑작스레 저록되지 않은 것
들이 종종 문학 작품 속의 언어에 노출되곤 한다."[1]

이 말은 분명하고 직접적이긴 하지만 전종서(錢鍾書)가 자신의 학문을
연구하는 방식을 밝힌 것이다. 이 말은 필자가 이미 『설문해자의 문화적
해석(「說文解字」的文化說解)』 등에서 언급하여, 관련 연구자들의 주의를 환
기시킨 바 있다.

특수한 문헌사료로서의 한자와 중국 문화사와의 특수한 관계에 대해
서는 이미 전대 학자들이 많이 밝혔기에 여기서는 더 이상 거론하지 않겠
다. 필자가 제기한 '한자와 유학 사상[中國文字與儒學思想]'이라는 제목은 기
본적으로 다음과 같은 몇 가지 사고에 기초를 둔 것이다.

---

1 錢鍾書, 『管錐編』 제3권(中華書局, 1979), 909쪽.

제1절.

중국 학술 사상사의 형태적 특징

중국의 경(經)부 전적에 속한 문헌들은 대부분 그 사이사이에 주(注)와 소(疏)가 켜켜이 덧붙여져 있는 매우 분명한 특징을 갖고 있다. 하지만 사실 문화 사상사의 관점에서 본다면, 이들이 어찌 단지 덧붙인 것에 불과하겠는가? 중국의 학술 사상사는 오히려 '주석의 역사[注疏史]'라고 할 수도 있을 것이다. 역대 유학자들이 심혈을 기울여 만들어낸 극히 정교한 견해들은 오히려 지나치게 번잡하고 세세하다 느껴질 정도의 주석 속에 보존되어 있다. 그런 의미에서 글자에 대한 '주석'은 '응용[用]'으로 볼 수 있을 뿐 아니라 '본질[體]'이라 할 수도 있다. 해외의 한학자들도 사상사의 입장에서 전통적 중국 사상가들이 그 사상체계를 매우 특수한 방식으로 표현해냈다고 지적하였다. 즉, 경전에 대한 주해(注解)와 전석(詮釋)의 방식으로 자신들만의 사상체계를 이룩했다는 것이다. 이런 방식으로 사상을 표현하는 것은 서구의 철학적 전통과는 매우 큰 차이가 있다. 대체로 말해, 서구의 학자들 중에서 경전에 주석을 다는 방식으로 자신의 철학 체계를 제시한 경우는 매우 드물다. 물론 유럽의 모든 철학적 전통이 바로 플라톤 사상에 대한 주석이라고 말할 수도 있겠지만, 플라톤 철학에 대한 서양 사상가들의 철학은 '추상적 계승'이지 '구체적 계승'은 아니었다. 그들의 경우, 사변이라는 방법에서는 플라톤으로부터 영감을 얻었지만, 플라톤에 대한 주석이 그들의 철학 체계를 구축하는 근본적인 방식은 아니었다. 이와는 반대로, 중국의 학술적 전통을 보면, 선진(先秦)시대 때 형성되었던 몇몇 경전들이 바로 중국 사상가들이 줄곧 우주·국가·사회·인생 등의 모든 문제에 대해 사고했던 기본 문헌들이었으며, 역대로 수많은 위대한 사상가들과 학자들이 언제나 이러한 기본 문헌들에 대한 주석과 해석을 통해 그들의 사상체계를 제시해 왔음을 쉽게 발견할 수 있다. 중국의 전통에는 사상에 대한 이러한 특수한 표현 방식이 있었기에, 중국의 학술사에서는 대단히 발달하고 찬란한 주석학의 전통이 만들어질 수 있었다.[2]

따라서 전종서의 학문 방법은 바로 '근원에서부터 시작하여 요체에서 끝을 맺는[原始要終]' 것, 즉 '한당(漢唐) 때의 주석학을 홀대해서는 안 된다'는 사실을 학자들에게 명확하게 깨우쳐 주고 있다.[3] 한학(漢學)의 정통으로서 정강성(鄭康成)과 허숙중(許叔重) 등과 같은 대가들이 배출되었으며, 그 깊고 오묘한 뜻을 발휘하여 집대성한 사람으로는 당(唐)나라 때의 공영달(孔穎達)을 들 수 있다. 이 때문에 전종서는 중국의 미학사(美學史)에서도 "공영달(孔穎達)에게 일정한 자리를 내주어야만 할 것이다."라는 점을 처음으로 명확히 지적하였다.[4] 넓은 의미의 글자풀이든 아니면 학술적인 측면이든 한 시대의 풍기를 연 동시에 전종서의 학문 생애를 대표하는 최후의 대작인 『관추편(管錐篇)』 또한 중국의 경사자집(經史子集)의 '주소(注疏)'의 기초 위에서 만들어졌다고 하지 않을 수 없다. 그렇지만 그의 이런 '주석(注釋)'은 그 깊이나 넓이, 그리고 과학적 측면에서도 모두 이전에는 볼 수 없었던, 그래서 세상에 필적할 만한 것이 없는 대작이라 할 수 있다. 소위 "물에다 그림을 그리고 얼음에다 아로새기니 때를 따라 사라지고 풀어져 버리네.(畵水鏤冰, 與時消釋.)"라는 문장을 두고 방대한 학문을 이룬 학자들은 다음처럼 해석하기 시작했다. 즉 "예술을 할 때에는 반드

---

2 『中國文化新論·根源篇』(聯經出版事業公司, 1982).

3 錢鍾書, 『管錐篇』제1권(中華書局, 1979), 15쪽.

4 錢鍾書, 『管錐篇』제1권, 62쪽.

시 재료와 내용이 서로 조화를 이루어야지, 그렇지 않다면 일이 이루어질 수 없다. 이루어졌다해도 곧바로 무너지게 되니 모든 정성이 헛되이 될 것이다." 이는 구차하게 기교를 취하는 것은 학술 사상사와는 근본적으로 관계가 없다는 말이다. "예술을 이루어 세상에 그 이름이 영원할 것을 기대하는 자는 참담하고 괴롭더라도", "착실하게 하여 그 어려움을 힘껏 이겨낸다. 그런 까닭에 늘 쇠붙이를 갈고 돌에 새김질을 한다면 재질은 견고하고, 시간은 많이 들지만 이루고 난 뒤에는 세상에 대대로 전해진다. 하지만 어려움을 피하고 쉬운 것만 취하려고 기교를 부려 짧은 시간 내 이루려고 한다면 명성은 육신과 함께 사라지고 말 것이니, 마치 얼음에다 아로새기고 기름덩이에다 조각하는 것과 같을 뿐이다."[5] 이후 학문을 하는 자라면 마땅히 이러한 이치의 득실에 관한 인연을 깊이 생각하고 바르게 판단하여야 할 것이다.

한자의 특징

위에서 언급한 현상을 바르게 이해한다면, 자연스럽게 다음과 같은 질문이 생겨날 것이다. 즉, 중국의 학술 사상체계와 이로부터 확장된 문물과 제도, 더 나아가 여기에서 파생된 함축적 관념의 흔적 등이 어떤 이유로 주소(注疏) 중심의 소학(小學)의 형태로 구축될 수 있었을까? 다시 한

---

5 錢鍾書, 『管錐篇』제3권, 973~974쪽.

22　한자와 유학사상

번 이러한 근원으로 들어가 연구해 본다면, 그 속의 극히 중요한 부분은 아마도 중국의 소학적 특징에 자리하고 있을 것이다.

중국 민족의 문화와 역사의 매개체로서의 중국어는 고립어적 성질을 강하게 드러내고 있으며, 그 언어의 내부는 중심이 명확하고 주변이 서로 침투하는 이미지의 연쇄적 존재로 이루어져 있다. 이 때문에 독자들에게 자신의 경험을 바탕으로 다양한 주체적 해석을 할 수 있는 큰 가능성을 제공하고 있다. 그리고 한자의 구조와 형태의 이미지가 가지고 있는 시각적 직관성의 특징도 구체적 구상성을 중시하는 중국인들의 사유와 감성적 특징과 상호 보완관계를 이루고 있다.

동한과 서한 때, 유학계에서 가장 주목할 만한 것은 '고문경(古文經)'과 '금문경(今文經)'의 논쟁이었다. '금문경' 학파는 당시의 정치적 필요에 의해 생겼는데, 경전의 미시적 의미와 대의(大義)를 풀이하는데 중점을 두었기에, 봉건주의의 대 통일을 위해 논증함으로써 황당무계함으로 흘러가고 말았다.

'고문경' 학파의 출현은 금문경 학파와는 상대적으로 고문 경전의 풀이를 특징으로 하고 있다. 그들이 근거로 삼았던 경전은 대체로 진(秦)나라 이전의 '고주(古籀) 문자'로 쓰여진 것으로, 예서(隸書)로 쓰여졌던 금문경과는 달랐으며, '육경(六經)'을 모두 공자가 고대의 사료를 정리한 것으로 여겼기 때문에 경전 풀이에서도 명물(名物)과 훈고(訓詁)에 치중하였다. 경전과 고대 문헌에 기록된 사실을 중시하였기에, 고증(考證)이 바로 '고문경' 학파의 최대 특징이었다.

'금문경'과 '고문경' 논쟁의 근원을 유추해보면, 진(秦)나라 때부터 이미 그 전조가 있었다. 당시는 문자의 변혁이 극심했던 시기로, 개괄적으로 설명하자면, '문자(文字)'와 '경설(經說)'이라는 두 가지로 크게 나눌 수 있다. '경설(經說)'의 유래는 그 시기의 역사적 현실과 객관적 사물의 반영으로 볼 수 있다. 금문자(今文字)와 고문자(古文字)의 차이 역시 역사적 발전의 궤적에서 예외일 수 없다.

'경설(經說)'을 제외하면 바로 '문자(文字)'가 되는데, 당시의 문자학자였던 허신은 고문경 학파에 속했다. 그는 원래 고문(古文) 경학의 대가였던 가규(賈逵)의 문하 출신으로, 일찍이 '동관(東觀)'[6]에서 책의 교열을 담당하였는데 그때 고문으로 된 비서(秘書)들을 많이 접할 수 있었다. 허신은 문자학으로 경전을 해석하는데 혼신의 힘을 기울였으며, 그 결과로 이루어진 것이 모두가 다 알고 있는『설문해자』와『오경이의(五經異義)』이다.

고문경 학파에 따르면, '육경(六經)'은 실제로 선왕들의 역사적 자취이며, 선왕의 옛 자취는 고대의 문헌 속에 보존되어 있다. 허신의『설문해자』의 말을 빌리면, '선왕의 자취'란 바로 위로는 당요(唐堯)로부터 시작하여 중간에 하(夏)·상(商)·주(周)의 세 왕조를 거쳐, 춘추(春秋) 및 진한(秦漢)에 이르는 역사적·문화적 사건들이다.

정수덕(程樹德)은『설문계고편(說文稽古篇)』의 서문에서 "반고(班固)의『한서·예문지(藝文志)』에서『창힐(倉頡)』이하 10가(家) 45편(篇)을 수록하고 있지만 전해지는 것은 하나도 없다. 지금 허신의『설문』을 가장 오래된 것으로 치는 것은 마땅하다.『설문』을 빌려 역사를 증명하면, 위로는 황제(黃帝)로부터 아래로는 양한(兩漢)에 이르기까지 일화나 옛 습속들이 모두 그 속에 담겨있다."라고 하였다. 즉 문자를 통해 조상들의 흔적과 각종 문물과 제도들이 모두 여기에 포함되어 있다는 것을 의미한다.

---

6 (역주) 동관(東觀)은 동한(東漢) 시대 궁중에서 문서와 경전을 보관하고, 정리 및 집필이 이루어지던 장소이다. 낙양(洛陽) 남궁(南宮)에 위치하고 있으며, 건축 연도는 알려져 있지 않다. 이 건물은 높고 화려하며, 최상층에 열두 칸의 높은 누각이 있다. 주변의 궁전과 누각들은 서로 마주보고 있으며, 녹음이 우거져 있어 아늑한 환경이 조성되어 있다. 장제(章帝)와 화제(和帝) 이후로, 동관은 궁중에서 책과 문서를 소장하고 역사책을 편찬하는 주요 장소가 되었다. 동관에는 오경(五經), 제자백가(諸子百家)의 철학서 등이 소장되어 있으며, 이후에 대신들이 경전을 공부하는 장소로 발전되었다.(baidu 참조)

일반적으로 한자의 가장 큰 민족적 특징은 바로 '형체로 뜻을 표현한다.(以形表義)'데 있다고 말해진다. '형체로 뜻을 표현한다.'라는 말의 근본적 의미는 초기의 한자가 전체적으로 연결된 초기 한어 단어의 의미를 체계적으로 기록할 때, 형체와 의미, 이미지와 뜻 간의 긴밀한 결합을 통해 당시 발생한 역사적·문화적 사건들을 에둘러 설명한다는 것이다.

이로부터 초기 한자의 대다수의 형체와 의미, 이미지와 뜻, 체계적인 글자들의 본래 의미 등은 그것들을 전체적으로 이해하는 과정에서 이미 아주 먼 고대의 특정한 역사적·문화적 배경이 응결되었다는 사실을 미루어 알 수 있다. 이와 같은 의미에서, 한자를 중국 사회의 역사와 사상의 '살아 있는 화석[活化石]'이라 부르는 것은 매우 타당한 일이라 하겠다.

한나라 이후로 유학(儒學)이 대종(大宗)을 이루면서 문파들이 엄격해졌지만, 그 궁극적인 곳까지 들어가 보면 '정현의 학문[鄭學]'이 대표적이다. 당나라의 경우라면 공영달이라 해야 할 것인데, 그는 유학에 '주소(注疏)'를 달아 '정의(正義)'를 집대성하였다.

남송에 이르면, 대다수의 유학자들이 "보통 의리(義理)를 숭상하고 고증에 소홀하였다."[7] 하지만 이학(理學)이라는 새로운 국면이 열렸다. 『사고전서총목(四庫全書總目)』의 요약에 의하면, 이러한 평가는 북송 때의 구양수(歐陽修)에서부터 점차 시작되었다.[8]

---

7 "당나라 이후로 시를 말하는 자는 감히 모형(毛亨)과 정현(鄭玄)을 의론하지 않는 사람이 없다. 비록 스승이 매우 박학한 대학자 일지라도 역시 소서(小序)를 지킬 뿐이었다. 송대에 이르자 새로운 뜻이 나날이 증가하여, 옛 설들은 거의 사라져 버렸다. 그 시작을 추론해 보면 사실은 구양수에서 비롯된 것이다."『四庫全書總目』제15권, 「經部」, 詩類1(中華書局, 1965).

8 "왕안석(王安石)의 신의(新義) 및 자설(字說)이 유행한 이래로, 송(宋)의 사풍은 일변하였으니, 이름으로 사물의 뜻을 훈고하는 학자로는 진변(儘卞)(蔡卞, 『毛詩名物解』를 지음), 육

실제 상황을 보면, 왕안석이 『자설(字說)』을 저술하고, 주자가 '집전(集傳)'을 염두에 둔 것도 문자에서부터 발생한 일에 불과하다. 청나라의 학자들은 다시 '한학(漢學)'의 정신을 강력하게 들고 일어났다. 혼동된 것들을 자세히 파헤쳐 근거 없는 것들은 모조리 쓸어버리고 이로써 근본적인 진실에 되돌아갈 것을 당연한 의무로 여겼는데, 특히 문자를 가장 근본적인 세부 항목으로 인식했다.

『설문해자』는 중국 최초의 문자학 전문서이다. 허신은 '육서(六書)'로써 책 전체의 조례로 삼았다. 근본적으로 말해서, '육서'는 전국 시대 이후의 학자들이 한자의 형체 구조 및 그 사용 상황에 근거해 분석하고 귀납해 낸 글자 형체의 분류에 지나지 않는다. 하지만 한자의 방대한 체계는 이러한 규범에서 벗어나지 않는다.

『설문·서(敍)』의 귀납에 따르면, '육서'의 정의는 각각 다음과 같다.

　　첫째, 지사(指事)이다. 지사라는 것은 보아서 알 수 있고 살펴서 뜻이 드러나는 것이다.(視而可識, 察而見意.)

오늘날 판본에서의 '살펴서 그 뜻을 알 수 있다.(察而可見.)'는 표현은 단옥재 『주』에서 『한서·예문지』의 안사고(顏師古)의 주석을 보고 고친 것이다.

　　둘째, 상형(象形)이다. 상형이라는 것은 그 물체를 그대로 그려 구불구불하게 그려낸 것을 말한다.(畵成其物, 隨體詰詘.)

전(陸佃) 두 사람이었다."『四庫全書總目』제15권, 「經部」, 詩類1(中華書局, 1965).

필자의 생각으로는 '굴(詘)'과 '굴(屈)'은 뜻이 통하기에 '굴굴(詰詘)'은 바로 '구불구불하다[曲折]'는 뜻이다.

셋째, 형성(形聲)이다. 형성이라는 것은 사물을 이름으로 삼고 그 비유한 바를 서로 합친 것을 말한다.(以事爲名, 取譬相成.)

필자의 생각으로는, 형성자의 구조는 사물이 속하는 명칭을 의미부(意符: 形符)로 삼고, 독음이 비슷한 글자를 소리부[聲符]로 삼았다는 것이 일반적인 해석이다.

넷째, 회의(會意)이다. 회의라는 것은 부류를 나열하고 뜻을 합쳐서 가리키는 바를 드러내는 것을 말한다.(比類合誼, 以見指撝.)

필자의 생각에, '의(誼)'는 '의(義)'와 뜻이 같고 '휘(撝)'는 '휘(麾)'와 뜻이 같다. '비(比)'는 '병합하다'는 뜻이고 '류(類)'는 '사물의 부류[事類]'를 말한다.

다섯째, 전주(轉注)이다. 전주라는 것은 부류를 세워 하나로 삼고 같은 뜻을 주고받는 것을 말한다.(建類一首, 同意相受.)

필자의 생각에, '수(首)'는 부수를 말하며, '수(受)'는 '수(授)'의 옛 글자이다.

여섯째, 가차(假借)이다. 가차라는 것은 원래 그 글자가 없어서 소리에 의거해 의미를 가탁하는 것을 말한다.(本無其字, 依聲託事.)

필자의 생각에, '탁(託)'은 '탁(托)'과 같으며, 이것은 '원래 그 글자가 있는데도[本有其字]' 빌려 쓴 가차와는 다르다.

일반적으로 '육서' 중 마지막 '전주'와 '가차'는 실제 자형 구조와는 무관하다고 보고 있으며, 한자 형체 구조의 분류는 '상형', '지사', '형성', '회의'만 해당한다. 이들을 이해하는 핵심은 바로 '회의(會意)'에 있는데, '회의(會意)'가 바로 '깊이 깨닫다[意會]'는 의미라는 것에 대해서는 잠시 거론하지 않기로 하겠다.

'상형(象形)' 역시 결국은 글자를 창제하고[造字], 글자를 해석한[解字] 사람들의 '깊은 깨달음[意會]'에서 벗어날 수 없다. 몇몇 물상을 본떠 만든 글자들의 형체는 종종 부분을 가지고 전체를 대신하는 방법, 즉 본뜨고자 하는 물상의 어떤 구체적 특징을 '그림으로 그려내는' 방법으로만 표현하는 것인데, 여기에도 반드시 '깊은 깨달음[意會]'이라는 의미가 포함된다.

복잡한 상형자의 경우, 본뜨려는 물상을 고립적으로 그려내기란 매우 어려울뿐더러, 고립적으로 그려냈다 하더라도 다른 사물과 혼동되기 쉽다. 이로 인해, 그들의 모양을 본뜨고 형체를 부여할 때에는 어쩔 수 없이 그것과 관련된 다른 사물, 예컨대 주위 환경이나 부가된 주체나 포함하고 있는 물건 등을 함께 묶어 표현하거나, 아니면 아예 다른 명확한 의미를 가진 의미부를 덧붙이기도 하는데, 일부 학자들은 이렇게 부득이하게 만들어진 '상형'의 방법을 '연체상형(連體象形)'이라 부르기도 한다.

이처럼 의미와 연관된 글자 창제[造字]에 대한 이해라면 더더욱 '깊은 깨달음[意會]' 없이는 불가능하다. 즉, 일반적인 상형의 글자구조라 해도 보아서 곧바로 판별할 수는 없다. 문자 부호로서 그것이 표시하는 '한 부류[一類]'를 이해하기 위해서는 반드시 종(種)으로부터 류(類)에 이르는 연계성을 찾아내야만 하기 때문이다. 이에 대해서는 졸저 『한자취상론(漢字

取象論)』을 참조하기 바란다.

'지사(指事)'는 원래 물상을 본뜬 글자나 실물을 본뜬 의미부[形符]에다 지시부호를 덧붙여 의미를 나타낸 것이며, 그 수량도 매우 적다. 그러나 이 속에도 의미가 연결되어 있으니, 이 역시 '깊은 깨달음[意會]'에서 벗어날 수 없음은 자연스런 일이다.

'형성(形聲)'은 한자 체계에서 매우 많은 부분을 차지하며, 관계도 복잡하여 더더욱 '깊은 깨달음[意會]'이 필요한 부분이다. 형성구조에서 형방(形旁)이 바로 의미부[意符]로, 종종 의미적 부류 관계를 나타내주고 있다. 자서(字書)에서는 이를 습관적으로 '부수(部首)'라 부르고 있는데, 부수가 제시해 주는 것은 바로 그 부류에 속한 글자들의 본래 의미가 소속된 의미 범주이다.

청나라 때의 진례(陳澧)는 『동숙 독서기(東塾讀書記)』의 '소학(小學)' 조에서 "글자의 뜻은 한 사물에만 속해있는 것이 아니지만, 글자의 모양은 한 사물을 그린 것이다."라고 하여, 이미 이러한 '형체는 제한을 받지만, 의미는 통한다.(形局義通)'라는 것에 대해 주목했다.

구석규(裘錫圭)는 『문자학 개요(文字學槪要)』에서 더욱 명확하게 설명하고 있다. 즉, 형성자의 형방(形旁)의 의미와 형성자의 뜻 간의 관계는 종종 소원할 뿐 아니라, 표의자(表意字)의 자형 역시 종종 글자의 의미에 대해서 어떤 제시 기능 정도만 할 뿐이다.

따라서 자형이 나타내는 의미와 글자의 본래 뜻 간에 무조건적으로 등호를 매겨서는 안 된다. 이러한 측면에서 가장 주의해야 할 점은 자형이 표시하고 있는 의미가 종종 해당 글자의 본래 의미보다 협소하다는 점이다.

그 밖에 형성자의 소리부 역시 어느 정도 의미를 겸하고 있기 때문에, 해당 부수에 속한 글자들의 의미부와 소리부 간의 의미 관계는 극히 복잡해진다. 이처럼 '형성'은 고도의 '깊은 깨달음'에 관한 능력이 들어가 있어야 한다.

'육서' 체계에서, '회의(會意)' 역시 가장 번거롭고 복잡한 부류의 하나
이다. 왜냐하면 '회의'의 실질이 결국에는 바로 '깊은 깨달음'이기 때문
이다.

형이상학적인 것은 반드시 형이하학적인 것으로 표현되어야 한다. 개
별적인 것으로 일반적인 것을 표시하는 것은 인류의 사유가 구체화 되어
가는 과정의 실현, 즉 개괄해 낸 일반적인 것을 개별적이고 구체적인 것
으로 표현하고 설명하는 과정이다. '회의(會意)'는 바로 몇 개의 형체[字符]
를 합하여 하나의 글자로 구성하는 의미를 정리하는 것으로, 간단하게 말
하자면 바로 독자들의 '깊은 깨달음'을 이해하는 데 달려 있다.

그리고 인류의 인식 발생과 발전사에서, 인간의 '깊은 깨달음'에 대한
지식은 모든 지식의 기초이자 원천이다. 마이클 폴라니(Karl Polanyi)[9]는
다음과 같이 여겼다. "암묵적 지식은 언어전달의 지식보다 더 기본적이
다. 우리가 알 수 있는 것은 우리가 말로 표현할 수 있는 것보다 훨씬 많
으며, 말로 표현하지 못하는 이해에 기대지 않고서는 그 어떤 것도 말로
써 표현해낼 수 없다."[10]

다시 말해, '깊은 깨달음'에 대한 지식은 논리적인 지식이나 언어로 지

---

9 (역주) 마이클 폴라니(Michael Polanyi): 헝가리 태생의 영국 화학자이자 철학자로, 20
세기 중반에 지식과 인식에 관한 중요한 이론들을 제안하였다. 그 중 '암묵지(tacit
knowledge)' 개념이 특히 중요하다. 폴라니는 '암묵지'가 말로 완전히 표현하기 어려운
지식의 일종이라고 믿었다. 이는 보통 실험과 경험을 통해 습득되며, 직관과 개인의 기
술과 밀접하게 관련되어 있다. 반면, '명시적 지식(explicit knowledge)'은 교과서의 정의
나 규칙처럼 언어로 명확히 표현할 수 있는 지식을 말한다. 폴라니는 '암묵지'가 표현
하기 어렵더라도 인간의 인식과 실천에 근본적인 역할을 한다고 강조했다. 그의 이론
은 이후 인지 과학, 교육학, 경영학 등의 영역에 깊은 영향을 미쳤다.
10 『史前認識硏究』, 78~79쪽.

식을 전달하는 것보다 시간적으로 더 앞서 있으며, '깊은 깨달음'이 없다면 언어를 통해 전달되는 지식을 생성하고 이해하는 것이 불가능하다는 말이다.

이들의 연관성은 깨달음이나 초탈, 사리에 밝음, 예지 등을 가르치는 것을 특징으로 하는 동양문화의 정신 속에서 더욱 두드러진다. 언어로 지식을 전달하는 측면에서 보자면, 폴라니는 실제로 '깊은 깨달음'에 대한 지식을 부호화하고 전송하는 과정이라고 여겼다. 마찬가지로 폴라니는 언어로 전달하는 지식의 획득 또한 '깊은 깨달음'의 능력을 받아들이고 풀이하는 과정이라고 보았다. 즉 "나는 이미 심령의 순수한 '깊은 깨달음'의 작용을 깨달음의 과정이라고 밝힌 바 있다. 하지만 나는 여기서 더 나아가 단어와 다른 부호에 대한 깨달음 역시 일종의 '깊은 깨달음'의 과정이라는 점을 지적하고자 한다. 단어나 문장은 어떤 상황을 전달할 수 있고, 일련의 대수 부호는 수학의 연역적 추리를 구성할 수 있으며, 지도 역시 한 지역의 지형을 전달할 수 있다. 하지만 그 어떤 단어 및 부호나 지도라 할지라도 그 자신이 느낀 것을 전달해 줄 수는 없다. …… 단지 이해라는 기능에 의존하고, 자아의 '깊은 깨달음'의 공헌에 의지하여 전달된 것을 받아들이는 자와 마주쳐야만 비로소 지식을 획득했다고 할 수 있다."

이처럼 언어 신호의 실현 과정(언어 사슬)을 다음의 다섯 단계, 즉 '부호화 – 전송 – 전달 – 수신 – 해독'의 단계로 나눌 수 있다. 이로부터, 부호화와 해독이 가장 중요한 부분(시작과 끝)이 된다는 것을 알 수 있다. 그것은 바로 사람의 '깊은 깨달음'의 능력에 의존하여 실현된다. 글자를 만들 때 물상에서 본뜨는 작업은 '깊은 깨달음'에서 벗어날 수 없으며, 사람들이 자형을 분석하고, 글자의 의미를 이해할 때에도 '깊은 깨달음'의 능력이

반드시 필요하다.[11]

한자를 인식하는 목적에서 볼 때, '깊은 깨달음'은 또 다음의 두 가지 유형으로 나눌 수 있다. 하나는 한자의 형체 구조로부터 글자 창조의 본래 의미를 분석해 나가는 '깊은 깨달음'인데, 이것을 문자학자의 '깊은 깨달음'이라 부를 수 있을 것이다. 다른 하나는 모종의 실용적인 의도에서 출발한 한자의 구성에 대한 '깊은 깨달음'인데, 이것을 철학자의 '깊은 깨달음'이라고 간주할 수 있다. 하지만 이 둘 사이에는 갖가지 역사적, 문화적 이유로 인해 분명하게 구분하기 어려운 관계가 존재한다.

제3절.

한자와 중국의 학술 사상

고대 중국 학술문화의 가장 큰 특징은 바로 실증적이라는 것이며, 또한 실질 속에 허상을 함축하고 있다는 점이다. 좀 더 철저하게 말하자면, 그 내용의 서술이 구체적이고 형상적이며, 그 속에 인용된 구체적, 형상적 사물은 심오하고 광대한 경계와 관념이 함축되어 있다고 할 수 있다.

문자 연구자들이 스스로 의식하고 있든 아니든 간에, 한자의 이미지와 형태 구조에서 그 글자 자체가 표현하고 있는 '본래의 의미'를 해석한 후에, 그 안에 내포된 전체 내용과 근본적인 의도가 구체적인 형상을 가진 사물에서부터 표현되는 역사적 문화의 사건이나 관념과 사상의 정신을

---

11 臧克和, 『說文解字的文化說解』, 「玄鳥意象」편을 참조.

증명하고 있다.

이에 비해, 중국의 전래 문헌을 판본학, 교감학, 문헌학 등의 관점에서 깊이 살펴보면, 그 문헌들이 여러 가지 이유로 인해 전승되어 내려오면서 원본이 많이 손상되거나 사라져 이미 원래의 모습을 잃었다는 사실을 쉽게 발견할 수 있다.

철학자나 역사학자들은 "문헌만으로는 증거가 부족하다"며 "역사에 기록된 대부분이 거짓에 속한다"고 하면서 함께 한탄하였다. "당우(唐虞)의 삼대와 오경(五經)의 문자들이 진(秦)의 폭정에 훼손되었지만 『설문』에 보존되어 있다. 『설문』이 지어지지 않았다면, 거의 육의(六義)를 알지 못했을 것이다. 육의가 통하지 않았으면 당우(唐虞) 삼대의 고문 또한 알아보지 못하였을 것이고 오경의 근본도 이해할 수 없었을 것이다."[12]는 말은 시대를 초월한 통찰이다.

한자에 기록된 의항(義項) 체계에 보존된 문화적 사물이나 현상과 함축된 관념 형태는 다른 문헌에 비해 특히 더욱 순수하고 명확하며 친절하다고 할 수 있다. 어느 정도까지는, 유가 사상의 관념적인 '원래 모습'을 보존하고 있다고 할 수 있다.

춘추 경전을 예로 들자면, 당시의 학자들은 '경전의 미시적 의미와 대의(大義)'라는 것을 집중적으로 수집하고 발굴하여 대량으로 '글자를 풀고 해석하는[說文解字]' 방법을 활용하였다. 그중 일부분은 오늘날 문자학적 지식을 갖춘 안목으로 보아도 결코 견강부회한 것이 아니며, 오히려 '역사적 이성을 갖추고' 있다. 즉 당시의 문화적 이해와 심리적 습성과 관념 형태 등의 여러 측면을 체현해 내고 있다.

문자에 근거해 경전을 고증하고, 경전에 의거해 문자를 증명하는 것,

---

12 『說文解字·孫氏重刊宋本說文序』(中華書局, 1963).

즉 문자의 구조를 정리와 뜻풀이로써 자신의 관념적인 학설을 전달하는 방법은 결코 유학자들만의 전유물이 아니었다는 것은 두말할 필요가 없을 것이다.

예컨대 도가(道家)를 추종하는 학자들의 경우, 『노자(老子)』의 왕필(王弼) 주석을 최고로 여긴다. 청나라 때의 전대흔(錢大昕)에 이르러서는 또 용흥관비(龍興觀碑)의 판본을 고본(古本)으로 여겼는데, 『잠연당 금석문 발미 속(潛研堂金石文跋尾續)』의 제2권에서는 이 판본에 '무(無)'자를 '무(无)'자로 쓰는 등 "고자(古字)를 따르는 경우가 많다."라고 했다. 『관추편(管錐編)』에서 처음으로 그 이유를 다음처럼 풀 수 있었다.

'무(無)'자를 '무(无)'로 적은 것은, '기(氣)'자를 '기(炁)'로 적고 '몽(夢)'자를 '몽(㝱)'으로 적는 것처럼 모두 『찬동계(參同契)』나 『진고(眞誥)』 이후 도가 경전에서 전해지는 습관적 구조이기 때문이다. 이는 승려들의 책에서 '귀(歸)'자를 '귀(皈)'로, '정려(精廬)'를 '청심(淸心)'으로 쓰는 것과 같다. 이들은 모두가 속인들의 필사와 구별하기 위해 일부러 만들었다.

내가 어렸을 때 수시로 보았던 도사들이 제사를 드릴 때 쓰던(齋醮) 청사황방(青詞黃榜)의 경우 더욱 심했는데, 이들을 '고자(古字)'라고 할 수는 없다. 그것들은 도(道)와 속(俗)의 문제이지 고(古)와 금(今)의 문제가 아니다.[13]

또 불교의 마음의 흔적이 문자로 드러난 경우도 있는데, 돈황의 변문을 예로 들 수 있다. "돈황의 변문은 불교 서적의 지류이자 후예인데, '귀(歸)'자를 대부분 '귀(皈)'로 적었고, 중국의 천신을 '상계제석(上界帝釋)'이라 불렀는데, 모두가 그 흔적들이 들어 있는 증거이다."[14] 즉, '귀(歸)'자를 가지고 말해 보자면, 귀(歸)와 귀(皈)는 이체자 관계로, 귀(歸)가 먼저 출현했고

---

13 錢鍾書, 『管錐編』 제2권(中華書局, 1979), 401쪽.
14 錢鍾書, 『管錐編』 제1권(中華書局, 1979), 247쪽.

귀(皈)는 나중에 나온 글자이다.

'귀(歸)'자는 『설문』에 보이는데, 유가에서 이를 "귀(歸)는 여자가 시집가다는 뜻이다.(歸, 女嫁也.)"라고 풀이함으로써 인간사를 가지고 해석했다. 이에 비해, '귀(皈)'자는 출현 시기가 늦은 글자로, 『자휘보(字彙補)』에서 처음 등장하며, 종교적 의도가 담긴 글자이다. 구조적으로 볼 때, '반(反)'은 '반(返·돌아오다)'과 같다. 즉, 돌아와 불교를 믿는다는 뜻, 다시 말해 머리를 돌려 이쪽 언덕에 이른다는 뜻으로, 통상 '불법승(佛法僧)'에 귀의하는 삼귀의(三歸依)를 말하며, 이로부터 일반적 의미의 '돌아오다'는 뜻이 나왔다. 이러한 예는 『추호변문(秋胡變文)』에 보이는데, "내 아들이 떠나가, 원래는 삼 년이라 했는데, 무슨 이유로 육 년이 되어도 돌아오지 않는고.(我兒當去, 元期三年, 何因六載不皈.)"라고 했다.

최근에는 그간의 치우친 모습을 바로잡고자 도가(道家)를 적극적으로 확장한 결과, 유학(儒學)이 점차 사라지고 '도사(道士)'들이 창궐하고 있다. 하지만 중국의 학술사상사를 조금이라도 살펴본다면, 예술적인 궁전에 수천 개의 방이 있다 해도 정실(正室)은 오로지 하나이듯이, 유학은 줄곧 다른 학파에 의해 대체될 수 없는 정통적 입장을 유지해왔다는 사실을 인정하지 않을 수 없을 것이다.

도가(道家)라 하더라도, 그 핵심적인 의미는 유학과의 인정 내지는 오해가 풀린 뒤에서야 중국 문화에 영향을 약간 미쳤다고 할 수 있다.

유학이 발생하고 발전해 온 과정으로 볼 때, '유(儒)'는 원래 역사적인 개념이었다. 한나라 사람들은 『설문·인(人)부수』에서 '유(儒)'자의 외연을 대단히 넓게 이해하고 있다. 즉 "유(儒)는 부드럽다(柔)는 뜻이며, 술사(術士)들을 지칭하는 말이다.(儒, 柔也. 術士之稱.)"라고 했다.

『예문지(藝文志)』는 『한서(漢書)』의 10가지 지(志) 중의 하나이며, 『제자략(諸子略)』은 또 『예문지』의 일부분이다. 『제자략』에서는 중국의 학술에 영향이 컸던 학파를 10가지로 나누었는데, 학파마다 제목을 먼저 열거하고 간단한 서문이 이어진다. 그 다음에 각 학파의 학술적 원류를 대략적으로 기술하고 그 장단점을 평가하였다. 유가(儒家)의 경우, 53개의 학파와 836편의 서적 목록이 전하며, 다음처럼 평가했다.

> 유가(儒家)의 부류들은 사도(司徒)의 관직에서 나왔다. 이들은 군주가 음양의 이치를 따르고 교화를 밝히도록 도와주는 자들이다. 육경(六經)에서 노닐며, 인(仁)과 의(義)에 중점을 둔다. 요(堯)와 순(舜)을 조상으로 삼으며, 문왕과 무왕의 법을 준수하며, 중니(仲尼)를 스승으로 삼음으로써, 말을 신중하게 하고 도(道)가 가장 높은 학파이다. 공자가 말하길 '명예로움만 있다면 한 번 시험해볼 만하다'라고 했다. 당우(唐虞)의 흥기와 은주(殷周)의 흥성이 중니가 평생토록 갈망했던 부분이며, 이미 이를 본받고자 시험했었다. 하지만 미혹된 자들은 이미 그 정교함을 잃었고 또 허물이 있는 자들은 시류를 따라 칭찬하거나 헐뜯음으로써 도의 본질에서 벗어나 대중을 현혹하여 인기를 얻으려 하였다. 후진들도 이를 답습하는 바람에 오경(五經)이 무너지고 유학이 점차 쇠퇴하게 되었으니 이것이 유가의 환부이다.

장태염(章太炎)은 『국고논형(國故論衡)』을 지으면서 「원유(原儒)」편을 따로 만들어 '유(儒)'에 대해 광의와 협의의 의미, 협의의 의미로부터 전문적인 의미에 이르는 역사적 변화과정을 대략적으로 논술했다.

> 유(儒)에는 세 가지가 있는데, '달(達)', '류(類)', '사(私)'라는 명칭이 있다.[15]

---

15 『墨子·經上』에서 명(名)에는 '달(達)', '류(類)', '사(私)'라는 세 가지가 있다고 했다.(上海

달명(達名)이 유(儒)이다. 유(儒)는 술사(術士)를 말한다. 태사공(太史公)은 『유림열전(儒林列傳)』에서 '진(秦)나라 때 세간에서 술사(術士)를 땅에 묻었다'고 했는데, 당시 사람들은 유학자들을 땅에 묻었다[坑儒]고 했다. 사마상여(司馬相如)는 '신선의 반열에 든 유자(儒者)들이 산속에 살고 있는데, 몰골이 대단히 여위었다'라고 했다. 왕충(王充)은 『논형』의 「유증(儒增)」, 「도허(道虛)」, 「담천(談天)」, 「설일(說日)」, 「시응(是應)」편 등에서 유교 서적의 내용에 대해 이렇게 언급했다. '노반(魯般)이 나무로 된 연(鳶)을 만들었다. 초나라의 양유기(楊由基)란 자가 백보(百步) 밖에서 버드나무잎을 쏘아 맞혔다. 이광(李廣)이 깃털 없는 화살로 돌을 뚫었다. …… 황제가 용을 몰고, 회남왕이 신선되어 하늘로 올라가니, 그의 개도 하늘에서 짖고 닭도 구름 속에서 울었다. 태양 속에는 삼족오가 살고, 달 속에는 토끼와 두꺼비가 산다.'

이러한 것들은 도가, 묵가, 형법, 음양, 신선 등에 기록되어 있으며, 잡가와 전기에서도 기록되어 있는데, 이것을 유교라고 한다. 이러한 지식은 특정 계층에 의한 것이 아니라 공공의 것이다. '유(儒)'라는 명칭은 대개 '수(需)'에서 유래하였다. 문서에서 '수(需)란 구름은 하늘에 있다'라고 언급하였는데, 유학자들이 천문현상을 관찰하여 날씨가 가물 것인지 장마가 들 것인지에 대해서 알았음을 밝히고 있다. 그들은 어떻게 이에 대해 알았을까? 하늘이 비를 내릴 것인지를 아는 새를 '휼(鷸)'이라 하며[16], 가뭄에 기우제를 지내는 것을 '의관(衣冠)'이라 한다. '휼관(鷸冠)'은 또 '술씨관(術氏冠)'이라 하기도 하고[17] 달리 '원관(圓冠)'이라 하기도 한다. 장주(莊周)에 의하면, 유학자

古籍出版社, 1986)

16 『說文解字·鳥部』.

17 『漢書·五行志』주(注)에서 인용한 『禮圖』(中華書局, 1962).

와 원관자는 하늘의 시간을 알고, 문장의 신발을 밟는 자는 지리에 밝았으며, 옥을 허리띠에 늘어뜨린 자들은 일이 다하면 결단할 줄 알았다고 했다. 천문의 이치에 밝고 탄사를 내뱉으며 춤을 추며 비 내리기를 기원하는 자를 '유(儒)'라고 한다.

……옛날의 유학자들은 천문과 점복에 대해 밝았고, 다재다능하다고 여겨졌다. 그 때문에 9가지 능(能)함에 두루 통했으며 술(術)에 관한 전반적인 부분을 모두 알고 있었다고 말해진다.

'유명(類名)'이 유(儒)이다. 유학자들은 예악(禮樂), 사예(射禦), 서수(書數)에 밝다. 「천관(天官)」에서 "유(儒)는 도(道)로써 백성들을 얻는다.(儒以道得民.)"라고 했다. 이를 해설해 "유(儒)는 제후와 보씨들 중에서 육예로써 백성들을 가르치는 자를 말한다.(儒, 諸侯保氏有六藝以教民者.)"라고 했다. 그렇다면 스스로 덕행을 갖추고 스승이 되어 그 예재를 가르치는 자가 유(儒)인 셈이다. …… 마을에서 도(道)와 예(藝)를 가르치는 자를 말한다.

'사명(私名)'이 유(儒)이다.

……주나라가 쇠망했을 때, 보씨가 그 직무를 잃었으며, 사주(史籀)의 책, 상고(商高)의 산술, 봉문(蜂門)의 활쏘기, 범씨(范氏)의 말 몰기 등이 모두 유학자들에게 전승되지 않았다. 그러므로 공자는 …… 스스로 비루한 일을 하면서 군자는 다재다능할 수 없다고 말하면서 당시의 명사들과 위대한 인물들이 꺼리는 존재가 되었다. 『유행(儒行)』에 이르러 15유(儒)가 있다고 했고, 『칠략(七略)』에서는 안자(晏子) 이하 52가(家)가 있다고 했는데, 이러한 것들은 모두가 덕행이나 정교의 흥밋거리로 말한 것이지 육예에 이른 것은 아니다. 『주관(周官)』에 부합하는 자를 스승이라 한다면, 유(儒)는 끊어졌고 그 이름만 거짓으로 섬기고 있다.

……지금은 오직 경전을 전하는 것으로만 유(儒)가 되는데, '사명(私

名)'으로 하면 차이가 나고, '달명(達名)'이나 '유명(類名)'으로 하면 치우치게 된다. 요약컨대, 부르는 이름은 옛날과 지금이 다르지만, 유(儒)라는 것은 도(道)와 같다. 유(儒)라는 이름이 옛날에는 술사(術士)로 통했지만, 지금은 사씨(師氏)에 의해서만 지켜지고 있다. 도(道)라는 이름이 옛날에는 덕행과 도예(道藝)로 통했지만, 지금은 전적으로 노담(老聃)의 무리들의 것이 되고 말았다.[18]

유학이 학술 사상이 된 것은, 대체로 춘추시대 때 '한 학파의 말[一家之言]'이 학술 사상체계를 갖추게 되었고, 전국 시기에는 '현학(顯學)'이 되었다. '유가와 묵가가 세상의 현학'이라는 『한비자』의 말은 세상 사람들에게 대표적인 견해로 인정받았다.

한나라 이후는 사회, 정치, 역사 등 여러 요인으로 인해 유학의 전체적인 발전추세는 '독존의 위치로 확정되었다.' 하지만 한자의 문자 체계가 최고의 개방성과 개혁성, 다시 말해 변화가 가장 극심한 과정을 거치게 된 것도 대체로 거의 이 시기와 일치한다. 이에 기반하여, 우리는 한나라에 만들어진 중국 문자학사에서의 첫 번째 저작인 『설문해자』가 원래 '경전의 해독'을 위해 만들어진 것임을 명확히 이해해야 한다. 또한 '경전의 본래 뜻'에 대한 유학 대가들의 수많은 견해를 가져와 문자의 구조를 분석하고 본래 의미를 추론하는 데 사용되었다. 건륭 가경 학파와 고증학의 대가들은 더욱 "의리(義理)는 문자와 훈고(訓詁)에 존재한다."라고 분명하게 밝혔다. 그래서 뉴옥수(鈕玉樹)는 '허신의 글자 풀이는 대부분 최고의 경전에 근거하고 있음'을 발견하였다.

통계에 의하면, 『설문』에서 『시경』의 내용을 직접 인용한 것이 403곳, 『주역』을 인용한 것이 90곳, 『상서』를 인용한 것이 173곳, 『주례』를 인용

---

18 『歷史語言硏究所集刊』제4책(中華書局, 1987).

한 것이 94곳, 『의례(儀禮)』를 인용한 것이 29곳, 『예기(禮記)』를 인용한 것이 9곳, 『춘추전(春秋傳)』(三傳을 합한 것)을 인용한 것이 190곳, 『논어』를 인용한 것이 36곳, 『효경(孝經)』을 인용한 것이 4곳, 『이아』를 인용한 것이 31곳, 『맹자』를 인용한 것이 8곳, 『노자』를 인용한 것이 1곳, 그리고 이들 문헌 외의 '다른 문헌들'을 인용한 것이 83곳, '학자들의 학설'을 인용한 것이 103곳이다.

앞서 말한 '다른 문헌들'과 '학자들의 학설'에는 유가, 도가, 오행가, 묵가, 법가 등이 뒤섞여 있는 것을 제외하면 나머지는 모두 유가의 경전들이다. 9천여 자가 수록된 『설문』에서 차지하는 비율이 이미 상당히 높은 것이다.[19]

제4절.

한자에서 유학 사상 연구로 들어가는 몇 가지 단계와 방법

한자라는 이 특수한 시각으로부터 유학의 원류의 종적을 파헤쳐 나가는 것은, 오늘날 이 시대에서 기본적으로 다음의 두 가지 단계적 함의를 갖는다고 할 수 있다.

첫째, 유학의 관념이 한자의 구조와 정리에 영향을 미쳤다. 예컨대, 이

---

19 이러한 통계는 『설문』의 '대서본(大徐本)'에 근거했다. 뉴옥수가 열거한 것은 『段氏說文注訂序』에 보인다. 이 책의 '부록 편' 참조.

전에 분석하는 과정에서 「언(言)부수」 글자들 중 많은 글자들이 「심(心)부수」 글자들과 통합을 발견했는데, 이러한 문자의 구조적 현상은 유가 학설에서의 "말[言]은 마음[心]의 소리이다", "시(詩)로써 뜻[志]을 말한다."라는 등등의 시학적 관념이 얼마나 오랜 역사를 가지고 있는지 보여준다.[20]

한자에는 적잖은 이체 구조가 존재하는데, 상당수의 한자는 원래 있던 기록이라는 기능의 용도로서의 글자 부호의 기초 위에서 다시 의미를 추가하거나, 아예 그 형태와 체제를 나타내는 새로운 문자로 대체하였다. 이러한 현상은 금문에서도 이미 흔히 볼 수 있다.[21]

이체로 된 같은 글자[同字異體], 동일한 의미의 다른 구조[異構同義]는 체(體)와 용(用)이 둘이 아니며, 양쪽이 하나의 근원을 가진다는 것이다. 이러한 '체용(體用)관계'의 이념이라는 것이 순전히 서양의 학문이 동양에 전해진 결과에 의한 것이 아니라 한자 체계의 기록과 정리에 의해 체현되어 나온 것이라고 한다면 우리는 기본적으로 이로부터 늦어도 전국시기에 이미 출현하였다고 추정할 수 있다. 여기에서 필자가 한자와 유학 사상의 관계를 정리하는 것은, 이미 잃어버리고 폐기되거나 대체된 유학의 단위 관념사를 복원하는 시도일 뿐이며, 이를 통해 사람들이 보다 직관적이고 구체적인 인식을 얻을 수 있도록 하는 것이다.

둘째, 유학의 정신이 경전의 저자 및 해석자들이 '글자를 풀고 해석하는' 것에 직접적으로 규정하고 제약하였다. 예컨대, 『설문·유(酉)부수』에서의 '취(醉)'자에 관한 해석[22], 「금(琴)부수」에서의 '금(琴)'자의 본래 의미

---

20 이러한 논증은 이미 문자를 정리한 결과로서, 구체적 예는 臧克和, 『漢語文字與審美心理』(學林出版社, 1990) 참조.

21 臧克和, 『語象論』(貴州教育出版社, 1992) 참조.

22 『설문·유(酉)부수』에서 "취(醉)는 취하다(卒)라는 뜻이다. 자신의 주량이 다하도록 마셨지만 정신은 잃지 않음을 말한다. 일설에는 '술에 취해 술주정을 부리다'라는 뜻이라고도 한다. 유(酉)가 의미부이고 졸(卒)도 의미부이다.(醉, 卒也. 卒其度量, 不至於亂也. 一日漬也. 从酉从卒.)"라고 했다.

에 관한 설명[23], 『좌전』에서의 '무(武)'자에 관한 해설[24] 등등은 모두 멀든 가깝든 유학의 철학사상, 음악 미학 사상, 인도주의적 정신과 일정부분 연결되어 있다. 이러한 예는 더없이 많다.

구체적인 방법론에서, 이 책은 복잡함을 피하기 위해 비슷한 부류를 연결하고 범주를 확장하며, 서로 비교하고 상호 참조하는 방식을 채택하려고 노력했다. 또한, 한자의 형체 구성과 단위 관념사의 상세한 고찰과 정리를 통해, 유학의 단위 관념사의 변천 과정을 체현해 내고, 유학 관념이 발생하게 된 문화적 배경을 보완하려고 노력하였다. 어떤 의미에서는 또 상고시대 삼대(三代)의 중요한 역사적 사건의 본래 모습에 대해서도 복원하고자 하였다. 이는 마치 『관추편』 등의 저작들과 고대와 현대, 중국과 해외를 연결하여 비교하는 것과 같으며, 언어문자학을 통해 원래의 증거를 찾아내고 사상사를 실증하는 것으로 볼 수 있다. 국학(國學)과 서학(西學)이 도(道)와 술(術)로 서로 이어질 수 있으며, 의리(義理)와 고증이 하늘과 땅을 서로 연결시킬 수 있다. 이렇게 저술을 집대성하고 또 새로운 기풍을 열었으니, 학술사에서 한 시대의 범칙을 마련했다고 할 수 있다.

한자를 통해 유학 연구에 접근하는 핵심적인 과정은 바로 거짓을 제거하고 진실을 찾는 한편, 역사적인 안목을 갖추는 것이다. 그중에서도 후

---

23 『설문·금(琴)부수』에서 "금(琴)은 금하다(禁)는 뜻이다."라고 했다.

24 『좌전·선공(宣公)』 12년에서 "초자(楚子)가 말하기를,……글자에서 지(止)와 과(戈)과 합쳐지면 무(武)가 된다. ……무(武)라는 것은 폭력을 금지시키고, 무기를 거두어들이고, 큰 것을 지키며, 공을 획정하고, 백성을 안정시키며, 군중을 화합하게 하며, 재산을 풍족하게 하는 것이다.……무(武)에는 7가지 덕이 있다."라고 했다. 『十三經注疏』(中華書局, 1980).

자가 더욱 중요하다.

예컨대 '시(示)'자에 대해,『설문·시(示)부수』에서는 다음과 같이 해석하고 있다.

> 하늘에서 형상을 내려 주어, 길흉을 드러나게 하는데, 이는 사람들에게 계시를 주려는 것이다. 상(二: 上)이 의미부이다. 세로로 늘어뜨려진 세 개의 획은 각각 해[日]와 달[月]과 별[星]을 뜻한다. 천문을 자세히 살피면 시세의 변화를 살필 수 있다. 시(示)는 신과 관련된 일임을 뜻한다.(天垂象, 見吉凶, 所以示人也. 從二. 三垂, 日月星也. 觀乎天文, 以察時變. 示, 神事也.)

이러한 해석은 분명 '하늘과 사람이 서로 감응한다[天人感應]'는 관념이 출현한 뒤에 갖추어진 형상이다.

또 '왕(王)'자의 구조를 해석하면서, 공자는 '하나로써 셋을 관통시키는 것이 왕(王)이다.'라고 여겼다. 또 동중서(董仲舒)의 뜻풀이를 보면 "옛날, 글자를 만든 사람들이 삼 획에다 세로로 가운데를 이어서 '왕'자를 만들었다. 삼(三)은 하늘[天]과 땅[地]과 사람[人]을 뜻하는데, 그것들을 꿰뚫는 자가 왕(王)이라는 뜻이다."라고 했다.[25] '왕(王)'자의 이러한 지시적 구조에 대한 해석은 자연히 유학자들의 천인(天人) 관계에 대한 철학적 명제의 사고에서 비롯된 것이다. 후세 학자들이 출토 문헌을 참조하여 '시(示)'와

---

[25]『설문·옥(王)부수』: "왕(王)은 온 천하 사람들이 모두 돌아가 귀의하는 곳을 말한다. 동중서는 이렇게 말했다. '옛날, 글자를 만든 사람들이 삼 획에다 세로로 가운데를 이어서 '왕'자를 만들었다. 삼(三)은 하늘과 땅과 사람을 뜻하는데, 그것들을 꿰뚫는 자가 왕이라는 뜻이다.' 공자도 이렇게 말했다. '하나로써 셋을 꿰뚫게 한 것이 '왕'자이다.' (王: 天下所歸往也. 董仲舒曰: '古之造文者, 三畫而連其中謂之王. 三者, 天, 地, 人也. 而參通之者王也.' 孔子曰: '一貫三爲王.'")

'왕(王)'자 등의 구조에 대해 처음으로 파헤치면서, 혹자는 가까이로는 몸에서 취했고, 혹자는 멀리로는 사물에서 취했다고 하였다. 이렇게 자원에 대한 해설이 구체적으로 드러났지만, 모든 범주를 포괄하여 완성하려는 시도는 역대의 학자들에 미친다 해도 두루 통할 리 없다. 시대적 순서를 고려하지 않는다면, 학술사상의 발전에 도움이 되지 않고, 사람의 마음만 혼란하게 만들어 놓을 뿐이다.

한자에서 출발하여 유학 사상의 역사로 이어지는 과정에서, 우리는 유가와 도가 등 여러 학파의 그 발원적 단계에서 볼 때, 비록 다른 길을 걷지만 결국 같은 곳으로 귀속되고 일치하나 생각은 갖가지이다. 이후의 발전과정에서, 예컨대 다른 학파에서 제창한 양생과 출세, 사변의 도(道) 등은 원래부터 유학의 관념 속에 있어야 할 개념들이다. 『한서·예문지』는 이에 대한 통찰을 잃지 않고 다음과 같이 말했다. "그 말은 비록 서로 달라 비유컨대 물과 불과 같아 같이 멸망하고 서로를 살리기도 한다. 인(仁)의 의(義)에 대한 개념, 경(敬)의 화(和)에 대한 개념도 서로 반대되면서 서로를 이루게 한다.(其言雖殊, 辟猶水火, 相滅亦相生也; 仁之與義, 敬之與和, 相反而相成也.)"

『주역』에서도 "천하가 한 곳으로 귀속되나 길은 서로 다르다. 일치하되 생각은 여러 가지이다.(天下同歸而殊途, 一致而百慮.)"라고 했다. 오늘날 여러 학파의 사람들은 각자 자신의 강점을 바탕으로 학습하고 연구한 바를 깊이 생각하여 자신의 견해를 명백히 밝히고 있다. 각기 폐단이 있다 해도, 그 중요한 귀결점을 합하는 것 또한 육경의 지지와 계승이기도 하다. 이 글은 반고의 『제자략(諸子略)』에서 나온 것으로, 반고는 사마천이 『태사공 자서(太史公自序)』에서 제자백가의 이론에 대해 논한 내용을 인용했다. 사마천은 다양한 학파의 이론은 서로 다르지만 모두 세상을 다스리는 공통된 목표를 탐구하려 한다고 믿었다. 즉, 그는 "『주역·대전(大

傳)』에서 천하가 통일되어도 생각은 다양하니, 같은 목적으로 향하지만 가는 길은 서로 다르다. 음양가, 유가, 묵가, 명가, 법가, 도가는 모두 세상을 다스리는 목적을 추구하지만, 그들의 견해와 방법은 다르다."라고 하였다.

다시 한 층 더 올라가 보고 다시 한 꺼풀 더 깊이 들어가 보면, 역대 유학 사상가들은 모두 유유히 회통하고 계속해서 서로 통하거나 자신감 있게 이렇게 말했다. "인간 세상에 고대와 현재가 존재한다는 것을 믿지 않는다." 또 이렇게 말했다. "육경(六經)은 나에게 새로운 길을 개척해 준다." 우리가 오늘날 한자와 유학 사상 사이에 일정한 연결을 시도하는 것은 유학 사상과 한자 연구에 새로운 시야를 찾으려는 노력일 뿐이다.

위에서 말했듯이, 『설문』은 원래 한나라 때의 경학가들이 경전을 해석하기 위해 만든 책이다. 만약 언어문자를 통해 사상사의 원류를 추적하고 실증하고자 한다면, 포괄적이고 통합된 접근 방식을 채택해야 한다. 다시 말해, 사상사를 깊이 연구하려면 먼저 『설문』의 체례를 이해하고 숙지해야 하는데, 이것이 다양한 사상을 이해하고 연결하는 근본적인 방법이기 때문이다.

「서(叙)」에서 말했다. 이 14편은 5백40부, 9천3백53자, 1천1백63자의 이체자, 13만3천4백41자에 이르는 해설로 되어 있다. 부수를 세움에 있어서는 「일(一)부수」를 처음으로 삼았다. 부류를 취합하고, 물상으로 군체를 분류했다. 같은 조항들을 귀속시키고, 같은 이체가 서로 통하게 했다. 섞였으되 서로를 넘나들지 않고, 형체에 근거해 연계하였다. 끌어다 확장시키면서 만 가지 근원을 탐구하였다. 「해(亥)부수」에서 끝을 맺음으로써 만물의 끝까지 탐구하였음을 알 수 있다.(叙曰: 此十四篇, 五百四十部, 九千三百五十三文, 重一千一百六十三, 解說凡十三萬三於四百四十一字. 其建首也, 立一爲器. 方以類聚,

物以群分. 同條牽屬, 共理相貫. 雜而不越, 據形系聯. 引而申之, 以究萬原. 畢終於亥, 知化窮冥.)²⁶

국학의 대가였던 황계강(黃季剛)은 『설문약설(說文略說)』에서 다시 이렇게 기술했다. "『설문』의 글자 배열순서는 대체로 명사를 앞에, 개념을 뒤에 두었다. …… 그 속에서는 또 간혹 발음을 차례로 삼기도 했다. …… 또 간혹 의미로서 같거나 다른 것에 근거해 순서를 삼기도 했다. …… 대체로 글자를 배열하는 방법은 이 세 가지에서 벗어나지 않는다."

각 부수 간에는 대체로 '형체에 근거해 연계함'으로써 질서정연하게 만들었다. 『설문약설』에서는 또 이렇게 말했다. "『설문』의 부수 배열의 순서는 허신의 「자서(自序)」에 근거해 보면 '형체에 근거해 연계한다'는 것인데, 서개(徐鍇)는 이에 근거해 부수의 순서로 삼았다. 대개 형체가 비슷한 것을 순서로 삼은 것도 있고, 또 의미를 가지고 순서로 삼은 것도 있다. ……"

물론 몇몇 배열을 보면 스스로 그 체례를 혼란시킨 것도 있으며, 개중에는 어떤 연계성을 찾기 힘든 것도 보인다. 이러한 부분에 반드시 어떤 의도가 있었을 것이라 해석하는 것은 분명 잘못된 것이다.²⁷

아래에서는 장화(蔣和)가 편찬한 『설문』 부수 연계표를 그대로 영인 수록함으로써 고증학자들이 대략적인 원칙을 갖추도록 하였다. 청나라 '설문학' 4대가의 한 사람이었던 왕균(王筠)의 평가에 의하면, 장화는 "표를 만들면서 여러 학파의 부수에 관한 학설들을 인용하지 않은 것이 없으며"²⁸, 게다가 왕균이 이 표에 대해 허신이 서술한 조례에 근거해 추가로

---

26 大徐本, 『說文解字』제15편(하편).

27 臧克和, 『說文解字的文化說解』(湖北人民出版社, 1994), 50~51쪽.

28 [淸] 王筠, 『說文句讀』제30권(中國書店, 1983).

교감하였기 때문에, 총체적인 개요와 같이 모든 것을 다 포함하고 있다.

장화蔣和의 『설문』부수 연계표

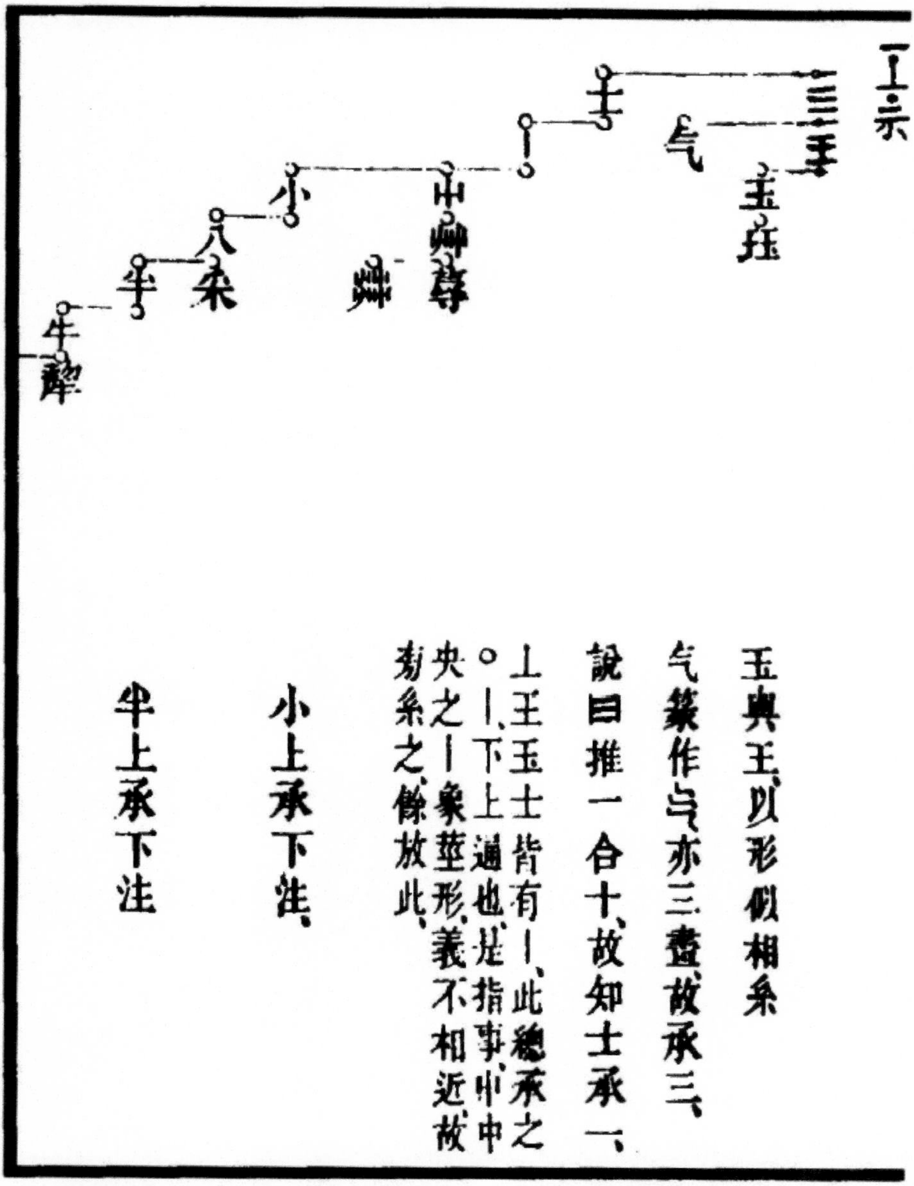
玉與王以形似相系
气篆作气亦三畫故承三
說曰推一合十故知士承一
丄王玉士皆有丨此總承之
○丨下上通也是指事屮中
央之丨象莖形義不相近故
另系之餘放此
小上承下注
半上承下注

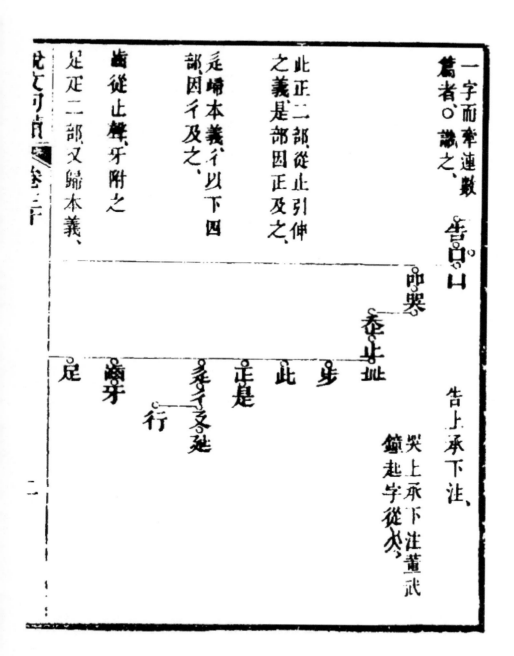

一字而牽連數
篇者○謚之、

告上承下注、
哭上承下注董武
鐘赴字從此、

此正二部從止引伸
之義是部因正及之、

延㞢本義彳以下四
部因彳及之、

齒從止聲牙附之

足定二部又歸本義、

鐘鼎無侖字而餘字

有〔篆〕〔篆〕〔篆〕

〔篆〕〔篆〕六體末二體

直是侖之省矣皆從
即、無從品者然侖固
三孔益、小篆核實而
增之、

尙　貞　谷　告　品　侖　品
辛　　　　　　　冊

定

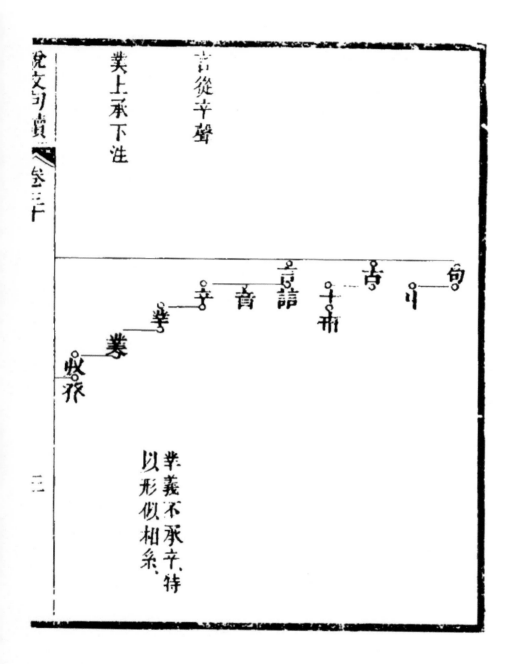

爨下云臼象持甑誦
𠬝為甑也兩部麤下
云兩屬瓦部甑甗也
然則甑𠬝一類之物
故𠬝承爨

臼字兩爪相對故爪
承之
孔字義承爪形則不
承故亦𠬝系之
𠬝宇從廾又故又廾
二部承𠬝然又廾皆

爻

其
異
𦥑
爨
𣪊
夒

爪
𠬝鬥
鬲粥

兼從廾臼
古文從臼

部首同意而遞相承
者如從人者有舍商

手也有手而后有𠬶
故反之在上

蔣氏曰聿從手持竹
蒻素有此說不意有
先我得之者 小篆
盡從聿、古文書與從聿、
皆承上兩部、

史　支　聿聿畫　隶　啟　臣　殳　寸　凡

等部是𠫵亦象𡴂形
故心部遞承之犬介
同字、亦開十二部而
遞相承也獨此少部
不使冠下文左部而
上而與又連敘者益
從又之字大率有手
義故口部右字直說
之曰助也而從右之
袺亦曰助也皆不見
手字惟說左曰手相
左助也獨表其爲手
則以部中差字不但
無手義且與助相反
也故使又少兩部相

反與乁相似因譌

秂從攴省則當作發

卜分攴之半、

攴分敎三分之一

[?]上承下注、

目自曲線橫系者連
類而及也下放此、

自白一字故鼻從自
而在白下、

連以表其爲手形設
邅對則不分明

度　敗　教　鼻　用　效　自　眉　省　白

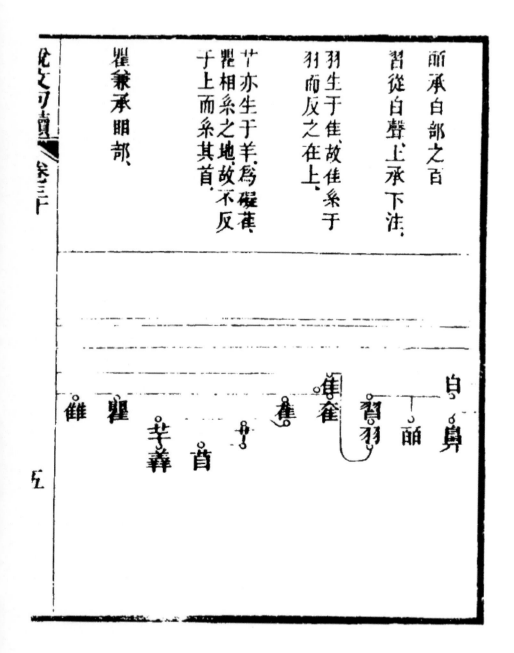

而承白部之百

習從白聲上承下法、

羽生于隹,故隹系于
羽而反之,在上、

廿亦生于羊,爲礎蒦
罷相系之地,故不反
于上而系其首、

瞿兼承朋部、

佳鳥一物而兩名、故
使遞與相對。

舉者捕鳥之网、其字
從華、故華繼佳鳥之
後。
壽者古檮字也、易曰、
男女構精、萬物化生、
故幺承之、幺者子在
腹中初成之形也。
元之篆文□、與亟
之古文□□相似。
予篆與幺相似、

放

予　亢　亟　幺茲　壽　華　鳥　易　韋

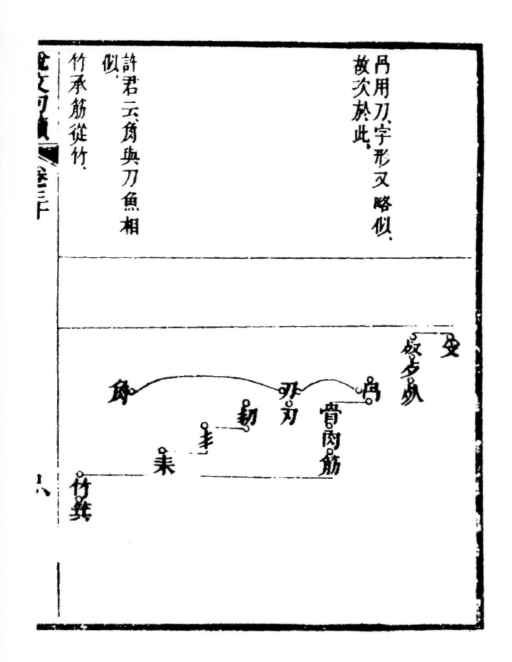

凡用刀、字形又略似、
故次於此、

竹承筋從竹、

許君云、魚與刀魚相
似、

旨從甘而開七部者、
甘曰皆從口加一筆、
旨則從甘從匕聲故
不能退曰於旨後而
乃以下六部皆因
曰連類而及故開七
部也、

乃字之義本與
曰近乃字篆文
又與𠂉字之乚
相似乃可字之乚即
是乃可字以下
皆承乚

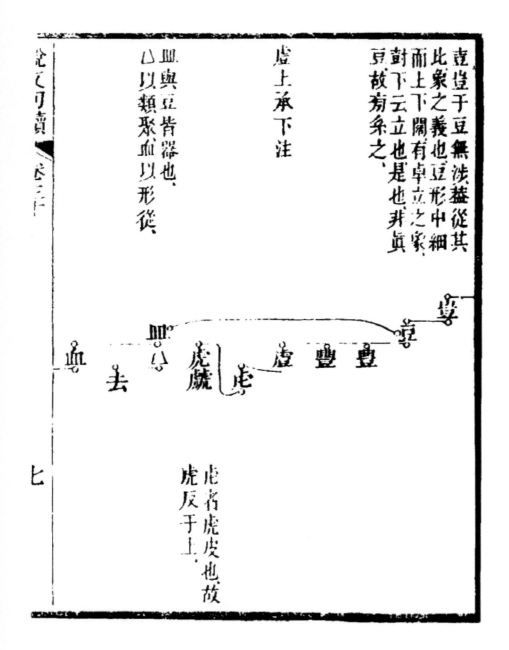

壴豆于豆無涉蓋從其
比象之義也豆形中細
而上下開有卓立之象
對下云立也是也并眞
豆故有糸之、

虛上承下注

皿與豆皆器也、
凵以類聚皿以形從、

虎者虎皮也故
虎反于上、

益之一、月、井之、、皆與▲相似、

皂篆當作♀、亦以其中一點類象、

❷從皂之半、食從皂之全、

食部所有古文皆從♀不從皂、倉

字小篆亦作倉不作倉、足徵♀之

本作♀⊙乃皮中有米之象、

△象三合之形、非從入一也、入部

繼之者以形系之、

缶矢二部、上體皆似入、實則象形

字、

❷之必卽米也
亦皂之類

高與向之人皆象上棟下宇之形
非出入之入、
齒上承下注、亯訓愛濟去倉亯
頗違此以形相附且向部末齒字

高從高省者豐下云豆之豐滿者
也是其義

許君說高介為三體以合為象形、
以門口為會意構意門口可合為
同字門之古文同下云亠象囿邑
象肉臼必有宮室臺榭足見高意、
而不然者為下口部地也、
亯京高畗皆以上半同高類聚、

說曰齊也故以齊承之、

夂夂以字形遞減為序。夂常
下夌一格然下一格則以下數部
無所容故但作曲線以別之、

夅下云相背舜艸蔓地連蔓引蔓
不定所向是從扣背此象之義也、
韋相背也是許君以韋為違離之
字也桀碟也碟則其體分離是從
舜引伸之義也、
舜部收韋變舜之平列者于上
下韋部從其形、

桀與鳥同意故桀自為部不入木
部巢則入木部不入鳥部皆所以
表著之也。○桀上承下汢、
下不能容故提行

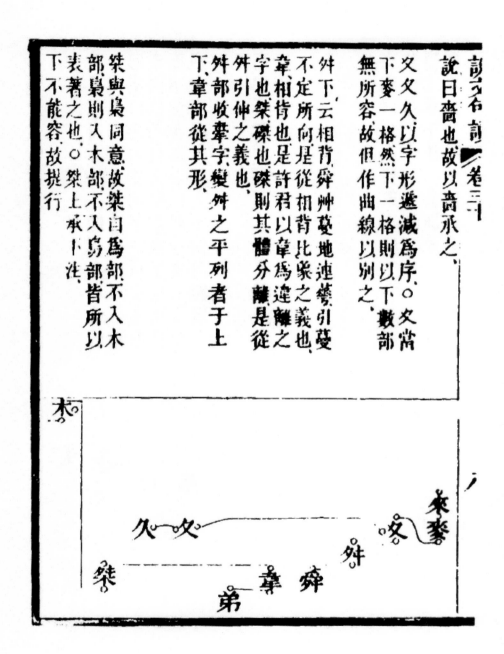

從木者直至瓜瓝乃此試觀許說

木下云從屮才出此从生丞等弓卤

八部下皆言乘言料長此毛二部下

皆言屮齊部下言禾麥則知凡屬

植物許君皆以木統之

出出二部字義主謂人而字形則

借屮木以指之故降一格而仍系

之木

生字較屮字多一畫而不系之屮

者字義主屮木也

丞之古文粉 從屯經䇈一字

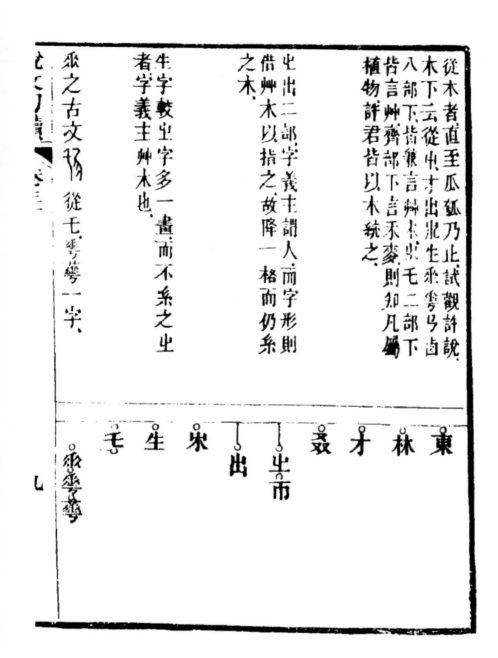

木稽一字猶自白爾彌大介皆一
字而分爲兩部許君以當時字形
謬誤特甚故重形如此

即林曰口當作〇且當是古團字
故員字從其聲篆橐口下云從口
而古文作〇其形正圓足證吾友
之說而古人借員爲團乃以口字
太簡加貝爲之非省圓在口部故
東從口橐從東圍之口也〇故
以口承橐此口當讀如個圓繞之
是東義〇個字
曰只是象形而許說曰從口一卽
由部分牽屬而然

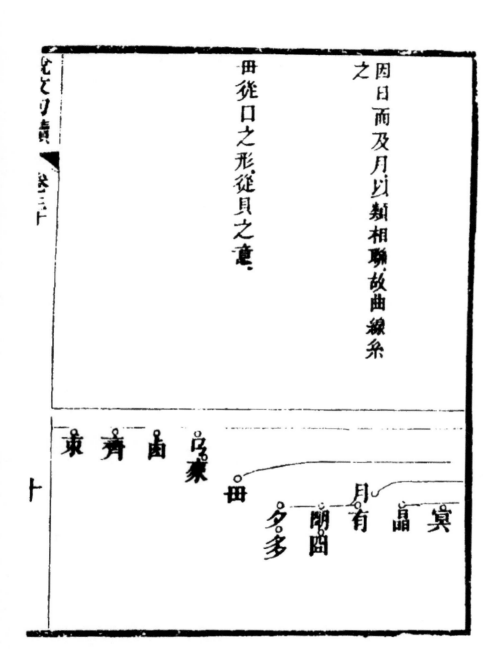

鼎下云象析木以炊,謂ㅣ片是米
字析為兩,遂成反正兩片字也,故
米之片下,竊意鼎是全體象形字,
克字象刻木米,訓刻木,又克之古
文米,下半與米相似,故相夾.
承部說解云從木.

曰米以凶固據字形,然凵即窦曰
之象乂則柈鄂之象陷於阱中則
凶矣凵字亦從曰其說曰舂地坎
可曶人凶說曰象地穿宊陷其
中則是凶部承皀字也.
麻麻一字惟說文玉篇云然他書

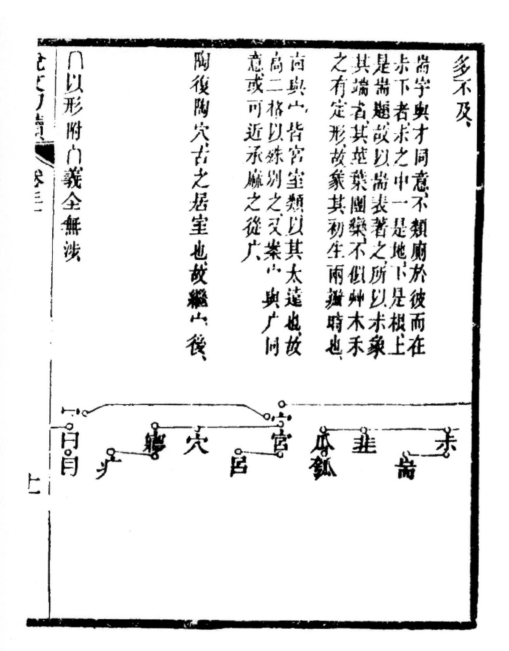

多不及、

嵩字與才同意不類廁於彼而在
未下者求之中一是地下是根上
是嵩題故以嵩表著之所以未象
其端者其莖榮團藥不似艸木禾
之有定形故象其初生兩疆時也、

向與宀皆宮室類以其太遠也故
宀二格以殊別之宀宷宀與广同
意或可近承麻之從广、

陶後陶穴古之居室也故繼宀後、

∩以形附宀義全無涉

上

网之在此也許君特据小篆系之
耳案當作衆上有網下有口外作
以漸張大之狀也知者古文同小
徐作凶繫傳曰冂與冂同意雖誤
以象形冂當本是古文小篆整齊之
也惟網則古文之異者小
遂不足象形冂則足知冂之非誤
象未用故其本形尚存也、

周易上經首乾坤而終於坎離乾坤
首易之縕道之全體而水火者天地

爾　网　兩　巾　市　甪　角　白　俯　褫

身　臾　　重　委　众　　　　北比　　委　巳　巳
　　　　　　　　　　　　　　北比　　比

之大用也下經首咸恆而終於既濟
未濟咸恆者人倫之始而水火者人
身之大用也上經言其靜故天地水
火皆分爲兩卦下經言其動故夫婦
水火皆合爲一卦太極生兩儀所以擬
首一部太極生兩儀所以擬乾坤也
後七篇首人部所以擬成恆也結之
以亥以見其無盡亦物不可窮受以
未濟之意惟水火可以上結天道下
起人道部首以形相糸則不能如易
之精密惟是人部之前有巿巿帛帶
之類後有衣裘之類爲人章身之飾
少爲索拂而已

凵下云從到人匕下云從反人尸
下云象臥之形者言臥卽以見其為
人也篆益本作𠂊有從之者乃丞一
足以美觀耳不可便以為死人如居
蹲也屢以息也皆非死人所有不可
因尸死古通謂尸又為動
物之遍形故尾字從之許君云古人
或飾系尾亦疑尾字不當從尸也、

雨霝狐麻皆一字旣相連昔之某自
白一字乃平列之者以有𠕋冐二部

兒 先 兒 兆 先 秀 兒 先 兒
次 欽 　 　 觀 　 　 　 　 父

從
之
故
區
別
以
醒
目
也
人
儿
一
字
乃
系
于
人
不
平
列
者
以
有
后
勹
等
字
仍
系
人
限
于
地
也
大
介
一
字
首
一
字
列
法
皆
同
自
白
玺
䃜
一
字
頁
百
一
字
則
同
爾
薇
〇
兩
部
首
同
字
者
凡
六
偶
三
部
首
同
字
者
頁
百
自
也
以
五
百
四
十
部
首
爲
字
源
者
觀
此
可
以
炎
矣

玉
篇
乑
有
獨
文
秀
竊
意
小
篆
本
當
如
之
傳
寫
誤
巳
爲
米
耳
許
君
所
据
固
如
此
故
乗
兩
說
而
究
疑
之
也
周
伯
琦
政
爲
米
化
云
從
木
聲
則
杜
撰
矣

先

頁首面丏
首
縣
須彡老
髟
文

后
司
厃
危

頁爲首之古文今無此讀、
首與百同而開以面丏二部者面字
從全頁猶可在後丏則與此一類皆
蓮蔽其面之狀故兩字皆以塵蔽說
之然兆從儿明白丏則是指事不在
面下則人不知所蔽者謂何故必和
面而及又有從列首之縣在下故
連、
不與百相連、

后宇許君作兩說前說謂尸象人形
蓋以刀字轉其上體向左下體向右
而後成尸前文到人反以臥人皆無
此體故云从人之形不云人從人也此
說謂上尸下口是兩體下文又分
一口爲三體然厄部不可分爲厂一

卩

印　色　卯　辟

今包
　　奇

鬼匕
　上

鬼山
　岫

說之故但云象人而后下亦以象人
之形之說列於前也然后字從人亦
不可解故許君作闕疑之詞

由厶分承鬼部

鬼生于山而無地可容故山不反于
上

屵　厃　厂

石　危　丸

屵字從厂許君以厂石二部次其後
宜也乃以形似而置广于厂前則非
其類何不以广列七篇山部之後乎

丸從厂部之反

危從厂部之产

而　帚　易　長

蔣氏曰長蒙髟字左或勿蒙髟字
右或

丼而皆蒙髟

許君引周禮以而為獸毛故獸頪

糸於後

筊案長部髟
字即從髟可
以為蔣氏說
證然許說曰
從兀從匕是
兼從已兩
部也惟以為

勿承髟彡之
多則下文村
而兩涉皆毛
而勿以與髟
髻合而勿以
關令而勿以
雜帛為之不
似旌旗之不
似旌旗之用
毛也然不用
蔣說而謂之
字承七篇之
从則何不以
勿繼从後且
許君分前七
篇後七篇答
自聯屬不應
越界故謂旗
旗長若率長
後亦涉牽強
關如可也

豸　家　易　象　馬　鴈　鹿
麤

豕　篆

彖

豚

自豕以下皆獸類而豸象易象惟
馬鴈篆體下半皆與豕相似惟
或無尾為異鹿鹿從比為一類
兔覓省於鹿鹿為一類犬又省
於兔覓惟鼠形不類耳能亦從
比不與鹿兔類列留為上承下
注用也

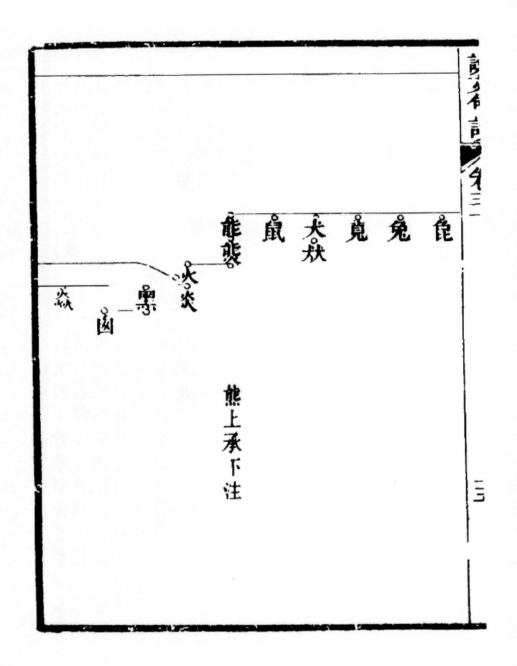

炎 炎

太

奎　　壺　尢　夾　夫　失　亦
　壹

炎上承下注、
大以大小爲本義而以
人身張大取象故亦尢
囟心凹宨皆人之一體、
而列於此矢天交允立
皆人事亦列於此其餘
則皆大小之大惟壺壹
字用之爲恭則是借指
事爲象形也血部盍字
亦以大爲恭、

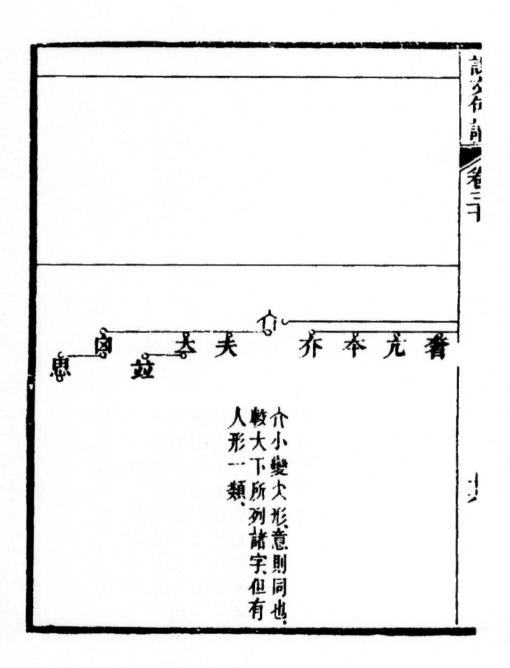

水冰

瀨 ⅏川 泉 辰 谷 犬 雨 雲

心思

思生于心、故反之在上

蔣氏曰水従火連類

雨與水以類相從古文

本不従水、

乙　不　至　酉

南鹽

丸　飛

龍　燕　魚盦

非

燕附於魚以尾相似、
故龍仍以鱗蟲承魚
燕與龍皆能飛故以
飛雙承之乙即是燕
古今異名耳：物而
非字又爲龍字所
疑不可平系之故交
系其首。

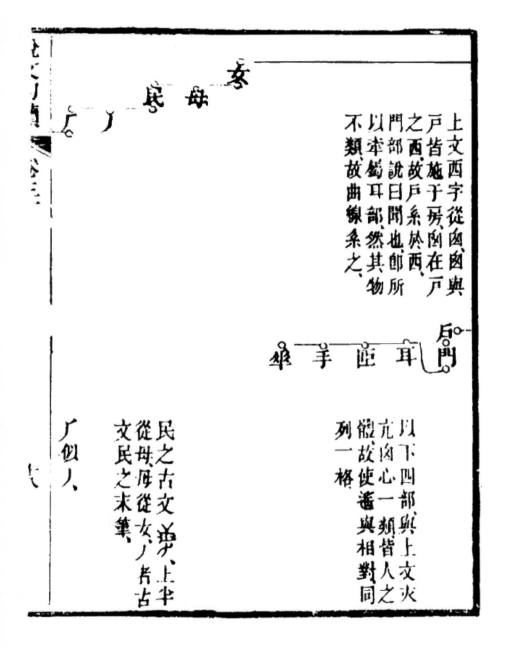

上文西字從囟,囟與
戶皆施于房,倒在戶
之西,故戶系從西,
門部說曰聞也,即所
以牽鎬耳部,然其物
不類,故曲線系之、

以下四部與上文灾
尤囟心一類皆人之
體,故使番與相對同
列一格

民之古文夢,上半
從母,母從女丿芳古
文民之末筆、

广似人、

氏氏

我

戈戊

琴 匸 匚

戈從厂部之弋、

戊從レ聲レ屬ㄧ部、弋字下云與ㄟ與戈同為器用故交此、ㄟ與ㄟ相似又

ㄟ與ㄟ相似

匸與匚相似、

曲　畠　瓦　弜

弜

系　系

率　絲　素

匸者器也故自曲以下仍列諸器
以匿之

䓶瓦器也故殳之以瓦

蔣氏曰自戈至弦竝器用類

得聲也
繼弦而關以糸部者糸遠承厂字
其形本同但所象異物耳故以糸
弸之8象弦形與糸之古文8◦●

率乃捕鳥之网而虫部說五方之
物曰率或行或飛是以鳥冠之也故

七七

小時名虫,大時
名它,一物而非
一字,故交系其
首與燕乙同,

兩都相聯邪,姑斷之以示罌疑.

虫蝛蟲　鳳

空

鼋　黿

卵

二

土

單　菫　垚

蟲以鳳化而鳳字以虫為
形,是母從子也.

非篆分而為二,故
二承之卵之裏黃
如天之包池是亦
兩儀之象也.
二為地數,故土承之.

段氏曰:卵象麗下體之形
而次之榮它龜皆卵生.

戴氏曰秤度地平之
具用水以望也勺取
水具几取平義在地
曰從几斤金所成斗
勺之與矢斤碬車地
所載筭案仲鹹之意
以此八部糸之土部

金

斗　片　且　勺　𠦜
　　　　自

男　黄　甾
方

筭案𠦜度地平之
具不審所本卽
有本亦木器也或
以在金後勺几且
則企木兼之何
斗車皆木器斤矢
十二篇諸器名之類
𠦜在金後而不與
廟平不得其意之
所在故使八部自

四篆二

五以下皆篆四．

相牽連以示闕疑

矛
車
自皀鬯
亼

宁
癶
亞
五
六

段氏曰、亼略似△、亞略
似△、亞略似某

數目十字許君知其本義
故分於各部餘支二十二
字其本義有不可知者故
類聚於未、

古文閼從宏故系於
宏小篆省之便不似、

陰變於六,陽變於九,
至九六而陰陽合會
矣,故以榦支終焉,此
二十二字者,祇可為
兄弟,不可以為父子
也,故蔣氏直系之,今
皆平列之、

己 戊 丁 丙 乙 甲　　九 七

楚金祛妄篇巴篆作
引陽冰曰從巳中一不合

幹之戊己庚辛,支
之寅辰戌亥皆不
其可解此許君所
以類推也,

庚　辛　壬　癸　　舌　了　義　去　並
巴

次己下,是知李氏據本作
巴與夢英所書同今本
作巴,則字形似己不似
庚,少溫不應目眛也,然
許君既次之己下,益巴
是本形,則傳寫之誤,
小徐作巴,又連之也其
正文及部敘仍作巴

丑益古枋字以會意定象
形字也,

午益是古杵字象形
字也故舂字從之

申益古電字電則系
增字也蚓下云申電
也知申亦象形字

亥　戌　酉　申　未　午　巳　辰　卯　寅
　　　酋

酋字次酉下愈知酉是古
酒字古器銘邪卯酒媒字
故作酉後加水爲區別爲
二

유가의 인도주의 정신의 재구

고문 경학가들은 글자나 단어의 원래 의미를 탐구하는 과정에서 한자의 의미형상 구조에 "귀하게 여기는 것이었기에 모두 상형자로 만들었다."(『설문·오(烏)부수』 '언(焉)'의 해석)라는 규칙이 있음을 발견했다. 다음의 예를 보자.

> 양(羊): 상(祥)과 같아서 '상서롭다'는 뜻이다. 괴(丷)는 뿔이 있는 머리와 발, 꼬리의 모습을 형상했다. 공자는 "우(牛)나 양(羊)자는 모두 그 형체를 가지고 온 글자이다"라고 했다.(羊: 祥也. 从象頭角足尾之形. 孔子曰: '牛羊之字以形擧也.')(『설문·양(羊)부수』)
>
> 단옥재는 이렇게 주석을 달았다. "허신은 공자의 말을 자주 인용했는데, 옥(王)·사(士)·아(兒)·서(黍)·대(大)·맥(貉)·조(鳥)자 등에 관한 해석이 모두 그러하다."(段注: "許(慎)多引孔子言. 如王士兒黍大貉鳥皆是也.")
>
> 우(牛): '섬기다[事]', '다스리다[理]'라는 뜻으로, 세 갈래로 나누어진 뿔의 꼭지와 봉해진 꼬리의 모습을 형상했다.(牛: 事也, 理也,

象角頭三, 封尾之形也.)(『설문해자주·우(牛)부수』제2권(상편))

오(烏): 까마귀를 말하며, 상형이다. 공자는 이렇게 말했다. "오(烏)는 '호오'라는 뜻이다." 이는 그 소리를 빌어 어조사로 삼은 것이다. 그래서 '오호'라고 할 때의 '오'로 쓰게 되었다.(烏: 孝鳥 也. 象形. 孔子曰: '烏, 盱呼也.' 取其助气, 故以爲烏呼.)(『설문·오(烏)부수』)

단옥재의 주석에서는 "새끼가 자라서 늙은 어미에게 먹이를 물어다 주는 새를 말한다."라고 했다. 또 『소이아(小爾雅)』에서는 "새끼가 자라서 늙은 어미에게 먹이를 물어다 주는 순흑색의 새를 까마귀라고 한다."라고 했다.(段注: 謂其反哺也, 『小爾雅』曰: 純黑而反哺者謂之烏.)

언(焉): '언조(焉鳥)'를 말하는데, 황색으로 강회 지역에서 난다. 상형이다. 대부분의 글자들, 예컨대 붕새[朋]는 익충의 우두머리이며, 까마귀[烏]는 태양 속의 새이며, 까치[舄]는 태세성의 소재를 아는 새이며, 제비[燕]는 아이를 얻을 징조의 새이며, 둥지를 지을 때는 무(戊)나 기(己)에 해당하는 날을 피한다. 이러한 것들은 모두 귀히 여기는 새들로, 상형자들이다. '언조' 또한 마찬가지이다.(焉, 焉鳥, 黃色, 出於江淮. 象形. 凡字: 朋 者, 羽蟲之之長; 烏者, 日中之禽; 舄者, 知太歲之所在; 燕者, 請子之候, 作 巢避戊己. 所貴者故皆象形. 焉亦是也.)(『설문·오(烏)부수』)

단옥재의 주석에서는 이렇게 말했다. "언(焉) 또한 상형이니 필시 귀히 여겼던 새일 것이다. 필자의 생각으로는 오(烏)·석(舄)·언(焉) 등을 모두 조(鳥)부수에 귀속시키고 조(鳥)의 생략된 모습으로 구성되었지만, '새(鳥)'와 같지 않다고 한 것은 그것들을 귀히 여겼기 때문일 것이다."(段注: 焉亦象形, 必 有可貴者也. 按烏, 舄, 焉皆可入鳥部, 云从鳥省, 不爾者, 貴之也.)

나머지 예는 더 이상 들지 않겠다. 다음에서는 한자 속에 담겨진 '인도(人道)' 정신과 관련된 글자 창제의 의미형상에 대해 살펴볼 것이다. 여기서는 '인본(人本)', '인의(仁義)', '지과(止戈)' 등과 같은 몇몇 예를 들어 대강을 살피기로 한다.

인권사상에 대한 최초의 표현

한자 체계에서 '인(人)'의 의미형상을 보면, "귀하게 여기는 것이었기에 모두 상형으로 만들었다."라는 구조 원칙을 특히 잘 나타내주고 있다.

『설문·인(人)부수』
> 인(人): 천지의 성정 중에서 가장 귀한 존재이다. 이 글자의 주문(籀文)체는 팔과 다리를 벌리고 있는 모습을 그렸다.(人: 天地之性最貴者也. 此籀文. 象臂脛之形.)

이는 전해져 오는 그 어떤 전통 문헌보다 '인본'의 지위를 분명하게 강조한 해설이라 하겠다. 단옥재의 주해(注解)에서는 다음과 같이 해석하고 있다.

> 『예기·예운(禮運)』에 이르기를, 사람이란 천지의 덕이요, 음양이 교차하는 바이며, 귀신의 회합이요, 오행의 우수한 기운이라고 했다. 또 사람이란 천지의 마음이요, 오행의 단서이며, 맛을 보고 소리를 구별하며 색깔을 입혀 생겨난 존재라고 했다. 내 생각에, 금수와 초목은 모두 천지에 의해 생겨나지만, 천지의 마음을 얻지는 못한다. 오직 사람만이 천지의 마음인 까닭에, 천지는 사람을 낳는 것을 지극히 귀히 여긴다. 천지의 마음을 사람이라 했고, 사람은 천지와 덕을 합할 수 있다. 과실의 마음 또한 사람이라 할 수 있으며, 초목을 다시 자라나게 하여 과실을 맺게 할 수 있다. 모두 지극히 미미한 것

으로부터 전체를 갖추게 되는 바이다. '과인(果人)'이라는 단어는 송·원 이전 시기의 문헌들, 예컨대『본초』와 처방전 및 시가 등에서 '인(人)'으로 기록하지 않은 것이 없다. 하지만 명나라 성화(成化) 연간에 증간된『본초』에서는 모두 '인(仁)'자로 바꾸어 쓰고 있다. 이는 이치에 통하지 않음은 학자라도 잘 알고 있는 바이다. 인(仁)이란 사람의 덕을 말한다. 사람[人]이 바로 인(仁)이라 할 수 없는데, '과인(果人)'을 '과인(果仁)'이라 할 수 있겠는가? 금나라 태화(泰和) 연간에 간행된『본초』에서는 모두 '인(人)'이라 기록하고 있는데, 청나라 원정도(袁廷檮) 소장본에 그렇다.(『禮運』曰: 人者, 其天地之德, 陰陽之交, 鬼神之會, 五行之秀氣也. 又曰: 人者, 天地之心也, 五行之端也. 食味別聲被色而生者也. 按禽獸艸木皆天地所生, 而不得爲天地之心, 惟人爲天地之心, 故天地之生此爲極貴. 天地之心謂之人, 能與天地合德. 果實之心亦謂之人, 能復生艸木而成果實, 皆至微而具全體也. '果人'之字自宋元以前,『本艸』方書詩歌紀載無不作'人'字; 自明成化重刊『本艸』, 乃盡改爲'仁'字. 於理不通, 學者所當知也. 仁者, 人之德也. 不可謂人曰仁, 其可謂'果人'曰'果仁'哉? 金泰和閒所刊『本艸』皆作'人', 藏袁廷檮所.")[1]

명물(名物)에 대해 연구하는 훈고학자들은 "옛사람들이 물상에 이름 붙일 때에는 가차라는 것을 사용하지 않았다."라고 한다. 단옥재는 '과인(果仁)'의 '인(仁)'을 원래는 '과인(果人)'으로 적었으며, 그 이름의 근원이 실제로는 만물의 영혼이자 천지의 '마음(心)'인 '사람(人)'과 동일한 관계를 맺고 있음을 파헤쳤다.『자휘(字彙)·인(人)부수』에서, "과실의 가운데 씨를 인(仁)이라 한다.(果實中核曰仁.)"라고 했다. 또『안씨가훈·양생(養生)』에서는 "업(鄴) 땅에 사는 관리들 중에 살구씨의 알맹이[杏仁], 구기자[枸杞], 황정(黃精), 차조[朮], 질경이[車前] 등만 복용하여 건강해진 자들이 매우 많았

---

1 『說文解字注』(經韻樓藏版 영인본) 제8권(상편)(上海古籍出版社, 1981).

다.(鄴中朝士, 有單服杏仁, 枸杞, 黃精, 朮, 車前得益者甚多.)"라고 했다. 또『농정전서(農政全書)·수예(樹藝)·나(蓏)부수』에서는 "(수박은) 맛이 차고 술독을 풀어준다. 그 씨는 햇빛에 말려 인(仁)을 얻는데……((西瓜)味寒, 解酒毒. 其子曝乾取仁……)"라고 했다. 이러한 이름의 근원의 연결 속에는 두 가지 단계의 함의가 들어 있다. 즉 하나는 '사람'이 천지 만물의 '핵심'이라는 것이고, 다른 하나는 사람이 귀하게 여겨지는 특성이 바로 '살아있음[生]'에 있다는 것이다.

이로부터 한자 속의 '인(人)' 계열자에는 유가의 어떤 '인본' 관념과 인도주의적 정신이 관통되어 있다고 할 수 있다. 이는『맹자』등과 같은 유가 경전에서 습관적으로 보이는 '백성이 귀한 존재이다'라는 견해와 서로 일치하고 있다 할 것이다.

전통 문헌의 경우, 더 멀리에서 증거를 찾을 것도 없이 바로『설문·인(人)부수』의 수록자 현황을 살펴본다면, '대서본(大徐本)'의 경우 본문 245자, 이체자 14자, 새로이 첨부한 글자[新附字] 18자 등으로『설문』에서 수록된 글자가 가장 많은 부수이다. 게다가 이로부터 사람의 품성, 행동거지, 행위, 심리, 용모[儀表]², 모양, 재주와 성정, 성씨, 생로병사 등등의 방대한 '의미장'을 형성하고 있다.

---

2 (역주) 의표(儀表)는 중국어에서 다음과 같은 함의를 가진다.

첫째, 사람의 외모를 나타내는데, 이는 용모, 자세, 풍격 등을 포함한다. 예를 들어,『시경·위풍(衛風)·석인(碩人)』에서 "높으신 분은 훤칠한데(碩人其頎)"라는 구절이 있는데, 이는 바로 장강(莊姜)의 용모가 아름다움을 나타낸다.

둘째, 각종 측정기를 지칭한다. 예를 들어 온도계, 압력계 등이 여기에 속한다. 이러한 기기들은 온도, 기압, 전력, 혈압 등의 물리량을 측정하고, 그 결과를 숫자 형태로 표시한다.

셋째, '규범'이나 '모범'을 의미한다. 예를 들어,『관자·형세(形勢)』에서는 "법도라는 것은 만민의 규범이고, 예의라는 것은 존비의 규범이다.(法度者, 萬民之儀表也; 禮義者, 尊卑之儀表也.)"라고 했다.

이상적인 인격에 대한 경전의 이해

'인의(仁義)'라는 단어는 옛날부터 항상 써 오던 말이다. 먼저, '인(仁)'의 한 부분부터 이야기해 보자.

1 忎 『설문고문(說文古文)』
2 𡰥 『설문고문(說文古文)』
3 𡰥 「중산왕정(中山王鼎)」
4 𡨴 『노자(老子)』(갑(甲)·후(後)·하(下) 199)

『설문·인(人)부수』

　　인(仁): '친(親)과 같아 친애하다'라는 뜻이다. 인(人)이 의미부이고
　　이(二)도 의미부이다.(仁: 親也. 从人从二.)

위에서 든 고문자 인(忎)과 인(𡰥)에서 볼 수 있듯, "인(忎)은 인(仁)의 고문체인데, 천(千)과 심(心)으로 구성되었다. 인(𡰥)은 인(仁)이 고문체인데, 간혹 시(𡰥)로 구성되었다."라고 했다.

'인(仁)'의 고문체인 인(𡰥)은 「중산왕정(中山王鼎)」과 일치하며, 그 명문에서는 '인(仁)'을 '인(𡰥)'과 같이 적고 있다. 이후의 『노자』의 갑(甲)·후(後)199의 '인(仁)'의 구조는 이를 계승하여 인(𡨴)처럼 적고 있다. 이상이

'인(仁)'자의 형체 상의 전승과정이다.[3] 마서륜(馬敍倫)은 '인(仁)'자의 구조적 의미에 대해 매우 심도 깊게 다음처럼 논의하고 있다.

엄가균은 이렇게 말했다. 소서본과 통론에서 '이(二)가 소리부이다(二聲)'라는 말을 인용했다. 인(仁)자는 고문체로 인(𡰥)으로 적는데, 「착(辵)부수」에서 '지(遲)'를 달리 '지(𨕖)'로 적는다고 했다. 『한서』에서는 지(𨕖)를 이(夷)의 고자로 여겼다. 이들은 모두 인(仁)자가 '이(二)'를 소리부로 삼고 있다는 증거가 된다. 주사단(朱士端)은 참위서에서 글자를 해설할 때 대부분 회의자로 해석했는데, 허신의 책에서는 사용하지 않은 해설이다. 『춘추원명포(春秋元命苞)』에서 '인(仁)자는 이(二)와 인(人)이 합쳐져 인(仁)이 되는데, [인(仁)이란] 자신에게만 전용되는 것이 아니라 다른 사람에게도 시행해야 하는 것임을 말한다고 했다. 『설문』서개본에서는 '인(人)이 의미부이고 이(二)가 소리부이다'라고 했는데, 이는 서현본의 해설보다 낫다. 등정정(鄧廷楨)은 '인(仁)과 친(親)은 첩운 관계이다'라고 했고, 공등(龔橙)은 '인(𡰥)의 자형은 『한간(汗簡)』에 보이는 글자로 바로 인(𠆢)과 같은 글자인데, 전서체에서 생략하여 인(仁)으로 적게 되었기에, 이(二)로 구성되었다고 오인하였다.'라고 했다. 정복보(丁福保)는 이렇게 말했다. '『혜림음의(慧琳音義)』제27권에서 『설문』을 인용하면서, 이(二)가 의미부이고 인(人)이 소리부이며, 말과 행동이 둘이 되지 않는 것을 인(仁)이라 한다.' 당란(唐蘭)도 이렇게 말했다. '인(仁)은 비록 두 사람(二人)을 대표하지만 상의자에 속한다.' 고실(顧實)도 이렇게 말했다. '이(二)라는 것은 글자가 중복될 때 쓰는 부호로, 𡥩과 같은 예에 속한다.' 필자는 이렇게 생각한다. 서개본에서는 '이

---

3 『金文編』제8권, 『漢語大字典·人部』의 기록을 재인용.

(二)'를 역성으로 보았고, 척학표(戚學標)는 '인(人)'이 소리부라 보았고, 주준성(朱駿聲)과 묘기(苗夔)는 '인(人)'을 소리부도 겸한다고 보았다. 또 필자는 이렇게 생각한다. '이(二)'는 '지(地)'의 초기 문자라 생각하며, 숫자의 '이(二)'도 자형이 꼭 같다. 만약 숫자의 '이(二)'를 따라서 '두 사람(二人)'을 인(仁)으로 풀이한다면, 이는 '니(尼)'자를 '비(匕)'로 구성된 것과 같다고 풀이하는 것만큼이나 부적절하지 않겠는가?(嚴可均曰: 小徐及通論引作'二聲'. 古文仁作㲴, 「走部」'遲'或作'迡', 蓋取遲聲. 『漢書』以迡爲古夷字, 皆仁從'二'聲之證. 朱士端曰: 緯書解字多主會意, 許所不用.『春秋元命苞』云: 仁字二人爲仁, 言不專於己, 人亦施於也.『說文』錯本作'从人二聲', 勝鉉本也. 鄧廷楨曰: 仁, 親疊韻. 龔橙曰: 𠔏見『汗簡』, 即㇀, 篆省, 作仁, 誤說从二. 丁福保曰:『慧琳音義』廿七引『說文』: 从二, 人聲, 言行無二曰仁. 唐蘭曰: 仁雖代表二人, 爲象意字. 顧實曰: 二者, 畫文之記號也, 與𡔛同例. 倫按徐鍇宋保以爲"二"亦聲, 戚學標以爲'人'聲, 朱駿聲苗夔以爲'人亦聲'. 倫謂 '二'爲'地'之初文, 而數名之'二', 字形亦同. 若從數名之'二', 而二人爲仁, 則無如尼之从匕之爲現切乎?)

5 𠔏   6 ㇀   7 𦣻   8 𠂤   9 㞋
10 仁   11 仁   12 ⹀   13 仁

게다가 '从比𣎴𣎴夫夫'는 모두 두 사람으로 구성된 것이 명확하지 않은가? 이(二)와 인(仁)의 독음을 찾아보면 모두 일(日)뉴(紐)에 속하여, 이(二)를 소리부로 삼고 있다. 현재 소주(蘇州)의 소흥(紹興) 지역에서는 이(二)를 니(膩)와 같이 읽는다. 일(日)운에 속한 닐(暱)과 래(來)운에 속한 점(黏)과 일(䵒)은 독음이 모두 낭(娘)뉴에 속한다. 고대음에서 일(日)은 니(泥)뉴에 귀속되었고, 니(泥)와 낭(娘)은 모두 설측음인데, 고대와 현대에서는 모두 친밀함을 뜻한다. 일(䵒)의 뜻은 일(日)과 가깝고, 일(䵒)은 서로 붙어 있다는 뜻이다. 인(仁)은 친하다

[親]는 뜻으로 풀이되니, 이들은 어원이 같다. 인(仁)은 바로 '친하다 [親暱]'는 뜻의 친(親)의 본자(本字)이다. 그래서 인(仁)은 서(恕)의 의미로도 가차될 수 있다. 정현은 『중용(中庸)』의 주석에서 '인(仁)의 독음은 상인우(相人偶)의 인(人)과 같이 읽는다.'라고 했다. 상인우(相人偶)는 바로 '친하다[親暱]'는 의미를 말한다. 아래의 문장에서 고문에서는 인(仁)을 심(心)이 의미부이고 천(千)이 소리부인 인(忎)으로 썼다. 천(千)과 친(親)의 독음은 모두 청(淸)뉴에 속한다. 이는 천(千)이 인(人)에서 소리부를 취한 것에서 증명할 수 있다. 인(仁)의 의미는 서로 친하다는 것에서만 그치지 않는다. 인의(仁義)라고 할 때의 인(仁)은 그 본자(本字)가 서(恕)이다. 만약 두 사람[二人]으로 구성되어 있다면 그건 두 사람에 불과하며 다른 의미가 없다.

말과 행동에 차이가 없는 것을 인(仁)이라 한다. …… 혜림(慧琳)이 인용한 바는 분명히 잘못된 판본이다. 공등(龔橙)은『한간(汗簡)』에서 ⟨글자⟩를 쓴 것에 근거하여, ⟨글자⟩가 바로 '니(尼)'자라고 했다. 니(尼)는 인(仁)의 초문(初文)이고, 니(尼)는 전서체로 니(⟨글자⟩)로 썼다. 그래서 공자는 증자(曾子)가 그 자신의 본성과 감정에 따라 일을 행했기 때문에 가족에 대한 깊은 감정을 자연히 나타낼 수 있었다고 했다. 니(尼)와 이(二)의 독음은 모두 니(泥)뉴에 속한다. 그러므로 전주자에서는 인(人)이 의미부이고 이(二)가 소리부인 인(仁)이 되었다. 이 글자는 『급취편(急就篇)』에서 보이는데, 고대의 인장문자에서는 인(⟨글자⟩, ⟨글자⟩, ⟨글자⟩) 등으로 썼으며, 갑골문에서는 인(⟨글자⟩)으로 썼다. 인(仁)은 상인우(相人偶)의 인(人)과 같이 읽는다.(且'从比太太夫夫', 不皆从二人尤爲象意乎? 尋二, 仁音皆日紐, 是从二得聲也. 今蘇州紹興讀二音如膩, 日部之暱, 來部之黏⟨글자⟩, 音皆娘鈕. 古讀日歸泥, 泥, 娘同爲邊音, 而古今言親暱, ⟨글자⟩訓日近, ⟨글자⟩爲相著. 仁訓親也, 此語原同也. 仁即親暱之親本字, 故仁訓親恕, 假借字爲釋也. 鄭記中庸注, 仁讀如相人偶之人. 相人偶, 正謂親暱也. 下文古文仁作⟨글자⟩, 从心, 千聲. 千, 親音皆淸紐,

而千从人得聲, 亦可證也. 仁之爲義. 止明相親. 仁義之仁, 本字爲恕. 由是益明字从二聲, 不从二爲義也. 若从二人, 止爲二人, 無餘義也. 言行無二曰仁……慧琳所引, 明系訛本. 龔據『汗簡』作 者, 即尼字. 尼爲仁之初文, 尼篆作 , 乃會子依其所生意, 故義爲親也. 尼, 二音同泥紐, 故轉注字从人, 二聲爲仁. 字見『急就篇』, 古璽仁作(10), (11), (12), 甲文作(13). [4]

위에서 마서륜이 고증한 "인(仁)은 친하다는 뜻이다.(以仁爲親昵)"는 인용된 문서의 개별적인 증거에 대한 논의가 아직 남아 있는 경우를 제외하고, 검토 과정은 전반적으로 신뢰할 만하다.

'인(仁)'은 남을 사랑하는 것이고, '의(義)'는 위엄 있는 태도를 말한다. 전자는 다른 사람을 대하는 마음을 말한 것이고, 후자는 자기 자신을 규율하는 것을 말한다.[5] 이는 유학자의 삶의 원칙과 세상을 대하는 태도를 반영한 것이다. '의(義)'자는 아래에 자세히 기술되어 있으며, 위에서 언급한 '인(仁)'자에 대한 함의는 기본적으로 유교의 경전에서 서로 확인할 수 있다. 그런데 역대 문헌에서 전하는 '인(仁)'의 이념은 상대적으로 더 복잡하며, 유학의 범주로서의 '인의(仁義)'는 여러 세대의 유학자들에 의해 지속적으로 해석되고 발전되었기에, 후학자들은 '인의(仁義)'의 역사적 진화와 깊은 의미를 면밀히 검토하고 이해해야 한다.

완궁보(阮宮保, 즉 阮元)의 『연경실집(研經室集)·「논어」의 인론을 논함(『論語』論仁論)』은 '원문'을 존중하여 이러한 문제를 거의 완벽하게 해결하

4 『說文解字六書疏證』제15권(上海書店, 1985)(科學出版社의 1957년 영인본에 근거함).

5 만약 소리대로 주석을 단다면 "인(仁)은 사람됨[人]을 말하고, 의(義)는 자신됨[我]을 말한다.(仁者, 人也, 義者, 我也.)"라고 해석할 수 있다. 『맹자·고자(告子)』에서는 "인(仁)은 안에 있는 것이지 밖에 있는 것이 아니고, 의(義)는 밖에 있는 것이지 안에 있는 것이 아니다.(仁, 內也, 非外也; 義, 外也, 非內也.)"라고 했다.

였다.

『논어』에서 오상(五常)에 대한 이야기는 상세하게 기술되어 있으며, 특히 인(仁)에 관해서는 총 58장에 걸쳐 다루어져 있다. 『논어』에서 인(仁)자는 총 105회 나타나는데, 이는 매우 상세한 설명이라 할 수 있다. 성문(聖門)에서 가장 상세하게 다루었던 주제를 전승하지 못하고 그 요지를 잃는다면, 『논어』에 없는 다른 단어를 별도로 논하는 것은 시간 낭비일 뿐이다. 지금 『논어』에서 인(仁)을 논의한 여러 장을 종합적으로 논의하고, 그 해석을 뒤에서 증명하고자 한다. 먼저, 대략적인 개요를 제시한다. 인(仁)자의 해석에 있어서 굳이 멀리 있는 예를 끌어오지 않아도 된다. 단지 『증자제언편(曾子制言篇)』에서 '사람들의 상호 작용은 마치 배와 수레가 서로를 돕는 것과 같다. 사람이 아니면 서로 도울 수 없으며, 말이 아니면 달릴 수 없고, 물이 아니면 흐를 수 없다.'라는 구절과 『중용편』에서 '인(仁)은 사람됨[人]을 말한다.'라는 것은, 정강성의 '상인우(相人偶: 친밀하다)의 인(人)과 같이 읽는다'라는 주석을 통해서도 충분히 이해할 수 있다. 춘추시대 공문(孔門)에서의 인(仁)은 이 한 사람과 저 한 사람이 서로 상대방과 조화를 이루며 예의와 충성 등으로 일을 행하는 것을 말한다. '상인우(相人偶)'라는 말은 사람의 친밀함을 일컫는 말이다. 모든 인(仁)은 반드시 자신의 행동에서 검증되어야 하며, 두 사람이 있어야만 인이 드러나는 법이다. 한 사람이 문을 닫고 조용히 앉아 있으면, 마음속에 덕과 이치가 있어도 성문에서 말하는 인(仁)이라고 할 수 없다. 사대부와 서민의 인(仁)은 종족과 마을에서 드러나며, 천자와 제후, 경대부의 인(仁)은 국가와 백성에게서 똑같이 '상인우(相人偶)'의 도가 드러난다. 이는 반드시 사람과 사람 사이에서 서로 조화를 이루어야 인이 드러나는 것이다. 정강성의 '상인우(相人偶)'

에 대한 주석은 바로 증자가 말한 '사람이 아니면 돕지 못한다'와 『중용』에서 '인(仁)은 사람됨[人]을 말한다.'로 해석될 수 있다.

…… 공문의 여러 현자들은 이미 인(仁)을 어렵게 논의한 바 있으며, 후세에 인(仁)에 대해 논하는 것이 높고 멀다고 우려하였다. 공자는 사마우에게 이렇게 대답했다. '인자는 말이 적습니다.' 말이 적은 것이 인과 무슨 관련이 있을까? 가벼운 사람은 말이 거칠고 공격적이기 쉬우며, 그러면 상대방과 조화를 이루지 못하기 때문이다. 즉, 말이 적지 않으면 인(仁)이 아니다. 그래서 말이 적은 것이 인(仁)에 가깝다. 중궁이 인(仁)에 대해 물었을 때, 공자는 큰 손님을 맞이하고 큰 제사를 주재하는 듯 하라고 했는데, 이는 마치 예의와 인내의 길에 대해 말하는 것 같지만 인(仁)과는 관련이 없다. 천자와 제후가 신하들을 가까이 하지 않고, 백성들의 시대적 상황을 돌보지 않는다면, 그 통치는 인(仁)하다고 할 수 없다. 극단적으로 신하들을 초목처럼 여기고, 백성들을 황폐하게 만들어 가정과 국가에 원망과 반역이 일어난다면, 그것도 상대방과 조화를 이루지 못하는 것에 불과하다.

…… 성문에서 인(仁)에 대해 논하는 나머지 부분도 이와 비슷하게 추론할 수 있다. 58장의 주제는 서로 모순되지 않으며, 다른 경전의 주제와도 모순되지 않는다. 포괄적인 사랑[博愛]으로 인(仁)을 설명하기 시작한 이후, 의견이 분분해졌다. 나는 공자의 도가 실제적이고 평범하며, 춘추시대 학문의 방법이 세상에 명확하게 드러나고 다른 두 학파의 길에 들어가지 않았다고 항상 말해 왔다. 나는 옳은 것만을 제시했다. 그렇지 않은 나머지들은 자연스럽게 드러날 것이므로, 더 말할 필요가 없을 것이다.(『論語』言五常之事詳矣, 惟論仁者凡五十有八章, 仁字之見於『論語』者凡百有五, 爲尤詳. 若於聖門最詳切之事論之尙不得其傳而失其旨, 又何暇別取『論語』所無之字標而論之邪? 今綜論『論語』論'仁'諸章, 而分證其

說於後. 謹先爲之發其凡曰: 元竊謂詮解仁字, 不必煩稱遠引, 但擧『曾子制言篇』: 人之相與也, 譬如舟車然相濟達也. 人非人不濟, 馬非馬不走, 水非水不流. 及『中庸篇』: 仁者, 人也. 鄭康成注: 讀如相人偶之人. 數語足以明之矣. 春秋時孔門所謂仁也者, 以此一人, 與彼一人, 相人偶而盡其敬禮忠恕等事之謂也. 相人偶者, 謂人之偶之也. 凡仁必於身所行者驗之而始見, 亦必有二人而仁乃見. 若一人閉戶齊居, 瞑目靜坐, 雖有德理在心, 終不得指爲聖門所謂之仁矣. 蓋士庶人之仁, 見於宗族鄉黨, 天子諸侯卿大夫之仁, 見於國家臣民同一相人偶之道, 是必人與人相偶而仁乃見也. 鄭君相人偶之注, 即曾子: 人非人不濟;『中庸』: 仁者人也.

……蓋孔門諸賢, 已有未仁難並之論, 慮及後世言仁之務爲高遠矣. 孔子答司馬牛曰: 仁者, 其言也訒. 夫言訒於仁何涉? 不知浮薄之人, 語易侵暴, 侵暴則不能與人相人偶. 是不訒即不仁矣. 所以木訥近仁也. 仲弓問仁, 孔子答以見大賓承大祭諸語, 似言敬恕之道, 於仁無涉. 不知天子諸侯不體群臣, 不恤民時, 則爲政不仁. 極之視臣草芥, 使民糜爛, 家國怨而畔之, 亦不過不能與人相人偶而已.

……其餘聖門論仁, 以類推之, 五十八章之旨有相合而無相戾者, 即推之諸經之旨亦莫不相合而無相戾者. 自博愛謂仁立說以來, 歧中歧矣. 吾固曰: 孔子之道, 當於實者近者庸者論之, 則春秋時學問之道顯然大明於世而不入於二氏之途. 吾但擧其是者, 而非者自見, 不必多其辭說也.)

위의 내용은 총론이며, 아래 내용은 세부 해석이다.

자공이 "만일 누군가가 백성들에게 널리 베풀고 많은 사람들을 구제할 수 있다면, 그것을 어떻게 인(仁)이라고 할 수 있습니까?"라고 물었다. 공자께서 "그것이 무슨 인에 관한 것인가? 반드시 성인이어야 한다. 요와 순도 그것으로 아프지 않았겠는가. 참다운 인자는 자신이 서고자 하는 바를 세우고, 자신이 이루고자 하는 바를 남에게 이루게 하는 것이다. 가까운 것에서 비유를 찾을 수 있다면, 그것을 인의 방법이라고 할 수 있다."라고 했다. 공자께서 "만약 성인과 인자라면 내가 어찌 감히? 그러나 그것을 위해 지치지 않고, 사람들을 가르치는 데 지치지 않는다면, 그것을 말할 수 있다."라고 했다. ……

나(완원)는 이렇게 생각한다. 공자께서 사람을 논할 때, 성인을 첫 번째로, 인(仁)을 그 다음으로 봤다. ……

나(완원)는 이렇게 생각한다. 『논어』에서 관중에게 '사람됨을 말한다.(人也.)'라는 것에 대해 물었다. 『시경·국풍·회풍(檜風)·비풍(匪風)』의 소(疏)에서는 정현의 주석을 인용하여 '사람이 인형같다는 말'이라고 했다. 이는 직접적으로 '인야(人也)'가 '인야(仁也)'임을 더욱 명확하게 의미한다. 또한, '인(仁)'자는 「우서」, 「하서」, 「상서」에 나오지 않으며, 시경의 「주송」, 「노송」, 「상송」과 『역경』의 괘와 효에도 나타나지 않는다는 것을 보면, 주(周)나라 초기에 이 말은 있었지만, 이 글자는 아직 없었던 것으로 보인다. 『모시』에서 보이는 것은 『시경·국풍』의 '정말 아름답고 어진 이가 없는 거지.(洵美且仁.)'에서부터 시작되었다. 더 거슬러 올라가면, 『소아(小雅)·4월(四月)』에서 '조상들은 어질지 않는 것일까? 어찌 나를 이렇게 하실까?(先祖匪人, 胡寧忍予.)'라는 구절이 있는데, 여기서 '비인(匪人)'의 '인(人)'자는 실제로 '인(仁)'이다. 즉, '친밀하다'는 의미로 『논어』의 (공자께서 관중에 대해 평가하면서 한 말인) '어질다. 백씨의 읍을 빼앗았다고 해도.'와 서로 같다. 대체로 주나라 초기에는 '인(人)'자만 썼고, 주례 이후에야 '인(仁)'자가 만들어지기 시작했다.(子貢曰: 如有博施於民而能濟眾, 何如可謂仁乎? 子曰: 何事於仁? 必也聖乎, 堯舜其猶病諸. 夫仁者: 已欲立而立人, 己欲達而達人. 能近取譬, 可謂仁之方也已. 子曰: 若聖與仁則吾豈敢? 抑爲之不厭, 誨人不倦, 則可謂雲爾已矣.

……元謂孔子論人, 以聖爲第一, 仁即次之.

……元案:『論語』問管仲曰: 人也.『詩·匪風』疏引鄭氏注曰: 人偶同位之辭. 此乃直以 '人也'爲'仁也', 意更顯矣. 又案仁字不見於虞夏商書及詩三頌, 易卦爻辭之內, 似周初 有此言而尙無此字. 其見於毛詩者, 則始自『詩·國風』'洵美且仁'. 再溯而上, 則『小雅·四 月』'先祖匪人, 胡寧忍予', 此'匪人'人字實是仁字, 卽人偶之意, 與『論語』'人也, 奪伯氏 邑'相同. 蓋周初但寫'人'字, 周官禮後始造'仁'字也.)

자하가 말했다. "넓은 학문을 갖고 진실한 뜻을 품으며, 열심히 질문하 고 깊이 생각하면, 인(仁)이 그 안에 있다." 자유가 말했다. "나의 친 구 장(張)은 어려움을 견디는 데 능하지만, 아직 인자는 아니다." 증 자가 말했다. "장(張)은 위엄이 있으나, 그와 함께 인(仁)을 이루기는 어렵다."

나(완원)는 이렇게 생각한다. 이상의 3장은 공문이 인에 대해 가까운 비유로 논한 것이다.(子夏曰: 博學而篤志, 切問而近思, 仁在其中矣. 子遊曰: 吾 友張也, 爲難能也, 然而未仁. 曾子曰: 堂堂乎張也, 難與並爲仁矣. 元謂以上三章, 孔門 論仁近譬之道.)

안연이 인(仁)에 대해 묻자, 공자께서 "자기를 극복하고 예(禮)를 회복 하는 것이 인이다. 하루 동안 자기를 극복하고 예를 회복하면, 천하 가 인으로 돌아간다. 인을 실천하는 것이 자신으로부터 시작되는 것인가, 다른 사람으로부터 시작되는 것인가?"라고 대답했다. 안연 이 "그 목적을 여쭙고 싶습니다."라고 하자, 공자께서 "예가 아니면 보지 말고, 예가 아니면 듣지 말고, 예가 아니면 말하지 말고, 예가 아니면 움직이지 마라."라고 했다. 안연이 "비록 둔하나, 이 말씀을 실천하겠습니다."라고 했다. 중궁이 인에 대해 묻자, 공자께서 "집을 나서면 큰 손님을 맞이하는 것처럼 하고, 백성을 대하면 큰 제사를 지내는 것처럼 하라. 자신이 원하지 않는 것을 남에게 행하지 마라.

나라에 원망이 없고, 집안에 원망이 없다."라고 대답했다. …… 번지
가 인에 대해 묻자, 공자께서 "남을 사랑하라."라고 대답했다. ……
나(완원)의 생각은 이렇다. 오른쪽 3장은 모두 왕이 인으로 천하를 다
스리는 방법에 대해 말했다. 안연이 자신을 극복하는 것, 자기라는
단어는 바로 자신을 의미하며, 아래에서 인을 실천하는 것이 자기
로부터 시작된다고 하는 것과 같다. 자기를 극복하고 예를 회복할
수 있다면, 다른 사람과 함께 인을 실천할 수 있다. ……(顏淵問仁. 子
曰: 克己複禮爲仁. 一日克己複禮, 天下歸仁焉. 爲仁由己而由人乎哉? 顏淵曰: 請問其
目. 子曰: 非禮勿視, 非禮勿聽, 非禮勿言, 非禮勿 動. 顏淵曰: 回雖不敏, 請事斯語矣.
仲弓問仁. 子曰: 出門如見大賓, 使民如承大祭, 己所不欲, 勿施於人. 在邦無怨, 在家無
怨. ……樊遲問仁. 子曰: 愛人. ……元謂右三章皆言王者以仁治天下之道. 顏子克己,
己字即自己之己, 與下爲仁由己相同. 言能克己複禮即可並人爲仁. ……)

자장이 공자에게 인에 대해 묻자, 공자께서 "천하에서 다섯 가지를 실
천할 수 있다면 그것이 바로 인이다."라고 했다. 무엇인지 묻자, 공
자께서 "공손하고, 관대하며, 신실하고, 민첩하며, 자비로워야 한다.
공손함은 모욕을 당하지 않으며, 관대함은 대중을 얻고, 신실함은
사람들이 그를 신뢰하며, 민첩함은 성과를 이루고, 자비로움은 사람
들을 이끌 수 있다."라고 했다.
나(완원)의 생각은 이렇다. 이 다섯 가지 덕을 겸비하고 천하에 실천한
다면, 그것이 바로 인이라 할 수 있다. 이와 같이 해야만 천하의 백
성을 사랑할 수 있으며, 또한 어찌 인의 본질이 존경과 관용이 아니
라고 의심할 수 있겠는가? 대체로 '성인(聖人)'이라는 말은 매우 포
괄적인 의미를 담고 있다. ……(子張問仁於孔子. 孔子曰: 能行五者於天下爲
仁矣. 請問之, 曰: 恭寬信敏惠. 恭則不侮, 寬則得眾, 信則人任焉, 敏則有功, 惠則足以
使人. 元謂兼五者之長, 行之天始可謂仁. 必如此, 始能愛及天下臣民也, 又何疑於敬

恕之非仁乎? 大約聖仁二字所包甚廣. ……)

미자(微子)는 떠났고, 기자(箕子)는 노예가 되었으며, 비간(比干)은 간언
하다가 죽었다. 공자께서 "은(殷)나라에는 세 명의 인자한 사람이 있
었다."라고 했다. …… 염유(冉有)가 "공자께서는 위(衛)나라 군주를
위해 그러신 것입니까?"라고 묻자, 자공(子貢)이 "그렇습니다. 제가
물어보겠습니다." 사람들이 "백이숙제(伯夷叔齊)는 어떤 사람들이었
습니까?"라고 묻자, "옛날의 현인들이었습니다."라고 대답했다. "원
망했습니까?"라고 묻자, "인을 구하고 인을 얻었으니, 또 무엇을 원
망하겠습니까?"라고 했다. 나오면서 "공자께서는 그렇게 하지 않으
셨습니다."라고 했다.
나(완원)의 생각은 이렇다. 백이숙제는 나라를 양보하고 서로 상응하
여 인을 실천하였다. …… (微子去之, 箕子爲之奴, 比干諫而死. 孔子曰: 殷有三
仁焉. ……冉有曰: 夫子爲衛君乎? 子貢曰: 諾. 吾將問之, 人曰: 伯夷叔齊何人也? 曰:
古之賢人也. 曰: 怨乎? 曰: 求仁而得仁, 又何怨? 出曰: 夫子不爲也. 元謂夷齊讓國相偶
而爲仁. ……)

공자께서 "뜻이 있는 선비와 인자한 사람은, 인을 해치지 않기 위해 생
존을 구하지 않으며, 인을 이루기 위해 자신을 희생할 수도 있다."라
고 했다. 증자(曾子)가 "선비는 넓고 굳센 의지를 가져야 합니다. 맡
은 바가 무겁고 길이 멉니다. 인을 자신의 임무로 여기지 않고서야
어찌 무겁지 않으며, 죽음으로서야 마침내 완성되지 않고서야 어찌
멀지 않겠습니까?"라고 묻자, 공자께서 "부와 권력은 사람들이 원하
는 것이다. 그러나 그것을 올바른 방법으로 얻지 못한다면 가지지
않는다."라고 했다.
…… 자장(子張)이 공자에게 "어떻게 하면 정치에 참여할 수 있겠습

니까?"라고 묻자, 공자께서 "군자는 혜택을 주되 낭비하지 않으며, 수고를 하되 원망하지 않으며, 바라되 탐하지 않고, 태평스럽되 거만하지 않으며, 위엄 있되 교만하지 않다."라고 했다. 자장이 "혜택을 주되 낭비하지 않는다는 것은 무슨 뜻입니까?"라고 묻자, 공자께서 "백성이 이로워하는 것을 통해 그들에게 이익을 주는 것, 이것이 혜택을 주되 낭비하지 않는 것이 아니겠는가? 할 수 있는 일을 선택해 그 일을 수행하면 누가 원망하겠는가? 인을 원하고 인을 얻으면 어찌 탐욕이 있겠는가? 군자는 많고 적음을 가리지 않으며, 대소를 분별하지 않고, 누구도 경시하지 않는다. 이것이 태평스럽되 거만하지 않은 것이 아니겠는가? 군자는 옷차림과 관모를 바르게 하고, 존엄한 시선으로 타인을 대한다. 그러면 사람들이 그를 존경하고 두려워한다. 이것이 위엄 있되 교만하지 않은 것이 아니겠는가?"라고 했다.

나(완원)의 생각은 이렇다. 위의 4장을 백이숙제로 증명하니, 그 설명이 더욱 분명해진다. 성문(聖門)에서는 인(仁)을 부와 권력, 생사에서 벗어난 것으로 논하였으니, 이로써 성인의 말씀과 정경(正經)의 권위를 반영하고, 세대를 거쳐 행해져도 손상되지 않는다.(子曰: 志士仁人, 無求生以害仁, 有殺身以成仁. 曾子曰: 士不可以不宏毅, 任重而道遠, 仁以爲己任, 不亦重乎? 死而後已, 不亦遠乎? 子曰: 富與貴是人之所欲也, 不以其道得之不處也……子張問於孔子曰: 何如斯可以從政矣? 子曰: 君子惠而不費, 勞而不怨, 欲而不貪, 泰而不驕, 威而不猛. 子張曰: 何謂惠而不費? 子曰: 因民之所利而利之, 斯不亦惠而不費乎? 擇可勞 而勞之, 又誰怨? 欲仁而得仁, 又焉貪? 君子無眾寡, 無小大, 無敢慢, 斯不亦泰而不驕乎? 君子正其衣冠, 尊其瞻視, 儼然人望而畏之, 斯不亦威而不猛乎? 元謂以上四章, 以比幹夷齊證之, 其說更明. 聖門論仁爲富貴生死所不能奪, 所以聖人之言, 反正經權, 行之百世而無弊.)

사마우(司馬牛)가 인(仁)에 대해 묻자, 공자께서 "인자한 사람은 말이 어눌하다."라고 했다. 사마우가 "말이 어눌하다면 그것을 인(仁)이라고 말할 수 있습니까?"라고 물었다. ……

나(완원)의 생각은 이렇다. 매끄럽게 남을 다루며 입으로만 봉사하고 사랑할 수 있으며, 남과 공감하는 사람은 없다. 그래서 인의 도에서는 어눌함을 귀하게 여기는 것이다.(司馬牛問仁. 子曰: 仁者其言也訒. 曰: 其言也訒斯謂之仁矣乎? ……元謂未有佞人儇人以口給而能愛人, 與人相人偶者, 所以仁道貴訒訒也.)

공자께서 "강직하고 결단력 있으며 말이 적은 것은 인(仁)에 가깝다."라고 했다. 공자께서 또 "지혜로운 자는 혼란스럽지 않고, 인자한 자는 걱정하지 않으며, 용감한 자는 두려워하지 않는다."라고 했다. 공자께서 "군자의 도에는 세 가지가 있는데, 나는 이에 능하지 못하다. 인자한 자는 걱정하지 않으며, 지혜로운 자는 혼란스럽지 않고, 용감한 자는 두려워하지 않는다."라고 했다. 자공(子貢)이 "선생님께서는 자신의 도를 말씀하시는 것입니다."라고 말했다. 공자께서 "백성들은 인(仁)에 대해 물과 불보다 더 중요하게 여긴다. 물과 불에 몸을 던져 죽은 사람은 본 적이 있으나, 인(仁)을 실천하다 죽은 사람은 보지 못했다."라고 했다. 공자께서 "덕이 있는 자는 반드시 그 말이 있어야 하지만, 말이 있는 자는 반드시 덕이 있을 필요가 없다. 인자한 자는 반드시 용감해야 하지만, 용감한 자는 반드시 인자할 필요가 없다."라고 했다. 번지(樊遲)가 인(仁)에 대해 묻자, 공자께서 "거처할 때는 공손하고, 일을 처리할 때는 존경하며, 타인과의 관계에서는 충실해야 한다. 비록 이교도의 땅에 가더라도 이를 버릴 수 없다."라고 했다.

나(완원)의 생각은 이렇다. 이상의 6장은 사마우가 군자와 형제가 없는 것에 대한 걱정을 물은 것이다. 인(仁)의 실천에는 말이 적고 행동이 공손하고 존경스럽고 충실하며 용감해야 함을 알 수 있다. 세상의 모든 사람들이 각자의 방식으로 인(仁)에 응답하며, 심지어 가장 먼 곳에 있어도 이를 버릴 수 없다. ……(子曰: 剛毅木訥近仁. 子曰: 知者不惑, 仁者不憂, 勇者不懼. 子曰: 君子道者三, 我無能焉: 仁者不憂, 知者不惑, 勇者不懼. 子貢曰: 夫子自道也. 子曰: 民之於仁也, 甚於水火, 水火吾見蹈而死者矣, 未見蹈仁而死者也. 子曰: 有德者必有言, 有言者不必有德; 仁者必有勇, 勇者不必有仁. 樊遲問仁. 子曰: 居處恭, 執事敬, 與人忠, 雖之夷狄不可棄也. 元謂以上六章由司馬牛問君子及憂無兄弟, 推之可見爲仁須訥言修行恭敬忠勇自然, 四海之人各以仁應, 雖之絶域而不可棄. ……)

공자께서 "인(仁)에 있어서는 스승에게도 뒤지지 않아야 한다."라고 했다. 공자께서 또 "만약 인(仁)을 향한 진심이 있다면, 악한 것이 없을 것이다."라고 했다.

나(완원)의 생각은 이렇다. 이상의 2장에서 볼 수 있듯이, 인을 실천하기 위해서는 강하고 용감해야 한다.(子曰: 當仁不讓於師. 子曰: 苟志於仁矣; 無惡也. 元謂以上二章可見爲仁須剛勇也.)

공자께서 "제자는 집에 있을 때는 효도하고, 밖에 나갈 때는 형제들과 잘 지내며, 신중하고 신뢰할 수 있는 행동을 해야 한다. 많은 사람들을 폭넓게 사랑하고 인자한 사람과 친하게 지내야 한다. 행동에서 여유가 있다면 문학을 배워야 한다."라고 했다. 자공(子貢)이 인을 실천하는 방법에 대해 묻자, 공자께서 "일을 잘하려면 먼저 도구를 갖추어야 한다. 그 나라에 살면서 그 나라의 훌륭한 대부(大夫)를 섬기고, 인자한 사람들과 친구가 되어야 한다."라고 했다. 증자(曾子)가 "군자는 문학을 통해 친구를 만나고, 친구를 통해 인을 도와준다."라고 했다. ……

나(완원)의 생각은 이렇다. 이상의 6장은 모두 인을 실천하기 위해서는 인자한 사람들을 선택하여 함께 돕는 것이 필요하다고 말하고 있다. 이를 통해 상대를 선택하는 것의 중요성이 더욱 명확해진다. …… 공자께서 "도(道)에 마음을 두고, 덕(德)에 의지하며, 인(仁)에 기대어 예(藝)에서 노닐어야 한다."라고 했다. 공자께서 또 "지혜로운 사람은 물을 즐기고, 인자한 사람은 산을 즐긴다. 지혜로운 사람은 활동적이며, 인자한 사람은 고요하다. 지혜로운 사람은 즐거움을 얻고, 인자한 사람은 오래 산다."라고 했다.(子曰: 弟子入則孝, 出則弟, 謹而信, 泛愛眾而親仁, 行有餘力則以學文. 子貢問爲仁. 子曰: 工欲善其事, 必先利其器. 居是邦也, 事其大夫之賢者, 友其士之仁者. 曾子曰: 君子以文會友, 以友輔仁. …… 元謂以上六章, 皆言爲仁須擇仁人與我相助, 觀此則相人偶之說益明矣 ……子曰: 志於道, 據於德, 依於仁, 遊於藝. 子曰: 知者樂水, 仁者樂山. 知者動, 仁者靜. 知者樂, 仁者壽.)

또 생각건대, 완원의 이러한 말은 한나라의 정현이 '서로 예의를 표하고 상호 존중하는 태도[相人偶]'라는 설을 서술하면서 시작되었다는 것이다. 학자들 중 일부는 새로운 편견에 사로잡혀, '인(仁)'자가 '사람(人)'으로 해석되는지 모르고 있다. 이는 주(周)·진(秦) 시대로부터 전해져 내려오는 변치 않은 교훈으로, 동한(東漢) 말기에도 사람들은 모두 이를 알고 있었고, 다른 의견은 존재하지 않았다. 정강성(鄭康成)이 제기한 '상인우(相人偶)'에 대한 언급도 마찬가지로, 진한(秦漢) 이후로 민간에서 널리 알려져 온 것으로, 모든 사람이 입에 담고 있었기에 그를 교훈으로 삼았던 것이다.(又案: 元此論乃由漢鄭氏相人偶之說序入, 學者或致新僻之疑, 不知仁字之訓爲人也, 乃周秦以來相傳未失之故訓, 東漢之末, 猶人人皆知, 並無異說. 鄭康成氏所舉相人偶之言, 亦是秦漢以來, 民間恒言, 人人

在口, 是以擧以爲訓.)⁶

『설문·양(羊)부수』에서는 '강(羌)'에 대해 "오직 동이족만 대(大)를 의미부로 삼았는데, 대(大)도 사람[人]이라는 뜻이다. 동이족의 풍속은 인자한데, 인자한 사람은 장수를 누리게 되며, 바로 그곳에 군자가 죽지 않는 나라가 있다. 공자께서 '도가 행해지지 않으니, 동이족이 있는 곳으로 가, 뗏목을 타고 표표히 바다를 떠다니고 싶구나.'라고 한 것은 이 이유 때문이다.(唯東夷從大. 大, 人也. 夷俗仁, 仁者壽, 有君子不死之國. 孔子曰: '道不行, 欲之九夷, 乘桴浮於海.' 有以也.)"라고 했다. 또 「대(大)부수」에서는 "이(夷)는 평평하다는 뜻이다. 대(大)가 의미부이고 궁(弓)도 의미부이다. 동방 지역의 사람을 말한다.(夷: 平也. 從大從弓. 東方之人也.)"라고 하여, 역시 유교적 가치 지향을 말하였는데, 완원(阮元)의 수천 마디 말보다 더욱 순수하고 진실한 것처럼 보인다.『맹자』에서 논한 '인(仁)'은 위의 논술을 더욱 분명하게 할 수 있으나, 편폭이 한정되어 있어, 여기서는『연경실집(硏經室集)』의 총론 부분만을 인용한다.

맹자의 학문은 공자와 요·순의 도에 대한 순수한 연구에서 비롯되었다. 한·당·송 이래로 유학자들 사이에서는 이에 대한 끊임없는 논의가 있었다. 현재 남아 있는『맹자』의 일곱 편을 종합하여 논해보면, 맹자는 공자와 요·순의 도를 극도로 존중하고 추구하며, 그중에서도 인(仁)에 대해 반복적으로 논하였다. 완원이『논어』의 인(仁)에 대해 논의했기 때문에, 여기서 다시『맹자』의 인(仁)에 대한 논의를 살펴본다.『맹자』에서 인에 대한 논의는 일관되며, 군주가 천하를 다스리는 인(仁)과 선비가 본심을 채우는 인(仁)이 다르지 않다. ……

---

6 『學海堂經解』제1071권『硏經室集』(上海書店, 1988).

『맹자』에서 인(仁)에 대한 논의는 명확하고 진실되며, 결코 마음과 본성을 허공에 던져 후세 사람들을 혼란스럽게 하지 않았다. 그러나 '군주가 천하를 다스리는 인(仁)'에는 한비자와 같은 사람들이 혼란을 일으켰고, '선비가 본심을 채우는 인(仁)'에는 불교도들이 혼란을 일으켰다. 한비자의 주장은 그 오류가 명백하고, 불교의 주장은 그 오해가 깊다. 그 근원을 살펴보면, 모두 노자의 말에서 비롯되었다. 한비자는 이를 받아들여 급속히 타락했고, 불교는 이를 따라 그 기원을 잊어버렸다. 이는 반드시 논의되어야 한다. 이에 『맹자』의 각 장을 종합하여, 유사한 것끼리 모으고, 순서대로 배열하며, 태경(台卿)의 주석을 모방하여 각각 주석을 더함으로써, 맹자의 인(仁)이 공자와 요·순의 인(仁)과 조금도 다르지 않음을 볼 수 있다. 이를 분리하면 그 미묘함을 간파하기 어렵지만, 함께 보면 그 의도가 분명해진다. 성현의 큰 도는 해와 달처럼 밝고, 강물처럼 넓으며, 물과 불처럼 명확하고, 금과 돌처럼 견고하다. 인색하고 은혜를 모르는 자, 지나치게 영민한 자는 모두 맹자에게서 버림받았다.(孟子之學純於孔子堯舜之道, 漢唐宋以來, 儒者無間言也. 今七篇之文具在, 試綜而論之: 孟子於孔子堯舜之道, 至極推尊, 反覆論說者, 仁也. 元於『論語』之仁已著論矣, 由是再論『孟子』之論仁.『孟子』論仁無二, 道君治天下之仁, 士充本心之仁無異也. ……『孟子』論仁, 至顯明至誠實, 亦未嘗擧心性而空之迷惑後人也. 然而"君治天下之仁", 有韓非之徒亂之; "士充本心之仁", 有釋氏之徒亂之. 韓非之說其謬顯, 釋氏之說其迷深. 尋其源, 皆出於老聃之說. 韓非托之而遽至於大壞, 釋氏襲之而昧其所從來, 是不可以不論. 爰綜『孟子』各章, 以類相從, 以次相序, 仿台卿章指之意, 各加按語, 可見孟子之仁與孔子堯舜之仁無少差異. 分之則瞀而不察, 合之則章指並明. 聖賢大道, 朗然若日月之明, 浩然若江河之行, 判別若水火, 而堅實如金石. 刻薄寡恩之士, 靈明太過之人, 皆棄於孟子者也.)[7]

---

7 『學海堂經解』제1072권.

'인(仁)'에 대한 설명은 여기에서 마치기로 하고, '의(義)'에 대해 말하고 자 한다. '의(義)'자의 형체는 고대부터 형성되어 아래의 그림처럼 변화가 전혀 없었다.

14　　『후하(後下)』30. 12　　　『철(掇)』2, 49
15　　「사기정(師旂鼎)」　　　「장반(墻盤)」　　　「채후반(蔡侯盤)」
16　　「조향궤(弔向簋)」　　　「홍종(瘨鍾)」

　　주준성(朱駿聲), 공광거(孔廣居), 임의광(林義光) 등은 '의(義)'의 구조를 "양 (羊)이 의미부이고 아(我)가 소리부이다.(从羊我聲)"라고 해석했다. '의(義)' 와 '아(我)'는 고대의 음이 가(歌)부에 속하는데, '아(峨)'자와 같이 소리부 가 '아(我)'이며, 모두 '높고 크다'는 의미를 가진다. 필자는『한자와 심미 관[漢語文字與審美心理]』에서 이 연관성에 대해서 설명을 하였으므로, 여기 에서는 생략한다. 이러한 연관성을 바탕으로, '의(義)'자는 '큰 양[大羊]'의 모습을 본 뜬 것이라고 생각된다. 이로부터『설문·양(羊)부수』의 "미(美), 선(善)과 같은 의미이다.(與美善同意)"라는 말과 연결된다. 이 의미형상의 본래의 의미는 '의(義)', '의(儀)', '희(犧)' 등의 단어가 모두 동일한 어원의 유분화(乳分化)로 간주하기 때문에, 성대한 희생물을 갖춘 규모의 의식을 나타낸다. '의(義)'의 본래 의미는 '희생물을 갖춘 의식' 즉 '제의(祭仪)'를 나타내는데, 유가의 전적에서 그 예들을 찾아볼 수 있다. 예를 들어,『상 서대전(尚書大傳)』제1권(하편)에서는 "찬(贊)에 이르기를, '태실(太室)의 의 미를 아직 연구중이다. 당(唐)은 예로서 우빈(虞賓)이 되었다.'라고 했다.(贊 曰: 尚考太室之義, 唐爲虞賓.)"라는 구절이 있는데, 정현(鄭玄)은 이를 "의(義)는 의(儀)로 여겨야 한다. 의(儀)는 예의(禮儀)를 의미한다. 태실(太室)에 제사 지내는 예법을 말하는 것으로, 요(堯)가 우빈(虞賓)의 역할을 맡았다고 한 다.(義, 當爲儀. 儀, 禮儀也. 謂祭太室之禮, 堯爲虞賓也.)"라고 주석했다. 고대 한어의 단어의 의미는 사라졌지만, 이웃집 벽에 비친 불빛처럼 일본어에 그 뜻이 남아 있으니 참조할 만 하다. 아카츠카 타다시(赤塚忠)가 감수한 『표준한화사전(标准汉和辞典)·양(羊)부수』에서는 '의(義)'자 구조의 본래의 의미를 아래와 같이 해석했다.

> 형성자. 아름답다는 의미를 가진 양(羊)과 독음인 아(我)가 결합하여 아름다운 춤이라는 뜻을 나타낸다. 이후에 '예를 갖추어 행하여 훌륭하다'는 뜻을 나타내게 되었다.(形声. 美しい意をしめす羊と, 音をしめす 我とを合わせて, 美しい舞のすがたの意. のちに, 礼をふみ行う美しいすがた.)[8]

'예의(禮儀)'는 오랫동안 접두사였지만, 중국어에서는 이음절 합성어로 '손실'을 의미한다. 필자는 이전에 『한자취상론(漢字取象論)』에서 중국어 문자의 '의의소(意義素: 형태소로 전달되는 의미의 기본 단위)'의 은현적 대립, 보완 관계에 대해 특별히 논의한 적이 있다. '의(義)'(儀)의 자원은 처음에 '의식(儀式)'을 나타냈기 때문에, 언어에서 '강(羌)'에 실질이 없고 형식만 갖춰진 형상을 '의(義)'라고 부르기도 했는데, 속어인 '명의(名義)'에서 '의(義)'가 바로 이것이다. 송(宋)나라 사람인 홍매(洪邁)는 『용재수필(容斋随笔)』제8권에서 "외부에서 들어와 바르지 못한 것을 '의(義)'라고 부른다. 의부(義父), 의아(義兒), 의형제(義兄弟), 의복(義服) 등을 예로 들 수 있다. 의상(衣裳)과 기물(器物)의 명칭에서도 마찬가지로, 머리에서는 의계(義髻=가발)라고 불렀고, 옷에서는 의란(義襴), 의령(義領)이라 불렀다.(自外入而非正者 曰義. 義父, 義兒, 義兄弟, 義服之類是也. 衣裳, 器物亦然; 在首曰義髻, 在衣曰義襴, 義領.)" 라고 했다. 일본어의 '의족(義足)'(假足), '의수(義手)'(假手), '의치(義齒)'(假齒),

---

8 『標準漢和辭典·羊部』(日本旺文社, 1980).

'의지(義肢=의수와 의족)'(假肢), '의안(義眼)'(假眼) 등의 명칭[9]이 같은 부류이다.

문자의 동원(同源) 관계로 보면, 의(羛)와 같이 금문에서는 '의(義)'가 '의(儀)'로 되어있다. 「흥종(瘷鍾)」의 명문(銘文)에 있는 '위의(威儀)'는 바로 '위의(威義)'를 말한다. 『금문편』의 「조향비(弔向簠)」에는 "위의를 잡다(秉威義)"라는 명문이 기록되어 있다. 용경(容庚)은 이를 두고 다음과 같이 해석했다. "의(儀)로 파생되었다. 『주례·대사도(大司徒)』에서는 '고대의 문헌에서 의(儀)는 의(義)라고 되어있다.'라고 주석했다.(孳乳爲儀.『周禮·大司徒』注: 故書儀爲義.)"[10]

『설문』에서는 '의(義)'가 「아(我)부수」에 포함되어 있다. 자형의 구조에 대한 인식이 달라져, '아(我)'로 구성된 의미에서 "의(義)는 자신의 위엄 있는 태도를 말한다. 아(我)와 양(羊)이 모두 의미부이다.(義, 己之威仪也, 从我, 羊.)"라고 밝혔다. '나[我]'에 착안하여 '자기[己]'에 초점이 맞춰져, 이후의 문헌에서는 '의(義)'자에 '용모', '풍격'이라는 의미가 생겼다. 예를 들어, 『한서·고제기(高帝紀)』(하편)에 "밝은 덕(德)을 표방하는 자가 있다면, 반드시 스스로를 권유하여 그를 마부로 삼고, 상국(相國)의 관저로 보내며, 그의 행동, 의(義), 연령을 기록해야 한다.(其有意稱明德者, 必身勸爲之駕, 遣詣相國府, 署行, 義, 年.)"라는 문장이 있는데, 안사고(顏师古)는 이를 "의(義)는 행동과 외양을 단정하게 하는 것을 말한다. 의(儀)와 같이 읽는다.(義, 儀容也. 讀若儀.)"라고 주석했다. 이러한 전환이 발생하는 과정에서 원래 독음을 나타내던 「아(我)부수」는 인칭대명사로 바뀌어 자기 자신을 지칭하게 되었다. 문자학의 관점에서 볼 때, 이렇게 바뀐 유형의 비논리성은 매우 명백하여 더 이상 말할 필요가 없다. 왜냐하면 문자부호[字符]는 단어기호[詞

---

9 赤塚忠 監修, 『標準漢和辭典·羊部』.

10 『金文編』제12권.

符]와 원래 동일한 논리적 단계에 속하지 않기 때문이다. 어원의 의미형상 측면에서 보면, '아(我)'자는 갑골문에서 '의장용 무기'인 병기를 그린 것이다.(17, 18 참조)[11]

17 扞 『수(粹)』878   扞 『전(前)』4, 45
18 扞 「우정(盂鼎)」   扞 「주공핵종(邾公釛鍾)」

　이효정(李孝定)은 『갑골문자집석(甲骨文字集釋)』에서 "갑골문자에서 '아(我)'는 병기의 형체를 닮았다. 그것의 손잡이가 창(戈)과 닮았기 때문에 과(戈)와 같지, 과(戈)로 구성되었기 때문에 그런 것이 아니다.(契文'我'象兵器之形, 以其柲似戈故與戈同, 非從戈也.)"라고 말했다. 그러나 이것은 결코 유학자들이 이를 변형시켜 자신들의 사고를 표현하는 방법을 찾는데 장애가 될 수 없었다. 『설문·아(我)부수』에는 "아(我)는 자기 자신을 부를 때 쓰는 호칭이다.(我, 施身自謂也.)"라고 했다. 게다가 경학자들에게는 언어적 근거가 있었던 것이지, 결코 거짓으로 지어낸 것이 아니었다. 갑골문자에서 '아(我)'는 대체로 "자기 자신을 부를 때 쓰는 호칭(施身自謂)"의 말로 가정할 수 있다. 아래에 몇 가지 예를 살펴보자.

　　병오일에 점을 칩니다. '쾌'가 물어봅니다. 우리에게 풍년이 들까요? 1월이었다.(丙午卜夫貞我受年一月)(『佚』550)
　　임진일에 점을 칩니다. '쾌'가 물어봅니다. 우리가 강족을 칠까요?(壬辰卜夫貞我伐羌)(『일(佚)』673)
　　물어봅니다. '아'에서……?(貞在我)(『人』706)
　　무오일에 점을 쳐 '아'가 물어봅니다. 올해 가을 '아'가 '상'에 들어갈까

---

11 『甲骨文編』제12권(中華書局, 1965). 『金文編』제12권.

요?(戊午卜我貞. 今秋我入商.)(『後下』42, 3)[12]

위의 두 예에서 '아(我)'는 일인칭 대명사로 사용되며, 상(商)나라 때 스스로를 지칭하는 말이었다. 세 번째 예에서 '아(我)'는 제후국의 명칭으로 사용되었으며, 마지막 예는 한 시기의 점치는 사람의 이름으로 사용되었다. 선진(先秦)시기의 유가 경전에서 '아(我)'자가 "자기 자신을 부를 때 쓰는 호칭"이 된 예는 매우 많기 때문에 여기에서 따로 인용하지 않겠다.

유가학파의 관점에서 '자신의 위엄 있는 태도(己之威儀)'의 기준은 '마땅함(適宜合度)'이며, '의(義)'자에서 파생된 의미에서 '의(宜)'가 있었다. '의(義)'와 '의(宜)'는 모두 「가(歌)부수」에 속하여, 실제로 동원자(同源字)이다. 『광운(廣韻)』에서 '의(義)'는 "의(宜)와 기(寄)의 반절(宜寄切)로 읽는다."라고 주석했다. 『석명·석언(釋言)·어(語)』에서 "의(義)는 마땅하다[宜]는 뜻이다. 사물을 다듬어 조화롭게 만드는 것이다.(義, 宜也. 裁制事物使合宜也.)"라고 하였으니, '의(義)'와 '의(宜)'의 어원이 같음이 분명하다. 유가의 전적에서 '의(義)'는 '의(宜)'와 같이 사용되었다. 『주역·려(旅)』에 "새 둥지가 불에 탄다.(其義焚也.)"라는 구절이 있다. 육덕명(陆德明)은 『석문(釋文)』에서 "마(馬)는 '의(義)는 마땅하다[宜]는 뜻이다.'라고 했다. 일설에서는 '태우기에 적합하다.(宜其焚也.)'라고 하기도 한다.(馬云: '義, 宜也.' 一本作'宜其焚也'.)"라고 했다. 『상서·강고(康誥)』의 "用其義刑義殺."라는 문장을 두고, 공영달은 "의(義)는 마땅하다[宜]는 뜻이다. 옛 법전의 형벌에 따라 현세에 있는 자를 벌할 것은 벌하고 죽일 것은 죽여야 한다.(義, 宜也. 用舊法典刑宜於時世者以刑殺.)"라고 설명했다.

이로부터 의미가 확장되어, '의(義)'는 일반적인 의미에서의 '준칙'과 '법도' 등의 개념을 묘사하게 되었다. 유가 경전에 있는 예를 살펴보자. 『좌전·장공(莊公)』 23년에는 "조현은 작위 배열의 의식을 표명하는데, 장

---

12 徐中舒 主編, 『甲骨文字典·我部』(四川辭書出版社, 1989).

유의 순서를 따른다.(朝以正班爵之義, 帥長幼之序.)"라는 구절이 있다. 왕인지(王引之)는 『경의술문(經義述聞)』에서 "의(義)는 의(儀)로 읽는다. ……『주례·하관·사사(司士)』에서 '조화에서 거동하는 위치를 바로잡고 귀하고 천한 등급을 분별한다.(正朝儀之位, 辨其貴賤之等)'라고 하였으니 이를 말하는 것이다. 구본 『북당서초(北堂書鈔)·예의부이(禮義部二)』에서는 이를 인용하여 '의(儀)'라고 바로 고쳤다.(義, 讀爲儀. ……『周官·司士』云: '正朝儀之位, 辨其貴賤之等'是也. 舊本『北堂書鈔·禮義部二』引此正作'儀'.)"라고 했다. 또 『좌전·양공(襄公)』30년에는 "군자가 송공희(宋共姬)를 일러 아가씨이지 결혼을 한 부녀자가 아니다. 아가씨는 사람을 기다리지만, 부녀자는 옳은 일을 기다려야 한다.(君子謂宋共姬女而不婦, 女待人, 婦义事也.)"라는 구절이 있다. 왕인지는 『경의술문(經義述聞)』에서 "의(義)는 의(儀)라고 읽는다. 의(儀)는 도리를 뜻하는데, 부녀자는 마땅히 의로운 일을 해야 하고 사람을 기다릴 필요가 없다고 말한 것이다.(義讀爲儀. 儀, 度也, 言婦當度事而行, 不必待人也.)"라고 했다.[13]

상술한 해석은 '인의(仁義)'의 '의(義)'가 변화하는 단계임을 보여준다. 즉, '아(我)'가 '의장용 무기'의 모습에서 '자기 자신을 스스로 일컫는 말이다'를 뜻하는 단어로 바뀐 것이다. '의(義)'자의 형체를 해석해보면, 유학자들은 그것을 매우 명확하게 재구성하고 추론했다고 말할 수 있다. 이를 간략하게 유형화시킨다면, 이 재구는 먼 곳에서 가까운 곳으로, 혹은 물체에서 사람의 신체로 이동하는 과정이라고 할 수 있다.

유가의 문헌과 그와 상응하는 것은 마치 세계와 부합하는 것 같다. 완원(阮元)은 『위의설(威儀說)』에서 매우 상세히 고찰하였다.

진(晉)과 당(唐) 사람들이 성명(性命)에 대해 말할 때는, 그것을 신체와

---

13 『經義述聞』제17권(江蘇古籍出版社, 1985).

마음에서 가장 깊은 천(天)으로 밀어붙였다. 상(商)과 주(周) 사람들이 성명을 말할 때는, 단지 외모와 가장 가까운 땅(地)으로 한정했으니, 이를 '위엄과 예의(威儀)'라고 한다. 『춘추좌전(春秋左傳)·양공(襄公)』31년에 따르면, 위(衛)나라의 북관문자(北官文子)가 명령의 위엄과 예의를 보고 위후(衛侯)에게 "명령이 마치 군주 같으니, 다른 뜻을 품을 것입니다. 그의 뜻을 이루더라도 끝까지 갈 수 없을 것입니다."라고 했다. 『시경』에도 "시작은 있으나, 끝을 맺기는 드물다. 끝을 맺는 것은 실로 어렵다. 명령은 피할 수 없을 것이다."라고 했다. 공(公)이 물었다. "그것을 어떻게 아는가?" 대답했다. "『시경』에, '경건하고 조심하여 위엄과 예의를 지키면, 백성의 본보기가 된다'라고 했습니다. 명령에 위엄과 예의가 없으면, 백성들에게 본보기가 되지 못합니다. 백성들이 본받지 않는 것을, 백성 위에 있으면서 끝까지 갈 수 없습니다." 공이 "잘 말했다! 위엄과 예의란 무엇인가?"라고 물었다. "위엄이 있어 두려워할 만하면 위엄이라 하고, 예의가 있어 본받을 만하면 예의라 합니다. 군주에게는 군주의 위엄과 예의가 있어, 신하들이 두려워하고 사랑하며, 본받고 따르기 때문에, 그 나라를 가질 수 있고, 명령이 오래갈 수 있습니다. 신하에게는 신하의 위엄과 예의가 있어, 그 아래 사람들이 두려워하고 사랑하기 때문에, 그 직무를 지킬 수 있고, 가문을 보호할 수 있습니다. 이와 같이 아래로 내려갈수록 모두 같습니다. 이로써 위아래가 서로 공고해질 수 있습니다."라고 했다. 『위시(衛詩)』에도 "위엄과 예의는 우아하니, 선택할 수 없다."라고 했다. 군주와 신하, 상하, 부자, 형제, 내외, 대소 모두 위엄과 예의가 있음을 말한다. 『주시(周詩)』에도 "벗을 잘 다스리되, 위엄과 예의로 다스린다."라고 했다. 벗과의 도리는 반드시 서로 가르치고 교훈하되 위엄과 예의로 해야 한다. 『주서(周書)』는 문왕의 덕을 여러 번 말하면서 "큰 나라는 그 힘을 두려워하고, 작은 나라는 그 덕을 사모한다."라고 했다. 두려워하면서 사랑하는 것을 말한다. 『시경』에 "모르고 깨닫지 못하면, 천제의 본보기를 따르라."라고 했다. 본보기를 따르는 것을 말한다. 주왕이 문왕을 일곱 해 동안 가두었을 때, 제후들은 모두 그를 따라 가두었다. 주왕은 이에 두려워하고 돌려보냈으니, 사랑한 것이라 할 수 있다. 문왕이 숭(崇)을 정벌했을 때, 두 번의 원정 끝에 항복했고, 산야와 이족들이 복종하였으니, 두려워한 것이라 할 수 있다. 문왕의 업적은 천하에 널리 노래되고 춤추어졌으니, 본받은 것이라 할 수 있다. 문왕의 행실은 지금까지 법으로 여겨지니, 본받은 것이라 할 수 있다. 위엄과 예의가 있기 때문에, 군자는 자리에 있어서 두려워할 만하고, 베풀 때 사랑받으며, 진출입이 적절하고, 돌아다닐 때 본보기가 되며, 태도가 볼 만하고, 일을 처리할 때 법이 되며, 덕행이 본받을 만하고, 목소리가 즐거울 만하며, 동작에 문양이 있고, 언어에 밝음이 있다. 이렇게 밑에 있는 사람들에게 대하면, 위엄과 예의가 있다고 한다. 또한 『성공(成公)』 13년에는 '성자(成子)가 제사에서 맥을 잡을 때 불경하였다'고 했다. 유자(劉子)가 말했다. 내가 들었다. 백성은 천지 사이에서 생명을 받아서 살아가는 것이 바로 명(命)이다. 이에 따라 동작, 예의, 위엄, 예의의 본보기로 명을 정한다. 능한 자는 이를 통해 복을 받고, 능하지 못한 자는 이를 통해 화를 불러온다. 이에 군자는 예의를 근면히 행하고, 소인은 힘을 다한다. 예의를 근면히 행하는 것은 경건함을 다하는 것이고, 힘을 다하는 것은 충실함을 다하는 것이다. 경건함은 신을 기르는 데 있고, 충실함은 일을 지키는 데 있다. 나라의 큰일은 제사와 군사에 있다. 제사에는 제물을 잡고, 군사에는 맥을 잡는다. 신의 큰 절기다. 이제 성자는 그 명을 게으르게 버렸으니, 어찌 반성하지 않겠는가? 이 두 절을 보면, 그 말이 가장 분명하다. 처음부터 덕행과 말과 성명을 고요하고 변하지 않는 사색의 경지에서 구하지 않았다. 혹시 좌씨(左氏)의 말이 조금 과장되었을까? 『상서』를 다시 살펴보면, '위엄과 예의'에 대해 말한 것은 『고명(顧命)』(스스로 위엄과 예의에 어지러워하다.)과 『주교(酒誥)』(연회와 장례에서 위엄과 예의를 사용하다)에서 각각 보인다. 『시경』을 다시 살펴보면, 『시경 300편』중에 '위엄과 예의'에 대해 말한 것이 17번이다.(晉唐人言性命者, 欲推之於身心最先之天; 商周人言性命者, 只範之於容貌最近之地, 所謂威儀也. 『春秋左傳·襄公三十一年』: 衛北官文子見令圍之威儀, 言於衛侯曰: 令尹似君矣, 將有他志. 雖獲其志, 不能終也. 『詩』曰: 靡不有初, 鮮克有終. 終之實難, 令尹其將不免. 公曰: 子何以知之? 對曰: 『詩』云: 敬愼威儀, 惟民之則. 令尹無威儀, 民無則焉. 民所不則, 以在民上不可以終. 公曰: 善哉! 何謂威儀? 對曰: 有威而可畏, 謂之威; 有儀而可象, 謂之儀. 君有君之威儀, 其臣畏而愛之, 則而象之, 故能有其國家, 令聞長世. 臣有臣之威儀, 其下畏而愛之, 故能守其職官, 保族宜家. 順是以下, 皆如是. 是以上下能相固也, 『衛詩』曰: 威儀棣棣, 不可選也. 言君臣上下父子兄弟內外大小皆有威儀也. 『周詩』曰: 朋友攸攝, 攝以威儀. 言朋友之道, 必相敎訓以威儀也. 『周書』數文王之德曰: 大國畏其力, 小國懷其德. 言畏而愛之也. 『詩』云: 不識不知, 順帝之則. 言則而象之也. 紂囚文王七年, 諸侯皆從之囚, 紂於是乎懼而歸之, 可謂愛之. 文王伐崇, 再駕而降, 爲臣蠻夷帥服, 可謂畏之. 文王之功, 天下誦而歌舞之, 可謂則之. 文王之行, 至今爲法, 可謂象之. 有威儀也, 故君子在位可畏, 施舍可愛, 進退可度, 周旋可則, 容止可觀, 作事可法, 德行可象, 聲氣可樂, 動作有文, 言語有章, 以臨其下: 謂之有威儀也. 又, 『成公十三年』曰: 成子受脹於社不敬. 劉子曰: 吾聞之, 民受天地之中以生所謂命也. 是以有動作禮義威儀之則以定命也. 能者養以之福, 不能者敗以取禍. 是以君子勤禮, 小人盡力. 勤禮莫如致敬, 盡力莫如敦篤. 敬在養神, 篤在守業. 國之大事, 在祀與戎. 祀有執膰, 戎有受脹: 神之大節也. 今成子惰棄其命矣, 其不反乎? 觀此二節, 其言最爲明顯矣. 初未嘗求德行言語性命於虛靜不易思索之境也, 或左氏之言少有浮 誇乎? 試再稽之『尚書』, 『書』言威儀者二(『顧命』: 自亂於威儀. 『酒誥』: 用燕喪威儀). 再稽之『詩』, 『詩三百篇』中, 言威儀者十有七.)[14]

행운과 다를 바 없는 역사적 오해

경학자들은 문자를 해석할 때, 유가 경전의 중요한 서적을 인용하면서 '무(武)'를 '지과(止戈)' 즉 '전쟁을 멈춘다(息战)'는 뜻으로 해석하였다. 그러나 이러한 해석은 종종 후대의 학자들에게 문자를 혼동해서 경전의 의미를 결정했다는 비판을 받았다. 필자는 관련 문자의 의미 형상이 발견되고 나서 아직 정제되지 않아, 여전히 조잡하고 피상적임을 미리 밝혀둔다. '무(武)'자를 '무기를 금하여 전쟁을 멈춘다(止戈息战)'로 해석한 것이 유학자들의 인도주의 정신과 인권의 관점에서 재구되고 변형되었다 해도, 이는 어원을 탐구하며 그 의미의 기원을 추적하는 직접적인 시도라 할 수 있다. 이렇게 행운과 다를 바 없는 역사적 '오해'는 학술사에서 고찰할 가치가 있는 현상이다. '잠시 그침(止息)'에서 '종적(行止)'까지, 그 변화의 핵심은 모두 '지(止)'부수에 속해있다는 점이다. 명물(名物)의 흔적을 살펴보면 '지(止)'가 부수가 되면서, '잠시 그침(止息)' 즉 '중지(中止)'라는 의미를 취한 것과 '종적(行止)' 즉 '빠르게 가다(适之)'의 의미가 되는 이 두 가지는 적어도 같은 형체와 같은 기원을 가졌기 때문에, 함부로 나눌 수 없다. 아래는 유형을 연구하고 고찰한 것이다.

🖎	『갑(甲)』3940	🖎	『을(乙)』1054
🖎	『갑(甲)』193	🖎	「조정(趙鼎)」
🖎	『설문고문(說文古文)』	🖎	『설문고문(說文古文)』

어쨌든, 고대 중국의 문헌에서 '강무(講武)'는 '정벌(征罰)'과 연계되어

있으므로, 먼저 '정(征)'의 관점에서 말해보겠다.

『설문·정(正)부수』에는 "정(正)은 옳다는 뜻이다. 지(止)가 의미부인데, 가로획[一]이 지(止) 위에 놓인 모습을 그렸다.(正: 是也. 从止, 一以止.)"라고 했다. 여기의 부수를 분석하면서 필자는 관련 자형의 구조를 비교했는데 문헌 속에 고대의 뜻과 글자의 어원만 보존되어 있는 게 아니라는 것을 알 수 있었다. 위에 열거한 '정(正)'자의 고음자료를 살펴보면[15], '가로획 [一]이 지(止)의 위에 놓인 모습'으로 구성되어 있는데, '가로획[一]'은 전체 형상의 위에 위치한다. 그런데 '가다'는 의미의 '지(之)'는 고문이 첨부한 표와 같이[16], '가로획[一]'은 글자구조의 아래에 위치한다. 그리고 주체적인 부수에는 모두 '지(止)'가 포함되며, 이를 구별할 수 있는 것은 '지(止)'와 '가로획[一]'의 위치이다.

    『전(前)』7.33.1   『수(粹)』1043
    「모공정(毛公鼎)」   「후마맹서(侯馬盟書)」
    「중산왕정(中山王鼎)」   「삼체석경(三體石經)」
    『설문·지(之)부수』

문헌의 고대 의미에서 '지(之)'자는 원래 가다는 뜻의 '왕(往)'이나 '적(適)'이었다. 『이아·석고(釋詁)』(상편)에는 "지(之)는 가다(往)는 뜻이다.(之, 往也.)"라고 하였고, 『시경·용풍(鄘風)·재치(載馳)』에서는 "그대들이 생각하는 바는 내가 생각하는 것보다 못하다.(百爾所思, 不如我所之.)"라고 하였으며, 『맹자·등문공(滕文公)』(상편)에는 "세자인 등문공이 초나라를 갈 때……(滕文公爲世子, 將之楚……)"라고 했다. 문헌에서는 주로 고대의 의미를

---

15 『甲骨文編』제2권, 『金文編』제2권, 『說文·正部』.
16 徐中舒 主編, 『漢語大字典·丶部』.

취했는데, 이는 은허(殷墟)의 갑골문자에서 나타낸 '지(止)'의 구조 및 의미와 서로 부합함을 알 수 있다. 나진옥(羅振玉)은 『증정은허서계고석(增訂殷墟書契考釋)』에서 "갑골문자에 따르면 지(止)가 의미부이고 일(一)이 의미부이다. 사람이 가는 바를 말한다. 『이아·석고』에서는 '지(之)는 가다(往)는 뜻이다.'라고 하였으니, 이것이 '지(之)'의 첫 번째 의미이다.(按卜辭从止, 从一, 人所之也. 『爾雅·釋詁』: '之, 往也.' 當爲'之'之初誼.)"라고 밝혔다.

이로써 '지(止)'가 '동사'로 여겨지며, 그 형태는 본래 '지(趾, 발가락)'의 모습을 본뜬 것임을 알 수 있다.(첨부한 표 참조)[17]

『갑(甲)』2744

「고백굴(古伯窟)」

『을(乙)』1206

「석고(石鼓)」

이로써 '지(之)'는 '동작을 나타내는 부수'로, 그 형체가 원래 '발가락(趾)'에서 비롯되었음을 알 수 있다. 첨부한 표를 참조하면 분명하게 이해하게 될 것이다. 『설문·지(止)부수』에는 "지(止)는 아래쪽에 있는 터를 말한다. 초목이 땅을 뚫고 자라날 때 땅에다 기초를 둔 모습을 그렸다. 그래서 지(止)가 발(足)이라는 뜻을 가진다.(止, 下基也. 象草木出有址, 故以止爲足.)"라고 했다. 서호(徐灝)는 이를 두고 "무릇 지(止)가 의미부인 글자들은 그 의미가 모두 '발가락'이다.……완원(阮元)의 『종정관식(鍾鼎款識)·부정유(父丁卣)』에서는 발자국을 지(止)로 썼는데, '발가락'의 모습과 같다.……세 개의 발가락인 것은 세 개의 손가락을 그린 손의 모습과 같다.(凡从止之字, 其義皆爲足趾.……考阮氏『鍾鼎款識·父丁卣』有足迹, 文作止, 正象足趾之形……三趾者, 與手之列多略不過三同例.)"라고 주석했다. 그러나 문헌의 내용을 살펴보면, '지(止)'는 '가다(至)'(즉 '之')와 '머무르다(駐)'라는 두 가지 의미를 다 갖추고

---

17 『甲骨文編』제2권, 『漢語大字典·止部』.

있어, 처음부터 어떠한 방법을 빌리지 않아도 되었다. 『시경·노송(魯頌)·반수(泮水)』에는 "노나라 임금 오시는데 그 깃발이 보이네.(魯侯戾止, 言觀其旂.)"라는 문장이 있는데, 모형(毛亨)은 "지(止)는 이르다(至)는 뜻이다.(止, 至也.)"라고 주석했다. 『시경·상송(商頌)·현조(玄鳥)』에는 "사방 천리의 천자가 직접 다스리는 땅은 백성들이 머물러 사는 곳이다.(邦畿千里, 維民所止.)"라는 문장이 있는데, 정현(鄭玄)은 "지(止)는 거(居)와 같다."라고 주석했다. 『시경·진풍(秦風)·황조(黃鳥)』에는 "찍찍 울면서 곤줄매기가 뽕나무에 앉았네.(交交黃鳥, 止于桑.)"라는 문장이 있다. 고대의 자서에는 오래전부터 이러한 상반되고 모순적인 현상 즉 움직임과 멈춤이 함께 존재하는 현상에 주목하고 이를 반영하고자 하였다. 예를 들어 『자휘(字彙)·지(止)부수』에는 "지(止)는 가다(至)는 뜻이다.(止, 至也.)"와 "지(止)는 움직이지 않다(静)는 뜻이다.(止, 静也.)"라는 문장이 동시에 존재하고 있다.

위에 열거한 '정(正)'자 표를 살펴보면, '정(正)'에 '가다(之)(至, 往)'와 '멈추다(止)(駐, 停)'라는 두 가지 뜻을 다 가지고 있음을 알 수 있다. 이러한 현상은 '뜻이 나누어지면서 동시에 합해지는 것'으로서, 중국어 문자 분화의 표지가 생기기 전에, 고대 중국어에서 '가다(之)'(適)와 '멈추다(止)'(駐)라는 두 가지 뜻은 모두 '정(正)'자만을 사용했다는 것을 보여준다. 이러한 원시 사유를 논리적 측면에서 살펴보면, 부정적인 면이 먼저 긍정적인 면을 포함한다는 것을 알 수 있다. '멈추다(止)'(駐)를 말하려면 먼저 '가다(之)'(往)를 전제로 해야 한다. 즉, 부정적인 명제는 항상 긍정적인 명제를 전제로 해야 한다. 그렇지 않으면, '멈추다(止)'(駐)라는 의미는 있을 수 없다. 이는 변증법적 관계에 대한 고대의 사고방식과 일치한다. 먼저 고대 문헌과 서로 대조해보면, '정(正)'은 문헌에서 '멈추다(止)'와 '머무르다(駐止)'라는 뜻으로 사용되었다. 『시경·패풍(邶風)·종풍(終風)』(序)에는 "주우(州吁)에게 모욕과 무시를 받는데도 멈출 수가 없구나.(見侮慢而不能正也.)"라는 문장이 있는데, 정현은 "정(正)은 지(止)와 같다.(正, 猶止也.)"라고 했다. 또『시경·소아(小雅)·빈지초연(賓之初筵)』에는 "비틀비틀 연이어 춤추네.(屢舞僛僛)"라는 문장이 있는데, 모형(毛亨)은 "기기(僛僛)는 춤을 스스로 멈출 수 없는 것을 말한다.(僛僛, 舞不能自正也.)"라고 했다. '정(正)'자는 실제로 '정벌하다(征)'의 원래 글자로, 고서에서는 '정(正)'을 써서 '정(征)'의 의미로 삼았다.『시경·상송(商頌)·현조(玄鳥)』에는 "옛날에 하늘이 용맹하신 탕(湯)임금께 명하시어, 온 세상의 땅을 바로 다스리게 하셨네.(古帝命武湯, 正域彼四方.)"라고 하였고,『묵자·명귀(明鬼)』(하편)에는 "천하가 의를 잃었으니, 제후들이 힘써 바로잡겠습니다.(天下失義, 諸侯力正.)"라고 하였는데, 손이양(孫詒讓)은『간고(間詁)』에서 "필원(畢沅)이 '정(正)은 정(征)과 같다.(正, 同征.)'라고 하였는데, 이양(詒讓)은 '절장하편(節葬下篇)』에서는 정(征)이라고 하였으니, 글자가 서로 통한다.'라고 생각된다.(畢沅云: '正, 同征.' 詒讓案: 『節葬下篇』作征, 字通.)"라고 했다. 일본어에서는 지금까지도 '정(正)'자를 아래와 같이 해석하고 있다.

> 회의자. '가다'는 뜻의 '지(止)'와 지역과 나라를 뜻하는 '구(口)'가 결합하여, 다른 나라를 공격해 간다는 뜻이다. 정(征)의 원래 글자이다.(会意, 行く意の止と, 地域·国をしめす口とを合わせて, 他国にせめて行く意. 征の原字.) [18]

비교해 보면, '정(正)'과 '지(止)' 두 글자는 모두 '지(止)'부수에 포함되어 있지만, '정(正)'자의 구조가 '구(口)'의 형상을 취하고 있다는 게 차이점이다. 고문자의 형체에서 취한 이「구(口)부수」에 대해서는『중(中)의 근원』편에서 고찰하기로 한다. 여기에서의 고찰은 부절처럼 딱 들어맞는다.

『갑골문편』의 부록 상편 20쪽에 따르면, 아래와 같은 부호들이 기록되

---

18 赤塚忠 監修,『標準漢和辭典·止部』.

어 있는데 지금까지 언급된 적이 없었다.

『갑(甲)』3346 　　 『철(鐵)』258, 3 　　 『모(某)』1.1

『수(粹)』1146 　　 『경도(京都)』932 　　 『갑(甲)』638

『철(掇)』1, 451 　　 『갑(甲)』3916 　　 『철(鐵)』190, 3

『고(庫)』632

이 부호들은 기본적으로 모두 '지(止)'와 '구(口)'로 구성되어 있는데, 『금문편』의 부록 상편과 대조해보면, 그 의미형상과 구조에 대해 확인할 수 있다.

「고문(觚文)」 　　 「궤문(簋文)」 　　 「용모준(龍母尊)」

「정문(鼎文)」 　　 「정문(鼎文)」 　　 「과문(戈文)」

「호문(壺文)」 　　 「호문(壺文)」 　　 「궤문(簋文)」

용경(容庚)은 "갑골문은 '정(正)'과 같은 글자이며, 금문은 해석할 수 있는 의미가 없다.(甲骨文與正爲一字, 金文無文義可說.)"라고 해석했다. 용경은 의(義)에 대해서는 아무것도 말하지 않았지만, 이 명문(銘文)과 갑골문자 '정(正)'의 연계를 말해주었다. 우성오(于省吾)는 위에 열거한 갑골문을 '정(征)'(正)이라고 밝히고[19], 들짐승을 사냥하는 모습에서 그 뜻을 취했다고 했다. 갑골문에서 사람을 희생으로 하여 지내는 제사를 벌(伐), 소(牛)와 양(羊)을 희생으로 하여 지내는 제사를 묘(卯)라고 부른다고 하였으나, 문헌에서는 찾을 수가 없다. 암각화 연구자들이 발견한 암각화 자료를 비교해 본 결과, 이 자형의 의미는 동물의 발굽 자국을 '주술의 범위' 안에 넣

---

[19] 『甲骨文字釋林』(中華書局, 1979), 268쪽.

은 것이라고 밝혔다. 그 그림은 동물의 일부(발굴 자국)를 통제함으로써 전체 동물을 통제하거나 사냥한다는 의미이다. 필자가 해석한 음산(陰山) 암각화를 참고하면, 암각화와 문자는 주술적 사고 측면에서 형체는 다르지만 같은 목적을 가졌다고 할 수 있다.[20] 그러나 조금만 주의 깊게 살펴보면, '口' 안에 들어 있는 것이 분명히 사람의 발가락이지 동물의 발굽이 아니다. 따라서 '정(正)'(征)이 통제하고자 하는 대상은 들짐승을 사냥하는 것에 국한되지 않는다.

경학자들은 사물의 이름과 형상을 추론하고 규정과 제도를 검토하여, 오래전부터 '정(正)'(征)에 '사람들을 통제하는(止人)' 의례적 기능을 발견했다. 고대 문헌에서는 '정(正)'을 과녁의 중심을 일컫는 명사로 사용하였다. 이는 필자가 『중(中)의 근원』편에서 말한 해석과 서로 일치하는 내용이다. 『시경·제풍(齊風)·의차(猗嗟)』에는 "하루 종일 과녁을 쏘는데, 한 번도 표적에서 빗나가지 않으니.(終日射侯, 不出正兮.)"라는 구절이 있는데, 주희(朱熹)는 "정(正)은 과녁의 중심에 설치하고 그것을 향해 활을 쏘는 것이다.(正: 設的於侯中而射之者也.)"라고 주석했다. 『예기·중용(中庸)』에 "활쏘기는 군자와 비슷하니, 정(正)이나 곡(鵠)을 맞추지 못했다면, 그 자신을 되돌아봐야 한다.(射有似乎君子, 失諸正, 鵠, 反求諸其身.)"라는 구절이 있는데, 육덕명(陸德明)은 "정(正)과 곡(鵠)은 모두 새의 이름이다.(正, 鵠皆鳥名也.)"라고 해석했다. 『소이아(小爾雅)·광기(廣器)』에는 "활쏘기에서 천으로 만든 과녁을 '후(侯)'라고 부르고, '후(侯)'의 중앙을 '곡(鵠)'이라고 부른다. 또 '곡(鵠)'의 중앙을 '정(正)'이라고 부르는데, 이 '정(正)'은 네모난 모양으로 그 길이가 2척(尺)이다.(射有张布谓之侯, 侯中者谓之鵠. 鵠中者谓之正. 正方二尺.)"라고 하였으며, 주준성(朱駿聲)은 『설문통훈정성(說文通訓定聲)·정(鼎)부수』에서 "정(正)은 본래 '후(侯: 과녁)'의 중앙을 뜻한다. 네모난 모양으로 그렸는데, 태양

20 戶曉輝, 『巖畵與生殖巫術』(新疆美術撮影出版社, 1993), 59쪽.

이 떠오르고 지는 모습이며, 역시 화살이 멈추는 지점을 나타낸다.(正, 本訓當爲侯中也. 象方形, 即日从止, 亦矢所止也.)"라고 했다. 유정섭(俞正燮)은 『계사존고(癸巳存稿)』2권에서 "정(正)은 『대사의(大射儀)』에서 '정(正)은 역시 새의 이름이다.'라고 했다. 제(齊)나라와 노(魯)나라 사이에서는 새매[題肩]를 정(正)이라고 불렀다. 이 새는 너무 민첩하고 교활해서 쏴서 맞추기 힘들었기 때문에 맞춘다면 뛰어나다고 여겼다. 그러므로 활쏘기의 이름으로 사용하게 되었다. 정(正)과 곡(鵠)이 취한 의미는 같다.(正者, 『大射儀』注云: '正亦鳥名.' 齊, 魯之間名題肩曰正. 鳥之捷黠者, 射之難中, 以中爲雋, 故射取名焉. 此與鵠取義同也.)"라고 했다. 이 의항(義項)에서 '정(正)'에 '목표(目标)'라는 의미가 파생되었다. 『마왕퇴 한묘 백서(馬王堆漢墓帛書)·경법(經法)·도법(道法)』에는 "각종 법령과 제도가 이미 확립되고 관직이 이미 세워졌으니, 천하만사가 도망갈 일이 없고, 착오와 재난도 모두 고칠 수 있을 것이다.(刑(形)名已立, 聲號已建, 則無所逃迹匿正矣.)"라는 구절이 있다.

19 𤿎   20 厎   21 厎

필자는 '정(正)'(征)의 자원의 의미 형상은 매우 분명하다고 본다. 즉, '시정하다', '정직하다', '바로잡다'와 같이, 이러한 기본적인 의항은 모두 체계적이고 일관성이 있다. 흥미로운 것은, 위에서 열거한 『금문편』에서 「궤문(簋文)」인 𤿎(19)의 아랫부분에 있는 '口' 안에 그려진 厎(20)이 바로 '과녁을 쏘다[射侯]'에서 '후(侯)'의 고문자이다. 『설문·시(矢)부수』에서 '후(矦)'의 아래에 기록된 고문(古文)이 厎(21)인데, 두 개의 모습을 비교하면 일치하는 것처럼 보인다. 대진(戴震)이 쓴 『고공기(考工記)』도설에서 '후제(侯制)'와 '정제(正制)'에는 모두 도감이 있는데, '후제'의 경우에는 첨부된 그림을 참고할 수 있다.[21] 위에서 언급한 여러 가지 연관성은 처음부터 모두 우연이 아니다.

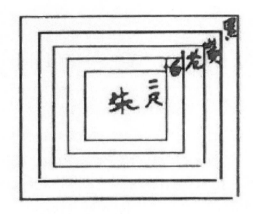

상술한 부분은 '정(正)'(征)자에 대한 고찰로서, 이는 '정(正)'자와 관련이 있는 '무(武)'자의 본래 의미를 정확하게 이해하는데 다른 관점을 제공해준다. 아래에는 '무(武)'자에 대해 다시 해석해보겠다.

『설문』에서는 '무(武)'를 「과(戈)부수」에 포함시키고, "초나라 장왕(莊王)이 이렇게 말했다. 무력[武]이라는 것은 공을 확정하고 전쟁을 종식시킨다. 그래서 지(止)와 과(戈)가 합쳐져 무(武)가 된다.(武: 楚莊王曰: 夫武, 定功戢兵. 故止戈爲武.)"라고 해석했다. 이는 『좌전·선공(宣公)』12년의 경문에서 직접 인용한 내용을 근거로 하였다. 그러나 후대의 연구자들은 「지(止)부수」는 '움직이다(行止)'라는 의미만을 나타낸다고 보았고, 이로써 '지(止)'에 '멈추다(駐止)'를 나타내는 의미를 배제하였다. 예를 들어, 유성오(于省吾)는 『석무(釋武)』에서 "무(武)는 과(戈)가 의미부이고 지(止)도 의미부이다. 본래 의미는 '정벌(征伐)'과 '시위(示威)'를 나타내었다. 정벌하는 자는 반드

21 『學海堂經解』제564권, 880쪽.

시 행동이 있어야 하는데, '지(止)'는 바로 행동을 나타낸다. 정벌하는 자는 반드시 무기를 사용해야 하는데, '과(戈)'가 바로 무기를 나타낸다.(武从戈, 从止, 本義爲征伐示威. 征伐者必有行. '止'即示行也. 征伐者必以武器, '戈'即武器也.)"라고 했다. 말하는 사람은 '지(止)'와 '과(戈)' 양쪽을 모두 고려하여, 처음에는 편향되지 않은 것으로 보인다. 그러나 '지(止)'에는 분명히 '멈추다(駐止)'는 의항이 있음을 주의해야 한다. 언어에서 처음부터 가차(假借)가 나온 게 아니라는 것은 중국어사의 사실이다. '지(止)'자에 '걷다(行止)'와 '멈추다(駐止)'라는 두 가지 의미를 동시에 가지고 있는 것은 '뜻이 나누어지면서도 또 뜻이 합해지는' 훈고학 유형에 부합한다. 이는 동일한 어원에서 서로 반대되는 의미로 파생된 결과인데, 앞의 문장에서 설명해놓았다.

'정(正)'(征)자에 '가다[征行]'와 '중지[終止]'라는 두 가지 의미가 있는 것처럼, '무(武)'자는 필자의 고석에 따르면 고대에 '춤'(의식적인 측면), '주술 행위'(주술적 측면), '무력 중지'(실용적 측면)라는 세 가지 의미가 있었다. 이는 어휘의 의미를 설명하고 해석하는 학문적 유형에서 '다양한 의미로 분화되어 나감(背出分訓)'과 '여러 가지 의미로 갈라져 나감(歧出分訓)'이라는 두 가지 유형에 부합한다. 『좌전』의 고대 의미를 이러한 관점에서 볼 때, 확실히 '무(武)'자에 애초에 있었지만 오랫동안 사라져 버린 다른 의미가 보존되어 있다.

아래의 표[22]를 살펴보면, 갑골문과 금문의 '무(武)'자는 그 의미 형상과 구조에 변화가 없다. 한자의 필획 구조의 균형을 위한 조정은 나중에 생긴 것이다. '무(巫)', '무(舞)', '무(武)'는 고대음이 모두 명(明)모 어(魚)운에 속하는데, 원래 동일한 자원에서 나온 단어들이다. 다시 말해, 한자가 분화되기 전에 중국어에서 '무(巫)', '무(舞)', '무(武)'는 하나의 단어로만 사용되었다.

---

22 『甲骨文編』제2권, 『金文編』제2권.

壺『갑(甲)』3940	壺『전(前)』1.17.3
壺「장반(墙盤)」	壺「우정(盂鼎)」

『석명(釋名)』에는 다음과 같이 설명되어 있다. "무(武)는 춤[舞]을 뜻한다.(武, 舞也.)라고 한 것은 성훈(聲訓)을 말한다. 고대 사회의 주술적 행위와 종교 활동은 본래 묘사할 수 있는 음악과 춤의 의식에 호소하는 것이었다. 한자는 역사적으로 있었던 사실을 충실히 유지하고 있는데,『설문·무(巫)부수』에는 "무(巫)는 무당을 말한다. 형체가 없는 존재를 잘 모시는, 춤을 추어서 신을 내려오게 하는 여성을 말한다. 사람이 두 소매를 흩날리며 춤을 추는 모습을 그렸다. 옛날, 무함(巫咸)이 처음으로 무당이 되었다.(巫: 祝也, 女能事無形, 以舞降神者也, 象人兩袖舞形. 與工同意, 古者巫咸初作巫.)"라고 했다.

상술한 자원(字源)의 관계를 토대로, 여기에서 '무(武)'자의 의미형상의 의미적 체계와 그 내재적 관련성을 추론할 수 있다.

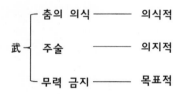

인류학적으로 고찰할 때, 원시적 사고 법칙에 따르면 고대 부족에서 주술적인 금기의 작용 외에, '춤의 의식[舞儀]'만으로 전쟁을 멈추고 분쟁을 진정시키기에는 부족하다. "육경(六經)은 모두 역사다.(六經皆史.)"라는 말처럼, 중국의 옛 경전과 교훈은 여전히 남아 있고 자취도 존재하고 있는 듯하다. 여기서는 널리 알려진『상서』와 관련된 정보만을 인용하여 이를 입증하고자 한다.「대우모(大禹謨)」에는 다음과 같은 기록이 있다.

30일이 지났으나, 삼묘(三苗)는 여전히 순(舜)임금의 명령을 어기고 있었습니다. 백익(伯益)이 앞으로 나와 대우(大禹)를 보좌하며 말했습니다. "인(仁)과 덕(德)이 지극한 정성이어야 하늘을 감동시킬 수 있습니다. 인덕을 널리 펼치면 매우 먼 곳에 있는 부족일지라도 모두 나와 합류할 것입니다. 자만은 손해를 가져오고 겸손은 이익을 얻을 것입니다. 이것이 하늘의 항상된 도입니다. 당초 순임금은 역산(歷山)에서 농사를 짓고 들에 다니며 매일 상제를 향해 소리를 지르며 울었습니다. 아버지와 어머니에게 차라리 스스로 불효의 누명을 쓰고 사악한 명성을 자초했습니다. 순임금은 아버지인 고수(瞽瞍)를 공경했고, 아버지를 찾아갈 때는 항상 엄숙하고 경외하였습니다. 고수에게도 믿음과 순종을 얻게 되었습니다. 지극한 마음으로 신령도 감동시킬 수 있을진대 하물며 삼묘는 어떻겠습니까?" 대우는 백익의 말에 감사하며 "알겠다."라고 말하고, 군대를 정비하고 다시 조정으로 돌아갔다. 순임금은 그 후로 문화와 미덕을 널리 전파하였고, 모두에게 무기를 내려놓고 나무 방패와 깃털을 가지고 궁전의 계단 앞에서 춤을 추라고 명령했다. 70일 후에 삼묘는 스스로 복종하러 왔다.(三旬, 苗民逆命. 益贊于禹曰: 惟德動天, 無遠弗届. 滿招損, 謙受益. 時乃天道. 帝初于歷山, 往于田, 日號泣于昊天, 于父母. 負罪引慝, 祗載見瞽瞍, 夔夔齋栗, 瞽亦允若. 至誠感神, 矧兹有苗. 禹拜昌言曰: 俞, 班師振振. 帝乃誕敷文德, 舞干羽于兩階. 七旬, 有苗格.)

공안국(孔安國)은 "성(誠)은 '진실로(和)'라는 뜻이고, 인(矧)은 '하물며(況)'라는 뜻이다. '지극한 정성이면 신도 감동시키는데, 하물며 삼묘는 어떻겠습니까?'라는 것은 쉽게 감동을 받을 수 있다고 말한 것이다. …… '진진(振振)'은 무리를 정비한다는 뜻이다. (군대를 되돌려) 돌아가다[還]는 것은 경전에서 음이 모두 선(旋)이다. 멀리 있는 사람이 복종하지 않는다

해도, 덕으로서 널리 베풀면 스스로 다가올 것이다. 간(干), 순(楯), 우(羽)
는 부채[翳]를 뜻하는데, 모두 춤을 추는 사람들이 손에 들고 있는 것이
다. 문화와 교육을 널리 펼치고, 궁전의 계단에서 춤을 추면서, 무력을 억
제하였다. …… 무력을 행하면 복종하지 않고, 무력을 행하지 않으면 스
스로 다가오니, 통치에 밝은 자는 반드시 도가 있다.(誠, 和; 矧, 況也. 至和感
神, 況有苗乎? 言易感.……振振, 言整衆. (還師)還, 經典皆音旋. 遠人不服, 大布文德以來
之. 干, 楯, 羽, 翳也, 皆舞者所执. 修闡文教, 舞文舞于賓主階間, 抑武事.……討而不服, 不討
自來, 明御之者必有道.)"라고 주(註)를 달았다. 또 공영달은 "『석언(釋言)』에서
는 '간(干)'은 '막다[扞]'는 뜻이다. 손염(孫炎)은 '간순(干楯)은 스스로 가리
는 것을 말한다.'라고 했다. …… 『석언』에서는 또 '독(纛)'은 '깃 일산[翳]'
을 말한다. 곽박(郭璞)은 '춤을 추는 사람이 손에 쥐고서 빛을 스스로 가
리는 것이다.(舞者持以自蔽翳也.)'라고 했다. 그러므로 「명당위(明堂位)」에서
는 '붉은 방패와 옥으로 장식된 도끼를 휘두르며, 대무(大武)춤을 춘다. 척
(戚)은 도끼를 말한다.(朱干玉戚, 以舞大武. 戚, 斧也.)'라고 기록되어 있다. 여
기에서 이 무를 출 때, 도끼를 들고 방패를 잡는다. 『시경』에서는 '왼손에
는 약(籥)을 쥐고, 오른손에는 적(翟)을 잡는다.(左手执籥, 右手秉翟.)'라고 하
였는데, 춤을 출 때 약(籥)을 잡는 것을 말하고 있다. 그러므로 간(干)과 우
(羽)는 모두 춤을 추는 사람이 손에 들고 있는 것을 말한다. 문으로써 교
화하고 다시는 정벌하지 않음을 상세히 밝혔다. 그러므로, 손님과 주인의
계단 사이에서 춤을 추며 문덕(文德)을 표현하였다. 통치자가 무력을 억
제함을 말한다. 상서에는 간(干)과 우(羽)를 가지고 춤을 추었다고 하였는
데, 역시 춤의 한 형태인 무(武)를 말한다.(『釋言』云: 干, 扞也. 孫炎曰: 干楯自蔽扞
也.……『釋言』又云: 纛, 翳也. 郭璞云: 舞者持以自蔽翳也. 故『明堂位』云: 朱干玉戚, 以舞大
武. 戚, 斧也. 是武舞执斧执楯.『詩』云: 左手执籥, 右手秉翟. 是云舞执籥. 故干羽皆舞者所执.
修闡文教, 不復征伐, 故舞文德之舞于賓主階間. 言帝抑武事也. 經文云舞干羽, 即亦舞武也.)"

라고 했다.[23]

　‘무(武)’는 바로 ‘춤(舞)’을 의미하며, ‘무력을 억제하는 일[抑武事]’인 ‘주술’의 기능이 있어 보인다. 그렇지 않다면 문헌에서 ‘무(武)’자의 아래에 ‘정벌(征伐)과 전쟁에서의 공로[武功]’와 관련된 의미가 있는데, 강(羌)은 관련이 없으니, 이와 관련된 논의를 할 수 없을 것이다.

$$
武 \begin{cases} (1)\ 춤\ 명칭 \\ (2)\ 음악\ 명칭 \\ (3)\ 기물\ 명칭 \end{cases}
$$

　이 의미 체계로 형성된 ‘의미장’에서, 의항(1)에 관한 문헌으로는 다음과 같은 것들이 있다. 『예기·악기(樂記)』에는 “무(武) 음악은 시작할 때 북을 치며 모두를 경계합니다. 다른 음악과 비교했을 때 지속 시간이 긴데, 이것에 어떤 의미가 있나요?(夫武之備戒之已久, 何也?)”라는 구절이 있는데, 정현은 “무(武)는 주(周)나라의 춤을 말한다.(武, 谓周舞也.)”라고 주석하였다. 『여씨춘추·대악(大樂)』에는 “물에 빠진 사람도 웃음을 터뜨릴 수 있고, 죄인이라도 노래를 부를 수 있으며, 미친 사람이라도 춤을 출 수 있다.(溺者, 非不笑也; 罪人, 非不歌也; 狂者, 非不武也.)”라고 했고, 송(宋)나라 나필(羅泌)의 『노사(路史)·선통기이(禪通紀二)』에는 “통나무와 기와, 토기를 두드리며 춤추고 노래하는 것을 일러 광악(廣樂)이라고 한다.(块柎瓦缶, 武桑從之, 是謂廣樂.)”라고 했다. 의항(2)에 관한 문헌은 너무 많아 나열하기도 힘든데, 다음과 같은 것들이 있다. 『논어·팔일(八佾)』에는 “(공자가) 「무(武)」라는 음악을 일러, ‘지극히 아름답기는 하나, 지극히 선한 것은 아니구나.’라

23 『尙書正義』제4권, 『十三經注疏』에 보임.

고 했다.((子)謂『武』, '盡美矣, 未盡善也'.)"라는 구절이 있는데, 하안(何晏)은 "공자가 말한 「무(武)」는 무왕(武王) 때의 음악을 말한다. 정벌로써 천하를 얻었기 때문에 지극히 선한 것은 아니라고 한 것이다.(孔曰『武』, 武王樂也. 以征伐取天下, 故未盡善.)"라고 주석했다. 『좌전·선공(宣公)』12년에는 "무왕(武王)이 상(商)나라를 쳐부수고, 「송(頌)」을 지었다.……또 「무(武)」를 지었는데, 그 마지막 장에 '위대한 공을 세우셨네.'라고 했다.(武王克商作「頌」……又作「武」, 其卒章曰: '耆定爾功.')"라는 구절이 있고, 반고(班固)의 「동도부(東都賦)」에는 "다섯 가지 소리에 저항하며 여섯 가지 음조에 도달하여, 아홉 가지 공적을 노래하고 여덟 가지 춤을 추며, 소(韶)와 무(武), 두 가지 악기를 연주하여 고대의 모든 의식을 완수한다.(抗五聲, 极六律, 歌九功, 舞八佾,『韶』,『武』備, 泰古畢.)"라는 구절이 있다. 의항(3) 역시 의항(1)이 물체화 된 것에 불과하다. 『예기·악기(樂記)』에는 "북을 두드려 연주를 시작하고, 징을 쳐서 연주를 끝마친다.(始奏以文, 復亂以武.)"라는 구절이 있는데, 정현은 "문(文)은 북[鼓]을 말하고, 무(武)는 쇠[金]를 말한다.(文謂鼓也, 武謂金也.)"라고 주석했고, 공영달은 "무(武)는 금요(金鐃)를 말한다.(武, 謂金鐃也.)"[24]라고 주석했다.

　문자학자 중에서 '무(武)'자를 해석하면서 자형에 구애받지 않은 사람으로는 마서륜을 들 수 있다. 그는 주석에서 이렇게 말했다.

　　『석명(釋名)』의 내용은 아래와 같다.
　　무(武)는 춤[舞]을 말하는데, 정벌의 움직임이 북을 치며 춤을 추는 모습과 같기 때문이다. 유월(俞樾)은 "이는 초(楚)나라 장왕(莊王)의 말을 인용한 것이지, 글자를 만든 본래의 의미가 아니다. 무(武)와 무(舞)는 같은 글자이다."라고 했다. 『주례』에는 "향대부(鄕大夫)는 향사(鄕射)의 예를 행하고 오물(五物)로써 모든 사람들에게 물어보는데,

---

24 (역주) 금요(金鐃)는 일종의 타악기로, 주로 군대의 지휘나 축하 행사에 사용되었다.

다섯째가 흥무(興舞)²⁵이다.(鄕大夫, 以鄕射之禮五物詢衆庶, 五日興舞.)"라고 했다. 『논어·팔일(八佾)』에서는 흥무(興武)를 인용하여 썼고, 『시경· 서(序)』에서는 "유청(維清)은 상무(象舞)를 출 때 부르는 노래를 말한 다.(維清, 奏象舞也.)"라고 했는데, 『독단(獨斷)』에서는 이를 '상무(象武)' 라고 썼다. 『좌전·장공(莊公)』 10년에서는 "채후(蔡侯)인 헌무(獻舞)를 잡아서 돌아갔다.(以蔡侯獻舞旧.)"라고 했는데, 『곡량(穀梁)』에서는 이 를 '헌무(獻武)'라고 썼으니, 증거로 삼을 수 있다. 「천(舛)부수」에서 는 "무(舞)는 음악[樂]의 일종이다. 발을 서로 뒤로 보게 하여 추는 춤이다. 그래서 천(舛)이 의미부이고 무(無)가 소리부이다.(舞, 樂也, 用 足相背, 从舛無聲.)"라고 했다. 이체자인 망(뼌) 아래에는 "고문(古文)에 서는 우(羽)가 의미부이고 망(亡)이 소리부이다. 그런데 무(舞)²⁶자에 지(止)가 의미부인 것은 지(止)가 발[足]을 뜻하기에, 무(舞)에 의미 부가 천(舛)인 것과 같다. 과(戈)가 의미부인 것은 방패와 도끼를 잡 고 있는 모습으로, 망(뼌)의 의미부가 우(羽)인 것과 같다. 망(뼌)이 그 문무(文舞)이고 무(武)가 그 무무(武舞)인가? 따라서 무용(武勇)이 라는 의미가 파생되었다."라고 했다. 마서륜은 정초(鄭樵)가 지(止)와 과(戈)로 구성된 글자가 무(武)라는 설에 의심하기 시작했다고 보고, 지(止)는 망(亡)의 오류라고 여겨, 망(亡)이 의미부이고 득(得)이 소리 부이다라고 했다. 그러나 유월의 설명이 옳다. 고대의 춤은 전쟁의 승리에서 기원하고 있다. 그림처럼 보이는 무(武)자는 한 사람이 창 [戈]을 잡고 춤을 추고 있는 형상으로, 이후에 지(止)가 의미부이고 과(戈)가 의미부인 글자로 줄여졌다. 지(止)가 의미부인 것은 인(人) 이 의미부인 것과 같다. 특히 무(武)는 족(足)으로서 발의 의미를 취

---

25 (역주) 6가지의 무악(六舞)을 잘하는 것을 말한다.

26 여기에서 무(舞)자는 실제로 무(武)의 오기이다.

했기 때문에, 무(武)의 의미부가 지(止)인 까닭이며, 무(舞)의 의미부가 천(舛)인 까닭이다. 지금 해석이 빠져서 없어졌지만, 말을 교정하는 것에 남아 있다. 혹은 왕균(王筠)의 설명처럼, 당(唐)나라 사람들이 글자를 익히고 알기 위해 삭제하여 고친 것이다. 허신이 『설문해자』에서 든 예는 실제로 경전에서 인용하여 설명한 것이 아니므로, 이는 당연히 「지(止)부수」에 포함되어야 한다.(『釋名』: 武, 舞也, 征伐動行如物鼓舞也. 俞樾曰: 引楚莊王說, 非造字之本義也. 武舞同字. 『周禮』鄕大夫, 以鄕射之禮五物詢衆庶, 五曰興舞. 『論語·八佾』引作興武. 『詩序』: 維淸, 奏象舞也. 『獨斷』作象武. 『左莊十年經』: 以蔡侯獻舞歸. 『穀梁』作獻武. 皆其證. 『舛部』: 舞, 樂也, 用足相背, 從舛無聲. 重文??下曰: 古文從羽亡聲. 然則舞字從止者, 止即足也, 猶舞從舛也. 從戈象執幹戚也, 猶??從羽也. ??其文舞、武其武舞乎? 因而引申之以爲武勇字. 倫按鄭樵始疑止戈爲武之說, 以爲止乃亡之訛, 從亡得聲也. 然俞先生說長. 蓋古之舞起於戰勝凱旋. 圖畫性之武字, 蓋爲一人持戈作舞蹈形, 後乃省爲从止从戈, 从止猶从人也. 特武以足故取於足, 而武所以从止, 舞所以从舛也. 今說解脫失, 但存校語耳. 或如王筠說唐人習明字科者所刪改也. 許書大例, 實無但引經傳爲說解之例, 當入『止部』)²⁷

유가의 주요 경전에 따르면, '무(武)'자는 긍정적인 감정 태도와 가치 판단을 나타낸다. 이러한 가치지향의 특징은 첫째, 중국 고대의 사회사에서 한때 존재했던 시호(諡號) 제도에서 가장 뚜렷하게 반영되었다. 시호는 원래 고정된 일부 글자로, 유학의 도덕적 평가 기준에 따라 돌아가신 분의 생전 업적 중의 한 글자나 두 글자를 선택해 시호로 정하고, 그의 선악을 칭찬하거나 비난하는 데 사용하였다. 시호로 사용되는 글자는 대개세 가지로 나눌 수 있다. 첫째, 긍정의 의미를 가진 글자들로, '문(文)', '무(武)', '소(昭)', '경(景)', '혜(惠)', '목(穆)' 등이 있다. 둘째, 비난의 색채를 지

---

27 『說文解字六書疏證』제24권.

닌 글자들로, '영(靈)', '려(厲)', '유(幽)', '양(煬)' 등이 있다. 셋째, 동정의 의미를 나타내는 글자들로, '애(哀)', '회(懷)', '도(悼)' 등이 있다.

둘째, 여기서는 『좌전』을 예로 들어, '무(武)'자의 사용에 대해 통계적으로 살펴보려고 한다. 『좌전』에서 '무(武)'자는 세 개의 '의미장'을 형성한다. 1) 주로 인물의 이름이나 시호로 사용되며, 이는 앞서 언급한 내용을 직접적으로 반영하고 있다. 춘추(春秋)시대에 유학 관념은 '무(武)'에 긍정적인 감정을 부여했다. 예를 들면, 주(周)나라 무왕(武王), 송(宋)나라 무공(武公), 진(晉)나라 무공(武公), 초(楚)나라 무왕(武王), 정(鄭)나라 무공(武公) 등이 있다. 다시 말해, 일반 사람들은 '무(武)'자를 사용할 수 있는 자격이 없다는 말이다. 2) '무(武)'에는 원래 전쟁과 공격을 멈추는 덕목을 가지고 있다. 예컨대, 『선공(宣公)』12년에 다음과 같은 구절이 있다.

> 반당(潘黨)이 말했다. '임금께서는 무군(武軍)을 쌓아 진(晉)나라의 시체를 거두어 경관을 만들지 않습니까? 신은 적을 물리치면 반드시 자손에게 보여 전쟁의 공을 잊지 않게 해야한다고 들었습니다.(君盍築武軍而收晉尸以爲京觀? 臣聞克敵必以示子孫, 以無忘武功.)' 초자(楚子)가 말하였다. '그대가 아는 바가 아니다. 무릇 글자[文]에서, 지(止)와 과(戈)로 구성된 것이 무(武)자이다. 무왕(武王)이 상(商)나라를 쳐부수고, 「송(頌)」을 지으며 방패와 창을 거두어들이며, 활과 화살을 활집에 넣었네. 내가 높은 덕은 추구하여 이 하(夏)에 널리 퍼뜨리기를 바라네.'라고 했다. 또 「무(武)」를 지었는데, 그 마지막 장에 '위대한 공을 세우셨네.'라고 하였고, 세 번째 장에서는 '이 은덕 펼치며 잘 궁구해야 하리. 내가 가서 오로지 안정되기만을 바랐다네.' 여섯 번째 장에서는 '온 세상 평화롭게 하시니, 풍년 거듭되네. 무릇 무(武)라는 것은 폭력을 금하고 병기를 접어들이며 큰 것을 지키고 공을 확정하며 백성을 편안하게 하고 모두를 화합시키며 재산을 풍성하게

하는 것이다.……무(武)에는 7가지 덕이 있으나, 나는 그 중 하나도
가지고 있지 않으니, 무엇으로 자손들에게 보여줄 수 있겠는가?'(非
爾所知也. 夫文, 止戈爲武. 武王克商, 作『頌』曰: 載戢干戈, 載櫜弓矢. 我求懿德, 肆于
時夏. 又作『武』, 其卒章曰: 耆定爾功. 其三曰: 鋪時繹思, 我徂維求定. 其六曰: 綏萬邦,
屢豐年. 夫武: 禁暴, 戢兵, 保大, 定功, 安民, 和衆, 豐財者也.……武有七德, 我無一焉,
何以示子孫?')**²⁸**

　　셋째, '무공(武功)'은 '문덕(文德)'에 대비되며, 그 기능은 실제로 정벌(征
伐)에 있다. 그렇기에 전쟁을 멈추려면 '무덕(武德)'에 의지해야 한다. 그러
나 '무공(武功)'에는 또 '문덕(文德)'의 기능을 가지고 있다. 『관추편』에는
이 두 가지 측면이 나눠서 나타나기 시작하지만, 실제로는 일관된다.

　　'문덕(文德)'은 『주역·소축(小畜)』, 『상서·대우모(大禹謨)』, 『시경·강한(江
漢)』, 『논어·계씨(季氏)』 등과 같은 문헌에 보이는데, 모두 정치적 교
화를 의미하여 군대의 정벌과는 구별된다. 『좌전·양공(襄公)』 8년에
는 "소국은 문덕이 없고 무공만 있다.(小國無文德而有武功.)"라고 하여,
이 두 가지를 비교하였다. 이는 『곡량전(穀梁傳)·정공(定公)』 10년의
"문덕으로 교화시키려면, 반드시 군사력도 있어야 한다.(有文事必有武
備.)"는 구절과 같은 의미로, '문덕'과 '무공' 둘 중 하나라도 빠져서는
안 된다는 말이다. 한(漢)나라 이후로 가장 널리 사용되었다.……'무
(武)'나 '간과(干戈)' 또는 '토(討)'로 표현하면서 '문덕(文德)'과 대비를
이루었는데, 모두 좌사의 의도를 이어받았다. 『전후위문(全後魏文)』제
48권, 원번(袁翻)의 『안치연연표(安置蠕蠕表)』에서는 "문덕을 닦아 그
들을 끌어들이거나, 군사를 일으켜 그들을 공격한다.(或修文德以來之,

²⁸『春秋左傳正義』, 見『十三經注疏』.

或興干戈以伐之.)"라고 했다. …… 그러나『좌전·희공(僖公)』27년에는 "한 번의 전투로 패권을 차지하였는데, 이는 진(晉)나라 문공(文公)이 교화한 결과이다.(一戰而霸, 文之敎也.)"라고 하였고, 『정의(正義)』에서는 "이는 문덕으로 교화하는 것으로, 의리, 신의, 예로 백성들을 교화하는 것을 말한다.(謂是文德之敎, 以義, 信, 禮敎民.)"라고 설명했다. 또한 『희공(僖公)』28년에는 "진은 이번 전쟁에서 덕으로 공격할 수 있었다.(晉于是役也, 能以德攻.)"라고 했는데, 두예(杜預)는 "문덕으로 백성들을 교화한 후에 그것을 사용하였다.(以文德敎民而後用之.)"라고 주석했다. 『양공(襄公)』27년에는 "병기의 설치가 오래된 것은, 법도에서 어긋한 것을 위협하고 문덕을 밝히기 위한 것이다.(兵之設久矣, 所以威不軌而昭文德也.)"라고 했다. 이 모든 것은 끝이 시작에서 비롯되고 결과가 원인에서 비롯되듯이, '무공(武功)'이 '문덕(文德)'에서 비롯됨을 말하며, 사안은 다르지만 도리는 일관되어 있다는 것을 의미한다.[29]

이로부터 '무덕(武德)'을 행하면, 적을 포용하고 멀리 있는 것을 끌어들이는 효과가 있다는 것을 알 수 있다. 그러나 필자가 앞서 진행한 고증에 따르면, 고대 사회에서는 '무(武)'로써 전쟁을 멈추게 하였으니, 이는 주술과 금기의 차원에 속한다. 유학의 이념에서는 '무(武)'로써 전쟁을 그치게 하니, 즉 인도주의적 원칙에 기반하여 사회의 질서와 평온을 유지하고자 하였다. 중간에 이미 변화가 생겼으므로, 이를 혼동해서도 안 되고 무시해서도 안 된다.

---

29 『管錐編』제4권(中華書局, 1979), 1502~1503쪽.

유가의 철학사상에 대한 추정과 연역적 고찰

'중(中)'은 중국 경전에서 가장 출현빈도가 높은 글자이며, 철학사상사에 있어서는 일반적으로 유학의 방법론과 같은 것이라고 여겨진다. 공자는 서주와 춘추시대의 '중화(中和)' 관념을 흡수하여 그것을 '중용'사상으로 발전시켰다. '중용'은 하나의 세계관인 동시에 일종의 자연·사회·인생에 대한 기본적 방법이다. 방법론적 원칙으로서의 '중용'에는 다음의 내용이 포괄되어 있다. (1) '고기양단(叩其兩端: 양면을 같이 살핀다)'. 공자는 모든 일에는 두 가지 면이 있으니, 사물을 파악하고자 할 때는 반드시 "양면을 같이 살펴야 한다."(『논어·자한(子罕)』)라고 했다. 공자가 말한 '양면[兩端]'은 바로 사물의 시작과 끝, 위와 아래, 나아감과 그침, 손해와 이익, 해박함과 간략함, 달변과 어눌함, 용감함과 겁 많음, 조임과 느슨함 등이다. (2) '집양용중(執兩用中: 두 가지 쓰임 중에 중간을 잡는다)'. 이는 입신처세에서의 중도를 강조한 것이다. 그러나 겉모양만 보면 '중(中)'을 집은 것 같지만, 실제로는 원칙이 없는 '위선자[鄕愿]'(『논어·양화(陽貨)』)로, 공자가 극도로 증오한 것이었다. (3) '과유불급(過猶不及: 지나친 것은 못 미치는 것과 같다)'. 공자는 어떤 일에 있어 일정한 한계를 넘어서는 것은 일정한 한계에 못 미치는 것과 똑같이 잘못된 것이라고 여겼다. '과유불급(過猶不及)'(『논어·선진(先進)』)이라는 유가의 중화사상에는 이미 사물의 대립적 측면이 상호 의존적이며, 일정한 조건 아래에서는 서로 변화하는 변증법적 요소임을 인정하고 있으며, 그 한도를 유지함으로써 사물의 변화를 피하려는 소극적인 일면도 갖고 있다.[1] 이와 같은 이유로 해서, 여기서는 '중(中)' 계열자를 고증하여, 유가의 철학사상이 변화하고 발전한 자취를 살펴보고, 그 발생의 원시 단계를 비교시각에서 실증해 내는 것이 합당할 것이라 생각한다.

---

1 夏乃儒, 『孔子的哲學思想』 참고. 『高等學校文科學報文摘』제9권(1992). 여기서는 보충설명과 개정을 하였음.

새로운 문자학적 해석

한자의 체계로써 사상사를 실증해 낸다면, 그 근본적인 주된 의미를 논하지 않고, 사상사에서의 정교한 의미를 따로 말하지 않더라도, 전체적으로 쓰인 것들이 이미 그 속에 다 들어 있다 할 것이다.

'중(中)'(중화(中和), 중용(中庸))은 원래 유학의 철학적 관념의 핵심이며, 더욱이 형이상학적인 색채를 가진다. 수천 년 이래로 사람들은 '서로 평안하며 무사하다[相安無事]'라는 한마디 말을 입으로 배워왔다. 그런데 일전에 하록(夏淥)이라는 한 문자학자는 문헌의 심오한 공력에 근거하여 공자와 중용은 아무런 관계가 없다고 선언하였다. 바위를 가르고 하늘을 서늘하게 한 이러한 결론은 바로 고문자의 고증과 판단에 근거하여 세워진 것이다. 글자로 역사를 증명한다 했지만, 수천 년 이래로 이 같은 작업이 이루어진 적이 없었다. 간단히 살펴보기 편하기 위해 아래에 관련된 문자 그림과 그 해석 부분을 옮겨 놓았다. 우선 고문자표를 나열해 보자.

22	𢀛 𢀜 𢀝 𢀞 中	갑골문		事 𤔔	전서체 蒔		
23	中 中 中 𢀟 𢀠	갑골문		中 中	전서체 中	⊕ 屮	
24	𤰆	금문 庸					
25	𩫣 𩫤 𩫥 𩫦	금문	祇	𩫧 ~ 𩫨			
26	𦬠 𦬡 𦬢	갑골문	藝 𡎳	전서체 藝			
27	𡎴 𡎵	갑골문 執					
28	⊃ ⊃ ⊃	(1) 화폐문자 明 ☉ ☉ ☉ ☉	(2) 화폐문자	冥(明과 통용)			

그리고 문자의 해석을 나열해 보면 다음과 같다.

29　事事事事;中　　갑골문 事 曄 전서체　　蒔

30　中中中身甲　갑골문　中 전서체　中 ◆≴中

31　庸　　금문 庸

32　甫甫甫　　금문 祗　　其≴甫

33　㙯埶埶　　갑골문　藝 埶 전서체 藝

34　執執　갑골문 執

35　⊃⊃⊃　　(1)　⊙⊖⊖⊖⊙　(2)　'明刀' 明과 冥 동일자
　　　　　　　화폐문자　　　　　　화폐문자

1. '중中'자의 오자 유래

고문자에서 '사(事)'자의 번잡한 형태와 간략한 형태 및 그것들의 형태와 뜻의 기원에 대해 살펴보도록 하자. 事事事事 中(22)의 고문자 '사(事)'는 세 부분으로 구성되어 있다. 아랫부분의 '우(又)'는 손[手]을 나타낸다. 손으로 '풀[屮]'을 가져온 모습인데, 철(屮)은 '초(草)'의 고문자로 초기 문자에 해당하며, 여러 가지 식물성 작물을 대표한다. 이를 '네모[口]'의 중간에 끼운 모습인데 여기서 '네모[口]'는 땅 위에 판 빈 구멍을 나타낸다.

글자의 형태와 한자가 형성되는 보편적인 규칙에 근거해 볼 때, '사(事)'의 본래 의미는 '농사(農事)'의 '사(事)'이며, 식물을 심는 형태를 상형한 것임을 알 수 있다. 그것이 추상적 의미의 '사업(事業)', '사정(事情)', '사물(事物)'의 '사(事)'로 파생되었다. 그러자 그 후로는 따로 만들어진 형성자 '시(蒔)'가 본래 의미를 대표하게 되었다. 갑골문에서 '사(事)'는 '사(史)', '리(吏)', '사(使)'와 완전히 같은 글자인데, 이후에 서로 다른 글자로

분화하였다. 그것의 간략한 형체에서는 '네모[口]'의 중간을 '어떤 것으로 똑바로 세웠는데[一竪]', 여기서 똑바로 세운 것은 식물을 대표하며, '네모[口]'는 식물을 심을 구멍을 상징한다. 물론 사람들이 식물의 종식에서부터 인구 종족의 번식을 연상해 내었을 것은 당연하며, 그래서 직선[一]은 양성(陽性)을 대표할 수 있고, '네모[口]'는 음성(陰性)을 대표할 수 있다. 그러니 '구(口)와 세워진 가로획으로 구성되었다[从口一竪]'고 풀이한 '사(事)'의 간략한 형체는 '방사를 행하다[行房事]'의 '사(事)'의 함축된 의미도 함께 갖추고 있다. 중국의 의학서에 '방중(房中)'이라는 말이 있는데, 본래는 '방사(房事)'라고 했던 것이 '방중(房中)'으로 잘못 전해져 정착된 것인데, 오히려 더 함축적으로 만들었다.

中 中 中 𡧀 𡧀(23)의 고문자 '중(中)'은 원형에 가로획[一]을 세운 모습이다. 과녁의 중앙에 화살을 쏘는 것이거나 다른 사물을 동그란 물체의 중앙에 세워둔 것을 상징한다. 어떤 사람은 가로획[一]이 세워진 중앙부를 동그랗게 그리고, 그 중간 부위를 나타낸 것이라고 이해하기도 한다. 요약하자면, 어떤 한 부위를 나타내는 표의문자이며, 『설문』의 '육서' 체계에 의하면 '지사'에 해당한다. 이 글자와 원래 의미가 '농사(農事)'의 '사(事)'였던 간단한 형체인 '구(口)와 세워진 가로획으로 구성된(从口一竪)' 구조는 원래 서로 다른 두 가지 모양과 뜻을 가진, 기원이 서로 다르고 독음과 뜻도 서로 다른 글자였다. 허신의 『설문』은 '사(事)'의 간략한 형체를 '중(中)'자로 잘못 여겼다. 그러나 많은 갑골문과 금문을 살펴보면 두 글자는 '분명하게 구분되며' 단 한 번도 혼란스럽게 섞인 적이 없다. 그런데 진한 시대 이후로 비로소 잘못 쓰이기 시작한 것이다.

고대 중국어에서도 '사(事)'를 '중(中)'으로 잘못 번역하는 바람에 해석 불가능한 말들이 수없이 생겨났다. 예컨대, 『주례·춘관(春官)』에 '나뭇가지를 불태워 사중(司中), 사명(司命), 풍사(風師), 우사(雨師)에게 제사지낸다.(以槱燎祀司中·司命·風師·雨師)'²라는 말이 있다. '사중(司中)'은 어떤 신의 이름이나 별의 이름을 지칭하는가? 이에 대한 옛날의 주석은 상세하지 않다. '중(中)'을 '사(事)'의 오자라고 의심해 원래는 '사사(司事)'였다고 생각해 보자. 『국어·주어(周語)』의 관직명에 '사사(司事)'라는 것이 있다. 위소(韋昭)는 이에 대해 '농사를 위주로 하였다'라고 주석하였다. '사명(司命)'과 함께 나열해 놓은 신의 이름이나 별의 이름은 주로 생식과 농사를 주관하는 신이다. 사사(司事)와 사명(司命)은 각기 삶과 죽음을 주관하는 신이다.

『국어·초어(楚語)』에도 "나는 왼쪽에 귀중(鬼中)을 쥐고, 오른쪽에 상궁(殤宮)을 쥐었다.(余左執鬼中, 右執殤宮.)"라는 말이 있다. '귀중(鬼中)'을 위소(韋昭)는 이렇게 풀이하였다. "중(中)은 몸이라는 뜻이다. 집(執)은 그 업적을 기린 서적을 잡는다는 말이다." 만약 '귀신의 몸'이라면 잡을 수 없으므로, '중(中)'은 '사(史)'의 오자이며, '사(事)'와 '사(史)'는 원래 한 글자다. 이를 '귀사(鬼事)'라고 읽으면 선왕의 업적을 기록한 서적을 가리키는 말이 되고, '상궁(殤宮)'은 선조들의 업적을 기록한 서적이 된다.

『맹자』에도 "중(中)이 중(中)하지 않은 자를 부양한다.(中也養不中)"라는 말이 있다. 옛 주석에 의하면, "중용적인 사람이 중용적이지 않은 사람을 부양한다.(中庸的養活不中庸的人)"라는 뜻으로 해석된다. 그러나 이렇게 되면 『맹자』에서 말한 "백성이 적어진 지가 오래되었다.(民鮮久矣.)"라는 말은 허

---

2 (역주) 고대 봉선제천(封禪祭天)의 의례 중 하나이다. 이 의례는 희생된 동물의 몸을 나뭇더미 위에 놓고 불태워 그 불꽃과 빛을 하늘로 올려보내 천신에게 제사를 지낸다. 『주례·춘관·대종백(大宗伯)』에서는 "나무를 쌓아놓고 불을 질러 사중(司中), 사명(司命), 풍사(飌師), 우사(雨師)에게 제사를 지낸다.(以槱燎祀司中, 司命, 飌師, 雨師.)"라고 했으며, 『문선·장형(張衡)』에서는 "나무를 태운 연기가 태일(太一)신에게까지 높이 올라간다.(飌燎燎之炎煬, 致高煙乎太一.)"라고 하였다. 이에 설종(薛綜)은 "장작을 쌓고 불을 질러 그 타오르는 연기가 하늘에까지 이르게 하는 것을 말한다.(謂聚薪焚火, 揚其光炎, 使上達於天也.)"라고 주석하였다. 청(淸)나라 공자진(龔自珍)은 『변선행(辨仙行)』에서 "대악인 '소(韶)'의 가락을 함께 즐기고, 나뭇더미를 태운 불 왕성하게 일어나 연기를 높이 올리네.(享用大樂須『韶』鈞, 蓬蓬燎燎高薦煙.)"라고 하였다.

튼소리나 진배없이 되고 만다. 실제로 '중(中)'은 '사(事)'의 오자이며, 생산에 종사하는 사람이 생산에 종사하지 않는 사람을 먹여 살린다는 것을 가리킨다. 이는 "힘을 쓰는 자가 마음을 쓰는 자를 부양한다.(勞力者養活勞心者.)"라는 말과도 같다. 한나라 때의 유학자들이 "일하는 자가 일하지 않는 자를 부양한다.(事也養不事.)"라는 말에서 간략한 형태로 된 '사(事)'자를 다른 글자인 '중(中)'으로 잘못 읽어 생긴 일이다.

이외에도 고대 문헌에서는 '집중(執中)'을 주로 '예사(藝事)'의 오류로 많이 여기는데, 여기에 대해서는 깊은 논의가 필요하다. 이와 관련하여 다양한 증거 자료가 존재하지만, 간략하게 몇 가지 사례만을 거론하고자 한다.

2. '용庸'자의 오자 유래

𤔲(24)에 보이는 것처럼 금문의 '용(庸)'자는 경(庚)과 용(用)이 의미부인데, 용(用)은 독음을 나타내기도 한다. 이것은 땅을 다져 성이나 담[墉]을 쌓는 것을 표현한 표의자이다. 이후 용(傭)에서 파생되어 '범용(凡庸: 범상하다)'의 '용(庸)'이 되었다. 𤔲𤔲𤔲𤔲(25)의 금문은 '지(祗)'의 초기 문자인데, 초기의 금문학자들은 그와 겉모습이 비슷한 𤔲(24)의 '용(庸)'으로 오해하였다. 예컨대, 곽말약은 「소백궤(召伯簋)」에 나오는 '유지유승(有祗有承)'을 풀이하면서, 먼저 잘못된 글자를 정정하였는데, "두 개의 항아리가 서로 맞대고 있는 모양이니, 이는 저(抵)의 초기 문자이며, 여기서는 지(祗)로 가차되었다.(兩缶相抵形, 爲抵初文, 假爲祗.)"라고 했다. 오늘날의 해석에서는, 두 개의 항아리[甾], 즉 두 개의 대바구니가 하나는 바로 놓였고 다른 하나는 뒤집어진 모양이니, 바구니에 담긴 물건을 쏟아내어 다른 사람에게 주는 것을 표시하며, 이로부터 '진실한 존경'의 뜻을 표시했다고 풀이한다. 곽말약의 설을 취했지만, 조금 바꾼 부분이 있는데, 곽말약은 부(缶)를 항아리라고 했었다.

옛 문헌에도 '지(祗)'의 초기 문자를 '용(庸)'자로 오해한 예가 적지 않다. 예컨대, 『맹자』에 '용경재형(庸敬在兄)'이라는 말이 있고, 『서경·고요모(皐陶謨)』에서는 '지경육덕(祗敬六德)'이라 했고, 『주례·월령(月令)』에서는 "공경함에는 반드시 삼감이 있다.(祗敬必飭)"라고 했다. 또 「이소(離騷)」에서는 "탕왕과 우왕은 엄숙하고 존경하였네.(湯禹儼而祗敬兮)"라고 했다.

『후한서·유유전(劉瑜傳)』에도 '불감용회(不敢庸回)'라는 말이 있는데 『사기·공자세가(孔子世家)』에서는 "내가 돌아가 머물 수 있을 뿐 떠나갈 수는 없다.(余祗回留之, 不能去云.)"라고 했다. '지회(祗回)'는 달리 '지위(遲違)'로 쓰기도 하는데, 고대 문헌에서는 '용회(庸回)'라고 오인하기도 했다.

고문자에서 간략한 형체로 된 '네모[口] 속에다 가로획[一]이 세워진' 구조의 '사(事)'는 '동그라미 속에다 가로획[一]이 세워진' 모습의 '중(中)'으로 오인하기 쉽다. 게다가 '지(祗)'의 고문자도 '용(庸)'으로 오인하기 쉽다. 그래서 '사지(事祗)'라는 두 글자가 '중용(中庸)'이라는 단어로 잘못 인식되었다. 이것은 "홀로 짝을 이루는 것은 없다.(無獨有偶.)"는 말처럼 교묘한 만남이 이루어진 것이라 하겠다. '사지(事祗)'가 어떠어떠하다고 말한 공자의 말이 후세 사람들에 의해 다른 글자로 읽히고 그것이 '중용지도(中庸之道)'의 시작이라 칭송될 것을 꿈에서라도 예상이나 하였겠는가?

3. '집중執中'으로 본 '중용中庸'

'집중(執中)'은 '예사(藝事)'가 잘못 변한 것이다. '중(中)'이 고문자 '사(事)'의 간략한 형체(즉 네모[口] 속에다 가로획[一]이 세워진 구조)라는 것은 이미 앞에서 풀이하였다. '집(執)'은 '예(藝)'의 오자인데, 𢎽 𢏚 𢏚(26)에서처럼,

고문자 '예(藝)'는 사람의 측면 모습에 두 손을 내밀어 어떤 식물을 잡고 일하는 모양을 그린 글자이다. 농업기술[農藝]은 모든 예술 중에서 가장 오래되고 가장 중요한 일이다. 𦥑 𦥑 𦥑 𦥑(갑골문)에서처럼 고문자 '집(執)'은 측면으로 그려진 사람이 양손에 쇠고랑을 차고 두 손을 내밀고 있는 모양을 본뜬 것으로, 범인이 잡혀 묶여 있는 것을 나타낸 표의자이다. 두 글자는 글자의 절반이 서로 같다. 게다가 진나라의 분서갱유 이후로는 문화적 지식이 단절되는 바람에, 착오를 일으킬 만한 것이 아닌데도 착오를 일으키게 된 것이라 하겠다. 해서(楷書)체 이후의 번체자 예(藝)는 종종 초두변[艸] 아래에 '집(執)'자를 쓰기도 하였는데, 이는 '잘못된 다른 글자[錯別字]'가 '표준자[正字]'의 주류 속으로 녹아 들어간 정황을 반영해 주고 있다.

4. '명明'과 '명冥'의 대비적 존재

고대 중국어와 고문자에는 고대 중국인의 원시 사유의 모순된 통일법칙이 반영되어 있다. 전국(戰國)시대의 화폐 문자인 '명도(明刀)'(실제로는 '鏏兩'이라고 읽혀졌을 수도 있다)의 '명(明)'자는 (1) ꝺ ꝺ ꝺ (2) ꞅ ꞅ ꞅ ꞅ (28)에서처럼 두 가지의 표기법이 있다. (1) 하나는, 일(日)과 월(月)이 의미부로 기능하여, 밝은 빛을 뜻하는 '명(明)'자이다. (2) 다른 하나는, 일(日)이 의미부로 기능하고, 아래위로 구름이 덮인 모습으로, '명(冥)'자의 초기 형태이다. 여기서 우리는 문자가 출현하기 이전의 중국어에서 '명(明)'과 '명(冥)'이 원래는 정반대의 대립하는 두 가지 뜻을 함께 품은 글자로, '명(明)'이 '명(冥)'과 대비하여 존재하였고, 이후 서로 반대의 뜻을 가진 두 글자로 분화했다는 것을 추측할 수 있다. 고대 중국어의 '교(敎)'와 '학(學)', '치(治)'와 '난(亂)', '수(授)'와 '수(受)', '조(祖)'와 '저(阻)', '지(之)'와 '지(止)', '옹(雍)'과 '통(通)', '흘(迄)'과 '흘(訖)', '외(畏)'와 '위(威)', '단(單)'과

'천(繩)', '매(買)'와 '매(賣)', '급(給)'과 '절(絶)' 등과 같은 것이 모두 그렇다. 또 '구(仇)'에 좋은 '반려자'라는 뜻과 '원수'라는 두 가지 뜻이 존재하는 것이나, '치(置)'에 '세우다'와 '버리다'의 두 가지 뜻이 존재하고, '반(半)'에 '나누다'와 '합치다'는 두 가지 뜻이 있으며, '차(差)'에 '우수하다'와 '질이 떨어지다'는 두 가지 의미가 있는 것도 그렇다. 이것은 모두 『주역』의 음양(陰陽)과 부태(否泰)와 길흉(吉凶)과 손익(損益)…… 등이 모순 대립되는 관념과 일치한다. 『주역·태(泰)』제93권에 "비탈지지 않으면 평지도 없고, 가지 않으면 올 수도 없다.(無平不陂, 無往不復.)"라는 말이 있는데, 이는 고대 원시 사유에서부터 줄곧 보존해 오던 중국인들의 소박한 변증법이다.[3]

제2절. 중정中正

고증학적 실증

이상에서 '중용(中庸)'에 관해 분석한 하록(夏淥)의 문자학 해석을 부분적으로 발췌하여 기록했다. '중사(中事)'와 '용지(庸祗)'의 발생을 서로 비교하고 그 상세한 내용을 깊이 인식하여 근저에 담긴 깊은 뜻을 탐구했다 할 수 있는데, 이는 글자로써만 역사를 증명하던 국학 방법에 대하여 또 한 번 눈앞에 광채가 스쳐 지나가는 듯한 일이라 하겠다. 그러나 '진나

---

3 夏淥, 「孔子與中庸無關說」, 『武漢大學學報』3(1994)에 실린 글이다. 그 중, 제3부분과 제4부분을 풀이한 것으로 원문은 제3의 대부분과 제5의 대부분에 나누어져 실려 있다. 여기서는 문자 부분만을 집중하여 해석하기 위해서 편리한 대로 이 절의 끝부분에 옮겨 놓았다.

라의 분서갱유' 이후로 세상에 전해진 문헌들은 모두 오자가 다시 오자가 되는 식으로 전해진 것이며 생략되지 않은 것이 없다고 한 하록의 인식은 판본학의 탐구가 빠진 상태에서는(근원을 바로 잡는다고 운운하는 것은 그 뜻은 크지만 그 일은 어려운 것이다) 이 또한 일종의 가설에 지나지 않을 뿐이라 하겠다. 오묘한 도를 간단한 말로 하는 것이 직설적이고 분명하게 말하는 것과 다르지 않겠지만, 다른 글자라고 하면서 교감을 완료했다고 하는 것은 지나치게 단순하다 하겠다. 물론 이러한 것들이 여기서 토론할 범주에 드는 것은 아니다. 다만 문자로 교정하고 고석하는 것만 갖고 말하자면, 하록은 '중(中)'이 '동그라미'에서부터 시작되었고 '사(事)'가 '빈 구멍'에서 비롯되었다는 것에만 머물렀지, 여기서 한 걸음 더 나아가 글자 구성단위에 대한 구체적 비교 분석을 하지 못한 것은 아쉬움이 아닐 수 없다.

36	串(苛)	37	串(串)	38	串	39	餗	40	中
41	串	42	鳶	43	目	44	串	45	串
46	串	47	鳶	48	鳶	49	鳶	50	鳶

역대 문자학자들은 일찍부터 '중(中)'자를 구성하는 '구(口)'에 주목하였고, 이것이 일반적인 '빈 구멍'은 아니라고 생각했다. 다음에서는 몇몇 학자들의 대표적 예를 나열해 보고자 한다.

송나라 때의 대서본 『설문해자·곤(丨)부수』: "안이라는 뜻이다. 구(口)와 곤(丨)이 의미부이다. 위아래가 통하다는 뜻이다. 중(串)은 중(中)의 고문체이며, 중(串)은 중(中)의 주문체이다.(內也, 从口丨, 上下通. 串, 古文中. 串, 籀文中.)"

주목할 만한 것은 『설문』에서 같은 부수에서 '중(中)' 다음에 '언(㫃)'을 나열하고 있는데, 언(㫃)에 대해 "깃발과 깃대의 모양이다. 곤(丨)과 언(㫃)이 모두 의미부인데, 언(㫃)은 소리부도 겸한다.(㫃: 旌旗杠貌. 从丨从㫃, 㫃亦聲.)"라고 풀이했다는 점이다.

청나라 때의 계복(桂馥)은 『설문해자의증(說文解字義證)』제2권에서 '중(中)'자에서 인용한 본의에 이미 차이가 있다고 하면서 이렇게 말했다. "중(中)은 '화합하다'는 뜻이다. 국(口)과 곤(丨)이 모두 의미부이며, 위아래가 통하다는 뜻이다.(中: 和也, 从口丨, 上下通.)". 그의 식견은 뛰어나다 하겠는데, 이미 '중(中)'이 '구(口)'로 구성되지 않았다고 했다. 그는 또 이렇게 말했다. "조(晁)씨의 말에 의하면, 임한(林罕)이 '국(囗)으로 구성되었는데 국(囗)은 사방을 본뜬 글자이며, 위아래로 가운데를 관통한다.'는 뜻이라고 했다. 서씨본『설문』에서는 모두 구(口)로 구성되었다고 하였는데, 이것은 분명 잘못된 것이다. 나(계복)의 생각은 이렇다. 용(用)이 복(卜)과 중(中)으로 구성된 것임을 생각할 때[4], 중(中)자는 마땅히 ㆄ(38)과 같아야 한다고 생각한다. 그리고 화(和)자도 䣛(39)와 같이 되어야 한다.『예기·중용(中庸)』에서 "중(中)과 화(和)를 이루면 천지가 자리를 바로잡고, 만물이 정상적으로 발육하게 된다.(致中和天地位焉, 萬物育焉.)"라고 했다.

왕균(王筠)의 『설문구두(說文句讀)』제1권에서 인용하고 해석한 것도 계복의 『의증』과 비슷하다. 즉 "중(中)은 조화롭다[和]는 뜻이다. 금문에서 모두 ㆄ(40)과 같이 적었는데, ……『주역·건(蹇)괘』에서 '일을 할 때는 치우치지 않게 해야 한다.(往得中也.)'라고 했는데,『석문(釋文)』에서 정현의 주석을 인용하여 '중(中)은 조화롭다[和]는 뜻이다.(中, 和也.)'라고 했다."

단옥재의『설문해자주(說文解字注)』제1권(상편)의 '중(中)'에 대한 주석은 다른 학자들보다 더욱 적실하다. 그는 이렇게 말했다. "중(中)은 '들이

---

4 『설문·용(用)부수』: "용(用)은 시행할 수 있다는 뜻이다. 복(卜)이 의미부이고 중(中)도 의미부이다.(用, 可施行也, 从卜从中.)"『說文解字義證』(中華書局, 1987).

다[內]'라는 뜻이다. 일반적인 판본에서는 '조화롭다[和]는 뜻이다'로 되었지만, 이는 옳지 않다. 당연히 '들이다[內]라는 뜻이다'가 되어야 한다. 송나라 때의 마사(麻沙)본에서는 '고기[肉]라는 뜻이다'라고 했다. 또 다른 판본은 '이(而)라는 뜻이다'라고 했는데, 모두 '내(內)'의 오자이다. 「입(入)부수」에서 '납(內)은 들어가다[入]는 뜻이며, 입(入)은 '들이다[內]라는 뜻이다'라고 했다. 그렇다면 중(中)은 '바깥[外]'과 대립되는 단어이며, '치우치다[偏]'와 구별되는 말이기도 하며, '합당하다[合宜]'는 말이기도 하다. '내(內)'라고 썼던 것은 이 글자에 평성과 거성으로 읽힐 때의 뜻을 모두 포괄하고 있기 때문이다. 허신은 '화(和)'를 '화음을 이루다[唱和]'는 뜻의 '화(和)'라고 했으며, '화(龢)'는 '서로 어우러지다[諧和]'는 뜻의 '화(和)'로, 모두 '중(中)'의 뜻풀이가 아니다. 『주례』에 '중실(中失)'이라는 말이 나오는데, 이는 '득실(得失·화살을 맞다)'이라는 뜻이다. 그래서 (『설문』에서) '구(口)와 곤(丨)이 모두 의미부이며, 위아래가 통한다는 뜻이다.'라고 했던 것이다. 내 생각은 이렇다. '중(中)'자가 회의한 뜻에 의한다면, 구(口)가 의미부가 되어야 하며, 이의 독음은 위(圍)가 되어야 할 것이다. 위굉(衛宏)은 용(用)이 복(卜)과 중(屮)(38)으로 구성되었다고 했는데, 그렇다면 중(中)이 구(口)로 구성되지 않았음은 분명하다. 그런데도 세상 사람들은 모두가 구(口)로 구성되었다고 하는데, 이는 잘못된 것이다. 또 '위아래가 통한다'라는 뜻이라고 한 것은 수직으로 끌어들이거나, 끌어서 위로 올리거나, 끌어서 아래로 내리거나 모두 그 속으로 넣는다는 뜻이다."[5]

---

5 "中: 內也. 俗本和也. 非是. 當作內也. 宋麻沙本作肉也. 一本作而也. 正皆內之譌. 入部曰. 內者, 入也. 入者, 內也. 然則中者, 別於外之辭也. 別於偏之辭也. 亦合宜之辭也. 作內, 則此字平聲去聲之義無不賅矣. 許以和為唱和字. 龢為諧龢字. 龢和皆非中之訓也. 周禮中失即得失. 从口丨. 下上通也. 按中字會意之恉, 必當从口. 音圍. 衛宏說. 用字从卜中. 則中之不从口明矣. 俗皆从口. 失之. 云下上通者, 謂中直或引而上或引而下皆入其內也. 陟弓切. 九部."

단옥재는 '중(中)'자가 해당 의미를 갖게 된 연유에 대해 매우 세밀하게 분석했다. 그는 '중(中)'의 본래 의미는 '받아들이다[內(納)止]'로 해석해야 하며, 중(中)을 평성과 거성의 어떤 성조로 읽든 마찬가지 뜻이라고 했다. 간략하게 비교해 보아도 하록(夏淥)의 지론이 이미 그보다 뒤쳐진 해설임을 알 수 있다. 마서륜(馬敍倫)은 이전의 여러 학설들을 두루 살피고서는 다음과 같이 매우 상세하게 소증(疏證)해 놓았다.

'중(中)'자는 곤(丨)을 의미부로 하며, 동그라미[○]를 그것에 꽂은 모습으로, 지사자이다. 동그라미[○]는 글자가 아니다. 동그라미는 관찰하고 살펴서 그 뜻을 알아볼 수 있게 한 것일 뿐이다. 만약 '중(中)'자에 대해, 동그라미[○]가 막대[丨]의 '중앙'을 묶은 것이라 풀이한다면, 그것의 핵심적인 의미는 이미 바뀌어 원래의 뜻을 선명히 드러내지 못하게 된다. 혹자는 곤(丨)이 의미부이고 원(○)이 소리부라고도 하지만, 원(○)은 성(城)의 초기 문자이며, 이후 독음이 용(庸)으로 바뀌었으니, 𠁤(40)에서처럼 소리부로 쓰일 수 있다. 이러한 해석은 형성으로도 모두 통용된다. 그렇다면 어떻게 '중앙'이라는 뜻이 생길 수 있었겠는가? 서호(徐灝)는 구(口)가 의미부라고 하였으니, 그 알맞은 뜻을 알았던 것이다. 우영(尤瑩)도 이를 동그라미[○]와 곤(丨)이 모두 의미부인 것은, 막대기[丨]를 한가운데[中] 두었기 때문이며, 지사자라고 했다. 그러나 이러한 것들은 모두 글자가 만들어질 때 언제나 사물의 형상에서 근원되었음을 깨닫지 못한 결과이다. 특히 '막대기[丨]를 한가운데[中] 두었기 때문에 지사자라고 했는데, 그렇다면 곤(丨)과 동그라미[○]는 또 어떤 물상인가? 이 설은 이치에도 가깝지 않아 취하기에는 더욱 부족한 학설이다. ……

왕국유(王國維)는 『설문』에서 '사(史)'자가 손[又]으로 중(中)을 잡고 있는 모양이라는 해석에 근거하여, 중(中)을 『주례』에서 '태사(太史)가 활쏘기를 할 때는 과녁의 중앙을 맞춘 것을 계산한다.'고 한 그 때의 중(中)을 말하는 것이라고 하였다. 또 「향사기(鄕射記)」의 호중(虎中: 호랑이를 적중시켰다)·시중(兕中: 무소를 적중시켰다)·녹중(鹿中: 사슴을 적중시켰다)에 근거하여, 고문자에서는 중(中)이 짐승의 모습을 했다고 말했다. 짐승의 형상을 그린 것은 주(周)나라 말기에 지나치게 문(文)을 숭상하면서 나온 결과일 뿐이다. 초기의 물상이라면 당연히 중(中)의 형태와 같았을 것이며, 중(中)의 위에다 구멍을 가로로 파서 산가지를 세우고 아래에까지 이르게 하니, 그 중앙을 일직선으로 가로지르게 되며 이에 그것을 잡고 있는 바가 된다. 나(마서륜)는 왕국유가 이에 근거해 '사(史)'자가 중(中)을 의미부로 삼고 있다고 풀이하였는데, 그렇다면 중(中)은 그릇의 이름이 된다고 생각한다. 그러나 사(史)는 서(書)의 초기 문자로, 사언화(謝彦華)는 사(史)를 손[手]으로 붓을 쥐고 있는 모습이라 했는데, 옳은 해석이며, 중(中)이 의미부가 아니다. 오로지 왕국유만이 중(中)을 활쏘기를 위해 설치한 과녁을 말한다고 했는데, 따를 만한 학설이다. 그 때문에 중(中)은 간혹 ￠(40)처럼 만들어지기도 했다. ……

금문이나 갑골문에서의 중(中)과 ￠(41)은 다르게 이용되어 왔을까? 「부계작(父癸爵)」에서는 ￠(42)처럼 썼는데, 두 마리의 짐승과 중(中)으로 구성되었다. 옛날에는 이를 '두 마리의 호랑이'라고 해석하였는데, 사실에 가깝다. 아마도 호랑이를 적중시켰거나 무소를 적중시킨 것을 그린 것일 것이다. 중(中)이 그릇이라면, 본래 ▣(43)같이 그렸어야만 했을 것이며, 그릇에 담아 셈을 하였다면 간혹 곤(丨)이 중간에 더해지기도 했을 것이다. 간혹 화살이 더해져 ￠(44)과 같이 된 것도 있는데(「束鼎」에 보임), 모두 ▣(43) 이후에 나타난 이체자이다. 대체로 전서체가 다른 글자에 혼입된 것이므로, 그것은 별도로 구분했다. 『사기·봉선서(封禪書)』의 『집해(集解)』에서 서광(徐廣)은 「창힐편」을 인용하여 중(中)을 '득(得: 얻다)'이라고 하였다. 중(中)이 득(得)의 뜻을 갖게 된 것은 화살을 쏘다[射]는 뜻에서 생겨난 것이다. ……

￼(37)에 대해서, 왕소란(王紹蘭)은 한나라 때의 「채담송(蔡湛頌)」, 「유수비(劉修碑)」, 「하승비(夏承碑)」 등에서 '중(仲)'자의 편방을 모두 ￼(37)과 같이 썼다고 했다. 나진옥(羅振玉)은 고대 금문과 갑골복사에서 모두 ￼(45)과 같이 썼고, 간혹 ￼(46)처럼 쓴 것도 있다고 했다. 장식용 술이 왼쪽에, 혹은 오른쪽에 달린 깃발이 바람 때문에 좌우로 흔들리는 것일 것이다. 그래서 ￼(37)과 같은 것은 없다. 깃발 장식이 좌우로 동시에 흔들릴 수는 없기 때문이다.

내(마서륜) 생각은 이렇다. 서개본에서 제시한 ￼(37)은 장차립(張次立)이 보충한 글자일 것이다. 허신의 『설문』에서는 ￼(45)만을 이체자로 제시했을 뿐이며, 이후 전사(傳寫) 과정에서 ￼(36)으로 와전되었던 것이다. ￼(37)은 당연히 금문에 새겨진 ￼(47)(「頌簋」)과 ￼(48)(「孟鼎」)에 근거하였을 것이다. ￼(49)은 『주례·고공기(考工記)』의 '여섯 개의 장식 리본이 달린 곰을 그린 기(熊旗六游)'를 말한 것이다. 본서에서는 '기(旗): 모양이 6개의 깃발이 펄럭이는데 이로써 별을 정벌한다는 것을 상징한다. 사졸들은 이로써 그 기간을 알게 된다.(旗, 熊旗六游以象伐星, 士卒以爲期)'라고 하였다.[6] 대체로 ￼(47)은 ￼(49)에서부터 비롯된 것이며 동그라미[○]는 병사들이 모인다는 뜻이 된다. 병사들이 깃발을 둘러싸면 깃발은 그 중간에 있게 되니, 고로

---

6 대서본 『설문』과 마서륜의 인용에는 다소 차이가 있다. 「언(㫃)부수」에는 '기(旗)'에 대해 "다섯 개의 장식 리본이 달린 곰을 그린 기를 말하는데, 징벌의 별을 상징하며, 사졸들이 한곳에 모일 때 이 깃발을 사용한다. 언(㫃)이 의미부이고 기(其)가 소리부이다."라고 했다. 『주례·고공기·주인(舟人)』에서 "장수(率)와 도(都)의 책임자는 다섯 개의 장식 리본이 달린 곰을 그린 기(旗)를 세운다."라고 했다.(旗, 熊旗五游. 以象罰星. 士卒以爲期. 从㫃其聲. 『周禮』曰: 率都建旗.)"

'중앙'이라는 뜻이 생기게 된 것이다. '아래위로 서로 관통한다'는 것은 중(中)의 모양에 근거하여 설명한 것이니, 지사자이다. 또한 ▍(49)은 의미부이고, ▍(43)은 소리부로도 보이니, 이는 형성자이며 뜻은 마찬가지로 병사들이 한데 모이다는 것이다. ……「묘궤(卯簋)」에서는 ▍(50)과 같이 쓰고 있다.[7]

마서륜은 '중(中)'자를 구성하고 있는 동그라미[○]가 산가지를 가득 담은 그릇 모양이며, 이 때문에 글자는 '지사'자라고 여겼다. 그래서 부득이 '중(中)'의 다른 형태인 ▍(47) 등을 '형성'이라 하며 봉합할 수밖에 없었다. 여기에는 '물상을 본떠 형태를 이루는' 한자 이미지 채택 구조상의 방법론적인 한계가 존재한다. 물론 우리는 전해지는 문헌 중에서 '투호(投壺)' 의식에 관한 기록을 조사해 볼 수도 있다. 다음의 그림을 보자.

투호(投壺)

그러나 여기서 반드시 두 가지의 관계에 대해 먼저 확실히 해야 한다. 첫째, 글자를 구성하는 부호로서의 '중(中)'자를 구성하는 동그라미[○]가 더는 실제 그릇의 형태를 그린 것이 아니라는 점이다. 그렇지 않다면, ▍(47)과 ▍(48) 등과 같이 깃발의 '중(中)'이 동그라미[○]를 관통한 모습에

---

7 『說文解字六書疏證』제1권.

대해 이해하기 어렵다. 둘째, '사산(射算)'이나 '투호(投壺)' 등의 의식은 원래가 주술[巫術] 활동에서 출발했다는 점이다. 이에 대해서는 다음에서 자세히 논의할 것이다.

51 1기 갑골문   中『을(乙)』4507   中『전(前)』6, 59, 7   中『을(乙)』402
             中『경(京)』492   中『전(前)』3, 31, 2
52 3기, 4기 갑골문   中『갑(甲)』1562   中『수(粹)』597
             中『합집(合集)』32982
53 5기 갑골문   中『합집(合集)』35347
54   中中

당란(唐蘭)은 중(中)을 풀이하면서, 깃발이라는 부호로써 이루어진 것이라는데 초점을 맞추었다. 그는『은허문자기(殷墟文字記)』에서 이렇게 말했다.

> 中(53)은 깃대의 깃발을 본뜬 것이다. 고문자에서는 중간에 수직으로 드리워진 선에 항상 점 하나가 찍혔다. 쌍구(雙鉤: 글자의 윤곽을 따라 가늘게 줄을 그어 표시하는 법)로 썼기 때문에 中, 中, 中(52)의 모양이 되었다. 이를 생략하면 中(51)(『乙』4507)의 형태가 된다. 中, 中(54)은 본래 씨족 사회를 상징하는 족휘(族徽)였다. 옛날에는 큰일이 생기면 광활한 땅 위에다 우선 깃발[中]을 세웠고 그곳에다 사람들을 불러 모았다. 군중들은 깃발[中]을 보고는 급히 몰려들었다. 군중들이 사방에서부터 몰려들었으니, 깃발[中]을 세운 땅이 '중앙'이 되었다.

당란의 설명에 의하면, '중(中)'에는 '한 곳에 모으다[聚攏]'는 뜻이 있음이 분명하다. 갑골복사에도 '깃발을 세우다[立中]'라는 단어가 많이 나오는데 '깃발을 세우다[立中]'라는 말은 '군중을 불러 모으다[聚衆]'는 의미이다.

……점을 칩니다. 점복관 '쾌'가 묻습니다. 왕께서 군중을 불러 모을까요?(……卜夬貞王立中.)(『인(人)』972)

기해년에 점을 쳐 점복관 '쾌'가 묻습니다. 왕이 사람들을 불러 모으지 말까요?(己亥卜夬貞王勿立中.)(『수(粹)』1218)

'깃발을 세우는 것(立中)'은 어떤 업적이나 효과에 그치지 않고, '바람을 불게 하는 것[來風]'도 가능했다.

병자년에 물어봅니다. 깃발을 세우면, 바람이 불지 않을까요? 8월이었다.(丙子其立中亡風八月.)[8](『존(存)』2, 88)

이외에도, 아래 도표 속에 보이는 갑골문 자형은 그간 아무도 설명하지 않았던 것으로, 『설문』에도 수록되지 않았으며, 『갑골문편(甲骨文編)』의 부록에 추가된 자료이다. 사실 중(中)의 윗부분에 우(又)(손을 표시)를 나타내는 부호가 더해져, '사람을 불러 모아 안으로 들어가게 하다'는 뜻을 더욱 명백하게 전달한다. 만약 이러한 일련의 관계로부터 말하자면 도표 속의 자형은 중(中)의 변이체로 볼 수도 있지 않을까?

$\oint$『전(前)』6, 9, 6 $\oint$『을(乙)』954
$\oint$『성(誠)』348 $\oint$『일(佚)』396

『갑골문편』부록 상(上)3[9]

문제는 '중(中)'자를 구성하는 요소인 동그라미[○]가 어떻게 '사람들을

---

8 徐中舒, 『甲骨文字典』제1권 참조.
9 『甲骨文編』부록 상(上)3(中華書局, 1965), 641~642쪽.

불러 모아 안으로 들어가게 하다'는 기능적 의미를 가지게 된 것인가 하는 것이다. 학자들은 모두 여기에 대해서는 언급하지 않고 있는 듯하다. 여기서 기본적으로 인식할 수 있는 것은, 이 글자 부호가 물상을 본뜰 때 초기 사용자들의 어떤 주술적 사유를 반영했다는 점이다. 즉, 부호인 '동그라미[○]'에는 주술적 역량을 생산할 수 있는 어떤 '장(場)'이 포괄되어 있다. 중국 고대 철학 속의 태극도처럼, 그 속이 공백의 결여가 아니라 충만 되고 축적된 것이 지극하여 남음이 없이 모든 것을 잉태하고 있는 것과 같다고 한다면, 이로부터 동그라미[○]는 '속박'의 효력이 있는 것이 된다. 이로부터 '속박(束縛)'을 뜻하는 '속(束)'과 비교 분석해 볼 수도 있을 것인데, 속(束)은 바로 이 '동그라미[○]'의 형태로부터 완성된 글자이다. 이에 대해서는 아래에 덧붙인 자형표를 참고하기 바란다. 은상시대의 갑골복사 사례에 의하면 '속(束)'은 제사를 칭하는데만 쓰였다.

米『갑(甲)』430   **米**『경도(京都)』751   **蠹**『을(乙)』9004

米『전(前)』2, 25, 6   **米**『경진(京津)』2679

米『주(珠)』402   **米**『속(續)』3, 32, 4

『갑골문편』제6권

나무를 묶어 제사를 지낼까요?(束示.)(『갑(甲)』430)

임자일에 점을 칩니다. '사'에게 제사를 지내면서 물고기를 바치면, 효험이 있을까요?(壬子卜其束司魚玆用.)(『남명(南明)』726)

신해일에 점을 칩니다. 제사를 드리는데, 양 한 마리를 쓸까요?(辛亥卜束往一羊.)(『을(乙)』5327)

'비경'에게 제사를 드릴까요? '백' 땅에서 거행했다.(其束妣庚在白.)(『남명(南明)』670)

나무를 묶어 '유'제사를 종묘에서 지내지 않으면 큰 비가 내릴까요?(弱束卽又宗大雨.)(『人』1943)

　또 문자학자나 훈고학자는 '동그라미[○]' 부호를 '제(帝)'자로 해석할 수 있는 것에 착안하여 연관된 종류를 비교 분석하기도 했다. 예컨대, 육종달(陸宗達)은 '제(帝)'를 제사의 이름, 즉 체(禘) 제사를 뜻한다고 보았다. 갑골문에서는 乑, 乑, 帝(55)와 같이 쓰였다. 乑(56)는 땔나무를 쌓아놓은 모양을 본떴는데, 네모[口]는 땔나무를 묶어놓은 것을 본떴다. 고대 사회에서 땔나무는 반드시 묶은 뒤 사용하였다. 정현은 『예기·월령(月令)』의 주석에서 "큰 것으로 쪼갤 수 있는 것을 신(薪)이라 하고, 작은 것으로 묶어 쓰는 것을 시(柴)라고 한다.(大者可析謂之薪, 小者合束謂之柴.)"라고 했다. 『공양전(公羊傳)·애공(哀公)』 4년에서는 망국의 사직을 말하면서 "위를 가리고 아래를 묶었다.(掩其上而柴其下.)"라고 했는데, 이것은 흩어져 있는 나뭇가지를 묶어서 사궁(社宮)의 사방 담벽(淡碧)에다 배치해 놓은 것을 말한 것이다. 시(柴)에 '함께 묶다[合束]'는 의미가 있음을 볼 수 있다. '제(帝)'자는 땔나무를 묶은 모양을 상형한 것으로, 바로 땔나무를 불태워 하늘에 제사 지낸다는 의미를 표시하고 있다. 따라서 '제(帝)'가 체(禘)의 초기 문자이며, 그 본래 의미가 '하늘에 제사 지낸다.'는 뜻임은 분명하다. '제(帝)'가 '천하에 왕 노릇 하는 자의 칭호(王天下之號)'가 된 것에 대해서는, 역시 제천의식과 밀접한 관계가 있다. …… 상고시대 부락 연맹의 수령들은 각각의 수령을 소집하여 '체(禘)' 제사를 지냄으로써 제천의식을 행하였는데, 신권의 힘을 통하여 각 부락 간의 단결을 유지하는 게 실제 목적이었다. '체(禘)' 제사는 땔나무를 불태워 하늘에 제사를 지냈는데, 각각의 나뭇가지를 한데 묶는[合束] 이러한 형식이 바로 각 부락들의 일체 단결을 상징하는 것이었다. 따라서 '제(帝)'자는 또 '체(締: 끈으로 묶다)'자를 파생시켰다. 『설문·멱(糸)부수』에서 '체(締)'자를 풀이하면서 "풀리지 않게 묶다는 뜻이다.(結不解也.)"[10]라고 하였다.

　서중서가 주편한 『갑골문 자전』에서는 **釆**, **釆**, **帝**(57)를 다음과 같이 풀이하였다. "갑골 복사에서 '체(禘)'자는 시(示)를 의미부로 삼지 않는다. 받침나무나 혹은 나무를 묶어 불태우는 것을 본떴는데, 그 위쪽에 가로로 하나[一]나 둘[二]을 그려서 '하늘에 제사지낸다'는 의미를 표시하였다.(卜辭禘不从示, 象架木或束木以燔, 并於其上加橫畫一或二以表示祭天.)"[11]

55　**釆 釆 帝**

56　**帝**

57　**釆**『업(鄴)』3, 34, 5　　　**釆**『유(遺)』612　　　　　**帝**『을(乙)』173

　여기서는 '투호(投壺)'의 항아리 모양을 본떴다고 생각하는데, 이에 대해서는 앞의 투호의 그림과 같다. 또 '과녁을 쏘다[射侯]'의 후제(侯制)로 여기는데, 아래의 그림을 보자.

후제(侯制)

　초기에 이것들은 놀이의 의미로 등장한 것이 아니라, 모두가 이러한 주

10　陸宗達, 『說文解字通論』(北京出版社, 1981), 195~196쪽.

11　『甲骨文字典』제1권.

술적 효과를 갖추고 있었다. 여기에 가장 타당한 글자를 구하라고 한다면, 그것은 '중(中)'자가 가장 알맞을 것이며, '중(中)'자를 버리고서 다른 글자로는 그 본뜬 바를 대신할 수 없을 것이다. 왜냐하면 체계를 완전히 갖춘 문자는 그 이미지를 가져와 형체를 구성할 때 반드시 어느 정도의 추상성을 지녀야 하며, 부호의 기능도 갖추기 시작했어야 하는데, 이것이 바로 여기서 우리가 토론하였던 한자의 이미지 채택과 형체 구성의 일반적 규율이기 때문이다.[12]

『설문·위(口)부수』에 수록된 '위(口)'를 구성요소로 한 글자들에서 이에 관한 '내용'의 쓰임을 발견할 수 있다.

> 위(口): '돌다'는 뜻이다. 빙빙 도는 모양을 본떴다.(口: 回也. 象回帀之形.)
>
> 선(圓): '자로 재다'는 뜻이다. 위(口)가 의미부이고 연(肙)이 소리부이다.(圓: 規也, 从口肙聲.)
>
> 균(囷): '담으로 둘러싼 곳집'을 말한다. 곡식[禾]이 담장[口] 속에 있는 모습을 그렸다. 담으로 둘러쳐진 것을 균(囷)이라 하고, 높다랗게 쌓은 것을 경(京)이라 한다.(囷: 廩之圜者, 从禾在口中. 圜謂之困, 方謂之京.)
>
> 권(圈): '가축을 기르는 울타리'를 말한다. 위(口)가 의미부이고 권(卷)이 소리부이다.(圈: 養畜之閑也. 从口卷聲.)
>
> 유(囿): '담이 있는 정원'을 말한다. 위(口)가 의미부이고 유(有)가 소리부이다. 일설에는 금수를 키우는 곳을 유(囿)라고 하기도 한다.(囿: 苑有垣也. 从口有聲. 一曰禽獸曰囿.)

---

12 臧克和, 『漢字取象論』(聖環出版公司, 1995) 참조.

필자의 생각에, 『설문』에 따르면 이 전서체 아래에 기록되어 있는 주문(籀文)을 비롯해 갑골문과 금문의 자형은 ⬚, ⬚, ⬚, ⬚(58)에 모두 보인다.

인(因): '따르다'는 뜻이다. 위(口)와 대(大)가 모두 의미부이다.(因: 就也, 从口大.)

닙(圂): '아랫사람에게 물건을 빼앗아 감추어 두다'는 뜻이다. 위(口)도 의미부이고 우(又)도 의미부이다. 섭(聶)과 같이 읽는다.(圂: 下取物縮藏之, 从口从又, 讀若聶.)

령(囹): '감옥'이라는 뜻이다. 위(口)가 의미부이고 령(令)이 소리부이다.(囹: 獄也, 从口令聲.)

어(圄): '그것을 지키다'는 뜻이다. 위(口)가 의미부이고 오(吾)가 소리부이다.(圄: 守之也, 从口吾聲.)

수(囚): '묶어두다'는 뜻이다. 사람이 감옥[口] 속에 있는 것을 그렸다.(囚: 系也, 从人在口中.)

고(固): '사방이 막혀있다'는 뜻이다. 위(口)가 의미부이고 고(古)가 소리부이다.(固: 四塞也, 从口古聲.)

58 ⬚ 「경도(京都)」3146   ⬚ 『전(前)』7, 20, 1
    ⬚ 「진공궤(秦公簋)」   ⬚ 『설문·위(口)부수』
59 ⬚『을(乙)』8320   ⬚「작문(爵文)」

위(圍): '지키다'는 뜻이다. 위(口)가 의미부이고 위(韋)가 소리부이다.(圍: 守也, 从口韋聲.)

필자의 생각에, '위(韋)'는 실제로 '위(圍)'의 초기 문자이다. 갑골문과 금문은 ⬚, ⬚(59)와 같이 썼다. 자형의 중간 부분에 이미 '위(口)'의 모양을 취하고 있다.

> 곤(困): '옛날 오두막집'을 말한다. 나무[木]가 공간[口] 속에 있는 모
> 습을 그렸다.(困: 故廬也, 从木在口中.)
> 혼(圂): '뒷간'을 말한다. 돼지가 우리[口] 속에 있는 모양을 본떴
> 다.(圂: 厠也, 象豕在口中也.)

그 밖에도, 「녑(㚔)부수」에 '어(圉)'자가 있다.

> 감옥[囹圄]으로, 죄인을 구속해 두는 곳이다. 녑(㚔)도 의미부이고 위
> (口)도 의미부이다. …… 달리 '어인(圉人)'이라고도 하는데, 말을 관
> 리하는 사람이다. 왕양(王襄)의 『보실은계유찬(簠室殷契類纂)』에 의하
> 면 "집(㝈)이 의미부이고 위(口)도 의미부이다. 집(㝈)은 허신의 해설
> 에 의하면 '죄인을 잡다는 뜻이다.' 위(口)는 위(圍)의 고문체이다. 죄
> 인을 붙잡아 막힌 곳에 가두어 두다는 뜻이다. 감옥[圉]에다 가두었
> 으니, 더욱 단단하다는 의미이다."라고 하였다. 『옥편·위(口)부수』에
> 서 "어(圉)는 말을 키운다는 뜻이다."라고 하였으며, 『주례·하관(夏官)
> ·서관(敍官)』에 "어사(圉師)가 있는데, 정현의 주석에 의하면 '말을 키
> 우는 곳을 어(圉)라고 한다.'"라고 하였다.

이후에 나타난 글자 중에 또 다음과 같은 것이 있다.

> 칩(圍): 『옥편』에서는 독음을 칩(縶)이라 하였고, 뜻은 말을 매다[拴
> 馬]와 같다고 했다. 『자휘보(字彙補)·위(口)부수』에서 이렇게
> 말했다. "칩(圍)은 『고음략(古音略)』에서 칩(縶)과 독음이 같
> 고, 묶다는 뜻이다. 『시경』의 '그 말을 묶으라 말하네.'라는

말을 인용하였다. 이것에 의하면 칩(圖)은 바로 칩(縶)자가 되며, 게다가 독음도 같다."

필자의 생각에, 『시경·주송(周頌)·유객(有客)』에서는 "그 말을 매어둔 다.(以縶其馬.)"는 구절에 칩(縶)을 사용했다.

와(圖): '와(囮)'와 같다. 『오음집운(五音集韻)·우(尤)운』에서 "와(圖)는 와(囮)와 같다. 새를 잉태시키다는 뜻이다. 속자이다.(圖, 與 囮同, 鳥媒, 俗.)"라고 했다. 『자휘보·위(口)부수』에는 "와(圖)는 『설문선훈(說文先訓)』에 의하면, 새가 둥지 속에 있다는 뜻이 며, 와(囮)의 고문체라고 하였다.(圖, 『說文先訓』曰: 鳥在籠中, 古文 囮字也.)"라고 기록되어 있다.

고(圖): '고략(圖圖)'을 말하는데, 몽골어로는 '둘러싸인 초원지대'를 가리킨다. 시골과 소도시의 이름으로 많이 쓰인다. 예컨대, 마가고략(馬家圖圖: 내몽골에 있다)이 그러한데, 지금은 '쿠룬 (庫倫, Kulun)'으로 많이 번역된다.

나머지 예는 번거로움을 피하여 생략하고자 한다. 그 중, 위에서 예로 든 '유(囿)'자는 이미 '울타리[圈閑]'라는 의미를 가지고 있으면서 동시에 '모으다[集聚]'는 의미도 겸하고 있다. 『시경·대아·영대(靈臺)』에서 "왕의 신령한 동산에서는, 암수 사슴도 복종한다네.(王在靈囿, 麀鹿攸伏.)"라고 했 다. 『모전(毛傳)』에서 "유(囿)는 새와 짐승을 기르는 곳을 말한다.(囿, 所以域 養鳥獸也.)"라고 하였다. 그것이 파생되어 주변의 확정된 구역이라는 '범위 (范圍)'를 가리키게 되었다. 단옥재도 "유(囿)는 다시 파생되어 구역을 분 별하는 것을 유(囿)라고 한다.(囿, 又引伸之, 凡分別區域曰囿.)"라고 주석하였다. 또 '모으다'는 의미를 가리키기도 한다. 『장자·칙양(則陽)』에 '스승을 따르되 얽매이지 않는다.(從師而不圍.)'라는 말이 있는데, 곽상(郭象)은 이에 대해 "마음대로 서로 모이지만, 그것에 얽매이는 것은 아니다.(任其相聚, 非圍之也.)"라고 주석하였다. 이것을 모두 연계시켜보면, 그것은 한 곳에다 모으는 장소를 가리키고 있다. 사마상여(司馬相如)는 「상림부(上林賦)」에서 "육예(六藝)가 모인 곳에서 노닐고 싶노라.(游于六藝之囿.)"라고 노래하였다. 이 글자는 또 파생되어 '구애되다'나 '구속하다'로 쓰인다. 『정자통·위(口)부수』에서는 "지식이 있으나 널리 통하지 못하는 것을 유(囿)라고 한다. 폐허 속에 붙잡혀 있는 것과 같다고 말할 수 있다.(識不通廣曰囿, 猶言拘墟也.)"라고 하였다. 요약하자면, 위에서 나열한 글자계통으로부터 '모아들이다[聚集容納]'와 관련된 의미장이 구성되었음을 알 수 있다.

인류학 연구에 따르면, 신화는 언어에 대한 더 가치 있는 근사치로 여겨진다. 사람들은 보편적으로 주술의 실제 행위를, 그것이 입으로 하든[13] 입으로 하지 않던 간에[14] 모두 부호의 기원에 관한 대표적인 것으로 생각하고 있는 것 같다. 주술 행위를 행하려면 먼저 신화와 같은 관념이 있어야 한다. 그래서 사람들은 어떤 신화 형식의 일반화된 범주를 제기하는 것에 흥미를 느낄지도 모른다. 예컨대, 신인(神人)[15], 실체화(實體化)[16], 실물화(實物化)[17] 등이 있다.[18] 그리고 동굴 벽의 암각화에서 "동물을 묘사하

---

13 어떤 사물의 명칭을 불러 그 사물을 좌우하거나 혹은 억압하는 것을 표시하는 행위를 말한다.

14 구석기 시대에는 동굴 벽에 그림을 그려 사냥할 때 행운을 기원하는 방법이라고 생각했다.

15 내면의 감정이나 생각을 시각적 이미지로 표현, 의인화, 모든 자연물과 현상에 영혼이나 정신이 내재되어 있다는 믿음, 신과 인간이 형태나 본질에서 유사하다는 생각 등등을 말한다.

16 현실에 있는 실물로써 상상 속의 일을 나타낸다.

17 이론적 개념을 구체적이고 실제적인 형태로 전환하는 과정을 말한다.

18 루트비히 폰 베르탈란피(Ludwig Von Bertalanffy), 『人的系統觀』(中譯本)(華夏出版社, 1989), 83쪽.

여 그렸다는 것은 원시인의 머리 속에서 그 동물에 대한 소유의 표현이
기도 했다. 미국의 캐틀린[19]의 보고에 의하면, 만단(蠻丹, Mandan)족[20]들은
야크를 자신들의 세력 아래에서 멸종시켰다고 한다. 그는 "원주민이 '자
신의 작품 속에서 수많은 야크들을 포획했다'는 것을 보았을 때, 그 결과
로 야크들이 소멸되었다."라고 말했다. 니아(Niah) 동굴[21]의 야크는 이런
모델에 의해 그려진 작품들이며, 야크들은 허리 부위를 창에 찔렸다. 물
론 이들은 주술적인 그림임이 분명하다. 다른 구석기 시대의 기념물 역
시 그림에 대한 주술적 행위의 흔적을 보여주고 있다. 피레네 지방의 어

---

19 (역주) 조지 캐틀린(George Catlin, 1796~1872): 19세기 초반에 만단족을 포함한 여러
   원주민 부족을 연구하고 기록한 작가이자 화가로, 그들의 생활 방식과 문화를 상세히
   기록했다.

20 (역주) 북미 대평원 인디언 민족 중 하나인 만단(Mandan)족은 수어(Siouan) 어족에 속
   하며, 미주리 강(Missouri River) 연안의 반영구적 마을에서 거주했다. 그들의 거주 지
   역은 하트(Heart) 강과 미주리 강의 지류 사이에 위치했다. 만단족의 언어는 윈네바고
   (Winnebago)족과 유사한 점이 있으며, 어떤 전설에 따르면 그들은 한때 더 동쪽 지역에
   살았다고 한다. 만단 문화는 대평원 문화 중에서도 가장 풍부한 문화의 하나로 꼽는다.
   19세기에 만단족은 원형의 흙집에서 거주하며 촌락을 이루고 살았다. 그들은 옥수수,
   콩, 호박, 해바라기를 재배하고, 버팔로 사냥, 도자기와 광주리 제작 등에 종사했다.
   그들의 종교의식은 매우 복잡했는데, 그중에서도 태양 춤과 오키파(Okipa) 축제가 가
   장 중요했다. 오키파 축제는 4일간 지속되며, 종종 장기간의 준비가 필요했다. 만단족
   촌락은 12개에서 100개의 집으로 구성되어 있었으며, 전쟁을 지휘하는 지도자, 평상
   시 사무를 담당하는 지도자, 촌장으로 구성된 세 명의 지도자가 있었다.
   그들의 사회 조직은 나이에 따라 분류된 다양한 무사의 모임으로 구성되었는데, 그
   회원이 되려면 회원권을 구매하면 되었다. 또한 사교적, 주술적, 여성적 특성을 가진
   다양한 단체가 있었다. 만단족 예술가들은 버팔로 가죽으로 만든 긴 도포에 그림을
   그려 전체 부락이나 개인의 영웅적 업적을 표현했다. 1750년에는 9개의 만단족 촌락
   이 있었는데, 20세기 말에 노스다코다 주의 포트 버솔드(Fort Berthold) 보호구역의 보
   고에 따르면 전체 만단족 인구가 약 350명이었다.(baidu 백과)

21 (역주) 니아 동굴(Niah Caves): 말레이시아 사라와 주의 북동쪽에 위치해 있는 고고학
   적으로 매우 중요한 유적지이다. 인류 역사와 선사시대 연구(동굴벽화와 유물 등)에 대
   한 정보를 알 수 있다.

떤 동굴에서는 머리가 없는 점토로 만든 곰이 출토되었다. 이 곰은 아마 털가죽이 벗겨졌을 것이다. 왜냐하면 곰의 두개골이 허리 부근에서 발견되었으며, 허리에 투창에 의한 것으로 보이는 상처 흔적이 남았기 때문이다. 이 놀라운 발견은 구석기 시대의 주술(呪術) 행위에 대한 구체적 형태를 보여주고 있다."[22]

니아 동굴에서 창에 찔려 상처를 입은 야크 벽화

　　동굴벽화 연구자들은 더 나아가 그 속에 함유된 주술적 사유의 규칙을 제시하였다. 동굴 암벽화 그 자체는 주술의식에 사용된 도구이지만, 현존하는 동굴 암벽화를 자세히 관찰해보면 이러한 주술과 조각 그림이 서로 합일했던 흔적을 찾아볼 수 있다. 예를 들면, 음산(陰山) 암각화 속의 수렵도는 사냥을 하게 될 활과 화살이 사냥감인 짐승의 몸체와 직접적으로 연결되어 있는데, 이러한 조각 그림 과정은 그 자체가 바로 주술 의지의 실행 과정이며, 원시인들은 이 한 폭의 영상을 그림으로 만드는 것 그 자체를 주술적 효과의 일차적 실현(아래 그림 참고)으로 보고 있었음을 나타내주고 있다.

---

22 [俄] 波克洛夫斯基, 『世界原始社會史』(中譯本)(上海文藝出版社, 1991), 192쪽. 辛墾書店, 1935년 영인본.

『음산(陰山) 암각화』(113)

　그들은 이상적인 수렵 결과-즉 화살이 백발백중한다는 이러한 이상이 그림의 이미지로 전화하였으며, 주술 사유 중의 그림 이미지가 단지 실물의 대체이거나 상징이 아니라, 그 자체가 바로 실물로 간주 되며, 실물과 동일한 현재성(actuality)을 갖추고 있다. 수렵과 채집의 단계에서는 사람이 지니고 있던 돌도끼나 활 등과 같은 이러한 도구가 조잡하고 발달하지 못하였는데, 그것들의 실제적인 사용은 늘 주술 행위의 보충역할을 한 것으로 보여진다. 뤼시앵 레비브륄[23]은 다음과 같은 사실을 지적했다. ……수렵 도구와 방법 등에 대해 주술적 영향을 행사하는 것 외에도, 사냥할 짐승과 사냥하는 사람 자신에 대해서도 주술적 행동을 가했으니 "이러한 사실은 매우 흥미 있는 일이다. 그것들은 수렵이라는 것이 본질적으로 일

---

23 (역주) 뤼시앵 레비브륄(Lucien Lévy-Bruhl, 1857년 4월 10일~1939년 3월 13일): 프랑스의 철학자이자 사회학자이다. 1900년 무렵까지는 전적으로 콩트의 실증주의를 계승하는 철학자로서 철학사를 연구하고 『오귀스트 콩트의 철학』(1900) 등을 저술했으나 그 후로 사회학적 연구에 착수했다. 그는 뒤르켐 학파의 멤버가 아니었고, 어떤 점에 대해서는 그들의 비판을 받기는 하였으나, 뒤르켐의 영향을 받았으며 양자 사이에는 중요한 유사성이 있다. 특히 사회적 사실로서의 도덕에 관한 과학을 세우려는 지향에서 이를 볼 수 있다. 그러나 그의 명성을 높인 것은 미개사회의 사유구조에 대한 일련의 연구로, 그중에서도 『미개사회의 사유』(Les fonctions mentales dans les sociétés inférieures)가 저명하며, 이 책은 새로운 학문영역을 개척한 독자적 업적으로서 그 후의 문화인류학에 큰 영향을 미쳤다.(위키백과 참조)

종의 주술적 행동임을 명확하게 설명해 주고 있다. 수렵 과정의 모든 것이 사냥하는 사람의 민첩함이나 힘에 의해 결정되는 것이 아니라 신비한 힘에 의해 결정되며, 이러한 신비한 힘은 사냥감을 사냥꾼의 수중으로 가져다준다." 원시인들이 자신의 의지와 소망을 그림을 통하여 밖으로 표출하고 도상화할 때, 이것은 사실은 자신 스스로를 외부에 존재하는 대상에 대해 일종의 가상적인 규제를 실현한 것이다. 우리는 암각화의 형상을 통하여 사건을 구성하는 필요 요소가 자족할 만한지 그렇지 못한지에 근거해, 그 형상을 '자족형(自足型) 형상'과 '비(非) 자족형 형상'으로 구분할 수 있다. 소위 '사건(事件)'이란 생식 사건이나 수렵 사건 등과 같은 원시인들의 의지와 소망을 반영한 것이다. 수렵민족으로 말할 것 같으면, '수렵 활동'은 바로 그들의 주술 활동 과정에서 상상할 수 있는 사건을 구성한 것이다. 이 사건의 최소한의 구성요소는 사냥꾼(무기를 휴대하거나 손으로 잡는 것) 한 명과 동물 한 마리이다. 이 때문에 우리는 원시예술품 중에서 단독으로 등장하는 동물이나 사냥꾼의 형상을 '수렵 동물' 사건에 상대하여 비(非) 자족형 형상이라고 부르고, 적어도 사냥꾼 한 명과 동물 한 마리를 포괄하는 형상에 대해서는 자족형 형상이라고 부른다. …… 이 기준에 의하면 자족형 형상과 비자족형 형상의 구분은 분명해진다. 예컨대, 신강(新疆)의 투어커쑨(托克遜, Tuokexun)현의 커푸쟈눙(科普加依) 암각화[24]에는 막 쏘아올린 화살이 '변형' 처리된 다음 큰 뿔을 가진 양의 몸체와 연결되어 있다.(60 참조)

---

24 (역주) 천산(天山)의 남쪽 기슭에 위치한 커푸쟈눙 암각화는 주로 원시 사회의 사냥과 방목 장면을 그렸다. 암각화의 계곡 입구에는 쥐스족(車師族)의 대규모 무덤군이 있다. 이 계곡은 물과 풀이 풍부하여 다양한 동물과 가축 무리가 서식하고 있으며, 그중에서도 큰뿔양이 가장 흔하고, 그 외에도 낙타, 사슴, 말, 호랑이, 표범, 늑대, 개 등이 있다. 이 암각화는 동물들 사이의 생존 경쟁과 사냥 및 방목의 현실을 생생하게 반영하고 있다.

60. 신강(新疆) 암각화

신강(新疆)의 유민(裕民)현 사얼챠오(撤爾喬) 호수 동굴 암각화 역시 사냥하려고 하는 사람의 화살과 동물의 엉덩이 부분이 연결되어 있다.(61 참조)

61. 신강(新疆) 암각화

이러한 형상 자체의 조각은 이미 원시 수렵인들의 수렵 동물에 대한 주술 의지를 실현하고 있는데, 위의 암각화는 일종의 자족형 형상이라고 말할 수 있다. 이러한 형상을 조각하는 행위는 그 자체가 바로 주술을 실현하려는 의지를 나타낸다. 그런데 사냥꾼이 나오지 않는 또 다른 동굴벽화, 예컨대 음산(陰山) 암각화 속에는 화살이 매어진 활이 왼쪽에 그려진 한 마리의 사슴을 조준하고 있는 것도 있다.(62 참조)

62. 『음산 암각화』619

프랑스의 베르네피(Vernépic) 동굴[25]벽화에서는 창에 맞은 매머드를 그
린 그림만 그려져 있다.(63 참조)

63. 『세계 암각화 자료 그림집[世界巖畵資料圖集]』, 제4쪽.

스페인의 칸타모(Candamo) 동굴[26]벽화의 그림 역시 중상을 입은 사슴
만 등장하는데, 몸에는 이미 여러 군데 찔린 상처가 있었다.(64 참조)

---

25 (역주) 베르네피 동굴: 프랑스의 도르도뉴 지역의 베제르 계곡 내에 위치해 있으며, 다
   양한 동물 그림과 다른 선사시대 예술 작품이 보존된 중요한 유적지이다. 이 동굴은
   대개 약 15,000년 전의 것으로 추정되는 그림들이 있으며, 주로 들소, 말, 사슴 등의
   동물들이 묘사되어 있다.
26 (역주) 라 페냐 데 칸다모 동굴: 스페인의 아스투리아스 지역의 칸다모에 위치하고 있
   다. 이 동굴은 약 18,000년 전의 상부 구석기 시대, 소루트레안(Solutrean) 시기의 예술
   작품들을 포함하고 있다. 동굴 내부에는 다양한 동물 그림들이 있는데, 사슴, 말, 들소,
   염소 등의 이미지가 포함되어 있다. 이 동굴의 예술 작품은 그림과 조각이 혼합된 형
   태로, 벽화의 질감과 색상, 특히 붉은색과 황색의 황토 색소, 목탄 검정색이 특징이다.

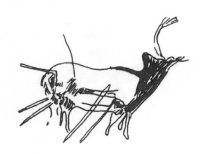

64. 『세계 암각화 자료 그림집』, 제4쪽.

우리는 이러한 형상들에서 사냥꾼의 모습을 찾아볼 수는 없지만, 여전히 주술적인 의지를 나타내는 완벽한 실현임을 알 수 있다. 바꾸어 말하면, 그것들 역시 앞에서 말한 것과 같은 자족형 형상이라고 말할 수 있다는 것이다. 만약 주술의식을 구성하는 필수적인 기본 삼요소를 갖고 말한다면, 시법자와 시법 동작과 시법도구가 그것인데, 그중에서도 시법 동작은 주술의식의 핵심이 될 것이다. 시법 동작이 있어야만 시법자와 시법 도구는 서로 접촉하고 연결될 수 있다. 상술한 형상 중에서 수렵자의 손이 꼭 나타나지 않아도 되는 것은 활이나 창이 수렵할 동물을 깊숙이 찌르고 있거나, 향하고 있는 것은 이미 일종의 시법 동작을 충분히 구성하고 있기 때문이다. 이 때문에 상대적으로 독립된 수렵 사건이 완성될 수 있는 것이다. 이로부터, 하나의 형상이 일종의 시법 동작을 구성할 수 있기만 하면, 그것은 앞서 말한 자족형 형상의 범주에 귀속시킬 수 있을 것이다.

음산 암각화에는 또 다른 도형들이 있다. 개산림(蓋山林)[27]은 어떤 것은 사람의 얼굴상과 말이고, 또 어떤 것은 사람의 얼굴상이라고 풀이하였다. 필자는 이러한 결론들이 그림만 보고 제멋대로 해석했을 여지가 많다고

---

27 (역주) 개산림(蓋山林, 1936년 9월~2020년 2월 9일): 중국의 유명한 고고학자이자 암각화 예술가이다. 『和林格爾漢墓壁畫』, 『陰山岩畫』, 『中國岩畫學』 등 40여 권의 학술 저서를 집필하고 출판했으며, '중국 암각화의 아버지'로 불린다.

생각한다. 우리가 (65), (66), (67) 등 이 세 가지 형상을 자세히 살펴본다면, 하나의 잠재된 규율을 발견할 수 있을 것이다.

65. 『음산 암각화』783

66. 『음산 암각화』810

67. 『음산 암각화』1259, 1260

즉 (65)의 울타리 밖에 있는 것은 동물의 구체적 형상체이며, 울타리 안의 것은 동물의 뿔과 머리 부분이다. (66)은 울타리 안과 밖이 모두 동물의 뿔을 생동적으로 묘사한 형상이다. (67)의 형상에서 동물의 뿔을 묘사한 형상은 완전히 울타리 안으로 옮겨졌다. 만약 우리가 실물에 대해 동일시하거나 부분이 전체와 같다는 주술적 사유와 신화적 사유의 형상과 논리 등을 통찰한다면, 이 세 가지 그림의 주술적 의미 역시 확연히 드러나게 될 것이다. 그림 속의 네모와 비슷한 둥그스름한 울타리는 실제로는 일종의 '주술 범위[巫術圈]'이다. 주술 사유 중에서 알아야 할 것은 동물의 뿔의 형상이 이러한 '주술 범위' 안에 있으며, 이것은 모든 동물이 주술의 제어를 받는 위치에 있다는 것과 같다. 이러한 점은 (65)의 형상에서 가장 명확하게 볼 수 있다. (66)에서부터 (67)에 이르기까지의 도형은 점차적으로 사실적인 것에서 추상적인 것으로 바뀌고 있으며, 그 주술적인 의미 역시 점차로 은닉된다. 이러한 형상 역시 자족형 형상의 범위 속에다 귀속시킬 수 있을 것이다.[28]

앞에서 증거로 인용했던 '위(口)'라는 부호로 이루어진 일련의 문자들과 서로 연계시켜보면, 여기서 '중(中)'자는 초기에 '중앙으로 모여 멈추게 하는[使中納止]' 주술적 의지가 존재하였다고 말할 수 있을 것이다. '중(中)'자의 근원은 주술의식에서 본뜬 것이며, 글자 부호를 허구화하고 개괄화하였을 따름이다. '중(中)'의 형태를 그려놓는 것과 같은 '사후(射侯)' 의식이라면 화살을 쏘는 자 역시 그렇게 그려놓으면 화살이 헛맞는 일은 없다고 생각할 것이다. '중(中)'의 모양을 그려놓은 것과 같은 '깃발을 세우는[立旗]' 의식에서는 각 부족 역시 자동적으로 '서로 모여들어 뭉치게[聚來合攏]' 될 것이다. 은허복사의 글자들에는 아직 그러한 흔적이 존재하며,

---

28 여기의 그림이나 자료는 戶曉輝, 『岩畵與生殖巫術』(新疆美術攝影出版社, 1993), 52~58쪽 참조. '西域文化研究叢書' 중 1편.

사라지지 않은 풍습을 담고 있다 하겠다.

제3절. 중도中道

유학자들의 다시 세우기

'중(中)'자가 주술의식에서 이미지를 가져왔다는 것은 이미 앞에서 살펴보았다. '중(中)'자가 내포하고 있는 글자의 원래 의미는 유학의 '중도' 개념으로 변화하였으며, 그 과정에는 크게 세 가지 단계를 거치게 되는데, 전환의 단계에는 '활쏘기로 선비를 뽑는다.(射藝取士)'는 예의 규범이 존재한다.

그 첫 번째는 주술적 측면이다. 중국어에서 습관처럼 쓰이는 말들, 예컨대, '중상모략하다[中傷]', '상대의 술수에 넘어가다[中圈套]', '제 꾀에 걸려들다[入吾彀中]' 등은 옛날로부터 그다지 오래되지 않은 말들이다. 속어에서 말하는 '꾐에 빠지다[上了當]'는 '계략에 빠지다[中了計]'나 '함정에 빠지다[中機關]'와 같은 말이다. '중(中)'을 그 사이에 넣은 것은 화살을 쏠 때 정확하게 가운데를 맞추다는 것과 같은 의미에서였다. 『초사·구변(九辯)』에 '약한 추위도 사람의 몸을 해칠 수 있다.(薄寒之中人.)'라는 말이 있는데, 『관추편』에서는 이 계략에 대해 다음과 같이 풀어내고 있다.

내 생각으로는 '중(中)'은 '화살을 맞다(中矢)'나 '중상을 입다(中傷)'의 '중(中)'이며, 역(蜮: 물속에 숨어 사람을 해친다는 전설상의 괴물)의 '짧은 활'이 그림자를 맞춘다고 할 때의 '중(中)'과 같다. '질(疾)'자는 '녁

(疒)'도 의미부이고 '시(矢)'도 의미부인데, 그것을 합치면 '물귀신이 화살을 쏜다(螡射)'는 것이 되니, 그런즉 중국 고대인들의 마음속에는 병마가 몰래 사람에게 화살을 쏘아 상처를 입히는 것이라고 여긴 것이다. 서양의 신화에도 유사한 것이 있는데, 사랑의 신이 활시위를 당겨 사람을 쏜다는 것이 그것이다. 호머의 시에 태양신이 큰 질병을 내린 것에 대해 쓴 것이 있는데, 공중으로 쏜 화살이 떨어져 사람과 가축을 맞추었다고 한다.[29]

이상은 깊이 내포된 의미를 직접적으로 탐구한 것으로, 표본으로 삼을 만한 예시이다.

두 번째는 예의적 측면이다. 전자는 고대인들의 원시 사유에서 본체적이며 실질적인 것에 해당하는 것으로, 이 예의적 측면의 상위 부분에 속한다. 고대인들은 사예(射藝)를 허구적이고 견강부회한 것이라 여겼다. 활을 쏜 것이 명중하더라도 이것은 활을 쏜 선비의 태도나 마음이 바름을 나타낼 뿐만 아니라, 이 사람이 국가에서 정한 예제의 쓰임에 합당하다는 것을 나타낸다. 고대 중국어에서 오랫동안 접두사가 되어 온 '표적에 명중하다[中的]', '명중하다[中壺]', '명중(命中)', '중사사(中射士)'[30] 등은 고대

---

29 『관추편』제2권, 629~630쪽.

30 (역주) '중사사(中射士)'는 고대 중국 궁궐의 관직명으로, 주된 임무는 궁궐의 경호를 담당하고 왕실의 안전을 보호하는 것이었다. 이 직위는 『전국책』과 『한비자』 등과 같은 고대 문헌에 언급되어 있어, 전국시대에 존재했음을 알 수 있다. 『전국책·초책(楚策)』제4권에는 "형왕에게 불로장생의 약을 바쳤는데, 알현하는 자가 그것을 가지고 들어왔다. 중사사가 '먹어도 됩니까?'라고 물었다.(有獻不死之藥於荊王者, 謁者操以入. 中射之士問曰: '可食乎?')"라는 구절이 있는데, 이는 중사사가 궁궐에서 중요한 물건과 왕실 구성원에게 접근할 수 지위와 권위를 가지고 있었음을 보여준다. 『한비자·십과(十过)』에도 "중사사가 간언하며 말했다. '제후들과 만날 때 무례해서는 안됩니다.(中射士諫曰: '合諸侯, 不可無禮.)"라고 조언하는 장면이 기록되어 있다. 이는 중사사가 궁궐의 경호를 담당할 뿐만 아니라 일부 정치적 결정에 참여하고 조언도 할 수 있는 지위였음

의 한 시기에 사예(射藝)로써 선비를 뽑았던 예의가 매우 성행하였음을 전해주고 있다. 그 중에서 '중사사(中射士)'는 제왕의 가장 가까운 수행 신하만을 가리키는 단어였다.

세 번째는 수양적 측면이다. 고대 중국어에서 '중절(中節)', '중의(中意)', '중용(中庸)', '중도(中度)' 등은 '절차에 맞다(合節)', '뜻에 맞다(合意)', '쓰임에 맞다(合用)', '원리에 맞다(合度)'와 같은 말이다. 유가는 이것으로 선비를 뽑는 표준으로 삼아 인격 수양의 가치 지향으로 삼았다. 이리하여 '중용(中庸)', '중도(中道)', '중정(中正)' 등과 같은 학설의 단서를 찾아내게 되었다. 이로써, 필자는 이렇게 말해도 될 것이라 생각한다. 즉, 문제의 관건은 공자라는 이 유학의 대사상가가 '중용(中庸)'이라는 이 명제를 제시했는가의 여부에 있는 것이 아니라, 이러한 개념이 포괄하고 있는 내포적 의미를 어떻게 추정해 낼 수 있는가 하는 것에 있다는 것을, 또 이 개념이 유학 사상을 바로잡고 나아갈 바를 제시할 만큼의 기능을 감당해 낼 수 있는가에 있다는 점이다.

'중(中)'에 내포된 의미에 대해서는 상술한 변화과정과 유학 경전의 문헌인『예기』와는 관련된 기록이 있어 서로 증거가 될 수 있으니, 마치 부절처럼 꼭 들어맞는다고 할 수 있다.

> 「투호(投壺)」제40: 투호의 예(禮)는 주인이 화살을 받들고, 사사(司射: 활
> 쏘기를 관장하는 사람)가 과녁[中]을 받들고, 사람에게 항아리를 집도
> 록 한다. 정현은 이에 대해 이렇게 주석했다. "화살은 던지는 것이
> 고, 중(中)은 「사칙(士則)」에서 사슴의 한가운데라는 뜻이라고 하였
> 다. 나(정현)의 생각은 이렇다. 여기서의 '중(中)'은 옛날 투호의 의
> 식에서 산가지를 담는 그릇이었을 것이다."『주례·춘관·대사(大史)』

을 알려준다.

에 "무릇 활을 쏘는 일이란 중(中)을 장식하고, 산가지를 담고, 그것을 집어 드는 예의 있는 일이다.(舍筭·執其禮事)."라는 말이 있는데, 정현은 이렇게 주석을 달았다. "정사농(鄭司農)의 말에 의하면 '중(中)은 산가지를 담는 그릇이다'라고 하였는데, 나(정현)의 생각은 이렇다. 중간에 산가지를 놓고 화살을 던지기를 기다렸다가 그것을 취하는 것이다."

사사(司射)는 항아리와의 거리를 재는데, 그 거리는 화살 두 개 반의 길이이며, 원위치로 다시 돌아와, 동쪽에다 중(中)을 세우며, 8개의 산가지를 놓는다. 이에 대해 정현은 이렇게 주석을 달았다. "이미 중(中)이 세워졌을진대 중(中)에 8개의 산가지를 채우니, 중앙에 가로로 그 나머지를 쌓고, 서쪽에서 산가지를 잡고 선다. 이로써 손님을 청하여 기다렸다가 던진다."

던지기가 끝나면, 사사(司射)는 셈을 하는데, 좌우에서 던지기를 끝냈으며, 숫자를 세겠노라고 말한다. 두 번 계산하면 순(純)이 되고, 1순(純)으로써 취해진다. 하나를 세면 기(奇)가 되는데, 드디어 이로써 기(奇)를 세었음을 고한다. 이르기를 "어떤 현자가 어떤 곳에서 몇 순(純)이고, 기(奇)면 기(奇)라고 하고, 균(均)이면 좌우가 균(左右均)이라고 한다."

또 「사의(射義)」제46과 같이 분명히 밝히고 있다.

옛날 활을 쏘는 자는 들어가고 나옴에 있어 반드시 중례(中禮)를 지켜야 했는데, 안으로는 뜻을 바르게 하고, 밖으로는 몸을 곧게 한 연후에야 활과 화살을 단단하게 쥐었다. 활과 화살을 단단히 쥐고 난 연후에야 맞히는 것에 대해 말을 하였는데, 이로써 덕행을 볼 수 있었다. 정현은 '안으로는 바르고 밖으로는 곧으니, 예악을 배우고 덕행이 있는 자이다.'라고 풀이하였다. 정곡(正鵠)이라는 말은 여기서 나온 것이다. 공영달은 『정의(正義)』에서 이러한 법칙은 활을 쏘는 자의 예(禮)를 밝혀준다고 하였다. 안으로 뜻을 바르게 살핀다고 말하니, 즉 중앙을 맞힐 수 있는 것이다. 고로 밖으로 쏘는 것을 보면 곧그 내면의 덕을 살필 수 있으며, 고로 덕행을 볼 수 있다고 말한 것이다. 그래서 『정의』에서 이렇게 말했다. "이로써 손님과 활을 쏘는 것을 바름[正]이라고 말하니, 바르다는 것은 곧은 것이다. 잘 쏘려고 하는 자는 안으로 뜻을 바르게 해야 한다."

그런 까닭에 천자는 관직을 갖춤으로써 절개를 이루고, 제후는 시기에 맞춰 천자를 배알함으로써 절개를 이루고, 경대부는 법을 따름으로써, 선비는 직책을 잃지 않음으로써 절개를 이룬다. 그런 까닭에 그 절개의 뜻을 명확히 하고, 이로써 그 일을 잃지 않으면, 즉 공은 이루어지고 덕행은 세워지나니, 덕행이 세워지면 폭압과 변란의 화가 없어질 것이다. 공이 만들어지면 나라가 편안하니, 고로 화살을 쏘는 사람은 훌륭한 덕을 보인다고 말하는 것이다.

그런 까닭에 옛날 천자는 활을 쏘는 것으로써 제후와 경대부와 선비를 선택하였다. 활을 쏘는 것은 남자의 일이니, 이 때문에 그것을 예악으로 꾸미는 것이다. 그런 까닭에 그것을 행함에 예악을 다한 뒤에야 숫자를 셀 수 있었으니, 이로써 덕행이 세워진 자는 활쏘는 것보다 더 좋은 것이 없으니, 따라서 성인은 주로 활쏘기에 힘썼던 것이다.

그런 까닭에 옛날 천자의 제도는 제후들이 연말에 선비를 천자에게 바치면, 천자는 사궁(射宮)에서 이를 시험하였다. 그 용모와 신체가 예의에 비할 만하고, 그 절개가 음악(樂)에 비할 만하며, 많이 맞히는 자는 채용하여 제사를 지냈다. 그 용모와 신체가 예의에 비할 만하지 않고, 그 절개가 음악(樂)에 비할 만하지 않으며, 적게 맞히는 자는 제사를 지내는데 쓰지 않았다. 자주 제사에 참여하면 임금이 경축하였고, 자주 제사에 참여하지 못하면 임금에게 양보하였다. 자주 경사가 있으면 땅이 불어나고, 자주 양보가 있으면 땅이 줄어들었다. 그런 까닭에 활을 쏘는 자와 활을 쏘는 것은 제후들을 위함이라고 한 것이다. 이처럼 제후와 군신은 활쏘기에서 그 뜻을 다함으로써 예악을 배우는 것이니, 무릇 군신이 예악을 갈고 닦았는데도 나라를 잃은 예는 없었다.

활을 쏘는 것에 대해 말하자면, 역(繹)이라고 하는데, 달리 사(舍)라고 하기도 한다. 역(繹)이란 각자 자신의 뜻대로 한다는 말이다. 그런 까닭에 마음을 평정하고 몸을 바르게 하며, 활과 화살을 단단히 움켜쥐는 것이다. 활과 화살을 단단히 움켜지면 즉 잘 맞힐 수 있다. 고로 아비 된 자는 아버지로써 중심을 맞추고, 아들 된 자는 아들로써 중심을 맞추고, 임금 된 자는 임금으로써 중심을 맞추고, 신하 된 자는 신하로써 중심을 맞춘다고 한 것이다. 그런 까닭에 활을 쏘는 자는 각자 자신의 중심을 쏘는 것이다. 그런 까닭에 천자의 대사(大射)를 사후(射侯)라고 부른다. 사후(射侯)란 활을 쏘아 제후를 얻는 것이다. 중심을 맞추면 제후를 얻고, 중심을 맞추지 못하면 제후를 얻지 못한다.

천자가 제사를 지내고자 한다면, 반드시 우선 택(澤)에서 활쏘기를 연습해야 한다. 택(澤)이란 선비를 뽑다[擇士]는 것을 뜻한다. 이미 택(澤)에서 활을 쏘고 나면 이후에는 사궁(射宮)에서 활을 쏜다. 중심을 맞추는 자를 얻어서 제사를 지내고, 중심을 맞추지 못하는 자는 제사를 지내는 데 쓰지 않는다. 선택되지 않아 제사를 지내지 못하는 자는 양보(讓)가 있어서, 땅이 줄어들었다. 선택되어 제사에 참여하는 자는 경하함(慶)이 있으니, 땅이 더해졌다. 관직에 나아가고 땅이 내려졌다.

그런 까닭에 남자가 태어나면 뽕나무 활과 여섯 개의 화살을 가지고 다니며, 이로써 천지 사방에 화살을 쏜다. 천지사방이란 남자가 일을 하는 곳이다. 고로 반드시 먼저 그 일을 하는 곳에서 뜻을 세우고, 이후에 감히 곡식을 사용하여 밥을 먹는 것을 말한다.

활을 쏘는 것은 인(仁)의 도(道)이다. 활을 쏘아 자신을 바르게 하는 것을 추구한다. 자신을 바르게 한 이후에야 활을 쏜다. 활을 쏘아 중심에 맞지 않으면 즉 이긴 자를 원망하지 않고, 자신에게서 그 이유를 구하고자 한다.

공자가 말했다. 활을 쏘는 자는 어떻게 쏘아야 하는가? 어떻게 소리를 들어야 하는가? 소리를 좇아 활을 쏘고, 활을 쏘되 그 정곡을 놓치지 아니하니, 그것이 현자가 아니고 무엇이겠는가? 만약 볼품없는 사람이라면, 어찌 중심을 맞출 수 있겠는가?[31]

'중심을 맞추는가[射中]'의 여부로써 현명함과 어리석음을 비교하고 판

---

[31] 모두 『十三經注疏·禮記正義』(中華書局, 1980)에 기록되어 있다.

단한다. 한자로 그것을 증명해 보니 정말 인쇄라도 한 듯 꼭 같다.

첫째, 과유불급(過猶不及)에서 '지나친 것(過)'은 미치지 못함과 같다고 한 것은 맞추지 못하면 그것이 '지나친 것[過]'이며, 지나치면[過] '해(害)'가 되고, '화(禍)'가 된다는 것이다. 이것은 아래 글자들의 비교 속에서도 발견된다.

> 화(禍): '해를 끼치다'는 뜻이다. '신이 복을 내려주지 않다'는 뜻이
> 다. 시(示)가 의미부이고 괘(咼)가 소리부이다.(害也, 神不福也,
> 从示咼聲.)(『설문·시(示)부수』)
>
> 과(過): '건너다'는 뜻이다. 착(辵)이 의미부이고 괘(咼)가 소리부이
> 다.(過, 度也, 从辵咼聲.)(『설문·착(辵)부수』)

둘째, 아래 나열된 것들을 대비하면 말속에는 기쁨의 뜻이 있고, 점복(卜) 중에는 행할 바가 있고, 마음속에는 공경심이 있음을 분명히 드러내고 있으니, 모두가 같은 근원에서부터 나온 것이다.

> 억(音): '기쁘다'는 뜻이다. 언(言)도 의미부이고 중(中)도 의미부이
> 다.(音: 快也. 从言从中.)(『설문·언(言)부수』)
> 내 생각은 이렇다. '쾌(快)'는 호(好)와 같다. 장상(張相)의 『시사곡
> 어사회석(詩詞曲語詞匯釋)』의 '쾌(快)'에 관한 부분을 참고하
> 라. '쾌(快)'는 '질(疾)'이다. '질(疾)'은 적중했다(中)라는 뜻이
> 다.(『관추편』 참조)
>
> 용(用): '시행할 수 있다'는 뜻이다. 복(卜)이 의미부이고 중(中)도 의
> 미부이다.(用: 可施行也. 从卜从中.)(『설문·용(用)부수』)
> 내 생각은 이렇다. 『정성(定聲)』에 의하면, 중(中)이 소리부이다.

충(忠): '공경하다'는 뜻이다. 심(心)이 의미부이고 중(中)이 소리부이다. ……『효경』에 충은 바르다는 뜻이라고 했다. …… 충은 덕의 바름이다.(忠: 敬也. 從心中聲. ……『孝經』: 忠, 直也. …… 忠, 德之正也.)(『설문통훈정성·봉(丰)부수』제1권)

셋째, 정중(正中)이란 '정도를 벗어나면 쓸모없어진다(反正爲乏)'라는 말인데, '핍(乏)'은 들어맞아 쓰이지 않는다는 것과 같은 말이다. 이러한 관념은 아래 글자들의 비교에서 살펴볼 수 있다.

정(正): '옳다'는 뜻이다. 지(止)가 의미부이며, 일(一)로써 그치게(止) 하다는 뜻이다.(正: 是也. 从止, 一以止.)(『설문·지(止)부수』)

시(是): '곧다'는 뜻이다. 일(日)과 정(正)이 모두 의미부이다.(是: 直也. 从日正.)(『설문·시(是)부수』)

핍(乏):『춘추전』에서 '정도에 벗어나면 쓸모 없어진다'라고 하였다.(乏:『春秋傳』曰: 反正爲乏.)(『설문·정(正)부수』)

내 생각은 이렇다. '핍(乏)'의 본질을 보면, 고대의 활쏘기 의식에서 과녁을 맞혔는지를 불러주는 사람이 화살을 피하기 위해 사용했던 도구를 가리키는 것이며, 그 모습은 대략 병풍과 비슷하게 생겼고, 가죽으로 만들어졌으며, 달리 용(容)이라고도 불렀다. '핍(乏)'의 쓰임을 보면, '중(中)'에 맞지 않는 것을 위해 쓰는 것이다.『주례·하관·복불씨(服不氏)』에 '활을 쏘면 과녁에 길게 맞추는데[贊張侯], 깃발로써 맞지 않은 것을 표하고 기다렸다가 그것을 가져온다.'라고 하였다. 이에 대해, 정현은 두자춘이 말한 것을 인용하여 '핍(乏)은 궤핍(匱乏)이라고 할 때의 핍(乏)으로 읽는다. 화살을 가져오는

자가 가리는 것이다.'라고 주석하였다. 장형(張衡)은 「동경
부(東京賦)」」에서 '세 개의 핍(乏)을 설치해 놓고, 사정(司旌:
화살이 목표물에 맞았는지 여부를 알리기 위해 깃발을 올리는 관
리)이 뒤에 숨는다.'라고 했는데, 벽종(薛綜)은 '핍(乏)은 가죽
으로 만들었는데, 깃발을 잡고 있는 자를 화살로부터 보호
하기 위한 것이다.'라고 풀이하였다.(핍(乏)의 그림 참조)

핍(乏)

　글자들을 순서에 따라 배열해 보면, 예의 규범에서 인격 수양까지 구체
적으로 드러내고 있다. 사'중'(射'中'), 집'중'(執'中'), 취'중'(取'中'), 용'중'(用
'中')이 그러하며, 그 흔적을 따라 깊이 들어갈수록 더욱 분명해진다.

'유(儒)'자의 본모습

'중(中)'자의 이미지 채택이 원래 어떤 주술적인 의식에서 왔음을 위에서 살펴보았다.

'중(中)'이 유학의 핵심개념이 되기까지, 그 내포된 의미는 유학의 사상에 의해 재창조된 것이다. 우리는 여기서 이미 폐기되어 버린 '중(中)'이라는 개념의 의미가 발생한 역사적 배경을 보충하고자 한다. 즉, 그 발원과 변화, 전승 과정을 살펴봄으로써 그 배경을 알 수 있을 것이다. 사실, 한자의 체계는 '유(儒)'와 관련된 출전이나 본래 모습을 충실하게 보존하고 있다. 가장 간단하면서도 유명한 말은 『한서·예문지·제자략』에서 제시하고 있는 '유가의 무리들은 사도(司徒)의 관직에서 나왔다(儒家者流, 蓋出於司徒之官.)'라는 학술적 연원을 밝힌 것으로, 사실 유가가 무사(巫史)의 마지막 후예였음을 알 수 있다.

전대의 학자들은 고대인들이 만물의 이름을 확정할 때, 가차를 사용하지 않았을 것이라 굳게 믿었었다. 게다가 상고의 것이라면 소박하고 곧다고 생각했다. 예컨대, 인명이나 관직명처럼 물상에서 무리를 취하여 갖춘 것이나, 새를 이용하여 관직을 기록한 것을 비롯해 기(夔)[32], 용(龍), 직(稷)[33], 설(契)[34], 주작, 호랑이, 곰, 큰곰과 같은 것 등이 모두 그러하다고 생각했었다.[35] 장태염(章太炎)은 『원유(原儒)』에서 다음과 같이 언급하였다.

---

32 (역주) 다리가 하나이며 용 비슷한 전설상의 동물.

33 (역주) 오곡의 신.

34 (역주) 상(商)왕조의 시조로, 설을 말함. 순(舜)임금의 신하.

35 『歷史語言硏究所集刊』제19본 『周易參同契考證』(中華書局, 1987) 인용.

이름을 유(儒)라고 했던 것은 유자(儒者)들이 술사(術士)였기 때문이다 (『설문』). 『태사공(太史公)·유림열전(儒林列傳)』에 '진나라 말기에 술사를 땅에 파묻었다.'라고 하였는데, 이것이 바로 세상에서 말하는 갱유(坑儒)이다. 사마상여(司馬相如)는 '열선(列仙)의 유가들은 산천에 거처하였는데, 매우 여윈 모습을 형용한 것이다.'라고 하였다. …… 왕충(王充)은 「유증(儒增)」, 「도허(道虛)」, 「담천(談天)」, 「설일(說日)」, 「시응(是應)」에서 유서(儒書)에서 대표적으로 거론한 것들이 있는데, '노반이 나무를 새겨 연을 만들었다(魯般刻鳶)'[36], '유기가 버들잎을 적중시켰다(由基中楊)'[37], …… '황제가 용을 타고(黃帝騎龍)', '회남왕의 개가 하늘에서 짖고', '닭이 구름 속에서 울며', '태양 속에는 다리가 셋인 새가 있으며', '달 속에는 토끼와 두꺼비가 있다.'는 것들이 그렇다. 이것은 유명한 도가, 묵가, 형법가, 음양가, 신선의 논리들이며, 다른 잡가가 기록한 것도 있다. 「열전」에서 기록한 바로는 유가의 것이라 말하지만, 모두가 같은 부류임이 명백하다. 유(儒)의 명칭은 '수(需)'에서 나왔다는 것이 옳을 것이다. 수(需)는 하늘 위로 구름이 떠 있는 것을 말하는데, 유가(儒家) 또한 천문을 알고 날씨를 파악한다. 어떻게 그것을 잘 알 수 있는가? 하늘에서 장차 비가 내릴 것을 아는 새는 도요새이고(『설문』), 가뭄이 그치도록 춤을 추는 자를 의관(衣冠)으로 삼았다. 도요새나 의관(衣冠)은 모두 술씨관(術氏冠)이며, 달리 환관(圜冠)이라고도 한다. 장주(莊周)는 '유자(儒者)나

---

36 (역주) 유학의 문헌에서는 "노반(魯般)과 묵자(墨子)의 기교가 뛰어나, 나무로 연을 새겨 만들었는데, 삼일 동안 날아다니며 모이지 않았다.(儒書稱: '魯般, 墨子之巧, 刻木爲鳶, 飛之三日而不集.')"라고 했다.

37 (역주) 『전국책·서주책(西周策)』에서는 "초(楚)나라에는 양유기라는 활을 잘 쏘는 자가 있었는데, 버드나무잎을 백 걸음 뒤에서 쏘아도 백발백중이었다.(楚有養由基者, 善射, 去柳葉百步而射之, 百發百中.)"라고 했다.

환관(圜冠)을 머리에 쓰는 자는 하늘의 때를 알았으며, 구구(句屨)를 신은 자는 지형을 잘 알았고, 패결(佩玦)을 늘어뜨린 자는 일이 이르게 되면 그것을 판단한다'고 말하였다. 밝은 별들과 함께 춤추고 탄식하며 비를 기원하는 것을 유(儒)라고 부른다. …… 고대의 유자(儒者)들은 천문을 보고 점치는 것을 알았으며, 그것에 재주가 많다고 하였다. 고로 두루두루 아홉 가지 재능[九能]을 시행하는 것으로는 술자(術者)가 있었는데 그것을 모두 겸비하였다.[38]

갑골학자 서중서(徐中舒)는 「갑골문에 보이는 유(儒)(甲骨文中所見的儒)」라는 글에서, 어원학적인 의미로부터 장태염의 설명을 더 상세하게 발전시켰다.

68 🦅   69 🦅   70 🦅

유자(儒者)는 은상 시대에도 이미 존재하였다. 갑골문에 '수(需)'자가 있는데 이것이 바로 '유(儒)'자의 원시적인 모습이다. 🦅(68)(『京津』2069), 🦅(69)(『續存』1859). 🦅(68)는 대(大)가 의미부이고 🦅(70)가 의미부이다. 대(大)는 사람의 모양을 본뜬 것이며, 🦅(70)는 물의 형상을 본뜬 것이다. 전체 글자는 물을 들이부으며 목욕을 하고 몸을 적시는 형태를 본뜬 것이다. 옛날 사람들은 아직 커다란 대야를 만들어 목욕하지 못하였기 때문에 단지 물을 정수리부터 부으며 씻을 수밖에 없었으니 지금의 목욕과 같다. 🦅(68)는 바로 사람이 몸을 씻을 때 물이 정수리부터 아래로 흘러내리는 모양을 본뜬 것이다.[39]

---

38 『章氏叢書·國故論衡』하권.
39 『四川大學學報』4(1975).

얼마 후, 이 학설은 서중서가 주편한 『갑골문자전』에 실렸다.

71 ⫶   72 ⫶   73 𡘭   74 霝   75 霝

유(儒)는 대(大)가 의미부이고 ⫶(71) 혹은 ⫶(72)도 의미부이다. 사람
이 목욕하면서 몸을 적시는 모양을 본뜬 것으로 '유(濡)'의 초기 문
자이다. 은나라 때의 금문에서는 𡘭(73)(「父辛鼎」)과 같이 썼는데, 갑
골문과 대략 비슷하다. 주나라 때의 금문은 霝(74)(「盂簋」)나 霝(75)
(「白公父簠」)로 와변되었으며, 『설문』에 이르면 우(雨)가 의미부이고
이(而)도 의미부인 모습의 전서체인 '수(需)'로 잘못 쓰이게 되었다.
상고시대의 원시종교는 제례를 행하기 전에 예식을 집전하는 자가
반드시 목욕재계하여 정성과 공경을 다하게 하였다. 그런 까닭에
후세에서는 '수(需)'를 예식을 집전하는 자의 전문 명칭으로 삼게 되
었다. '수(需)'는 본래 사람의 커다란 형태를 본뜬 것으로, '수(需)'자
본래의 뜻과는 다르게 전해진 것이다. 후세 사람들은 다시 편방 '인
(人)'을 더하여 '유(儒)'자를 만들었는데, 일들이 번잡해지고 늘어난
이후의 글자이다.

갑골 복사에서의 예들을 살펴보면, 서중서의 학설과 서로 증명이 됨을
알 수 있다.

……정말 목욕재계를 하면 병이 나을까요?(……允濡疒)(『일(佚)』743)
……목욕재계를 하지……(……勿濡……)(『후하(後下)』28, 14)

이상의 예에서 가리키는 것은 모두 목욕재계하는 의식에 관한 것이

다.[40]

이것과 유가가 강조하는 '수신(修身)'이라는 의미와 서로 상응하고 있다. 앞에서 '수신(修身)'이라는 것이 원래 '목욕'의 의식에서 이미지를 가져온 것임을 이미 살펴보았으며, 필자도 『한자와 심미관[漢語文字與審美心理]』 '문식편(文飾篇)'에서 설명한 바 있다.

물을 끼얹어 몸을 적시는 것이 어떻게 '유(儒)'와 의미적 관계를 가진다는 것인가? 서중서는 종교에서의 목욕재계의 필요성이라는 측면에서 이에 대해 해석하였다. "고대의 유자(儒者)는 의식[禮儀]을 집전하기 전에 반드시 먼저 목욕재계하였다. 『예기·유행(儒行)』에 바로 '유자(儒者)는 몸을 씻고 목욕하는 덕을 갖고 있다.(儒有澡身而浴德)'라는 말이 있다. 『맹자·이루(離婁)』에서도 목욕재계의 종교적인 정화의 기능에 대해 설명하였다. '비록 악인일지라도 목욕재계하고 나면 상제를 모실 수 있다.(雖有惡人, 齋戒沐浴則可以事上帝.)'"이로써, 갑골문의 '유(儒)'는 몸을 적시며 목욕하는 형상을 본뜬 것이며, 원래는 그 성직에 종사하는 특징을 뚜렷이 드러낸 것임을 알 수 있다.

일본의 한학자 시라카와 시즈카(白川靜)도 유(儒)가 무(巫)로부터 기원하였다는 문제를 독특한 논리로 증명하고 있다. 시라카와 시즈카는 1970년대 전후로 발표한 『'유(儒)'의 원류(儒的源流)』와 『중국고대문화(中國古代文化)』 등과 같은 논저에서 중국 문명과 무축(巫祝) 문화 전통의 연원 관계에 대해 전면적으로 논술하였으며, 공자, 묵자, 노자, 장자 등과 같은 제자백가들의 학문이 모두 사제(祭司)계급에서 나왔다고 주장했다. 유(儒)의 종교적 배경에 관하여 그는 스스로 무축(巫祝)을 이용하여 희생이 되어 비를 기원하는 활동에서 나온 것이라 여겼다. 즉 "희생을 바칠 때 무축(巫祝)을 사용하는데, 머리카락이 잘려 비를 기원하는 데 쓰이는 희생자가 유(儒)

---

40 『甲骨文字典』제8권, 878~879쪽.

이다. 유(儒)에는 비가 내리도록 기원하기 위해 머리카락을 자르는 모양을 한 무당이라는 의미가 포함되어 있다. 이와 같은 무축(巫祝)이 바로 유(儒)의 원류이다. 이 희생자-무당은 또한 어떤 때는 불살라 죽기도 했는데, 탕(湯) 임금의 신화에서 이러한 형식을 채택하기도 했다. 『문선·사현부(思玄賦)』에서 이선(李善)은 『회남자』의 문장을 인용하여 이렇게 풀이하였다. '탕(湯) 임금 때 7년의 큰 가뭄이 있었는데, 사람을 제물로 삼아 하늘에 제사지내고 점을 쳤는데, 당시의 탕(湯)이 직접 그 일을 맡았다. 그 문장에 ……'라고 했다. 무당을 불태우는 풍속은 아마도 고대 성왕들의 고사를 반영한 것이 아니었겠는가!"라고 했다. 유(儒)는 스스로 법술을 행하던 무축(巫祝)에서 나온 것이며, 유가학파도 당연히 이 계급에서 그 근원을 찾아볼 수 있다. 시라카와 시즈카는 같은 책에서 또 다음과 같이 말하고 있다. "유가가 무축(巫祝)의 학문에서 가장 빨리 나온 학파로, 주(周)나라의 예악을 주요 교수 과목으로 삼았고, 예교문화의 창시자인 주공(周公)에 의해 이상화 되었다. 주공은 주나라 초기에 소위 '명보(明保)'라고 하는 성직의 지위에 있었던 사람이었다." 이처럼 상탕(商湯)에서부터 주공에 이르기까지, 그리고 다시 공자에 이르기까지 무(巫)에서 연유된 유(儒)의 변천과정은 대체로 분명한 단서를 가지고 있다.[41]

'중(中)'을 포함한 주술의식에서 출발한 일련의 사상 개념에 대한 개괄과 재해석이라는 이러한 과정에서 유학에 특유한 기능적 의미를 부여하는 것-무속에서 출발하여 유(儒)가 된-은 매우 자연스러운 일일 것이다.

또 '중(中)'과 '종(鐘)'이라는 두 글자는 고대음 계통에서는 동원자(同源字)로 볼 수 있다는 사실도 부가하여 설명해도 무방할 것이다. '중(中)'은 통섭(通攝), 지(知)모, 동(東)운, 합구(合口), 삼등(三等)음, 평성(平聲)자에 속하며, '종(鐘)'은 통섭(通攝), 장(章)모, 동(東)운, 합구(合口), 삼등(三等)음, 평

---

41 葉舒憲, 『詩經的文化闡釋』(湖北人民出版社, 1994), 225~227쪽.

성자이다. 옛날에는 설상음(舌上音)이 없었기 때문에 두 글자의 독음은 매우 근접했다.『설문해자·금(金)부수』에서 "종(鐘)은 악기의 종을 말한다. 추분 때의 음악은 파종한 만물이 다 성장했음을 상징한다. 종(鎗)은 종(鐘)자인데, 간혹 용(甬)으로 구성되기도 한다.(鐘: 樂鐘也, 秋分之音, 物種成. 鎗·鐘或從甬.)"라고 했다. 여기서는 독음이 같은 글자로 뜻풀이를 한 성훈(聲訓)법을 운용하였다.『설문통훈정성·풍(豐)부수 제1』에서 이렇게 말했다. "[풍(豐)은] 종(鐘)과 같다(성훈).『회남자·천문』에서 '종(鐘)이라는 것은 기(氣)가 번식하는 곳이다. 음악에서 황종과 비교할 수 있다.(鐘者, 氣之所種也, 音比黃鐘.)'라고 하였으며, 그에 대한 주석에서 '종(鐘)은 모이다[聚]는 뜻이다'라고 하였다. 필자의 생각은 이렇다. 종(鐘)이라는 글자를 가득 차다[實]는 뜻으로 풀이하고, 종(鐘)이라는 글자를 모이다[叢]는 뜻으로 가차하였다.『소이아(小爾雅)·광고(廣詁)』에서 '종(鐘)은 모이다는 뜻이다(鐘, 叢也.)'라고 하였으며,『한서·율력지(律歷志)』에서는 '종(鐘)은 종(種)과 같아 곡식을 심다는 뜻이다(鐘者, 種也.)'라고 했다. …… 또『석명』에서는 '종(鐘)은 비어 있다[空]는 뜻이다. 속이 비어 있으니 받아들이는 기운이 많고, 따라서 소리가 크다는 뜻이다(鐘, 空也, 內空受氣多, 故聲大也.)'." 이밖에도『예기·교특생(郊特牲)』에서는 제천의식의 예의범절에 대해 상세하게 서술하였는데, 그중에서 '종(鐘)'이라는 악기의 사용과 관련된 내용 또한 깊이 음미해 볼만한 하다.

거북이를 앞줄에 놓는 것은 거북이 일어날 일을 미리 알기 때문이다. 종을 그 다음에 놓아 이로써 참여한 것들의 위치가 조화롭게 하였다. 호랑이와 표범의 가죽은 맹수들이 복종함을 보이기 위한 것이다.(龜爲前列, 先知也; 鐘次之, 以和居參之也; 虎豹之皮, 示服猛也.)

정현은 "종(鐘)은 쇠이다. …… 쇠로써 뜰 안을 머물게 하니, 조화로움을 보여주는 것이다."라고 풀이하였다.『정의(正義)』에서는 이렇게 말했다.

거북이는 신령함을 알려주는 동물이니, 그것을 뜰에다 나열할 때는 가
장 앞에다 배치하였다. 그래서 먼저 알린다고 한 것이다. 종(鐘)을
그 다음에 놓는다고 한 것은 종(鐘)은 쇠이니, 쇠[金]를 나열하는 것
은 금(金)이 거북이의 뒤에 놓이기 때문이다. 그것을 쇠[金]라 하지
않고, 종(鐘)이라 부른 것은 귀한 쇠[金]로 왕이 쓸 기물을 만들어 바
쳤는데, 기물 중에서 종(鐘)보다 더 큰 것은 없기 때문이다. 고로 종
(鐘)을 그 다음에 놓았다고 했던 것이다. 이로써 세 가지의 위치를
조화롭게 하였다는 것은 쇠로써 거북이의 다음에 놓은 뜻을 풀이한
것이다. 쇠의 성질은 유화하므로 시간에 따라 변화한다. 쇠는 앞에
는 거북이를 놓고 뒤에는 가죽과 비단을 채웠는데, 이것은 쇠[金]를
거북이와 비단의 중간에 끼워놓은 것으로, 따라서 조화로써 그것에
섞이게 하는 것을 이르는 것이다. 호랑이와 표범의 가죽은 맹수가
복종함을 나타내는 것이라 한 것은 뜰 안에 가죽이 있는 의미를 풀
이한 것이다. 호랑이와 표범은 위험하고 사나운 짐승이다. 지금 가
죽을 얻어 왕궁의 뜰에 늘어놓은 것은 군신의 덕이 능히 사방의 위
협적이고 사나운 것들을 굴복시킬 수 있음을 표시한 것이다.

후인들이 유학의 억지스런 비교-상징 사유의 특징을 이해할 수 있도
록 해설하고 있다. 예례 의식 중에 진설되는 물품들은 서로 다른 것이지
만 또한 내재된 관계 속에서 상징적 의의를 찾을 수 있도록 부여되어지고
구분된다. 거북이의 모양은 지성을 상징한다. 따라서 점복에는 거북이를
많이 사용하고 있다. 호랑이나 표범의 가죽은 용맹하고 과감함을 상징하
며, 종(鐘)은 두 가지의 사이에 머무름을 상징한다. 지성과 용맹의 관계를
조합하는 작용을 발휘하여, 각각의 성질이 판이하게 다르고 처한 바가 극

과 극인 사물도 하나로 조화되고, 하나로 구성되게 한다. 위에서 말한 '종(鐘)'과 '중(中)' 두 문자로부터 유학자들이 사물의 형상에 이름을 붙인 과정을 추적하면서 부여된 동원(同源) 관계로 볼 때, 여기서 말하는 것에는 중(中)의 복종 관계가 빠져있는 것 같다.

제5절. 보충설명

몇 가지의 증거 자료

보충설명 1.

완궁보(阮宮保)는 『적고재종정이기관지(積古齋鐘鼎彝器款識)』의 「호보정정(虎父丁鼎)」에서 이렇게 말했다. "옛날의 기물은 매번 호랑이 무늬를 만들어 맹수를 복종시킨다는 의미를 취하였다. 『주관(周官)』의 육의(六彝)에 호랑이 잔이 있는 것과 같다."[42]

보충설명 2.

또 위와 같은 자료의 「입과부신준(立戈父辛尊)」에서 이렇게 말했다. "활의 중앙을 ○와 같이 만들었는데, 줌통[拊]의 모양을 본뜬 것이다. 『예기·곡례』에 '왼손으로 줌통[拊]을 잡는다(左手承拊)'라는 말이 있는데, 주석에서 줌통[拊]은 가운데를 쥐는 것이라고 하였다. 『석명』에서도 '활의 중앙을 부(拊)라고 한다. 부(拊)는 무(撫)와 같아 어루만지다는 뜻이다. 사람이

---

42 『學海堂經解』제1057권(上海書店, 1988).

손에 쥐다는 뜻이다.(弓中央曰弣. 弣, 撫也, 人所撫持也.)'라고 하였다." 필원(畢沅)은 "중앙이란 사람 손의 꽉 쥐는 부분이다"라고 풀이하였는데, 모두가 관련된 자료들이다.

보충설명 3.
전대흔(錢大昕)은 『잠연당문집(潛研堂文集)』의 '중용(中庸)'조의 아래에 이렇게 말했다. "중용의 의미는 무엇인가? 천지의 도, 제왕의 다스림, 성현의 학문이 모두가 중(中)의 밖에 있는 것이 아니다. 중(中)이란 넘치지도 모자라지도 않는 것을 말한다. 요(堯)가 순(舜)에게 왕위를 전하면서 진실로 모든 일에 있어 중간을 유지할 것을 말하였으며, 순 역시 이것을 우(禹)에게 명하였다. 구주(九疇)의 땅에 홍수가 범람하니, 하늘이 우(禹)에게 내리신 바이다. 오(五)를 구주(九疇)의 중앙에 두니, 그런 까닭에 황극(皇極)을 건설하여 썼다고 이르는 것이다. 황극이란 커다란 중심을 이르는 것이다. 공자는 『역(易)』 10익(翼)을 지어 그것을 풀이하여 전하기를, 중(中)은 33이라고 말하였는데, 「상전(象傳)」에서는 중(中)을 30이라고 하였다. 그들이 중(中)이라 한 것은 정중(正中), 시중(時中), 대중(大中), 중도(中道), 중행(中行), 행중(行中), 강중(剛中), 유중(柔中)이라 이른 것들이다. 강약은 중(中)이 아니며, 중(中)을 얻으면 허물이 없는 법이니, 고로 늘 역 64괘 384효를 일러 한마디로 말하자면 중(中)일 따름이라 하였던 것이다. ……"[43]

보충설명 4.
경학의 대가들이 사물의 이름과 형상을 살피고 경전과 제도를 고찰한 것에 따르면, 중(中)자로부터 중국 유학사상을 재구하는 기초가 만들어졌으며 이로부터 생겨난 주술적 배경을 살펴볼 수 있다. 즉 앞에서 논의한

---

43 『淸經解』 제443권 참조.

'후제(侯制)'를 갖고 말하자면, 대진(戴震)은 『고공기(考工記)』의 도해설명을 지어 이에 대해 전문적으로 논술한 바 있는데, 고찰과 해설이 매우 상세하다. 다음을 보자.

"목수가 과녁을 만들기 위해 넓고 높게 사각형을 만들어, 그 넓이를 삼등분하고, 흰 부분[鵠]을 그 가운데에 두었다." 이에 대해 이렇게 주석한다. "높고 넓고 균등한 것은 과녁의 중앙이 된다. 천자가 활을 쏠 때의 예는 9단계의 절차가 있으며, 과녁의 길은 90궁(弓)이며, 1궁(弓) 2촌이 과녁의 중앙이 된다. 높고 넓고 균등하니 천자의 과녁의 중심은 8척이며, 그 나라에서 제후들 역시 그러하였다. 흰 부분[鵠]은 쏘는 곳으로 가죽으로 만드는데, 후(侯)와 같다.(疏에 이르길 虎侯와 같은 것은 호랑이 가죽으로 그 측면을 장식하고 곡(鵠) 또한 호랑이 가죽을 사용하였다. 나머지 곰이나 표범, 고라니 등도 역시 마찬가지였다고 하였다.) 과녁의 중심을 3분의 1로 하였는데, 흰 부분[鵠]은 사방으로 6척이었으며, 대사(大射)일 때에만 가죽으로 과녁을 장식하였다. 대사(大射)란 제사를 지낼 때 활을 쏘는 것이다. 그것은 빈사(賓射)와 연사(燕射)가 있을 때에도 장식한다."

"위 두 개와 그 몸체는 3이고, 아래 두 개는 그것의 절반이다." 이에 대해 이렇게 주석한다. "……과녁은 위가 넓고 아래는 좁으니, 사람의 형상에서 본뜬 것이다. 팔을 벌리면 8척이고, 다리를 벌리면 6척이니 이것은 형상을 본떠 따른 것이다. ……"

"가죽 과녁을 펼쳐 곡(鵠)을 쏘니 봄에는 이로써 제사를 지내었다." 이에 대해 이렇게 주석한다. "가죽 과녁이란 가죽으로 장식한 과녁이다. 사구직(司裘職)에서 이렇게 말했다. 왕은 대사(大射)가 있으면 호후(虎侯), 웅후(熊侯), 표후(豹侯)에 곡(鵠)을 설치하고 이것을 후(侯)라고 일컬었다. 천자는 제사를 지낼 때, 반드시 제후와 군신들과 함께 활을 쏘아야만 한다고 말하였다." 또 이를 보충하여 이렇게 주석한다. "사계절의 제사는 봄부터 시작하므로 봄을 들어 이것을 말한 것이다. 공(功)은 사(事)와 같다. 제사를 사(事)라고 말하는데, 제사를 받드는 것이다. 제사는 사(事) 중에서 가장 큰 일이다. 왕은 교외에 있는 종묘에 제사를 지내고자 할 때, 활쏘기로써 제후와 군신, 나라에 공이 있는 선비를 가려 뽑아 이들과 제사를 함께 지내었다."

"다섯 가지 색의 과녁을 펼치니 나라에서 멀리 떨어진 자들도 복종하였다." 이에 대해 이렇게 주석한다. "다섯 가지 색의 과녁이란 다섯 가지 색으로 가운데 그림을 그린 과녁을 말한다. 나라에서 멀리 있는 자가 복종한다는 것은 제후들이 조회할 때, 왕은 이 과녁을 펼쳐놓고 활을 쏘았는데, 즉 소위 말하는 빈사(賓射)이다. 정방형의 중앙은 바깥으로는 곡과 같고, 안으로는 2척이 된다. 다섯 가지 색이란, 가장 안쪽을 자주색, 그 다음을 흰색, 그 다음을 푸른색, 그 다음을 노란 색, 그리고 검정색을 그 다음에 칠한 것이다. 그 과녁의 장식은 또한 다섯 가지 색으로 그림을 그린 것을 기(氣)라고 한다."

"수후(獸侯)를 펼치니 왕은 이로써 멈추고 연회를 베푼다." 이에 대해 이렇게 주석한다. "수후(獸侯)란 짐승의 그림을 그린 과녁이다. 「향사기(鄕射記)」에서 이렇게 말했다. 과녁의 경우, 천자의 웅후(熊侯)는 흰바탕(白質)이며, 제후의 미후(麋侯)는 붉은 바탕(赤質)이고, 대부의 포후(布侯)는 호랑이와 표범을 그리고, 선비의 포후(布侯)는 사슴과 돼지를 그린다. 무릇 그림은 붉은 바탕이며, 이것이 수후(獸侯)와의 차이점이다. 식(息)이란 농업을 멈추고 늙은이를 쉬게 한다는 뜻이다.……"

　"제후(祭侯)의 예는 술과 육포, 육장으로써 하는데, 다음과 같이 말하면서 한다. 오로지 녕후(寧侯)와 같을 뿐이라, 혹시 너는 불녕후(不寧侯)하지 않도록 하여라. 왕이 계신 곳에 조회하지 않으면, 펼쳐 너를 활로 쏘리라. 강제로 먹고 마시게 하며 너를 다스려 자손들과 제후들과 만복을 누리리라." 이에 대해 이렇게 주석한다. "사마(司馬)는 잔을 채우고 잡은 것을 바치는 자로 후(侯)에 육포와 육장을 잘라 적대에 담아 바치며, 획(獲)이란 제후(祭侯)를 관장하는 것이다. 약(若)은 여(女)와 같다. 녕(寧)은 안녕하다는 뜻이다. 약(若)은 같다는 뜻이다. 속(屬)은 조회와 같다. 항(抗)은 들다, 펼치다의 뜻이다. 증손제후(曾孫諸侯)는 네가 후세에 제후가 될 것이라는 말이다."

　필자의 생각은 이렇다. 첨부된 「도략(圖略)」에 의하면 '후제(侯制)'를 한번 거론하였지만, 미루어 추측하는 데는 아무런 문제가 없을 것이다.[44]

　보충설명 5.
　문자를 고찰했던 청나라 학자들의 '정(正)'에 대한 설명에 따르면, 본편에서 '중(中)' 및 '핍(乏)'을 해석해 놓은 것과 서로 증명할 수 있을 것이다. 주준성은 『설문통훈정성·정(鼎)부수 제17』에서 '정(正)'자 아래에서 이렇게 고찰하였다.

　　정(正)은 지(止)가 의미부이고, 일(一)로써 그치게 하다[止]는 뜻이다.
　　고문체에서는 상(二)으로 구성되었는데, 상(二)은 상(上)의 고문체이

---

44 『淸經解』제563권(上海書店, 1988), '學海堂本' 참조.

다. 또 일(一)과 족(足)으로 구성된 것도 있는데, 족(足) 역시 지(止)와 같은 뜻이다. 이 글자의 원래 뜻에 의하면, 과녁의 중앙[侯中]이 되는 것이 마땅하다. 네모난 형태를 본떴으니, 그래서 지(止)를 의미부라 한 것이며, 화살이 또한 그치는 곳이다. 사실 형태가 지(止)와 유사한데, 이 때문에 족(足)을 의미부로 잘못 쓴 글자가 있었던 것이다. 앞[前]이라고 잘못 말했다가 뒤[後]라고 형태를 변화시켰다. 화살이 맞으면 정(正)이라 하고, 화살이 벗어나면 핍(乏)이라고 하였다. 그래서 정(正)의 반대가 핍(乏)이 된 것이다. 『소이아·광기(廣器)』에서 이렇게 말했다. 곡(鵠)의 중앙을 정(正)이라 하는데, 정(正)은 사방으로 2척이다. 『주례·사구사농(司裘司農)』의 주석에서 이렇게 말했다. 사방 10척을 후(侯)라고 하고, 사방 4척을 곡(鵠)이라 하고, 사방 2척을 정(正)이라 하고, 사방 4촌을 질(質)이라고 한다. 『모시(毛詩)·의차(猗嗟)』 전(傳)의 설명도 마찬가지이다. 정현은 곡(鵠)과 정(正)은 가죽과 베로 만들어진 것을 구분하여 부른 이름이라고 했다. 모두 과녁을 3분의 1로 나누었고, 똑같이 4척으로 했다. 그리하여 『주례·사인(射人)』의 주석에서는 옛 학설을 따르지 않은 것이다. 정현의 설이 옳다고 생각한다. 『의례·대사의(大射儀)』의 주석에서 정(正)은 또 새의 이름이라고 하였다. ……『예기·중용(中庸)』에서 "화살이 정곡을 찔렀다.(失諸正鵠.)"라고 했는데, 이의 주석에서는 그림을 그린 베를 정(正)이라 하고 새의 가죽(栖皮)으로 만든 것을 곡(鵠)이라 한다고 했다. 또 소(疏)에서는, 정(正)은 손님의 과녁[侯]을 일컫는 것이고, 곡(鵠)은 대사(大射)의 과녁[侯]으로 사용된다고 했다.

이 해설은 '정(正)'과 '후제(侯制)'와 '사의(射儀)'의 관계를 매우 상세하게 설명하고 있다. 의리(義理)가 글자의 뜻풀이에 있으며, 도의 근원은 명물(名物)과 제도(制度)에 있다. 이것이 바로 그 예라 하기에 충분하다 하겠다.

유가 도덕 이념의
통합에 관한 고찰

이전 세상에서 실제 쓰였던 것과 관습은 언제나 후대에서 의식(儀式)으로 변하기 마련이다. 예(禮)라는 것은 언제나 옛것을 쫓는 법, 그래서 모든 생활에서의 폐기된 것들이 돌아가 모이게 되는 것이며, 이후 왕들의 의장(儀仗)들은 모두 옛날 전쟁에서 쓰이던 무기들이고, 오늘날의 부장품들 또한 옛날에 쓰이던 기물들이다[1]. 한 세대 학문의 변화와 발전의 종적은 종종 고대의 명물제도 속에 존재하고 있다. 이러한 것들이 "그 처음에는 쓰임에 따라 가치지향[施藝]을 가졌으나, 이후에는 점점 이를 상실하여 예술적 존재(藝存)가 되었다." 이는 광서 지역의 청동 북의 형태와 변화를 살피면 이해할 수 있을 것이다.

왕국유(王國維)의 『관당집림(觀堂集林)』의 고증에 의하면, 은허복사에서 이미 예(禮)가 자주 쓰이고 있는데, 豊(76)처럼 되어 있음을 알 수 있다. 또 豊(76), 禮(77), 醴(78) 등은 출현 시기의 차이가 있을 뿐 사실은 같은 글자이다. 즉 豊(76)는 옛사람들이 신을 섬기던 제례에서 사용하던 옥을

---

1 陳槃, 「古社會田狩與祭祀之關係」, 『中央研究院歷史語言研究所集刊』제20본(하책)(中華書局, 1987).

나타내고 있으며, 醴(78)는 술로써 신을 섬기는 것을 그림으로써 이후에 나온 글자임이 분명하다. 신을 섬기는 이러한 의식은 고정화되어 여러 방면의 체제를 구성하게 되었으며, 몸체가 갖추어진 '체(體)'를 포함한 각종 글자들이 이로부터 만들어졌다. 이러한 '체용(體用)' 관계는 다음과 같은 일련의 글자들의 구성적 배열에서 구체적으로 드러난다.

76 豊(豐)　　　77 禮(禮)　　　78 醴(醴)　　　79 體(體)

례(豊): 의식을 행할 때 쓰는 기물을 말한다.
례(禮): 이행하다는 뜻이다. 신을 섬김으로써 복을 이르게 하다는 뜻
　　　이다. 시(示)와 례(豊)가 의미부인 회의구조이며, 례(豊)는 소
　　　리부도 겸하고 있다.
례(醴): 유(酉)가 의미부이고 례(豊)가 소리부이다. 『석명』에서 '례(醴)
　　　는 례(豊)와 같다.'고 했다.
체(體): 12속을 총괄하는 이름으로, 골(骨)이 의미부이고 례(豊)가 소
　　　리부이다.[2]

또 '랍(臘)'도 고대의 제례를 나타내는 글자인데, 이 글자는 '렵(獵)'에서 만들어졌다. 이들은 다음과 같은 대비가 가능하다.

렵(獵): 『풍속통의(風俗通義)·사전(祀典)』에서 "삼가 예전을 살펴건대,
　　　하나라 때에는 가평(嘉平)이라 했고, 은나라 때에는 청사
　　　(清祀)라 했으며, 주나라 때에는 대랍(大蠟)이라 했다."라고
　　　했다.

---

2 『說文通訓定聲·履部第十二』(武漢古籍書店, 1983).

랍(臘): 한나라 때에 랍(蠟)으로 바꾸었다. 랍(臘)은 렵(獵)과 같으며, 들에서 사냥하여 짐승을 잡아 그 선조에게 제사지냄을 말한다.

    '예(禮)'는 '덕(德)'의 외형화 된 형식이며, '덕(德)'은 '예(禮)'의 실질적인 내용이다. '예(禮)'자의 출현이 오랜 역사를 갖고 있기에, 여기에서는 먼저 '덕(德)'자의 발생 과정에 관해 살펴보고자 한다.

갑골문에서의 '덕德'의 의미 형상

은허 갑골문에서의 '덕(德)'자는 ⟨갑골자⟩, ⟨갑골자⟩, ⟨갑골자⟩, ⟨갑골자⟩, ⟨갑골자⟩(80)과 같은데, 그 구조적 의미에 관해서는 의견이 분분하여 일치된 결론을 내릴 수가 없다. 하지만 '덕(德)'자의 고문은 바로 직(直)[3]과 행(行)이나 척(彳)[4]이라는 의미 부호로 구성되어 있다고 생각한다.[5] 뿐만 아니라 '덕(德)'자의 고문은 바로 이 '직(直)'자가 소리부로 기능하고 있음을 알 수 있다. 직(直)은 고대음에서 정(定)모의 직(職)운에 속하며, '덕(德)'은 상고음 체계에서 단(端)모의 직(職)운에 속하고, 중고음에서는 '단(端)모, 덕(德)운, 개구호, 1등(一等)음, 입성(入聲), 증섭(曾攝)'으로 묘사되고 있다.

80	⟨갑골자⟩『갑(甲)』2304	⟨갑골자⟩	『을(乙)』375
	⟨갑골자⟩『전(戩)』39, 7	⟨갑골자⟩	『수(粹)』864
	⟨갑골자⟩『업(鄴)』初下, 29, 4		
81	⟨갑골자⟩『을(乙)』4678	⟨갑골자⟩	『전(前)』6, 7, 3
82	⟨갑골자⟩『갑(甲)』574	⟨갑골자⟩	『후(後)』2, 2, 12
	⟨갑골자⟩	⟨갑골자⟩	

---

3 ⟨갑골자⟩, ⟨갑골자⟩ (81) 참조.

4 ⟨갑골자⟩, ⟨갑골자⟩, ⟨갑골자⟩, ⟨갑골자⟩ (82) 참조. 그중에서 척(彳) 부수는 행(行)의 생략된 필사법으로 볼 수 있다.

5 『갑골문편』제2권 24쪽, 제12권 19쪽, 제2권 28쪽. 그 중 ⟨갑골자⟩, ⟨갑골자⟩, ⟨갑골자⟩, ⟨갑골자⟩ (82)의 마지막 줄은 부수에서 가져온 것이다.

'덕(德)'자의 고문은 彳, 彳亍(82)으로 구성되어, '사방으로 뚫린 길'이라는 의미를 나타내고 있다. 나진옥(羅振玉)은 "행(彳, 彳亍: 行)은 사방으로 난 사람이 다니는 곳을 말한다. …… 고대글자에서 행(行)으로 구성된 글자들은 간혹 왼쪽을 생략하거나 오른쪽을 생략하기도 하여 彳, 亍과 같이 쓰기도 했다."라고 했다[6]. 또 직(直)으로 구성되었다는 것은 '똑바로 보아 정확하다'는 의미를 나타내고 있다. 서중서는 이의 형체 변화를 비교하여 다음과 같이 설명했다. "눈[目]에다 세로획을 그린 것은 눈으로 매달린 것을 살펴 세로로 선 것을 측정할 수 있다는 뜻을 나타낸 것이다. 금문에서는……(「恒簋」)라고 적었는데, 세로획이 이미 +로 잘못 변했으며, 소전 단계에서는 十으로 잘못 변해 十과 丨이 잘못 변했다. 그리하여 十이 서로 같아져 버렸다. 『설문』에서 '直은 똑바로 보다는 뜻이다'라고 했다……". 은허복사에서 직(直)은 '마땅하다[當]'는 뜻으로 쓰였다. 다음을 보자.

물어봅니다. 경신일에 왕께서 출정하셔야만 하겠습니까?(貞: 庚申王直出?)(『일(佚)』57)

경술일에 점을 칩니다. 왕께서 대을께 希을 해야만 할까요?(庚戌卜, 王希直大乙?)(『철(綴)』1.549)

신미일 …… 왕께서 명령을 내려야만 할까요, 내리지 않아야만 할까요?(辛未……王作令或不直?)(『존(存)』1.2210)[7]

이상으로부터 고문 '덕(德)'자의 의미 형상은 바로 다음과 같은 것에 있었음을 알 수 있다. 즉 원시인들이 보기에 길의 양쪽이나 중앙에다 옳고 합당함을 나타내는 '직(直)'자를 그려 놓은 즉 이것이 바로 아무런 잘못이

---

6 『增訂殷墟書契考釋』. 徐中舒 主編, 『甲骨文字典』제2권에 보인다.

7 『甲骨文字典』제12권.

없는 행위의 준칙을 보장해 줄 수 있으며, 다시 말해 이는 궤도를 넘어 어떤 잘못을 범하게 되는 것을 막아주는 주술적 효력을 가지게 된다는 것이다. 덕(德)이 직(直)으로부터 독음을 취하고 의미를 가져왔을진대, 일반적인 '정도와 직행'의 글자적 의미를 가지게 되었다. 원초의 도덕적 형태는 '도로'에서 그 의미를 가져왔다. 이는 덕행(德行)이나 도덕(道德)처럼 도(道)로 구성되었거나 덕(德)과 결합된 많은 합성어에서 그 연관성을 찾아볼 수 있다[8]. 아니면 편한대로 부류를 연계시켜 비교해 보아도 좋을 것이다. 『설문·행(行)부수』에서 구(衢)에 대해 "네 갈래 길을 구(衢)라고 하며, 행(行)이 의미부이고 구(瞿)(其具切)가 소리부이다."라고 했다. '구(瞿)'를 소리부로 삼는 글자들은 곁으로 퍼져 나가다는 뜻을 가지고 있으므로, '구(衢)'자에 이러한 의미가 담기게 되었다. 『시경·주남(周南)·부이(苤苢)』에 관해서 육덕명은 『경전석문(經典釋文)』에서 『한시(韓詩)』를 인용하여 이르길, "곧은 것을 차전(車前)이라 하고 옆으로 퍼져 나간 것[瞿]을 부이(苤苢)라 한다. 옆으로 퍼져 나갔다는 것[瞿]은 가로로 자라나 사방으로 퍼진 것을 말한다. 그런 까닭에 곧음[直]과 대칭을 이루었다."라고 했다. 『한시』에서 곧은 것을 직상(直上)이라 했고, 옆으로 퍼져 나간 것을 방출(旁出)이라했다. 그래서 횡(橫)과 직(直)이 대칭이 된다. 『회남자·설림훈(說林訓)』에서 "큰 나무는 뿌리가 퍼져 나가 흙을 붙잡는다.(木大者根攫)"라고 했는데, 이는 큰 나무의 뿌리가 광범위하게 가지를 쳐 나간다고 한 말이다. 『상서·고명(顧命)』에서도 "한 사람은 긴 삼지창[戣]을 잡고서 동쪽 끝에 서 있고, 한 사람은 짧은 삼지창[瞿]을 들고서 서쪽 끝에 서 있네."라고 했는데, 『소(疏)』에서는 정현의 주석을 인용해 규(戣)와 구(瞿)는 오늘날의 삼지창을 말한다고 했다. 필자의 생각에 「고명」에서의 구(瞿)자의 경우 『광운』에서는 구(戵)라 하였고 이를 戟(갈래창)의 한 부류라 했다. 이는 「고명」의 『위

---

8 臧克和, 『漢語文字與審美心理』제4장 참조.

공전(僞孔傳)』에서 말한 규(戣)와 구(瞿)는 모두 극(戟)에 속하는 부류라고 한 것과 일치한다. 정현의 주석에 의하면, '구(戵)'로 이름 붙여진 것은 아마도 날이 셋으로 갈라졌기 때문일 것이다. 『석명·석도(釋道)』에서 "제(齊)와 노(魯) 지역에서는 네 갈래로 된 고무래[四齒杷]를 '구(欋)'라고 한다."라고 했는데, 이는 네 갈래로 갈라진 날 때문에 이름 붙여진 것임이 분명하다. 『설문·수(手)부수』에서 "확(攫)은 손으로 쥐다는 뜻으로 수(手)가 의미부이고 확(矍)이 소리부이다. 손으로 쥔다는 것은 손으로 물건을 쫙 쥘려면 다섯 손가락을 펴야 한다. 그래서 확(攫)이라 이름 붙여졌다."라고 했다. '덕(德)'자의 고대 필사법이 '직(直)'으로부터 이름 붙여졌을진대 '정직하고 합당하다'는 규범적 의미를 가짐은 당연한 이치일 것이다.

제2절.

『설문』에서의 '덕德'자의 연계

덕(德)은 행위규범이라는 최초의 의미로부터 조정기능이라는 의미로 변환되었는데, 이러한 정합과정은 『설문』에 수록된 글자 체계 속에 보존되어 있다.

덕(德)은 '자연의 도[天道]'에서부터 '사회의 도[人道]'로 변하는 과정으로, 마음이 바르고 곧다면 인간관계에서 안팎으로 서로 '얻을[得]' 수 있다.

덕(德): '올라가다'라는 뜻이다. 척(彳)이 의미부이고 덕(悳)이 소리부

이다.(德: 升也. 从彳聲.)(『설문·척(彳)부수)

득(得): '가서 얻는 바가 있다'라는 뜻이다. 척(彳)이 의미부이고 득(㝵)이 소리부이다.(得: 行有所得也. 从彳㝵聲.)(『설문·척(彳)부수)

덕(悳): 밖으로는 다른 사람에게서 얻어지고, 안으로는 자신에게서 얻어지는 것이 덕이다. 직(直)이 의미부이고 심(心)도 의미부이다.(悳: 外得于人內得于己也. 从直从心.)(『설문·심(心)부수)

전대흔의 『잠연당문집』에 실려 있는 「답문(答問)」편에서는 이렇게 말했다. "묻습니다. 『설문』에서 '덕(德)'자의 뜻을 '오르다[升]'라고 풀이했는데 그 의미를 잘 알지 못하겠습니다. 답은 이렇습니다. 고문에서 덕(德)과 득(得)은 서로 통용된다. 『공양전(公羊傳)』에서는 '그것을 얻어왔습니다.(登來之也.)'라고 했다. 제나라 말에서는 득(得)을 등(登)이라고 하는데, 등(登)은 승(升)과 같다." 그렇다면 『설문』 단계에서는 덕(悳)을 '도덕'의 본래 글자로 보았으며, 덕(悳)과 득(得)을 동원자로 본 것이다. 단옥재는 주석에서 이렇게 말했다. "(悳이) 대내적으로 자신에게 얻는 바가 있게 한다는 것은 몸과 마음에 스스로 얻는 바가 있다는 것을 말한 것이다. 대외적으로 남에게 얻는 바가 있게 한다는 것은 혜택을 베풀어 남으로 하여금 얻는 바가 있게 한다는 것을 말한다. 속자에서는 '덕(德)'자를 사용해 그것을 대신하는데, 덕(德)이라는 것은 '올라가다[升]'라는 뜻이다. 고문자에서는 간혹 득(得)자로 빌려 쓰기도 한다.……직(直)은 소리부로도 쓰였다."[9] 그래서 덕(悳)은 '서로 얻는다'는 뜻, 즉 인간관계에서의 상응하는 조정을 말한다.

덕(悳): 밖으로는 다른 사람에게서 얻어지고……(悳: 外得于人……)(『설문·심(心)부수)

---

9 『學海堂經解』, 『說文解字注』제10권(하편)「心部」.

치(値): '어떤 곳에 갖다 두다'라는 뜻이다. 인(人)이 의미부이고 직(直)이 소리부이다.(値: 措也. 从人直聲.)(『설문·인(人)부수)

　주준성은『설문통훈정성』에서 "혹은 다음과 같이 해석하기도 한다. 당(當)이라는 것은 논이 서로 같은 가치를 가지는 것을 말한다. 치(値)라는 것은 사람이 서로 상당[當]하다는 것을 말한다."[10]라고 하였다.
　'덕(德)'이 사람의 행동과 태도라는 측면에 체현되게 되면 바로 방정하며 함부로 하지 않아야 함을 나타내게 된다. 이는 유가 경전에서 다음과 같은 일련의 동원자들을 배열해 낼 수 있다.

직(直): 바로 보는 것을 말한다.(直: 正見也.)(『설문·은(乚)부수』)
덕(德): 올리다[升]는 뜻이다.(德: 升也.)(『설문·척(彳)부수』)

　『설문통훈정성·이(頤)부수 제5』에서는 문헌자료의 증거들을 인용하고 있다. 즉『상서·고요모(皐陶謨)』에서 "곧지만 온화하다.(直而溫)"라고 했는데, 정현은 "몸의 행동이 정직함을 말한다.(謂身行正直.)"라고 주석했다. 또『예기·옥조(玉藻)』에서는 "군자의 모양은 한가롭고 단아하다. 높은 지위에 있는 사람을 만나면 겸허하면서도 의연해야 한다. 발의 움직임은 신중해야 하며, 손의 모양은 공경스러워야 하고, 눈의 모양은 단아하고, 입의 모양은 안정되어 있으며, 목소리는 조용하게, 머리는 똑바로 들고, 숨 쉬는 것은 조용해야 하고, 서 있는 모습은 덕이 있어 보이고, 얼굴색은 장엄하며, 앉아 있을 때는 꼼짝 말아야 한다.(君子之容舒遲, 見所尊者齊遬. 足容重, 手容恭, 目容端, 口容止, 聲容靜, 頭容直, 氣容肅, 立容德, 色容莊, 坐如尸.)"[11]라고 했다. 일

---

10 『說文通訓定聲·頤部第五』.
11 『十三經注疏 · 禮記正義』제30권. 또『북당서초』제8권의 「위의(威儀)28」에서는 '正位凝命(자리에 바로 앉아 명령 내리는 것을 응시한다)', '臨朝淵嘿尊嚴若神(조정에 들 때에는 깊

거수일투족, 언어와 정신적인 측면에서 모두 정숙하고 정도에 합당하도록 요구하고 있음을 볼 수 있다. 중국어 외의 언어도 참고할만하다. 예컨대, 일본어에서 진지하고 정숙한 형태를 나타내는 단어가 '상호(相好)'인데, 이는 '함부로 지껄이거나 웃지 않는다' 즉 '표정과 태도가 도에 맞아야[相好]' 하는 것이다. '방탕하고 어떤 것에 구속되지 않는다.'는 뜻을 가진 표현을 '相好を崩す'라고 하는데, 이를 번역하면 '얼굴에 희색이 드러난다' 혹은 '얼굴에 웃음꽃이 활짝 핀다'이다. 또 일본어의 '락(落)'에는 '란(亂)'의 뜻이 있는데, 이들은 '락(樂)'과 동원적 관계를 가진다. 예컨대, 'どうぞお樂に(편하게 하시지요)'는 바로 어떤 것에 구속되지 말라는 뜻으로, 마치 좀 어지럽게 하는 것이 다소 '즐거운 일'의 한 부분을 잃지 않는 것임을 말하는 듯 보인다. 그리고 '낙서(落書)'라는 단어는 '낙서(樂書)'라고 쓰기도 하는데, 이의 원래 뜻은 바로 '제멋대로 쓰기, 마음대로 쓰기, 엉망으로 쓰기' 등과 같은 의미이다. 그래서 '낙서(落書)'라는 단어가 지칭하는 것은 '재미있는 일'로, 중국 희곡에서 '한 사람이 하는 1인 재담(單口相聲)'에 해당될 것이다. 하지만 너무 지나쳐서도 안 된다. 행동거지에 있어서의 '서로를 무너뜨리다(相好を崩す)'라는 표현에서 보이는 것처럼 모습이 단정하고 제멋대로 하지 않아야만 비로소 '좋다'라고 말할 수 있는 것이다.[12]

직(直)은 또 도덕적 율령의 근거가 된다. 이러한 관련적 의미는 다음과 같은 단어들의 의미에서 구체적으로 드러난다.

은 연못처럼 입을 다물어야 하고, 신을 모시듯 존엄하게 해야 한다)', '矜嚴方勵, 威而不猛(근엄하며 방정하며 날카롭고, 위엄이 있으되 사납지 않으며)', '容止可觀(용태와 행동거지는 볼만하며)', '儀刑可象(거동이 남의 모범이 되다)', '擧止端詳(행동거지가 단정하고 자상하다)' 등등이라 했는데, 모두 참고할 만하다.

12 [일본]『岩波國語辭典』(제3판)(旺文社, 1979), 1143쪽.

치(置): '석방하다'는 뜻으로, 망(网)과 직(直)이 의미부이다. 직(直)은
　　　소리부도 겸하고 있다.(置: 赦也. 从网直. 按网直宜赦之, 直亦聲.)
　　　(『설문통훈정성·이(頤)부수 제5』)

식(埴): '점토'를 말하며, 토(土)가 의미부이고 직(直)이 소리부이다.
　　　……『후한서·당고전(党錮傳)』의 주석에서 인용한 『관자(管
　　　子)』에서 이르길, 법으로 사람을 통제하는 것은, 진흙을 이
　　　겨 질그릇을 만드는 것과 같고, 철을 녹여 야금하는 것과
　　　같다고 했다.(埴: 粘土也. 从土直聲.……『後漢書·党錮傳』注引『管子』:
　　　法之制人, 猶陶之于埴, 冶之于金也.)(『설문통훈정성·이(頤)부수 제5』)

　덕(德)에 부합하는 기준은 '바른 행동'에 있다. 정(正)도 도덕적 율령이
확실하다.

직(直): 바로 보는 것을 말한다.(直: 正見也.)(『설문·구(區)부수』)
정(正): '옳다[是]'는 뜻이다. 지(止)가 의미부인데, 가로획[一]이 지
　　　(止) 위에 놓인 모습을 그렸다.(正: 是也. 从止, 一以止.)(『설문·정
　　　(正)부수)
시(是): '곧다'는 뜻으로, 일(日)과 정(正)이 의미부이다.(是: 直也. 从日
　　　正.)(『설문·시(是)부수』)

　2음절 합성어인 '시정(是正)'에도 이러한 옛 뜻이 담겨져 있다. 덕(德)에
부합된다는 것은 법(法)에도 부합된다는 의미로, 덕(德)과 법(法)은 원래
같은 의미였다.

정(正): '옳다'는 뜻이다. 지(止)가 의미부인데, 가로획[一]이 지(止)
　　　위에 놓인 모습을 그렸다.(正: 是也. 从止, 一以止.)(『설문·정(正)

부수)

법(法): '형벌'을 말한다. 물과 같이 공평해야 하기에 수(水)가 의미부가 되었다. 치(廌)는 옳지 않은 자를 뿔로 받아버리기 때문에 의미부가 되었고, [뿔로 받아] 날려버리기 때문에 거(去)가 의미부가 되었다. 법(佱)은 고문체이다.(法: 刑也. 平之如水, 从水; 廌, 所以觸不直者; 去之, 从去. 佱, 古文.)(『설문·치(廌)부수』)

83　佱(佱)　　　84　正

'법(法)'자의 고문체를 佱(83)과 같이 쓴 것으로 보아, '법(法)'은 '바름[正]'에서 그 의미를 가져왔음을 알 수 있다. 『설문·정(正)부수』의 정(正)자에 수록된 고문체는 바로 正(84)과 같다. 이 둘을 비교해 보면 이들 간의 관련성을 발견하는 것은 어렵지 않으며, 이들의 주된 부분은 둘이 아닌 하나임을 알 수 있다. 덕정(德政)을 행한다는 것은 정치적으로 안정을 이루는 것이다.

정(政): '바르다'라는 뜻이다. 복(攴)이 의미부이고 정(正)이 소리부이다. 『논어』의 '유정(有政)'에 대한 마융의 주석에서 정(政)이란 것은 틀린 것을 바꾸어 바로잡는 것을 말한다고 했다.(政: 正也. 从攴正聲. 『論語』 "有政" 馬注: 政者, 有所改更匡正.)

정(定): '안정하다'라는 뜻이다. 면(宀)이 의미부이고 정(正)도 의미부이다. 회의구조이다. 정(正)은 소리부도 겸한다.(定: 安也. 从宀从正. 會意. 正亦聲.)

『주례·하관(夏官)』에 "그 소속원들을 통솔하고 나라의 정치를 관장한다.(使師其屬而掌邦政.)"라는 말이 있다. 이의 주석에서 "정(政)이란 바르지 않는 것을 바르게 하는 바를 말한다.(政所正不正者也.)"라고 했다[13]. 이는 언행에서도 마찬가지로 체현되어진다.

> 정(証): '간언하다'는 뜻이다. 언(言)이 의미부이고 정(正)이 소리부이다.(証: 諫也. 从言正聲.)(『설문·언(言)부수』)
>
> 정(窺): '똑바로 보다'는 뜻이다. 동굴[穴] 속에서 똑바로[正] 내다보다[見]는 뜻으로 회의구조이다. 정(正)은 소리부도 겸한다.(窺: 正視也. 从穴中正見也, 會意. 正亦聲.)(『설문통훈정성·정(鼎)부수 제17』)

　정(証)은 즉 '바른말[正言]로서 간언하다[諫]'는 뜻이므로, 이치가 정당하고 말이나 글이 엄정하다는 것을 나타낸다. 또 정(正)으로 이름 붙여진 것 중에 정(鉦)이 있다. 주준성은 『설문통훈정성·정(鼎)부수 제17』에서 이렇게 말했다. "정(鉦)은 징[鐃]을 말하는데, 요령[鈴]과 비슷하며 손잡이가 아래 위로 통하여 있다. 금(金)이 의미부이고 정(正)이 소리부이다.……『시경·채이(采芑)』에서 '징 치는 사람이 북을 치네.(鉦人伐鼓)'라 했고, 『동경부(東京賦)』에서는 '탁(鐸)을 맡고 징을 받아드네.(司鐸授鉦)'라고 했는데, '징[鉦]과 탁(鐸)이 군대를 제어하는 도구이기 까닭이다.'라고 주석되어 있다. 내 생각은 이렇다. 북을 바로 잡는 것이기에 달리 정녕(丁寧)이라고 하기도 하는데, 정녕(丁寧)은 정(鉦)의 합음(合音)이다."
　'덕(德)'의 가치 판단은 '선(善)'이다. 『설문·경(誩)부수』에서 "선(善)은 길하다는 뜻이다.(善, 吉也.)"라고 했다. 그리고 『구(口)부수』에서는 "길(吉)은 훌륭하다[善]라는 뜻이다. 사(士)와 구(口)가 의미부이다.(吉, 善也, 从士口.)"라고 했다. 또 『사(士)부수』에서는 "사(士)는 사(事)와 같아서, '일을 맡아

---

13 『說文通訓定聲·鼎部第十七』.

서 하다'는 뜻이다. 숫자는 일(一)에서 시작해 십(十)에서 끝난다. 일(一)이 의미부이고 십(十)도 의미부이다. 공자는 '열 가지의 많은 일을 유추해 하나로 귀납할 수 있는 사람이 사(士)이다.(士, 事也, 數始于一, 終于十, 从一从十. 孔子曰: 推十合一爲士.)"라고 했다. 사(士)·사(事)·리(吏)·사(史)·사(使)는 모두 같은 데서 나온 글자들인데, 『설문』에서 인용한 공자의 사(士)에 대한 해설은 이미 이후의 일에 해당된다. 사실, 사(士)는 원래 '단정하고 곧바르게 앉은 법관'에서 그 형상을 가져왔다. 『이아·석고(釋詁)』에서 "사(士)는 살피다[察]는 뜻이다.(士, 察也.)"라고 했다. 곽박의 주석에서 "사(士)는 재판관[理官]을 말하며 듣고 살피는 것[聽察]을 주관한다.(士, 理官, 亦主聽察.)"라고 했다. 『편해유편(篇海類編)·인물류(人物類)·사부(士部)』에서 "사(士)는 살피다[察]는 뜻이며, 따지다[理]는 뜻이다. 그래서 옥을 다스리는 자를 사(士)라고 한다.(士, 察也, 理也, 故治獄者謂之士.)"라고 했다. 『상서·순전(舜典)』에서는 "임금께서 이르시길, 고요(皐陶)여! 오랑캐가 중국을 넘보고 있고, 또 도둑 떼들이 안팎에 들끓고 있소. 그대들 사(士)에게 명하노니 다섯 가지 형벌을 행하되 복종하도록 하여야 할 것이리라.(帝曰: 皐陶, 蠻夷猾夏, 寇賊奸宄. 汝作士, 五刑有服.)"라고 했다. 또 『주례·추관(秋官)·사구(司寇)』에서는 "사사(士師)에 하대부 4명, 향사(鄕士)에 상사(上士) 8명, 중사(中士) 16명, 여(旅)에 하사(下士) 32명이 배속된다.(士師下大夫四人, 鄕士上士八人, 中士十有六人, 旅下士三十有二人.)"라고 했는데, 이에 대해 정현은 "사(士)는 살피는[察] 것을 말한다. 옥사와 소송에 관련된 일을 주관하여 살피는 것을 말한다.(士, 察也, 主察獄訟之事者.)"라고 주석했다. 손이양(孫詒讓)의 『정의(正義)』에서는 이렇게 말했다. "옛날에는 형관(刑官)을 부르는 명칭으로 '사(士)'자를 사용하였다. 『상서·순전(舜典)』에서 '도요(皐陶)가 사(士)를 맡았다.'라고 했는데, 형관의 우두머리를 말한다. 그래서 대사구(大司寇)를 달리 대사(大士)라고 부르는 것이다.(古通以士爲刑官之稱. 『書·舜典』'皐陶作士', 即刑官之正, 故大司寇亦曰大士.)"

먼저, 한나라의 화상석에 단정한 모습으로 앉아 있는 사람의 형상은 바

로 이 '사(士)'의 형체를 닮았다.(85 참조)

85. 한나라 화상석

산동성(山東省) 제녕(濟寧), 문묘(文廟)의 극문(戟門), 곽태비(郭泰碑)에 있는 양각 화상의 오른쪽 반쪽은 방 하나를 새겨놓은 모습이다. 그 방의 위층에는 세 사람이 똑바로 앉아 있는데, 그 형체는 선으로 되어 있어, 거의 '사(士)'자와 같다. 그 다음으로, 청동기로 된 그릇의 입 가장자리 부근에 있는 무늬 중 하나는 흔히 볼 수 있는 형식인데(86 참조), 중간이 '사(士)'의 형태이며 양 옆에는 두 마리의 짐승이 서로 마주 보고 서 있는 모습이다. 『설문』에 기록된 내용과 연결시켜 보면, 이것이 '공정한 신의 판단'이라고 추측할 근거가 되는 것 같다.

86. 무영전(武英殿) 제기[彝器] 도록
궤(簋)의 둥근 다리에 새겨진 무늬

옥(獄): '견고한 감옥'을 말한다. 은(㹜)이 의미부이고 언(言)도 의미 부이다. 두 개의 견(犬)은 [감옥을] 지키는 개를 뜻한다.(獄: 確也. 从㹜从言. 二犬所以守也.)(『은(㹜)부수』)

치(廌): '해치'로, 짐승 이름인데, 들소를 닮았으며, 뿔이 하나이다. 옛날 재판을 할 때, [해치로 하여금] 옳지 않은 자를 뿔로 들이받도록 하였다(廌: 解廌, 獸也. 似山牛, 一角. 古者決訟, 令觸不直.) (『치(廌)부수』)

　

또한, 정벌한 세계 각지의 암벽화와 석기시대의 조각상을 조사하면, 이를 확인할 수 있다. 프랑스 남부와 스페인 북부의 동굴에는 구석기 시대 인류가 남긴 벽화가 보존되어 있으며, 그중에는 '사(士)'의 형태와 유사한 형상이 많이 있다.(87 참조)[14]

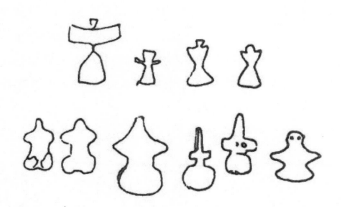

87. 유럽의 구석기 시대 벽화
유럽의 석기시대 우상

---

14 『歷史語言硏究所集刊』제4책, 徐中舒, 『士王皇三字之探原』 참조.

'길(吉)'자는 도덕적 판단에 참여하며, 그것과 덕(德)의 어원적 의미의 관련성에 따라 매우 오래된 기원을 가지고 있다고 판단할 수 있다. 『설문·구(口)부수』의 해석은 나중에 생긴 것이다. '길(吉)'자는 은허(殷墟)복사에서 출현빈도가 매우 높으며, 복과 화를 나타내는 단어로, 휴식과 비난의 말을 나타내며, 길하고 좋은 의미를 가지고 있다.

왕이 점을 쳐서 물어봅니다. 길할까요? 아니면 흉할까요?(王占日吉亡禍.) (『을(乙)』3427)

기미일에 점을 칩니다. 왕이 물어봅니다. '훼'제사를 '조을임'께 올려 빌까요? 길할 것이다. 이 점괘를 사용하라.(己未卜王貞气有萃于祖乙壬吉玆卜.(己未卜王貞气有萃于祖乙壬吉玆卜.)(『일(佚)』894)

그러나 '길(吉)'자의 갑골문자의 의미형상과 본래의 의미는 아직까지 정해진 바가 없다. 첨부한 그림을 보면, '길(吉)'자의 각 시기별 갑골문자는 모두 '구(口)'를 의미부로 하지 않고, 물건을 담는 그릇의 모양을 하고 있다. 1기 갑골문자에 속하는 '길(☖, ☖)'(88)은 그릇의 윗부분에 위치한 부호가 화살촉의 모양인데, 3기와 주원(周原)에서 나온 갑골문자인 '길(☖, ☖)'(89)은 화살촉이 도끼 모양으로 바뀐 형상이다. 이러한 도끼의 형상은 금문인 '길(☖)'(90)[15]과 일치한다.

88 ☖『합(合)』118   ☖『합(合)』465
89 ☖『척속(摭續)』137   ☖『주갑탐(周甲探)』15
90 ☖「패정(旆鼎)」

---

[15] 『甲骨文字典』제2권「口部」.

그러나 구조와 형체가 다양하더라도 '길(吉)'자의 고문 구조는 무기를 나타내는 부호에 지나지 않으며, 그릇을 나타내는 부호와 관계가 있다. 고대 사람들은 적에서 가져온 살육용 무기를 숨기거나 묶어두면 적의 군사력이 약화되어 피를 흘리는 전쟁을 피할 수 있게 되면서, 자신의 부족에게 행운과 이익을 가져다주는 좋은 일이라 생각하였다. 이러한 주술적 사고방식은 고대 사람들의 무(武)에 대한 관념과 완전히 일치하며, 「제2장. 인(仁)의 근원편」에서도 찾아볼 수 있다. '길(吉)'자의 명칭은 무기와 관련된 '기(忌)'[16]에서 비롯되었을 가능성이 크다.

인류학자들은 조사를 통해 다음과 같은 사실을 알게 되었다. 멜라네시아 사람들(호주 북동쪽 및 남서 태평양의 원주민)은 자신을 다치게 한 활과 화살을 얻게 되면, 상처가 염증을 일으키지 않도록 서늘한 곳에 조심스럽게 두었다. 그러나 적에게 발각된다면 의심의 여지없이, 적들이 그 활과 화살을 불 옆에 가져가 자신의 상처가 다시 뜨거워져서 염증이 생길 거라고 믿었다.[17]

중국의 육예(六藝)에서는 항상 '병(兵)'[18]을 '흉기'로 간주하였다. 『좌전·은공(隱公)』 4년에서는 노(魯)나라의 은공에 대한 중종(衆仲)의 답변으로 "무기[兵]를 사용하는 것은 불을 사용하는 것과 같아, 제어하지 않으면 스스로를 태울 것이다.(夫兵, 猶火也, 弗戢, 將自焚也.)"라는 기록이 있다. 또한, 이렇게 '무기를 금기[戢兵]'하는 것을 '길(吉)'하다고 여기는 관념은 처음부터 적을 겨냥한 무기에만 국한된 것은 아니었을 것이다.

인류학자들은 전 세계에 보편적으로 존재했던 '날카로운 병기에 관한

---

16 (역주)『설문·심(心)부수』에는 "기(忌)는 '혐오하다'는 뜻이다.(忌: 憎惡也.)"라고 하였다.

17 지그문트 프로이트(Sigmund Freud ,1856.5.6.~1939.9.23.),『토템과 터부』(중국어 번역본)(中國民間文藝出版社, 1986), 105쪽, .

18 (역주)『설문·공(収)부수』에서는 "병(兵)은 '병기'를 말한다.(兵: 械也.)"라고 하였다.

금기'를 연구하였다. 예를 들면, 미얀마 북부의 샤디인들은 제사장의 역할을 하는 왕을 종교와 인간 세상의 권위로 여겨 존경하였으며, 왕의 처소에는 어떠한 무기나 절단 도구도 가져갈 수 없었다. 베링 해협의 이누이트 마을에서는 사람이 죽으면, 일정 기간 동안 칼이나 도끼와 같은 날카로운 도구를 사용해서는 안 되며, 바늘이나 머리핀과 같은 뾰족한 도구도 금지되었다. 만약 이 기간 동안 금기를 어겨 죽은 영혼을 상처 입혔다고 생각된다면, 살아있는 사람에게 질병이나 죽음을 가져올 수 있다고 여겼다. 중국에서는 사람이 죽은 후 시체가 집 안에 머무는 일주일 동안 칼이나 바늘을 사용하지 않았으며, 심지어 젓가락도 사용하지 않아, 식사할 때는 그냥 손으로 음식을 집어 먹었다. 무기를 금기시하는 것은 살아있는 사람만을 위한 것이 아니라, 죽은 사람에게도 경계하는 마음을 깊게 남겨놓았다.[19]

'길(吉)'에서 형상을 취한 '사(士)'는 원래 '화살[矢]'에서 의미를 취한 것으로, 여기에서 '곧다[直]'는 의미가 나왔다. 또 '덕(德)'자와 결합하면서, '길(吉)'에 '정직'이라는 의미도 생기게 되었다. 이로 인해, '한결같다[專一]'는 의미를 나타내게 되었고, 또 '덕(德)'자와 상응하게 되었다.

『옥편』에 수록된 '치(値)'자는 『설문』에는 보이지 않지만, 앞에서 나열

---

19 제임스 조지 프레이저(James George Frazer), 『황금 가지(The Golden Bough)』(중국어 번역본)(中國民間文藝出版社, 1987), 337쪽. 고대 중국의 야사에 따르면, 무기를 없애는 것을 길한 것으로 여기는 관습이 있었다. 예컨대, 『水滸傳 會評本』(北京大學出版社, 1981)의 제70화에서는 다음과 같은 내용이 있다.
"……(노준의)가 바로 도끼를 들었는데, ……원래 도끼 끝이 이미 부러져 있었다.(김성탄(金聖歎)은 이를 '길상문자라고 할 수 있다.'고 주석했다.) 노준의(盧俊義)는 마음이 불안해져, 손에 든 부러진 칼을 버렸다. 그리곤 다시 칼꽂이로 가서 선택하려 했지만, 많은 칼과 창, 검 등이 부서지거나 부러져 있어 모두 다 망가져 있었다. 적을 막을 수 있는 무기가 하나도 없었다.(김성탄은 이를 '진정한 길상문자이다.'라고 주석했다.)"

한 갑골문의 '덕(德)'자와 비교해 보면, '치(値)'자는 실제 예서에서 해서체로 변한 문자로, 매우 오래된 어원을 가지고 있다는 것을 알 수 있다.『옥편』에서는 '치(値)'자를 '실시하다[施也.]'라고 해석하였다. 청대의 고증학자들은 '의미는 독음에서 나오고(義生乎音)' 혹은 '의미는 소리에서 존재한다.(義存乎聲)'는 사실을 발견했다.

완궁보는『연경실집』의 「석시(釋矢)」부분에서 이렇게 설명했다.

> "의미는 독음에서 나온다. 글자는 독음과 의미에서 만들어진다. 입을 열고 직접 그 소리를 내는 것을 '시(施)'라고 하고, 두 번 읽는 것을 '시(矢)'라고 한다. '시(施)'와 '시(矢)'의 독음과 의미는 모두 이것에서 직접 나온 의미를 가지고 있다(施, 矢之音義皆有自此直施而去之彼之義.). 고대 사람들이 만든 '정(旌)'이 의미부이고 '야(也)'[20]가 의미부인 '시(施)'자가 바로 독음과 의미에서 생겨난 것이다.

> 『설문』에서 "시(施)는 깃발의 모양을 말한다.(施, 旗貌.)"라고 하였다. 깃발은 기울어진 평면에서 그것을 없앤 모습이기에, 사람들에게 재물을 나누어주다[施舍]는 뜻을 가지게 되었다. ……화살[矢]은 활에 있는 화살의 모양을 본 뜬 상형자이며, 의미는 독음에서 나왔다. 사람들이 활을 당겨 화살을 쏠 때는 평평하게 늘어뜨려 다른 쪽으로 보내버리는데, 이 의미는 그 독음과 같다. ……(旗有自此斜平而去之貌, 故義爲施舍.……矢爲弓弩之矢象形字而義生於音. 凡人引弓發矢未有不平引延陳而去止於彼者, 此義即此音也.……)"라고 하였다.

『좌전·정공(定公)』 3년에는 "문지기가 '이사고(夷射姑)가 소변을 보았습

---

[20] (역주) '이(匜)'자와 같다.

니다.'라고 말하였다.(閣曰: 夷射姑旋焉.)"는 내용이 있다. 여기에서 '선(旋)'은 '시(施)'로 해석되어야 하며, '시(施)'는 대소변[便溺]을 보는 것을 말한다. '대소변[便溺]'에는 시사(施舍)의 의미가 있으므로, '선(旋)'은 글자의 형태가 잘못된 것이다. '치(雉)'는 꿩을 말한다. 꿩은 화살과 같이 평평하고 곧게 날아간다. 그러므로 고대 사람들은 새의 독음을 화살과 비슷하게 이름 지어, '추(隹)'가 의미부이고 '시(矢)'도 의미부인 '치(雉)'자를 만들었다. '치(雉)'는 '치(豸)', '진(絼)'과 음이 같기 때문에 서로 가차되어 사용되었다. '치(雉)'에는 크기를 재는 의미도 있어, 모든 것이 이 지점에서 저 지점까지 평평하게 나아가며, 그것을 측정하거나 정렬하는 것을 의미한다.(凡物自此止彼平引延陳而度之.) 대개 화살처럼 꿩이 나아가는 것을 '치(雉)'라고 하고, 줄로 측정하는 것을 '진(絼)'이라 한다.

『좌전·은공(隱公)』 원년에는 "도읍의 성이 백치가 넘는다.(都城过百雉.)"라는 내용이 있는데, 도예(杜預)는 "치(雉)는 길이가 3장이다.(雉, 長三丈.)"라고 설명하였다. 허신은 『오경이의(五經異義)』와 『한시(韓詩)』에서 "치(雉)는 길이가 4장이다.(雉长四丈.)"라고 하였고, 하휴(何休)는 『공양학(公羊學)』에서 "치(雉)는 2백자이다.(雉二百尺.)"라고 하였다. 설명은 각각 다르지만, 대체로 긴 줄을 사용하여 물체의 길이를 측정하는 단위임을 알 수 있다.

『좌전·양공(襄公)』 25년에는 "산림을 헤아리고 수택을 모은다.(度山林鳩藪澤.)"라는 내용이 있는데, '구(鳩)'와 '도(度)'는 대구를 이루는 말로, '구(鳩)'는 '치(雉)'의 잘못된 표기이며, '치(雉)'는 '헤아리다[度]'는 뜻이다. '도(度)'는 먹줄과 자로 측정하는 방식을 의미한다.

『좌전·소공(昭公)』17년에는 "오치(五雉)는 다섯 가지 수공업을 관리하는 관직으로, 기물의 쓰임을 이롭게 하고 도량을 바르게 하여 백성들을 공평하게 하는 것이다.(五雉爲五工正, 利器用, 正度量, 夷民者也.)"라는 내용이 있다. '공정(工正)'이라는 관의 명칭을 '치(雉)'로 명명한 까닭은 '치(雉)'에 '헤아리다[度]'는 의미뿐만 아니라 '공평하다[平]'는 의미도 있기 때문이다.(『주례』의 '치씨(薙氏)'를 『서경』에서는 이(夷)로 쓰기도 했다. 정강성(鄭康成)은 어린아이의 땋은 머리를 뜻하는 '체(鬄)'와 같이 읽는다고 했다. 『석문(釋文)』에서는 치(薙)를 치(雉)로 쓰기도 한다. 그리하여, '치(薙)', '체(鬄)', '이(夷)', '치(雉)'는 평평하게 나아가다는 의미를 가지고 있다.)

『주례』에서는 '봉인(封人)'에 대해 다음과 같이 서술하였다. "영토를 나누어 제후국에 분봉할 때, 해당 국가의 사직을 위한 제단을 건설하고, 그 국가의 주변에 경계를 세운다. 도읍의 경계도 이와 같이 한다. 제사를 지낼 때, 소를 희생으로 장식하며, 소에게 축복의 무게를 재고, 소를 끌기 위한 줄을 매단다.(封其四疆, 造都邑之封域者亦如之, 凡祭祀飾其牛牲, 設其福衡置其絼.)" 사농(司農)은 "'진(絼)'은 소의 고삐로, 소를 끄는 데 사용된다. 지금은 '치(雉)'라고 부르는데, 고대의 명칭과 같다.(絼, 著牛鼻繩, 所以牽牛者, 今時謂之雉, 與古者名同.)"라고 주석하였다. 두자춘(杜子春)은 "'진(絼)'은 '치(豸)'가 소리부여야 한다.(絼當以豸爲聲.)"라고 하였다. 이를 통해, '봉인(封人)'은 '진(絼)'이라는 줄을 관리하는 것을 알 수 있다. 성읍에서는 100치(雉)의 '진(絼)'을 재고, 제사를 지낼 때에는 소의 고삐를 제공한다. '오치(五雉)'는 다섯 가지 수공업을 관리하는 관직으로, 의미는 이와 같다.

『국어·진어(晉語)』제2권에는 "여희(驪姬)가 떠나간 후, 신생(申生)은 곡

옥(曲沃)의 사당에서 스스로 목을 매달아 생을 마감하였다.(驪姬退, 申
生乃雉經於新城之廟.)"라는 내용이 있는데, 여기에서 '치(雉)'는 '진(縊)'
의 가차자인데, 어떤 사람들은 꿩이 목매는 것으로 여기기도 한다.
그러나 예로부터 꿩이 나무에다 스스로 목을 매단 경우는 없기에,
이는 고대의 의미를 이해하지 못한 것이라 하겠다.

'진(縊)'은 '치(㹨)'가 소리부인데, 『좌전·선공(宣公)』 17년에는 "내가 늙
어 물러날 것이나, 극자(郤子)가 그 뜻을 만족시킨다면, 거의 풀릴 것
이다.(余將老, 使郤子逞其志, 庶有㹨乎?)"라는 내용이 있는데, 『석문(釋文)』
에서는 "치(㹨)는 본래 또 치(雉)로 쓰기도 했다.(㹨本又作雉.)"라고 하
였다.

『좌전·양공(襄公)』 16년에서는 또 "선자(宣子)가 '제가 여기에 있으니,
감히 노나라에 편안함이 없겠습니까?'라고 말했다.(宣子曰: 匄在此, 敢
使魯無鳩乎?)"라는 내용이 있는데, 여기에서 '구(鳩)'자는 '치(雉)'자의
오자로, '庶有㹨乎'와 어조가 똑같다. '치(㹨)'는 그치다[止], 평평하
다[平], 편안하다[解]는 뜻을 가진다.('해치(解㹨)'는 짐승의 이름으로, 쌍
성자이다.) 여기에서 '치(雉)'는 그치다[止], 평평하다[平]로 해석해야
한다.

『관자·지원(地員)』에서는 "관중이 천하를 통치하면서, 길이[施]를 일곱
치로 정하였다.(夫管仲之匡天下也, 其施七尺.)"라고 하였는데, 주석에서는
"시(施)자는 길이의 명칭으로 그 길이가 일곱 치이다.(施者, 大尺之名,
其長七尺.)"라고 설명하였다. 그러므로 '시(施)'와 '치(雉)'의 독음에는
길게 끌어서 측정한다는 의미가 담겨있다.

'수(水)'는 독음이 '시(矢)'와 비슷하다. 『설문·수(水)부수』에는 "수(水)는 평평하다[准]는 뜻이다.(水: 准也.)"라고 하였다. 물의 흐름이 평평하게 나아가 흘러간다는 의미가 '시(矢)', '치(雉)'와 같기 때문에, '준(準)'에 법칙이라는 뜻이 생겼다. '법(法)'자는 고문자가 '수(水)'가 의미부이고 '치(廌)'가 의미부이다. '치(廌)'가 들어간 단어에는 모두 '평평하다[平]'와 '곧다[直]'는 의미가 있다. '법(灋)'은 물과 같이 공평해야 하기에 수(水)가 의미부가 되었으며, 또한 공평하고 곧기 때문에 치(廌)가 의미부가 된 것인데, 모두 지사자이다.

'거(去)'로 구성된 것은 두 사람이 서로 어긋나 있는 사이에 '물[水]'과 '해치[廌]'로서 평평하고 곧은 의미를 나타낸 회의자이다. '치(廌)'는 줄의 곧음과 같다.

『설문·치(廌)부수』에서 '법(灋)'자는 신성스러운 양이 곧지 않은 것을 뿔로 받아버리는 것으로 해석하였다. 이는 한(漢)나라 때 초(楚)나라의 제도를 따르면서, 해치의 관은 곧지 않은 것을 뿔로 받아버리는 것으로, 국가의 규정에 기록되어 있기 때문에, 허신은 이를 근거로 해석하였다. 이로써, 고대 사람들이 글자를 만들 때 글자는 독음과 의미에서 나오며, 의미는 모두 독음이 근본이 됨을 알 수 있다."[21]

『옥편』에서는 '치(値)'를 '시(施)'라고 해석하였는데, 이는 시간적으로 고대와 멀지 않은 것 같다.

'길(吉)'자는 원래 '화살[矢]'에서 의미형상을 취하였기 때문에, '길(吉)'을 독음으로 하는 글자들은 대부분 '견고하고 곧다'는 의미를 가진다. 아

---

21 『學海堂經解』제1068권.

래에 『설문』에서 '길(吉)'로 구성된 글자들의 의미를 살펴보자.

      길(佶): '바르다'라는 뜻이다. 인(人)이 의미부이고 길(吉)이 소리부이
          다.(佶: 正也, 从人吉聲.)(『설문·인(人)부수』)

      힐(頡): '곧은 목'을 말한다. 혈(頁)이 의미부이고 길(吉)이 소리부이
          다.(頡: 直項也, 从頁吉聲.)(『설문·혈(頁)부수』)

      힐(詰): '따져 묻다'라는 뜻이다. 언(言)이 의미부이고 길(吉)이 소리
          부이다. 『광아·석고(釋詁)』(1)에서는 "힐(詰)은 '질책하다'라
          는 뜻이다."라고 하였고, 『광아·석고(釋詁)』(2)에서는 "'꾸짖
          다'는 뜻이다."라고 하였다. 또한 『상서·여형(呂刑)』에서는
          "형법을 널리 제정하여 천하를 다스릴 것인가?"라고 하였
          고, 『주례·대재(大宰)』에서는 "다섯째는 형전(刑典)인데, 주변
          국가에 금지법을 시행하였다."라고 하였으며, 주석에서는
          "금하다[禁]와 뜻이 같다."라고 하였다.(詰: 問也, 从言吉聲. 『廣雅
          ·釋詁一』: 詰, 責也;『二』: 讓也. 『書·呂刑』: 度作刑以詰四方. 『周禮·大宰』:
          五曰刑典, 以詰邦國. 注: 猶禁也.)(『설문통훈정성·리(履)부수 제12』)

    위의 내용은 인간의 행위에 관한 것이며, 아래는 물건의 특성에 관한
것이다.

      할(齛): '이빨로 단단한 것을 깨물 때 나는 소리(齒堅聲)'를 말한다. 치
          (齒)가 의미부이고 길(吉)이 소리부이다.(齛: 齒堅聲也, 从齒吉
          聲.)(『설문·치(齒)부수』)

      길(桔): '도라지(桔梗)'를 말하는데, 약초 이름이다. 목(木)이 의미부이
          고 길(吉)이 소리부이다. 일설에는 '곧게 자라는 나무'라고
          도 한다.(桔: 桔梗藥草也, 从木吉聲. 一曰直木也.)(『설문·목(木)부수』)

할(硈): '돌처럼 견고함(石堅)'을 말한다. 석(石)이 의미부이고 길(吉)
이 소리부이다. 『이아·석언(釋言)』에서는 "할(硈)은 '견고하
다(鞏)'는 뜻이다. 현재 세간에서 쓰고 있는 '결실'이라는 글
자를 '결(結)'로 쓰고 있다."라고 하였다.(硈: 石堅也, 从石吉聲.
『爾雅·釋言』: 硈, 鞏也. 今俗結實字以結爲之.)(『설문통훈정성·리(履)부
수 제12』)

힐(黠): '건강미 넘치는 검은색'을 말한다. 흑(黑)이 의미부이고 길(吉)이
소리부이다.(黠:堅黑也,从黑吉聲.)(『설문·흑(黑)부수』)

'길(吉)'이 소리부인 한자들을 나열해보면 '전일(專一)'하다는 개념도 중
국의 오래된 '덕의 뜻[德訓]'을 밝힌 내용임을 발견할 수 있다.

할(劼): '삼가다(愼)'는 뜻이다. 력(力)이 의미부이고 길(吉)이 소리부
이다. 『이아·석고(釋詁)』에서는 "할(劼)은 단단하다(固)는 뜻
이다."라고 하였고, 『광아·석고(釋詁)』(4)에서는 "할(劼)은 부
지런하다(勤)는 뜻이다."라고 하였다.(劼: 愼也, 从力吉聲. 『爾雅·
釋詁』: 吉力, 固也. 『廣雅· 釋詁四』: 劼, 勤也.)(『설문통훈정성·리(履)부
수 제12』)

일(壹): '한결같다(專壹)'는 뜻이다. 호(壺)가 의미부이고 길(吉)이 소
리부이다. 『예기·대학(大學)』에서는 "사람들은 모두 성품을
수양하는 것을 근본으로 삼아야 한다.(壹是皆以修身爲本.)"라
고 하였는데, 그 주석에는 "일시(壹是)는 전문적으로 나아가
다는 뜻이다.(壹是, 专行是也.)"라고 설명하였다. 『표기(表記)』
에서는 "백성을 위함에 있어 한결같다.(欲民之有壹也.)"라고
하였으며, 그 주석에서는 "선(善)에 마음을 다 하는 것을 말
한다.(謂專心於善.)"라고 하였다. 『좌전·장공(莊公)』 32년에는

"총명하고 정직하며 전일하다.(聰明正直而壹者也.)"라고 하였다.(壹: 專壹也, 从壺吉聲.……『禮記·大學』: 壹是皆以修身爲本. 注: 壹是, 專行是也.『表記』: 欲民之有壹也. 注: 謂專心於善.『左莊三十二年傳』: 聰明正直而壹者也.『설문통훈정성·리(履)부수 제12』)

　　요컨대,『설문』등의 저서에 기록한 '덕훈(德訓)'과 관련된 글자들에는 '덕(德)'의 오래된 행위 규범적 의미와 형상이 '조정하다'의 의미로 명확하게 변화하는 과정이 비교적 완전하게 보존되어 있다.

제3절.

'덕德'에 대한 경학적 판단

　　『시경·소아·대동(大東)』에서는 "한길은 숫돌처럼 평평하고, 곧기가 화살 같네. 관원들은 밟고 다니지만, 낮은 백성들은 보기만 하는 것이네.(周道如砥, 其直如矢. 君子所履, 小人所視.)"라고 하였다.『상서·홍범(洪範)』에서는 이렇게 말했다.

　　편파적이지 않고 부정한 행위가 없는 것이 선왕의 대의를 따르는 것이고, 개인의 사심이 없는 것이 선왕의 도리를 따르는 것이며, 무분별한 행위가 없는 것이 선왕의 길을 따르는 것입니다. 편향되고 치우치지 않으면 나라를 다스리는 길은 넓고 평탄할 것입니다. 치우치지 않고 편향되지 않으면 나라를 다스리는 길은 평온할 것입니

다. 어긋나지 않고 예에 벗어나지 않으면 나라를 다스리는 길은 정
직할 것입니다.(無偏無陂, 遵王之義. 無有作好, 遵王之道. 無有作惡, 遵王之路. 無
偏無黨, 王道蕩蕩. 無黨無偏, 王道平平. 無反無側, 王道正直.)

......

육예(六藝)의 여러 경전에서는 '도덕(道德)'을 언급할 때마다 '길을 걷다
(行路)'는 내용과 연결시켜 말했다. 혹자는 '도로'의 이미지를 주로 취한
것은, 그것이 추상적이고 복잡한 개념의 내용을 나타내기 때문이라고 말
하기도 한다. 이러한 관련성은 고대 사람들의 도덕적 판단이 '도를 따라
올바른 경로로 나아감(遵道得路)'에서 시작되었음을 나타낸다. '좇다[循],
준수하다[遵], 순응하다[順]'는 어원이 같은 글자들로서, 모두 '덕'의 가르
침에서 마땅히 있어야 할 의미들인 것이다. 말하는 사람들은 종종 모든
면을 고려하지 않아, 그것을 통합적으로 이해하지 못한다. 요컨대, 이러
한 동일한 기원을 가진 글자들은 또 두 계열로 나눌 수 있다.

첫째, 그 당시 사회의 행동 규범을 나타낸다.

치(值): '베풀다'라는 뜻이다.(值: 施也.)(『옥편·척(彳)부수』)
순(循): '순서를 따라 가다'라는 뜻이다.(循: 行順也.)(『설문·척(彳)부수』)
준(遵): '좇아가다'라는 뜻이다.(遵: 循也.)(『설문·착(辵)부수』)
정(证): '단정하다[正], 가다[行]'라는 뜻이다.(证: 正, 行也.)(『설문·착(辵)
　　　부수』)

『설문』에서 '도로를 걷다'와 관련된 한자가 「주(走)부수」에 85자, 「지
(止)부수」에 14자, 「착(辵)부수」에 118자, 「척(彳)부수」에 37자, 「행(行)부
수」에 12자가 수록되어 있다. 그 외 숫자가 적은 다른 부수의 한자들을
포함시키지 않더라도, 이미 방대한 양의 '의미장'을 형성하고 있다. 왜 고
대 사람들은 '도로를 걷는 것'과 관련된 관찰을 이렇게 세밀하게 기록했

을까? 실제로 제대로 알고 나서 보면, 그 안에 고대 사회의 도덕적 규범이 숨겨져 있다는 것을 발견할 수 있다. 예를 들어, 하나는 '군색한 길'로, 통행이 불가능함을 나타낸다.

피(避): '회피하다'라는 뜻이다. 착(辵)이 의미부이고 벽(辟)이 소리부이다.(避: 回也, 从辵辟聲.)

휼(遹): '돌아서 피해가다'라는 뜻이다. 착(辵)이 의미부이고 율(矞)이 소리부이다.(遹: 回避也, 从辵矞聲.)

위(違): '떠나가다'라는 뜻이다. 착(辵)이 의미부이고 위(韋)가 소리부이다.(違: 離也, 从辵韋聲.)

저(詆): '화가 나서 나가질 못하다'라는 뜻이다. 착(辵)이 의미부이고 저(氐)가 소리부이다.(詆: 怒不進也, 从辵氐聲.)

린(遴): '가는 길이 험난하다'라는 뜻이다. 착(辵)이 의미부이고 린(粦)이 소리부이다.(遴: 行難也, 从辵粦聲.)

우(迂): '피해가다'라는 뜻이다. 착(辵)이 의미부이고 우(于)가 소리부이다.(迂: 避也, 从辵于聲.)

다른 하나는, '바른 길[正道]'로, 통행에 장애가 없음을 나타낸다.

통(通): '도달하다'라는 뜻이다. 착(辵)이 의미부이고 용(甬)이 소리부이다.(通: 達也, 从辵甬聲.)

회(逪): '어긋나지 않음'을 말한다. 착(辵)이 의미부이고 할(䡊)이 소리부이다.(無違也, 从辵䡊聲.)

유(邎): '빠른 지름길로 가다'라는 뜻이다. 착(辵)이 의미부이고 요(繇)가 소리부이다.(邎: 行邎徑也. 从辵繇聲.)

도(道): '걸어 다니는 길'을 뜻한다. 착(辵)이 의미부이고 수(首)도 의미부이다. 단번에 도달하는 길을 도라고 한다.(道: 所行道也, 从辵从首, 一達謂之道.)

률(律): '균등하게 시행하다'라는 뜻이다. 척(彳)이 의미부이고 율(聿)
이 소리부이다.(律: 均布也, 从彳聿聲.)

건(建): '조정의 법률을 만들다'라는 뜻이다. 율(聿)이 의미부이고 인
(廴)도 의미부이다.(建: 立朝律也, 从聿从廴.)

게다가, 이렇게 '길을 걷는' 행위와 심리적 활동은 한자 체계에서 서로
상응한다.

피(避): '회피하다'라는 뜻이다. 착(辵)이 의미부이고 벽(辟)이 소리부
이다.(避: 回也. 从辵辟聲.)(『설문·착(辵)부수』)

벽(壁): '사람이 걷지 못하다'라는 뜻이다. 지(止)가 의미부이고 벽
(辟)이 소리부이다.(壁: 人不能行也. 从止辟聲.)(『설문·지(止)부수』)

벽(僻): '피하다'라는 뜻이다. 인(人)이 의미부이고 벽(辟)이 소리부이
다. 일설에는 '옆에서 끌어당기다'라는 뜻이라고도 한다.(僻:
避也. 从人辟聲. 一曰从旁牽也.)(『설문·인(人)부수』)

구불구불하고 옳지 않은 길은 사람들이 피해야 한다. 위험하고 좁은 길
을 걷는다는 것은 사악하고 바르지 못하다는 것을 의미한다. 『집운·석(昔)
운)』에서는 "벽(僻)은 '사악하다'라는 뜻이다.(僻: 邪也.)"라고 하였다. 그러
므로 올바른 길을 선택하려면 늘 경계해야 하며, 마치 얇은 얼음 위를 걷
는 것처럼 조심스러워야 한다.

술(述): '쫓아가다'라는 뜻이다. 착(辵)이 의미부이고 술(朮)이 소리부
이다.(述: 循也. 从辵朮聲.)(『설문·착(辵)부수』)

술(術): '성 가운데로 난 길'을 말한다. 행(行)이 의미부이고 술(朮)이
　　　 소리부이다.(術: 邑中道也. 从行术聲.)(『설문·행(行)부수』)

출(怵): '두려워하다'라는 뜻이다. 심(心)이 의미부이고 출(朮)이 소리
　　　 부이다.(怵: 恐也. 从心术聲.)(『설문·심(心)부수』)

손(逊): '달아나다'라는 뜻이다. 착(辵)이 의미부이고 손(孙)이 소리부
　　　 이다.(逊: 遁也. 从辵孙聲.)(『설문·착(辵)부수』)

손(愻): '순종하다'라는 뜻이다. 심(心)이 의미부이고 손(孙)이 소리부
　　　 이다.『서·당서(唐书)·요전(堯典)』에서 "다섯 가지 윤리를 따
　　　 르지 않고 있소."라고 했다.(愻: 順也. 从心孙聲. 唐書曰: "五品不
　　　 愻.")(『설문·심(心)부수』)

요(徼): '쫓아가다'라는 뜻이다. 척(彳)이 의미부이고 교(敫)가 소리부
　　　 이다.(徼: 循也. 从彳聲.)(『설문·척(彳)부수』)

요(憿): '다행'이라는 뜻이다. 심(心)이 의미부이고 교(敫)가 소리부이
　　　 다.(憿: 幸也. 从心敫聲.)(『설문·심(心)부수』)

　만약 위험하고 사악한 길에 빠지게 된다면, 걷는 것이 어려워질 것이
고, 사람들의 심리적 감정도 부정적인 가치 판단을 하게 될 것이다.

우(迂): '피해가다'라는 뜻이다. 착(辵)이 의미부이고 우(于)가 소리부
　　　 이다.(迂: 避也. 从辵于聲.)(『설문·착(辵)부수』)

후(忤): '걱정하다'라는 뜻이다. 심(心)이 의미부이고 우(于)가 소리부
　　　 이다.(忤: 憂也. 从心于聲.)(『설문·심(心)부수』)

경(徑): '걸어 다니는 지름길'을 말한다. 척(彳)이 의미부이고 경(巠)

이 소리부이다. 서개(徐鍇)는 "길에 수레를 용납할 수 없는 것을 보도(步道)라고 부른다."라고 하였다.(徑: 步道也. 从彳坙聲. 徐鍇曰: 道不容車, 故曰步道.)(『설문·척(彳)부수』)

형(悻): '원망하다'라는 뜻이다. 심(心)이 의미부이고 경(坙)이 소리부이다.(悻: 恨也. 从心坙聲.)(『설문·심(心)부수』)

린(遴): '가는 길이 험난하다'라는 뜻이다. 착(辵)이 의미부이고 린(粦)이 소리부이다.(遴: 行難也. 从辵粦聲.)(『설문·착(辵)부수』)

린(憐): '슬퍼하다'라는 뜻이다. 심(心)이 의미부이고 린(粦)이 소리부이다.(憐: 哀也. 从心粦聲.)(『설문·심(心)부수』)

한(限): '험준하다'라는 뜻이다. 부(阜)가 의미부이고 간(艮)이 소리부이다.(限: 阻也. 从阜艮聲.)(『설문·부(阜)부수』)

흔(很): '말을 듣지 않다'라는 뜻이다. 일설에는 '가기 어렵다'라는 뜻이라고도 한다. 척(彳)이 의미부이고 간(艮)이 소리부이다.(很: 不聽從也. 一曰行難也. 从彳艮聲.)(『설문·척(彳)부수』)

한(恨): '원망하다'라는 뜻이다. 심(心)이 의미부이고 간(艮)이 소리부이다.(恨: 怨也. 从心艮聲.)(『설문·심(心)부수』)

항(迒): '짐승의 발자국'을 말한다. 착(辵)이 의미부이고 항(亢)이 소리부이다.(迒: 獸迹也. 从辵亢聲.)(『설문·착(辵)부수』)

강(忼): '개탄하다'라는 뜻이다. 심(心)이 의미부이고 항(亢)이 소리부이다.(忼: 慨也. 从心亢聲.)(『설문·심(心)부수』)

개(慨): '강개함'을 말하는데, '장부가 뜻을 얻지 못하다'라는 뜻이다. 심(心)이 의미부이고 기(既)가 소리부이다.(慨: 忼慨, 壯士不得志也. 从心既聲.)(『설문·심(心)부수』)

그런데 길이 숫돌같이 평평하고 넓게 펼쳐져 있다면, 행동이 온화해지고 마음이 너그러워지며 기분이 좋아진다. 아래에 세 개의 글자를 비교해서 살펴보자.

> 적(迪): '이끌다'라는 뜻이다. 착(辵)이 소리부이고 유(由)가 소리부이다.(迪: 道也, 从辵由聲.)(『설문·착(辵)부수』)
>
> 적(䢍): '평이하게 걷다'라는 뜻이다. 단옥재는 "적적(䢍䢍)이 『소변(小弁)』의 축축(踧踧)과 같아, '평이하게 걷다'는 뜻이다."라고 하였다. 척(彳)이 의미부이고 유(由)가 소리부이다.(䢍: 行䢍䢍也. 段氏曰: 䢍䢍蓋與『小弁』踧踧同、行平易也……从彳由聲.)(『설문구두』제4권「척(彳)부수」)
>
> 주(怞): '밝다'라는 뜻이다. 심(心)이 의미부이고 유(由)가 소리부이다.(怞: 朗也. 从心由聲.)(『설문·심(心)부수』)

또한, 빠른 길을 찾거나 행동이 지나치는 것도 규범에 부합하지 않는다. 아래에는 두 개의 단어씩 짝을 지어 비교해서 살펴보자.

> 건(逍): '지나가다'라는 뜻이다. 착(辵)이 의미부이고 간(侃)이 소리부이다.(過也, 从辵侃聲.)(『설문·착(辵)부수』)
>
> 건(愆): '과오 즉 잘못'을 말한다. 심(心)이 의미부이고 연(衍)이 소리부이다. 왕균(王筠)은 당(唐)나라 석현응(釋玄應)의 말을 인용하면서 "연(愆)은 고문체에 한(寒)과 건(逍)이라는 두 가지 형태가 있다."라고 하였다. 『한서·유보전(劉輔傳)』에서는 "군주는 도의를 잃는 잘못을 저지르지 않습니다."라고 하였다.(過也, 从心衍聲. 王筠引唐釋玄應曰: 愆, 古文寒、逍二形.『漢書·劉輔傳』: 元首無失道之逍.)(『설문구두』제4권「착(辵)부수」)

급(伋): '급하게 가다'라는 뜻이다. 척(彳)이 의미부이고 급(及)이 소리부이다.(伋: 急行也, 从彳及聲.)(『설문·척(彳)부수』)

급(急): '편협하다'라는 뜻이다. 심(心)이 의미부이고 급(及)이 소리부이다.(急: 褊也, 从心及聲.)(『설문·심(心)부수』)

91   「하준(何尊)」

92   「중산왕착호(中山王𬸚壺)」

'순(順)'과 관련된 동원자(同源字)들은 당시 집단의 도덕적 기능을 나타낸다. 먼저, '순(順)'은 고대 중국어의 문자 중에서 사람들의 심리를 나타낸다. 『설문·혈(頁)부수』에서 "순(順)은 '머리칼을 정리하다'라는 뜻이다. 혈(頁)이 의미부이고 천(巛)도 의미부이다.(順: 理也. 从頁从巛.)"라고 하였다.

서개(徐鍇)의 『설문계전(說文系傳)』에서는 "천(川)이 소리부이다.(川聲)"라고 하였다. 금문(金文)의 '순(順)'은 직접적으로 '심(心)'을 의미부로 삼고 있으며, 명문(銘文)의 '역행과 순행을 고려하지 않고[不顧逆順]'의 '순(順)'은 순(𢖩)으로 표기된다. 또 '훈(訓)'으로 쓰기도 하는데,「하준(何尊)」에 써진 '순아불매(順我不每)'는 '훈아불민(訓我不敏: 나의 불민함을 깨우쳐주다)'으로 해석할 수 있다.[22]

육예(六藝)의 여러 경전에서 자주 언급한 '순(順)'에 관한 내용은 『설문』의 해석과 딱 맞아떨어진다. 예를 들면, 『시경·대아(大雅)·황의(皇矣)』에서는 "모르고 알지 못하면, 천황의 규칙을 따른다.(不識不知, 順帝之則.)"라고 하였고, 『역(易)·예(豫)』에서는 "성인은 순응하여 움직인다.(聖人以順動.)"라고 하였다. 공영달은 "성인이 조화롭게 움직이면, 천지의 덕을 합한다.(若聖人和順而動, 合天地之德.)"라고 주석하였다.

---

[22] 『金文編』제9권「頁部」

『설문·천(川)부수』에 따르면, '천(川)'은 "'관통하여 물을 흐르게 하다'는 뜻이다.(貫穿通流水也.)"와 같이 물이 통과하여 직접 도달함을 나타내는 것이 본래의 의미이다. 『설문통훈정성·둔(屯)부수 제15』에서는 "천(川)은 물이 직접 도달하는 형태를 나타낸다.(按川象水直達之形.)"라고 하였다. 반대로, 물이 흐르지 않는 건 재앙을 상징하게 되어, 『설문·천(川)부수』에서는 '재(巛)'에 대해 이렇게 말했다. "'수해'를 말한다. 일(一)이 천(川) 가운데 갇힌 모습이다. 『춘추전』에서 '흐르는 강물이 막혀 가기 어려운 소택으로 변하는 것은 흉할 징조이다.'라고 했다.(巛: 害也. 从一離川. 『春秋傳』日: 川離爲澤, 凶.)" 따라서 '천(川)'에서 그 명칭이 유래한 글자들은 대부분 '순(順)'의 의미를 가지고 있다.

> 순(巡): '시찰을 하면서 가다'는 뜻이다. 착(辵)이 의미부이고 천(川)이 소리부이다.(巡: 視行也. 从辵川聲.)
>
> 음운을 통한 의미 분석[聲訓]: 『백호통(白虎通)』에서는 "천자가 제후를 찾아가는 것을 '순수(巡狩)'라고 한다. 순(巡)은 '돌다'는 뜻이다."라고 하였다.(白虎通: 巡狩, 巡者, 循也.)
>
> 훈(訓): '설명하고 가르치다(說教)'라는 뜻이다. 언(言)이 의미부이고 천(川)이 소리부이다.(訓: 說教也, 从言川聲.)
>
> 『이아·석고(釋詁)』에서는 "훈(訓)은 '이끌다'는 뜻이다.(訓, 道也.)"라고 하였는데, 순(順)으로 가차되면서 『광아·석고(釋詁)』(1)에서는 "훈(訓)은 '순하다'는 뜻이다.(訓, 順也.)"라고 하였다.
>
> 순(馴): '말이 길들어져 순하다'라는 뜻이다. 마(馬)가 의미부이고 천(川)이 소리부이다.(馴: 馬順也, 从馬川聲.)
>
> 『일체경음의(一切經音義)』에서는 『설문』을 인용하여 "야생의 새나 짐승들을 키워서 길들이는 것을 순(馴)이라고 부른

다.(養野鳥獸使服謂之馴.)”라고 하였다.[23]

'순(順)'은 여태까지 중국의 오랜 도덕적 법령을 조절하는 데 있어 핵심적인 원칙으로 작용하였기에, 이 '순(順)'의 시대적 의미는 참으로 크다 하겠다.

이에, 우리는 육예(六藝)의 여러 경전에서 왜 '순(順)'에 대해 그토록 많이 언급했는지 이해해야 한다. 그러나 경학자들은 이 부분에 대해 줄곧 집어내지 못하다가 『연경실집』에서 처음으로 주목하기 시작하면서 「순(順)의 해석[釋順]」에서 전문적으로 여러 경전의 내용을 종합적으로 고찰하였다.

고대의 사람들은 크게 언급하지 않은 글자였으나 후대의 사람들이 주목하고 논한 것도 있고, 또 고대의 사람들이 중요한 의미로 항상 언급했지만 후대의 사람들이 말하지 않은 것도 있다. 공자는 일생을 살아오면서 그의 뜻은 『춘추(春秋)』에 두었고, 행함은 『효경(孝經)』에 두었다.

그는 천하의 지극한 덕과 중요한 도를 말할 때, 천하를 다스린다(治天下)거나 천하를 공평하게 한다(平天下)라고 말하지 않고 천하에 순응한다(順天下)라고 말했다. '순응[順]'하는 때의 의미는 매우 크다. 그런데 어째서 후대의 사람들은 이것을 말하지 않은 걸까?

『효경』에서 '순(順)'자는 총 10번 언급되었다. '순(順)'과 '역(逆)'은 서로 상반되는데, 『효경』에서 부모님께 효를 다하고 형제와의 우애를 통

---

23 『說文通訓定聲·屯部第十五』.

해 천하를 다스리라고 한 까닭은 '순응'이기 때문이다. 따라서 선왕들은 지극한 덕과 중요한 도를 가지고 천하에 순응하였기 때문에, 백성들은 서로 화목하게 지냈으며, 위아래 사이에 원망이 없었다.

또한, 효는 하늘의 통치이고, 땅의 의로움이며, 백성의 행함이라고 말한다. 하늘과 땅의 통치를 백성이 따른다면, 하늘의 분명함을 따르고 땅의 이로움으로 인해 천하에 순응한다. 또 백성에게 '예(禮)'와 '순종[順]'을 가르치는 데 있어 형제간의 우애보다 더 나은 것은 없다고 하며, 또 지극한 덕이 아니면 이보다 더 백성을 순응하게 할 수 있겠는가라고 했다. 이로써 경(卿), 대부(大夫), 사(士)는 효도와 형제간의 우애, 충성과 공경으로써 세상을 대하였다. 그러므로 그들은 자신의 봉록과 지위를 보전하고 종묘를 지킬 수 있었다. 그렇지 않다면 백성들이 봉기와 난을 일으켜 죽어 멸문을 당할 것이다. 『춘추』의 권위는 천하를 다스리는 데 있어 '순(順)'과 '역(逆)'의 사이에 있을 뿐이다. 노나라의 장손진(臧孫辰)과 제나라의 경봉(慶封)은 모두 역적들이다.(魯臧齊慶皆逆者也.)

이는 비단 공자만의 말이 아니다. 여러 국가의 지혜로운 대부들은 '순(順)'과 '역(逆)'이라는 두 글자를 지극한 '덕(德)'과 중요한 '도(道)'로 간주했다. 이로써, 『춘추삼전(春秋三傳)』과 『국어(國語)』에서 '순(順)'자가 가장 많이 언급되었으니, 모두 공자의 『효경』의 의미이다. 이뿐만 아니라, 『주역』에서는 곤(坤)이 순(順)의 의미가 되는데, '순(順)'자가 가장 많이 언급되었으니, 이 역시 공자의 『효경』과 『춘추』의 의미이다. 『시경』에서도 '순(順)'자가 가장 많이 언급되었으니, 이 역시 공자의 『효경』과 『춘추』의 의미이다. 『예(禮)』에서도 '순(順)'자가 가장 많이 언급되었으니, 이 역시 공자의 『효경』과 『춘추』의 의미이다.

성인은 천하를 다스릴 때, 수천 년 동안 다른 법칙이나 기술을 사용하지 않았다. 그들은 단순히 세상 사람들의 감정을 '순(順)'과 '역(逆)'으로 따랐을 뿐이었다. 그렇기에 공자는 지극한 덕과 중요한 도로써 천하에 순응하라고 말했던 것이다. '순(順)'자는 성경(聖經)에서 가장 중요한 글자로, 어떻게 주목하고 논하지 않을 수 있겠는가?[24]

'덕(德)'의 발생 배경은 오랫동안 그 근원을 알 수 없게 되어, 청대의 고증학자들이 놀라는 상황에 이르렀다. 그러나 상술한 고증과 해석을 통해, '덕(悳)'자는 사람들의 마음과 사회와 관련이 있으며, 그 구조적 의미는 유학이 조성한 고대 중국의 도덕적 법규와 도덕적 가치 판단의 기능에 완전히 구현되어 있음을 발견할 수 있다. 다른 전해 내려오는 문헌들과 비교해 봤을 때, 이만큼 순수하고 직접적인 설명은 찾아보기 힘들다.

제4절.

'선善'에 대한 원시적 증거

도덕의 궁극적 목적은 선(善)을, 과학의 궁극적 지향은 진리[眞]를, 예술의 궁극적 지향은 미(美)를 말하는데, 이 세 가지는 서로 대체될 수 없다. 한자에서 '선(善)'자는 매우 이른 시기부터 도덕적 판단에 참여하여, 옳고 그름, 정의와 부정을 구별하는 데 반드시 필요하였다. 그러나 여기

---

24 『學海堂經解』제1068권.

서 부가적으로 언급하고자 하는 것은 '선(善)'자는 고대의 '신이 판결하는 선'과 유가에서 가공과 변형을 거친 '순리에 따르는 착한 선'이라는 두 가지 측면을 다 보존하고 있다는 점이다.

이 두 측면을 비교하는 과정에서, '양(羊)'이 두 측면 모두에서 중심적인 의미부호로 참여하고 있으며, 거기에 '냉혹함[狠]'과 '순종[順]'이라는 두 개의 의미를 다 가지고 있음을 발견할 수 있었다. '냉혹함[狠]'과 '순종[順]'이라는 두 가지 측면은 모두 '양(羊)'이라는 하나의 실체에 동시에 존재하는데, 이들 간의 연결고리는 바로 '곧음[直]'에 있다. 아래에 이 두 측면에 대해 각각 나누어 설명해보겠다.

'양羊'이 신의 판결에 참여하는 이미지

『설문』의 관련 부수를 살펴보면, 고대에 '양(羊)'이 신의 판결에 참여한 '의미장'이 보존되어 있다. 「경(誩)부수」에서는 다음과 같이 설명하고 있다.

> 경(誩): '말로 다투다'라는 뜻이다. 두 개의 언(言)으로 구성되었다. 경(誩)부수에 귀속된 글자는 모두 경(誩)이 의미부이다. 경(競)과 같이 읽는다.(誩: 競言也. 从二言. 凡誩之屬皆从誩. 讀若競.)
>
> 선(譱): '아름답다(吉)'라는 뜻이다. 경(誩)이 의미부이고 양(羊)도 의미부이다. [양(羊)이 의미부가 된 것은] 의(義)나 미(美)자와 같은 이치이다.(譱: 吉也. 从誩从羊. 此與義美同意.)
>
> 경(競): '격렬한 논쟁(彊語)'을 말한다. 일설에는 '각축을 벌이다(逐)'라는 뜻이라고도 한다. 경(誩)이 의미부이고, 두 개의 인(人)으로 구성되었다.(競: 彊語也. 一曰逐也. 从誩, 从二人.)

「변(辡)부수」에서는 두 개의 단어가 포함되어 있다.

> 변(辡): '지를 지은 사람이 서로 송사를 벌이다'라는 뜻이다. 두 개의
> 신(辛)으로 구성되었다. 변(辡)부수에 귀속된 글자들은 모두
> 변(辡)이 의미부이다.(辡: 辠人相與訟也. 从二辛. 凡辡之屬皆从辡.)
> 변(辯): '다스리다(治)'라는 뜻이다. 언(言)이 변(辡)의 사이에 놓인 모
> 습이다.(辯: 治也. 从言在辡之閒.)

갑골문과 금문의 '선(善)'자의 형체를 비교하면, '양'을 나타내는 부호가
확실히 '선(善)'자의 중심을 차지하고 있다는 것을 알 수 있다.(첨부 표 참
조) 양(🐑, 🐑, 🐑, 🐑)(93)은 양의 눈 부분을 강조하여 그린 것으로, 고대
사람들에게 '양'은 소송 당사자 간의 옳고 그름을 분별하는 신성한 능력
을 가지고 있는 존재임을 나타내고 있다. 🐑, 🐑, 🐑, 🐑(94)은 '양'이 판
별하는 법적 효력을 보여준다. 대립하는 양측 사이에 '양' 부호를 그리면,
선과 악이 구별되는 것이다.[25]

93 🐑『속(續)』6, 236   🐑『일(佚)』884
    🐑『수(粹)』47   🐑『합(合)』197反
94 🐑「모공음정(毛公瘖鼎)」   🐑「간정(諫鼎)」
    🐑「역비수(鬲比盨)」   🐑「북궤(北簋)」

원래 '신적인 존재로서의 양'의 이미지는 '신의 판결'에 참여하는 시기
에 있었기 때문에, '양'의 이미지는 '냉혹하고 곧은' 품성을 갖추어야 했
다. 전승되는 문헌에서는 이러한 특징에 대한 기록이 이미 사라졌지만,

---

25 『甲骨文字典』제3권, 『金文編』제3권.

그 흔적들은 여전히 남아 있으며, 그 전통들도 사라지지 않았다. 『사기·화식열전(貨殖列傳)』에서는 "그곳의 백성들은 양처럼 사납다.(其民羯羠不均)"라고 했고, 사마정(司馬貞)은 『색은(索隱)』에서 "그 지역 사람들의 성격은 양과 같아, 민첩하며 강인하다.(其方人性若羊, 健捍而不均.)"라고 했다. 또 『항우본기(項羽本紀)』에서는 "(송의)가 군대에게 명령하였다. '호랑이처럼 사납고, 양처럼 거칠며, 늑대처럼 탐욕스러워, 명령을 따르지 않는 자는 모두 참수하라.((宋義)因下令軍中曰: 猛如虎, 很如羊, 貪如狼, 强不可使者, 皆斬之.)"라고 했다.[26]

'양'은 호랑이, 늑대와 같이 흔(很: 거침), 맹(猛: 용맹), 강(强: 강함), 탐(貪: 탐욕)으로 대구를 이루고 있다. 이 문장은 얼핏 보기에는 맞지 않아 보이지만, 『한서·진섭항적전(陳涉項籍傳)』제1권의 "(송의)가 군대에게 명령했다. '호랑이처럼 사납고, 양처럼 거칠며, 늑대처럼 탐욕스러워, 명령을 따르지 않는 자는 모두 참수하라.'((宋義)因下令軍中曰: 猛如虎, 很如羊, 貪如狼, 强不可令者, 皆斬.)"[27]와 비교해보면 서로 일치한다는 것을 알 수 있다. '흔(佷)'은 '흔(很)'의 이체자로, 『옥편·인(人)부수』에서는 "흔(佷)은 사납다는 뜻이다. 본래 흔(很)이라고 적었다. 호(户)와 간(懇)의 반절이다.(佷, 戾也, 本作很. 户懇切.)"라고 설명했다. 필자는 이전에 강소성(江蘇省) 경구(京口)의 북고산(北固山)에 올라, 감로사(甘露寺)를 여행하면서, 양의 형태로 조각한 '한석(狠石)'을 발견한 적이 있는데, 돌을 새긴 시간도 그렇게 늦지 않았다. 북송(北宋) 시기의 소식(蘇軾)은 「감로사(甘露寺)」라는 시에서 "마당 아래 누워 있는 양을 닮은 돌은 둥그런 모습이 엎드린 산양과 같구나.(很石卧庭下, 穹隆如伏羱.)"라고 읊었다. 그러나 사람들이 보통 '양'이라고 하면 '온순하고 길하다'는 느낌을 가지지, '냉혹하고 곧으며 용맹하다'는 생각을 하지 않는다.

---

26 『史記會注考證附校補』제7권(上海古籍出版社, 1986).

27 『漢書』제31권(中華書局, 1962).

적어도 대부분의 중국어 사전에서는 '양(羊)'자에 '냉혹하고 곧다[狠直]'
는 의미항을 찾아볼 수가 없다. 이는 '양'에서 이 이미지가 이미 사라졌음
을 나타낸다. 다시 말해, 학자들의 변형을 거치고 나서 '신의 판결'이라는
'양'의 기능은 이미 대체되어 버렸다.

'양'이 '해치[廌]'의 이미지로 대체

중국의 고전 문헌에서 '양'은 오래전부터 '온순하고 상서로움'의 상징
으로 정립되었다. 『주역·설괘(說卦)』에서는 "태(兌)는 양(羊)을 말한다.(兌爲
羊.)"라고 했는데, 공영달은 『소(疏)』에서 이렇게 말했다. "왕이(王廙)가 '양
은 순종적인 가축이다. 그러므로 길상을 뜻한다.'라고 했다.(王廙云: 羊者順之
畜. 故爲羊也.)"

허신은 여러 경전의 고대 뜻과 원래의 모습을 종합하여 『설문해자』를
편찬하고 집대성하였다. 그중 「양(羊)부수」에서 "양(羊)은 상서로움[祥]을
뜻한다.(羊, 祥也.)"와 같이 '양(羊)'자의 본래 의미에 대한 설명에서 그 이름
의 근원을 추적해보면, 고대 사람들이 '양'에게 투영한 긍정적인 감정과
태도를 발견할 수 있다.

'길상(吉祥)'의 '상(祥)'은 원래 '양(羊)'으로 썼다. 『설문·시(示)부수』의
'상(祥)'에 대한 설명에서 "복(福)을 말한다. 시(示)가 의미부이고 양(羊)이
소리부이다. 달리 '선하다(善)'라는 뜻이라고도 한다.(祥: 福也. 从示羊聲. 一云
善.)"라고 했다. 이로써 고대 중국인들의 마음에 '양'은 '상서로움[吉祥], 복
(福), 선(善)'의 어원이자 근원임을 알 수 있다.[28] 출토된 서한(西漢) 시기 동
세(銅洗: 세수할 때 사용하는 청동그릇)의 문양에서는 '길상(吉祥)'을 '길양(吉

---

28 臧克和, 『說文解字的文化說解·大羊意象篇』 참조.

羊)'으로 썼다.(95 참조)

95. 한(漢)나라 동세(銅洗)의 문양

그밖에 『마왕퇴 한묘 백서(馬王堆漢墓帛書)·16경(十六經)·행수(行守)』에서
는 "교만하고 싸우기 좋아하며 음모를 꾸미기 쉬운 나라는 반드시 길하지
못할 것이고, 용감한 절개에 법을 취한 나라는 반드시 멸망의 위험이 있
다.(驕洫好爭, 陰謀不羊(祥); 刑於雄節, 危於死亡.)"라고 했고, 「한원가도명(漢元嘉刀
銘)」에서는 "의후왕(宜侯王)은 크게 길하였다.(宜侯王, 大吉羊.)"라고 했다. 은
(殷)·주(周)시대, '성스런 양의 냉혹함과 곧음'에 대한 기록이 여전히 전해
지고 있음에도, '양'을 신비롭고 기이한 존재로 변모시키는 경향이 있었
으며, 결국 신비한 이미지로 바뀌게 되었다.

예컨대, 『논형·시응편(是應篇)』을 살펴보면, 한나라 사람들에게는 이미
"유학자들이 말하기를, 개호(解廌)는 외뿔의 양이다. 이는 천성적으로 죄
있는 사람을 안다. 고요(皐陶)가 옥사를 다스릴 때, 그 죄가 의심이 된다면
양에게 뿔로 들이받도록 하였다. 만약 죄가 있다면 들이받고, 죄가 없다
면 들이받지 않았다. 하늘에서 외뿔의 성스런 짐승이 태어나 옥사를 돕는
효험이 있었으므로, 고요는 양을 공경하며 섬겼다.(儒者說云, 解廌者一角之羊
也. 性知人有罪. 皐陶治獄, 其罪疑者, 令羊觸之; 有罪則觸, 無罪則不觸. 蓋天生一角聖獸, 助

獄爲驗, 故皐陶敬羊, 起坐事之.)"라는 전설이 널리 퍼져 있었다. 이는 아직도 그 유사함을 찾아볼 수 있는데,『금문편』부록의 명문을 통해서도 알 수 있다.(96 참조)

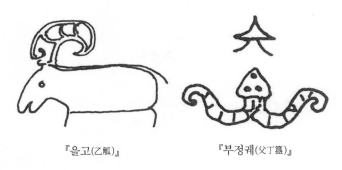

『을고(乙觚)』   『부정궤(父丁簋)』

96.『금문편』부록

그러나 이러한 기록은 일부 황당무계한 전설에서만 볼 수 있으며, 점점 더 기이하게 변해 '사불상(四不像)'과 같은 모습이 되었다. 예컨대,『술이기(述異記)』에서는 "해치(獬豸)는 외뿔의 양을 말한다. 이는 천성적으로 죄 있는 사람을 안다. 고요(皐陶)가 옥사를 다스릴 때, 그 죄가 의심이 된다면 양에게 뿔로 들이받도록 하였다.(獬豸者, 一角之羊也. 性知人有罪, 皐陶治獄, 其罪疑者, 令羊觸之.)"라고 했다. 이 때문에 '임법수(任法獸)'라는 이름이 생겼다. 『신이경(神異經)』에는 다음과 같은 기록이 있다. "동북쪽 황야에는 양과 같은 짐승이 있는데, 한 개의 뿔과 푸른 털을 가진 네 발 달린 짐승으로, 성품이 충직하고 바르다. 사람들이 싸우는 것을 보면 부당한 자를 찔러버리고, 사람들의 논쟁을 들으면 부정한 자를 물었다. …… 달리 '법을 집행하는 짐승[任法獸]'이라고도 부른다. 그러므로 옥사를 항상 동북쪽에 세우는 것은 그것이 있는 곳을 따라서다." 여기에서는 이미 '양과 같다'는 비유만을 해 놓았을 뿐이다.

『설문』에서 구축한 관련 '의미장'에서 '냉혹하고 곧은' 이미지는 '양'과
전혀 관련이 없으며, 오히려 '산에 사는 소'와 관련이 있다. 아래의 내용을
보자.

치(廌): '해치'로, 짐승 이름인데, 들소를 닮았으며, 뿔이 하나이다.
　　　옛날 재판을 할 때, [해치로 하여금] 옳지 않은 자를 뿔로 들
　　　이받도록 하였다. 상형이며, 치(豸)의 생략된 모습으로 구성
　　　되었다.(廌: 解廌, 獸也, 似山牛, 一角. 古者決訟, 令觸不直. 象形, 從豸
　　　省.)

교(𤜚): '해치의 일종'이다. 치(廌)가 의미부이고 효(孝)가 소리부이
　　　다. 구체적인 것은 알 수 없어 비워 둔다.(𤜚: 解廌屬. 從廌孝聲.
　　　闕.)

천(薦): '짐승이 먹는 풀'을 말한다. 치(廌)가 의미부이고 초(艸)도 의
　　　미부이다. 먼 옛날, 신선이 치(廌)를 황제(黃帝)에게 바쳤다.
　　　그러자 황제가 물었다. "무엇을 먹고 사는가(何食)? 어디에
　　　사는가(何處)?" 이렇게 대답했다. "천(薦)이라는 풀을 먹고
　　　사며, 여름에는 연못(水澤)에 살고, 겨울에는 소나무 숲(松柏)
　　　에 삽니다."(薦: 獸之所食艸. 從廌從艸. 古者神人以廌遺黃帝. 帝曰: "何
　　　食？何處?" 曰: "食薦; 夏處水澤, 冬處松柏.")

법(灋): '형벌'을 말한다. 물과 같이 공평해야 하기에 수(水)가 의미부
　　　가 되었다. 치(廌)는 옳지 않은 자를 뿔로 받아버리기 때문
　　　에 의미부가 되었고, [뿔로 받아] 날려버리기 때문에 거(去)
　　　가 의미부가 되었다.(灋: 刑也. 平之如水, 從水; 廌, 所以觸不直者; 去
　　　之, 從去.)

97 艸(卅)

98 灃(灣)

99 𢉖『후하(後下)』33, 4

𢉖「후마맹서(侯馬盟書)」

𢉖『설문·치(廌)부수』

위의 「치(廌)부수」에서, '치(廌)'가 상징하는 것은 '𢉖, 𢉖, 𢉖'(99)에서 볼 수 있는 변화과정을 거쳐, 『설문』에서 의미형상을 취할 때, '양(羊)'과 관련이 있는 것이 아니라 실제로는 '산에 사는 소'를 나타내는 것으로 '강(羌)'과도 연관이 없다.

심지어 일부 학자들은 '치(廌)'를 '사슴[鹿]'을 나타내는 것이라고도 한다. 『한서·사마상여전(司馬相如傳)』에는 "해치(解廌)와 같은 역할을 하는 부서를 만들었다.(弄解廌部.)"라는 문장이 있다. 안사고는 주에서 장읍(張揖)의 말을 인용하여 "해치(解廌)는 사슴과 비슷하나 뿔이 하나이다. 군주의 형벌이 적절하면 조정에 나타나며, 곧지 못한 자를 들이받는데, 잡아 놓을 수 있다.(解廌, 似鹿而一角. 人君刑罰得中則生於朝廷, 主觸不直者, 可得而弄也.)"라고 말했다. 또한 「각(角)부수」에서는 '해(解)'를 아래와 같이 설명했다.

'분해하다(判)'라는 뜻이다. '칼로 소의 뿔을 분해하다'는 뜻을 그렸다. 일설에는 '해치(解廌)라는 짐승'을 말한다고도 한다.(解: 判也. 从刀判牛角. 一曰解廌, 獸也.)

여기에서 '달리~라고도 부른다[一曰]'의 해석에서 그 이름을 유추해보면, '판결[判]' 즉 '분쟁을 해결'하는 의미와 정확히 일치하며, 또한 관련

부류와 함께 관찰할 수 있다.[29]

요약하면 『설문』에서 '매우 곧고 사나우며 두려운' '양(羊)'의 이미지는 이미 사라지고, '온순하고 길하며 상서로운' 측면이 부각되고 강화되었다.

---

[29] 『說文解字的文化說解 · 釋文系列』 참조. 또, 여러 문헌에서의 고대 의미 중에서 일부는 '덕(德)'의 본래 의미와 멀지 않다고 말할 수 있다. 예컨대, 『시경 · 위풍(魏風) · 석서(碩鼠)』에서는 "즐거운 땅, 즐거운 땅이여. 거기 가면 내 편히 곧게 살리라.(樂國樂國, 爰得我直.)"라고 했는데, 『모전(毛傳)』에서 "직(直)은 '그 곧은 도를 얻음'을 말한다.(直, 得其直道.)"라고 설명했다. 『정전(鄭箋)』에서는 또 "직(直)은 정(正)과 같다.(直, 犹正也.)"라고 말했다. 이후의 『모정시고증(毛鄭詩考證)』에서는 또한 두 가지 면을 함께 "나의 곧음을 얻는다'는 것은 그 성품을 좇아 사람 인생의 바른 도에 어긋나지 않음을 의미한다.(得我直, 謂得逐其性, 不違人生之正道.)"라고 말했다. 또 『논어 · 옹야(雍也)』에서는 "사람의 삶은 정직하여야 한다.(人之生也直.)"라고 했다. 한(漢)나라의 경학자들은 이 문장에 대한 이해가 명확하지 않은 가운데, 마융(馬融)은 "사람이 평생을 선하게 보낼 수 있는 것은 그가 정직한 덕을 가지고 있기 때문이다.(人之所以能善其終生, 是由於他有正直之德.)"라고 말했다. 그러나 정현은 "사람은 태어날 때부터 정직한 성품을 갖추고 있다.(人生來就具有正直之性.)"라고 생각했다. 문제는 다음과 같은 부분에 있었다. 정현이 말한 '생(生)'자가 '태어날 때부터'인지 아니면 '성품'을 나타내는 의미인지. '직(直)'자가 '덕(德)'을 의미하는 것인지, 아니면 '정(正)'을 의미하는 것인지. 이 글의 고증과 연결해 본다면, '성(性)'은 '생(生)'에서 유래한 것으로, '생(生)-성(性), 덕(德)-직(直), 선(善)-정(正)'이다. 그렇다면 '생직(生直)'의 뜻은 실제로 '성선(性善)'이다.

또, '직(直)'을 '덕(德)'의 심성으로 삼은 것은 후세의 전기와 야사에 여전히 그 흔적이 남아 있다. 예컨대, 당(唐)나라의 이조위(李朝威)는 『유의전(柳毅傳)』에서 "지금 내가 의관을 갖추고 앉아서 예의를 논하며 인(仁), 의(義), 예(禮), 지(智), 신(信)의 오상(五常)의 성정을 다하려고 하며, 수백 가지 행위규범의 본질을 깊이 이해하고 있다. 인간 세상에서조차 나보다 못한 지혜로운 사람과 군자들이 있거늘 하물며 강의 신령들은 어떻겠는가? 그런데 당신은 당신의 어리석은 본성과 거만한 성격으로 술에 취해 무모하게 행동하며 다른 사람들에게 복종을 강요하니, 이것이 어떻게 바르고 곧음에 가까워질 수 있겠는가?(今體被衣冠, 坐談禮義, 盡五常之志性, 負百行之微旨, 雖人世賢傑, 有不如者, 況江河靈類乎? 而欲以蠢然之軀, 悍然之性, 乘酒假氣, 將迫於人, 豈近直哉!)"라고 했는데, 장우학(張友鶴)은 '근직(近直)'을 "바른 도덕에 적합하다.(合乎正道德.)"라고 주석했다.(張友鶴 選注, 『唐宋傳奇選』(人民文學出版社, 1985))

이러한 이미지의 변형과 변화과정은 '덕(德)'의 가치를 재구성하는 과정과 상응하므로 여기에서 연관시켜 논의하였다.

유가 시학 사상의 변천

공자 시대에는 주로 문장의 일부만 취하거나 『시경』을 인용하여 자신의 뜻을 표현하는 것이 큰 유행이 되었다. 『시경』에 실린 3백 편의 시는 이미 자신의 뜻을 드러내는 '문장의 모델'로 자리 잡았다. 『한서·예문지(藝文志)·제자략(諸子略)』에서 종횡가(縱橫家)에 대해 논하면서 공자가 한 말을 다음처럼 인용하고 있다. "『시』 3백 편을 외워서 정치를 맡겨도 잘하지 못하고, 사방으로 나아가게 외교를 하게 하여도 제대로 대응하지 못하는구나. 그러니 지식이 많은들 무엇에 쓰겠는가?(誦『詩』三百, 授之以政, 不達, 使於四方, 不能專對. 雖多, 亦奚以爲?)"[1]

역대로 『시경』을 논하는 자들은 "시에는 문자적 의미가 없다."고 하면서 '짝을 구하고 훌륭한 사람을 찾는' 것이라 해석했다. "표현한 글자의 의미는 잊어버리고 글자를 넘어선 의미, 형상을 초월하여 의도를 추측

---

[1] 『논어·자로(子路)』의 내용 참조. "以意逆志"에 관한 설은 『맹자·만장(萬章)』(상편)에 나타나 있다. 청(淸)나라의 오기(吳淇)는 "한(漢)나라와 송(宋)나라의 여러 유학자들은 하나의 '지(志)'자를 고인(古人)에게 속하게 하고, '의(意)'를 자신의 의미로 삼았습니다.(漢宋諸儒以一志字屬古人, 而意爲自己之意.)"라고 말하였다. 郭紹虞 編, 『中國歷代文論選』제1권(上海古籍出版社, 1979), 37쪽 참조.

하는 것은 소중히 여겼던 것을 잃고도 결국 아무것도 얻지 못하는 것이다. 어떤 문구를 지나치게 곧이곧대로 인용하는 것(深文周內)을 깊이가 있고 내공이 있는 것이라 여겨, 숨겨진 것을 찾아 억지로 갖다 붙이고, 견강부회하는 것이다. 광정(匡鼎)의 시 설명은 거의 관로(管輅)의 사복(射覆)[2]과 같고, 마음이 휘장을 걸어놓고 겉으로 경서를 가르치는 시늉을 하는 식이며, 심지어는 '오대시안(烏台詩案)'과도 같은 것이다. 한나라 이후로 이런 방식으로 명성을 얻은 사람들이 있었으나, 진실로 고수(高叟)의 비웃음을 피할 수는 없을 것이다!"[3]

경학자들은 일찍부터 "『시경』은 다른 경전보다 특히 이해하기 어렵다."라고 탄식을 해 왔는데, 그 어려운 점은 다음의 8가지로 요약된다. 첫째, "『시경』은 모든 사람들이 어릴 적부터 배우는 경전이다. 그러나 『시경』이 다른 경전들보다 이해하기 어렵다고 여기는 부분은 본래부터 직설적인 표현이 아니라 풍자와 비유를 하였기 때문이다. 이전 사람들이 직설적으로 말하지 않았는데, 후세 사람들이 어떻게 추측을 할 수 있겠는가? 『시경』을 가지고 말해보자면, 『시경』을 지은 이유가 있을 것이며, 『시경』의 시를 읊은 이유도 있을 것이다. 정현의 말처럼, '시를 짓는 자들은 문장을 짓거나 옛 전고를 서술했기에', 『시경』에는 본래의 의미도 있고, 파생된 의미도 있으며, 문장을 다 가져오는 것이 아니라 일부의 문장만 가져와서 의미를 취하기도 하였다. 파생된 의미로 본래의 의미를 이야기하는 것도 문제지만, 일부의 문장만 가져와서 의미를 취한 것을 두고 본래의 의미를 이야기하는 것은 더욱 문제가 크다고 할 수 있다. 그 의미들이 모두 옛날부터 있었다 해도, 제대로 알맞게 해석하기가 어렵고 그 의미들을 다

---

2 (역주) 사복(射覆)은 중국의 민간에서 유행하는 점술에 가까운 물건 맞추기 놀이다. 항아리나 대야와 같은 용기 아래에 물건을 가려 놓고 사람들이 그 안에 무슨 물건이 들어있는지 맞추는 것이다.

3 錢鍾書, 『管錐編』 제1권, 15쪽.

따르는 것도 어렵기 때문이다. 이것이 『시경』을 이해하기 어려운 첫 번째 이유이다."[4]

　　아래에서는 '시가 뜻을 표현한다는 것에 대한 논의', '시에 관한 논의', '시는 감정을 불러일으킬 수 있다', '풍요(風謠)의 체(體)와 용(用)', 『시경』에 표현된 '금슬(琴瑟)' 등의 이미지에 관해 논의하고자 한다. 그리고 이러한 몇몇 어원학적인 측면에 보존된 유가의 시학에 대한 정신, 관념의 전승 등에 대해, 좀 더 직접적으로 고증할 것이다.

4　皮錫瑞, 『經學通論』(二)(中華書局, 1954).

제5장. 시詩의 근원 유가 시학 사상의 변천

시가 뜻을 표현한다는 것에 대한 논의

이 명제는 예술을 논의하는 자들에 의해 줄곧 중국 시학의 시원적인 준칙이라 여겨져 왔다. 이 말이 처음 등장한 곳은 『상서·요전(堯典)』에서부터 찾아야만 할 것이다.

> 임금께서 말씀하셨다. 기(夔)여, 너에게 전악(典樂)을 명하노니 나의 맏아들을 가르치어라. 곧으면서도 따뜻하고, 관대하면서도 무섭고, 강하면서도 학대하지 않고, 간단하면서도 오만하지 말게 하라. 시는 뜻을 표현하고, 노래는 말을 읊조리며, 소리는 노랫가락에 의지하고, 악률은 소리에 화합한다. 팔음이 서로 화해하여 서로 다투지 않게 되고, 신과 사람이 화합하게 된다. 기(夔)가 대답하여 아뢰었다. 그렇습니다. 제가 돌로 된 악기를 두드리고 치면, 온갖 짐승조차도 함께 춤을 추게 됩니다.[5]

정현의 『시보(詩譜)』(서문)는 모두 이에 근거했다. "『우서(虞書)』에서 말했다. 시는 뜻을 표현하고, 노래는 말을 읊조리며, 소리는 노랫가락에 의지하고, 악률은 소리에 화합한다. 그렇게 되면 시의 도가 여기에 놓이게 된다."[6] 모시의 『관저(關雎)』(서문)에서도 그중의 '시(詩)'에 대해서 이렇게 해석했다. "시라는 것은 뜻이 가고자 하는 바이다. 마음속에 있게 되

---

5 『十三經注疏·尙書正義』(中華書局, 1980).

6 『十三經注疏·毛詩正義』.

면 뜻이 되고, 말로 표현하게 되면 시가 된다."[7] 『석명(釋名)』에서도 이에 근거하여 시(詩)의 명칭의 유래에 대해 논의했다. "시(詩)는 지(之)와 같아서 '가다'는 뜻이다. 뜻(志)이 가는 바를 말한다."[8] 공영달은 『정의(正義)』에서 시(詩)에 관한 이러한 모든 논의들을 한데 모아 정리하여 기술했다. 그렇게 되자 시를 논의하는 이후의 학자들은 '언지(言志)'라는 부분에 대해서만 관심을 둘 수밖에 없었다. 문일다(聞一多)는 『노래와 시[歌與詩]』에서 "표현한다[志]는 것에는 세 가지 의미가 있다. 하나는 뜻의 표현[記意]이고, 둘째는 기록함[記錄]이며, 셋째는 감정의 표현[懷抱]이다. 이 세 가지는 시 발전의 세 단계를 의미하기도 한다."라고 하였다. 광범위한 논술이라는 것은 분명하다.

지금의 사람들은 잘못된 정보를 전달하며, 이러한 정보들을 잘못 채택하는 것은 논의할 가치조차 없으나, 논의하는 이들은 예술과 시학을 명확하고 직접적인 경로로 보고 있다. 그러나 문자학과 훈고학으로 이를 충분히 설명할 수 있다. '지(志)'와 '시(詩)' 두 글자를 하나로 볼 때, '지(志)'가 바로 '시(詩)'이다. 그러나 이러한 해석은 지나치게 '두루뭉술하다'라고 할 수 있다. 원래 '시(詩)'에는 "뜻을 표현한다(言志)"는 기능이 있지만, '뜻(志)'이 '시(詩)'와 동일한 것이 아니라, '뜻(志)'이 '시(詩)'에 드러나는 것이다. 그리고 '뜻(志)'을 드러내는 것 또한 '시(詩)'라는 한 장르에 국한되는 것도 아니다. 잠시 『사기·오제본기(五帝本紀)』에서 인용한 『상서』의 "시는 뜻을 표현한다.(詩言意)"는 이문(異文)을 차치하더라도, 어원학적으로 말해도 대부분 생소하다. 아래에서는 '시(詩)'와 '지(志)' 두 가지 측면에서 상세히 분석해 보고자 한다.

---

7 『十三經注疏·毛詩正義』.
8 『淸疏四種合刊本』(上海古籍出版社, 1989).

시는 '뜻을 말로 표현하는 문체'를 말한다.(詩: 祛也.)

갑골문과 금문 등 출토문헌에서는 아직 '시(詩)'자가 발견되지 않았다. 『설문·언(言)부수』에 수록된 소전체에 의하면 언(言)이 의미부이고 사(寺) 가 소리부이다. 그리고 그 아래에 위에서 인용한 「시(詩)의 고문체이다"라 는 언급이 붙어 있다. 『설문』에서 말하는 '고문'은 대체로 소전체보다 이 른 시기의 것이라 단언할 수 있다. 고문체로 된 '시(詩)'의 구조를 보면, 언 (言)이 의미부이고 지(之)가 소리부이다. '언(Ɏ)'(101)은 '언(言)'의 고문체 이다. '지(之)'는 갑골문과 금문에서 모두 행동을 나타내는 것에서 이미지 를 가져와 𝕩(a)처럼 적었다. "의미가 소리부 속에 들어있다."라는 훈고학 이론에 근거한다면, 비교적 원시 상태의 '시(詩)'의 글자 그대로의 의미는 바로 '말의 지향'이나 '말에 호소하는 행위'가 될 것이다. 이후 '말은 마음 의 소리'라는 문화적 가치관에서, '마음의 소리(心聲)'와 '말과 행동(言行)' 등은 동일시되어 하나가 되었고, 「언(言)부수」와 「심(心)부수」도 구별 없 이 혼용되었다. 이는 분명히 유학자들이 문자학을 정리한 다음의 결과로 서, 이에 대한 자세한 논의는 다음 절에서 자세히 기술하였다. 그리하여 '지(志)'도 '시(詩)'와 동일하게 되어, '언어의 지향'도 '마음의 지향'과 같 고, '언어에 호소하는 행위'도 '마음에서 나타나는 활동'과 같다.

계복(桂馥)은 『설문해자의증(說文解字義證)』에서 이렇게 말했다. "『시서(詩 敘)』에서 '시란 뜻이 가는 곳이다'라고 했다.(詩者, 志之所之也.)"[9] 이러한 층 면에서 볼 때, 원초적인 시란 바로 마음이 제멋대로 가고, 정서를 표출하 며, 감정에서 우러나오는 것을 말한다.

---

9 『說文解字義證』제7권 영인본(中華書局, 1987).

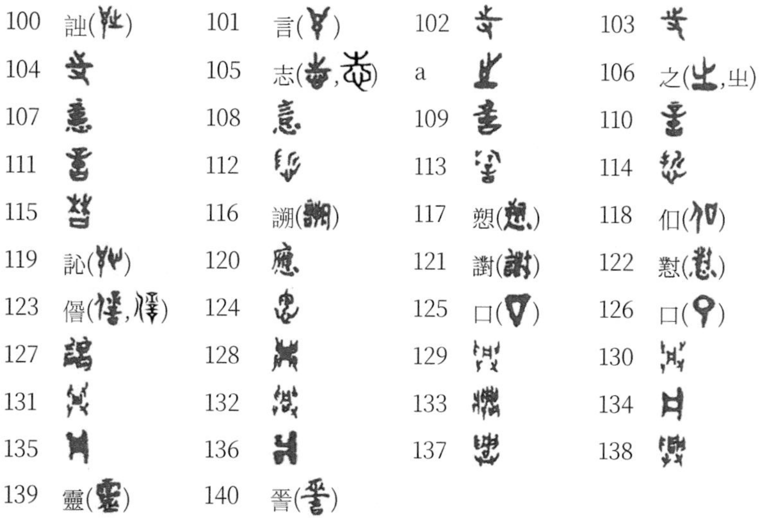
100 訨
101 言
102
103
104
105 志
a
106 之(㞢)
107
108
109
110
111
112
113
114
115
116
117 愬
118 伵
119
120
121 譵
122 對
123 僭
124
125 口
126 口
127
128
129
130
131
132
133
134
135
136
137
138
139 靈
140 詈

시는 '의지하다'는 뜻이다.(詩, 恃也.)

『설문·언(言)부수』에 수록된 "언(言)이 의미부이고 사(寺)가 소리부"인 '시(詩)'가 일반적으로 보는 구조인데, 이후의 자형과 일맥상통하여 전혀 고침이 없었다. 『설문·심(心)부수』에 따르면, '시(恃)'자의 어원도 '사(寺)'이다. 즉 "시(恃)는 '의지하다'라는 뜻이다. 심(心)이 의미부이고 사(寺)가 소리부이다.(恃: 賴也. 从心寺聲.)" 이와 마찬가지로 '사(寺)'를 소리부로 삼는 '시(詩)'도 상통하는 이치를 가진다. 즉 '시(詩)'의 어원은 '사(寺)'이며, 문헌과 경전에서 '사(寺)'는 '시(恃)'로도 쓸 수 있다. 예컨대, 『마왕퇴 한묘 백서·노자갑본(老子甲本)·덕경(德經)』에서 "낳았지만 소유하지 않고, 행하지만 의지하지 않는다.((生而)弗有也, 爲而弗寺也.)"라고 했는데, 이를 금본 『노자』 제51장에서는 "낳았지만 소유하지 않고, 행하지만 의지하지 않는다.(生而不有, 爲而不恃.)"라고 하였다. 또 『마왕퇴 한묘 백서·16경(十六經)·3금(三禁)』에서는 "유약함은 의지하기에 부족하다.(柔不足寺.)"라고 했는데,

여기의 '사(寺)'도 마찬가지로 '시(恃)'자이다. 이러한 어원적 연계를 통해 '시(詩)'의 쓰임은 바로 '어떤 것에 의지하고 기탁함'에 있음을 알 수 있다.

시는 '쥐다'는 뜻이다.(詩, 持也.)

『설문통훈정성』에서 이렇게 풀이했다.

지(持)는 쥐다[握]는 뜻이다. 수(手)가 의미부이고 사(寺)가 소리부이다. 『음의지귀(音義指歸)』에서는 '지(持)는 잡다[執]는 뜻이다.(持者, 執也.)'라고 했고, 『예기·사의(射義)』에서는 '활과 화살을 쥔 것이 참으로 단단하다.(持弓矢審固.)'라고 했으며, 『논어』에서는 '위태로운데도 잡지 않는다.(危而不持.)'라고 했다. 『월어(越語)』에서는 '지키고 채움이 있어야 한다.(有持盈.)'라고 했고, 『시경·대아·부로(鳧鷖)』(서문)에서는 '잡고 채울 수 있어야 지킬 수 있다.(能持盈守成.)'라 했는데, 그 『소(疏)』에서 '잡고서 놓지 않는 것을 지(持)라고 한다.(執而不釋謂之持.)'라고 했다.

『한서·유향전(劉向傳)』에서는 "승상과 어사가 쥐고 있는 바에 미치다.(及丞相御史所持.)"라고 했는데, 그 주석에서는 "부축하여 보좌함을 말한다.(謂扶持佐助也.)"라고 했다. 또 『순자·정명(正名)』에서는 '먹줄로 나무의 직선을 유지하는 것과 같다.(猶引繩墨以持曲直.)'라고 했는데, 그 주석에서는 '제약하다는 뜻이다.(制也.)'라고 했다."[10] '시(詩)'의 어원이 본래 '사(寺)'에서 출발했고, '사(寺)'는 사실 '지(持)'자의 초기 필사 형태였다고 필자는 생각한다. 임의광(林義光)은 『문원(文源)』에서 금문의 '사(寺)'를 두고 이렇게 말했

---

10 『說文通訓定聲·頤部第五』(武漢古籍書店, 1983).

다. "우(又)가 의미부이고, 지(之)도 의미부인데, '쥐다[持]'가 원래 뜻이다. 우(又)는 손의 모양을 본떴다. 손으로 잡는 것이 바로 '쥐다[持]'는 뜻이다. 지(之)는 소리부도 겸한다. 「주공경종(邾公牼鍾)」[11]에서는 '분기시지(分器是持: 기물은 나누어 가질지라)'라고 했고, 「석고(石鼓)」에서는 '수궁지사(秀弓持射: 빼어난 활은 사수의 손에 있고)'라고 했는데, 모두 '지(持)'를 '사(寺)'자로 적고 있다."[12]

고대 문헌에서 '사(寺)'는 바로 '지(持)'와 같이 사용하고 있었다. 「석고문(石鼓文)·거공(車工)」에서도 "활을 잡고 긴장을 늦추지 않는다.(弓玆以寺.)"라고 했는데, 곽말약은 이에 대해 "사(寺)는 지(持)와 같이 읽는다."라고 풀이했다. 『마왕퇴 한묘 백서·16경(十六經)·성법(成法)』에서 "백성들의 피해를 없애고, 백성들의 평화를 지킨다.(除民之所害, 而寺(持)民之所宜.)"라고 했는데, 이도 마찬가지이다.

'시(詩)'도 '지(持)'로 쓰일 수 있었다. 『예기·내칙(內則)』에서 "군왕의 손자가 태어났다. …… 태어난 지 삼일 째 되는 날, 점술사가 부정적인 예언을 내렸다. 점복의 결과가 길하다면 아이의 집에서 하룻밤을 머물면서 길함을 기원할 것이며, 점복의 결과가 불길하다면 군왕이나 고위 관료가 공식적인 복장을 입고 아이의 집 문 밖에 병풍막을 설치하면서, 시를 지어 아이에 대한 축복과 희망을 표현하였다.(國君世子生……三日, 卜士負之, 吉者宿齋, 朝服寢門外, 詩負之.)"라고 했는데, 정현은 "시는 [감정이나 사상을] 담아내고 전달한다는 말이다.(詩之言承也.)"라고 주석했으며, 공영달은 『소(疏)』에서 이렇게 말했다. 「시함신무(詩含神霧)」에서 시(詩)라는 것은 지(持)와 같

---

11 (역주) 「주공경종(邾公牼鍾)」은 송대(宋代)의 문물로, 현재 난경 박물관에 소장되어 있다. 이 동종의 총 길이는 39.4cm이며, 내부의 길이는 14.9cm, 춤 사이의 길이는 21.5cm, 밀링 사이의 길이는 23.3cm이다. 이 동종은 송대의 문화와 예술, 공예 기술을 반영하는 중요한 유물로, 역사적 가치와 함께 예술적, 공예적 중요성을 지니고 있다.
12 『漢語大字典·寸部』.

아서 '쥐다'는 뜻이다. 손으로 계속 쥐고 있으면서 명을 받잡다는 뜻인데, 손으로 아래를 받쳐 들고 그것을 안는다는 것을 말한다.(以手維持, 則承奉之 義, 謂以手承下而抱負之.)"

문헌에서 '시(詩)'와 '지(持)'는 매우 자주 통용된다. 이로써 이 두 글자가 '사(寺)'자와 어원적으로 밀접한 관계에 있다는 것을 알 수 있다. '사(寺)'를 소리부로 삼는 한자는 대부분 '쥐다[持止]'는 뜻을 가진다. 예컨대, "대(待)는 기다리다(俟)는 뜻이며, 척(彳)이 의미부이고 사(寺)가 소리부이다. 『광아·석고(釋詁)』(3)에서는 '대(待)는 머무르다(逗)는 뜻이다.'라고 했다.(필자의 생각에, 두(逗)는 '구두(句讀)'나 '절주(節奏)'의 뜻이다.)[13]

"지(持)는 '물이 잠시 넘쳤으나 멈추어 줄어들지 않다'는 뜻이다. 수(水)가 의미부이고 사(寺)가 소리부이다."[14]

"치(峙)는 '머뭇거리다[峙躅]'는 뜻이다.[15] 지(止)가 의미부이고 사(寺)가 소리부이다."

필자의 생각은 이렇다. 치저(峙躅)는 쌍성 연면어로, 나아가지 못하다는 뜻이며, 달리 지주(踟躕)라고도 쓰며……주저(躊躇)라고도 쓰며……다주(跢跦)라고도 쓰는데, 모두 배회하며 가지 않는 모습을 말한다. 치(峙)의 본래 뜻은 '그치다[止]'인데, 역시 남(崗)이나 치(峙)로도 쓴다. 『광아·석고』(3)에서 "치(峙)는 '그치다[止]'는 뜻이다."라고 했다. "시(詩)는 지(持)와 같아 '쥐다'는 뜻이다"라는 말의 어원이 가리키는 바와 이것이 시의 기능을 말한 것에서 절제가 있고 금기가 있음을 뜻하게 되었을 것이다. 그런데 개별 정황은 복잡하고 뒤섞여 있기에 좀 더 자세한 해석이 필요하다.

---

13 『說文通訓定聲·頤部第五』.

14 『說文解字·水部』(中華書局, 1963).

15 필자의 생각에, '치(峙)'는 바로 '지(踟)'를 말한다. '치저(峙躅)'는 현재 '지주(踟躕)' 등으로 쓴다. 여기에서 글자를 '쌍성연면어'라고 한 것은 주준성의 『설문통훈정성』의 내용을 따른 것이다.

발생학적 측면에서 볼 때, 상고시대의 시가 주술적이고 저주의 효력을 지녀야 했다는 것은 이미 학계에서 공인된 인식이다. 원시인들은 자신의 언어에 주술적 힘이 있다고 믿었으며, 필자는 그들이 만들어 낸 언어를 '주술 의식용 용어'와 '일반 서술적 용어'의 둘로 구분하여 해석한 바 있다.[16]

원시인들은 이러한 '주술 의식용 용어'로써 '저절로 발생하는 해로운 자연 현상을 통제'하려 했다. 심지어는 이러한 언어의 기능을 통해 신령에게 영향을 주려 했으며, 이로써 정신적 안정을 얻고 일부 재해의 발생을 막고자 했다. 이러한 시의 언어적 특성은 기도라기보다 저주에 더 가깝다. 예컨대, 전해져 오는 이기씨(伊耆氏: 즉 신농씨)의 「납사(蠟辭)」에서는 "흙은 그 집으로 되돌아가고, 물은 그 계곡으로 되돌아가며, 곤충은 활동을 멈추고, 풀과 나무는 그 습지로 돌아가라.(土反其宅, 水歸其壑, 昆蟲毋作, 草木歸其澤.)"[17]라고 노래하였다. 분명히 축사의 형태로 표현되는 '주술적 저주'이다. 다른 예로, 순(舜)의 작품이라 전해지는 「사전사(祠田辭)」[18]와 순우곤(淳于髡)이 서술했다고 하는 「곤자축(困者祝)」[19] 등도 이와 별반 다르지 않다. 『좌전』에 실린 제후들 간의 회맹 시 사용된 축사도 실제로는 이러한 풍속에서 비롯된 것이다. 이들은 "모두 시의 형태로 된 언어를 통해 어떤 환상적인 목적에 도달하려 했으며, 농후한 원시 종교적 색채를 띠고 있다. 그래서 시의 발전은 한편으로 원시종교의 '저주'와 밀접하게 관련되어 있다".[20]

『시경』의 '시 삼백'편에서 상당 부분은 이러한 배경에서 발생하고 전승

---

16 臧克和, 『語象論』(一)(貴州教育出版社, 1992) 참조.

17 『禮記·郊特牲』.

18 劉勰, 『文心雕龍·祝盟』.

19 『史記·滑稽列傳』(上海古籍出版社, 1985), [日] 瀧川資言, 『史記會注考證』.

20 游國恩 等編, 『中國文學史』제1권(人民文學出版社, 1963), 20쪽.

되었다. 역대로 전해지는 과정에서 후대 학자들에 의해 '삭제'나 '수정'되어 정리되긴 했지만, 그 본질적인 발전의 흔적은 여전히 남아 있다.

그래서 어떤 학자들은『시경』에 담긴 다수의 시편이 실제로는 극히 오래된 제사의식에서 사용되던 제사 음악과 춤, 다시 말해 제사의 축문과 저주라는 것을 발견했다. 그것들의 탄생 시기는, 어떤 것들은 요순(堯舜) 시대까지 거슬러 올라갈 수 있다. 예컨대, 사람들에게 익숙한『시경·위풍(魏風)·석서(碩鼠)』의 경우, 이전의 학자들이 이미 훌륭하게 개관한 바 있다.『모시서(毛詩序)』에서는 "「석서(碩鼠)」에서는 과중한 세금을 징수하는 것을 비판한다. 백성들은 자신의 군주가 과중한 세금을 징수하며, 백성을 탐욕스럽게 착취하고, 정치를 개선하지 않으며, 탐욕스러우면서도 사람들을 두려워하는 모습이 큰 쥐와 같다."라고 했다.

역대 일부 학자들은 한나라 학자들의 학설을 맹목적으로 믿거나 혹은『모시서』의 해석에 따라 주로 찬미와 풍자를 하는데 집중하여, 그 결과 다양한 문제를 지적했다. 우리의 방법과 원칙에 따라 판단해 본다면, 역사적 관점에서 봤을 때『모시서』의 시 해석은 그 자체로 역사적 근거가 있다고 말할 수 있다. 그러나 근원을 거슬러 올라가자고 한다면, 이러한 측면을 말하는 것만으로는 아직 부족하다고 볼 수 있다.

「석서(碩鼠)」는 '쥐'에 대해 기도하는 무속적 색채가 강한 기도문이며, 그 발생에 특정한 역사적, 문화적 배경이 있다. 고대의 중국 사회에서 한동안 유행했던 '대납례(大蠟禮)'는 일종의 농업 생산과 관련된 한 해의 마무리 제사와 관련되어 있다. "옛 군자들은 이를 사용하면 반드시 보답했으니, 고양이를 맞아들여 들쥐를 잡게 했고, 호랑이를 맞아들여 들돼지를 잡게 했다. 그들을 맞이하여 제사를 지냈다.(古之君子使之必報之, 迎貓爲其食田鼠也, 迎虎爲其食田豕也. 迎而祭之也.)"[21]

---

21 『禮記·郊特牲』.

이러한 기록으로 들쥐가 고대 인류에게 끼친 위해의 정도를 엿볼 수 있다. 쥐의 창궐에 대한 기록은 일부 문헌에서도 기록되어 있는데, 쥐에 대처하는 고대인들의 방법은 다소 소극적이고 수동적이었다. 예컨대『시경·빈풍(豳風)·7월』에서 "그러면 집안의 구멍 막고 쥐를 불로 그슬려 쫓으며(穹窒熏鼠)"라는 말을 찾을 수 있다. 쥐는 번식력이 대단히 강하며, 천적도 제한적이어서 이러한 낙후된 박멸 방법으로는 쥐의 위해를 억제하기에는 상당히 부족하였다. 그렇기에, 고대인들은 주술에 기댈 수밖에 없었다. 납례(蠟禮)가 주로 농사에 유익한 자연물에 대한 보답적 의미의 제사이긴 했으나, 재해를 가져다주는 일부 생물(해충과 잡초 등)도 기도의 대상이 되었다.

수메르 문자로 쓴 고대 바빌론 시기의 메소포타미아 남부 지역의 농업 상황을 반영한『농부들의 역서(農人曆書)』(기원전 700년 경)와 조지 프레이저[22]의『황금가지(金技)』에도 쥐에 대한 기도를 기록한 예가 몇몇 보인다. 「석서(碩鼠)」 역시 쥐에 대한 기도로, 쥐에 대한 감화와 위협을 극대화하였다. 이 시에서 다른 점이라면 주술을 외우면서 자신이 쥐를 떠나 새로운 정착지를 찾아가기를 기도하였다는 것이다. 이는 쥐가 사람의 말을 이해할 수 있다는 고대인들의 깊이 뿌리박힌 믿음을 반영하고 있다.[23]

이러한 측면에서 볼 때, "시는 뜻을 표현한다.(詩言志)"나 "시는 쥐다는 뜻이다.(詩言持)"는 "시는 금기를 말한다.(詩言忌)"라고 해도 무방할 것이다. 주(周)나라와 진(秦)나라 때에는 종교가 점차 쇠퇴하고 예법(禮法)이 크게

---

22 (역주) 제임스 조지 프레이저 기사(Sir James George Frazer, 1854.1.1.~1941. 5.7): 영국 스코틀랜드의 인류학자. 대표 저서로『황금가지』가 있다.

23 『中國語言文學資料信息』제56기 참조. 또,『설문·시(示)부수』의 '도(禂)'는 '희생에 쓴 말을 위해 지내는 제사(禱牲馬祭)'를 말한다. 도(䮻)는 도(禂)의 혹체자인데, 마(馬)가 의미부이고 수(壽)의 생략된 모습이 소리부이다.(禂: 禱牲馬祭也. 䮻(161), 或从馬, 壽省聲.)"처럼,『설문』에서도 이와 유사한 동물 신에 대한 제사 기록이 존재한다.

강화되었다. 그래서 시의 이러한 '절제와 억제'로서 '그치는(止)' 기능이 유학자들에 의해 "예의에 그쳐야 한다.(止乎禮儀.)"라는 관점으로 전환되고 재구성되었는데, 이는 매우 자연스런 일이었다.

이 당시의 시에 대한 논의를 보면, 공자는 '귀신을 공경하되 멀리하고, 인간사에 중점을 두는' 사상가로서, 자신의 사상으로『시경』을 해석했다. 이를 기반으로 한 시대의 심미적 풍토를 열었으며, 원시종교 예술을 인학(仁學)의 이성화된 경로로 이끌었다. 전환의 단계가 모두 여기에 있다. 이러한 역사적 맥락에서 볼 때, "시는 뜻을 표현한다.(詩言志)"를 "시는 예를 표현한다.(詩言禮)"로 대체하는 것은 전혀 문제가 되지 않는다.

시는 가깝다는 뜻이다.(詩, 侍也.)

'시(侍)'도 독음이 '사(寺)'에서 만들어진 글자이다. '사(寺)'는 사실 시(侍)의 고문체로, '사인(寺人)' 역시 '가까이서 모시는 사람(近侍)'을 말한다. 『시경·대아·첨앙(瞻卬)』제3장에서 "가르쳐도 안 되고 깨우쳐도 안 되는 자가, 바로 이 사랑을 받고 있는 여인이네.(匪教匪誨, 時維婦寺.)"라고 노래했는데,『모전』에서 "사(寺)는 근(近)과 같아 '가깝다'는 뜻이다.(寺, 近.)"라고 풀이했으며,『전소(傳疏)』에서도 "사(寺)는 시(侍)의 고문체이다.(寺, 古文侍.)"라고 했고,『집전(集傳)』에서도 "사(寺)는 엄인(奄人: 내시, 환관)을 말한다.(寺, 奄人也.)"라고 풀이했다.

이렇게 볼 때 '사(寺)'는 가까이서 모시는 내신이나 환관을 말한다.『정의(正義)』에서는 그들 간의 연결고리를 이렇게 찾아내었다. "사(寺)는 시(侍)와 같다. 모시고 지키는 사람이라면 필시 곁에 있는 측근일 것이다. 그래서 사(寺)는 근(近)과 같다.(寺即侍也, 侍禦者必近其傍, 故以寺爲近.)" 고염무(顧炎武)의『일지록(日知錄)』제28권에서도 "사(寺)는 삼 대 이상 가까이서 모신 자를 말하는데, 모두 엄수(奄豎: 환관, 내시)를 말하는 이름이다.(寺, 三代以上

言寺者, 皆奄竪之名.)"

　글자의 어원으로 볼 때, 『설문·촌(寸)부수』에서는 '사(寺)'에 대해 "조정을 말한다. '법도가 있는 곳'이라는 뜻이다. 촌(寸)이 의미부이고 지(之)가 소리부이다.(寺: 廷也. 有法度者也. 从寸之聲.)"라고 했다. '장소'의 의미로 '사(寺)'를 해석한 것은 이후에 생겨난 뜻이다. 고염무의 『일지록』제28권에서 "사(寺)는 진(秦)나라 이후 환관들이 외정(外廷)의 직을 맡았는데, 그들의 관사(官舍)를 통칭하여 사(寺)라고 불렀다.(寺, 自秦以宦者任外廷之職, 而官舍通謂之寺.)"라고 하였다. '사(寺)'는 원래 '촌(寸)'으로 구성되지 않았고, 청동기 명문에서는 '우(又)'로 구성되었다.(𡨄「옥백사궤(沃伯寺簋)」), 𡨄「오왕광감(吳王光鑒)」)²⁴ 그리고 『강릉초간(江陵楚簡)』에서도 '우(又)'로 구성되어 사(𡨄)로 썼다. 대체로 「석고문」²⁵과 『설문』에 이르러 '촌(寸)'으로 구성된 구조의 '사(寺)'가 나타났다.

　『설문』에서 '촌(寸)'으로 구성된 글자들은 종종 '법도(法度)'의 뜻을 가진다. 예컨대, 「토(土)부수」에서는 '봉(封)'에 대해 "제후에게 토지를 하사하다라는 뜻이다. 지(之)가 의미부이고 토(土)도 의미부이고 촌(寸)도 의미부인데, 그러한 제도를 지키다는 뜻이다.(封: 爵諸侯之土也. 从之从土从寸, 守其制度也.)"라고 했고, 「멱(冖)부수」에서는 '관(冠)'에 대해 "묶다는 뜻이다. 머리칼을 묶는 것으로, 머리에 쓰는 관의 총칭이다. 멱(冖)이 의미부이고 원(元)도 의미부인데, 원(元)은 소리부도 겸한다. 관(冠)을 쓸 때에는 법으로 정해진 제도가 있기에 촌(寸)이 의미부로 채택되었다.(冠: 絭也. 所以絭髮, 弁冕之總名也. 从冖从元, 元亦聲. 冠有法制, 从寸.)"라고 했다. 나머지 예는 생략해도 무관할 거라 본다.

　또 불교의 사원도 '사(寺)'라고 지칭하는데, 이는 우연한 결과이겠지만,

---

24 容庚, 『金文編』제3권(中華書局, 1985).

25 『漢語大字典·寸部』.

'장소'에서 유래한 명칭이다. 『광운·지(志)운』에서는 "사(寺): 한(漢)나라 때 서역에서 백마타경(白馬馱經)²⁶을 가져와 홍려사(鴻臚寺)에 처음으로 머물렀다. 이로부터 사원의 이름이 붙여져 백마사(白馬寺)를 설립했다.(寺: 漢西域白馬馱經來, 初止於鴻臚寺, 遂取寺名, 創置白馬寺.)"라고 했고, 조언위(趙彦衛)는 『운록만초(雲麓漫鈔)』제6권에서 이렇게 말했다.

> 한(漢)나라 명제(明帝)는 꿈에서 불상을 보고 나서, 섭마등(攝摩騰: Kāśyapa Mātanga)과 축법란(竺法蘭: Dharmarakṣa)이 백마타경(白馬馱經)을 들고 중국에 들어왔는데, 명제가 그들을 홍려사에 머물게 하였다. 이후에 백마사(白馬寺)를 지어 머물게 하였는데, 홍려사에서 그 뜻을 취하였다. 수(隋)나라 때는 도장(道場)이라 불렀고, 당(唐)나라 때는 사(寺)라고 불렀다. 본 왕조(필자의 생각에, 송나라를 지칭한다.)에서는 큰 사원을 사(寺)라고 부르고, 작은 사원을 원(院)이라 부른다.(漢明帝夢金人, 而摩騰, 竺法始以白馬馱經人中國, 明帝處之鴻臚寺. 後造白馬寺居之, 取鴻臚寺之義. 隋曰道場, 唐曰寺. 本朝(按所指爲宋)則大曰寺, 次曰院.)

또한, 불교도의 해석에 따르면, 여기의 '사(寺)'라는 명칭은 '정법주지(正法主持)'의 의미를 내포하고 있다. 『일체경음의(一切經音義)』제23권의 '탑과 절의 물건들을 훔치다(盜塔寺物)'는 부분에서는 이렇게 말했다.

> 『풍속통(風俗通)』에 의하면, "사(寺)는 사(司)의 뜻인데, 바로잡아 법도가 있게 하다는 뜻이다. 오늘날 제후들이 머무는 곳을 모두 사(寺)라고

---

26 (역주) 백마타경(白馬馱經): 불경 『사십이장경(四十二章經)』을 말한다. 전설에 따르면, 동한(東漢)의 명제(明帝)가 서역으로 사절을 파견하여 법을 구하게 하였고, 인도 승려 섭마등(攝摩騰)과 축법란(竺法蘭)이 백마를 타고 불경을 운반하여 낙양(洛陽)으로 돌아왔다고 하여 붙여진 이름이다.

한다."라고 했고, 『석명』에서는 "사(寺)는 사(嗣)와 같아 잇다는 뜻이다. 일을 다스리는 자들이 서로 내부적으로 계승함을 말한다."라고 했다. 만약 오늘날의 의미로 풀자면, 불제자들이 부처를 도와 불법을 전파하고, 정법을 주지하다는 뜻이다.[27]

위에서 본 '시(詩)'와 '시(侍)'의 어원적 관계는 시를 모으고 바치며 읊는 사람들의 신분적 특징을 나타낸다고 해도 무방하다. 『시경·소아·항백(巷伯)』의 제7장에서 "내관인 맹자(孟子)가 이 시를 지었으니.(寺人孟子, 作爲此詩.)"라고 스스로 밝혔듯, 바로 그 계급에게로 되돌아갔다. 사실, '시(詩)'와 어원적 관계에서 '시(詩)'를 '지(持)'라고 한 것은 시의 쓰임에 착안한 것이고, '시(詩)'를 '시(侍)'라고 한 것은 시를 말하는 사람의 마음에 착안한 것이다. 이 동일한 실체에 대한 두 측면은 병행되면 어그러지지 않는다.

이러한 두 가지 측면, 즉 시인의 특질과 시의 절제미는 '시 삼백'에서 대부분의 작품들이 갖는 전체적인 미학적 특색을 함께 규정하며, 유학이 제창하는 '온유(溫柔)'와 돈후(敦厚)'한 정신과 대응을 이루게 하였다. 이것이 바로 유가 학파에서 특별히 중시했던 '시교(詩教)'로서, 크게 선양하게 되는데, 어린아이 때부터 시경을 배우는데 힘써야만 한다는 근본적인 내재 관계가 존재한다.

『관추편』에서 『시보(詩譜)』(서문)에 대해 논술하면서, 중국 고전문헌에 나타나는 모든 "시에 관한 논의"를 정리하고서는, 옛 사람들의 시(詩)에 대한 논의는 모두가 '지(持)'로 귀납되어 '그 멈추어야 할 바를 어기지 않는다'는 것으로 귀결된다고 하였다. …… '발산하되' '멈출' 수 있고, '가되' '견지할' 수 있다. 즉, 감정의 표현이 예술의 창조와 통할 수 있고, 서양 사람들이 비웃는 '영혼의 나약함'과 같이 단지 배설의 쾌락에 그치지 않게

---

27 [唐] 慧琳, 『一切經音義』(日本獅古白蓮社刻本)(上海古籍出版社, 1986).

되는 것이다. '지(之: 가다)'와 '지(持: 견지하다)'의 경우, 하나가 방종이라면 다른 하나는 수렴이며, 하나가 내보내는 것이라면 다른 하나는 안으로 당기는 것이다. 이들은 서로 상반되지만, 또한 서로를 이루게 한다. 또 서로 대치되는 뜻을 나타내지만 동시에 하나의 뜻으로도 합쳐진다.

이지의(李之儀)는 『고계거사후집(姑溪居士後集)』제15권 「제발문 모음(雜題跋)」의 '시를 지을 때에는 한 글자 한 글자마다 그것이 어디서 왔는지를 따진다.'라는 항목에서 왕안석(王安石)이 『자설(字說)』에서 언급한 "시(詩)는 언(言)이 의미부이고 사(寺)도 의미부인데, 사(寺)라는 것은 법도가 존재하는 곳이다.('詩'从'言'从'寺', 寺者法度之所在也.)"라는 말을 인용했다.[28] 만약 '법도(法度)'라는 것이 범죄를 막고 경계를 드러내며, 악함을 물리치고 사악함을 가두어버리는 것이라고 한다면, '인간의 행동을 견지한다.'는 뜻이 되니, 「주공망종(邾公望鍾)」의 금문에서처럼 '사(寺)'자는 '지(持)'자로 해석되어야 한다. 만약 '법도'라는 것이 두보(杜甫)가 말한 '시의 운율은 더욱 섬세해진다.(詩律細)'나 당경(唐庚)이 말한 '시율은 엄격하게 느끼게 된다.(詩律傷嚴)'[29]는 것이라고 한다면 이전의 해설을 벗어난 새로운 해설이라 하겠다.[30]

'지(志)'의 문제와 '시(詩)'와의 관계도 상당히 복잡하다. '지(志)'자가 『설문』에 이미 출현하였는지의 문제에 대해 청나라 때의 학자들의 견해는 일치하지 않고 있다. 예컨대, 엄가균(嚴可均)은 『설문』에 '지(志)'자가 존재

---

28 晁說之, 『嵩山文集』제13권 『儒言』8 『詩』 참조.

29 (역주) 송(宋)나라 당경의 『遣興二首(其二)』에 있는 구절의 내용이다. 내용의 전문은 "술에 대한 글은 매우 많은 학문을 필요로 하지 않지만, 시율은 사람들에게 엄격하여 사랑이나 성심이 부족하다고 느끼게 한다. 들이나 시골의 노래는 이름을 등록할 필요가 없지만, 조정의 논의에서 관련 소송과 기록은 나중에 참조할 수 있도록 보관해야 한다.(酒文自得非多學, 詩律傷嚴近寡恩. 田裏歌呼無籍在, 朝廷議論有司存.)"이다. 이 시는 저자의 술에 대한 글과 시율에 대한 태도 및 문학과 현실의 차이점에 대해 언급하고 있다.

30 錢鍾書, 『管錐編』제1권, 57~58쪽.

하지 않는다고 분명하게 지적했으며, 단옥재는 『설문해자주』를 저술하면서 이 글자를 보충하였는데, 당시에 있던 글자라고 생각했기 때문이다. 근대의 마서륜은 '설문학'을 연구하면서 '지(志)'와 '시(詩)'가 사실은 같은 글자라고 주장하며, '지(志)'는 '𡊺'나 '𡔹'처럼 '시(詩)'자의 옛날 필사법에 불과하다고 여겼다.[31]

필자의 생각은 이렇다. 문자의 원류라는 관점에서 볼 때, '지(志)'와 '시(詩)'는 한 글자이며, "𡊺를 달리 𡔹처럼 적는다."는 것은 실제로 발언자 개인의 추측에 지나지 않는다고 본다. 요(遼)나라 때의 스님 희린(希麟)이 지은 『속일체경음의(續一切經音義)』에서 인용한 『설문』은 그 시기가 당연히 당나라 전후의 필사본일텐데, 거기에는 '지(志)'자가 여전히 존재한다. 제 12권의 '경지(磬志)'조에서 인용한 『설문』에서 "심(心)이 의미부이고 之(𡳿)가 소리부이다."[32]라고 했으며, '𡊺'는 『설문』의 '시(詩)'자 아래에 저록된 고문체로, 자형 상으로는 '언(言)'의 고문체로 구성되었다. 그러나 '지(𡔹)'의 형체에서 아랫부분은 '심(心)'으로 되어 있는데, 『설문』에서도 '지(志)'자를 「심(心)부수」에 귀속시켜 두었다.

'시(詩)'와 '지(志)' 두 글자의 형체 변화를 배열해 보면, '상하 구조'로 된 '시(詩)'나 '좌우 구조'로 된 '지(志)'를 찾아볼 수가 없다. 비록 고문체의 구조가 종종 고정적이지 않고, 이 때문에 이체자가 발생하긴 하지만, 대부분 『설문』 시대에 이르면 이러한 이체자 현상은 그다지 많이 보이지 않는다. 반대로 구조적 위치에 따라 글자의 의미를 표현하는 방식이 더 일반적이었다.

『설문·심(心)부수』에서 '지(志)'에 대해 "뜻을 말한다. 심(心)이 의미부이고 지(之)가 소리부이다.(志: 意也. 从心, 之聲.)"라고 했는데, 단옥재는 이렇게

---

31 『說文解字六書疏證』제5권, 37쪽.

32 [遼] 希麟, 『續一切經音義』(上海古籍出版社, 1986).

주석을 달았다. "이 소전체(志)는 소서본(小徐本)에는 없고, 대서본(大徐本)에서는 '의(意)'자 아래에다 '뜻을 말한다(志也)'라고 하여, 19자 중의 하나로 보충해 두었다. …… 허신의 『설문·심(心)부수』에 '지(志)'자가 수록되지 않은 것은 바로 그것이 '지(識)'의 고문체였는데 '지(識)'의 아래에 '지(志)'자를 실어두었어야 했으나 그러지 못했기 때문이다."

'지(志)'의 의미구조로 볼 때, 그 본래 의미는 당연히 '심리나 의지의 활동' 즉, 오늘날의 말로 하자면 '심리나 감정의 지향'이 되어야만 할 것이다. 『좌전·소공(昭公)』 25년에 "따라서 신중하게 배우고 격식에 맞게 따라 여섯 가지 의지를 조절해야 한다.(是故審則宜類, 以制六志.)"라는 말이 나오는데, 두예(杜預)는 "예로써 좋아함, 미워함, 기쁨, 분노, 슬픔, 즐거움이라는 여섯 가지 의지를 조절하며, 절제를 넘어서지 않도록 한다.(爲禮以制好惡喜怒哀樂六志, 使不過節.)"라고 주석했고, 공영달은 『소(疏)』에서 "이 여섯 가지 의지[六志]를 『예기』에서는 여섯 가지 감정[六情]이라고 부른다. 자기 안에 존재하는 것이 감정[情]이고 감정[情]이 움직이면 의지[志]가 되니, 감정[情]과 의지[志]는 하나이다.(此六志, 『禮記』謂之六情. 在己爲情, 情動爲志, 情志一也.)"라고 했다. 『예기·곡례(曲禮)』(상편)에서 "인간의 의지는 현 상황에 만족해서는 안 되며, 즐거움도 극단에 도달해서는 안 된다.(志不可滿, 樂不可極.)"라고 했는데, 공영달은 『소(疏)』에서 "여섯 가지 감정[六情]은 보편적으로 볼 수 있는 것이나, 마음에서 볼 수 없는 것이 의지[志]이다.(六情遍睹, 在心未見爲志.)"라고 했다. 『옥편·심(心)부수』에서 "지(志)는 염원하다는 뜻이다.(志, 慕也.)"라고 했고, 『논어·술이(述而)』에서는 "도(道)에 뜻을 두고, 덕(德)을 기반으로 해야 한다.(志於道, 據於德.)"라고 했는데, 하안(何晏)은 "지(志)는 염원하다는 뜻이다.(志, 慕也.)"라고 주석했다.

또한, 위에서 인용한 단옥재의 『주』를 통해, 『설문·심(心)부수』에 있는 '의(意)'와 '지(志)'는 호훈(互訓) 관계이며, '의(意)'의 의미구조가 "마음[心]으로 다른 사람의 말을 살피면 그 뜻을 알 수 있다는 의미이다. 심(心)이

의미부이고 음(音)도 의미부이다.(从心察言而知意也. 从心从音.)"라는 것을 알
수 있다.

그러나 서개(徐鍇)는 "심(心)이 의미부이고 음(音)이 소리부이다.(从心, 音
聲.)"라고 했는데, 서호(徐灝)는 『주전(注箋)』에서 이렇게 말했다. "의(意)
와 薏(107)는 사실 같은 글자이다. 그래서 薏(107)의 주문체는 意(108)처
럼 적는다. 거성과 입성 간의 차이이므로, 당연히 심(心)이 의미부이고 薏
(109)가 소리부가 되어야 맞다. 의(意)는 소전체의 변이체일 뿐이다."

필자의 생각은 이렇다. 금문의 '의(意)'는 실제로 '薏(109)'에서 파생된
것에 불과하다. 「薏(109)篡」에서는 薏(110)처럼 적었고, 「위정(衛鼎)」에서
는 薏(111)처럼 적었는데, 용경(容庚)은 "意(107)로 파생되었다."라고 해석
했다.[33]

이렇게 금문에서 『설문』에서 파생되어 형성된 이체자의 다른 구조들
('시(詩)'라고 풀이한 글자들)의 과정을 통해, 한자의 형체를 정리했던 사람
들의 「언(言)부수」[34]와 「심(心)부수」로 구성된 두 부류의 특수 관계에 대한
사고를 엿볼 수 있다. 즉, 「심(心)부수」와 「언(言)부수」[35]는 서로 통하여 호
환이 가능한데, 이러한 현상은 빈번하게 발생하여 개별적으로 우연하게
발생한 것이 아니다.

필자는 일찍이 『한자와 심미관(漢語文字與審美心理)』과 『어상론(語象論)』
등에서 독립된 장절을 통해 상세히 논증한 바 있는데, 여기서는 몇 가지
예만 들어보고자 한다.

철(哲): 금문에서는 심(心)이 의미부인 구조로 薏(112)(「克鼎」)처럼 되

---

33 『金文編』제3권, 139~140쪽.
34 여기에 '구(口)'와 '음(音)'과 같은 부수가 포함되는 것은 자연스러운 일이다.
35 「구(口)부수」와 「음(音)부수」도 포함된다.

었거나, 언(言)으로 구성된 🐝(113)처럼 되었는데(「番生簋」), 『설문』에서는 「구(口)부수」에 귀속시켰다. 그러나 혹체자에서는 심(心)으로 구성된 🐝(114)처럼 썼다.

람(㕧): 갑골문에서는 구(口)로 구성된 🐝(115)처럼 적었다(『後下』27, 17). 그러나 현응의『일체경음의』제1권에서 인용한 부분에서는 "람(㕧)은 달리 람(㦏)으로 적는다.(㕧, 或作㦏.)"라고 하였는데, 이로부터 람(㕧)은 람(㦏)의 이체자이며, 람(㦏)은 심(心)으로 구성되었다는 것이 차이일 뿐이라는 사실을 알 수 있다.

패(誖): 『설문·언(言)부수』에 귀속되어 있으며, 언(言)이 의미부인 구조로 되어 있다. 그런데 수록된 혹체자는 심(心)으로 구성된 '패(悖)'로 썼다.

소(訴): 『설문·언(言)부수』에 귀속되어 있으며, 소(訴)의 혹체자로 언(言)으로 구성된 소(譄)(116)가 있거나, 심(心)으로 구성된 소(愬)(117)가 있다.

신(信): 『설문·언(言)부수』에 귀속되어 있으며, "인(人)이 의미부이고 언(言)도 의미부이다. 회의이다.(从人从言. 會意.)"라고 하였다. 그 아래에 저록된 고문체는 언(言)의 생략된 모습으로 구성된 신(仞, 🐝)(118)과 심(心)으로 구성된 신(訫, 🐝)(119)이 있다.

설(說): 『설문·언(言)부수』에 귀속되어 있으며, 그 아래에 "설(說)은 '열(說)'로, '기뻐하다'는 뜻이다.(說: 說, 釋也.)"라고 하였다. 단옥재는 "설석(說釋)은 바로 열역(悅懌)을 말한다. 설(說)과 열(悅), 석(釋)과 역(懌)은 모두 고금자이다. 허신의『설문』에서는 열(悅)과 역(懌)이 없다.(說釋, 即悅懌. 說, 悅, 釋, 懌, 皆古今字. 許書無悅懌二字.)"라고 주석했다.

대(讟): 두루마리 서책인『옥편』의 「언(言)부수」에서는 "대(讟)는『자서(字書)』에서 대(懟)의 혹체자라고 했다. 대(懟)는 원망하다, 미워하다는 뜻인데, 「심(心)부수」에 있다.(譈, 『字書』或懟字也. 憝, 怨也, 惡也. 在「心部」.)"라고 하였고, 『맹자·만장(萬章)』(하편)에서는 이렇게 말했다. "「강고(康誥)」에서는 '살인하고 재물을 빼앗으며, 강하고 사나워 죽음을 두려워하지 않는 자를 일반 백성이라면 누구나 증오하지 않는 이가 없다.'(『康誥』曰: '殺越人於貨, 閔不畏死, 凡民罔不譈.')라고 하였다." 금본 『상서·강고(康誥)』에 따르면, '대(譈)'를 '대(憝)'라고 적었다.

천(諅): 언(言)이 의미부인 구조로, 고서에서는 '탄(憚)'자로 쓰기도 한다. 『묵자·비공(非攻)』(하편)에서는 "목숨을 다하는 것이 가장 중요하고, 많이 죽이는 것이 그 다음이다. 몸을 다친 자는 최악이고, 또 진열을 잃고 전쟁에 패하고 나서 도망친 자는 용서 없는 죽음을 맞이할 것이다.'라고 말하며, 그 무리들을 두려워하게 하였다.(曰'死命爲上, 多殺次之; 身傷者爲下, 又況失列北橈乎哉, 罪死無赦', 以諅其眾.)"라고 했다. 손이양은 『묵자간고(墨子間詁)』에서 필원(畢沅)이 "고대에 언(言)과 심(心)은 서로 가까웠으니, '탄(憚)'자를 말한 것이다.(古字言, 心相近, 即憚字.)"라고 한 것을 인용하였다.

응(應): 두루마리 서책인 『옥편』의 「언(言)부수」에서는 이렇게 말했다. "응(應), 『비창(埤蒼)』에서 '대응하다(對也.)'는 뜻이라고 했다. 고야왕의 생각은 이렇다. '말을 할 때 서로 응대하다는 뜻이다.'(野王案: 課語相應, 對也. 『예기』에서는 '버럭 소리치며 대답하지 말라.(无噭應.)'라고 하였으며, 『논어』에서는 '자하(子夏)라는 문인에게 청소하고 정돈하며, 손님을 응대하고 출입 장소에서의 예절을 지키는 것만으로 충분하다.'라고 하였다. 지금은 '응(應)'자가 되어, 「심(心)부수」에 있다."

대(譈): 언(言)이 의미부인 구조로, 『집운·지(至)운』에서는 "대(譈)는 『설문』에서 '원망하다는 뜻이다'라고 했는데, 혹체는 언(言)으로 구성되었다.('怨也.' 或从言.)"라고 했다.

건(愆):『설문·심(心)부수』에 귀속되어 있으며, 심(心)이 의미부이고 연(衍)이 소리부이다.(从心衍声). 그런데 그 아래에 건(愆)의 주문체로, 언(言)이 의미부이고 간(侃)이 소리부인 건(譽, 𧥣)(123)이 써져 있다.

모(謀):『설문·언(言)부수』에서는 "언(言)이 의미부이고 모(某)가 소리부이다."라고 했는데, 언(言)이 의미부이고 모(母)가 소리부인 고문체(𧮹, 𧦑)도 제시하였다.『중산왕착정(中山王𧊚鼎)』에서는 심(心)으로 구성된 𧊖(124)로 써져 있다.(『금문편』제3권).

「언(言)부수」와 「심(心)부수」는 같은 구조의 동일체이며, '심(心)'으로 구성된 글자와 '언(言)'으로 구성된 글자들은 의미 부류에서도 서로 통한다. 이러한 대응을 이룬 이체자들이 대량으로 발생했다면, 사람들이 문자체계를 의식적으로 정리했던 결과라고 추론할 수 있다.

한자 구조에 대한 이러한 의식적 정리는 다음과 같은 두 가지 관점에서 고려해 볼 수 있다.

첫째, '언(言)'과 '심(心)'은 본래 어원적으로 연결되어 있다. 마서륜의 『설문해자육서소증』제5권에서는 𡚻(100)에 대해 이렇게 말했다. "언(言)은 고문체로 언(𡚻)처럼 적는다. 왕균은 이를 두고 심(心)이 의미부이고 구(口)도 의미부라고 했다. 구(口)는 고문체에서 구(▽)처럼 적는데, 잘못 변해 구(♀)처럼 되었다. 서개본에서는 '모(謀)'의 고문에 대해 '언(𡚻)은 언(言)의 고문체이다.'라고 주석했다." 단옥재도 이 자형에 대해 "왼쪽은 '언(言)'의 고문체로 구성되었다.(左从古文言.)"라고 풀이했다.

둘째, 이러한 현상의 발생 원인은 바로 위에서 상세히 살폈듯 고대 중국의 "시(詩)는 뜻을 말하는 것이다(詩言志)", "언(言)은 마음의 소리이다.(言爲心聲)"라는 시학 정신의 역사적·문화적 배경과 그 발전을 순수하게 반영하였기 때문이다. 『옥편·언(言)부수』에서는 사(譋)자가 수록되어 있는데, 『집운·마(馬)운』에서는 "말로써 뜻을 써 나가다는 뜻이다.(言以寫志.)"라고 풀이했다.

제2절.

시는 감정을 불러일으킬 수 있다.

'흥(興)'은 유가에서 말하는 시의 '육의(六義)' 중에서 '풍(風), 아(雅), 송(頌), 부(賦), 비(比)'에 비해서 매우 복잡하다. 이로 인해, 역대로 시를 논의하는 자들은 '흥(興)'의 문제에서 각기 다른 견해를 보여 왔으며, 지금까지도 정해진 견해가 없다. 그러나 조금 더 정리한다면 다음과 같은 사실을 발견할 수 있다. 즉, 고대 유학자들은 원래 '흥(興)'에 '시작하다.(起)'는 기능이 있다고 보았는데, 시에서 '발단'과 '시작'을 알리는 기능이 있다는 것이다.

『모전(毛傳)』이나 『정전(鄭箋)』과 주희(朱熹)의 『집전(集傳)』을 비롯해 청나라 때의 다양한 '시화(詩話)'에서 대부분 이 부분에 주목했다.

그중에서도 특히 『시집전(詩集傳)』의 표현이 대표적인데, "흥이란 먼저 다른 사물을 언급하여 읊고자 하는 내용을 이끌어내는 기능을 한다.(興者, 先言他物以引起所詠之事也.)"라고 했다. 『전소(傳疏)』에서는 이 내용을 이어 나갔으나 다소 편협한 곳으로 흘러갔다. 즉 "새[鳥], 짐승[獸], 풀[草], 나무[木]에 기대어 말한다면 모두 흥(興)에 해당한다. 부(賦)가 드러내는 것이라면 흥(興)은 숨기는 것이고, 비(比)가 직설적이라면 흥(興)은 완곡하다.(凡托鳥獸草木以成言者, 皆興也. 賦顯而興隱, 比直而興曲.)"라고 했다.

그러나 고대 학자들 사이에서는 『시경』의 여러 편장에서 언급한 산천(山川)이나 조수(鳥獸), 충어(蟲魚), 초목(草木)들은 종종 복잡하게 얽히고 섞인 것이 많아 하나로 확정하기가 어렵다는 것을 너무나 잘 알고 있다. 청나라의 모선서(毛先舒)는 『시변지(詩辯坻)』제1권에서 이렇게 말했다.

> 시에는 부(賦), 비(比), 흥(興)을 갖추고 있지만, 이 세 가지 의미에는 처음부터 정해진 규칙이 없었다. 예컨대, 「관저(關雎)」의 경우, 『모전(毛傳)』과 『주전(朱傳)』에서는 모두 흥(興)이라고 했다. 그러나 그들이 포착한 지점이 다르기 때문에 비(比)라고 할 수 있다. 또 보고 느낀 바에 따라 시를 짓게 되었다면 부(賦)라고 할 수 있다. 그래서 반드시 한 가지로 해석해서는 전체를 읽어내는 데 어려움이 있다. 오로지 「소서(小序)」에서만 대략적인 뜻을 이야기하여, 뜻에 편중된 곳이 없으며, 기술도 간단명료하므로, 제대로 된 해석인 듯하다.(詩有賦比興, 然三義初無定例. 如「關雎」, 『毛傳』, 『朱傳』俱以爲興. 然取其摯而有別, 即可謂比; 取因所見感而作詩, 即可爲賦. 必持一義, 殊乖通識. 唯『小序』但倡大旨, 義無偏即, 詞致該簡, 斯得之矣.)[36]

비(比)와 흥(興)은 바로 취상(取象)이며, 흥(興)과 상(象)은 원래부터 다변적이다. 그래서 비(比)와 흥(興)이 몸체[體]가 되는 것은 반드시 면면마다 공통된 도리를 가져야만 한다. 오늘날 사람들은 '흥(興)'을 '이미지를 일으키는 것'에 착안하여 처음부터 끝까지 근원을 탐구하고자 하지만, 대체로 깊이 있는 이해를 위해 견해를 강요하기도 한다. "시는 감정을 불러일으킬 수 있다.(詩可以興)"는 말은 시의 기능에 관한 공자의 핵심개념이며, 게

---

36 趙永紀, 『古代詩話精要』四(天津古籍出版社, 1989), 497쪽.

다가 "흥(興: 일으키다), 관(觀: 꿰뚫어보다), 군(群: 여러 사람을 모으다), 원(怨: 비판하다)"[37]은 시의 네 가지 기능 중에서도 첫 번째로, 『논어·양화(陽貨)』 편에 보인다. 아래에서는 이에 대해, 좀 더 직접적으로 근원적인 부분을 찾아 기술하고자 한다.

상나라의 청동 기물인 「흥호(興壺)」에 새겨진 명문은 출토 문헌 중에서 그 시기가 가장 이른 것에 해당하며, 또한 가장 '도상적'인 의미를 많이 갖춘 것이기도 하다. 의미구조는 ▨(128), ▨(129)과 같다. 제1기 갑골문에서는 ▨(130)(『合』233), ▨(131)(『人』3151)과 같이 썼으나, 제3기 갑골문부터 '구(口)'를 더하여 ▨(132)(『甲』2030)처럼 쓰기 시작했다.

「다우정(多友鼎)」의 명문인 '엄준방흥(嚴▨放▨)'과 비교해 보면, 용경은 이를 『상서·비서(費誓)』에 나오는 '회이와 서융이 함께 흥기하였다.(淮夷徐戎並興.)'는 말과 비슷한데, '방흥(放▨)'은 바로 방흥(方興)을 말한다." 라고 해석했다. '흥(▨)'자는 장(爿, ▨)으로부터 파생되어 ▨(133)으로 썼는데, 여러 손으로 어떤 물건을 받드는 모습인 ▨(134)이 분명하다.[38] 즉, 정면에서 본 것이 ▨(135)인데 ▨(134)과 같다. 측면에서 본 것이 ▨(136)인데, 갑골문에서는 ▨(136)(『前』4, 45, 3)처럼 적었으며, 제수를 차려 놓는 기물에서 그 이미지를 가져왔는데, 이 또한 제기에 속하는 '도마[俎

---

37 (역주) '흥관군원(興觀群怨)'은 시의 사회적 기능에 대한 공자의 고찰을 요약한 것이다. 이는 시의 미학적 기능과 사회 교육적 기능에 대한 깊은 이해를 보여주며, 중국 문학 비평사의 근원을 열었다. 『논어·양화(陽貨)』에서는 다음과 같은 구절이 있다. "공자께서 말씀하셨다. '자, 어찌하여 『시경』을 공부하지 않는가? 『시경』은 감정을 불러일으킬 수 있고, 사물을 관찰하게 하며, 사람들의 소통을 촉진하고, 분노를 표현할 수 있다. 이를 통해, 가깝게는 부모를 잘 모실 수 있고, 멀게는 군왕을 잘 섬길 수 있다. 또한 새, 짐승, 풀, 나무의 이름에 대해 더 많이 배울 수 있다.'(子曰: '小子, 何莫學夫『詩』? 『詩』可以興, 可以觀, 可以群, 可以怨; 邇之事父, 遠之事君; 多識於鳥獸草木之名.')" 이는 시를 감상하는 심리적 특징과 시 예술의 사회적 기능을 설명한 것이다.

38 『金文編』제3권, 166쪽.

宜]'와 같은 것들이다. 『설문·차(且)부수』에서는 이렇게 말했다.

조(俎)는 의식을 행할 때 사용하는 도마를 말한다.(俎: 禮俎也.)

이는 고대에서 제사나 연회 때 희생을 담던 옻칠로 꾸민 나무로 만든 발이 네 개인 기물을 말한다.(아래 그림 참조.)

현응의 『일체경음의』제5권에서 "조(俎) 역시 네 발이 달린 작은 둥지이다.(俎亦四腳小巢也.)"라고 했다. 『좌전·은공(隱公)』5년에서 "새와 짐승의 고기는 조(俎)에 올리지 않는다.(鳥獸之肉不登於俎.)"라고 했는데, 두예(杜預)는 "조(俎)는 종묘에 제사 지낼 때 사용하는 기물이다.(俎, 祭宗廟器.)"라고 주석했다. 『장자·소요유(逍遙遊)』에서 "요리사가 요리를 하지 않더라도, 제사장은 술잔[樽]과 조(俎)를 넘어서서 그의 역할을 대신하지 않는다.(庖人雖不治庖, 屍祝不越樽俎而代之矣.)"라고 했는데, 성현영(成玄英)의 『소(疏)』에서 "조(俎)는 고기를 담는 기물이다.(俎, 肉器也.)"라고 풀이했다.

『자치통감·한 성제(漢成帝) 수화(綏和) 원년』에서 "그 조(俎)와 두(豆)가 된다.(爲其俎豆.)"라고 했는데, 호삼성(胡三省)은 "조(俎)는 제사 때 사용하는 기물로써, 기(幾)와 같다. 희생물을 담는다.(俎, 祭器, 如幾, 盛牲體者也.)"라고 주석했다. 제3기 갑골문을 보면 '흥(興)'자에 이미 '구(口)'가 더해져 있다. 이로부터 우리는 '흥(興)'이 사실은 제헌(祭獻) 의식의 한 단편에서 가져왔으며, 함께 '흥기(興起)'하는 발성에 따라 소리를 지르며, 제사를 지내는 사람들이 제기를 들어 바치는 의식을 반영한 것이라 추정할 수 있다. 은허의 갑골 복사에서도 '흥(興)'은 제사 이름으로 쓰인 경우가 많다.

> 계해일에 점을 칩니다. '조경'께 '흥'제사를 드릴까요?(辛亥卜興祖庚)(『乙』5327)
>
> '조정'께 '흥'제사를 그려 흠향하시게 하면……부왕께서 보살핌을 받을까요?(興飲祖丁……父王受又)(『甲』2030)
>
> 을미일에 물어봅니다. 큰 '어'제사를 드리면 만나 뵐 수 없을까요? 다음날 '흥'제사를 드릴까요?(乙未貞大御舄莽翌日其興)(『後上』266)[39]

제사의식의 단편적인 이미지를 가져온 '흥(興)'은 이미 그 흔적이 마멸되어 찾아볼 수 없게 되었다. 그러나 우리는 후세에 남겨진 패설(稗說: 민간에 떠도는 이야기들)에서 제사의식의 큰 제전에 대한 서술을 통해 그 종적을 약간이라도 찾아볼 수 있다. 『유림외사』 제37회의 "옛 성인께 드리는 남경의 예전(祭先聖南京修禮)"에는 다음과 같은 내용이 있다.

> (제사의 주관자인) 우(虞)박사가 향로가 놓인 탁자 앞으로 나아갔다. 지균(遲均: 제사 집전하는 사람)이 그를 도와 이렇게 말했다. "무릎을 꿇으시오. 향을 올리시오. 술을 땅에 뿌리시오. 절하시오. 몸을 일으키시오. 절하시오. 몸을 일으키시오. 절하시오. 몸을 일으키시오. 제자리로 돌아가시오."(虞博士走上香案前. 遲均贊道: "跪. 升香. 灌地. 拜. 興; 拜. 興; 釋. 興; 拜. 興. 複位.)

---

39 徐中舒 主編, 『甲骨文字典』 제3권(四川辭書出版社, 1989). 위의 글에서 본 갑골문자의 자형도 이 책에 수록되어 있다.

김동애(金東崖: 제례의 최고 책임자)가 말했다. "신을 즐겁게 할 풍악을 울려라."(金東崖贊: "奏樂神之樂.")

금문에서 '흥(興)'은 제3기 갑골문의 형태를 계승해 이미 '구(口)'가 추가되었는데, '흥기하는' 집단적 행동의 동반을 반영하며, 그에 상응하는 찬사(讚辭)를 알려주기에 적합하다. 「흥정(興鼎)」의 명문에서는 흥(🐾)(137)처럼 적었지만, 「후마맹서」에 이르면 『설문·여(舁)부수』에 실린 '흥(興)'자와 비슷해지면서 🐾(138)처럼 적었다. 『설문』에서는 이 자형에 근거해 이렇게 풀이했다.

'일어나다'라는 뜻이다. 여(舁)가 의미부이고 동(同)도 의미부이다. '힘을 함께 하다'는 뜻이다.(興: 起也. 从舁从同. 同力也.)

이는 이미 원래 뜻이 아니라 이후에 생겨난 의미이다.

그럼, 아래에서는 '흥상(興象)'이 『시경』과 구체적으로 형성된 관계를 분석해보고자 한다.

『광운』을 보면, '흥(興)'의 독음에 '허(虛)와 릉(陵)의 반절'과 '허(虛)와 응(應)의 반절' 두 가지가 있는데, '허(虛)와 응(應)의 반절'로 읽을 때에는 '흥(興)'이 바로 '상(象)'이 된다. 『집운·증(證)운』에서는 "흥(興)은 상(象)이다.(興, 象也.)"라고 했는데, 이로부터 '흥(興)'의 기능을 '비(比)'와 함께 논할 수 있게 되었다. 『주례·춘관·대사악(大司樂)』에서는 "음악과 말하기 연습으로써 귀족자제들을 가르쳤는데, 흥(興), 도(道), 풍(諷), 송(誦), 언(言), 어(語)가 그것이다.(以樂語教國子, 興, 道, 諷, 誦, 言, 語.)"라고 했다. 정현은 이에 대해 "흥(興)이라는 것은 훌륭한 사물로써 훌륭한 일을 비유하는 것을 말한다.(興者, 以善物喻善事.)"라고 풀이했다. 『시경』을 들추어보면 '흥(興)'의 형체를 구성하는 기본적인 부분이 대량의 동식물이라는 사실을 쉽게 발견할 수 있다. 더욱이 공자는 이 때문에 『시경』의 "새[鳥], 짐승[獸], 풀[草], 나무[木]의 이름을 잘 알게 해준다."는 인지적 기능을 강조하기도 하였다.

원시적 사유방식을 조금이라도 이해한다면, 『시경』에서의 '흥(興)'의 구체적 구성이 앞에서 추론하였던 '흥법(興法)'의 원시적 모습과 서로 상응하고 부합한다는 것을 알 수 있다. 원시 사회의 사유방식은 '원시적 감정이입'이라 개괄할 수도 있는데, 이는 논리 이전 단계의, 주관과 객관이 분리되지 않은 사유적 규칙을 의미한다. 원시 사회에서 사람과 만물은 결코 본질적인 차이가 없으며, 모두 동일한 생명, 성별, 감정을 공유한다고 보았다. 그래서 객관적인 외부 사물에 대한 인식도 나 자신의 감정과 생명을 통해 이루어졌다. "너희 만물들(尔汝群物)"[40], 자신의 모습으로 만물을 관찰하고, 만물과 자신이 동일하다고 여기는 것, 이것이 바로 감정이입의 특징이다. 인류 발전의 초기 단계에서, 감정이입은 외부 사물에 대한 자발적이며 보편적인 태도이며, 이는 이미 원시 인류 특유의 사유방식이 되었다고 말할 수 있을 것이다. 원시 인류와 자연의 관계를 볼 때, 이러한 사유방식의 발생은 필연적이었다. 원시 인류에게 자연은 바로 자신의 신체이며, 그 자신도 자연의 일부분이었다. 그래서 자신의 생명과 감정으로써 자연계의 모든 것을 느끼는 것은 매우 자연스러운 일이었다.

이렇게 볼 때, 원시 인류의 감정이입 작용은 인류의 마음에 천성적으로 가지고 있는 메커니즘으로, 인류의 원시적 체험이며, 비자각적 성질을 지닌 것이다. 인류의 실천 활동이라는 측면에서 볼 때, 감정이입의 작용은 원시 인류가 외부 세계와 접촉하면서 자발적으로 생겨난, 자신을 통해 세

---

40 (역주) 시성 두보가 동식물 등 무생물을 사람 간의 애칭인 "이여(尔汝)"를 사용하여 지칭함으로써, 자연계의 생물에 대한 애정을 표현했다. 송나라 때의 송명 이학에서는 "천지만물이 사람의 몸체와 하나이다(天地萬物, 一體之仁)."라는 중요한 논제로 발전하였는데, 유가의 인문주의 사상을 잘 반영한다.

계를 느끼고, 자연을 이해하는 유일한 인지 방식이다.[41] 이러한 원시적 감정이입의 사유방식이 생겨나게 된 것은 "만물에 영혼이 있다"는 길고도 오래된 무속 시대에 그 기초를 두고 있다. 언어에도 영혼이 있다. 령(靈, 霝)과 령(霝, 灵)은 다른 구조로 된 같은 글자인데,『집운·청(靑)운』에서는 "령(靈, 霝)을 고문체에서는 령(霝, 灵)으로 적었다."라고 했다. 원시 인류가 볼 때 언어는 원래부터 '주술'적 기능이 있었으며, 무당의 말에는 영혼이 있었다. 다른 만물도 영혼을 가지지 않은 것이 없었다. 이 때문에,『시경』에 다양한 동식물에 대한 묘사가 많이 나타나는 것은 결코 우연이 아니라 필연적인 결과인 것이다.

고동고(顧棟高)의『모시류석(毛詩類釋)』의 자료 통계에 의하면,『시경』에 등장하는 여러 동식물의 이름을 보면, 곡식이 24종, 채소가 38종, 약물이 17종, 풀이 37종, 꽃과 열매가 15종, 나무가 43종이며, 새도 초목의 이름에 상응할 정도로 나타난다. 짐승도 40종에 이르는데, 말을 나타내는 이름만으로도 27종 넘게 있으며, 곤충은 37종, 어류는 16종에 이른다. 이로부터 원시 인류 당시의 생활환경과 생존 형태를 어느 정도 엿볼 수 있다.

『시경』에 등장하는 다양한 동식물은 처음에 원시인들의 생존과 생산 때문에 이러한 이미지에 주목했지만, 그 내재된 가치는 주로 기능적인 것에 있었다. 인류사회의 물질과 정신의 생활이 끊임없이 발전하면서, 인지범위도 점차 넓어져, 상술한 이미지부호의 내재적 가치가 날로 풍부해졌다.『시경』에 기술된 대량의 동식물도 처음에는 '기능적 이미지부호'로서

---

41 『高等學校文科學報文摘』제47기, 45쪽 참조. 또한, 문자에 대한 경학자들의 해석에서 이미 확인한 바에 따르면, 이러한 자신의 관점에서 사물을 바라보고, 사물과 자신을 구분하지 않는 감정이입의 경향이 있다. 예컨대,『설문·조(鳥)부수』에서는 "오(烏)는 '효성스런 새(孝鳥) 즉 까마귀'를 말한다.(烏, 孝鳥也.)"라고 했고, 또「조(鳥)부수」에서는 "의(鷩)는 '준의(鵔鷩) 즉 붉은 꿩'을 말한다. 조(鳥)가 의미부이고 의(義)가 소리부이다. 진한(秦漢) 초에 시중(侍中)들은 모두 준의관(鵔鷩冠)을 썼다.(鷩: 鵔鷩也. 从鳥義聲. 秦漢之初, 侍中冠鵔鷩冠.)"라는 구절이 있다.

의 역할을 했으나,『시경』을 정리하고 해석한 학자들의 심리적 변환을 거쳐, '심미적 의미'를 가진 '감정적 이미지부호'로 변하였다. 이 때문에『시경』의 동식물은 예술 작품에서 사용하는 이미지부호의 역할을 하며, 공개적이거나 숨겨진 진정한 의미를 포함하는 은유적 구조를 나타낸다.『시경』에서 이러한 이미지는 풍부한 문화적 인지 가치와 무한한 심미적 매력을 내포하고 있다. 이에, '흥(興)'의 구성 주체인『시경』에 묘사된 다양한 동식물의 가치는 '기능적 이미지'의 체계에서만 그치는 것이 아니라, '감정적 이미지'라는 부호 체계로 더 주된 작용을 한다. 아울러, 원시인들의 대자연에 대한 의존이자 기능의 심리적 원형의 문화적 매체로서, 깊은 문화적 가치의 의미 함축을 표현해내고 있다. 이로부터, 우리는『시경』에 묘사된 대량의 동식물에 대해 그것들이 원시인들의 '기능적 이미지'의 부호 체계로 체현된 인지적 가치를 '많이 알아야' 할 뿐만 아니라, 원시인들의 '감정적 이미지'의 부호 체계에 의해 함축된 극히 풍부한 심미적 매력도 '많이 알아야' 한다. 바로 이러한 측면에서, 공자가『시경』에 대해 말하면서,『시경』의 기능적 가치체계에 대해 전체적으로 파악한 "시는 감정을 불러일으킬 수 있다"라는 명제를 제기한 것이다.

언어문자학을 통해 원래의 사상사를 증명함으로써, 우리는『시경』속의 '흥상(興象)'이 여러 단계로 구성되어 있다는 것을 직접적으로 이해할 수 있다. '흥상'의 기원을 살펴보면, 이는 주술 의식, 원시적 감정이입과 밀접한 관련이 있다. '비흥(比興)'의 구성으로 볼 때, 그것은 구체적인 시 속에서 '노래 소리를 내는(發唱)' 기능을 담당한다. '흥법(興法)'으로 구성된『시경』의 전체 기능을 봤을 때, 그것은 분명히 감정을 불러일으키는 힘을 가지고 있다. 이러한 여러 단계 사이에는 많은 연관성과 복잡성이 존재한다. "시는 감정을 불러일으킬 수 있다.(詩可以興.)"는 공자의 말을 자세히 살펴보면, 주로 마지막 단계에 속한다고 하겠지만, 이를 일반화할 수는 없다.

제3절.

'풍요風謠'의 '체體'와 '용用'

'15국풍'은 『시경』에서 상당한 비중을 차지하고 있다. '시'이면서 '풍(風)'이라고 했는데, 일반 학자들은 그 음악의 지역적 특징에 착안하여, 풍(風)이 아(雅)나 송(頌)과 다른 점은 지방 음악과 종묘 음악의 차이로 보기도 한다. 『한서·지리지(地理志)』에서는 이 점을 매우 분명하게 설명하고 있다.

> 무릇 백성들은 오상(五常)의 성질을 속으로 안고 있다. 그리하여 강함과 부드러움, 느림과 급함, 음성이 서로 다른데, 이는 땅의 풍기(風氣)가 다르기 때문이다. 그래서 이를 풍(風)이라 부른다. 좋아함과 싫어함, 버림과 취함, 움직임과 고요함에는 정해진 것이 없는데, 군주의 감정과 욕망에 따라 달라지기 때문이다. 그래서 이를 속(俗)이라 한다. 공자는 "풍속을 옮기고 바꾸는 데는 음악보다 좋은 것이 없다.(移風易俗, 莫善於樂.)"라고 말했다. 이는 성왕(聖王)이 위에 계시면서 인류를 통괄하여 갈무리하시는데, 반드시 그 처음을 옮기고 끝을 바꾸시니, 이는 천하를 하나로 혼합하여 중화(中和)를 이루는 것이며, 그 후에 왕의 가르침이 이루어진다는 것을 말한 것이다. 한(漢)나라는 백 년간 왕조의 끝을 이어받아, 국토가 변하고 백성들이 이주하였으므로, 성제(成帝) 때 유향(劉向)이 대략적으로 그 지역의 구분을 말했으며, 승상 장우(張禹)가 영천(潁川)의 주감(朱贛)에게 그 풍속을 정리하게 하였으나, 아직 완전하게 하지 못하였다. 그래서 이를 모아 논의하고 마침내 그 처음과 끝을 글에 나타내었다.(凡民函五常之性, 而其剛柔緩急, 音聲不同, 系水土之風氣. 故謂之風;好惡取舍, 動靜亡常, 隨君

上之情欲, 故謂之俗. 孔子曰: "移風易俗, 莫善於樂." 言聖王在上, 統理人倫, 必移其本, 而易其末, 此混同天下一之乎中和, 然後王教成也. 漢承百(年)(王)王之末. 國土變改, 民人遷徙, 成帝時劉向略言其地(域)(地)分, 丞相張禹使屬潁川朱贛條其風俗, 猶未宣究, 故輯而論之, 終其本末著於篇.)[42]

　아래의 『지리지』의 부분은 각 지역을 기반으로 그 지역의 풍속을 조사하고 그와 관련된 연결고리를 살펴보는 방식을 취하고 있다. 여기서는 '제풍(齊風)' 부분, 즉 학술사에서 '제기(齊氣)'라고도 불리는 부분을 예를 들어 설명하고자 한다.

　　제(齊)나라 땅은……『시경·풍(風)』에서 말하는 제나라[齊國]이다. 임치(臨淄)는 이름이 영구(營丘)이다. 그래서 『제시(齊詩)』에서 "그대의 영구여! 나를 노산(嶩山)의 사이에서 만났거늘.(子之營兮, 遭我乎嶩之間兮.)"이라고 하였고, 또 "나를 대문과 병풍 사이에서 기다리네.(俟我於著乎而.)"라고 하였다. 이는 제나라 지역의 노래가 가지는 리듬이 완만하고 감정이 온화한 특징을 나타낸 것이다. 오(吳)나라의 계찰(季札)은 『제(齊)』의 노래를 듣고 "그 기세가 웅장하고 스타일이 호방한 것이, 큰 바람과 같구나! 강태공인가? 제나라의 미래는 헤아릴 수가 없구나.(泱泱乎, 大風也哉! 其太公乎? 國未可量也.)"라고 찬탄하였다.(齊地……『詩風』齊國是也. 臨淄名營丘, 故『齊詩』曰: "子之營兮, 遭我乎嶩之間兮." 又曰: "俟我於著乎而." 此亦其舒緩之體也. 吳劄聞『齊』之歌, 曰: "泱泱乎, 大風也哉! 其太公乎? 國未可量也.")

　옛날에는 땅은 나누었지만, 백성들은 나누지 않았다. 태공(太公)의 제

---

42 『漢書』제28권(하편)(中華書局, 1962) 참조.

(齊)나라 땅은 바다와 맞닿아 있고 염분이 많은 토양 때문에, 오곡이 적고 인구도 적었다. 그래서 여자들이 할 수 있는 일을 독려했다. 어염(魚鹽)의 이점을 활용하자 사람과 물자가 크게 늘어났다. 이후 14대 환공(桓公)께서 관중(管仲)을 등용하여, 일의 경중을 잘 따져 나라를 부유하게 하였으며, 제후들을 규합하여 패자의 공을 이루었다. 그러나 군주를 모시는 신하와 같이 의견을 청취하여, 세 번의 중요한 승리를 거두었다. 그리하여 풍속은 갈수록 사치스러워져, 얼음처럼 시원한 비단과 수놓은 비단과 순색의 화려한 비단 등을 대량으로 만들어냄으로써, 관대(冠帶: 관과 허리띠)와 의리(衣履: 옷과 신발)가 천하에서 최고라는 칭호를 얻었다.(古有分土, 亡分民. 太公以齊地負海舃鹵, 少五穀而人民寡, 乃勸以女工之業, 通魚鹽之利, 而人物輻湊. 後十四世, 桓公用管仲, 設輕重以富國, 合諸侯成伯功, 身在陪臣而取三歸. 故其俗彌侈, 織作冰紈綺繡純麗之物, 號爲冠帶衣履天下.)

옛날, 태공(太公)께서 제(齊)나라를 다스리실 적에, 도덕과 수양을 중시하고 현명하고 지혜로운 자를 받들었으며, 공이 있는 자에게 상을 내렸다. 그래서 지금까지도 제나라 선비들은 대부분 경술(經術)을 좋아하며, 공명을 긍지로 삼으며, 너그럽고 활달하여 족히 지혜롭다 할 것이다. 단점이라면 지나친 사치와 붕당 짓기를 좋아하며, 언행이 일치하지 않고 속임과 진실하지 않은 점이 있으며, 급하면 흩어지고 느긋하면 거리낌 없이 제멋대로 행동한다는 점이다.(初太公治齊, 修道術, 尊賢智, 賞有功, 故至今其士多好經術, 矜功名, 舒緩闊達而足智. 其失誇奢朋黨, 言與行繆, 虛詐不情, 急之則離散, 緩之則放縱.)[43]

『한서』의 이러한 논술에 근거해, 『사기·화식열전(貨殖列傳)』이 만들어졌을 것이다. 『한서·주박전(朱博傳)』에서도 "제나라 사람들은 느긋하고 공명을 숭상한다.(齊部舒緩養名.)"라고 했는데, 안사고는 "제나라 사람들의 습속을 말한 것인데, 그들은 느리고 느긋한 성품을 가졌으며, 대부분 스스로 위대하다고 생각하여 명성을 키우길 좋아한다.(言齊人之俗, 其性遲緩, 多自高大以養名聲.)"라고 주석했다. 왕충의 『논형·솔성(率性)』에서도 "초와 월 지역 사람들이라도 장악(莊嶽: 제나라의 거리 이름)에다 갖다 놓으면, 몇 개월만 지나면 느긋하게 변하는데, 풍속이 그렇게 만든 것이다. 그래서 제나라 사람들은 느긋하다고 했던 것이다.(楚越之人處莊嶽之間, 經歷歲月, 變爲舒緩, 風俗移也. 故曰齊舒緩.)"라고 말했다.

『관추편』에서는 『전론(典論)·논문(論文)』에 대한 『문선』의 이선(李善) 주(注)에서 "제나라의 습속을 보면 문체가 느슨한데, 서간(徐幹)[44]도 이러한 문제가 누적되어 있다."라고 한 부분에서 『한서·지리지』에 실린 제나라 노래 2구를 인용하여 예로 삼았다. 그러나 『한서·설선(薛宣), 주박전(朱博傳)』에 실렸던 "제나라 지역 사람들은 느긋하고 공명을 숭상한다.(齊郡舒緩養名.)"와 "수백 명이 절하고 천천히 일어난다.(數百人拜起舒遲.)"라는 말을 인용했으면 더 적절했을 것이다.[45]

'요(謠)'자와 '풍(風)'자가 병렬적으로 결합하여 한 단어를 이룬 경우가 있다. 그래서 '요(謠)'자의 의미 형상을 살펴보면, 풍(風)의 기원과 기능에 대한 실마리를 찾을 수 있을지도 모른다.

---

44 (역주) 서간(徐幹, 170년~217년): 자(字)가 위장(偉長)으로, 북해군(北海郡) 극현(劇縣) 사람이다. 그는 동한(東漢) 말기의 뛰어난 문학가이자 철학자이며 시인으로, '건안칠자(建安七子)'의 한 명이다. 서간은 시와 사부(辭賦), 정치 이론에 관한 저작들로 유명한데, 대표작으로 『중론(中論)』, 『답유정(答劉楨)』, 「현원부(玄猿賦)」가 있다. 특히 『중론』은 역대 통치자들과 문학자들에게 깊은 영향을 미쳤다.

45 錢鍾書, 『管錐編』제2권, 542쪽.

141	[글자]	142	喜(壴)	143	故(故)	144	敨(敨)
145	嘻(嘻)	146	嘻(嘻)	147	璿(璿)	148	繇(繇)
149	傜(傜)	150	蕬(蘨)	151	艸(艸)	152	颻(颻)
153	搖(搖)	154	瘝(瘝)	155	圖(圖)	156	圖(圖)
157	鑾(鑾)	158	[글자]	159	[글자]	160	霧(霽)
161	騾(騾)						

[글자](141)(『훍□, 故鉢』)는 금문의 구조와 『설문·언(言)부수』에 수록된 [글자](141)와 동일한 구조로, "언(言)이 의미부이고[46], 육(肉)도 의미부이다." 이러한 의미지향 구조로 볼 때, '요(訞)'자의 초기 형태가 처음에는 순수하게 입술과 목구멍에서 나오는 가요를 나타냈다는 사실을 쉽게 알 수 있다. 「설문·언(言)부수」에서 "요(訞)는 반주 없이 부르는 노래를 말한다.(訞, 徒歌.)"라고 했다. 즉, 원시 시대의 민가 가요는 원래부터 악기와 육성이 어우러진 그런 노래가 아니라, 감정에서 저절로 우러나오고 입술에서 터져 나오는 그런 자연스런 노래로, '천뢰(天籟: 자연의 소리)'라고 할 수 있다. 대체로 위진(魏晋) 시기에 이르러 「유웅비(劉熊碑)」에서 '요(訞)'에서부터 '부(缶)'를 의미부로 삼은 '요(訞)'자가 만들어지기 시작했는데, 『설문』이후의 사전들, 예컨대 『한간(汗簡)』, 『고문사성운(古文四聲韻)』, 『진한위진전예(秦漢魏晉篆隸)』, 『반마자류(班馬字類)』, 『유편(類篇)』 등에서는 모두 이 자형에서 파생한 글자들이 실렸다. 즉, '요(訞)'의 형체를 기반으로 하여, '구(口)'를 더하거나 '언(言)'을 더한 '요(嗂)'나 '요(謠)'와 같은 글자들이 생겨났다. 단옥재는 『설문해자주』제3권(상편)의 「언(言)부수」에서 이렇게 말했다.

---

[46] '음(音)'도 같은 부류이다.

「석악(釋樂)」에서 반주 없이 부르는 노래를 요(謠)라고 한다. 「위풍(魏風)」 모전(毛傳)에서 "음악이 합쳐진 곡을 가(歌)라 하고 음악 없이 부르는 노래를 요(謠)라고 한다."라고 했다. …… 요(䚻)와 요(謠)는 고금 관계에 놓인 글자이다. 요(謠)가 성행하게 되자 요(䚻)는 사라지게 되었다.

'풍요(風謠: 한 지방의 풍속을 읊은 노래)'라는 단어로부터 '요(謠)'자의 자형에 반영된 역사적 층차를 끌어들여 보면, 이미 악기의 반주라는 성분이 첨가되어, 더는 질박하여 꾸밈이 없는 노래[徒歌]가 아니며, 악기와 육성이 더해진 정취를 갖추었음을 알 수 있다. 문자의 의미지향이라는 형체적 측면이 드러날 때는 "악기를 두드리는" 성분이 특별히 강조되었으며, '요(䚻)'자는 다시 요(訧)로 쓰였는데, 『용감수감(龍龕手鑒)·언(言)부수』에서 "요(訧)는 속체이며, 요(謠)는 정체이다."라고 했고, 『자휘·언(言)부수』에서는 "요(訧)는 요(謠)와 같다."라고 했다.

'요(謠)'는 '부(缶)'에서 의미지향을 가져온 문자부호로, '풍요(風謠)'는 이미 음악적 요소를 포함하고 있음을 나타낸다. 이러한 문화적 함의의 변화 현상은 아래의 "글자 구성성분—문자부호의 대체와 발생"이라는 부분에서 다시 설명하게 될 것이다. 여기서는 단지 이러한 언어문자 현상이 바로 『이아』[47] 등과 같은 사전에서 '요(謠)'자가 발생하게 된 역사적 배경을 아직 개괄적으로 반영하지 못했다는 점을 밝히고자 한다. 즉 「석악」에

---

[47] 이 책의 근원은 매우 오래되어서, 마지막으로 한(漢)나라 때 책이 완성되었을 것이다. 『사고전서 총목제요(四庫全書總目提要)』에서는 "대개 소학[문자, 훈고, 음운 등의 연구 분야]을 연구하는 학자들은 고대 문헌을 편집하고 정리할 때, 주공과 공자도 선인들의 말과 사상을 인용하듯이, 종종 서로의 선행 연구성과를 배우고 이를 바탕으로 새로운 내용과 설명을 추가하였다.(大抵小學家綴輯舊文, 遞相增益, 周公, 孔子皆依托之詞.)"라고 하였는데, 옳은 말이다.

서 "음악 없이 부르는 노래를 요(謠)라고 한다.(徒歌謂之謠.)"라고 했고, 『옥편·언(言)부수』에서 "요(謠)는 혼자 부르는 노래를 말한다.(謠, 獨歌也.)"라고 했는데, 모두 전통적인 해석을 유지하고 있다. 이러한 현상에서 문자를 구성하는 부호와 언어 부호는 결코 동일한 층차에 있는 것이 아니며, 일대일의 대응 관계가 아님을 알 수 있다. 또한, 초기 한자의 의미지향 구조가 문화적 전승에 상당히 중요한 영향을 미쳤다는 것을 보여준다.

'요(謠)'자에서 가져온 '부(缶)'의 의미지향은 '음악'적 기능인데, 그것은 부(缶) 그 자체에 '악기'의 기능이 있기 때문이다. 이러한 연결은 '요(謠)'자를 구성하는 부호의 대체를 통해 발견할 수 있다. 예컨대 '요(嗂)'의 경우, 『설문·구(口)부수』에서 "기뻐하다라는 뜻이다. 구(口)가 의미부이고 요(䍃)가 소리부이다.(喜也. 从口䍃聲.)"라고 했고, 『광운·소(宵)운』에서 "음악(樂)을 말한다.(嗂, 樂也.)"라고 했다. 부(缶)에 '악기'의 기능이 있기에, 이체자로 요(嗂)처럼 적었는데, 이는 '음(音)'으로 구성되었다. 『개병사성편해(改拼四聲篇海)·구(口)부수』에서는 『용감수감』을 인용하여 "요(嗂)는 즐거운 음악(喜樂)을 말한다.(嗂, 喜樂也.)"라고 했다. 『정자통(正字通)·구(口)부수』에서는 "요(嗂)는 속자로 요(𪖎)처럼 적는다."라고 했다. 또 '요(瑤)'는 이체자로 요(瑶)처럼 적을 수도 있다. 『용감수감·옥(玉)부수』에서 "요(瑶)는 속체이고, 요(瑤)는 정체이다."라고 했는데, 이를 증거로 삼을 수 있을 것이다. 이렇게 볼 때, '부(缶)'가 기물로서 '음악'적 기능이 있다는 것은 고대 문헌을 살펴보면 더욱 정확하게 알 수 있다. 예를 보자.

(1) 『주역·리괘(離卦)』: "질그릇[缶]을 두드리며 노래하지 않는다면.(不鼓缶而歌.)"

(2) 『시경·진풍(陳風)·완구(宛丘)』: "통통 항아리 두드리며 완구로 가는 길에서 놀고 있네.(坎其擊缶, 宛丘之道.)"

공영달은 『소(疏)』에서 "부(缶)는 질그릇으로, 음악의 리듬을 조절할 수 있다.(缶是瓦器, 可以節樂.)"라고 했다.

(3) 이사(李斯)의 『간축객서(諫逐客書)』: "대개 독을 치고 질그릇을 두
드리며, 쟁을 타고 손으로 허벅지를 치며 훌쩍이듯 우는 소
리처럼 노래를 불러, 귀를 즐겁게 하는 것이 진실로 진나라
의 소리이다.(夫擊甕叩缶, 彈箏搏髀而歌呼嗚嗚快耳者, 真秦之聲也.)"

엄가균(嚴可均)이 편집한 『전진문(全秦文)』제1권에서는 이사(李斯)
의 이 글에 있는 '부(缶)'를 '부(瓶)'로, '쾌이(快耳)'를 '쾌이목
(快耳目)'으로 적었는데, '부(瓶)'와 '부(缶)'는 이체자이고, '목
(目)'자는 첨가된 글자이다.[48]

(4) 『사기·염파(廉頗) 인상여(藺相如)열전』: "조(趙)나라의 왕은 진(秦)
나라의 왕이 진나라의 음악을 잘 연주한다는 소리를 듣고,
동이[盆]와 질장군[瓿]을 진나라 왕에게 바치면서 진나라의
음악을 요청함으로써 두 나라에 서로 즐거워하는 분위기를
이끌었다.(趙王竊聞秦王善爲秦聲, 請奉盆瓿秦王以相娛樂.)"

(5) 『설문·부(缶)부수』: "부(缶)는 '질그릇'을 말하는데, 술이나 장을
담을 수 있다. 진(秦) 지역 사람들은 이를 북으로 사용하여
노래의 가락을 맞추기도 한다.(缶: 瓦器. 所以盛酒. 秦人鼓之以節
謌.)"

(6) 『회남자·정신훈(精神訓)』: "오늘 편벽하고 빈곤한 지역에서 제사
를 지낼 때, 동이[盆]를 두드리고 질그릇[瓿]을 치며, 서로
화음을 맞춰 노래를 불러 스스로 즐겁다고 여긴다.(今夫窮鄙
之社也, 叩盆拊瓿, 相和而歌, 自以爲樂矣.)"

이로써, '부(缶)'는 '풍요(風謠)'에서 '타악기'로서의 기능이 있음을 알 수

---

[48] 『史記·李斯列傳』.

있다. 일본어에서 '부(缶)'자의 기본 의항은 '타악기의 하나로, 쳐서 리듬을 맞추는 것(打って歌の拍子をとるもの)'이다.[49] 이웃집의 빛으로 자신을 비출 수 있듯이, 일본어의 '부(缶)'자의 의항을 통해 '풍요(風謠)'처럼 이렇게 질그릇을 쳐서 음악의 리듬을 표현하는 현상은 어느 한 지역에 국한된 것이 아님을 알 수 있다.

한자 형체 구조의 '취류(取類)'설[50]에 근거해 볼 때, '요(謠)'자는 '부(缶)'자에서 의미를 가져왔는데, 여기서 '부(缶)'는 바로 어떤 '부류[類]', 즉 개념의 외연이 '질그릇'의 전체와 관련되어 있으며, 또 '질그릇'이 고대 사회에서 '불에 구운 것의 총체'였다는 것은 『설문·와(瓦)부수』에 잘 언급되어 있다. '부(缶)'와 '와(瓦)'가 글자 부호로 쓰이면 동일한 '의미 부류'를 가리킨다. 그래서 '부(缶)'로 구성된 자형은 '와(瓦)'로 구성된 것과 차이가 없어, 이들 둘은 서로 호환되며, 다른 이체자를 형성하게 된다. 몇 가지 예를 들면 다음과 같다.

'부(缶)'는 이체자로 '부(甀)'로 적기도 하는데, 『집운·유(有)운』에서 "혹체에서는 와(瓦)로 구성되기도 한다."라고 했고, '강(瓨)'의 이체자를 '항(缸)'으로 적기도 했다. 또 『설문·와(瓦)부수』에서 "강(瓨)은 와(瓦)가 의미부이고, 공(工)이 소리부이다."라고 했다. 『집운』에는 '호(胡)'와 '강(江)'의 반절음도 있고, '고(古)'와 '쌍(雙)'의 반절음도 있다. 왕균(王筠)의 『설문구두(說文句讀)』에서 "이 글자는 「부(缶)부수」의 '항(缸)'과 같다."라고 했다. '자(瓷)'의 이체자로 '자(鎡)'가 있는데, 『집운·지(脂)운』에 보인다. '병(缾)'의 이체자로 '병(瓶)'이 있는데, 『설문·부(缶)부수』에서 '병(缾)'자 아래에 혹체자로 수록되어 있다.

---

49 [日] 赤環忠 博士 監修, 『標准漢和辭典·缶部』(旺文社, 1979).

50 臧克和, 『漢語文字與審美心理』(六)(學林出版社, 1990).

'취류(取類)'[51]설의 중요성은 언어와 문자의 '의미 범주' 사이의 경계를 깨뜨리는 데에 있다. 이렇게 볼 때, 아래의 글자들은 모두 관련성이 있다. 『시경·위풍(衛風)』에서 '고반(考槃)'의 '반(槃)'은 '반(盤)', '반(盤)', '반(鎜)', '반(鑾)', '반(磐)'[52]과 모두 같은 어원에서 유래한 것으로, 그 사용과 목적에 따라 차이가 있을 뿐이다. 『장자(莊子)』에서 '고분(鼓盆)'의 '분(盆)'은 '그릇[皿]'에서 의미를 취하였으나, 이는 '부(缶)'나 '와(瓦)'의 부류에도 속하는 것으로, 『집운·용(用)운』의 '잔(盞)'이 '잔(醆)'으로 쓰인 경우를 예로 들 수 있다. 이는 모두 『사기』에 기록된 '질그릇 두드리며[擊缶]' 이야기와 같으며, 악기 없이 노래를 부를 때 '악기'를 저절로 더하는 효과가 있다고 하겠다.

이 때문에, '부(缶)'(瓦)가 '불에 구운 토기의 총칭'으로, 그 음악적 기능을 고려할 때, 고대 중국의 '팔음(흙[土], 쇠[金], 돌[石], 가죽[革], 명주실[絲], 나무[木], 박[匏], 대나무[竹])'에서 '흙[土]'의 범주에 속하는 의미를 지닌다고 볼 수 있다. 『국어·주어(周語)』(하권)에는 "종과 경쇠로써 오음(五音)을 발동시키고, 현과 피리로써 움직인다. 시로써 말하고, 노래로써 읊는다. 박으로써 떨치고, 토기로써 찬양하며, 풀과 나무로써 조절한다.(金石以動之, 絲竹以行之, 詩以道之, 歌以詠之, 抱以宣之, 瓦以贊之, 草木以節之.)"라고 했다. 여기에서 '와(瓦)'는 '불에 구운 토기'인 '훈(塤)'의 다른 명칭에 불과하다. 게다가 고대 문헌에 따르면, '풍요'에서의 '부(缶)'의 음악적 기능은 질박하고 장식이 없는 상고 시기에만 국한되는 게 아니라, 적어도 당(唐)나라에서 번성한 궁중 음악의 회합에서도 매우 두드러진 부분을 차지하며, 여전히 상당한 규모를 유지하고 있었다. 『시경·진풍(陳風)·완구(宛丘)』에서 묘사된 음악과 무용 장면에 대해, 공영달은 『소(疏)』에서 "부(缶)는 질그릇으로,

---

51 (역주) 유사한 사물을 예로 들어 본래의 사물을 설명하는 방법을 말한다.
52 『說文通訓定聲 · 乾部第十四』.

음악의 리듬을 맞출 수 있다. 지금[唐代]의 '격구(擊甌)'와 같다."라고 해석했다. 단안절(段安節)[53]은 『악부잡록(樂府雜錄)·격구(擊甌)』에서 이렇게 말했다.

> 무종(武宗) 시기, 곽도원(郭道源)이 이후에 봉상부(鳳翔府) 천흥현(天興縣)의 승상이 되어, 태상시(太常寺)의 음률을 조절하는 관직을 보충하였는데, '격구(擊甌)'를 잘했다. 형구(邢甌)와 월구(越甌)로 모두 12개를 이끌었고, 그 속의 물을 더하거나 줄이며 힘으로 치면, 소리가 방향(方響)[54]보다 더욱 절묘하다.(武宗朝, 郭道源後爲鳳翔府天興縣丞, 充太常寺調音律官, 善擊甌. 率以邢甌越甌共十二支, 旋加減水於其中, 以筋擊之, 其音妙於方響也.)

『설문·와(瓦)부수』에서는 "구(甌)는 작은 동이를 말한다. 와(瓦)가 의미부이고 구(區)가 소리부이다.(甌: 小盆也. 从瓦區聲.)"라고 했는데, 아직도 그 흔적이 남아 있는 것처럼 보인다.

『관추편』은 역사적 사실을 가정함으로써 경전의 내용을 증명하였는데, '풍요(風謠)'를 고증하고 해석하여, 그 형태[體], 쓰임[用], 어원 등 다양한 관점에서 깊이 있게 분석하고 조사하였다.

이러한 까닭에 그 작용에 대해 말하자면, '풍(風)'은 간접적이고 완곡

---

53 (역주) 단안절(段安節, 생몰년 미상): 제주(齊州) 임치(臨淄) 출신. 재상 단문창(段文昌)의 손자이고, 태상소경(太常少卿) 단성식(段成式)의 아들이며, 온정균(溫庭筠)의 사위이다. 음악에 능통하여 스스로 곡을 지을 수 있었고, 악부(樂府)의 법을 상세히 설명하였다. 그는 당(唐)나라의 저명한 음악 이론가로, 그가 저술한 『악부잡록(樂府雜錄)』은 당나라 이전의 음악적 상황을 기록하였는데, 후세에 큰 영향을 미쳤다.(baidu 참조)

54 (역주) 방상(方晌), 동경(銅罄)이라고도 부르는 방향(方響)은 고대 중국에서 예술적 특성과 고정된 음정을 가진 전통 타악기를 말한다.

한 언어로 조언하는 행위[風諫]와 풍속을 교화시킨다[風敎]는 의미를 가진다. 그리고 그 기원에 대해 말하자면, '풍(風)'은 지역의 풍속[土風]과 가요[風謠]를 의미하며[55], 오늘날 말하는 지방 민요를 뜻한다. 그 체제에 대해 말하자면, '풍(風)'은 시를 읊으며 암송하는 것을 의미하며, 목구멍, 혀, 입술을 통해 실현된다.[56] 오늘날 말하는 구전으로 전해지는 노래나 문학을 뜻하는데, 『한서·예문지(藝文志)』에서도 "전체 305편 중에서 진(秦)나라를 거쳐 온전히 보존된 것은 그것이 노래와 시의 형태로 전해졌기 때문이지, 대나무나 비단에만 의존하지 않은 까닭이다.(凡三百五篇, 遭秦而全者, 以其諷誦, 不獨在竹帛故也.)"라고 언급하였다. '풍(風)'이라는 한 글자로 『시경』의 어원과 표현 방식을 모두 포괄하며, 뜻을 구분하는 것과 동시에 통합하는 역할을 한다.[57]

'풍요(風謠)'로 사용되는 이러한 체제는 이른바 유가의 시적 교육 측면에 속한다. 『관저(關雎)』의 서문에서는 "풍(風)은 풍습이며, 교화이다. 풍습으로 움직이게 하고, 교육으로 변화시킨다.(風, 風也, 敎也; 風以動之, 敎以化之.)"라고 했다. 아래에서는 '풍요(風謠)'의 '기능'으로서의 보다 원시적인 측면을 추가적으로 설명해보고자 한다. 언어와 문자의 학문을 통해 사상사를 증명하면서, 이를 유가의 시적 교육 측면과 비교할 수 있을 것이다.

한자의 체계에서 '요(謠)'는 먼저 '이끌어 따르게 하다'라는 의미를 가

---

55 『한서 · 오행지(五行志)』하권(상)에서는 "천자는 민간의 풍속을 살핌으로써 즐거움으로 삼았다.(夫天子省風以作樂.)"라고 하였는데, 응소(應劭)는 "풍(風)은 지역의 풍속을 말한다.(風, 土地風俗也.)"라고 주석했다.

56 『논형 · 명우편(明雩篇)』에서는 "기우제를 지내면서 노래를 부른다.(風乎舞雩.)"라고 했는데, 이때 '풍(風)'은 노래[歌]를 말한다. 중장통(仲長統)은 『악지론(樂志論)』에서 "기우제를 지내는 곳 아래에서 노래를 부른다.(諷於舞雩之下.)"라고 했다.

57 錢鍾書, 『管錐編』제1권, 58~59쪽.

지며, 일반적으로 '뽐내다'나 '소문'을 의미하는 말로 사용된다. 『옥편·언
(言)부수』에서는 "요(䚻)는 '따르다'는 뜻이다.(䚻, 从也.)"라고 했다. '요(䚻)'
를 『광운』에서는 "이(以)와 주(周)의 반절이다.(以周切.)"라고 했다. 단옥재
는 '요(䚻)'자의 아래에 이렇게 주를 달았다.

「석악(釋樂)」에서는 "반주 없이 부르는 노래를 요(謠)라고 한다.(徒歌曰
謠)"라고 했고, 「위풍(魏風)」 모전(毛傳)에서는 "음악이 합쳐진 곡을
가(歌)라 하고, 음악 없이 부르는 노래를 요(謠)라고 한다.(曲合樂曰歌,
徒歌曰謠.)"라고 했다. 또 『대아(大雅)』의 전(傳)에서는 "가(歌)는 금슬
(琴瑟)에 비유된다. 악기의 반주 없이 부르는 노래를 요(謠)라고 부
르고, 북을 치면서 부르는 노래를 악(喁)이라고 부른다.(歌者, 比於琴瑟
也. 徒歌曰謠, 徒擊鼓曰喁.)"라고 했다. 금본에서는 잘 못 삭제되었다. "언
(言)이 의미부이고 육(肉)이 소리부이다." 여러 판본에서는 소리부가
없는데, 「부(缶)부수」에서는 "요(䍃)는 부(缶)가 의미부이고 육(肉)이
소리부이다.(䍃, 从缶肉聲.)"라고 하였으니, 여기에서도 "육(肉)이 소리
부이다.(肉聲)"라고 한 것에 의심하지 않았다. '육(肉)'이 소리부인 것
은 세 번째 부수에 있으므로, '요(繇)'는 '유(由)'자가 되나 두 번째 부
수로 바뀌었다. 그러므로 '요(䚻)', '요(瑤)', '요(繇)', '요(傜)'는 모두
'요(遙)'와 같이 읽는다. '요(䚻)'와 '요(謠)'는 고금 관계에 놓인 글자
이다.……예를 들면, 『한서·오행지(五行志)』에서 "여자아이가 뽕나무
로 만든 활과 기초로 엮은 화살통[으로 주나라가 멸망할 것이네.]라
고 노래불렀다.(女童䚻曰: 檿弧其服.)"라고 하였는데, 여(余)와 초(招)의
반절이며, 이(二)가 부수이다. 『옥편』과 『광운』에서는 모두 "요(䚻)는
여(與)와 주(周)의 반절로써, 따르다[從]는 뜻이다. 이는 고대에 사용

한 독음과 의미이다.(䍃, 與周切, 從也. 此古音古義.)"라고 하였다.⁵⁸

아래의 내용은 소리부 체계의 대응을 나타낸 것이다.

요(䍃): 악기의 반주 없이 부르는 노래[徒歌]를 말한다. 언(言)이 의미
부이고 육(肉)이 소리부이다. 이는 관현악기 없이 홀로 노래를 부르
는 것을 말한다. 경전에서는 모두 요(謠)로 썼다. 『진어(晉語)』에서는
"노래에서 길흉을 가려낸다.(辨妖祥於謠.)"라고 하였고, 『열자·주목왕
(周穆王)』에서는 "서왕모가 왕을 위해 노래[謠]를 불렀다.(西王母爲王
謠.)"라고 하였으며, 『이아·석악(釋樂)』에서 손염은 주(注)에서 "요(謠)
는 소리가 자유롭다.(謠, 聲消搖也.)"라고 하였다.
요(傜): '기뻐하다'라는 뜻이다. 인(人)이 의미부이고 요(䍃)가 소리부이
다. 또한 '노역'을 의미하기도 한다. '요(傛)'나 '요(徭)'로도 쓴다.(傜:
喜也. 從人䍃聲, 按役也. 亦作傛作徭.)

내 생각에, 중국어에서 '요역(傜役)'이라는 단어는 병렬 구조로, '요(傜)'
는 '명령하여 일하게 하다'를 의미한다.

요(繇): '따르다'라는 뜻이다. 멱(糸)이 의미부이고 요(䍃)가 소리부
이다. '요(絲)'나 '요(遥)'로도 쓴다. 『이아·석고(釋詁)』에서는
"요(繇)는 길[道]을 의미한다."라고 하였다. 『여람(呂覽)』에서
는 "돌아감에 반드시 그 길을 사용해야 한다."라고 하였다.
주(注)에서는 "사용하다[用]"라고 하였다. 『사기·중니제자열
전(仲尼弟子列傳)』에서는 "안무요(顔無繇)는 자(字)가 로(路)이

58 『說文解字注』제3권(상편)「언(言)부수」.

다."라고 하였다. 중유(仲由)도 역시 자(字)로, 로(路)는 유(由)로써 그것을 삼았다. 모든 행위와 문자 사용에서 경전과 전승은 모두 '유(由)'로 이루어진다. 『방언』제12권에서는 "육(道)⁵⁹은 전환하다[轉]나 걷다[步]를 의미한다."라고 하였다. 『광아·석고(釋詁)』제1권에서는 "육(道)은 다니다[行]를 의미한다."라고 하였다.(繇: 隨從也. 从系䚕聲. 字亦作繇作遙……『爾雅·釋詁』: 繇, 道也.……『呂覽』: 歸當必繇其道. 注: 用也. 『史記·弟子傳』顔無繇, 字路, 仲由亦字, 路以由爲之. 凡行用字經傳皆以由爲之. 『方言』十二: 道('繇'之或體), 轉也, 步也. 『廣雅·釋詁』一: 道, 行也.)

내 생각에, '요(㐀)(䍃)'가 소리부인 단어들은 수동적인 의미를 지향하여, '……을 따르게 하다'를 뜻한다.

요(蕘): 풀이 무성한 모습으로, 초(艸)가 의미부이고 요(繇)가 소리부이다. 『하서(夏書)』에서는 "풀이 무성하다.(厥艸惟蕘.)"라고 하였다. 금본의 『우공(禹貢)』에서는 "요(蕘)를 요(繇)로 썼다."라고 하였다.

지금의 생각에, 요(蕘)는 때로 요(䔄)로도 쓴다. 요(䔄)는 풀의 이름으로, 사람을 미혹시키는 효과가 있다. 『산해경·중산경(中山經)』에서는 "또 동쪽으로 200리 떨어진 곳에는 고요(姑媱)라고 불리는 산이 있다⁶⁰. 여기에서 천제의 딸이 죽었는데, 그녀의 이름은 여시(女尸)로⁶¹, 죽어서 요초(䔄草)

---

59 '요(繇)'의 혹체자이다.

60 필원(畢沅)은 이렇게 교정하고 주석을 달았다. "『문선(文選)』은 이를 인용하여 '요(瑤)'로 썼다고 주석하였고, 『박물지(博物志)』에서는 '고요산(古䔄山)이라고 썼다."

61 필원(畢沅)은 이렇게 교정하고 주석을 달았다. "이선(李善)이 『문선(文選)』에 쓴 주석에

로 변했다.[62] 그 잎은 잘 자라고, 꽃은 노란색이며, 그 열매는 실새삼과 비슷하다. 그것을 먹으면 사람들에게 매력적으로 보인다[63].(又東二百裏曰姑媱之山, 帝女死焉, 其名曰女屍, 化爲䔄草. 其葉胥成, 其華黃, 其實如兔邱, 服之媚於人.)"라고 하였다.

요(嗂): '기뻐하다'라는 뜻이다. 구(口)가 의미부이고 요(䍃)가 소리부이다. 『예기(禮記)·단궁(檀弓)』에는 "사람의 마음이 기쁘면 표현하고자 하고, 표현하고자 하니 노래로 읊는구나."라고 하였다.(嗂: 喜也. 从口䍃聲. 『禮記·檀弓』: 人喜則斯陶. 以陶爲之.)

요(踏): '뛰다'라는 뜻이다. 족(足)이 의미부이고 요(䍃)가 소리부이다.(踏: 跳也. 从足䍃聲.)

요(鷂): '지조(鷙鳥)'를 말한다. 조(鳥)가 의미부이고 요(䍃)가 소리부이다. 『이아·석조(釋鳥)』에서는 "……참새를 잘 잡았다. 요(鷂)는 새매[雀鷹]를 말한다."라고 하였다. [다른 의미] 『이아·석조』에서는 "청색 바탕에 여러 가지 색이 어우러져 시문을 이루는 듯한 새를 요(鷂)라고 부른다. 이러한 새매[鷂雉]를 『설문』에서는 요(搖)라고 썼다."라고 하였다.(鷂: 鷙鳥也, 从鳥䍃聲. 『爾雅·釋鳥』:……善捉雀. 鷂者, 雀鷹也. [別義]『爾雅·釋鳥』: 青質五彩皆備成章曰鷂. 此鷂雉也, 『說文』作搖.)

따르면, 송옥(宋玉)의 『고당부(高唐賦)』에서는 '나는 천제의 막내딸로, 이름이 요희(瑤姬)이다. 출가하기 전에 죽어, 무산의 남쪽에 봉했다. 그녀의 영혼은 풀이 되었는데, 실제로 영지(靈芝)를 말한다.'"

62 필원(畢沅)은 이렇게 교정하고 주석을 달았다. "『박물지(博物志)』에서는 '요초(䔄草)로 변하였다.'라고 썼는데, 이것이 옳다."

63 곽박(郭璞)은 주(注)에서 "사람들에게 사랑받게 된다. 전해진 이야기에 따르면 '사람들이 먹으면 매력적으로 보인다.'라고 한다. '황부초(荒夫草)'라고도 부른다."라고 설명하였다.

요(橈): '나무가 흔들리다'라는 뜻이다. 목(木)이 의미부이고 요(堯)가 소리부이다. 요(㩲)라고 쓰기도 한다.(橈: 樹動也, 从木堯聲. 字亦作㩲.)

필원(畢沅)이 교정한 『산해경(山海經)』제16권「대황서경(大荒西經)」에서는 '요(堯)'가 '요(橈)'의 어원으로, 이미 '악기'와 문화적 이미지로서 자연스럽게 연결되었다. "황제의 손자는 숙균(叔均)인데, 숙균(叔均)이 북적(北狄)을 낳았다. 망산(芒山), 계산(桂山), 요산(橈山)이 있는데, 그 산 위에 태자장금(太子長琴)이라고 부르는 사람이 살고 있었다. 전욱(顓頊)이 노동(老童)을 낳았고, 노동(老童)은 축융(祝融)을 낳았으며, 축융(祝融)은 태자장금(太子長琴)을 낳았다. 이는 요산(橈山)에서 살며 처음으로 악곡을 지었다."**⁶⁴**

요(搖): '흔들리어 움직이다'라는 뜻이다. 수(手)가 의미부이고 요(堯)가 소리부이다.……『관자·심술(心術)』에서는 "흔들리는 것은 일정하지 않다."라고 하였고, 『고공기·시인(矢人)』에서는 "화살을 끼워서 흔들리다."라고 하였다. 『석문(釋文)』에서는 본래 '요(揢)'라고 적었다. …… 약(藥)자로, 또 요(癢)자로 가차되었다. ……『대대예기(大戴禮記)·무왕천조(武王踐阼)』에서는 "바람이 올 것 같으면, 반드시 먼저 흔들릴 것이다."라고 하였다. 주(注)에서는 "의탁하는 바가 없다."라고 설명하였다.(搖: 動也. 从手堯聲.……『管子·心術』: 搖者不定.……『考工記·矢人』: 夾而搖之.『釋文』本作'揢'.……假借爲藥爲癢.……『大戴禮記·武王踐阼』: 若風將至, 必先搖搖. 注: 無所托也.)

---

64 곽박은 주(注)에서 "노래를 창제했다.(創制樂風曲也.)"라고 하였다.

요(瑤): '아름다운 돌'을 말한다. 옥(玉)이 의미부이고 요(䍃)가 소리
부이다.(瑤: 石之美者. 从玉䍃聲.)

필자의 생각에, 한자는 대개 사람을 물건으로 지칭할 수 있는데, 이는
하나의 몸에 두 개의 면을 가진 것으로 해석할 수 있다. 이러한 언어적 연
계성은 고대 중국 사람들이 물건을 관찰하여 이미지를 취하는 일정한 규
칙들을 반영한다. '요(瑤)'는 원래 옥(玉)에서 의미를 취해, 아름다워 사람
의 마음을 움직이게 하는 옥을 지칭하는데, 매혹적이고 매력적인 여신을
의미하기도 한다. 중국 신화와 전설에서, 초(楚)나라 왕을 유혹하여 혼란
에 빠뜨린 미인을 '요희(瑤姬)'라고 부른다. 송옥(宋玉)의 「고당부(高唐賦)」
에는 다음과 같은 구절이 있다. "왕이 기뻐하며 물으니, 대답했다. '나는
천제의 막내딸로, 이름이 '요희(瑤姬)'입니다. 출가하기 전에 죽어 무산(巫
山)의 남쪽에 봉해졌으며, 정신과 영혼이 풀에 깃들었는데, 실제로는 요지
(䔾芝)를 말한답니다. [누군가 이 풀을] 좋아하고 복용하면, 꿈에서 만날
수 있습니다. '무산(巫山)의 여자', '고당(高唐)의 희(姬)'가 왕께서 고당을
여행한다고 들었는데, 원컨대 베개와 이불을 권하게 해 주소서. 왕이 따
르면서 사랑을 하였다.(王悅而問焉. 曰: 我帝之季女也, 名曰瑤姬. 未行而亡, 封巫山之
台, 精魂依草, 實爲䔾芝, 媚而服焉, 則與夢期. 所謂巫山之女, 高唐之姬, 聞君遊於高唐, 願薦
枕席. 王因而幸之.)"[65]

요(嫙): '어깨를 구부리고 걷는 모습'을 말한다. 여(女)가 의미부이
고 요(䍃)가 소리부이다. 『초사·구사(九思)』에서는 "음이 낮
아 여운이 길게 느껴지며, 춤추는 모습이 부드럽고 아름답
구나.(音案衍兮要嫙)"라고 하였는데, 주(注)에서는 "춤추는 모

---

65 『全上古三代文』제10권, 嚴可均의 편집은 『太平御覽』에서 근거했다.

습이 부드럽고 아름답다.(舞容也.)"라고 설명하였다.『방언(方言)』제10권에서는 "요(嫍)는 '놀다[游]'는 뜻이다.(嫍, 游也.)"라고 하였고,『광아·석고(釋詁)』제1권에서는 "요(嫍)는 '음탕하다[婬(淫)]'는 뜻이다.(嫍, 婬(淫)也.)"라고 하였으며, 제3권에서는 "요(嫍)는 '놀다[戲]'는 뜻이다.(嫍, 戲也.)"라고 하였다.(曲肩行貌, 从女㕙聲.『楚辭·九思』: '音案衍兮要嫍', 注: 舞容也.……『方言』十: 嫍, 遊也. 又『廣雅·釋詁』一: 嫍, 婬(淫)也.; 三: 嫍, 戲也.)[66]

필자의 생각에, 상술한 '요(㕙)'가 소리부인 한자들을 기반으로 형성된 '의미장'이 지향하는 바는 매우 복잡하다. 이를 요약하면, '악기'를 지칭하는 등의 간접적인 연관성을 제외하고도, '주동적인' 것과 '수동적인' 것의 두 가지 측면으로 나눌 수 있다. '주동적인' 측면에서는 '특정한 행위와 영향을 끼치는 것'을 의미하고, '수동적인' 측면에서는 '특정한 행위와 영향을 받는 것'을 의미한다. 한자를 살펴보면, '요(謠)'자에 대한 본질적인 특성과 습관을 상당히 명확하게 보존하고 있어, 이를 체계적으로 연결하면 원래의 모습이 그대로 드러난다.

『설문·충(虫)부수』에서는 '얼(蠥)'에 대해, "의복이나 가요나 초목에서 나타나는 괴이한 현상을 요(祅)라고 하고, 짐승이나 벌레나 곤충에 나타나는 기이한 현상을 얼(蠥)이라 한다.(蠥: 衣服, 歌謠, 艸木之怪, 謂之祅. 禽獸, 蟲蝗之怪, 謂之蠥.)"라고 하였는데, '요(謠)'와 '요(祅)(妖)'가 동일한 명칭의 어원적 관계를 보존하고 있음을 알 수 있다. 제동(齊東) 지역과 같은 북방의 방언에서는 젊은이들을 유혹하는 홍등가를 '요자(窰子)'라고 부르고, 기생집이나 유곽에서 손님을 끌어들이는 여자 주인을 '開窰子的'이라고 부르며, 전

---

66 위에서 인용한 언어문자 자료들은 평어와 주석 부분을 제외하고 나머지는 전부 『說文通訓定聲·孚部第六』에 보인다.

문적으로 유혹하는 기녀를 '요기(窯妓)', '요저(窯姐)'라고 부른다. 여기에서 '요기(窯妓)'의 발음은 위에서 언급한 남자를 유혹하는 '요희(嬈姬)'의 이름과 연관이 있을 수 있다.

'풍요(風謠)'는 자체적으로 '유혹'하는 기능이 있으며, 이후에 '풍화(風化)'라는 작용이 생겼다. 한(漢)나라의 문자학자들이 '풍(風)'이라고 말할 때는, 실제로 '팔방(八方)'에 대응된다.『설문』에서는 '풍(風)'에 대해 이렇게 말했다.

> 풍(風): 팔방의 여덟 가지 바람을 말한다. 동방의 바람을 명서풍(明庶風)이라 하고, 동남방의 바람을 청명풍(淸明風)이라 하고, 남방의 바람을 경풍(景風)이라 하고, 서남방의 바람을 량풍(涼風)이라 하고, 서방의 바람을 창합풍(閶闔風)이라 하고, 서북방의 바람을 불주풍(不周風)이라 하고, 북방의 바람을 광막풍(廣莫風)이라 하고, 동북방의 바람을 융풍(融風)이라 한다. 바람이 불면 벌레가 생겨난다. 그래서 벌레는 8일이 지나면 변화하여 형체가 생긴다. 충(虫)이 의미부이고 범(凡)이 소리부이다.(風: 八風也. 東方曰明庶風; 東南曰淸明風; 南方曰景風; 西南曰涼風; 西方曰閶闔風; 西北曰不周風; 北方曰廣莫風; 東北曰融風. 風動蟲生, 故蟲八日而化. 从虫, 凡聲.)

현대 학자들은 갑골문 등의 출토문헌을 기반으로, 한자 체계에서 '범(凡)'이나 '봉(鳳)'을 '풍(風)'으로 고증하였다. 경학자들은 '풍요(風謠)'의 체제를 설명할 때, '팔방(八方)'을 가리키는 '풍(風)'으로 각 지역의 민요를 지칭하였다.

'기능적인' 측면에서만 본다면, '풍요(風謠)'는 먼저 노래하는 사람과 듣는 사람 사이에 상호 유혹적인 감염력을 가지고 있다.『광아·석언(釋言)』

에서는 "풍(風)은 방출하다[放]는 뜻이다.(風, 放也.)"라고 하였고, 『시경·소아·북산(北山)』6장에서는 "어떤 자는 들락날락하며 큰소리만 치고 있거늘, 어떤 이는 안 하는 일 없이 수고하네.(或出入風議, 或靡事不爲.)"라고 하였다. 정현은 『전(箋)』에서 "풍(風)은 방(放)과 같다.(風, 猶放也.)"라고 설명하였다. 『자휘·풍(風)부수』에서는 "소와 말의 암수가 서로 유혹하는 것을 '풍(風)' 이라고 한다.(牛馬牝牡相誘曰風.)"라고 하였고, 『상서·비서(費誓)』에서는 "말과 소가 달아나고, 신첩이 도망가더라도 멀리 쫓아가지 말라.(馬牛其風, 臣妾逋逃, 勿敢越逐.)"라고 하였다. 공영달은 『오경정의(五經正義)』에서 이렇게 말했다. "『좌전·희공(僖公)』 4년에서는 '말과 소의 암수가 서로 유혹해도 서로 닿을 수 없습니다.'라고 했고, 가규(賈逵)는 '풍(風)은 방출하다[放]는 뜻이다. 암수가 서로 유혹하는 것을 풍(風)이라고 부른다.'라고 했다.(僖四年 『左傳』云: '唯是風馬牛不相及也.' 賈逵云: '風, 放也. 牝牡相誘謂之風.')" 이는 『시경』의 '시'의 기능적 의미 측면과 '사람의 감정이 남녀 사이에 생기는 것(發乎情)' 이라는 '생긴다[發]'와 상응한다.

중국어의 '풍(風)'에는 '방탕하다'라는 뜻이 있는데, 이는 '질투[爭風]'와 '시기[吃醋]'라는 말처럼, 세간에서 흔히 사용하는 표현으로, '서로 유혹하다'는 의미의 풍(風)'에서 파생된 것이다. '발생하고[發]' 멈출 수 없는 것은 병적인 상태의 표현이며, '미치다[瘋狂]'의 '풍(瘋)'은 이후에 분화된 글자로, 원래는 '풍(風)'으로 쓰였다. 『고금운회거요(古今韻會擧要)·동(東)운』에서는 "풍(風)은 또 미쳐있는 정신 질환을 의미한다.(風, 又狂疾.)"라고 했고, 『정자통·풍(風)부수』에서는 '풍(風)'에 대해 "지금 세간에서는 미쳐있는 정신 질환을 풍(風)이라 부른다. 달리 풍(瘋)이라 쓰기도 한다.(風: 今俗狂疾曰風. 別作瘋.)"라고 했다. 따라서 중의학에서는 '풍(風)'이 일반적인 용어로 사용되며, 그 특성은 '양사(陽邪)'[67]에 속한다. 근대 시기의 중국어 구어에서

---

67 (역주) 양사(陽邪): 육음병사(六淫病邪) 중에서 풍(風), 서(暑), 조(燥), 화(火) 등 네 가지 사

는 '풍(風)'과 '희희(嬉戲)'는 동의어로 사용되었다. 예컨대,『수호전전(水滸全傳)』제74회에서는 "여러 사람이 당신을 걱정하는데, 당신은 여기서 희희낙락하고 있군!(眾人憂得你苦, 你卻在這裏風!)"이라고 했다.

'풍요(風謠)'가 갖는 이러한 상호 유혹과 유인의 기능은 인간, 식물, 동물의 마법적인 에너지가 서로 전달될 수 있는 무속적 사고의 지배 아래 있는 어떤 무속적 상황에서 비롯된 것처럼 보인다. 와(圖)는 요(繇)에서 소리를 얻었으며, 요(繇)는 또 요(曶)로 읽는다.『설문·구(口)부수』에서 '와(圖)'는 '와(咼)'자의 혹체로 수록되었다. 사실, 단옥재의 주석에 따르면, '와(圖)'와 '와(咼)'는 다르게 읽는다. 그는 이렇게 주석했다.

> 와(咼)는 번역하다는 뜻이다. 구(口)가 의미부이고 화(化)가 소리부이다. 새를 잡는 사람이 산새를 묶어 다른 새를 유인하는데, 이 새를 '와(咼)'라고 한다. '와(訛)'와 같이 읽는다. '역(譯)'은 '유(誘)'로 써야 할 것으로 의심된다. ······ '솔(率)'은 새를 다 잡고 나서 다시 오게 해야 할 경우, 반드시 먼저 유인하여 오게 하여야 한다. 반안인(潘安仁)[68]은 "한가할 때, 사냥을 연습한다.(暇而习媒翳之事.)"라고 말했는데, 서원(徐爰)[69]은 "매(媒)는 어릴 적부터 키운 꿩으로, 자라서 사람에게 길들여져 야생 꿩을 불러들일 수 있었기 때문에 매(媒)라고 이름이 붙여졌다.······본래 두 글자가 있는데, 하나는 화(化)

기(邪氣)를 가리키며, 이들이 초래하는 병증이 주로 양열증후(陽熱證候)로 나타나고 음진(陰津)을 손상하기 쉬워 이렇게 명명되었다. 이는 양경(陽經)을 침범하는 사기를 의미한다.

68 (역주) 반안인(潘安仁, 247년~300년): 반악(潘岳)을 말하는데, 서진(西晉)의 유명한 문학자이자 정치가로, 그의 자(字)가 안인(安仁)이다.

69 (역주) 서원(徐爰, 394년~475년): 본명이 원(瑗)이고 자(字)가 장옥(長玉)이다. 남조(南朝) 시기 유송(劉宋)의 유명한 대신이자 사학가, 문학가이다.

가 소리부이고, 다른 하나는 요(繇)가 소리부이지만, 그 뜻은 같다.(媒者少養雉子, 至長狎人, 能招引野雉, 因名曰媒.……本二字, 一化聲, 一繇聲, 其義則同.)"라고 설명하였다. 『광아·석언(釋言)』에서는 "와(囮)는 와(圖)를 말한다. 이 두 글자가 전주(轉注)의 관계라는 것을 알 수 있다.(囮, 也. 是可證爲二字轉注矣.)"라고 했다. 반악(潘岳)은 「사치부(射雉賦)」에서 "나의 꿩이 늦게 일어날까 두렵구나.(恐吾游之晏起.)"라고 했으며, 또 "뛰어난 유(游)는 소리를 내어, 규리(規里)로 이끈다.(良遊呃喔, 引之規裏.)"라고 했는데, 서원(徐爰)은 주(注)에서 "치매(雉媒)를 장강과 회(淮)강 사이에서는 유(游)라고 부른다.(雉媒, 江淮間謂之游.)"라고 설명했다. 당(唐)나라 여온(呂溫)의 「유록부(由鹿賦)」에서는 유(游)와 유(由)는 모두 와(圖)자를 말한다. 요(繇)로 구성된 것은 는 구(口)가 의미부이고 유(繇)가 소리부로 써야 하며, 독음이 유(由)이며, 세 번째 부수에 속한다. 서현(徐鉉)은 "와(訛)와 유(由)라는 2개의 음이 있지만, 잘못된 것이다.(訛, 由二音, 誤也.)"라고 말했다.[70]

　필자의 생각에, '와(囮)'자의 이체자는 '와(圖)'로 쓴다. 『오음집운(五音集韻)』에서는 「우(尤)운」에 포함되어 있으며, "와(囮)와 같으며, 다른 새를 유인하기 위해 묶어 놓은 산새를 말하며, 속체자이다.(與囮同, 鳥媒, 俗.)"라고 했다. 『자휘보·구(口)부수』에서 "와(圖)는 『설문선훈(說文先訓)』에서는 '새가 새장 안에 있는 것을 말하며, 고문의 와(囮)자이다.'라고 했다.(圖, 『說文先訓』曰: 鳥在籠中, 古文囮字也.)"라고 설명되어 있다. 당(唐)나라의 유순(劉恂)은 『영표록이(嶺表錄異)』(중권)에서 "휴류(鵂鶹)는 바로 새매를 말하며, 와

---

[70] 『說文解字注』제6권(하편)「구(口)부수」.

(圖)로 표기되는데, 여러 새들을 모을 수 있다.(鷗鷗即鵰也, 爲圖, 可以聚諸鳥.)"
라고 했다.

　　학자들의 고증에 따르면, 이러한 '유인' 방식은 새에만 국한되지 않는
다. 문일다(聞一多)는 비슷한 부류를 연구해서 의미를 끌어내고 확장시켰
는데,『석와(釋圖)』에서『통감(通鑒)』에 있는 내용을 인용하면서 이렇게 말
했다.

　　안남(安南)에서는 코끼리가 나오는 곳을 상산(象山)이라 부르며, 매년
　　한 번씩 포획한다. 길가에 울타리를 치고 중간에 큰 함정을 만들어,
　　암코끼리를 앞세워 유인하는데, 땅에 사탕수수를 놓고 그 위에 약
　　을 발라, 수코끼리가 사탕수수를 먹으러 오면 서서히 울타리 안으
　　로 끌어들여, 그 안에 가두고 함정 속에서 길들이고 훈련시킨다. 처
　　음에는 크게 울부짖지만, 함정이 깊어 나올 수 없는데, 목동이 타이
　　르면서 시간이 지나면 점차 사람의 의도를 이해하게 된다.(安南出象處
　　曰象山, 歲一捕之. 縛欄道旁, 中爲大阱, 以雌象行前爲媒. 遺甘蔗於地, 傅藥蔗上, 雄象
　　來食蔗, 漸引入欄, 閉其中, 就阱中教習馴擾之. 始甚咆哮, 阱深不可出, 牧者以言語諭
　　之, 久則漸解人意.)

　　문일다는 모든 유인 방식에서, 같은 종끼리 서로를 유혹하는 경우, 모
두 암컷이 수컷을 유혹한다고 여겼다. 유인하는 것이 코끼리라면 '와(圖)'
라고 불렀고, 사슴이라면 '예(麑)', 꿩이라면 '요(鷂)', 올빼미라면 '구(舊)'라
고 불렀다. 이 네 가지 명칭은 각각 전용글자가 있는데, 대개 경제적인 의
미가 담겨 있다.[71]
　　실제로『설문·조(鳥)부수』에서는 "휴(鵂)는 구(舊)가 혹체자로, 조(鳥)가

---

71 『聞一多全集』제2권(三聯書店, 1982), 547쪽.

의미부이고 휴(休)가 소리부이다.(鵂, 舊或从鳥休聲.)"라고 하였다. 게다가 그 중에는 사냥 시대부터 보편적으로 행해졌던 주술 신앙이 있다고 봐야 한다. 『관추편』에서는 『전진문(全晋文)』의 제92권을 연구하면서, 새 유인, 짐 승 유인, 사람 유인 등에 관해 사실상 거의 모든 내용을 다루었다고 볼 수 있다.[72] 자연과 인간 사이에는 상호 작용이 존재하는데, 여성도 새나 짐승을 끌어들일 수 있다. 예를 들어 베트남 사원에 있는 여신상은 다리를 벌린 채로 앉아 있다. 요(瑤)족의 설명에 따르면, 여신이 앉아서 손으로 음부를 열어놓은 것은 새나 짐승을 끌어들이기 위한 것이라고 한다. 그들은 그녀에게 신성한 힘이 있다고 믿는다.[73] 동물들의 이성 간의 '유혹[風]'과 사람의 이성 간의 유혹은 무속적 사유에서 원래 서로 연결되어 있다. 후세에서 '요(謠)'라고 부르는 것은, 남녀가 서로 유혹을 할 때 부르는 노래의 기능을 가졌다고 볼 수 있다.

제4절.

'금琴'은 '금하다[禁]'는 뜻이다.

먼저 『시경』에서 '금(琴)'의 이미지가 어떻게 나타나는지를 살펴보자. '금(琴)'자는 『모시(毛詩)』의 각 편에서 총 7번 나타난다.

---

[72] 錢鍾書, 『管錐編』제3권, 1171~1172쪽.
[73] 戶曉輝, 『岩畫與生殖巫術』(新疆美術攝影出版社, 1993), 63쪽.

『주남·관저(關雎)』4장: "아리따운 고운 아가씨와 거문고 타며 함께하고 싶네.(窈窕淑女, 琴瑟友之.)"

『정풍(鄭風)·여왈계명(女曰雞鳴)』2장: "금(琴)과 슬(瑟)도 손 닿는데 있으니, 모두가 즐겁고 행복하네.(琴瑟在御, 莫不靜好.)"

『소아·녹명(鹿鳴)』3장: "내게 좋은 손님 오시어, 슬(瑟) 뜯고 금(琴) 타며 즐기네. 슬(瑟)뜯고 금(琴) 타며 즐기니, 화평하고 즐거움에 젖어드네.(我有嘉賓, 鼓瑟鼓琴. 鼓瑟鼓琴, 和樂且湛.)"

『소아·상체(常棣)』7장: "처와 자식이 잘 화합하는 모습이 마치 금슬(瑟琴)을 연주하는 것 같네. 형제가 다 모여, 언제까지나 화목하고 즐겁게 지낸다네.(妻子好合, 如鼓瑟琴. 兄弟既翕, 和樂且湛.)"

『소아·거할(車舝)』5장: "네 마리 말이 터벅터벅 수레 끄는데, 여섯 줄 고삐가 거문고 줄 같네. 그대 만나 새로 결혼하여, 내 마음 즐겁기만 하네.(四牡騑騑, 六轡如琴. 覯爾新昏, 以慰我心.)"

『소아·고종(鼓鍾)』4장: "쇠 북 둥둥 울리고, 슬(瑟) 뜯고 금(琴) 치며, 생황(笙)과 경(磬)도 함께 연주하네. 아악도 연주하고 남쪽 음악도 연주하며, 피리 춤은 질서가 정연하네.(鼓鍾欽欽, 鼓瑟鼓琴, 笙磬同音. 以雅以南, 以籥不僭.)"

『소아·보전(甫田)』2장: "금슬(琴瑟) 뜯고 북(鼓) 치며, 밭의 신을 모셔다가, 단비 내리기를 빌고, 차기장 메기장 잘되기 빌어, 남녀 모두 잘 먹고 살기 바라네.(琴瑟擊鼓, 以御田祖, 以祈甘雨, 以介我稷黍, 以穀我士女.)"

『시경』에서 '금(琴)'의 이미지는 주로 「소아(小雅)」와 일부 「국풍(國風)」에서 나타난다. 경학자들은 '아(雅)'에 '정(正)'의 의미가 있다고 여겼다. 여기에 나타난 '금(琴)'의 이미지는 일반적으로 말하면, '실제적인 이미지[實象]' 즉 음악적 효과를 가진 도구로서 주로 사용되었다.『시경』에서 총 일곱 번 보이는데, 그 중에서 "여섯 줄 고삐가 거문고 줄 같네.(「소아·거할(車舝)」)"와 "처와 자식이 잘 화합하는 모습이 마치 금슬(瑟琴)을 연주하는 것 같네.(「소아·상체(常棣)」"의 내용만 비유적 이미지로 사용되었을 뿐이다. '금(琴)'의 음악적 효과는 대체로 조화를 이루는 경향을 드러내며, 이는 위에서 열거한 '금(琴)'의 이미지가 '화평하고 즐거움(和樂)', '즐겁고 행복(靜好)'과 연결되어 나타나는 조합의 배치를 통해서도 할 수 있다.

이러한 '조화'의 경향에서 자연스럽게 '방종을 금지하고 음란함을 제어'하는 특수한 기능적 의미가 발전하였다. 이를 바탕으로, 우리는 공자가 '시 삼백(詩三百)'을 편집하면서 「관저(關雎)」를 마지막 작품으로 선택한 이유를 다음과 같이 해석할 수 있다. 「관저」에서는 '금(琴)' 등의 악기가 등장하여, 주인공의 그리움이 발전하여 '자나 깨나 잊지 못하고(寤寐思服)', '밤새 이리 뒤척 저리 뒤척이는(輾轉反側)' 상태에 이르는 깊은 정서를 드러낸다. 결국 음악에 호소하는 것으로 그쳐, 이성을 잃고 규칙을 벗어나는 일 따위는 생기지 않았다. 이러한 관점에서 볼 때, '금(琴)'의 이미지는 사랑하는 감정이 더욱 발전하는 것에 어떤 완화 효과가 있다고 할 수 있다. 이로 인해 전체 시는 '즐겁지만 방탕하지 않은' 심미적 효과를 나타내며, 감정을 마음껏 표출하도록 두지 않았다. 이렇게 하여,『시경』의 전체적인 미학 원칙이 규정되었다.

'금(琴)'의 이미지에서 이러한 '조화와 억제'라는 특수한 음악적 기능은 이후의 다른 경전과 문헌들에서 현저하게 나타난다. 사물을 관찰하고 이미지를 취할 때, 비유가 더욱 강조된다. 아래는『춘추좌전』에 있는 내용들이다.

『좌전·소공(昭公)』 원년: 선왕들의 음악은 모든 일을 절제하는 데 있었다. 그러므로 다섯 가지 음절이 있으며, 느리고 빠른 것, 처음과 끝이 서로 연결되었다. 중화의 음에서 점차 낮아져서, 다섯 가지 음절이 모두 낮아진 후에는 다시 연주할 수 없다. 이 시점부터 다시 연주하면 복잡한 기교와 음탕한 소리가 생겨, 마음과 귀를 심란하게 만드니, 평정하고 조화로움을 잊게 된다. 그러므로 군자는 이러한 음악을 듣지 않는 것이다. 사물에 대해서도 마찬가지로, 지나침에 이르렀을 때 멈추어, 질병이 생기지 않게 한다. 군자가 금슬(琴瑟: 비파와 거문고)에 가까워지는 것은 예의와 절제를 표현하기 위함이지, 마음을 음탕하게 하기 위함이 아니다.(『左傳·昭公元年』: "先王之樂所以節百事也. 故有五節, 遲速本末以相及. 中聲以降, 五降之後, 不容彈矣. 於是有煩手淫聲, 慆堙心耳, 乃忘平和, 君子弗聽也. 物亦如之, 至於煩乃舍也已, 無以生疾. 君子之近琴瑟, 以儀節也, 非以慆心也.")

『좌전·소공(昭公)』 20년: 선왕은 다섯 가지 맛과 다섯 가지 소리를 조화롭게 하여, 그 마음을 평온하게 하고 그 정치를 이루었다. 소리도 맛과 같아, 하나의 기운, 두 가지 형태, 세 가지 종류, 네 가지 물질, 다섯 가지 소리, 여섯 가지 율(律), 일곱 가지 음, 팔방의 바람, 아홉 가지 노래가 서로 결합되어 있다. 맑거나 탁한 것, 작거나 큰 것, 짧거나 긴 것, 빠르거나 느린 것, 슬프거나 즐거운 것, 강하거나 부드러운 것, 빠르거나 느린 것, 높거나 낮은 것, 나가거나 들어오는 것, 허술함과 조밀함이 서로 조화를 이룬다. 군자는 이들을 듣고 마음을 평온하게 하며, 마음이 평온해지면 도덕은 조화로워진다. 그래서 『시경』에는 '덕음(德音)'에 흠이 없다.'라고 한 것이다. 그러나 지금의 거(據)는 그렇지 않다. 왕이 '옳다'고 하는 것을 거(據)도 '옳다'고 하고, 왕이 '아니다'라고 하는 것을 거(據)도 '아니다'라고 한다. 물로 물을 맞추려고 하면 누가 그것을 마실 수 있겠는가? 금슬(琴瑟)이 하나의 소리만 낸다면 누가 그것을 들을 수 있겠는가? 같은 것이 불가함도 이와 마찬가지이다.(『左傳·昭公二十年』: "先王之濟五味和五聲也, 以平其心成其政也. 聲亦如味, 一氣, 二體, 三類, 四物, 五聲, 六律, 七音, 八風, 九歌以相成也. 淸濁, 小大, 短長, 疾徐, 哀樂, 剛柔, 遲速, 高下, 出入, 周疏以相濟也. 君子聽之以平其心, 心平德和. 故『詩』曰: 德音不瑕. 今據不然, 君所謂可, 據亦曰可; 君所謂否, 據亦曰否. 若夫以水濟水, 誰能食之? 若琴瑟之專一, 誰能聽之? 同之不可也如是.")

아래는 『예기(禮記)』에 있는 내용들이다.

「곡례(曲禮)」(하편): "선비는 변고가 없으면 금슬(琴瑟)을 거두지 않는다.(士無故不徹琴瑟.)"

「단궁(檀弓)」(상편): "금슬(琴瑟)이 벌여 있어도 조화로운 소리를 낼 수 없다.(琴瑟張而不平.)"

「악기(樂記)」: "연후에야 발하되 성음으로써 하고, 문식하되 금슬(琴瑟)로써 한다.(然後發以聲音而文以琴瑟.)"

「악기」: "군자가 금슬(琴瑟)의 소리를 들으면 지조있고 의리있는 신하를 생각하게 된다.(君子聽琴瑟之聲則思志義之臣.)"

이러한 배경에서 『설문』에서는 '금(琴)'에 대해 이렇게 설명하였다.

금(琴): '금(禁)과 같아, 금하게 하다'라는 뜻이다. 신농(神農)이 만들었다. 아래 판에 소리가 나오는 구멍이 있다. 붉은색의 삶은 비단으로 5가닥의 현을 만드는데, 주나라 때 2개의 현이 더해졌다. 상형이다.(琴: 禁也. 神農所作, 洞越, 練朱五弦, 周時加二弦. 象形.)

　'금(禁: 금하다)'으로 '금(琴: 거문고)'을 해석하는 것은 중국의 전통적인 훈고 방식에서 '성훈(聲訓)'에 속한다. 『설문』의 이러한 해석은 거의 동시대의 『백호통(白虎通)』과 음성적으로 통하며, 『예악(禮樂)』편에서는 "금(琴)은 금하다[禁]는 뜻이다. 음란하고 사악함을 금지하여 사람의 마음을 바르게 하는 까닭이다.(琴者, 禁也. 所以禁止淫邪, 正人心也.)"라고 했다. 이러한 해석이 다소 특이하게 느껴질 수 있지만, 이후의 해석에 영향을 미쳤다. 『광아』에는 "금(琴)은 금지하다[禁]는 뜻이다.(琴, 禁也.)"라고 했고, 『풍속통·성음편(聲音篇)』에서는 "금(琴)은 음악을 대표한다. 그러므로 금(琴)은 '금지하다[禁]'를 말하고, 아(雅)는 '바르다[正]'를 말하는 것으로, 군자가 올바름을 지키며 스스로 제어한다를 말한다.(琴者, 樂之統也, 故琴之爲言禁也, 雅之爲言正也, 言君子守正以自禁也.)"라고 했다.

　대체로 '금(琴)'이라는 이름은 '금(禁)'의 독음에서 비롯된 것일 수 있다. 즉, 『설문』은 어원의 연관성을 밝히고 있다. 『설문·금(琴)부수』에서는 '금(琴)'자의 구조는 본래 상형자라고 기록되어 있다. '금(今)'이 소리부인 형성구조가 된 것은 대략 중고시기의 위진(魏晉)시대 죽간이나 비문(碑文)에서 처음 나타난다.[74] 그러나 『설문·금(琴)부수』에서는 금(琴)의 고문체인 금(琴)(琴)도 수록되어 있다. 『한간(汗簡)』에서도 이 고문체를 기록하며, 『설문』에서 보인다고 지적하였다. 『옥편』에서도 이 자형을 고문체로 제시하고 있어, 어느 정도 근거가 있는 것으로 보인다. 이 고문체는 '금(金)'이 소리부인 구조이나, 실제로 '금(金)' 역시 '금(今)'이 소리부이다. 『설문·금(金)부수』를 보면, "금(金)은……금(金)이 흙 속에 있는 모습을 형상화했다.

---

[74] 『孔彪碑』, 『流沙簡·簡牘』4, 1 참고.

금(今)이 소리부이다.(金……象金在土中形, 今聲.)"라고 했다.

구석규(裘錫圭)의 고증에 따르면, '금(今)'자의 이미지는 '왈(曰)'자의 자형 방향과 정반대이다. '금(今)'은 대개 '음(吟)'(噤)의 초기 문자로, 본래 '입을 닫고 소리를 내지 않는다.'는 의미를 나타내었다.[75] 자형은 대체로 본래 왈(ㅂ)(158), 왈(ㅂ)(159) 등의 형체인 '왈(曰)'자를 거꾸로 써서 이루어졌으나, 쓰기 편리하도록 둥근 꼭대기가 뾰족한 꼭대기로 변했다.[76] 이로 인해, 아래에 나열한 '금(今)'이 소리부인 글자들은 모두 '닫힘'이라는 의미를 가지고 있다.

> 감(淦): 『설문·수(水)부수』에서는 "이 배 안으로 스며들다라는 뜻이
> 다.……수(水)가 의미부이고 금(金)이 소리부이다. 감(汵)
> 은 감(淦)의 혹체자인데, 금(今)으로 구성되었다.(淦: 水入船中
> 也.……从水金聲. 汵, 淦或从今.)"라고 하였다. 그런데 『집운·담
> (覃)운』에서는 감(淦)의 혹체자인 감(汵)은 함(涵)과 같다고
> 여겼으며, '함(涵)'은 '용서하다[包涵]'는 뜻이다.
> 함(含): 『설문통훈정성·임(臨)부수 제3』에서는 "머금다[嗛]는 뜻이다.
> 서개본에서는 '입에 머금다[銜]는 뜻이다. 구(口)가 의미부
> 이고 금(今)이 소리부이다.'라고 써져 있다.(含: 嗛也. 錯本: 銜
> 也. 从口今聲.)"라고 하였다.
> 함(銜): 『설문·금(金)부수』에서는 "말의 입에 물리는 재갈을 말한
> 다.(銜: 馬勒口中.)"라고 하였다.
> 음(霒): 『설문·운(雲)부수』에서는 "구름이 해를 가리다라는 뜻이다.

---

75 『사기·회음후전(淮陰侯傳)』에는 "비록 순(舜)임금과 우(禹)임금의 지혜가 있더라도, 입을 닫고 말하지 않으면, 벙어리와 귀머거리의 지시보다 못하다."라고 했다. 이는 '신음(呻吟)'의 '음(吟)'과는 독음과 의미가 다르다.

76 『文字學槪要』(商務印書館, 1988), 141쪽.

운(雲)이 의미부이고 금(今)이 소리부이다. 음(靎)은 고문체
인데, 간혹 생략된다.(靎: 雲覆日也, 从雲今声. 靎, 古文或省.)"라고
하였다.

금(衿): 『설문통훈정성·임(臨)부수 제3』에서는 "서로 맞닿는 옷의 앞
깃을 말한다. 의(衣)가 의미부이고 금(金)이 소리부이다. 옷
의 아래쪽, 옆구리에서 옷자락이 만나는 부분이다. …… 글
자는 역시 금(衿)으로도 쓰고, 금(襟)으로도 쓴다.(衿: 交衽也,
从衣金声, 衣下旁掩裳際處. ……字亦作衿作襟.)"라고 했다.

또한, '금(琴)'과 '금(鈙)'은 동원자(同源字)이기 때문에, '금(鈙)'에도 '인
내하다[禁持]'라는 의미가 있다. 『설문·복(攴)부수』에서는 '금(鈙)'에 대해,
"'지니다[持]'라는 뜻이다. 복(攴)이 의미부이고 금(金)이 소리부이다. 금
(琴)과 같이 읽는다.(鈙: 持也. 从攴金聲. 讀若琴.)"라고 했다. 여기에 부가적으
로 언급할 수 있는 것은, 경학자들이 후에 '금(琴)'의 이미지에다 계속해서
비유하고 감정을 이입함으로써, 그 속에서 유학(儒學)에서 사물을 관찰하
고 그 형상을 취하는 원칙을 어느 정도 엿볼 수 있다는 점이다.

『설문·금(琴)부수』에서는 '금(琴)'을 "신농(神農)이 발견하였다."라고 했
고, 『북당서초』에 수록된 「금조(琴操)」에서는 "옛날 복희(伏犧)가 '금(琴)'을
만들어 자신을 수양하고 성정을 다스렸다."라고 했다.[77] 이는 그 기원을
밝히며 그 일을 신성시한 것으로, 중국 고대 유학자들이 문자로 역사를
증명하고, 사물의 이름을 추적하는 과정에서 이미지를 갖다 붙이고, 분류
하는 경향을 반영했다고 말할 수 있다.

진인각(陳寅恪)은 『삼국지의 조충(曹沖)·화타(華佗)전과 불교 이야기(三國

---

77 [唐] 虞世南 編纂, 『琴』(中國書店, 1989). [宋] 周密, 『齊東野語』제18권 '琴繁聲爲鄭衛'條
참조.

志曹沖華佗傳與佛教故事)』에서 삼국 시대의 명의 화타(華佗) 두 글자의 고대음이 인도의 Gada와 유사하며, 이는 약신(藥神)을 의미한다고 밝혔다. 당시 사람들은 인도의 신화를 갖다 붙여, 그를 화타라고 부르며, 실제로 약신으로 여겼다.[78] 전종서는 『태평광기(太平廣記)』를 연구하며, "상고시대의 뛰어난 궁수는 모두 '예(羿)'라고 불렀다"라고 주장했는데[79], 이 또한 같은 이치이다.

결론적으로, 『관추편』에서 논의한 옛말에서 말한 '리듬' 효과를 통해 '금악(琴樂)'의 가치 판단에 관한 유학자들의 내용을 참조할 수 있다.

"따라서 음악을 듣는 사람들은 리듬[節奏]에서 법칙을 관찰하고, 구두[句投]에서 정도를 살핌으로써, 국가가 규정한 예법에서 벗어날 수 없음을 알 수 있다." 장운오(張雲璈)는 『선학교언(選學膠言)』9권에서 양동서(梁同書)가 말한 『법화경(法華經)』에서는 '구두(句逗)'라고 쓰고, 『당척언(唐摭言)』에서는 '구도(句度)'라고 쓴 것을 인용하고는, 이는 지금의 '판안(板眼)'[80]과 같다라고 했다. '리듬[节奏]'과 '음절(音节)'은 이미 일찍부터 관용어가 되어, 입에 붙고 귀에 익숙해져 있어서 모두 원래의 뜻을 잊어버렸다.

『좌전·소공(昭公)』 원년에서는 의화(醫和)가 "선왕들의 음악은 모든 일을 절제하는 데 있었다."라고 했다. 『한서·원제기(元帝紀)』에서는 "창작곡[自度曲][81]에다 노래 소리를 더하고, 음률을 조절하여 미묘한 변

---

78 [美] 汪榮祖, 『陳寅恪評傳』(百花洲文藝出版社, 1992), 85쪽.

79 錢鍾書, 『管錐編』제2권, 647쪽.

80 (역주) 민족 음악과 희곡에서의 리듬에서, 매 소절 중 가장 강한 리듬을 판(板)이라고 부르고, 나머지 리듬을 안(眼)이라고 부른다.

81 (역주) '자도곡(自度曲)'은 고대 중국의 음악의 한 형태로, 이는 음률에 정통한

화를 추구한다."라고 했는데, 위소(韋昭)는 "촌(刌)은 자르다[切]는 뜻
으로, 구절을 나누고 잘라 조절하는 것을 말한다."라고 주석했다. 모
두 음악의 '절(節)'을 '절제'의 의미로 사용하였으니, 마융(馬融)의 말
처럼 '법(法)', '도(度)', "예법을 넘어설 수 없다."라는 것과 같다.

서양의 학자들은 현대 사람들이 '리듬[節奏]'을 말할 때는 '흐름'을 의
미하는 것이지만, 고대 그리스 사람들이 '리듬[節奏]'을 말할 때는
'제한'을 의미한다고 말한다. 한 번 걷고 한 번 멈추는 것이니, 겉은
같아 보이지만 마음은 다른 것이다. 따라서 고대 그리스의 시인이
극 중 등장인물이 자신을 족쇄에 묶여 있다고 말하면서 '나는 운율
에 구속되었다'라고 말하는 것도, 고대 중국의 설명과 같다.("故聆曲
引者, 觀法於節奏, 察度於句投, 以知禮制之不可逾越焉." 張雲璈『選學膠言』卷九引梁
同書謂『法華經』作'句逗', 『唐摭言』作'句度', 即今言'板眼'是也. '節奏', '音節', 早成慣
語, 口滑耳熟, 都忘本旨. 『左傳』昭公元年醫和曰: "先王之樂, 所以節百事也"; 『漢書·
元帝紀』: "自度曲, 被歌聲, 分刌節度, 窮極幼眇", 韋昭注: "刌, 切也, 謂能分切句絶, 爲
之節制也." 均以音樂之'節'爲'節制'之意, 正如馬融之言'法', '度', '禮制不可逾越'. 西方
學士有雲, 今人言'節奏', 意主流動, 而古希臘人言'節奏', 意主約束, 一行而一止, 貌同
心異; 故古希臘詩人名劇中角色自言鎖鐺囚系曰: "吾拘束於韻節之中." 亦猶吾國古說
矣.)**[82]**

　　실제로, 고대 중국의 '금악(琴樂)'은 '유동성'과 '절제'라는 양면성을 함
께 가지고 있어, 두 가지 기능을 동시에 사용하는 특성이 있다.

시인들이 기존의 곡조 외에, 자신만의 새로운 곡을 창작하는 것을 주로 의미
한다.(baidu 참조)

[82] 錢鍾書, 『管錐編』제3권, 982~983쪽. [淸] 杭世駿, 『訂訛類編』'擊節'條, 53쪽 참조.

시는 원망할 수 있다.

공자는 "시는 감정을 불러일으킬 수 있다(詩可以興)"고 말하고 나서, 그와 동시에 『시경』의 또 다른 사회적 기능, 즉 '원망과 비판'을 할 수 있다고 언급했다. 전종서는 학술강연을 통해 「시는 원망할 수 있다.(詩可以怨)」는 논문을 썼는데[83], 시학사(詩學史)의 관점에서 봤을 때, 이미 모든 의미를 다 다루었다. 여기서는 두 가지를 추가로 언급하되, 이를 '부연 설명'으로 간주하고자 한다.

첫째, "시는 원망할 수 있다(詩可以怨)"는 주장이 위에서 검토한 '감정 발현의 법칙'과 '원시적 이입설'과의 연관성에서 대립이나 모순을 일으키지 않는다는 것이다. 『관추편』에서는 『모시정의(毛詩正義)』의 21번째 「정녀(靜女)」편을 검토하면서, 이러한 '두 가지 측면'의 관계를 밝혀냈다. "너희들이 생물들에게 나타내는 감정은 단순히 애정에서만 비롯되는 것이 아니라 때로는 증오에서도 비롯된다.(蓋爾汝群物, 非僅出於愛昵, 亦或出於憎恨.)"는 것이다.

풀과 나무는 지각이 없고, 새와 짐승은 지각이 있다 해도 인간과 다르다. 그러나 그들을 포용하고 나와 너로 여겨 대답할 수 있다면, 이는 시인의 깊은 감정이 넘치는 것이며, 자신을 타인에게 이입시키는 것이다. 나 자신의 감정이 많으면 사물을 사람처럼(I-thou) 볼 수 있으며, 동정하고 공감할 수 있다. 나 자신의 감정이 적으면 사람도

---

83 『七綴集』(上海古籍出版社, 1985).

사물처럼(I-it) 보게 되어, 착취하고 이용할 뿐이다. 『시경·위풍(魏風)·석서(碩鼠)』에서 "삼 년 너를 섬겼는데도(三歲貫女)", "이제는 너를 떠나(逝將去女)"라는 표현이나, 『상서·탕서(湯誓)』에서 "이 태양은 언제 죽는가? 나와 너 모두 없어지리.(時日曷喪, 予及女皆亡.)"라는 표현에서의 '너(汝)'는 모두 원망의 말이다. …… 결국 내 마음속의 감정이 풍부하게 흘러넘쳐, 사물에 깊이 잠겨 몰입하여, 그 기질을 변화시켜 우리에게 가까워지게 하는 것과 같다. 사랑하면 나의 친구가 되고, 증오하면 나의 적이 되는 것이다. 나에게는 원망과 친근함의 구별이 있으며, 나와 같은 종족이 아니라 해도, 언어로 이해시키고 감정으로 움직일 수 있다.(卉木無知, 禽犢有知而非類, 卻胞與而爾汝之, 若可酬答, 此詩人之至情洋溢, 推己及他. 我而多情, 則視物可以如人(I-thou), 體貼心印; 我而薄情, 則視人亦只如物(I-it), 侵耗使役而己. 『魏風·碩鼠』: "三歲貫女", "逝將去女"; 『書·湯誓』: "時日曷喪, 予及女皆亡", 此之稱'汝', 皆爲怨詞. …… 要之吾衷情沛然流出, 於物沉浸沐浴之, 仿佛變化其氣質, 而使爲我等近, 愛則吾友也; 憎則吾仇爾, 於我有冤親之別, 而與我非族類之殊, 若可曉以語言而動以情感焉.)[84]

따라서 '원망[怨]' 역시 『시경』의 '원시적 이입설'의 또 다른 측면임을 알 수 있다.

둘째, '시(詩)'가 '원망과 비판'의 감정을 이입하는 기능을 가진 것은 중국의 언어 문자체계뿐만 아니라, 다른 국가의 언어에서도 확인할 수 있다. 일본어에서 '문구(文句, もんく)'라는 단어는 서로 연관된 두 가지 의미를 가지고 있다. 첫 번째 의미는 '문장에서의 어구나 가사'를 가리키며, 두 번째 의미는 '불평스럽게 생각하는 것(言い分)'과 '불만(苦情)'을 가리킨다. 이러한 연관성 때문에 일본어에서 '잘 투덜거리다'는 의미는 "불평만 말

---

84 錢鍾書, 『管錐編』제1권, 86쪽.

하고 있다.(文句を言ってばかりいる.)"라고 말하고, 어떤 사람이 '불평하는 표정'을 지었다면 "불평을 말하는 그런 얼굴이다.(文句を言ったそんな顔です.)"라고 표현한다.[85]

85 [日] 『岩波國語辭典』 제3판(岩波書店, 1979).

유가에서 미학 관념의 발생

유가 철학자들의 눈에 '화(和)'는 분명히 중국인들의 생명의 원칙이었음이 틀림없다. 『예기·악기(樂記)』에서 "조화롭기 때문에, 만물이 모두 생겨난다.(和, 故百物皆化.)"라고 했는데, 『국어·정어(鄭語)』에서도 "조화로움이 실현되면, 만물이 생겨날 수 있다.(和實生物)"라고 같은 표현을 했다. 북송(北宋) 때, 장재(張載)의 『정몽(正蒙)·성명(誠明)』에서도 이렇게 말했다. "조화로우면 크게 될 수 있고, 즐거우면 오래 갈 수 있다. 하늘과 땅의 속성이란 바로 오래 가고 큰 것일 뿐이다.(和則可大, 樂則可久, 天地之性, 久大而已.)" 이렇게 볼 때, '화(和)'를 만물의 생성과 발전의 근거라고 정의해도 될 것이다.

그리고 경전이나 문헌의 기록에 따르면, '화(和)'는 또 '중(中)'이라는 기준에 상응해야 한다. 즉 '화(和)'를 구성하는 다양한 요소들이 반드시 일정한 정도를 유지하여, 지나치게 과하거나 모자라지 않아야 한다. 『예기·중용(中庸)』에서도 "(희노애락의 감정이) 생겼다 해도, 가운데의 절도를 지킬 수 있는 것을 '화(和)'라고 부른다.(發而皆中節, 謂之和.)"라고 했다. 여러 경전들이나 중요 서적들에서도 '화(和)'는 성정(性情)과 관계되어 있으며, '화(和)'의 정신을 체현하는데 음악보다 더 나은 것은 없다고 했다. 예컨대,

『예기·악기(樂記)』에서는 "음악이란 하늘과 땅의 조화이다(樂者, 天地之和也.)"라고 했고, 『주례·지관(地官)·대사도(大司徒)』에서도 "육악(六樂)으로 만백성의 정을 막고 그들에게 조화로움을 가르친다.(以六樂防萬民之情, 而教之和)"[1]라고 했다.

그리하여 '화(和)'는 유학(儒學)의 심미(審美)적 관념의 발생과 관련되어 있다. 이 때문에 우리는 '화(和)'자와 관련된 몇몇 해석을 통해 유학에서의 심미 관념의 발생과 발전을 이해해 보는 것도 분명히 의미가 있을 것이라 생각한다.

---

1 인용한 문헌은 모두 『十三經注疏』에 보인다.

제1절.

'화和'의 어원적 연계

'화(禾)'를 소리부로 삼아 파생된 글자들은 언제나 "조화(調和)하여 상응(相應)하다."는 의미를 가지고 있다. 다음의 예를 보자.

162 和(ᄊᄍ)　163 龢(ᄊᄍᄍ)　164 龠(ᄊᄍ)　165 盉(ᄍᄊ)

화(和): '상응하다'는 뜻이다. 구(口)가 의미부이고 화(禾)가 소리부이다(和: 相應也. 从口禾聲).

화(龢): '조화롭다'는 뜻이다. 약(龠)이 의미부이고 화(禾)가 소리부이다. 화(和)와 똑같이 읽는다.(龢: 調也. 从龠禾聲. 讀與和同) 『일체경음의(一切經音義)』제6권에서는 『설문』을 인용하여 "음악이 조화로움을 말한다.(音樂和調也.)"라고 했다.

화(盉): '조화로운 맛'을 말하며, 명(皿)이 의미부이고 화(禾)가 소리부이다(盉: 調味也. 从皿禾聲). 『시경·열조(烈祖)』에서 "또 조화로운 맛의 국도 있지.(亦有和羹.)"라고 했으며, 「칠발(七發)」에서도 "살진 개고기의 조화로운 맛이여.(肥狗之和.)"라고 했다. 경전에서는 모두 '화(和)'자로 '화(盉)'를 대신했다.[2]

이처럼 '화(禾)'가 소리부로 쓰이게 되면, 모두 "조화하여 상응하다."는 뜻을 가진다. 그렇다면 '화(禾)'는 바로 '화(和)'자로 된 글자군의 어원이

---

[2] 자형에 관한 해설은 모두 『說文通訓定聲·隨部第十』에 보인다.

된다. 다시 말해, 한자에서 분화된 글자가 출현하기 이전에, 중국어에서 는 음식이든 음악이든 상관없이 "조화하여 상응하다."는 뜻만 가지면 모 두 '화(禾)'라는 말로 불렀다.

𣎳 『갑(甲)』191

𣎳 『을(乙)』4867

𣎳 『인(人)』2983

𣎳 『후상(後上)』22, 3

먼저 갑골문에서의 '화(禾)'자의 형체 구조를 보면, 원래가 '벼[禾苗]'의 모습, 즉 윗부분은 고개를 숙인 이삭의 모습을 그렸고 아래는 줄기의 모 습을 그린 것임을 알 수 있다.(위의 표 참조)[3] 이는 '실제 형상'에서 모습을 본뜬 것으로, 한 번 보기만 하면 알 수 있는 글자에 해당한다.

그러나 『설문』의 해석에 이르러, 처음으로 '곡식[嘉穀]'을 '화(禾)'라고 부르게 된, 사물과 이름의 관계에 대해서 밝혔다. 「화(禾)부수」에서 이렇 게 말했다.

> 화(禾): '곡식'을 말한다. 2월에 처음 자라나 8월이면 익는다. 때의
> 정확함을 얻어야 하기 때문에 화(禾)라고 부른다. 화(禾)는
> 목(木)에 속한다. 그래서 목(木)의 기운이 왕 노릇을 할 때
> 자라나고 금(金)이 왕 노릇을 할 때 죽는다. 목(木)이 의미부
> 이고, 또 수(垂)의 생략된 모습이 의미부인데, 수(垂)는 곡식
> 이삭의 모습을 본뜬 것이다.(禾: 嘉穀也. 二月始生, 八月而熟, 得時
> 之中, 故謂之禾. 禾, 木也. 木王而生, 金王而死. 从木从垂省, 垂象其穗.)

---

3 『甲骨文編』제7권「禾部」.

왕념손(王念孫)은 『광아소증(廣雅疏證)』제10권(상)의 「석초(釋草)」에서 "메기장[粢], 기장[黍], 벼[稻] 등의 이삭을 모두 화(禾)라고 부른다."라는 조항의 아래에 『설문』의 "때의 정확함과 조화로움을 얻는다.(得時之中和.)"라는 말을 인용하면서, 그 사물과 이름의 근원에 대해 다음과 같이 논증했다.

> 『설문』에서 이렇게 말했다. "화(禾)는 곡식을 말한다. 2월에 처음 자라나 8월에 익는다. 때의 정확함과 조화로움을 얻어야 하기 때문에 화(禾)라고 부른다. ……."『관자·소문편』에서도 이렇게 말했다. "싹이란 처음 나올 때는 대단히 작다. 어찌나 어리던지 잘 보이지도 않는다. 하지만 장성하게 되면, 어찌나 선비 같던지 무성하기만 하다. 그리고 성숙하게 되면, 어찌나 군자 같던지 유유자적하기만 한다. 천하 사람들이 그것을 얻기만 하면 편안해지고, 얻지 못하면 위험에 빠진다네. 그래서 이름하여 화(禾)라 했다."(禾: 嘉穀也, 二月始生, 八月而熟, 得時之中和, 故謂之禾. ……『管子·小問篇』: 苗, 始其少也. 眴眴乎何其孺子也. 至其壯也, 莊莊乎何其士也. 至其成也, 由由茲免, 何其君子也. 天下得之則安, 不得則危, 故命之曰禾.) **4**

단옥재는 『설문해자주』에서 "득시지중화(得時之中和)"를 "득지중화(得之中和)"로 수정하면서, 이에 대해 "「사현부(思玄賦)」의 주석과 『제민요술(齊民要術)』에 근거해 바로 잡았으며, 화(和)와 화(禾)는 첩운(疊韻)이다."**5**라고 밝혔다.

『설문』의 '화(禾)'자에 대한 독음과 뜻의 해석에서 오행(五行)의 관념이 뒤섞여 있음은 두말할 필요가 없다. 그리고 '화(盉)', '화(龢)', '화(和)' 등과

---

4 '淸疏麓四種合刊'本(上海古籍出版社, 1989).

5 『說文解字注』제7편(상)「禾部」.

같은 글자들이 귀속된 부수로 볼 때 각각 전문적으로 담당한 기능이 있었던 것처럼 보인다. 즉 '화(盉)'는 「명(皿)부수」에 귀속시킴으로써 그 '조화로움[調和]'의 기능이 주로 '음식의 미각'에 초점을 맞추고 있다. 그래서 "화(盉)는 조화된 맛을 말한다. 명(皿)이 의미부이고 화(禾)가 소리부이다(盉: 調味也. 从皿禾聲.)"라고 했다. 또 '화(龢)'는 「약(龠)부수」에 귀속시켜 그 '조화로움[調和]'의 기능이 주로 '음악의 청각'에 초점을 맞추고 있다. 하지만 대서본(大徐本)에서는 '화(龢)'자에 대해서 "조화로움을 말한다. 약(龠)이 의미부이고 화(禾)가 소리부이다. 독음은 화(和)와 같이 읽는다.(龢: 調也. 从龠禾聲. 讀與和同.)"라고만 해석했다. 사실 「약(龠)부수」로 구성된 글자군은 모두 '관악(管樂)'과 관련된 의미장을 가진다. 다음을 보자.

166 龠(龠)　167 籥(龠)　168 䶵(龠)　169 龢(龠)　170 龤(龠)

　　　약(龠): '죽관 악기'를 말한다. 여러 개의 구멍으로 여러 소리를 조화
　　　　　　롭게 한다.(龠: 樂之竹管. 三孔以和眾聲也.)
　　　취(籥): 음률(音律)과 관훈(管塤) 악기를 말한다.(籥: 音律管塤之樂也.)[6]
　　　지(䶵): '관악기'를 말한다.(䶵: 管樂也.)
　　　화(龢): '조화를 이루다'는 뜻이다.(龢: 調也.)
　　　해(龤): '음악이 조화를 이루다'는 뜻이다.(龤: 樂和龤.)

　왕균의 『설문구두』에서는 "화(龢)는 '음악이 조화를 이루다'는 뜻이

---

6 (역주) 음률(音律)은 왕균(王筠)의 『설문구두』에 의하면 "오음(五音)과 육률(六律)을 말한다."라고 했으며, '관훈(管塤)'은 단옥재의 『설문해자주』에 의하면 "우(竽)·생(笙)·약(籥)·소(簫)·지(篪)·적(篴)·관(管) 등은 모두 대나무 악기에 속한다. 그런데도 관(管) 하나만 언급한 것은 하나를 들어 나머지 여섯 가지를 대표한 것이다. 흙으로 만든 것으로 불수 있는 악기는 훈(塤)이 유일하다."라고 했다.

다.(龢, 樂和調也.)"라고 했다. 그것은 당(唐)나라 이전 판본의 『설문』에서 다음과 같이 말한 것에 근거한 것이다.

> 원응(元應)[7]이 『설문』을 인용하여 '화(和)는 음악이 조화를 이루는 것을 말한다.'라고 했는데, 바로 이것이다. 화(和)를 화(龢)로 적지 않은 것은 사람들이 알아보기 쉽게 하기 위한 것이다.

171	『전(前)』5, 19, 2	172	『전(前)』2, 45, 2
	『철(掇)』2, 122		『영호(寧滬)』1, 73
			『경진(京津)』4832
			「주공핵종(邾公釛鍾)」
			「화작(龢爵)」
173	「사공화(史孔盉)」	174	「장반(牆盤)」
			「䣄兒鍾」
			「䣄兒鍾」

갑골문에서 '약(龠)'자는 이미 자주 나타나고 있으며, 처럼 관악기의 모습을 그렸다. 곽말약은 이를 다관(多管) 악기의 모습을 그렸으며, '훤(吅)'은 관에서 부는 부분을 나타낸 것이라 했다. 『갑골문편』에서도 이미 '화(龢)'자가 수록되어 있을 뿐만 아니라 처럼 자주 보인다.[8] 그리고 금문에서는 '화(和)'를 '화(盉)'로 쓸 수도 있었다. 예컨대, 「사공화(史孔盉)」의 에서는 '화(和)'를 '화(盉)'로 대신해 쓰고 있다. 또 금문에서

---

7 (역주) 원응(元應): 현응(玄應)을 말하는데, 당나라 때의 피휘(避諱) 때문에 현(玄)을 원(元)으로 고쳐 쓴 것이다.

8 모두 『甲骨文編』제3권 「龠部」에서 보인다.

는 '화(禾)'가 '화(龢)'로 쓰이기도 하는데,『금문편』에 수록된「주공핵종(邾公釛鍾)」을 보면 바로 알 수 있다. 또 금문에서 '화(龢)'의 의미부인 '약(龠)'은 음악이라는 뜻으로 사용되고 있다. 𤯔, 𤰔, 𤯖, 𤰒, 𤰣과 같이 그 이체자들을 보면, 더욱 직관적이고 분명하게 이러한 뜻을 알 수 있게 해준다.

제2절.

'화和'의 감각기관과의 연계

상술한 어원적 연계에 근거해 볼 때, '화(和)', '화(龢)', '화(盉)'는 모두 동원자(同源字)이다. 그리고 그 사물과 이름의 흔적을 추적해 봤을 때, 이는 분명 원시인들의 감각의 상호 작용과 공동의 인식을 표현하고 있다. 이는 심리학에서는 '통감(通感)'이라고 하며, 현대 의학에서는 '연대 감각(連帶感覺)'이라고 부른다.

경전과 문헌들의 뜻풀이에서 고대 중국의 '화(和)'의 이러한 연계는 대체로 다음의 두 가지 단계로 구분할 수 있다.

```
          ┌── 음식(飮食)적인 것 - 생리(生理)적인 것
화(和) ──┤
          └── 음악(音樂)적인 것 - 심리(心理)적인 것
```

<table>
<tr><td>175</td><td>𣣣</td><td>『설문·력(鬲)부수』</td></tr>
<tr><td></td><td>𩱧</td><td>'갱(鬻)'의 혹체자</td></tr>
<tr><td></td><td>𩱤</td><td>'갱(鬻)'의 혹체자</td></tr>
</table>

먼저, 첫 번째 단계에 관해서 설명해보자. 『시경』에서 '화갱(和羹)'이라는 단어는 '서로 다른 맛을 섞어서 만든 국'을 나타낸다. 『시경·상송·열조(烈祖)』에서는 "또 고깃국 양념도 알맞으니, 맑은 술에 잘도 어울리도다.(亦有和羹, 既戒既平.)"라고 했는데, 정현은 『전(箋)』에서 "화갱(和羹)이라는 것은 오미(五味)가 조화를 이루며 날 것과 익히는 것이 조절되어, 그것을 먹으면 사람들의 성품이 안화(安和)해진다."라고 설명했다. 『설문·력(鬲)부수』에서는 『시경』을 인용하면서 '화갱(和鬻)'이라 했는데, 그 자형을 보면 솥[鬲] 속에 맛이 조화를 이룬 맛있는 육고기가 담겨 있는 것을 분명하게 확인할 수 있다.[9] 강영(江永)은 『통고식미조화(通考食味調和)』에서 이렇게 말했다.

「예운(禮運)」에서 이렇게 말했다. 오미(五味)와 육화(六和) 및 12식(食)이 서로 바탕이 된다. 이에 대해, 『주』에서 이렇게 말했다. "오미(五味)는 신맛, 쓴맛, 매운맛, 짠맛, 단맛을 말한다. 그것에 조화를 이루려면 이렇게 해야 한다. 즉 봄에는 신맛이 많고, 여름에는 쓴맛이 많고, 가을에는 매운맛이 많고, 겨울에는 짠맛이 많으며, 이들 모두는 단맛을 갖고 있다. 이것을 두고 육화(六和)라고 한다." 『소(疏)』에

---

[9] 정현은 『전(箋)』에서 '날 것[腥]과 익히는 것[孰]'을 대칭되게 비교하였다. 『예운(禮運)』의 주석에서도 "불로 음식을 익혀 먹을 줄 몰라, 날것을 먹었다.(未有火化, 食腥也.)"라고 했다. 여기에서는 사람들이 『사기·항우본기(項羽本紀)』를 읽으면서 자주 발생하는 오해를 같이 언급하였을지도 모르겠다. 즉, 번쾌(樊噲)가 연회를 방해할 때, 항왕(項王)이 "그에게 생 돼지 다리[生彘肩]를 하사하였는데", 이 '생(生)'이 바로 '날 것[腥]'을 뜻한다. '성(腥)'은 '생숙(生熟)'의 '생(生)'을 말한다. 이것이 서한(西漢) 시대 문인들의 습관이었음은 두말할 필요가 없다. 그러나 지적해야 할 점은 『설문·육(肉)부수』에서 이 '성(腥)'을 또 '성(胜)'의 가차라고 했다는 것이다. "성(胜)은 '개기름의 고약한 냄새'를 말한다. 육(肉)이 의미부이고 생(生)이 소리부이다. 일설에는 '익히지 않은 것'을 말한다고도 한다.(胜: 犬膏臭也. 从肉生聲. 一曰不熟.)" 여기에서 말한 '일왈(一曰)'의 뜻은 본래 의미의 해석과 실제로 인과관계를 구성하고 있다. 臧克和, 『說文解字的文化說解·釋文系列』.

서는 이렇게 말했다. "매 시기의 3개월은 비록 동일하나 대체로 살펴보면 12달의 차이가 있다." 『홍범(洪範)』에서 이르길, "물[水]은 적시어 아래로 흐르고(潤下), 불[火]은 뜨거워 위로 올라가고(炎上), 나무[木]는 굽고 곧으며, 쇠[金]는 가죽을 따르며(從革), 흙[土]은 곡식을 도와준다(爰稼穡). 적시어 아래로 흐르면(潤下) 짠맛이 되고, 뜨거워 위로 올라가면(炎上) 쓴맛이 되고, 굽고 곧으면(曲直) 신맛이 되고, 가죽을 따르면(從革) 매운맛이 되고, 곡식은(稼穡) 단맛이 된다."라고 했다.

「천관(天官)」에서 이르길, "식의(食醫)의 임무는 음식의 양을 재는(食齊) 데 있다.[10]"라고 했다. 봄에는 국의 양을 재고, 여름에는 간장의 양을 재고, 가을에는 마실 것의 양을 재고, 겨울에는……. 이에 대해, 『주』에서는 "밥은 따뜻해야 알맞고, 국 또한 뜨거워야 알맞으며, 간장은 서늘해야 알맞으며, 마실 것 또한 차가워야 알맞다."라고 했다. 또 "무릇 조화라는 것은, 봄에는 신맛이 많고 여름에는 쓴맛이 많으며 가을에는 매운맛이 많고 겨울에는 짠맛이 많으며, 단맛으로 조절한다."라고 했다. 이에 대해, 『주』에서는 "각기 그 시기에 맞는 맛을 숭상하되 단맛으로써 그것을 이루게 하는 것은 물[水]·불[火]·나무[木]·쇠[金]가 흙[土]에서 자라는 것과 같은 이치이다."라고 했다[11]. 또 『소』에서는 이렇게 말했다. "오행(五行)에서는 흙[土]을 가장 중시하며, 오미(五味)에서는 단맛[甘]을 최고로 삼는다. 그래서 단맛이 나머지 네 가지 맛을 전체적으로 조절한다. 활(滑)이라는 것은 마음대로 오고 가서 나머지 네 가지 맛을 조화되게 하는 것이다." ……

또 "선식(膳食)의 마땅함을 이루려면, 소고기에는 찰벼[稌]가 알맞고,

---

10 강영의 고증에 의하면, 독음이 재(才)와 세(細)의 반절로 양(量)이라는 뜻이다.

11 필자의 생각에, 이는 대개 단옥재가 『설문』의 '미(美)'자 아래에 "오미(五味)의 아름다움을 모두 감(甘)이라고 부른다.(五味之美皆曰甘.)"에서 유래하였다고 본다.

양고기에는 기장[黍]이 알맞고, 돼지고기는 서직[稷]이 알맞고, 개고기에는 수수[梁]가 알맞고[12], 기러기고기는 보리[麥]가 알맞고, 생선에는 교미[苽]가 알맞다."라고 했다. 이에 대해, 『주』에서 "회(會)는 이루다는 뜻이다. 서로 그 맛을 이루게 하는 것을 말한다."라고 했다. ……

「내칙」에서는 이렇게 말했다. 봄에는 새끼 양[羔]과 돼지고기[豚]가 좋은데 쇠기름[膏薌]으로 요리한다. 여름에는 새고기 포[腒]나 어포[鱐]가 좋은데 개기름[膏臊]으로 요리한다. 가을에는 송아지[犢]나 사슴새끼[麛] 고기가 좋은데 닭기름[膏腥]으로 요리한다. 겨울에는 물고기[鮮]나 오리[羽]고기가 좋은데 양기름[膏羶]으로 요리한다. ……

또 대추[棗], 밤[栗], 엿이나 꿀로 음식을 달게 만들고, 근채(堇菜), 환초(苣草), 느릅나무에서 새로 자라나는 부분과 말린 것을 씻어서 부드럽게 하고, 기름으로 기름지게[膏][13] 한다. 부모님과 시부모가 반드시 반드시 그것을 맛본 이후에 물러난다. 이에 대해, 『주』에서는 "음식을 조화롭게 하는데 사용하는 것을 말한다. 환(苣)[14]은 근채(堇菜)의 종류를 말한다. 겨울에는 근채(堇菜)를 사용하고, 여름에는 환초(苣草)를 사용한다. 유백(榆白)은 흰느릅나무[枌]를 말하는데, 새로 자라나는 부분들을 사용한다. 홍(薧)은 말린 것[乾]을 말한다. 진(秦)나라 사람들은 음식을 물에 담그고 씻는 것[溲]을 조(滫)라고 불렀고, 제(齊)나라 사람들은 부드럽게 하는 것[滑]을 수(瀡)라고 불렀다.(謂

用調和飮食也. 苣, 堇類也. 冬用堇, 夏用苣. 榆白曰枌免新生者, 薧, 乾也. 秦人溲曰滫,

---

12 필자의 생각으로는 '량(梁)'이 되어야 옳다.

13 강영에 의하면, 독음이 '고(告)'이다.

14 (역주) 초본식물로, 뿌리줄기는 굵고 잎은 심장 모양이며 꽃은 흰색에 자주색 줄무늬가 있고 열매는 타원형이다. 약재로 사용할 수 있다.

齊人滑曰瀏.)"라고 했다. 그리고 『소』에서는 이렇게 말했다. "면홍(免
薨)이 근환분유(菫荁粉楡)라는 말의 뒤를 이어 나온 것은 근채와 환
초, 느릅나무의 새로 자라나는 부분과 말린 것을 서로 씻어서 부드
럽게 할 수 있기 때문이다."

「천관」에서 이르길 "내옹(內饔)은 왕과 왕후, 세자에게 맛있는 음식을
드리기 위해 고기를 자르고 삶아 여러 가지 맛을 조화시키는 일을
관장한다. 고기의 갈빗대, 척추, 어깨, 팔뼈 등의 부위를 자르고 구
워서 처리한 고기를 분별하고 온갖 맛있는 음식을 판단한다. 갖가
지 맛있는 음식, 양념, 귀중한 재료를 골라 연회를 준비하며 대기한
다.(內饔掌王及後世子膳羞之割亨煎和之事, 辨體名肉物, 辨百品味之物, 選百羞醬物
珍物以俟饋.)"라고 했는데, 『주』에서는 이렇게 말했다. "할(割)은 고기
를 잘라내는 것을 말한다. 팽(亨)은 삶다는 뜻이다. 전화(煎和)는 여
러 가지 맛을 배합하는 것을 말한다. 체명(體名)은 갈빗대, 척추, 어
깨, 팔뼈에 속한다. …… 백품미(百品味)는 여러 가지 음식을 말한다."
……

「악기」에서는 "연회에서의 의례는 음식의 궁극적인 맛을 추구하는 게
아니다. 큰 연회에서의 의례는 원시적이면서 가공을 거치지 않는
술을 숭배하며, 조(俎)라는 용기에 날생선[腥魚]을 넣고 고깃국인 대
갱(大羹)에는 조미료를 많이 첨가하지 않아, 맛의 여운을 남겨두었
다.(食饗之禮, 非致味也. 大饗之禮, 尚元酒, 而俎腥魚大羹不和, 有遺味者矣.)"라고
했는데, 『주』에서는 이렇게 말했다. "……유(遺)는 여(餘)와 같다.(……
遺, 猶餘也.)"

「교특생」에서는 "제사에 사용하는 술인 주례(酒醴)가 아름답지만, 물로
양조한 술인 현주(玄酒)와 맑은 물을 숭상하는 것은 다섯 가지 맛의
근본을 귀하게 여기기 때문이다.(酒醴之美, 玄酒明水之尚, 貴五味之本也.)"
라고 했다.

『좌전』에서는 "안자(晏子)가 말하길, 조화로움[和]은 국[羹]을 만드는 것과 같다. 물, 불, 식초, 젓갈, 소금, 매실을 사용해서 물고기와 고기를 요리하고 땔나무로 익히고 삶는데, 요리사는 그것들을 조화롭게 배합하여 맛을 낸다. 맛이 부족하면 조미료를 더하고, 맛이 너무 진하면 조미료를 줄인다. 군자는 국을 먹으면서 마음을 평화롭게 한다.(晏子曰: 和如羹焉. 水火醯醢鹽梅以烹魚肉, 燀之以薪, 宰夫和之齊之以味, 濟其不及, 以泄其過, 君子食之以平其心.)"라고 했다.[15]

경학자들과 훈고학자들은 적극적으로 정리하여, 고대 중국의 요리 계보[食譜]를 열거하듯 고찰하였다. 금문의 기록에 의하면, 고대 중국에서는 '화(盉)'라는 기물이 대량으로 존재했는데 다음의 표처럼 세 갈래로 나뉜다.[16]

176 「백번잔(伯翻盞)」	「면화(免盉)」	「효이(撬匜)」
177 「원화(員盉)」	「백각보화(伯角父盉)」	
178 「계량보화(季良父盉)」	「백용화(伯春盉)」	「백화(伯盉)」

왕국유(王國維)는 '화(盉)'의 기능이 "술을 섞는데[調酒]" 있다고 하면서 이렇게 말했다.

화(盉)를 맛을 조절하는[調味] 기물이라고들 한다. 그렇다고 하면, 이를 정(鼎)이나 력(鬲)과 같은 부류에 놓아야 하는데, 지금 술그릇[酒器] 속에 포함되어 있다. 이 부분을 어떻게 설명해야 할까? 내 생각에,

---

15 『淸經解』제267권, 江永, 『鄕黨圖考』.
16 『金文編』제5권.

화(盉)는 술에다 물을 타는 기물로서 술의 농도를 조절하던 것이라 생각한다. …… 만약 화(盉)를 맛을 조절하는 기물로 본다면 실제와는 너무 큰 차이가 난다고 할 것이다.(使盉謂調味之器, 則宜與鼎鬲同列, 今廁於酒器中, 是何說也? 餘謂盉者, 蓋和水於酒之器, 所以節酒之厚薄者也. …… 若以爲調味之器則失之遠矣.)

다음에서 볼 수 있듯, 왕국유는 특히 구체적인 기물의 형태에 착안하여 '화(盉)'라는 기물을 풀이하였다.

그 형태로 말해보자. 그것은 들 것[梁]이나 손잡이[鋬]가 있는데, 술을 데울 때 넘치지 않도록 하기 위한 것이다. 또 주둥이[喙]도 있는데, 술독[尊]에다 술을 붓기 위한 것이다.(自其形制言之: 其有梁或鋬者, 所以使蕩滌時酒不泛溢也, 其有喙者, 所以注酒於尊也.)**17**

여러 금문을 살펴볼 때, 왕국유가 말한 '화(盉)'라는 기물의 형태는 대단히 다양하고 상세하다. 위에서 들었던 ◈, ◈(177)를 참조하면 될 것이다. 특히 ◈, ◈, ◈(178)가 기록된 「백용화(伯春盉)」는 더욱이 술독[酉=酒]을 나타내는 의미부를 직접 그려 넣음으로써 이러한 해석을 설득력 있게 해 주고 있다. 하지만 이것은 단지 그 기물의 한쪽 면만을 그려낸 것에 지나지 않는다. 즉, '화(盉)'라는 기물은 '술의 농도를 조절하는' 용도 이외에도 '정(鼎)이나 력(鬲)과 같은' 맛을 조절하는 기능도 함께 갖고 있어야 마땅하다. 그래서 금문에서의 '화(盉)'자는 어떤 경우에는 ◈와 같이 '금(金)'과 '정(鼎)'을 의미부로 구성함으로써 그것이 '정(鼎)이나 력(鬲)과 같은 계열'임을 보여주고 있다. 그러므로 '화(盉)'를 음식의 맛을 조절하는

---

17 『觀堂集林』제3권「說盉」.

일반적인 '조미(調味)'의 기능을 가진다고 하면 될 것을, '술의 농도를 조절하는[調酒]' 쪽으로만 지나치게 흘러갔던 것이다.

'심(甚)'자에 대한 경학자들의 해석 또한 매우 재미있다. 『설문·감(甘)부수』에서는 '심(甚)'에 대해 "대단히 편안하다는 뜻이다. 감(甘)과 필(匹)을 의미부로 삼는데, 필(匹)은 짝[耦]이라는 뜻이다.(甚: 尤安樂也. 从甘, 从匹 耦也.)"라고 했다. 필자의 생각에, '짝[耦]'은 필시 '필(匹)'에 대응되어야 하는 것인데, 허신이 '우(耦)'자의 앞에 '필(匹)'자를 빠트렸을 것이라 생각한다. 단옥재는 『설문해자주·감(甘)부수』에서 이렇게 말했다. "심(甚)은 특별히 달다[甘]는 뜻이다. 이로부터 파생되어 특별히 심한[殊尤] 것을 모두 심(甚)이라 하게 되었다. 인정(人情)이 더욱 편안하고 즐겁다는 것은 필시 사랑에 빠진 것을 말했을 것이다.(甚: 尤甘也. 引申凡殊尤皆曰甚. 人情所尤安樂者, 必在所溺愛也.)"

'심하다[甚]'는 것은 '조화로움[和]'에 위배되는 것으로, 유학적 가치체계에서는 자연히 이를 부정한다. 『시경·위풍(衛風)·맹(氓)』에서는 "아아, 비둘기야! 오디를 따먹고 취하지 마라. 아아, 여자들이여! 남자에게 빠지지 마라.(於嗟鳩兮, 無食桑葚; 於嗟女兮, 無與士耽.)"라고 노래했다. 즉, '심(甚)'[18]은 남녀 간에 짝을 지어 만나는 것이나 사랑에 빠지는 것을 상징한다. 남녀가 지나치게 사랑에 빠지는 것에 대해서 유가(儒家)나 도가(道家)의 태도는 비슷하다. 『노자』(제29장)에서는 "이러한 까닭에 성인은 심한 것을 버리고, 지나친 것을 버리고, 큰 것을 버린다.(是以聖人去甚, 去奢, 去泰.)"라고 하였다. 이에 대해, 하상공(河上公)은 "심(甚)은 여색이나 음란함에 탐닉하는 것을 말한다.(甚謂貪淫聲色.)"라고 주석하였다. 무릇 음식(飮食)과 남녀(男女)는 한편으로는 '종(種)'(자신)의 번식[匹]인 동시에 다른 한편으로는 '물(物)'(사회)의 생산[甘]이다. 경제를 몸소 경험해 보면, 인간사회란 바로 가

---

18 (역주) '심(甚)'에서부터 만들어진 글자이다.

장 기본적인 이 두 가지를 벗어나지 않는다. 그러나 그 조화를 지나치게 잃어서는 안 된다는 점을 특히 강조하고 있다. 그래서 '심(甚)'이라고 이름 지었던 것이다.

'심(甚)'자로부터 만들어진 글자들, 그리고 '심(甚)'을 소리부로 삼는 '담(媅)', '담(湛)', '감(憨)' 등과 같은 글자들을 보면, 모두 감각기관의 향락(享樂)이 지나쳐 조화로움을 위배한다는 뜻을 가진다. 예컨대, '담(媅)'자를 『설문·여(女)부수』에서는 "즐겁다는 뜻이다. 여(女)가 의미부이고 심(甚)이 소리부이다.(媅: 樂也. 从女甚聲.)"라고 했다. '담(湛)'자는 '담(媅)'의 이체자에 불과한데, 『집운·담(覃)운』에서는 "담(媅)은 달리 담(湛)이라고도 적는다.(媅, 或作湛.)"라고 했다. '담(湛)'자에 '심(甚)'이 들어간 것은 그것의 의미가 어떤 것에 미혹되어 빠진다는 뜻을 가졌기 때문이다. 『설문·수(水)부수』에서는 "담(湛)은 '물에 빠지다'는 뜻이다. 수(水)가 의미부이고 심(甚)이 소리부이다.(湛: 沒也. 从水甚聲.)"라고 했다. 『시경·대아·억(抑)』에서는 "덕(德)을 잊고, 술에 함부로 빠져 헤어나지 못하는구나.(顚覆其德, 荒湛於酒.)"라고 했는데, 정현은 『전(箋)』에서 "그 정사(政事)를 황폐하게 해 놓고 술판에 진탕 빠졌다.(荒廢其政事, 又湛樂於酒.)"라고 했다. 『한서·곽광전(霍光傳)』에서도 "따르는 관원들, 관노들과 밤새도록 술을 마셔 함부로 술판에 빠졌구나.(與從官官奴夜飮, 湛沔於酒.)"라고 했는데, 안사고는 "담(湛)은 침(沈)과 같이 읽으며, 또 탐(耽)과 같이 읽기도 한다. 침면(沈沔)은 함부로 빠져 미혹됨을 말한다.(湛讀曰沈, 又讀曰耽. 沈沔, 荒迷也.)"라고 주석했다. 이로써, "안락함에 빠지다.(耽於安樂.)"라는 뜻의 '탐(耽)' 또한 그 본래 글자는 바로 이 '담(湛)'자라는 것을 알 수 있다. '심(甚)'과 '유(尤)'는 고대음에서 침(侵)운에 속한다. 그래서 '탐(酖)'자에 대해 『설문·유(酉)부수』에서는 "술을 좋아하다(樂酒)는 뜻이다."라고 했으며, 주준성의 『설문통훈정성』에서는 "여색을 좋아하는 것을 담(媅)이라고 하며, 술을 좋아하는 것을 탐(酖)이라고 한다. 경전에서는 대부분 '담(湛)'자를 사용했다.(嗜色爲媅, 嗜酒爲酖. 經傳多以

湛爲之.)"라고 했다.

 이상에서 살펴본 바에 근거해 볼 때, '화(和)'가 의미하는 음식물의 조미라는 이러한 층차의 연계가 대단히 광범위함을 알 수 있다. 하지만 이러한 점 때문에 '맛의 조절[調味]'이라는 뜻의 '화(和)'가 앞에 발생하였으며, '음악의 조절[調樂]'이라고 할 때의 '화(和)'가 뒤에 발생하였다고 판단할 수는 없다. 만약 억지로 선후를 구분하고 영역을 나누게 된다면 지나치게 단순화하는 오류를 면할 수 없을 것이다. 갑골문에서 '음악의 조절[調樂]'이라는 의미의 '화(和)'자가 자주 보이는 것은, 앞서 설명한 내용과 같다. 그 외에, 유가 경전에서도 음악의 조절 기능과 관계된 '화(和)'에 관한 기술이 빈번히 나타나고 있다. 아래에서『예기』에 나타난 '화(和)'자의 사용에 관해 상세하게 논술하기 때문에, 여기에서 '화(和)'의 음악적 단계에 관한 여러 경전에서의 뜻은 단지 예시일 뿐이다.『상서·우서(虞書)』에서는 '전악(典樂)'에 관한 전문적 기록이 전한다. "황제께서 말씀하셨다. 기(夔)야. 너에게 전악(典樂)을 명하노니 주자(冑子)[19]들을 잘 가르치어라.(帝曰: 夔, 命汝典樂, 敎冑子.)"라고 했다. 이 '화해(和諧)'에 대한 요구는 학자들이 충분히 주의를 기울였던 부분이다. 즉 "곧되 온화하고, 관대하되 무섭고, 강직하되 학대하지 아니하며, 간소하되 교만하지 아니하다. 시(詩)는 뜻[志]을 말하는 것이며, 소리[聲]는 읊조림[永]에 기대고, 율(律)은 소리[聲]를 조화로이 한다. 팔음(八音)이 화해를 이루면 서로 차서(次序)를 빼앗지 않고 신과 사람이 화합을 이룰 것이다."[20] '화해[諧]'는 곧 '조화[和]'를 말한다.『설문·언(言)부수』에서는 "해(諧)는 조화롭다[詥]는 뜻이다."라고 했으며,『옥편·언(言)부수』에서는 "해(諧)는 조화[和]라는 뜻이다."라고 했다. 또『예기·중용(中庸)』에서는 "발산하되 모두가 적절하게 조절되는 것을 조

---

19 (역주) 임금에서부터 경대부에 이르기까지의 대를 잇는 맏아들을 말한다.
20 "直而溫, 寬而栗, 剛而無虐, 簡而無傲. 詩言志, 聲依永, 律和聲. 八音克諧, 無相奪倫, 神人以和."

화라고 한다.(發而皆中節, 謂之和.)"라고 했다. 또 『주례·춘관(春官)·대사악(大
司樂)』에서는 "음악과 덕으로써 공경대부의 자제들을 가르친다. 그것은 중
(中), 화(和), 지(祗), 용(庸), 효(孝), 우(友) 등이다.(以樂德教國子: 中, 和, 祗, 庸,
孝, 友.)"라고 했는데, 이에 대해 정현은 "화(和)는 강함[剛]과 부드러움[柔]
이 적당함을 말한다.(和: 剛柔適也.)"라고 풀이했다.

경전의 옛 뜻을 해석하는 이러한 이념에 따라, 경학과 훈고학자들의
'팔음(八音)'과 관련된 악기의 기능을 해석하는 것에도 당김과 보냄, 긴장
과 이완의 조화가 포함되어 있다.

> 금(琴): 금(禁)과 같아 '금지하다'는 뜻이다.(琴: 禁也.)(『설문·금(琴)부
> 수』)

> 슬(瑟): 『북당서초(北堂書鈔)』에서 『세본(世本)』을 인용하여 이렇게 말
> 했다. 포희씨(庖犧氏)가 거문고[瑟]를 만들었다. 슬(瑟)은 결
> (潔)과 같아 '깨끗하다'는 뜻이다. 사람들의 마음을 깨끗하
> 게 하고 행동을 순일(淳一)하게 만들기 때문이다.(瑟: 『北堂書
> 鈔』引『世本』: 庖犧氏作瑟. 瑟, 潔也. 使人清潔於心, 淳一於行也.)(『설문구
> 두』제24권)[21]

> 생(笙): 생(生)과 같아 '생겨나다'는 뜻이다. 대를 표주박에 꽂은 것이

---

21 필원(畢沅)의 『석명소증보(釋名疏證補)』제7권「석악기(釋樂器)」에서 이렇게 말했다. "『백
호통·예악(禮樂)』에서 이르길, 슬(瑟)은 막다[嗇]는 뜻이다. 막히다[閑]는 뜻이다. 분노
를 징계하고 욕망을 억누르며 사람의 덕을 바로잡아 주기 때문이다.(所以懲忿窒欲, 正人
之德也.)"라고 했다.
필자의 생각에 '한(閑)'은 『예기·방한(坊閑)』과 도잠(陶潛)의 「한정부(閑情賦)」에서의 '한
(閑)'과 같은 뜻이다. 清疏四種合刊本(上海古籍出版社, 1989).

마치 땅을 관통하여 생물이 생겨나는 것과 닮았기 때문이
다.(笙: 生也. 竹之貫匏, 象物貫地而生也.)(『석명·석악기(釋樂器)』)²²

대나무로 만든 것을 취(吹)라고 한다: 취(吹)는 밀어내다[推]는 뜻이
다. 기류를 밀어내어 소리를 낸다는 뜻이다.(竹曰吹: 吹, 推也.
以氣推發其聲也.)(『석명·석악기(釋樂器)』)

『석명보유(釋名補遺)』의 「석오성(釋五聲)」을 살펴보면 이 역시 명물(名物)
을 추적하고 어원을 탐색하고자 하는 노력을 찾아볼 수 있다.²³

오성(五聲): 성음(聲音)으로 울리는 것[鳴]을 말한다. 달리 오음(五音)
이라고도 한다. 음(音)이라는 것은 음(飮)과 같아 '마시다'는
뜻으로, 그 강하고 부드러움[剛柔]과 맑고 탁함[淸濁]이 조화
하여 서로 마시는 것을 말한다.(五聲: 聲音, 鳴也. 亦曰五音. 音者,

---

22 필원(畢沅)의 『석명소증보』에서 이렇게 말했다. "『설문』에서 '생(笙)은 정월(正月)의 음
   악이다. 만물이 생겨나기 때문에 생(笙)이라 한다.'라고 했으며, 소여(蘇輿)가 말하길,
   '『백호통』에서 생(笙)은 큰 조릿대[大簇]의 기운으로서 만물이 생겨남을 본떴다.'라고
   했다."
23 왕선겸(王先謙)은 『석명소증보(釋名疏證補)·서(序)』에서 이렇게 말했다. "문자의 흥기는
   소리가 먼저이고 의미는 그 뒤이다. 동식물을 나타내는 글자들은 대부분 순수한 소리
   가 많다. 이러한 명칭은 해석할 수가 없다. 그 외에는 파생된 것으로, 뜻이 변화되고
   바뀐 것들이다. 학자들은 소리에 근거해 뜻을 구하고, 소리가 비슷한 글자들을 들어
   서 해석하고 그 분명하고 쉽게 통하는 것을 취한다면 소리와 의미가 모두 정해질 것
   이다. 유(流)와 구(求), 이(珥)와 이(貳) 등의 예는 주공(周公)에게서부터 시작되었고, 건
   (乾)과 건(健), 곤(坤)과 순(順) 등의 해설은 공자(孔子)에게서부터 펼쳐졌다. 인(仁)이라
   는 것은 사람[人]이요, 의(誼)라는 것은 옳음[宜]이라고 한 것들은 편방(偏傍)의 소리에
   근거해 의미를 푼 것이다."
   필원(畢沅)은 이렇게 말했다. "오성(五聲)의 풀이는 모두 선유(先儒)들의 학설에 근거한
   것으로 억측에 의한 것이 아니다."

飮也. 言其剛柔淸濁, 和而相飮也.)

궁(宮): 중(中)과 같아 '가운데'라는 뜻이다. 중앙에 거처하기 때문이
　　　다. 사방으로 펼쳐 나가 시작을 제창하고 생물에게 생명을
　　　부여하며, 사성(四聲)의 벼리[綱]가 된다. 달리 궁(宮)은 받아
　　　들인다[容], 포함한다[含]는 뜻이라고도 하는데, 사시(四時)
　　　를 받아들여 포용하기 때문이다.(宮: 中也. 居中央, 暢, 四方倡始施
　　　生, 爲四聲綱也. 一曰宮, 容也, 含也, 含容四時者也.)

상(商): 장(章)과 같아 '빛나다'는 뜻이다. 만물은 성숙하면 빛나 드러
　　　내게 되기 때문이다. 달리 상(商)이라는 것은 장(張)과 같아
　　　'펼치다'는 뜻이라고도 한다. 음기(陰氣)가 열리고 양기(陽氣)
　　　가 내려가기 시작함을 말한다.(商: 章也. 物成熟可章度也. 一曰商
　　　者, 張也. 陰氣開張, 陽氣始降也.)

각(角): 촉(觸)과 같아 '접촉하다'는 뜻이다. 만물이 땅과 접촉하여 나
　　　올 때 까끄라기[芒角]를 싣고 나온다. 달리 각(角)이란 약(躍)
　　　과 같아 '뛰는 것'을 말한다고도 하는데, 양기(陽氣)가 움직
　　　여 뛰기 때문이다.(角: 觸也. 物觸地而出, 載芒角也. 一曰角者, 躍也.
　　　陽氣動躍.)

치(徵): 지(祉)와 같아 '복'이라는 뜻이다. 만물이 성대(盛大)해져 복이
　　　많음을 말한다. 달리 치(徵)는 지(止)와 같아 '그치다'는 뜻
　　　이라고도 하는데 양기(陽氣)가 그치기 때문이다.(徵: 祉也. 萬物
　　　盛大而繁祉也. 一曰徵者, 止也, 陽氣止.)

우(羽): 우(宇)와 같아 '집'이라는 뜻이다. 만물을 집에 넣고 그것을 덮기 때문이다. 달리 우(羽)는 우(紆)와 같아 '두르다'는 뜻이라고도 한다. 음기(陰氣)가 위에 있고 양기(陽氣)가 아래에 있기 때문이다.(羽: 宇也. 物聚藏宇覆之也. 一曰羽者, 紆也. 陰氣在上, 陽氣在下.)

이상에서 볼 수 있듯, '조화(調和)'라는 의미의 '화(和)'와 '음악을 조절한다[調樂]'는 뜻의 '악(樂)'은 여러 경전의 옛 뜻풀이에서 광범위하게 그 증거를 찾을 수 있다. 명물(名物)이 나타내는 뜻의 근원을 추적하면, 그것이 음식의 미각이라는 단계든 아니면 음악의 청각이라는 단계든, '화(和)', '화(盉)', '화(龢)' 등은 모두 같은 어원에서 나왔으며, 다음과 같은 사실을 분명하게 밝혀준다. 즉, 논리적 사유에 근거해 각기 전문적으로 담당하는 영역이 있는 다섯 가지의 감각기관은 고대 중국의 명물(名物)이 파생과 변화의 과정에서 서로 연결되며 심지어는 '서로 호용(互用)'되기도 했다. 이러한 고증학적인 사실은 현대 심리학에서 말하는 '공감각(Synesthesia)'[24]에 대해 많은 어원학적 기초를 제공해 주고 있다.

시인들은 사물을 체득할 때마다 먼저 깨달음을 우선으로 한다. 중국에서는 전종서가 처음으로 이 '공감각'이라는 개념을 들추어내었다. 그는 중국 문학 작품에 대량으로 존재하였으나 줄곧 경학자들의 주의를 끌지 못했던 현상을 체계적으로 평가해 내었다. 그의 주요 학술 저서에서는 이러한 부분들을 이미 상세하게 논증한 바 있다.[25] 그 핵심을 간추려보면, 주로 다음과 같다.

---

24 (역주) 하나의 감각이 다른 영역의 감각을 작용하게 하는 일을 말한다.
25 전종서의 『관추편』제2권, 482~484쪽. 제4권, 1462~1463쪽. 제4권, 1477~1478쪽. 『칠철집(七綴集)』, 54~56쪽. 『담예록(談藝錄)』, 70쪽, 317~318쪽 등을 참조.

1. 감각기관의 상호작용

불경에서는 습관적으로 다섯 가지 감각기관의 통용(通用)을 말한다.
…… 즉, "육문을 모두 없애버리고(銷磨六門)", 근지의 분별을 모두 쓸어버
려 텅 비게 만들고, 이것과 저것이 혼연일체가 되어 분별이 없게 한다.(根
識分別, 掃而空之, 渾然無彼此). 서양의 신비종(神秘宗)에서도 '계합(契合)'을 말
하는데, "신비함이 변하고 오묘함이 바뀌어 육근(六根)이 하나로 융합한
다.(神變妙易, 六根融一.)"라고 한 것 등이 그러하다. 하지만 일반적인 감각
기관은 언제나 '상호작용'으로 되돌아가기 마련인데, 심리학에서는 이를
'공감각'이라고 부른다.

2. 연상聯想에 근거하여 일어나는 공감각

도가(道家)에서 말하는 '내통(內通)'과 불교에서 말하는 '호용(互用)'으로,
말이 나오는 것은 모두 그 원인이 있으며, 부류를 충당하여 강화하다가는
결국은 근거 없는 이야기가 되어버릴 수 있음을 의미한다.

3. 감각의 전이

논리적 사유에서 기피하는 추이법(推移法)은 공교롭게도 형상(形象)적
사유에서는 습관적으로 사용하는 수단이다.

4. 성음聲音에 존재하는 살짐[肥]과 야윔[瘦]

이것은 유가의 음악 이론에서 전통적인 구별법이다. 『예기·악기(樂記)』에서 "만약 군주가 관대하고 너그럽다면, 음악은 질서 있게 흐르고 조화롭게 움직일 것이다.(寬裕肉好, 順成和動之音作.)"라고 했는데, 정현은 『주』에서 "육(肉)이란 살짐[肥]을 말한다."라고 했다. 또 "음악을 바르고 풍부하게 하며, 리듬을 단순하게 한다.(使其曲直繁瘠, 廉肉節奏.)"라고 했는데, 공영달은 『소』에서 "'척(瘠)'은 덜고 줄임을 말한다. …… '육(肉)'은 비옥하고 풍족하다는 뜻이다.(瘠謂省約. …… '肉'謂肥滿.)"라고 했다. 『순자·악론편(樂論篇)』에도 대동소이한 언급이 들어있다. 『악기』의 다른 부분에서는 "음악의 리듬이 느리면 사악하고 부정한 생각을 받아들이기 쉽고, 리듬이 빠르면 사람들 내면의 욕망을 자극할 수 있다.(廣則容奸, 狹則思欲.)"라고 했는데, 정현은 『주』에서 "광(廣)은 소리가 느긋함[聲緩]을 말하며, 협(狹)은 소리가 급함[聲急]을 말한다."라고 했다. '광(廣)'과 '협(狹)', '비(肥)'와 '척(瘠)'은 모두 소리를 듣고 형상을 분류했던 고대의 예이다.

시인들은 물상을 체득할 때 언제나 깨달음[覺]을 먼저 한다. 현대 의학에는 '연대 감각(連帶感覺)'이라는 용어가 있는데, 여러 가지의 감각이 합해진 것을 말한다.

리처드 사이토윅(Richard Cytowic)[26] 박사는 일부 사람들이 뚜렷한 감정을 경험하지 못하고 감정이 서로 섞이는 현상에 대해 다년간 연구해 왔다. 다음은 그 몇 가지의 전형적인 예가 될 것이다.

---

26 (역주) 리처드 사이토윅(Richard Cytowic): 미국의 신경과학자이자 작가로, 공감각(synesthesia) 연구의 선구자이다. 1980년대에 마이클 왓슨을 포함한 여러 공감각자들을 대상으로 연구를 수행하며 공감각에 대한 많은 새로운 발견을 했다. 그는 공감각을 주제로 『공감각: 감각의 융합(Synesthesia: A Union of the Senses)』이라는 책을 출판하여, 이 현상의 과학적 이해를 넓히는 데 기여했다.

먼저 청각과 시각은 연대되어 있다. 미국의 플로리다 주의 한 사회복지사는 매번 음악을 들을 때마다 무수한 금색 공과 직선이 눈앞에서 날아다니는 것을 볼 수 있었다. 미각과 시각이 연대되어 있고, 미각과 촉각이 연대되어 있다. 노스캐롤라이나 주의 한 심리학자는 매번 케이크를 먹을 때마다 그 맛이 단 것이 아니라 분홍색으로 느껴졌다. 뉴욕시의 한 무대조명 설계사는 레몬을 먹을 때마다 수많은 침이 얼굴과 손을 찌르는 것 같은 감각을 느꼈으며, 네덜란드산 박하의 맛은 직경 2인치 정도의 냉동된 유리 기둥처럼 느껴졌다. 이렇게 여러 가지 감각이 함께 뒤섞여 있다는 것은 결코 비유가 아니다.

사이토윅 박사는 "사람들은 언제나 여러 가지 감각을 함께 섞어 붉은색을 따뜻한 색이라고 말하고, 녹색을 차가운 색이라고 말한다. 그리고 소리가 달다거나 파란색은 우울하다는 식으로도 말한다. 대부분의 사람들은 이를 비유적으로 사용하지만, 연대감각을 가진 사람에게는 이것들이 비유가 아니라 실제적이고 생생하며 자발적이고 억제할 수 없는 감각이다."라는 것을 발견하였다.

1865년 영국의 과학자 프란시스 가톤이 처음으로 연대감각이라는 것에 주목했다. 1910년 경, 이 현상은 프랑스에서 인기를 끌었다. 사이토윅 박사는 그 당시의 입체파 예술과 초현실주의의 흥기로 인해 연대감각이라는 것이 자연스레 유행하게 되었다고 했다.

프로이트의 추종자들도 이것에 대단히 깊이 빠졌지만 순수한 심리학적 이론으로는 해석해낼 수가 없었다. 1911년부터 1960년 사이에 연구자들은 색채화 된 청각과 미각, 시각적 통증, 심지어 모든 연대감각의 기이한 현상 등과 같은 여러 가지 형식의 완전히 서로 다른 연대감각을 발견하였다. 1978년 사이토윅 박사는 마이클 왓슨을 대상으로 한 일련의 연대감각에 대한 실험을 처음으로 연구하기 시작했다. 왓슨은 "기하학적 미각(味覺)"을 가진 사람이었다. 사이토윅 박사가 1984년 6월 1일 『현대심리학(現代心理學)』 저널에다 왓슨에 관한 연구보고를 발표함으로써 학계에 큰 반향을 불러일으켰다. 사이토윅 박사는 왓슨에게 방사성 크세논(Xenon)을 흡입시켜, 크세논이 혈액 속에 흡수되도록 한 후 뇌에서의 피의 흐름을 관찰했다. 결과는 그의 가설을 정확하게 증명해 주었다. 즉, 연대감각이라는 것은 두뇌의 구조와 기능의 이상에 의해 만들어진 것이지, 심리적 현상이 아니라는 것이다.

사이토윅 박사는 프랑스의 음악가 올리비에 메시앙(Olivier Messiaen)[27]도 연대감각을 소유한 인물이라고 굳게 믿었다. 1978년의 한 인터뷰에서, 메시앙은 "색채라는 대상은 대단히 중요하다. 나는 음악을 듣거나 악보를 볼 때마다 색채를 볼 수 있는 천부적인 재능이 있기 때문이다."라고 진술했다. 어떤 사람들은 이들이 자신들의 감각을 지나치게 예술화시켰다고 말하지만, 사이토윅 박사는 전혀 그렇게 생각하지 않았다. 그는 "같은 자극이 몇 번이고 특정한 느낌을 야기한다는 것, 즉 진정으로 연대감각을 지닌 사람은 계속해서 내림 b조를 노란색으로, 네덜란드산 박하를 유리 기둥으로 느끼게 될 것이다. 몇 년 후에 다시 같은 실험을 해도 결과는 마찬가지였다."라고 지적했다.[28]

감각들이 비유와 유추를 통해 연결되어 있다는 것은 명백하다. 그러나 감각기관이 같은 뿌리를 가지고 있으며 순수하게 예술적 비유를 통해서만 연결되는 것은 아니다. 여기서 이러한 주제 밖의 이야기를 인용하고 의학적 이론을 든 이유는 감각기관이 같은 뿌리를 가지고 서로 연결되어

---

27 (역주) 올리비에 메시앙(Olivier Messiaen): 프랑스의 작곡가이자 오르가니스트. 20세기 현대음악의 거장으로서, 실험적인 음악들을 작곡한 동시에 신비주의에 입각한 종교 음악들도 작곡하였다. 아마추어 조류학자로도 유명해 세계 각지의 새소리를 수집해 음악과 접목시켰다.(https://namu.wiki. 올리비에 메시앙 참조)

28 雲南科技協會, 『奧秘』제151기를 참조. 또 [美] 阿恩海姆, 『視覺思維』(光明日報出版社, 1987), 중국어 번역본 180쪽에서의 '연대 감각[聯覺]' 참조.

있으며, 심지어 서로 이동하는 것을 나타내려는 의도이다. 또한, 고대 사람들이 사물에 이름을 붙일 때나 사물에 대해 사고할 때의 한 유형임을 보여주기 위해서이다. 이러한 현상은 중국의 미학 발생 시기의 혼재 형태와 완전히 부합하고 있다. 따라서 우리들이 명물(名物)을 추론하고 그 본원(本源)을 탐구할 때, 반드시 모든 측면을 두루 살펴야 하며 한쪽으로 편향되지 않도록 해야 한다.

제3절.

'화和'와 '동同'의 변증법적 관계

유학(儒學) 경전은 헤아릴 수 없이 많다. 하지만 그 어느 하나도 '화(和)'에 대해 이야기하지 않은 것이 없다. 특히 '화(和)'와 '동(同)' 간의 구별에 대해 중점을 두었는데, 이는 한자 체계 속에서 우선적으로 "번잡하되 어지럽지 않다.(繁雜而不亂)"는 적당한 중도주의의 정신을 갖추게 되었다. 아래에 관련 의항의 대비를 살펴보자.

> 수(粹): '섞이지 않는다'는 뜻이다. 미(米)가 의미부이고 졸(卒)이 소리부이다. 정미(精米)는 서로 섞이지 않는다. 쌀이 섞이지 않는 것을 수(粹)라 하고, 술에 물을 타지 않은 것을 순(淳)이라 한다.(粹: 不雜也, 从米卒聲. 按精米不雜也. 米不雜曰粹, 酒不澆曰淳.)

채(綵): 다섯 가지 색깔을 모아 놓은 비단의 색깔을 말한다. 치(糸)가
  의미부이고 졸(卒)의 생략된 모습이 소리부이다. 내 생각에
  는 졸(卒)이 소리부이다.(綵: 會五彩繪色, 从糸卒省聲, 按卒聲.)

취(醉): 술을 양껏 마시다는 뜻이다. 각기 양껏 마시되 난잡함에 이
  르지 않는 것을 말한다. 일설에는 술로 어지럽혀진 것을 말
  한다고도 한다. 유(酉)와 졸(卒)이 의미부이다. 내 생각에 졸
  (卒)은 소리부이다.(醉: 酒卒也, 各卒其度量不至於亂也. 一曰酒潰也,
  从酉从卒. 按卒聲.)²⁹

위에서 든 세 글자를 나란히 살펴보면, 모두 '졸(卒)'이 소리부로 기능
하고 있으며, 각기 '미(米)', '치(糸)', '유(酉)'부수에 속해 음식이나 복식(服
飾) 등에 대응하고 있다. 그래서 그 '화동(和同)'의 정도에 각기 차이가 나
는데, '수(粹)'의 의미지향은 순일(純一)하다는 것이며, '채(綵)'의 의미지향
은 섞어 모아 놓은 것이며, '취(醉)'의 의미지향은 절제(節制)이다. 그중에
서도 '취(醉)'자는 일반 문헌의 기록에 의하면, 보통 "술을 지나치게 마신"
상태를 말한다. 일본어에서 '취(醉)'자의 해석은 다음과 같다.

취(醉): 형성(形聲)이다. 술을 뜻하는 유(酉)와 독음을 나타내는 졸(卒)
  (마치다는 뜻이다)이 합쳐진 것으로, 지나치게 술을 마시다는
  뜻이다.(形聲. さけ(酉)と, 音をしめす卒(おわる意)とを合わせて, によう
  ぶんに酒を飲みつくして, よう意.)³⁰

---

29 『說文通訓定聲·履部第十二』.
30 『標准漢和辭典·酉部』.
  내친 김에 몇 마디 말을 더 보태어도 될듯하다. 이 사전은 많은 부분에서 근원을 쫓
  아 원래 의미를 찾아내고자 하는 일본 한학자들의 노력을 보여주고 있다. 예컨대, '추

하지만 중국 경학자들은 '취(醉)'자의 소리부로 '졸(卒)'을 쓴 것은 사람들에게 이러한 것이 마지막 한도이며 '취하는 것[醉]'에는 이르지 말아야 함을 알려주기 위한 것이라고 봤다. 본래 뜻을 해석하는 과정에서도 또다시 "조화를 이루어 적당히 조절하는[和而中節]" 정신을 분명히 관철시키고 있다.

이러한 원칙에 근거했을 때, 술을 지나치게 마셔 '무너지는[潰]' 상태에 이르는 것도 '취(醉)'라고 한다면 납득할 수가 없다. 단옥재는 『설문·유(酉)부수』의 '취(醉)'자의 해석에서 "달리 술에 취해 무너지는 것을 말하기도 한다.(一曰酒潰.)"라고 한 뜻풀이에 대해 이렇게 말했다. "이것은 다른

(醜)'자에 대한 해석은 『설문·귀(鬼)부수』에서 "보기 싫다는 뜻이다. 귀(鬼)가 의미부이고 유(酉)가 소리부이다."라고 한 해석보다 더욱 자원에 가깝다 할 것이다. 즉, 이 사전에서는 이렇게 해석했다. "회의자이다. 귀신의 가면을 쓴 무당과 제사의식에서 술을 따른다는 뜻의 유(酉)가 합쳐진 것이다. 그렇게 함으로써 신령 앞에서 술을 올리는 무당이라는 의미를 나타내었다."

다시 다른 예를 하나 더 들어보겠다. 『사기·역생육가열전(酈生陸賈列傳)』에서 이렇게 말했다. "1년간 손님으로 다른 사람을 방문한 경우가 두세 번을 넘지 않는다. 자주 만나면 신선하지 않기 때문에, 주인을 오랫동안 귀찮게 하지 않았다.(一歲中往來過他客, 率不過再三過. 數見不鮮, 無久混公爲也!)" 『색은(索隱)』과 『고증(考證)』에서는 모두 '선(鮮)'을 "신선하고 맛있는 음식(鮮美之食)"으로 풀이했다. 또 고염무(顧炎武)의 『일지록(日知錄)』과 항세준(杭世駿)의 『정와류편(訂訛類編)』 등에서는 모두 『한서』의 '격선(擊鮮)'에 근거해 여기의 '선(鮮)'을 "신선한 음식(新鮮之食)"으로 풀이했다. 『관추편』제1권, 342~343쪽에 "내 생각에 이 해석들은 모두 만족할 수 없다."라고 하면서, '불선(不鮮)'은 사람이 아니라 음식을 가리키는 것으로, 음식의 '신선하지 않음[不鮮]'을 말한다고 했다. 또 사람이 '신선하지 않다[不鮮]'는 것은 빈번하게 왕래가 많아지면, 사람을 대함에 있어 소홀함이 생기기 때문이라고 했다.

필자의 생각에, 반고나 사마천의 문장은 그 원래 뜻이 서로 다르므로 이들 문장으로 증거를 삼기에는 부적절하다. 일본어에서 "자주 만나면 신선하지 않다.(數見不鮮.)"에 상응하는 말은 "진귀한 손님이라도 사흘을 보면 싫어진다."이다. '선(鮮)'자는 '손님[客]' 즉 '귀한 손님[稀客]'을 가리키는 것이지 손님을 접대하는 '맛있는 음식[鮮味]'을 나타내는 것이 아니다. 중국 이외의 국가에서의 글자 해석을 참고할 만하다.

의미이다. 궤(潰)는 당연히 '지(漬)'자의 오자일 것이다. 이는 오늘날 쓰는 '취해(醉蟹)'와 '취하(醉蝦)' 등과 같다." 주준성의 『설문통훈정성·리(履)부수 제12』에서는 "취(醉)는 내 생각에 졸(卒)이 소리부이다. 그 주량을 가득 채우는 것을 취(醉)라 하고 그 주량을 넘치는 것을 후(酗)라 한다. 자신의 주량을 넘게[酗] 되면 무너지게[潰] 된다."라고 했다.

유학의 경전에서 매우 일찍부터 '화(和)'는 형이상학적인 철학적 색채를 띠게 되었는데, 이는 먼저 춘추 시기의 사상가들이 '화(和)와 동(同)의 관계'에 대한 사고에서 나타났다. 앞에서 이미 언급한 바와 같이, 『좌전·소공(昭公)』 20년에서 '화(和)와 동(同)'에 관한 변론은 이미 정점에 이르렀다. 『관추편』에서는 이에 근거해 다음과 같이 비교해 놓았다.

제(齊)나라 경공(景公)이 말했다. "화(和)는 동(同)과 다른가?" 안자(晏子)가 대답하였다. "다릅니다! 조화로움[和]은 국[羹]을 만드는 것과 같습니다. 물, 불, 식초, 젓갈, 소금, 매실을 사용해서 물고기와 고기를 요리하고 땔나무로 익히고 삶는데, 요리사는 그것들을 조화롭게 배합하여 맛을 냅니다. 맛이 부족하면 조미료를 더하고, 맛이 너무 진하면 조미료를 줄입니다. …… 군주와 신하 또한 그러합니다. 군주가 옳다고 생각하지만, 그 속에 아닌 것이 있다면 신하는 그 잘못됨을 간언하여 군주가 더 나은 결정을 하게 해야 합니다. 또 군주가 옳지 않다고 하였지만, 그것이 옳은 경우에는 신하는 그것을 간언하여 그 불가함을 없애야 합니다. …… 소리[聲] 또한 맛과 같습니다. 일기(一氣), 이체(二體), 삼류(三類), 사물(四物), 오성(五聲), 육률(六律), 칠음(七音), 팔풍(八風), 구가(九歌)로써 서로 이루어지게 해야 합니다. 청탁(淸濁: 맑음과 흐림), 대소(大小: 큼과 작음), 장단[短長: 짧음과 김], 질서(疾徐: 빠름과 느림), 애락(哀樂: 슬픔과 즐거움), 강유(剛柔: 강함과 유연함), 지속(遲速: 더딤과 빠름), 고하(高下: 높음과 낮음), 출입(出入:

나감과 들어옴), 주소(周疏: 빽빽함과 느슨함)로써 서로를 구제해야 합니다. …… 만약 물[水]로써 물을 구제한다면 누가 그것을 먹을 수 있겠습니까? 만약 금슬(琴瑟)로써 하나로만 나아간다면 누가 그것을 듣겠습니까? 같은 것이 불가하다는 것도 이와 같습니다!"(齊景公曰: "和與同異乎?" 晏子對曰: "異! 和如羹焉, 水火醯醢鹽梅, 以烹魚肉, 燀之以薪, 宰夫和之, 齊之以味, 濟其不及, 以泄其過. …… 君臣亦然. 君所謂可, 而有否焉, 臣獻其否, 以成其可; 君所謂否, 而有可焉, 臣獻其可, 以去其否. …… 聲亦如味, 一氣, 二體, 三類, 四物, 五聲, 六律, 七音, 八風, 九歌以相成也. 淸濁, 大小, 短長, 疾徐, 哀樂, 剛柔, 遲速, 高下, 出入周疏以相濟也. …… 若以水濟水, 誰能食之? 若琴瑟之專壹, 誰能聽之? 同之不可也如是!")

『국어·정어(鄭語)』에 보면 사백(史伯)이 정(鄭)나라 환공(桓公)에게 이렇게 대답했다. "무릇 조화로워야 만물이 생성될 수 있고, 같게 한 즉 지속되지 않습니다. 다른 것으로써 다른 것을 고르게 하는 것을 화(和)라고 부릅니다. 그러므로 풍성하게 자랄 수 있으며 만물이 그것으로 돌아가는 것입니다. 만약 같은 것으로써 같게 만든다면 끝에 가서는 버려지고 맙니다. …… 소리가 하나이면 들을 만한 것이 못 되고, 색깔이 하나이면 문채가 다양하지 않고, 맛이 하나이면 맛있을 수가 없으며, 사물이 하나이면 얘기할 것이 못 됩니다."(按『國語·鄭語』史伯對鄭桓公曰: "夫和實生物, 同則不繼. 以他平他謂之和, 故能豐長而物歸之; 若以同裨同, 盡乃棄矣. …… 聲一無聽, 物一無文, 味一無果, 物一無講.")

『논어·자로(子路)』편에서도 "군자는 조화롭되 같지 않아야 한다.(君子和而不同)"고 한 말이 있는데, 유보남(劉寶楠)은 『정의(正義)』에서 『좌전』과 『국어』의 글을 인용하여 이를 해석했는데, 옳다.(『論語·子路』章 "君子和而不同" 句, 劉寶楠『正義』引『左傳』, 『國語』之文釋之, 當矣.)

『관자·주화(宙和)』편에서도 군신 간의 도리는 "오음(五音)이 서로 다르되 조화를 이룰 수 있고, 오미(五味)가 서로 다르되 능히 조화를 이룰 수 있듯" 해야 한다고 했으니, 이미 안자(晏子)와 사백(史伯)의 뜻을 간직한 것이다. 사백이 "저것으로써 이것을 고르게 하며(彼平此)", "다른 사물로써 서로를 고르게 한다(異物相平)"고 하지 않고 "다른 것으로써 다른 것을 고르게 한다(他平他)"고 한 것은 말 속에 대단히 깊은 사변적 논리가 들어있다.(『管子·宙和』篇論君臣之道如"五音不同聲而能調, 五味不同物而能和", 已蘊晏, 史之旨. 史不言"彼平此", "異物相平", 而曰"他平他", 立言深契思辯之理.)

『공총자(孔叢子)·항지(抗志)』편에서 이렇게 말했다. "위(衛)나라 군주가 계략의 시비(是非)를 말하자, 군신(群臣)들이 화(和)한 자들이 마치 한 입에서 나온 듯 했다. 자사(子思)가 말했다. …… 설령 일을 잘 처리하여 그것을 감추어 두었다 해도, 여러 의견을 배척한 것과 같을진대, 하물며 그릇된 것과 같게 함으로써 사악한 기풍을 조장하고 있다." 자사(子思)의 '화(和)'는 바로 안자와 사백의 '동(同)'과 같다.(『孔叢子·抗志』篇: "衛君言計是非, 而群臣和者如出一口. 子思曰: …… 事是而臧之, 猶卻眾謀, 況和非以長惡乎?" 子思之'和', 正晏, 史之'同'也.)

『회남자·설산훈(說山訓)』에서 이렇게 말했다. "일에는 진실로 서로를 기다려 이루어지는 것이 있다. 예컨대 두 사람이 함께 물에 빠지면 서로를 구해줄 수 없는 법이다. 한 사람이 뭍에 있어야 가능하다. 그러므로 같은[同] 것으로는 서로를 다스릴 수 없으니, 반드시 다름[異]을 기다린 이후에야 이루어진다. 고유(高誘)의 주석은 전적으로 안자(晏子)의 말에 근거했다. 안자와 사백이 말한 '화(和)'는 『예기』에서 말한 "예(禮)는 다른 형식과 의식을 통해 다른 사물에 대한 존경과 경외심을 나타내는 것이다. 악(樂)은 다양한 곡조와 풍격을 통해 서로의 사랑과 화합을 나타내는 것이다."라고 한 말과 비슷하다. '다름[殊]'과 '다름[異]'이 합쳐지는 것이, 바로 "다름을 기다린 이후에야 이루어지는 것이다."(『淮南子·說山訓』: "事固有相待而成者: 兩人俱溺, 不能相拯, 一人處陸則可矣. 故同不可相治, 必待異後而成." 高誘注全本晏子語. 晏, 史言 '和'猶『禮記』云: "禮者, 殊事合敬者也. 樂者, 異文合愛者也." '殊', '異'而合, 卽 "待異而後成".)

고대 그리스의 철학자들도 이러한 것을 말할 때 역시 음악의 조화로 비유해서 말했는데, 즉 오성(五聲)이나 칠음(七音)의 상호 보완이지 단조(單調)나 같은 소리[同聲]의 일색은 아니라고 했다. 헤라클레이토스[31]도 높고 낮은 상반된 음이 없다면 음악은 조화를 이룰 수 없으므로, 같음[同]은 결코 조화로움에 이를 수 없음을 계속해서 말한 바 있다. 플라톤도 그 말을 인용하여 발전시켰으며 사랑에다 비유하기도 했다. 또 소크라테스는 국가가 통일되면 될수록 좋다고 말했지만, 아리스토텔레스는 이를 반박하면서 "만약 그렇게 된다면 국가가 개인화될 것이다. 이는 조화로움이 하나의 음에 거두어지는 것이며, 박자가 단순화되는 것과 같다."라고 말했다. 르네상스 시대,

---

[31] (역주) 헤라클레이토스(Heraclitus, 기원전 약 540년~전 470년): 고대 그리스의 유물주의 철학자이며, 에페소스 학파의 주요 대표 인물이자 변증법의 창시자이다. 그의 주요 철학은 다음의 3가지로 요약할 수 있다. 첫째, 불을 하나의 거시적 물질 형태로 보고, 생기 넘치며 반복적으로 타오르고 꺼지는 불은 우주와 만물의 근원이라고 주장했다. 만물은 불에서 생겨나고 불로 돌아간다고 보았으며, 불은 만물의 변화와 생멸의 활력의 근원이라고 여겼다. 둘째, 그는 우주가 신이나 인간에 의해 창조된 것이 아니라, 우주 자체가 그 자신의 창조자이며, 우주의 질서는 그 자체의 로고스(logos)에 의해 정해진다고 보았다. 셋째, 그는 밀레토스 학파의 고대 소박한 유물주의 사상을 계승하고 깊이 발전시켰다.

상반(相反)됨과 상성(相成)됨의 이론을 가장 즐겨 논의하였던 사람은 브루노[32]가 될 것이다. 그는 단일하다면 조화로움[和諧]은 존재하지 않는다고 말했다. 근세의 미학자들 또한 일치(一致)라는 것이 곧 단조(單調)로움은 아니며 그 뜻은 "조화를 이루되 서로 다른(和而不同)" 것일 뿐임을 강조하였다.(古希臘哲人道此, 亦喻謂音樂之和諧, 乃五聲七音之輔濟, 而非單調同聲之專壹. 赫拉克利都斯反複言, 無高下相反之音則樂不能和, 故同必至不和而諧出於不一. 柏拉圖嘗引其語而發揮之, 並取譬於愛情. 蘇格拉底嘗謂國家愈統一愈佳, 亞理士多德駁之曰: 苟然, 則國家將成個人, 如和諧之斂爲獨音, 節奏之約爲麼拍. 文藝復興時最喜闡發相反相成之理者, 所見當推布魯諾, 謂專壹則和諧; 近世美學家亦論一致非即單調. 其旨胥歸乎"和而不同"而已.)

안자(晏子)가 '화(和)'를 "같음[同]"과 구별하였고, 고대 그리스 시인들은 "두 가지를 다투는데, 그 하나는 선(善)한 것이고 다른 하나는 악(惡)한 것이다. 전자는 서로에게 이로움을 주지만 후자는 서로를 파괴시킨다."라고 했는데, '선(善)한 다툼'과 '조화로움[和]'은 서로 간에 통하는 것이라 할 것이다.(晏子別'和'於'同', 古希臘詩人謂爭有二, 一善而一惡, 前者互利, 後者交殘; '善爭'與'和', 亦騎驛可通者.)[33]

---

32 (역주) 조르다노 브루노(Giordano Bruno, 1548년~1600년 2월 17일): 르네상스 시대의 이탈리아 사상가, 자연과학자, 철학자, 문학가. 그는 자유 사상에 대한 옹호와 당시 주류 종교 관념에 대한 도전으로 유명한데, 코페르니쿠스의 지동설의 강력한 지지자인 브루노는 이 이론을 더욱 발전시켜 우주가 무한하고 다세계가 존재한다는 관점을 제시했다. 이러한 그의 견해는 당시 지극히 급진적인 것으로 간주되어 교회의 박해를 받고 결국 화형에 처해졌다.

33 錢鍾書, 『管錐編』제1권, 237~238쪽.

여러 경전에서의 '화和'자의 사용

한나라 때의 학자들은 공자가 특히 음악을 중시했던 이유 중 하나가, 음악에 "중화에 이르게 하는(致中和)" 기능이 있기 때문이라고 여겼다. 『한서·지리지(地理志)』(하편)에는 이런 기록이 있다.

> 공자는 '풍속을 바꾸는 데는 음악보다 나은 것이 없다.'라고 했다. 이것은 성왕(聖王)이 위에 있어 인륜을 통괄해 관리한다면 반드시 그 근본을 움직일 수 있고 그 끝을 바꿀 수 있다는 말이다. 이것은 혼동된 천하가 함께 중화의 상태로 나아가며 그런 후에 왕의 가르침이 이루어진다는 말이다.(孔子曰: '移風易俗, 莫善於樂.' 言聖王在上, 統理人倫, 必移其本, 而易其末, 此混同天下一之乎中和, 然後王教成也.)[34]

그리고 또 『예문지』에서는 이렇게 말했다.

> 남녀 간의 성교는 성정(性情)의 극점이며, 지극한 도(道)의 가장자리이다. 그런 까닭에 성왕(聖王)들은 밖으로 음악을 제정하여 안으로 정(情)을 금지하여 조절했다. 「전」에서는 '선왕께서 음악을 만든 것은 모든 일을 조절하기 위함이었다'라고 풀이했다. 음악이 있어 절제가 된다면, 평화롭고 장수를 누리게 된다.(房中者, 性情之極, 至道之際, 是以聖

---

[34] 안사고는 "이것이 바로 『효경』에서 공자의 말씀을 실어 놓은 까닭이다."라고 말했다.

王制外樂以禁內情, 而爲之節文. 傳曰: '先王之作樂, 所以節百事也.'樂而有節, 則和平壽考.)

『예기』를 살펴보면, '화(和)'자는 오랫동안 접두어로 사용되었는데, 자주 보이는 것으로는 다음의 것들이 있다. '중화(中和)'(「중용」), '화정(和正)'(「악기(樂記)」), '화평(和平)'(「악기」), '화동(和同)'(「월령(月令)」), '화용(和用)'(「제의(祭義)」), '화녕(和寧)'(「연의(燕義)」), '화일(和壹)'(「삼년문(三年問)」), '화락(和樂)'(「악기」), '화역(和易)'(「학기(學記)」), '화기(和氣)'(「예기(禮器)」, 「제의」), '화순(和順)'(「악기」), '화동(和動)'(「악기」), '화미(和味)'(「왕제(王制)」), '화명(和鳴)'(「악기」) 등 이루 다 들 수 없을 정도로 많다.

이밖에도 유학의 '화(和)'의 정신적 이념을 잘 갖춘 것으로는 역시 다음에 열거한『예기』의 각 편에 보이는 기록을 들 수 있다. 이상에서 말한 '화(和)'자로 구성된 성어의 형식 이외에도, '화(和)'자는 경문 속에서만 무려 50~60차례나 나타나고 있는데, 이것은『예기』라는 책에서 사용빈도가 상당히 높은 편이다. 주요한 용례 몇 가지를 살펴보자.

「예운(禮運)」: 화합한 뒤에 달이 생긴다.(和而後月生也.)

「옥조(玉藻)」: 그러므로 군자가 수레에 있을 때는 방울 소리[鸞和]를 들을 수 있다.(故君子在車, 則聞鸞和之聲.)

「소의(少儀)」: 방울 소리[鸞和]의 아름다움이 장엄하고 엄숙하다.(鸞和之美, 肅肅雍雍.)

「학기(學記)」: 가르치면서 억지로 끌지 않으면 조화로워진다.(道而弗牽則和.)

「학기(學記)」: 다섯 가지 소리[宮, 商, 角, 徵, 羽]를 얻을 수 없다면 조화롭지 않게 된다.(五聲弗得不和.)

「악기(樂記)」: 대악은 천지와 조화를 이룬다.(大樂與天地同和.)

「악기(樂記)」: 조화로우면, 모든 것이 소실되지 않는다.(和, 故百物不失.)

「악기(樂記)」: 조화로우면, 모든 것이 변화한다.(和, 故百物皆化.)

「악기(樂記)」: 음악은 천지를 조화롭게 한다.(樂者, 天地之和也.)

「악기(樂記)」: 네 계절의 조화를 일으킨다.(動四氣之和.)

「악기(樂記)」: 그러므로 군자는 자신의 감정을 되돌아봄으로써 그 뜻을
　　　　　조화롭게 한다.(是故君子反情以和其志.)

「악기(樂記)」: 그러므로 음악은 한 가지를 신중하게 살펴봄으로써 조화
　　　　　로움을 정한다.(故樂者, 審一以定和.)

「제의(祭義)」: 음양과 장단, 끝과 시작이 서로 돌면서 천하의 조화로움
　　　　　을 이룬다.(陰陽長短, 終始相巡, 以致天下之和.)

「제의(祭義)」: 안으로 조화를 이루어 바깥으로 순응한다면, 백성들은
　　　　　그 안색을 보고 싸울 생각을 하지 않는다.(內和而外順, 則民瞻其顔
　　　　　色而弗與爭也.)

「제의(祭義)」: 마음이 잠깐 조화롭지 못하고 즐겁지 못하다면, 속되고
　　　　　속이는 마음이 들어온다.(心中斯須不和不樂, 而鄙詐之心入之矣.)

「경해(經解)」: '의(義: 공정하고 객관적인 행동 규칙)'와 '신(信: 언행의 일치로
　　　　　인한 신뢰)', '화(和: 조화로운 관계의 능력)'와 '인(仁: 타인에 대한 사
　　　　　랑과 동정)'은 패왕의 도구이다.(義與信, 和與仁, 霸王之器也.)

「중용(中庸)」: 중화에 이른다.(致中和.)

「중용(中庸)」: 발산하되 모두가 적절하게 조절되는 것을 조화라고 한
　　　　　다.(發而皆中節, 謂之和.)

「중용(中庸)」: 조화로움은 천하가 도달해야 되는 도이다.(和也者, 天下之達
　　　　　道也.)

「중용(中庸)」: 그러므로 군자는 타인과 조화롭게 지내지만 자신의 원칙
　　　　　을 잃지 않는다.(故君子和而不流.)

「표기(表記)」: 가까운 신하는 조화로움을 지키고, 재상은 여러 신하를

바르게 한다.(邇臣守和, 宰正百官.)

「유행(儒行)」: 겨울과 여름은 음양의 조화를 다투지 않는다.(冬夏不爭陰陽
之和.)

「유행(儒行)」: 예는 조화로움을 귀하게 여긴다.(禮之以和爲貴.)

「유행(儒行)」: 노래와 음악은 인의 조화로움이다.(歌樂者, 仁之和也.)

......[35]

유학의 고증학자들은 도(道)의 근원과 문자와의 관계는 '문자→언어→
도(道)'로 표현될 수 있다고 생각한다. 즉, 고대 성인들이 제작한 창조물
들은 유가의 미학적 관념을 나타내며, 이러한 미학적 관념은 언어 문자의
형태 속에 보존되어 있다는 것이다. 다시 말해, 경학자들의 입장에서 볼
때, 문장의 내용이나 이치[義理]는 훈고(訓詁)에 들어있고, 언어 문자의 연
구는 도의 근원에 대한 인식에 도달해야만 한다는 것이다.[36] '화(和)'의 이
념에 상응하는 것과 관련해서, 여러 주요 경전들 속에는 "조화롭되 같지
않는(和而不同)" 정신을 담은 독특한 언어구조가 형성되어 있다. 이는 대략
적으로 다음의 두 유형으로 나눌 수 있다.

1) 'A이면서 B가 아닌(A而不B)' 형태

A와 B라는 두 글자의 의미가 서로 호환되는 것으로, 그들 간의 차이를
강조하고 두 가지를 나누어 구별한 경우이다. 이는 'A이면서 B가 아닌(A
而不B)' 형태를 띠는데, 주요 경전들 속에서 항상 보인다. 예를 들면 다음
과 같다.

---

[35] 『十三經注疏·禮記正義』.

[36] 『東原集』九, 『學海堂經解』제1권.

침대에 누웠어도 잠을 들 수 없었다.(寢而不寐)(『공양전·희공(僖公)』2년)

실패했는데도 죽지 않는다.(敗而不死)(『좌전·희공(僖公)』15년)

신하가 되면서 신하의 도에 따르지 않는다.(臣而不臣)(『좌전·희공』15년)

기근이 들었지만 피해는 없었다.(饑而不害)(『좌전·희공』21년)

말을 하지만 신뢰를 지키지 않는다.(言而不信)(『곡량전·희공(僖公)』22년)

자애롭지만 용감하지 않다.(仁而不武)(『좌전·선공(宣公)』4년)

사실을 다 말하고도 왜곡됨이 없다.(盡而不汙)(『좌전·성공(成公)』14년)

군대의 대열이 가지런하지 않다.(陳而不整)(『좌전·성공』16년)

군대가 대열을 조성했으나 진형을 이루지 못했다.(軍而不陳)(『좌전·성공』
16년)

죽어도 죽지 않는다.(死而不朽)(『좌전·양공(襄公)』24년)

귀신에게 기도는 하지만 제사는 지내지 않는다.(禱而不祀)(『곡량전·양공
(襄公)』24년)

즐기기는 하나 방종하지 않다.(樂而不荒)(『좌전·양공』27년)

백성들은 근면하고도 원망이 없다.(勤而不怨)(『좌전·양공』29년)

근심이 있으나 곤궁하지는 않다.(憂而不困)(『좌전·양공』29년)

근심은 있으나 두려움은 없다.(思而不懼)(『좌전·양공』29년)

즐기기는 하나 음탕하지 않다.(樂而不淫)(『좌전·양공』29년)

강직하지만 방자하지 않다.(直而不倨)(『좌전·양공』29년)

온화하지만 비루하지 않다.(曲而不屈)(『좌전·양공』29년)

가깝다해도 핍박하지 않는다.(邇而不偪)(『좌전·양공』29년)

변화가 많아도 지나치지 않다.(遷而不淫)(『좌전·양공』29년)

슬퍼해도 걱정을 끼치지 않는다.(哀而不愁)(『좌전·양공』29년)

사용하고도 부족함이 없다.(用而不匱)(『좌전·양공』29년)

넓으나 드러나지 않다.(廣而不宣)(『좌전·양공』29년)

나누어주지만 줄지 않는다.(施而不費)(『좌전·양공』29년)

거두어들이되 탐내지 않는다.(取而不貪)(『좌전·양공』 29년)

머물러도 정체되지 않는다.(處而不底)(『좌전·양공』 29년)

흘러도 넘치지 않는다.(行而不流)(『좌전·양공』 29년)

태양이 이미 밝았으나 높지 않다.(明而未融)(『좌전·소공(昭公)』 5년)

주인에게 순종하되 예의를 잃지 않는다.(從而不失儀)(『좌전·소공』 5년)

공경하되 위엄을 잃지 않는다.(敬而不失威)(『좌전·소공』 5년)

……

『춘추좌전』만 보아도 이처럼 "A이면서 B가 아닌(A而不B)" 형태는 다 들 수 없을 정도로 그 예가 많다.

2) 'A도 아니고 B도 아닌(不A不B)' 형태

A와 B라는 두 글자의 의미가 서로 대립하고 밀어내는 것으로, 이들은 서로 연결되어 복잡하게 얽히며 서로를 보완하는 경우이다. 얼음과 불이 서로를 미워하듯, 아교와 칠이 서로를 사랑하듯 하는 것이다. 예컨대 주옥휘영(珠玉輝映: 구슬과 옥이 눈부시게 빛난다.), 생경화해(笙磬和諧: 생황과 경쇠가 화합을 이룬다.) 같은 것들이 있으며, 또 계토공롱(雞兔共籠: 닭과 토끼가 함께 새장에 들어있다.), 우기동조(牛驥同槽: 소와 천리마가 같은 구유로 먹는다.) 등이 그러하다. 서로 다른 것들은 협력하고, 서로 반대되는 것들은 서로를 이룬다. 그 규범적인 형식은 "A도 아니고 B도 아니다.(不A不B)"이지만, 내포된 논리적 관계를 세밀하게 살펴보면, 그 속에 또 '병렬(並列)'과 '인과(因果)'라는 두 가지 측면이 있음을 알 수 있다. 『관추편』에서의 고증은 매우 세밀하다.

이러한 통사구조는 비록 정해진 형식(『좌전·은공(隱公) 원년』: "군주의 명을 받지 않고 형을 우애하지 않는다.(不義不昵.)")을 갖고 있지만, 그 의미는 하나로 획정하기가 힘들다.

예컨대,『논어·술이(述而)』편의 "발분하지 못하면 열어줄 수 없고, 말로 표현해내지 못하면 펴 줄 수가 없다.[37](不憤不啟, 不悱不發.)"나『묵자·상현(尙賢)』(상편)에서의 "의롭지 못한 자는 그에 의해 부유할 수 없고, 의롭지 못한 자는 그에 의해 지위가 높고 귀해질 수 없다.(不義不富, 不義不貴.)"는 뒤의 절이 앞 절의 내용에 의해 발생한 것으로, 인과절에 속한다. 이는 달리 "발분하지 못하면 열어줄 수 없다.(不憤則不啟.)"나 "의롭지 못하면 귀할 수 없다.(不義則不貴.)"라고 할 수 있을 것이다.

또『예기·예기(禮器)』에서의 "많지도 않고 적지도 않다.(不豐不殺.)"나『장자·응제왕(應帝王)』편에서의 "취하지도 않고 맞서지도 않는다.(不將不迎.)"는 양단절[兩端句]이다.

그리고 여러 문헌에서는 완전히 하나의 격식어를 형성하기도 하는데, 예컨대,『원각경(圓覺經)』의 "가깝지도 않고 멀지도 않다.(不即不離)"나『심경(心經)』의 "생기지도 않고 사라지지도 않으며, 더럽지도 않고 깨끗하지도 않으며, 늘지도 않고 줄지도 않는다.(不生不滅, 不垢不淨, 不增不減.)" 등과 같은 경우가 그러하다. 이러한 것들은 두 가지 일을 함께 들었으되 모두를 배척하는 내용이다. 그래서 이들은 "많지도 않고 또 적지도 않다.(不豐亦不殺.)"나 "가깝지도 않고 멀지도 않다.(非即非離)"라는 말과 같을 따름이다. …… '풍(豐)'과 '살(殺)', '장(將)'과 '영(迎)' 등의 뜻이 서로 상반되기 때문에, 이를 유추하여 두 글자 간의 뜻풀이를 반대되게 풀어서 이러한 형식으로 귀납한다면 양단절이 되지만, 이는 옳지 않다. 한유(韓愈)는「원도(原道)」에서 "막힘이

---

37 (역주) 주희 집주, 임동석 역주,『논어』(동서문화사, 2009), 560쪽.

없으면 흐름도 없고, 멈춤이 없으면 나아감도 없다.(不塞不流, 不止不行.)"라고 했는데, '색(塞)'은 '류(流)'의 반대개념이고, '지(止)'와 '행(行)'은 배치되어, '생(生)'과 '멸(滅)'과의 관계와 같다. 그래서 그것이 인과절이 되는 것은 분명하다.[38]

또 『도덕지귀론(道德指歸論)』제1권「득일편(得一篇)」에서는 "뜨지도 않고 잠기지도 않으며, 나아감도 없고 멈춤도 없다. …… 굽지도 않고 곧지도 않으며, 앞도 없고 뒤도 없다.(不浮不沉, 不行不止. …… 不曲不直, 不先不後.)"라고 했는데, 여기서 말한 "나아감도 없고 멈춤도 없다.(不行不止)"는 양단절이 된다. 하지만 한유(韓愈)의 "멈춤이 없으면 나아감도 없다.(不止不行)"는 인과절이다. 바로 앞뒤 문장과 전체 문장의 내용을 근거로 하여, 이들 간의 차이를 구별한다.[39]

요약하자면, 같은 것을 구별하여 변별하고 서로 협력하게 하며, 다른 것을 서로 뒤섞여 함께 이루어지도록 하여, 결국은 '화(和)'의 경지에 이르게 하는 것이다.

---

[38] 錢鍾書, 『管錐編』제1권, 169쪽.
[39] 錢鍾書, 『管錐編』제5권, 17쪽.

'화和'와 음악의 관계

유학에서 심미 관념의 '화(和)'는 그 주요 내용이 음악적 측면에의 호소라고 말해야 할 것이다. 이러한 관계 때문에, 아래에서는 한자 체계에 담겨진 경학자들의 '음악' 자체에 대한 해석을 한번 살펴보고자 한다.

179 諴   180 誦「왕손종(王孫鍾)」   181 諳「연아종(沇兒鍾)」

182 韹   183 誦「소왕궤(邵王簋)」   184 謹「주왕자종(邾王子鍾)」

185 戠   186 誠「격백궤(格伯簋)」   187 誠「두폐궤(豆閉簋)」

188 戠「환궤(趩簋)」 189 誠「면궤(免簋)」

먼저, 원래의 '음(音)'자에 관해 살펴보자. 명문에서는 '언(言)'과 '음(音)'이 자주 통용되고 있다. 예컨대, 諴(179)의 경우 청동기 명문에서는 언(言)으로 구성되어 誦(180)과 같이 표현되었고, 혹은 음(音)으로 구성되어 諳(181)과 같이 구성되기도 했다. 또 韹(182)의 경우 명문에서는 음(音)으로 구성되어 誦(183)처럼 표현되었거나 언(言)으로 구성되어 謹(184)처럼 표현되었다.[40] 또 戠(185)의 경우 명문에서는 언(言)으로 구성되어 誠(186)이나 誠(187)처럼 표현되기도 했고 또 음(音)으로 구성되어 戠(188)이나 誠(189)처럼 표현되었다.[41]

이것으로 상고시대에는 '음(音)'과 '언(言)'이 본래 한 글자였음을 알 수

---

[40] 『金文編』제3권.

[41] 『金文編』제12권.

있다. '언(言)'과 '음(音)'은 성모가 의뉴(疑紐)로, 효(曉)뉴와 함께 설근음(舌根音)에 속하며, 신(辛)을 소리부로 삼고 있다. 또 신(辛)의 독음은 심(心)뉴에 속하는데, 심(心)은 효(曉)뉴, 심(審)뉴와 함께 마찰 차청음(摩擦次淸音)이다. 사람이 내는 소리를 모두 언(言)이라고 했다. 그래서 『국어·주어(周語)』에서는 "기류가 입에 있는 것이 말[言]이다.(氣在口爲言)"라고 했다. 말은 모두 뜻을 담고 있다. 그래서 『장자·외물(外物)』편에서는 "말이라는 것은 뜻이 존재하는 곳이다(言者所以在意)"라고 했던 것이다. 예컨대, 감탄사 또한 한 가지 이름[名]에 지나지 않지만, 그 함의는 일반적으로 말하는 언어[語言]라는 것과 다를 바가 없다. 대개 생각을 전달하고 뜻을 나타내는 것과 같은 까닭인데, 특별히 복잡함과 간단함[繁簡]의 구분이 있을 뿐이다. 『설문·언(言)부수』에서 '소리[聲]'자로 뜻풀이 한 글자들 및 '수(誰)', '가(訶)' 등과 같은 글자들은 어떤 소리로 뜻을 기탁한 글자들에 불과하다. 즉, 이 글자들이 당연히 '음(音)'자로 구성되어야 함에도 '언(言)'자로 구성되었던 것은, '음(音)'과 '언(言)'이 같은 글자였기 때문이다. 먼저 '음(音)'자가 있고 그 뒤에 '언(言)'자가 생겼다. '언(言)'은 사실 단순하거나 복잡한 '음(音)'으로 구성되어 있으며, 언어(言語)나 성음(聲音)을 나타내는 글자는 상형(象形)이나 지사(指事)나 회의(會意) 같은 방법으로는 나타낼 수가 없다.

190 〔그림〕　191 〔그림〕　192 〔그림〕　193 〔그림〕　194 〔그림〕　195 〔그림〕

196 〔그림〕　197 〔그림〕　198 〔그림〕　199 〔그림〕　200 〔그림〕

　오지브와(Ojibwa)족 [42] 문자에서는 '어(語)'자에 해당하는 글자를 〔그림〕

---

42 (역주) 오지브와(Ojibwa)족: 치페와(Chippewa), 오지브웨(Ojibwe)라고도 한다. 인구는 아메리카 인디언 중에서 가장 많아 미국에만 3만 명으로 캐나다 거주자를 합하면 5만여 명에 달한다. 그들의 존재가 세상에 알려지게 된 것은 17세기 중반경인데, 당시

(190)와 같이 나타내어 두 사람이 서로 말하는 모습을 그렸다. 가운데의 평행 곡선은 두 사람의 말을 뜻한다. 이는 갑골문에서 '취(吹)'자를 (191)와 같이 표현한 것과 매우 유사하다. 그런데 '취(吹)'자는 반드시 음(音)이 있을 필요가 없다. 두 사람이 서로 부는[吹] 것이 반드시 말[語]일 필요는 없기 때문이다. 대체로 이것은 시대를 상징하는 문자처럼 보인다. 그래서 한쪽으로 치우쳐 온전하지 않다는 아쉬움이 있다. 즉, '음(音)'자는 더욱 만들 방법이 없었을 것이다. 예컨대, 오지브와족 문자에서 '창(唱)'자인 (192)은 입에서 나오는 기류를 그렸을 뿐이다. 비록 뱃속에 나선형이 그려진 (193)을 더해, 그것이 마음속의 즐거운 정서를 표현하긴 했지만, 이는 대단히 알아보기 어려운 부분이다. …… 그러므로 '음(音)'과 '언(言)'은 한 글자였다고 말할 수 있다.

본래 '음(吟)'자는 (194)이나 (195)처럼 쓰기도 하고, 청동기 명문에서는 (196)처럼 쓰기도 한다. 손이양은 이를 '허(許)'자로 해석했다. 고대 도장문자에서는 '어(語)'자를 (197)와 같이 썼으며, '음(音)'자는 (198)과 같은 모습으로 구성되어 있는데, 이것은 (199)이 잘못 변한 모양이다. (199)과 (200)는 입을 열고 닫는[開閉] 모습의 차이만 있을 뿐이다. '음(音)'은 당연히 입[口]에서 나온 것이다. 사람이 소리를 내는 것[發音]은 그 생각과 관념을 전달하고 나타내고자 함이다. 그래서 이를 언어(言語)의 '언(言)'으로 빌려 쓰게 된 것이다.[43]

경학자들은 유학에서의 '화(和)'의 이념과 정신을 부여해서 '음(音)'을

에는 세인트메리강에서 미시간호 반도에 이르는 삼림지대에 살면서 사슴사냥이나 와일드라이스 채집 등으로 생계를 잇고 있었다. 그 뒤 백인과의 모피교역이 활발해짐에 따라 위니펙호(湖) 서쪽에서 펜실베이니아주에 걸친 광범위한 지역에 거주하게 되었다. 사회조직은 전통적인 집단을 근거로 부계적 씨족사회를 이루고 있으며, 신앙은 동물 토테미즘을 숭배한다.(네이버 지식백과-오지브와족)

43 『說文解字六書疏證』제5권.

해석했다. 『설문』에서는 '음(音)'에 대해 이렇게 말했다.

> [악기의] 소리[聲]를 말한다. 마음에서 생겨나서, 바깥에서 절도를 이
> 루는 것을 음(音)이라 한다. 궁(宮)·상(商)·각(角)·치(徵)·우(羽)를 성
> (聲)이라 하고, 현악기(絲), 대로 만든 악기(竹), 쇠로 만든 악기(金),
> 돌로 만든 악기(石), 바가지로 만든 악기(匏), 질그릇으로 만든 악기
> (土), 가죽으로 만든 악기(革), 나무로 만든 악기(木)에서 나는 소리를
> 음(音)이라 한다. 언(言)에 가로획[一]이 물린 모습을 그렸다.(音: 聲也.
> 生於心, 有節於外, 謂之音. 宮商角徵羽, 聲也. 絲竹金石匏土革木, 音也. 从言含一.)

단옥재는 "『악기(樂記)』에서 이르길, 소리[聲]가 무늬[文]를 이룬 것을
음(音)이라 한다고 했다."라고 주석했다. 그리고 '가로획[一]이 물린 모습'
이라고 한 구조에 대해서도 '조절한다는 의미'라고도 했다.[44]
　계복(桂馥)도 여러 책을 인용하여 이렇게 증명했다.

> 『백호통』에서는 "성(聲)은 울음소리[鳴]를 말한다. 음(音)은 마시다[飮]
> 는 뜻이다. 강유(剛柔)와 청탁(清濁)이 조화[和]되어 함께 마신다[相
> 飮]는 뜻이다.(聲者, 鳴也. 音者, 飮也. 剛柔清濁, 和而相飮.)"라고 했다. 『갈관
> 자(鶡冠子)』에서는 "음(音)은 소리를 조절하는[調聲] 것을 말한다. 음
> (音)이 나오는 것을 듣기도 전에 그 소리[聲]를 울린 것을 말한다.(音
> 者, 所以調聲也. 未聞音出而響過其聲者也.)"라고 했다. 「악기(樂記)」의 소(疏)
> 에서는, "입에서 처음으로 단일하게 나오는 것을 성(聲)이라 하고,
> 여럿이 합쳐져 장(章)을 이룬 것을 음(音)이라 한다.(初發口單出者謂之
> 聲, 眾和合成章謂之音.)"라고 했다. 『악기』에서는 "음(音)이라는 것은 사

---

44 허신의 문자에 관한 해석은 모두 『설문해자주』제3권(상편)의 「음(音)부수」에 근거했다.

람에게서 생긴다. 정(情)이 그 속에서 움직이므로 소리[聲]에서 형성되며, 소리[聲]가 글[文]을 이루는 것을 음(音)이라고 한다."라고 했다. 또 "음(音)의 일어남은 사람의 마음에서 생긴다. 사람 마음의 움직임은 사물이 그렇게 만드는 것이며, 사물에 감동을 받아 움직이게 되는 것이다. 그래서 소리[聲]에서 형성된다. 소리[聲]가 서로 호응하므로 변화가 생긴다. 변화들이 질서 있는 구조를 형성하기에 음(音)이라 한다."라고 했다.(凡音者生於人者也. 情動於中故形於聲, 聲成文謂之音. 又云: 凡音之起, 由人心生也. 人心之動, 物使之然, 感於物而動, 故形於聲. 聲相應, 故生變, 變成方, 謂之音.)[45]

그러면 다시 '악(樂)'에 대해서 살펴보자. 경학가들은 '악(樂)'도 '조화(調和)'의 기능이 있다고 보았는데, 이것이 유학자들이 특히 음악을 중시했던 까닭이다.

『설문』에서는 '악(樂)'자를 「목(木)」부수에 두었으며, 의미 부류에 따라 서로 차례 매김 해 두었는데, 다음과 같은 '의미장'을 가진다.

악(樂): 오성(五聲)과 팔음(八音)의 총칭이다. [윗부분은] 북(鼓鞞)의 모습을 형상했고, [아랫부분의] 목(木)은 악기를 거는 틀(虡)을 상징한다.(樂: 五聲八音總名. 象鼓鞞. 木, 虡也.)

포(枹): 북을 치는 나무막대 즉 북채(擊鼓杖)를 말한다. 목(木)이 의미부이고 포(包)가 소리부이다.(枹: 擊鼓杖也. 从木包聲.)

강(椌): 축(柷)이라는 타악기를 말한다. 목(木)이 의미부이고 공(空)이 소리부이다.(椌: 柷樂也, 从木空聲.)

축(柷): 악기(樂)로, 나무로 만들었으며 속이 비었다. [이 악기는] 음악

45 『說文解字義證』제8권「音部」.

을 정지시켜 리듬을 조절하는 데 쓴다. 목(木)이 의미부이고, 축
(祝)의 생략된 부분이 소리부이다.(柷: 樂, 木空也. 所以止音爲節. 从木,
祝省聲.)

201 藥(藥)　202 艸(艸)　203 樂(樂)　204 瓅(瓅)　205 療(療)

　　주준성은 '악(樂)'자에 대해 이렇게 뜻풀이했다. "오성(五聲)과 팔음(八
音)을 서로 나열하여 음악이 이루어진다. 『예기·악기(樂記)』에서 '음악이라
는 것은 천지의 조화이다.'라고 했다. 이 때문에 '악(樂)'자는 자연히 '조절
하여 구제한다.(調理救濟)'는 의미를 가지게 되었다."

　　약(藥): 병을 낫게 하는 풀을 말한다. 초(艸)가 의미부이고 악(樂)이
　　　　　소리부이다. 『주례』에서 이르길, "질의(疾醫)는 오미(五味)와
　　　　　오곡(五穀)과 오약(五藥)으로 질병을 다스린다."라고 했다.(藥:
　　　　　治病艸. 从艸, 樂聲. 『周禮』: 疾醫以五味五穀五表藥養其病.)

　　역(瓅): 적력(玓瓅) 즉 구슬의 색이 반짝거림을 말한다. 옥(玉)이 의미
　　　　　부이고 락(樂)이 소리부이다. 내 생각에는 첩운(疊韻)으로 된
　　　　　연어(連語)이다.(瓅: 玓瓅也. 从玉樂聲. 按疊韻連語.) **46**

　　요(療): '치료하다'라는 뜻이다. 녁(疒)이 의미부이고 락(樂)이 소리부
　　　　　이다. 내 생각에, 병을 치료하다는 뜻이다. 『주례』에서 상의
　　　　　(傷醫)는 오독(五毒)으로 병을 치료한다고 했다.(療: 治也. 从廣

---

46 필자의 생각에, 의미가 '作料'로 바뀐 것은 실제로 한 단어에 대한 다른 형태로, '作料'
로의 사용은 바로 조미(調味)를 말한다.

樂聲. 按謂治病,『周禮』傷醫: 凡療傷以五毒攻之.)⁴⁷

47 『說文通訓定聲』제7권「小部」.

유학 문장文章 정신의 실현

중국의 유학에는 문통(文通)과 도통(道通)에 관한 유구한 역사가 존재하는데, "문장에 도를 담는다.(文以載道)"라는 말은 줄곧 경학자들이 문장의 정신에 관해 기본적으로 표현하는 말이었다. 그러므로 예로부터 유학 사상의 체계에서는 '문장(文章)'의 의미를 대단히 중시했다. 이는 일반적으로 자주 언급되는 표현이기에 다시 논하지 않겠다. 다만 여기서 주목하고자 하는 것은, 유학체계에서의 중국의 문장 정신에 대한 표현이 중국의 문자 체계와 서로 연결되어 있다는 독특한 특징에 관한 부분이다.

복식服飾 기능

'문장(文章)'은 '의상(衣裳)'과 발생적으로 관계를 맺는다. 다시 말해 '의상'은 곧 '문장'의 기능을 가지고 있다. 예술에 대해 논의한 『관추편』에서는 첫 권에서 경학[經部]의 으뜸인 『주역』의 근본적인 취지에 대해서는 논의하지 않고, 오히려 여러 경전에 보이는 뜻풀이로서의 '의상(衣裳)'이라는 두 글자에 대한 고증으로부터 시작하고 있다. 그런데도 전체적인 큰 쓰임이 모두 그 속에 드러나고 있는데, 이는 우리가 잘 알고 있는 익숙한 예이다.

『예기·악기(樂記)』에서는 "의지하는 것을 넓히는 것을 배우지 않으면 편안한 시를 쓸 수 없다.(不學博依, 不能安詩.)"라고 하였는데, 정현은 이에 대해 "넓게 비유해서 한 말이다. '의(依)'는 혹 '의(衣)'로 쓰기도 한다."라고 설명했다. 『설문』에서는 "의(衣)는 의지하다[依]는 뜻이다."라고 했으며, 『백호통·의상(衣裳)』에서는 "옷[衣]이라는 것은 숨기는[隱] 것을 말한다. 상(裳)이라는 것은 막는[障] 것을 말한다."라고 했다. 숨긴다[隱]는 것은 드러낸다[顯]는 말과 대칭되는 말로서, 드러내어 직접 말하지 않고 에둘러 비유해 말한다는 뜻이다. 『여람(呂覽)·중언(重言)』의 "성공가(成公賈)가 '임금에게 저주[讔]가 내리길 바란다.'라고 했다."는 말과 『사기·초세가(楚世家)』의 "오거(伍擧)가 '원하건대 진언(進隱)하길 바란다.'라고 했다."는 말에 대해, 배인(裴駰)은 "그 뜻을 숨기고 감춘다는 것을 말한다."라고 풀이했다. 『사기·골계열전(滑稽列傳)』에서 말한 "순우곤(淳於髡)이 숨기길[隱] 좋아했다.”라는 말이 바로 이를 뜻한다. 『한서·동방삭전(東方朔傳)·찬(贊)』에서는 “은둔하며 세상을 즐기니(依隱玩世) …… 그 골계(滑稽)의 웅자함이여!”라는 말이 있는데, “의(依)는 조정에 나가는 것을 꺼려 숨는다는 말이다.(依違朝隱.)”라고 해석한 순우곤의 주석처럼, 알지 못한 채 억지로 해석했을 뿐이다.

『문심조룡·해은(諧隱)』편에서의 ‘내원위배(內怨爲俳)’라는 말과 상주파(常州派)들이 사(詞)를 논의할 때 사용한 ‘의내언외(意內言外)’[1] 등은 모두 은(隱)에 속하는 것들이다. 『예기』의 「곡례(曲禮)」와 「내칙(內則)」에는 모두 ‘불이은질(不以隱疾)’이라는 말이 있는데, 정현은 모두 ‘옷 속에 감추어진 병(衣中之疾)’이라고 주석했다. 옷(衣)이라는 것은 감추어 줄 수 있기 때문이다.(『禮記·樂記』: “不學博依, 不能安詩”, 鄭玄注: “廣譬喩也, ‘依’或爲‘衣’.”『說文』: “衣, 依也”; 『白虎通·衣裳』: “衣者隱也, 裳者障也.” 夫隱爲顯之反, 不顯直道而曲喩罕譬; 『呂覽·重言』: “成公賈曰: ‘願與君王讔’”, 『史記·楚世家』作“伍擧曰: ‘願有進隱’”, 裴駰集解: “謂隱藏其意”; 『史記·滑稽列傳』: “淳於髡喜隱”, 正此之謂. 『漢書·東方朔傳·贊』: “依隱玩世, …… 其滑稽之雄乎”, 如淳注: “依違朝隱”, 不知而强解耳. 『文心雕龍·諧隱』篇之“內怨爲俳”, 常州派論詞之“意內言外”, 皆隱之屬也. 『禮記』之『曲禮』及『內則』均有“不以隱疾”之語, 鄭注均曰: “衣中之疾”, 蓋衣者, 所以隱障.)

그러나 옷은 또 화려하게 장식하는 것에도 이용될 수 있다. 『예기·표기(表記)』에서는 “의복으로 그것을 옮길 수 있다(衣服以移之)”라고 했는데, 정현은 “옮긴다[移]는 것은 넓힌다[廣大]는 뜻이다.”라고 주석했으며, 공영달은 『소(疏)』에서 “그것을 존엄하게 만든다는 뜻이다.”라고 했다. 이는 옷[衣]이라는 것이 ‘옮길[移] 수 있기’ 때문이다. 그러므로 “입으면 몸의 치장이 된다(服爲身之章)”. 『시경·후인(候人)』에

---

1 謝章鋌, 『賭棋山莊詞話』속집 제5권 참조.

서는 "저 간사한 자들, 그들 옷이 행동과 안 어울리네.(彼其之子, 不稱 其服.)"라고 나무랐다. 『중용(中庸)』에서는 "비단옷을 입을 때 홑옷을 숭상하는 것은 그 무늬가 드러나는 것이 싫어서이다.(衣錦尙絅, 惡其文 之著也.)"라고 했는데, 정현은 이에 대해 "무늬와 장식을 드러나 보이 게 하기 위함이다.(爲其文章露見)"라고 설명했다. 『맹자·고자(告子)』에 서는 "훌륭한 명성과 광대한 찬사가 자신의 몸에 더해지기 때문에, 다른 사람의 비단옷을 원하지 않는 것이다.(令聞廣譽施於身, 所以不願人 之文繡也.)"라고 했는데, 조기(趙歧)는 이에 대해 "문수(文繡)는 수가 놓 인 비단옷을 말한다.(文繡, 繡衣服也.)"라고 주석하여, 향기로운 명성이 멀리 퍼져나가는 것을 화려한 옷으로 사람들에게 뽐내는 것으로 비 유하였다. 『논형·서해(書解)』에서는 "문덕(文德)이라는 것은 세상의 복장을 말한다. 글자에만 나타나면 문(文)이 되고, 실제로 행하면 덕 (德)이 되며, 이를 옷에 붙이면 복(服)이 된다. 의복으로 현명한 사람 을 구별하는데, 현명함은 문장으로 차이가 난다.(夫文德, 世服也. 空書爲 文, 實行爲德, 著之於衣爲服. 衣服以品賢, 賢以文爲差.)"라고 했으며, 또 봉황 의 깃털과 호랑이 털의 다양함을 들어 비유하였다. 즉, 몸을 숨기는 것이 이목을 끌기 위한 도구가 되며, 스스로를 가리는 것은 오히려 드러내는 효과가 있다. 상반되는 것으로 서로 이루어져, 같은 본질 에서 다르게 사용된다. 시에서는 넓게 비유하여 사물을 통해 감정 을 나타낸다. 그 의미는 분명히 뛰어나지만, 옷이 숨기고 가리는 것 과 같다. 그 말은 환하게 두드러지는데, 옷이 끌어당기고 드러내는 것과 같다. '의(衣)'라는 한 글자로, 심오한 생각과 문장들을 함께 포 괄하고 있다. 이는 뜻이 서로 분리되는 것과 동시에 합해지는 것으 로, 예술을 논하는 이들에게 흥미로운 주제가 될 수 있을 것이다.(然 而衣亦可資炫飾, 『禮記·表記』: "衣服以移之", 鄭注: "移猶廣大也", 孔疏: "使之尊嚴 也." 是衣者, "移" 也, 故"服爲身之章". 『詩·候人』譏"彼其之子, 不稱其服"; 『中庸』:

"衣錦尚絅, 惡其文之著也", 鄭注: "爲其文章露見";『孟子·告子』: "令聞廣譽施於身, 所以不願人之文繡也", 趙歧注: "繡衣服也." 明以芳聲遠播擬於鮮衣炫眾;『論衡·書解』: "夫文德, 世服也. 空書爲文, 實行爲德, 著之於衣爲服. 衣服以品賢, 賢以文爲差", 且舉鳳羽虎毛之五色紛綸爲比. 則隱身適成引目之具, 自障偏有自彰之效, 相反相成, 同體歧用. 詩廣譬喻, 托物寓志: 其意恍兮躍如, 衣之隱也, 障也; 其詞煥乎斐然, 衣之引也, 彰也. 一"衣"字而兼概沉思翰藻, 此背出分訓之同時合訓也, 談藝者或有取歟.)

먼저 간단한 설명부터 덧붙이고자 한다. '의(衣)'와 '의(依)'는 동원자(同源字)로, '의(衣)'라고 이름 붙여진 것은 바로 '기대다[依]'는 쓰임이 있었기 때문이다.『설문·인(人)부수』에서는 "의(依)는 기대다[倚]는 뜻이다. 인(人)이 의미부이고 의(衣)가 소리부이다.(依, 倚也. 从人衣聲.)"라고 했다. 또 '의(衣)', '의(依)', '은(隱)'자들도 모두 동원(同源) 관계를 형성하고 있다. 즉, '의(衣)'와 '은(隱)'은 모두 영모(影母)에 속하는 글자들이고, 운부(韻部)도 '문(文)'과 '미(微)'에 속하여 음양대전(陰陽對轉)의 관계에 있다. 그리고 '은(隱)'은 '의(依)'라는 기능이 있는데,『집운·준(稕)운』에 "은(隱)은 의거하다[據]는 뜻이다.(隱, 據也.)"라고 했다.『예기·단궁(檀弓)』(하편)에서도 "그곳은 높아서 기댈 수 있다.(其高可隱也)"라고 했는데, 이에 대해 정현은 "은(隱)은 기대다[據]는 뜻이다.(隱, 据也.)"라고 주석했다. '탁자에 기대어 눕다(隱几而臥)'는 성어는 바로 '의궤이와(依几而臥)'를 말한다.

『관추편』에서 제일 먼저 집어낸 것은 뜻밖에도 '의(衣)'자의 품목(品目)이었다. 여러 경전에서의 '의(衣)'자의 뜻풀이를 연결시킨 것은 중국의 '의(衣)'자의 어원학적, 훈고학적 의미에서의 심오한 함의를 드러내는 것이며, 이 '의(衣)'자 한 글자의 뜻풀이로부터 상반되면서도 서로 잘 어울리는─'몸통은 같으면서 쓰임은 서로 다른(體同用背)' 중국 고전철학의 깊은 의미를 분명하게 드러내고 있다. 또한, 세심하게 집대성한 사변(思辨)적 사고들을 주소(注疏)라는 형태 속에 녹여 넣은 중국의 학술 전통을 들추어내는 것뿐만 아니라, 중국의 예의를 중시하는 문명의 정신도 구현하였다.

그러나 여기에만 그친 것이 아니라, 바로 이러한 '같은 글자의 함의가 서로 배치되는 뜻으로 함께 쓰이는' 것을 통해 '이질(異質) 속에 같은 구조를 존속시키는 도(道)', '다른 정서 속에서도 서로 관통하는 정서를 가진', 그리고 '글자가 가진 여러 의미로부터 이치는 일관된다는 점을 충분히 보여줌'으로써 중국 경학(經學) 체계 속의 그 오묘하고 알기 어려운 고대의 글짓기와 예술 행위의 정신을 설명해 내었다. 그리하여 문장의 결말에 가서는 본래의 취지로 돌아가, 더욱 진일보한 모습으로 다음과 같이 말했다.

『당척언(唐摭言)』제10권에서는 조목(趙牧)이 이하(李賀)를 모방하여 시를 지었는데, "문장이 정교하고 아름다우며 구성이 치밀하였다고 할만하다(麤金結繡)"라고 했고, 또 유광(劉光)이 이하(李賀)를 많이 흠모하여 단가(短歌)를 하였는데, "더더욱 감정이 매몰되어 있다 하겠다.(尤能埋沒意緒.)"라고 했다. 이는 마침 '의(衣)'자의 두 가지 뜻으로 풀이할 수 있다. 『관자·군신(君臣)』(하편)에서는 "의복으로써 깃발을 만들 수 있다.(旌之以衣服)"라고 하였는데, 이에 대해 윤(尹)씨는 "의복이란 귀천을 드러내는 바이다.(衣服所以表貴賤也.)"라고 주석했다. 『관자』에서의 '정(旌)'자는 『중용』에서의 '저(著)'자와 같다. 윤(尹)씨의 주석에서 '드러내다[表]'라고 한 것은 정현의 주석에서 말한 '드러내다[露見]'와 같은 것이다.(『唐摭言』卷十稱趙牧效李賀爲歌詩, "可謂麤金結繡", 又稱劉光遠慕李賀爲長短歌, "尤能埋沒意緒"; 恰可分詁"衣"之兩義矣. 『管子·君臣』下: "旌之以衣服", 尹注: "衣服所以表貴賤也." 『管子』之"旌"字與『中庸』之"著"字同, 尹注言"表", 猶鄭注言"露見"也.)[2]

---

2 舒展選 編, 『錢鍾書論學文選』제1권(花城出版社, 1990), 5~6쪽.

『설문』에서 관련 부류(部類)를 살펴보면, '장(障)'과 '창(彰)'은 동원자(同源字)이다.

> 장(障): 가리다[隔]는 뜻이다. 부(阜)가 의미부이고 장(章)이 소리부이다.(障: 隔也, 从阜章聲.)(「부(阜)부수」)
>
> 창(彰): 무늬가 드러나다[文彰]는 뜻이다. 삼(彡)과 장(章)이 의미부이며, 장(章)은 소리부의 역할도 한다.(彰: 文彰也, 从彡从章, 章亦聲.)(「삼(彡)부수」)

'장(障)'자를 설명하려면 먼저 '드러나는 것[彰]'이 존재해야만 한다. 그렇지 않으면 '감추다[障]'는 말이 필요 없다. '의(衣)'자에 대한 여러 경전에서의 옛 뜻풀이는, 문장(文章) 정신에 대한 유학자들의 사유 논리를 충분히 잘 보여주고 있다. 또한, 이로부터 중국에서의 문예(文藝)의 특징을 체득하게 만들어 준다. 한번 생각해 보라. 이러한 방법이 아니라면 결국엔 이처럼 세밀하게 논의하기 어렵지 않겠는가.

인체에서 의복은 몸의 가리개이다. 이 때문에 선진(先秦) 시기의 문헌들에서 '복식(服飾)'에 관한 예절은 대단히 복잡했으며, '덕칭기복(德稱其服)'[3]이라는 가치 판단의 기준이 형성되기에 이르렀다. 이로부터 여러 경전의 뜻풀이에서 굴자(屈子)와 같은 부류들이 "재주를 드러내고 자기를 떠받든다.(露才揚己)"라는 불명예를 받으며 '덕불칭복(德不稱服: 옷이 그의 몸에 맞지 않다)'이라고 비난한 것을 볼 때마다, '기이한 복장(奇服)' 때문이라 생각된다. 후대 사람들이 덩달아 비난을 보냈던 것도 그 근거가 있었다. 그것은

---

3 (역주) '덕칭기복(德稱其服)'은 『시경·소아·채채권이(采采卷耳)』에 나오는 말이다. 여기서 '덕(德)'은 도덕을 의미하고, '칭(稱)'은 칭찬을 의미하며, '기복(其服)'은 그의 옷을 가리킨다. 이 문장 전체는 누군가의 도덕적 성격을 그의 옷처럼 칭찬한다는 뜻인데, 도덕적 성격에 대한 높은 칭찬과 존경을 표현한 말이다.

다름 아닌, 그 내면의 아름다움을 '드러내 밝히면(彰昭)' 도리어 '가려져 격리됨(障隔)'을 당한다는 것이다. 유학자들의 눈에, '의상(衣裳)'이라는 복식은 원래부터 '몸을 드러내는(彰體)' 기능 외에도 '몸을 가리는(障體)' 이중적 문화성을 가지고 있기 때문이다.

필자는 『설문·멱(糸)부수』에 있는 비단 짜기와 관련된 대량의 글자들 속에 '색채'를 지칭하는 섬세하고 복잡한 의미장이 구축되어 있다는 점에 주목하였다.

> 환(紈): 흰 비단을 말한다. 멱(糸)이 의미부이고 환(丸)이 소리부이다.(紈: 素也. 从糸丸聲.)
>
> 기(綺): 무늬가 놓인 비단을 말한다. 멱(糸)이 의미부이고 기(奇)가 소리부이다.(綺: 文繒也, 从糸奇聲.)
>
> 전(縛): 새하얀 비단을 말한다. 멱(糸)이 의미부이고 전(專)이 소리부이다.(縛: 白鮮色也. 从糸專聲.)
>
> 호(縞): 흰색 비단을 말한다. 멱(糸)이 의미부이고 고(高)가 소리부이다.(縞: 鮮色也. 从糸高聲.)
>
> 만(縵): 무늬가 들지 않은 비단을 말한다. 멱(糸)이 의미부이고 만(曼)이 소리부이다.(縵: 繒無文也. 从糸曼聲.)
>
> 수(繡): 다섯 가지 색깔이 다 갖추어진 자수를 말한다. 멱(糸)이 의미부이고 숙(肅)이 소리부이다.(繡: 五采備也. 从糸肅聲.)
>
> 현(絢): 『시경』에서 "흰색 바탕이 무늬를 더욱 빛나게 하는구나."라고 했다. 멱(糸)이 의미부이고 순(旬)이 소리부이다.(絢: 『詩』云: "素以爲絢兮." 从糸旬聲.)
>
> 회(繪): '다섯 가지 색깔을 합쳐서 수를 놓다'라는 뜻이다. 『우서(虞書)』에서 "산과 용과 꽃과 벌레로 무늬를 만든다."라고 했다. 『논어』에서도 "그림은 흰색 바탕 위에다 채색을 더하는

법이다."라고 했다. 멱(糸)이 의미부이고 회(會)가 소리부이다.(繪: 會五釆繡也.『虞書』曰: 山龍華蟲作繪.『論語』曰: 繪事後素. 从糸會聲.)

처(綼): 흰색 비단에 무늬를 놓은 모양을 말한다.『시경』에서 "얼룩덜룩 아름답게, 조개 무늬 비단이 짜였네.(萋兮斐兮, 成是貝錦.)"라고 했다. 멱(糸)이 의미부이고 처(妻)가 소리부이다.(綼: 白文皃.『詩』曰: "綼兮斐兮, 成是貝錦." 从糸妻聲.)

미(絾): 무늬를 수놓은 것이 가는 쌀을 모아 놓은 것과 같은 것을 말한다. 멱(糸)과 미(米)가 의미부이며, 미(米)는 소리부도 겸하고 있다.(絾: 綉文如聚細米也, 从糸从米, 米亦聲.)

견(絹): 청보리 색을 띤 비단을 말한다. 멱(糸)이 의미부이고 연(肙)이 소리부이다.(絹: 繒如麥稍. 从糸肙聲.)

록(綠): 청황색을 띤 비단을 말한다. 멱(糸)이 의미부이고 록(彔)이 소리부이다.(綠: 帛青黃色也, 从糸彔聲.)

표(縹): 청백색을 띤 비단을 말한다. 멱(糸)이 의미부이고 표(票)가 소리부이다.(縹: 帛青白色也. 从糸票聲.)

육(綪): 청색의 날실과 청백색의 씨실로 짠 비단을 말한다. 일설에는 육양(育陽) 지역에서 나는 염색한 베를 말한다고도 한다. 멱(糸)이 의미부이고 육(育)이 소리부이다.(綪: 帛青經縹緯, 一曰育陽染也, 从糸育聲.)

주(絑): 순수한 적색을 말한다.『우서(虞書)』에서 단주(丹朱)의 주(朱)자가 이와 같다고 했다. 멱(糸)이 의미부이고 주(朱)가 소리부이다.(絑: 純赤也.『虞書』"丹朱"如此. 从糸朱聲.)

훈(纁): 옅은 붉은색 즉 분홍색을 말한다. 멱(糸)이 의미부이고 훈(熏)이 소리부이다.(纁: 淺絳也. 从糸熏聲.)

출(絀): 짙은 붉은색을 말한다. 멱(糸)이 의미부이고 출(出)이 소리부이다.(紬: 繒也, 从糸出聲.)

강(絳): 매우 진한 붉은색을 말한다. 멱(糸)이 의미부이고 강(夅)이 소리부이다.(絳: 大赤也. 从糸夅聲.)

진(縉): 붉은색 비단을 말한다. 멱(糸)이 의미부이고 진(晉)이 소리부이다.(縉: 帛赤色也. 从糸晉聲.)

천(綪): 붉은색 비단을 말한다. 꼭두서니 풀로 색을 들였기 때문에 천(綪)이라 한다. 멱(糸)이 의미부이고 청(靑)이 소리부이다.(綪: 赤繒也. 以茜染, 故謂之綪. 从糸靑聲.)

제(緹): 주황색 비단을 말한다. 멱(系)이 의미부이고 시(是)가 소리부이다.(緹: 帛丹黃色. 从系是聲.)

전(縓): 적황색 비단을 말한다. 한 번 색을 들인 것을 전(縓)이라 하고, 두 번 들인 것을 정(赬)이라 하고, 세 번 들인 것을 훈(纁)이라 한다. 멱(糸)이 의미부이고 원(原)이 소리부이다.(縓: 帛赤黃色. 一染謂之縓, 再染謂之赬, 三染謂之纁. 从糸原聲.)

자(紫): 청적색 비단을 말한다. 멱(糸)이 의미부이고 차(此)가 소리부이다.(紫: 帛青赤色. 从糸此聲.)

홍(紅): 적백색 비단을 말한다. 멱(糸)이 의미부이고 공(工)이 소리부이다.(紅: 帛赤白色. 从糸工聲.)

총(總): 청색 비단을 말한다. 멱(糸)이 의미부이고 총(蔥)이 소리부이다.(總: 帛青色. 从糸蔥聲.)

감(紺): 깊은 청색을 띠면서 붉은색 빛이 나는 비단을 말한다. 멱(糸)이 의미부이고 감(甘)이 소리부이다.(紺: 帛深青揚赤色. 从糸甘聲.)

기(綥): 쑥색의 푸른 비단을 말한다. 멱(糸)이 의미부이고 비(畀)가 소리부이다.(綥: 帛蒼艾色. 从糸畀聲.)

조(繰): 감색 비단을 말한다. 혹자는 진한 감색 비단을 말한다고도 한다. 멱(糸)이 의미부이고 소(喿)가 소리부이다.(繰: 帛如紺色. 或曰: 深繒. 从糸喿聲.)

치(緇): 검은색 비단을 말한다. 멱(糸)이 의미부이고 치(甾)가 소리부이다.(緇: 帛黑色也. 从糸甾聲.)

삼(纔): 참새 머리색을 띤 비단을 말한다. 일설에는 약한 검은색이라고도 한다. 감색과 비슷하나, 삼(纔)은 더 연한 색이다. 멱(糸)이 의미부이고 참(毚)이 소리부이다.(纔: 帛雀頭色. 一曰微黑色, 如紺. 纔, 淺也. 从糸毚聲.)

담(緂): 오추마, 즉 검푸른 털에 흰색 털이 섞인 말 색깔의 비단을 말한다. 멱(糸)이 의미부이고 섬(剡)이 소리부이다.(緂: 帛雕色也. 从糸剡聲.)

려(綟): 강아지풀로 물들인 색이 나는 비단을 말한다. 멱(糸)이 의미부이고 려(戾)가 소리부이다.(綟: 帛戾艸染色. 从糸戾聲.)

부(紑): 깨끗하고 선명한 흰옷의 모습을 말한다. 멱(系)이 의미부이고 불(不)이 소리부이다.(紑: 白鮮衣皃. 从系不聲.)

담(綅): 깨끗하고 선명한 흰옷의 모습을 말한다. 멱(糸)이 의미부이고 염(炎)이 소리부이다. 이는 의복의 색깔이 선명함을 말한 것이다.(綅: 白鮮衣皃, 从糸炎聲. 謂衣采色鮮也.)

수(繻): 채색 비단을 말한다. 멱(糸)이 의미부이고 수(需)가 소리부이다. 『역경』에서 말한 "수유의(繻有衣)"라고 할 때의 수(繻)와 같이 읽는다.(繻: 繒采色. 从糸需聲. 讀若『易』"繻有衣".)

욕(縟): 번잡한 오색 무늬를 말한다. 멱(糸)이 의미부이고 욕(辱)이 소리부이다.(縟: 繁采色也. 从糸辱聲.)

『설문신부(新附)』에서도 부분적으로 '색채'와 관련된 내용이 나온다.

상(緗): 옅은 황색의 비단을 말한다. 멱(糸)이 의미부이고 상(相)이 소리부이다.(緗: 帛淺黃色也. 从糸相聲.)

비(緋): 붉은색 비단을 말한다. 멱(糸)이 의미부이고 비(非)가 소리부이다.(緋: 帛赤色也. 从糸非聲.)

추(緅): 청적색 비단을 말한다. 멱(糸)이 의미부이고 취(取)가 소리부이다.(緅: 帛青赤色也. 从糸取聲.)

「소(素)부수」에서도 마찬가지이다.

소(素): 흰색으로 된 가는 비단을 말한다. 멱(糸)과 수(㠯)가 모두 의미부인데, 반들반들한 윤기가 아래로 퍼지다는 의미를 가져왔다.(素: 白緻繒也. 从糸㠯, 取其澤也.)

위에서 열거한 구체적인 예들을 통해, 고대 중국인 복식의 색상과 그 종류에 대한 세심한 관찰력과 분별력을 분명히 알 수 있다. 그리고 고대인들이 색상을 나타내는 '일반적인 명칭[共名]'이, 실제로는 구체적인 복식의 색상을 나타내는 '특별한 명칭[別名]'에서 유래했음을 발견할 수 있다. 예컨대 앞서 든 예들의 배열을 통해, 다음과 같은 사실을 알 수 있다.

'단(丹)', '청(青)', '주(朱)', '홍(紅)'과 같은 색상들은 '일반적인 명칭[共名]'인데, 그중 '단청(丹青)'이라고 할 때의 '청(青)'의 원래 글자는 '천(綪)'임이 분명하다. 『설문·청(青)부수』에서는 "동쪽을 상징하는 색깔이다. 목(木)은 화(火)를 일으킨다. 생(生)과 단(丹)이 의미부이다. '단청지신(丹青之信)'은 반드시 그러해야 함을 뜻한다.(東方色也, 木生火, 從生丹, 丹青之信言象然.)"라고 했다. 『속고일총서(續古逸叢書)』에서는 북송 때의 판본을 영인했는데, 거기서는 '상연(象然)'이 '필연(必然)'으로 되어 있다. 오행설과 합쳐진 것은 후대의 일임이 분명하다.

또 '주홍(朱紅)'이라고 할 때의 '주(朱)'의 원래 글자도 '주(絑)'가 되어야 옳을 것이다. 『설문』에 수록된 '주(朱)'자는 「목(木)부수」에 귀속되어 있으며, 그 구조를 "목(木)이 의미부이고 일(一)이 그 속에 있는 모습이다.(从木, 一在其中.)"라고 하여 '지사자'로 보았다. 곽말약도 『금문총고(金文叢考)』에서 이렇게 말했다.

주(朱)는 주(株)자의 처음 글자이다. '본(本)', '말(末)' 등과 같은 의미이다. …… 금문에서는 '목(木)'자 속에다 둥근 점으로써 그곳을 표시했는데, 이는 지사자의 좋은 예가 된다. 가로획[一]은 둥근 점이 변한 것이다. 두 횡으로 된 것은 아랫부분과 윗부분은 잘라버리고 그 중간 부분만 남겼다는 말이다.

고대 중국에서 색상을 나타내는 문자 체계는 대부분 '멱(糸)'으로 의미부를 충당해 왔다. 예컨대, 『설문·멱(糸)부수』에서 "멱(糸)은 가는 실을 말한다. 묶은 실타래를 그렸다.(糸, 细丝也, 象束丝之形.)"라고 했다. '사(絲)'는 복식의 재료이며, 고대 사람들은 이를 가지고 색상을 표현했는데, '사(絲)'가 색채를 더하는 주요 대상이었기 때문에, '사물을 보고 형체를 취하는 것 [觀物取象]'은 지극히 자연스러운 일이었다. 이는 사물의 본질적인 속성과 이치의 당연함에서 비롯된 것이다. 그렇다면 이렇게 묻지 않을 수 없을 것이다. 색상을 표시할 수 있는 사물이 매우 많은데, 고대 중국인들은 왜 굳이 색상과 그렇게 큰 관련이 없는 '멱(糸)'의 모습을 선택하여 대표로 삼았을까? 만약 위에 열거된 글자들을 육예에 관련된 여러 경전에서의 뜻풀이와 비교해 보면, 이러한 명물 원칙이 유학의 체계 속에 암묵적으로 규정된 고대 중국인들의 복색 제도, 복식 관습 등과의 내재적인 연관성을 바로 발견할 수 있다.

필자는 이렇게 생각한다. 『상서』를 보면 '당우상형(唐虞象刑)[4]'에 관한 기록이 있다. 오늘날 우리가 보고 있는 『13경주소(十三經注疏)』본에서는 '상이전형(象以典刑)'으로 되어 있다. 당(唐)나라 우세남(虞世南)의 『북당서초』에서는 '당우상형(唐虞象刑)'으로 적혀 있는 것을 인용하면서, "지금 진공보(陳恭甫)의 소증본(疏證本)제1권을 보면, 유본(俞本)에서 『상서·대순(大舜)』에 대해 '상이전형(象以典刑)'이라 주석을 달았는데, 이는 대단히 잘못된 것이다."라고 말했다. 이렇게 볼 때 당나라 이전에 이미 『상서』의 판본에는 위와 같이 서로 일치하지 않는 문제가 존재하고 있었음을 알 수 있다. 『북당서초』의 기록에 따르면, 당본(唐本)『상서』에는 적어도 다음과 같은 '상형(象刑)'의 구체적인 내용을 열거하고 있다. "묵형을 범한 자는 흰 수건을 씌운다.(犯墨者, 蒙帛巾)", "코를 베이는 형을 범한 자는 그 옷을 붉게 염색한다.(犯劓者, 赭其衣)", "정강이를 잘리는 형을 범한 자는 먹물로 잘린 정강이를 덮는다.(犯臏者, 以墨矇其臏)", "사형을 당한 자는 옷의 깃이 없는 베옷을 입힌다.(犯大辟者, 布衣無領)". 이들은 모두 복식의 색상과 관련이 있다. 또한, 이러한 책에서는 '3.상형(象刑)'이라는 부류 하에 「옷에 그림을 그리고 관을 다르게 하고 옷을 장식함(畫衣冠異章服)」이라는 조목을 모아 놓았는데, 교감자들은 이를 『한서』제23권에 보인다고 했다.[5]

지금 『한서·형법지(刑法志)』제3권을 살펴보면, 집록자들은 의미를 취하

---

4 (역주) 당(唐)나라와 요(堯), 우(虞), 순(舜)임금의 시대에는 옷이나 모자에 그림을 그려, 무늬가 특이한 복식으로 실제 육체를 대신한 상징적인 형벌로 사용하였다.

5 『北堂書鈔』제43권(中國書店, 1989), 123쪽. 또 『설문·삼(彡)부수』자들은 모두 '문식(文飾)' 과 관련되어 있다. 이에 관해서는 아래 글에서 서술하게 될 것이다. 그리고 일본의 한 학자는 『영국소장갑골문(英國所藏甲骨集)』의 1천9백23조(條)의 복사를 분석한 결과 '삼(彡)'은 주제(周祭)의 일종이라 했으며, '삼(彡)'자 바로 다음에 이어지는 것은 합사(合祀)를 뜻하는 '의(衣)'자이다. 이 두 글자 간의 관련은 '문식(文飾)'과 '복식(服飾)'의 관계가 오래된 것임을 보여주고 있다. 伊藤道治, 『王權與祭祀』(『中國國際漢學硏討會論文』에 수록) 참조.

기 위해 문장을 단편적으로 잘라내어 끊어 읽기도 제대로 살피지 않았을 뿐더러, 교감자들 역시 이 '상형(象刑)'의 제도가 대단히 오래된 것임을 밝혀내지도 못했다. 즉 "천자는 그 뜻을 불쌍하게 여겨, 마침내 명령을 내려 제조어사(制詔禦史)에게 말했다. '우(虞)임금 때, 「옷에 그림을 그리고 관을 다르게 하고 옷을 장식함(畫衣冠異章服)」으로써 살육을 대신하니, 백성들이 죄를 저지르는 일이 없었다. 이 어찌 다스림의 극치가 아니겠는가?'……"[6] 라고 했던 것이다.

또한 '긍정의 이미지'는 복식 제도에도 나타난다. 『상서·하서(夏書)』에서는 이렇게 말했다.

> 황제께서 말했다.……내가 옛사람들의 상징을 살펴보고자 한다. 일(日), 월(月), 성(星), 산(山), 용(龍), 화(華), 충(蟲), 작회(作會), 종이(宗彝), 조(藻), 화(火), 분(粉), 미(米), 보(黼), 불(黻), 치(絺), 수(繡). 다섯 가지의 채색으로 다섯 가지 색(色)에다 드러나게 하여 의복을 지었다.(帝曰: ……予欲觀古人之象: 日, 月, 星, 山, 龍, 華, 蟲, 作會, 宗彝, 藻, 火, 粉, 米, 黼, 黻, 絺, 繡, 以五采彰施於五色, 作服.)

『전(傳)』에서 이렇게 말했다.

> 상(象)의 의복제도를 본받아 드러내고자 한다. 태양, 달, 별은 삼진(三辰)이다. 화(華)는 초목의 꽃을 그렸으며, 충(蟲)은 꿩[雉]을 말한다. 삼진(三辰), 산, 용, 꿩을 의복과 깃발에다 그린다. 회(會)는 다섯 가지 채색을 말한다. 다섯 가지 채색으로써 이 그림을 완성한다는 말이다. 종묘(宗廟)에서 쓰는 제기[彝尊]도 산, 용, 꽃, 꿩으로 장식한다.

---

6 『漢書』(中華書局, 1962), 1098쪽.

회(會)의 독음은 호(胡)와 대(對)의 반절로써, 마융과 정현은 회(繪)로 적었다. 이(彝)의 독음은 이(夷)인데, 마융의 의견도 같다. 정현은 종이(宗彝)에는 호랑이를 그린다고 했다. 조(藻)는 수초 중에서 무늬가 있는 것을 말한다. 화(火)는 화(火)자를 말하며, 분(粉)은 속빙(粟冰) 같은 것이고, 미(米)는 취미(聚米) 같은 것이며, 보(黼)는 도끼 모양의 수를 말하며, 불(黻)은 이기(爾已)가 서로 등진 모양의 수를 말한다. 칡의 섬유로 짠 고운 베를 치(絺)라 하며, 다섯 가지 색이 다 갖추어진 것을 수(繡)라 한다. 조(藻)의 독음은 조(早)인데, 본래 조(薻)로도 적었다. 분미(粉米)를『설문』에서는 분미(黺粖)로 적었는데, 서(徐)씨[7]에서는 미(米)를 미(絊)로 적었다……흰색과 검은색으로 된 수를 보(黼)라 하고……검은색과 청색으로 된 수를 불(黻)이라 한다. 천자의 복식에는 일월(日月)이 새겨지고 제후(諸侯)는 용곤(龍袞)에서부터 보불(黼黻)에까지 이른다. 선비[士]는 조화(藻火)를 입으며, 대부(大夫)에게는 분미(粉米)가 더해진다. 윗사람은 아랫 사람의 것을 겸해서 입어도 되지만 아랫사람은 윗사람의 것을 침범해서는 안 된다. 다섯 가지 채색을 분명하게 다섯 가지 색상에다 시행함으로써, 존비(尊卑)를 나타내는 복식을 만들었다.(欲觀示法象之服制. 日月星爲三辰; 華象草華; 蟲, 雉也. 畫三辰山龍華蟲於衣服旌旗. 會, 五采也, 以五采成此畫焉. 宗廟彝尊亦以山龍華蟲爲飾. 會, 胡對反, 馬鄭作繪. 彝音夷, 馬同. 鄭云: 宗彝, 虎也. 藻, 水草有文者, 火爲火字, 粉若粟冰, 米若聚米, 黼若斧形, 黻爲爾已相背, 葛之精者曰絺, 五色備曰繡. 藻音早, 本又作薻; 粉米, 說文作黺粖, 徐米作絊……白與黑謂之黼……黑與靑謂之黻. 天子服日月而下諸侯, 自龍袞而下至黼黻, 土服藻火, 大夫加粉米. 上得兼下, 下不得僭上. 以五采明施於五色, 作尊卑之服.)[8]

---

7 대서본(大徐本)을 뜻한다.
8『尚書正義』제5권,『十三經注疏』(中華書局, 1980), 141쪽.

게다가 복식에는 '덕을 보좌하고 공을 드러내는(副其德, 彰其功)' 기능과 '인자함을 나타내고 능력을 빛내는(顯其仁, 光其能)' 기능이 있다. 이러한 부분에 대해서는 『북당서초』제127권의 「의관부(衣冠部)」에 기록해 둔 것을 살펴보기만 해도, 상응하는 지식을 얻을 수 있을 것이다.

문헌의 경우 다른 것들을 찾을 필요도 없이, 『설문』에 기록된 「불(市)부수」와 「치(黹)부수」의 귀속자들만 살펴보아도 색상이 복식에 기대고 있으며, 관련 사건도 많음을 분명하게 이해할 수 있다.

> 불(市): 폐슬[韠]을 말한다. 상고시대 때에는 옷을 입을 때 폐슬로 앞을 가렸는데, 슬갑으로 형상했다. 천자는 붉은 슬갑을, 제후는 진한 붉은색의 슬갑을, 대부는 비취색의 옥형을 사용했다. 건(巾)이 의미부인데, 기다란 띠 모양을 그렸다. 불(韍)은 불(市)의 전서체인데, 위(韋)도 의미부이고 발(犮)도 의미부이다.(韠也. 上古衣蔽前而已. 市以象之. 天子朱市, 諸侯赤市, 大夫葱衡. 从巾, 象連帶之形. 韍, 篆文市, 从韋从犮.)
>
> 갑(袷): 선비의 폐슬에는 앞치마는 없이 가죽바지만 있다. 모양은 술통 같은데, 사각을 깎아내 팔각처럼 되었다. 작변을 쓰고 예복을 입는데 색깔은 모두 적황색이다. 그것은 신분이 천하기 때문에 치마와 같은 색깔로 할 수 없기 때문이다. 불(市)이 의미부이고 합(合)이 소리부이다.(士無市有袷. 制如榼, 缺四角. 爵弁服, 其色靺. 賤不得與裳同. 从市合聲.)

단옥재가 인용한 경전의 주석에 따르면, 이러한 글자의 구조는 종종 그 명물(名物)의 근원을 나타낸다. '불(市)'의 아래에 "정현이 말하길, 필(韠)은 가리다[蔽]는 말이다.(鄭曰: 韠之言蔽也.)"라고 주석하였다. 그리고 그 이체자의 형체와의 연결은 또 그 형상과 질료(質料)를 나타낸다. 단옥재는 '불(市)'은 고문체로, '불(市)'에서 '불(韍)'로의 변화는 '가죽'에서 '견직물'로의 발전을 명확하게 보여준다고 여겼다. 또한 '갑(袷)'은 '합(合)'에서 이름을 받아, 단옥재는 "정현이 말하길, 가죽을 합하여 만든다고 했다. 즉, 형성이면서 회의를 겸할 수 있다.(鄭云, 合韋爲之. 則形聲可兼會意.)"라고 주석하였다. 앞에서 언급한 「멱(系)부수」의 귀속자들도 이러한 명물의 근원을 추적하는 특징을 보여주고 있다. 예를 들면 다음과 같은 것들이 있다.

회(繪): '다섯 가지 색깔을 합쳐서 수를 놓다'라는 뜻이다. …… 멱(系)이 의미부이고 회(會)가 소리부이다.(繪: 會五采繡也.……从系會聲.)

미(緻): 작은 쌀알을 모아 놓은 듯 세밀하게 놓은 수를 말한다. 멱(系)이 의미부이고 미(米)도 의미부인데, 미(米)는 소리부도 겸한다.(緻: 繡文如聚細米也. 从系从米, 米亦聲.)

견(絹): 청보리 색을 띤 비단을 말한다. 멱(系)이 의미부이고 연(肙)이 소리부이다.(絹: 繒如麥稍. 从糸肙聲.)

육(綪): 청색의 날실과 청백색의 씨실로 짠 비단을 말한다. 일설에는 육양(育陽) 지역에서 나는 염색한 베를 말한다고도 한다. 멱(糸)이 의미부이고 육(育)이 소리부이다.(綪: 帛青經縹緯. 一曰育陽染也. 从糸育聲.)

주(絑): 순수한 적색을 말한다. 『우서(虞書)』에서 단주(丹朱)의 주(朱)자가 이와 같다고 했다. 멱(糸)이 의미부이고 주(朱)가 소리부이다.(絑: 純赤也. 『虞書』 "丹朱" 如此. 从糸朱聲.)

위에서 든 예들은 모두 직접적으로나 간접적으로 경학자들이 명물의 흔적을 추적하기 위한 노력을 반영하고 있다. 또한 「치(黹)부수」는 복식의 색상과 가장 밀접한 관련이 있으며, 이를 통해 복식의 특별한 기능을 엿볼 수 있다.

치(黹): 바늘과 실로 바느질한 옷을 말한다. 폐(㡀)가 의미부이고, 착(丵)의 생략된 부분이 소리부이다. 자수를 한 무늬의 모습이다. 단옥재의 주석에 따르면, "『운회(韻會)』에는 '상자문야(象刺文也)'라는 이 4글자가 더 있다. 착(丵)은 무성히 자란 풀을 말하는데, 바늘과 실을 많이 닮았다."(黹: 箴縷所紩衣. 从㡀, 丵省. 象刺文也. 按段氏注: "『韻會』有此四字. 丵者, 叢生艸也. 鍼縷之多象之.")

초(黼): 온갖 화려한 색깔을 다 모은 색깔을 말한다. 치(黹)가 의미부이고, 차(盧)가 소리부이다. 『시경』에서는 "옷이나 깨끗이 입으려 하니(衣裳黼黼)"라고 했다.(黼: 合五采鮮色. 从黹盧聲. 『詩』曰: "衣裳黼黼.")

단옥재의 주석과 '초(黼)'자의 본의의 해석에 따르면, '옷차림이 단정하다(衣冠楚楚)'는 표현의 본자는 이 '초(黼)'자가 되어야 한다. "『시경·조풍(曹風)·부유(蜉蝣)』에는 '옷차림이 단정하다(衣裳楚楚)'라고 되어 있다. 『전(傳)』에서는 '초초(楚楚)'는 '선명한 모습'을 말한다고 했는데, 허신이 근거했던 판본이다. '초(黼)'는 정자이고, '초(楚)'는 가차자이다.(『曹風·蜉蝣』曰: 衣裳楚楚. 傳曰: 楚楚, 鮮明貌. 許所本也. 其正字, 楚其假借字也.)" '초(黼)'는 '차(盧)'가 소리부이며, '차(盧)'는 또 '차(且)'가 소리부이다. '차(且)'의 고대음은 청(淸)모 어(魚)운에 속하는데, '초(楚)'는 '소(疋)'가 소리부로 고대음이 초(初)모 어(魚)운에 속한다. 두 글자의 독음이 비슷하므로, 예들은 서로 통용되거나 가차할 수 있다.

불(黻): 검은색과 청색이 서로 순서를 이루는 무늬를 말한다. 단옥재는 "이는 『고공기(考工記)』에 있는 문장이다."라고 주석했다.(黻: 黑與青相次文. 段注: "『考工記』文.")

쵀(繀): 온갖 색깔을 다 모은 비단을 말한다. 치(黹)가 의미부이고 졸(卒)이 소리부이다.[9] 주준성(朱駿聲)은 주석에서 이렇게 말했다. "온갖 색깔을 다 모은 비단의 색깔을 말한다. 치(黹)가 의미부이고, 최(綷)의 생략된 부분이 소리부이다. 졸(卒)이 소리부이다[卒聲]라는 부분에 또한 최(綷)를 썼다. 『방언(方言)』제3권에서는 '최(綷)는 같다[同]는 뜻이다. 송(宋)과 위(衛)의 사이 지역에서는 최(綷)라고 말한다.'라고 하였다. 『대인부(大人賦)』에서는 '최(綷)는 대개 그러하다는 것을 말한다.'라고 하였는데, '합치다는 뜻이다'라고 주석하였다." 이 '쵀(繀)'자의 필획 구조도 명물(名物)의 근원을 나타내고 있다.(繀: 會五采繪也. 從黹卒聲.[10] 按朱駿聲注云: "會五采繪色. 從黹, 綷省聲. 按卒聲字亦作綷. 『方言』三: 綷, 同也, 宋衛之間曰綷. 『大人賦』: 綷云蓋如. 注: 合也."是'繀'字結體, 亦體示名物之原也.)[11]

분(黺): 임금 옷에 수놓은 산과 용과 꽃과 벌레를 말한다. 분(黺)은 '그림을 그리고 색을 칠하다[畫粉]'는 뜻이다. 치(黹)가 의미부이고 분(分)이 소리부이다. 단옥재는 주석에서 이렇게 말했다. 『고요모(皐陶謨)』에서는 일(日), 월(月), 성(星), 신(辰), 산룡(山龍), 화충(華蟲)을 그려 넣고(繪), 종이(宗彝), 조화(藻火), 분미(粉米), 보불(黼黻) 등을 수놓아 넣는다(絺繡). 정현은 주석에서 '그림을 그려 넣은 것을 회(繪)라 하고, 자수를 놓는 것을 수(繡)라고 한다. 그림[繪]과 자수[繡]에 각 여섯 가지가 존재한다.'라고 했다.(袞衣山龍華蟲. 黺, 畫粉也. 從黹分聲. 段

9 『說文解字注』제7권(하편).
10 『說文解字注』제7권(하편).
11 『說文通訓定聲·履部第十二』.

氏注:『皋陶謨』曰: 日, 月, 星, 辰, 山龍, 華蟲作繪. 宗彝, 藻火, 粉米, 黼黻
絺繡. 鄭注云: 畫者爲繪, 刺者爲繡. 繪與繡各有六.)[12]

청대의 훈고학자 뉴옥수(鈕玉樹)는『단씨설문주정서(段氏說文注訂序)』에
서 명확하게 "허신의『설문해자』판본 중 대도본(大都本)이 모든 것에서 가
장 앞선다.(許書解字, 大都本諸經籍之最先者.)"라고 명시하였다.『설문』에서 관
련 부류(部類)가 구축한 '복식의 색상'에 대한 '의미장'은 여러 경전의 옛
뜻풀이에서 상호 확인된다. 명물을 추적함으로써 고대 중국 사회에서 의
복의 색상이 지니는 존비(尊卑)를 분명하게 하고, 귀천(貴賤)을 구별하며,
계급을 나누고 신분을 표시하는 예의적 기능을 반영하고 있다. 이러한 복
합적인 함축은 고대 중국 사람들이 의복의 색상에 민감하고 중시하는 태
도에 결정적인 영향을 미쳤다. 이러한 민감성과 중시는 반대로 의복 색상
의 종류에 대한 인식과 그 기능의 확장을 촉진하였다.

이렇게 되어, 고대 중국인들은 다음과 같은 개념을 형성하게 되었다.
색상과 의복은 항상 특별히 밀접한 관련이 있다. 이러한 의식은 문자체계
에 투영되어, 형성구조의 방식으로 구성된 색깔을 나타내는 많은 글자가
모두 의복의 질료를 대표하는 '멱(系)'으로 의미 범주의 부호로 나타내게
되었다. 이를 종합적으로 관찰하면, 고전 문헌의 기록보다 더욱 뚜렷하게
발견될 것이다.

---

12 『說文解字注』제7권(하편).

문심조룡文心雕龍

『설문』에 따르면, '문장'에 대한 '의미장'은 주로 「삼(彡)부수」와 「문(文)부수」에 나타난다. 이 두 부수에 수록된 글자는 상대적으로 적기 때문에, 여기에서 종합적인 비교를 할 수 있을 것이다. 먼저 「삼(彡)부수」를 살펴보자.

> 삼(彡): 모발이나 수식이나 그림이나 무늬를 말한다. 상형이다. 삼
> (彡)부수에 귀속된 글자들은 모두 삼(彡)이 의미부이다.(彡:
> 毛飾畫文也. 象形. 凡彡之屬皆从彡.)
>
> 형(形): 형체를 본뜬 것을 말한다. 삼(彡)이 의미부이고 견(幵)이 소리
> 부이다.(形: 象形也. 从彡幵聲.)
>
> 수(修): '수식하다'라는 뜻이다. 삼(彡)이 의미부이고 유(攸)가 소리부
> 이다.(修: 飾也. 从彡攸聲.)
>
> 창(彰): '무늬가 빛나다'라는 뜻이다. 삼(彡)이 의미부이고 장(章)도
> 의미부인데, 장(章)은 소리부도 겸한다.(彰: 文彰也. 从彡从章, 章
> 亦聲.)
>
> 조(彫): '무늬를 새겨 넣다'라는 뜻이다. 삼(彡)이 의미부이고 주(周)
> 가 소리부이다.(彫: 琢文也. 从彡周聲.)
>
> 정(彭): '소박하게 꾸미다'라는 뜻이다. 삼(彡)이 의미부이고 청(青)이
> 소리부이다.(彭: 清飾也. 从彡青聲.)
>
> 목(彲): 정교하고 세밀한 무늬를 말한다. 삼(彡)이 의미부이고, 극(㒸)
> 의 생략된 모습이 소리부이다.(彲: 細文也. 从彡, 㒸省聲.)

채(彩): '무늬가 빛남'을 말한다. 삼(彡)이 의미부이고 채(采)가 소리
부이다.(彩: 文章也. 从彡采聲.)

문(彣): 화려한 색이 나는 무늬를 말한다. 삼(彡)이 의미부이고 문(文)
도 의미부이다. 문(彣)부수에 귀속된 글자들은 모두 문(彣)
이 의미부이다.(彣: 㦽也. 从彡从文. 凡彣之屬皆从彣.)

언(彦): 문채가 나는 선비를 말하는데, '다른 사람들이 칭송함'을 말
한다. 문(彣)이 의미부이고, 엄(厂)이 소리부이다.(彦: 美士有文,
人所言也. 从彣厂聲)

『설문』에서는 「문(彣)부수」를 단독으로 나열하여, 「삼(彡)부수」의 다음
에 두었으나, 그 속에는 '언(彦)'자 하나만 있을 뿐이다. 사실, 이는 하나의
부수에 병합될 수 있다. 다음으로 「문(文)부수」를 살펴보자.

문(文): 획을 교차시킨 획이라는 뜻이다. 교차된 무늬를 형상했
다. 문(文)부수에 귀속된 글자들은 모두 문(文)이 의미부이
다.(文: 錯畫也. 象交文. 凡文之屬皆从文.)

비(斐): 분별해 주는 무늬를 말한다. 문(文)이 의미부이고 비(非)가 소
리부이다. 『주역·혁괘(革卦)』에서 "군자는 표범과 같이 변화
하는데, 그의 문채가 분명하구나."라고 했다.(斐: 分別文也. 从
文非聲. 『易』曰: "君子豹變, 其文斐也.")

반(辬): 얼룩무늬를 말한다. 문(文)이 의미부이고, 변(辡)이 소리부이
다.(辬: 駁文也. 从文辡聲.)

리(嫠): 미세하게 그린 획을 말한다. 문(文)이 의미부이고 리(㛻)가 소
리부이다.(嫠: 微畫也. 从文㛻聲.)

『설문』에서 제시된 두 부수의 '의미장'을 보면, 고대 중국 경학자들의

'문장(文章)'의 내포에 대한 이해가 매우 광범위하였음을 알 수 있는데, 그들은 '천문(天文)', '지문(地文)', '인문(人文)'을 모두 아우르고 있다. 또한, 한자는 '문식(文飾)'이 우선적으로 '내용'을 함축하고 전달하는 것을 강조하는데, 이 점이 여러 경전의 옛 뜻풀이와 맥락을 같이 한다.

> 빈(份): '문질빈빈'이라는 뜻이다. 인(人)이 의미부이고 분(分)이 소리부이다. 『논어』에서 "문질빈빈(文質份份)"이라고 했다. 빈(份, 彬)은 빈(份)의 고문체인데, 삼(彡)과 림(林)으로 구성되었다. 림(林)은 분(焚)의 생략된 모습이 소리부이다.(文質備也, 从人分聲. 『論語』曰: "文質份份." 份(彬), 古文份从彡, 林. 林者, 从焚省聲.)(『설문·인(人)부수』)

고대 중국의 문헌에서 '문장(文章)'에 대한 서술은 매우 포괄적이다. 예를 들어, 『주역·분괘(賁卦)』에서는 "천문을 관찰하여 시간의 변화를 살피고, 인문을 관찰하여 세상을 변화시킨다.(觀乎天文, 以察時變; 觀乎人文, 以化成天下.)"라고 했다. 유협(劉勰)의 『문심조룡·정채편(情采篇)』에서는 다양한 사물의 교차되고 복잡한 양상을 모으고 분류하여 '문채'라는 이름으로 불렀는데, 이는 궁극까지 발휘되었다고 볼 수 있다.

고대 성현들의 저작들은 모두 '문장(文章)'이라 불린다. 이것은 그것들이 모두 문채를 갖추었기 때문이 아닐까? 물은 그 성질이 비어 있으면서도 파문을 일으킬 수 있고, 나무는 단단한 몸체를 가지면서도 꽃을 피울 수 있음을 볼 때, 문채는 특정한 실체에 의존해야 함을 알 수 있다. 호랑이나 표범의 털에 무늬가 없다면 개나 양의 털과 어떤 차이가 있는지 구별하기 어렵다. 코뿔소는 가죽을 가지고 있지만, 붉은색으로 칠해야 아름답다. 이는 물질이 아름다움을 필요로 하는 것이다. 작가의 사상과 감정을 표현하고, 사물의 형상을 묘사하며, 문자에 심혈을 기울여 조각한 후 문장을 구성하여 종이에 쓴다. 그것이 찬란하게 빛나는 이유는 바로 문채가 풍부하기 때문이다. 따라서 '문장'을 세우는 방법에는 세 가지 원칙이 있다. 첫 번째는 형태를 표현하는 문장으로, 다양한 색상이 그렇다. 두 번째는 소리를 표현하는 문장으로, 다양한 소리가 그렇다. 세 번째는 감정을 표현하는 문장으로, 다양한 성정이 그렇다. 각기 다른 색상이 어우러져 보불(黼黻)을 이루고, 다양한 소리가 뒤섞여 감미로운 음악을 이루며, 다양한 성정이 표현되어 우아한 작품을 이룬다. 이래야 시문이 정교하면서도 자연스러워진다.(聖賢書辭, 總稱文章, 非釆而何? 夫水性虛而淪漪結, 木體實而花蕚振, 文附質也. 虎豹無文, 則鞹同犬羊, 犀兕有皮, 而色資丹漆, 質待文也. 若乃綜述性靈, 敷寫器象, 鏤心鳥跡之中, 織辭魚網之上, 其爲彪炳縟釆名矣. 故立文之道, 其理有三: 一曰形文, 五色是也; 二曰聲文, 五音是也; 三曰情文, 五性是也. 五色雜而成黼黻, 五音比而成韶夏, 五情發而爲辭章, 神理之數也.)

유협은 '문(文)'의 근본이 '궁극적인 진리[原道]', '성스러움의 추구와 탐색[征聖]', '경전을 기준으로 삼음[宗經]'에 있으며, 이로부터 발생한다고 하였다. 『관추편』에서는 『모시(毛詩)』의 '바람이 불고 물이 흐르는 것처럼 자연스럽다(風行水上喩文)'라는 부분을 통해 그 안의 연관성을 처음으로 밝혀냈다.

"……황하 물 맑게 물놀이 치고 있네. ……황하 물 맑게 잔물결 지우고 있네.(……河水淸且漣猗. ……河水淸且淪猗)"[13]

---

13 (역주)『시경·위풍(魏風)·벌단(伐檀)』에 나오는 내용이다.

『전(傳)』에서는 "…… 바람이 불어 물에 잔물결이 이는 것을 '련(漣)'이라 한다. …… 산들바람에 물이 물결을 이루는 모습이 바퀴처럼 구르는 것 같다."라고 했다.

『문심조룡·물색(物色)』에서 "작작(灼灼)은 복숭아꽃의 환한 모습을, 의의(依依)는 버드나무의 모습을, 고고(杲杲)는 해가 뜨는 모습을, 표표(瀌瀌)는 비나 눈의 모습을, 개개(喈喈)는 황조(黃鳥)의 울음소리를, 요요(嚶嚶)는 벌레의 울음소리를 묘사하였다."라고 했는데, 설명한 예들은 전부 『시경』에서 나온 것이다.[14] ……「모전(毛傳)」에서는 '련(漣)'을 '바람이 물 위를 거니 물결이 이루어진다.(風行水成文)'라고 해석하고, '륜(淪)'을 '산들바람에, 물이 물결을 이룬다.(小風, 水成文)'라고 해석했다. 유우석(劉禹錫)은 「초망부(楚望賦)」에서 가을 물을 묘사하며 "청평초 끝에서 바람이 이니, 물결은 일렁이지만 소리는 없구나.(蘋末風起, 有文無聲)"라고 했는데, 이 '문(文)'자가 그것이다.

『문심조룡·정채(情采)』에서 "물은 그 성질이 비어 있으면서도 파문을 일으킬 수 있고, 나무는 단단한 몸체를 가지면서도 꽃을 피울 수 있다. 이것이 '문채[文]'가 더해진 실체[質]이다."[15]라고 하며, 바람과 물이 만들어낸 '물결[文]'을 문장의 '문(文)'에 비유하였다. 『주역·환괘(渙卦)』에서는 "『상전(象傳)』에서는 '바람이 물 위를 거니는 것은 흩어짐[渙]을 상징한다.'(象曰: 風行水上, 渙.)라고 했다."라는 구절이 있고, 『논어·태백(泰伯)』에서는 "찬란하도다. 그 문채 있는 모습이여.(煥乎其有文章.)"라고 했다. 『후한서·연독전(延篤傳)』에서는 연독(延篤)과 이문덕(李文德)이 서로 편지를 주고받으며 책을 읽고 시를 읊었다고

---

14 (역주) 순서대로 출처를 밝히면 다음과 같다. 灼灼「도요(桃夭)」, 依依「채미(采薇)」, 杲杲「백혜(伯兮)」, 瀌瀌「각궁(角弓)」, 喈喈「갈담(葛覃)」, 嚶嚶「초충(草蟲)」.

15 『정세(定勢)』편에서 "물을 흔들면 물결이 없고, 마른 나무에는 그림자가 없다.(激水不漪, 槁木無陰.)"를 참조.

기록하며, "소리의 낭랑함이 물결처럼 귀에 차고, 문채의 찬란함이 빛나게 눈에 넘친다.(洋洋乎其盈耳也, 渙爛兮其溢目也.)"라고 했다. 장회(章懷)는 "환란(渙爛)은 문장의 모습을 말한다."라고 주석했다. 대개 '환(渙)'과 '환(煥)'을 합쳐, 일렁이는 물결과 빛나는 불로써 문장을 비유했다.("……河水淸且漣猗. ……河水淸且淪猗"; 『傳』: "……風行水成文曰'漣'. …… 小風, 水成文, 轉如輪也." 按『文心雕龍·物色』擧例如"'灼灼'狀桃花之鮮, '依依'盡楊柳之貌, '杲杲'爲日出之容, '瀌瀌'擬雨雪之狀, '喈喈'逐黃鳥之聲, '喓喓'學草蟲之韻", 胥出於『詩』. …… 毛傳釋'漣'爲'風行水成文', '淪'爲'小風, 水成文'. 劉禹錫『楚望賦』寫秋水云: "蘋末風起, 有文無聲, 即此'文'字. 『文心雕龍·情采』篇云: "夫水性虛而淪漪結, 木體實而花木振, 文附質也"; 又以風水成'文'喩文章之'文'. 『易』渙卦'象曰: 風行水上渙'; 『論語·泰伯』: "煥乎其有文章." 『後漢書·延篤傳』載篤與李文德書自言誦書詠詩云: "洋洋乎其盈耳也, 渙爛兮其溢目也"; 章懷注: "渙爛, 文章貌也." 蓋合'渙'與'煥', 取水之淪漪及火之燦灼以喩文章.)**16**

한자의 체계에 따르면, '문(文)'자는 "그 형체가 신체에서 비롯되었다(近取諸身)". 즉, '사람의 신체에서 형체를 본뜬 글자[人文]'가 먼저 있었으며, 이로부터 '천문(天文)', '형문(形文)' 등이 파생하였다. 『설문·문(文)부수』에서 서술하고 있는 '문(文)'이 여전히 '상형(象形)'으로 간주된다 해도, 이미 상당히 추상화되어 있다. 은허(殷墟)의 복사(卜辭)에서 '문(文)'자는 대량으로 사용되어, 출현빈도가 상당히 높다. 서사 도구와 재료의 영향으로 고도의 선형화가 이루어졌지만, 그 원형이 신체를 본 떠 만들어졌다는 것은 분명하다.(206 참조)**17**

---

16 『管錐編』제1권, 116~118쪽.

17 『甲骨文編』제9권(中華書局, 1965), 1~2쪽.

206 文『갑(甲)』3940   文『을(乙)』6821 反

　　文『후(後)』1, 14, 7   文『림(林)』1, 11, 4

　　文『경진(京津)』2837

주(周)나라의 명문과 비교해 보면, '문(文)'자의 구조가 특히 명확하게 드러나는데, 인체의 정면 모습에서 그 형상을 빌린 것이다. 주나라의 초기 명문은 인체에서 비롯한 형체를 취했다.(207 참조)[18] 명문의 형체에서 안에 표시된 모습은 '심장'의 형태를 상징하며, 이 의미부호는 '문(文)의 마음'을 나타내는데, 문장의 함축적 의미가 바로 이것이다. 그리고 외부의 모습은 사람의 신체에서 그 형체를 취했다. 이 의미부호는 '인체의 대칭, 교차, 복잡함'을 드러내며, 또한 '문(文)의 마음'이 표면화된 형식이다. 이 두 가지가 통합될 때 비로소 '문(文)'이 이루어지며, 하나라도 부족하면 '문(文)'으로서의 기능을 상실한다. 따라서 '문(文)'의 어원은 원래 '문심(文心)'과 '조룡(雕龍)'의 통합에서 비롯된 것이다. '조룡'은 '문장의 수식'을 의미하는데, 문장의 수식은 '문장을 위해 쓰는 마음'을 드러내야 하며, '문심' 역시 '문장의 수식'을 통해 전달된다. 지금의 언어로 표현하자면, '문장의 수식[雕龍]'은 바로 '의미 있는 형태'라 할 수 있다.

207 文「증백문정(曾伯文鼎)」　　文「족정(族鼎)」

　　文「영궤(令簋)」　　文「군보궤(君父簋)」

　　文「문궤(文簋)」　　文「복준(服尊)」

　　文「신간궤(臣諫簋)」　　文「사희정(史喜鼎)」

　　文「문정(文鼎)」　　文「추궤(追簋)」

　　文「백가보궤(伯家父簋)」

---

18 『金文編』제9권(中華書局, 1985), 635~638쪽.

필자는 이전에 '시각적 사고'라는 과학 이론을 활용하여 한자의 체계를 고찰한 적이 있었다. 다른 유형의 언어 문자와 비교해 보면, 한자를 '재현적 매체' 또는 '재현적 이미지'로 분류할 수 있다. 초기의 한자 이미지 체계에서는 주로 재현 대상과 같은 동형(同型)적인 측면이 강조되었으며, 또 어떤 한자들은 기호와 같은 비동형성 재현도 있다.

따라서 한자 체계의 실제 상황을 고려할 때, '이미지적 개념' 체계에 속한다고 할 수 있다. 명문에서 '문(文)'자는 '심장'에서 이미지를 취한 것으로, 바로 전달하는 사유의 내용과 '동형'이다. 이는 마오리족 사이에서, "얼굴과 몸의 장식은 반종교적인 분위기 속에서 완성된다."는 것과 같다. 문신은 단순한 장식이나 귀족의 상징, 사회 계급 제도의 지위를 표시하는 데만 그치지 않고, 정신적이고 도덕적인 의미를 담고 있는 계시이기도 하다. 마오리족의 문신은 그저 육체에 무늬를 새기는 것이 아닌, 이 부족의 모든 전통과 철학을 정신적으로 새기기 위함에 그 뜻이 있다. 그리하여 예수회 선교사 산체스 라브라도(Sanchez Labrador)는 토착민들이 며칠 동안 문신을 받을 때의 열정적이고 엄숙한 모습을 묘사하였다. 그들은 문신을 받지 않은 사람을 '벙어리'라고 불렀다.[19] 이는 '문신을 그리는 것'이 '말을 하는 것'과 동등함을 보여준다.[20]

명문에서 '문(文)'자가 '심장[心]'을 상징하는 문제로 돌아가 보면, 한자가 취한 이미지가 왜 '내부'의 것까지 그려내는지에 대한 의문이 생긴다. 시각 심리학에서 '직접 물체 내부를 바라보다'에 대한 설명에 따르면, 물체의 내부와 외부는 서로를 암시하며 상호 통합된다. 이러한 통일성은 지각이 망막에 투사된 물체의 형상을 넘어서게 하고, 인간의 의식이 더 이상 물체의 표면에 국한되지 않게 한다. 그것들은 다른 사물의 용기나 겉

---

19 클로드 레비 스트로스(Claude Levi-Strauss), 『구조인류학(結構人類學)』(중국어번역본)(文化藝術出版社, 1989), 95쪽.
20 이는 '벙어리'에 상대되는 말일 뿐이다.

껍질로 여겨지거나 그것을 통해 그 내부를 볼 수 있게 하여, 내부가 외부의 연장처럼 보이게 한다.[21]

여기서 '사물들이 서로 교차되고 혼합된' 문장의 수식도 내부의 '문심(文心)'이 밖으로 표출된 것에 지나지 않는다고 말할 수 있다. '문심(文心)'과 '조룡(雕龍)'은 하나의 이미지, 하나의 형태를 갖추고 있어, 내부와 외부는 포괄적으로 포함되어 있다. 문학가들이 아무리 다양한 해석을 하더라도, 모두 '문(文)'자가 나타내는 바에 귀결된다.

고대 중국의 문헌들에 있는 뜻풀이를 조사해보면, '문장(文章)'이라는 단어가 항상 짝을 이루고 있는데 그 연원이 매우 오래되었으며, 이 또한 이러한 관계를 드러내고 있음을 알 수 있다. '장(章)'자는 최초로 상(商)나라의 명문에 나타나며, 그 구조는 '신(辛)'이 '일(日)'의 중간을 관통하여 결합하는 모습이다.(208 참조) '분명하다[昭彰]'는 의미를 나타내며, 이는 '장(章)'자가 '창(彰)'자의 원형이라는 것을 의미한다.

208   𥂕「을해궤(乙亥簋)」   𥂕「송궤(頌簋)」

'장보(章甫)'라는 단어는 은상(殷商) 시대에 신분을 나타내는 관명(冠名)으로 기록되어 있다. 『의례(儀禮)·사관례(士冠禮)』에는 "장보관(章甫冠)은 은나라의 법도이다.(章甫, 殷道也.)"라고 하였다. 이에 대해 정현은 "장(章)은 '분명하게 나타내 보이다[明]'는 뜻이다. 은(殷)나라에서는 '성년 남성이 되었음'을 나타내기 위한 말이다.(章, 明也. 殷質, 言以表明丈夫也.)"라고 주석하였다. 이로부터 고대 문헌의 뜻풀이에서 '장(章)'자는 '두드러지다[顯著]', '문채(文彩)', '장복(章服: 계급을 표시하는 수를 놓은 예복)' 등을 나타내었

---

21 루돌프 아른하임(Rudolf Arnheim, 1904~2007), 『시각적 사고(視覺思維)』(중국어번역본)(光明日報出版社, 1987), 151쪽.

다. 『주역·구(姤)』에서는 "하늘과 땅이 서로 만나니, 만물이 모두 성장한다.(天地相遇, 品物鹹章也.)"라고 했고, 『상서·우서(虞書)·고요모(皋陶謨)』에서는 "천명(天命)에는 덕이 있으니, 천자(天子)·제후(諸侯)·경(卿)·대부(大夫)·선비[士]의 다섯 가지 복장과 다섯 가지 장식이 있다.(天命有德, 五服五章哉.)"라고 했는데, 공영달은 『전(傳)』에서 "존비(尊卑)의 차이에 따라 색채와 무늬가 각기 다르다.(尊卑彩章各異.)"라고 설명했다. 『옥편·음(音)부수』에서는 "장(章)은 색채를 말한다.(章, 彩也.)"라고 했고, 『좌전·민공(閔公)』 2년에서는 "의복은 사람들의 계급을 나타내며, 장신구는 마음의 표현이다.(衣, 身之章也; 佩, 衷之旗也.)"라고 했다. 통상적으로 의복을, 몸을 드러내는[章身] 도구라고 하는 것은 이에 근거한 것이다. 이에 관해서는 '의복과 장신구의 기능'을 설명한 부분에서 살펴보기로 하자.

'장(章)'(즉 '창(彰)')에는 먼저 '막다[障]'는 의미가 포함하고 있다는 것을 말해야 할 것이다. 빛을 내는 물체를 가려 표식을 흐리게 만드는 것을 '장(障)'이라고 한다. 따라서 '창(彰)'과 '장(障)'은 같은 근원을 가지기에, 한자의 체계에서 두 단어는 통용된다. 『집운·양(漾)운』에는 "장(障)은 『설문』에 '가로막다[隔]라는 뜻이다'라고 설명되어 있는데, 또한 생략되기도 한다.(障, 『說文』: '隔也.' 亦省.)"라고 했고, 『자휘보(字彙補)·입(立)부수』에는 "장(章)은 장(障)과 같다.(章, 與障同.)"라고 했으며, 『예기·잡기(雜記)』(상편)에는 "거친 베로 만든 수레의 뚜껑은 사면에 휘장이 있다.(疏布輤, 四面有章.)"라고 했다.

고대의 한자 체계에서는 '신(辛)'의 형체에 '장(章)(彰)'의 쓰임이 있다. 예컨대, '상표(商標)'의 '상(商)'자는 갑골문과 금문에서 모두 '신(辛)'으로 구성되어 있는데(209 참조), 표식을 새겨 명백하게 나타내기 위함이다.

209   𩵋 『갑(甲)』727

       𠸍 『갑(甲)』2416

       𠸍 「상준(商尊)」

『집운·양(陽)운』에서는 "상(商)은 새기다[刻]라는 뜻이다.(商, 刻也.)"라고
했고, 『정자통·구(口)부수』에서는 "상(商)은 누전(漏箭)이 새겨진 곳을 말한
다.(商乃漏箭所刻之處.)"라고 했다. 『의례·사혼례(士昏禮)』의 해제(解題)에서는
정현의 「목록(目錄)」을 인용하여 "해가 지고 45분이 지난 후의 시간을 혼
(昏)이라고 한다.(日入三商爲昏.)"라고 말했다. 가공언(賈公彦)은 『소(疏)』에서
"정현이 말한 '일입삼상(日入三商)'에서 상(商)은 측량을 의미하며, 이는 물
시계의 이름이다."라고 설명했다. 『설문·향(向)부수』에서는 '상(商)'과 '장
(章)'의 어원이 같다는 것을 밝히고 있다.

> 상(商): '외부의 모습으로부터 속의 것을 헤아리다'라는 뜻이다. 눌
> (啇)이 의미부이고, 장(章)의 생략된 부분이 소리부이다.(商:
> 从外知内也. 从啇, 章省聲.)

'눌(啇)'자는 처음에 '내(內)'라고 썼는데, 이는 ㄣ, ㄤ, ㄤ(209)에 나열
된 갑골문 '상(商)'자의 구조에서도 볼 수 있다. '입[口]'의 부호에서 파생
하여, '말[言]의 안'을 특별히 지칭한다. 『설문·향(向)부수』에서는 다음과
같이 설명하고 있다.

> 눌(啇): '말을 더듬어 어눌하다'라는 뜻이다. 구(口)가 의미부이고 내
> (內)도 의미부이다.(啇: 言之訥也. 从口从內.)

따라서 '상(商)'과 '장(章)'의 고문자는 서로 통용될 수 있다. 『순자·왕제
(王制)』에서는 "법령을 수정하고, 시와 악장을 심사하며, 음란한 음악을 금
지한다.(修憲命, 審詩商, 禁淫聲.)"라고 했다. 왕념손은 『독서잡지(讀書雜志)』에
서 "인지가 말하길, 상(商)은 장(章)으로 읽는다. 장(章)과 상(商)은 고문자

에서 서로 통용된다. 태사(太師)는 육악(六樂)의 시(詩)[22]를 가르치므로 시와 악장을 심사한다고 한다.(引之曰: 商, 讀爲章, 章與商古字通. 太師掌敎六詩, 故曰審詩章.)"라고 했다.

그밖에 연관된 글자들은 즉 글자를 만들고 형체를 구성하는 것에 있어, 모두 '신(辛)'류의 의미부호에서 취한 글자 체계를 가진다. 예컨대, '언(言)', '음(音)', '사(辭)' 등이 이에 해당한다.(210, 211 참조)[23] 즉, '마음[意內]'을 '신(辛)' 부호에만 의존하여 밖으로 드러내는 게 아닌 것이다.

210 言: 🔹「백구정(伯矩鼎)」
🔹「중산왕착정(中山王譽鼎)」

211 音: 🔹「진공호(秦公鎬)」
🔹「簿 平鍾」

우리는 중국의 고대 문헌에서 '문(文)'이 주로 '학문을 하는[立言]' 개념으로 사용되며, 위에서 언급한 관계를 자연스럽게 전달하고 있음을 알고 있다. 한자 체계의 '뜻은 같으나 구조가 다른[同義異構]' 과정에서, '문(文)'(말[言])은 반드시 '마음[心]의 소리'를 나타내며, 심지어 '문(文)'이 바로 '마음[心]'임을 지극히 순수하고 명료하게 나타내고 있다.

첫째, '문(文)'이 '마음[心]의 소리'를 나타내는 예로,『설문·언(言)부수』에 수록된 '소(謏)'[24]자를 들 수 있다. '소(謏)'자는 '언(言)'이 의미부이지만, 그 아래의 설명에 혹체자로 '소(愬)'를 써, '언(言)'은 '심(心)'으로 대체될

22 (역주) 풍(風), 부(賦), 비(比), 흥(興), 아(雅), 송(頌)을 말한다.
23 『金文編』제3권.
24 지금은 간화되어 '소(诉)'로 쓴다.

수 있다. 또『설문·구(口)부수』에 수록된 '철(哲)'자는 '구(口)'가 의미부이지
만, 금문에서 '철(哲)'은 또 '심(心)'이 의미부가 되어 '철(悊)'로 쓰기도 한
다. '언(言)'(혹은 '구(口)')이 의미부인 것은 '심(心)'이 의미부인 것과 같으
며, '언(言)'(文)이 '심성(心聲)'이므로, 한자 체계에서 이 두 부류는 대체되
거나 다른 구조가 생길 수 있다.

둘째, '문(文)'이 바로 '마음[心]'임을 나타내는 예로, 금문에서 '경(慶)'자
구조가 바뀐 상황만을 언급하고자 한다.『설문·심(心)부수』에 수록된 '경
(慶)'자의 내용은 이렇다.

> 경(慶): '가서 다른 사람을 축하해 주다'라는 뜻이다. 심(心)이 의미부
> 이고 치(夊)도 의미부이다. 길례(吉禮) 때에는 사슴 가죽을
> 폐백으로 삼는다. 그래서 록(鹿)의 생략된 부분이 의미부가
> 되었다.(慶: 行賀人也, 从心从夊. 吉禮以鹿皮爲贄, 故从鹿省.)

𦥑, 𥝥(212)[25]의 형태가 '록(鹿)'이 의미부이고 '심(心)'이 의미부인 구조
인데 반해, 𦥑, 𥝥(213)의 형태는 '록(鹿)'이 의미부이고 '문(文)'이 의미부
인 구조이다. '사슴[鹿]'의 이미지는 변하지 않았으나, '심(心)'과 '문(文)'은
서로 교환될 수 있어, 이미지를 취하고 형체를 구성하는 한자의 체계에
서 두 글자가 하나로 통합됨을 분명히 보여주고 있다. 이는『논어·안회(顏
回)』에서 "문(文)은 질(質)과 같다.(文猶質也.)"라고 한 것과 같다. '문심(文心)'
과 '조룡(雕龍)'이라는 두 단어는 실제로는 하나의 의미를 나타내는 것으
로, 하나의 글자로 함께 표현된다.[26]

---

25 『金文編』제10권.

26 상세한 내용은 臧克和,『語象論』(二)(貴州教育出版社, 1992) 참조.

212 　「오사위정(五祀衛鼎)」
　　「소백궤(召伯簋)」

213 　「진공궤(秦公簋)」
　　「백기보보(伯其父匜)」

자체적으로 형체와 기능을 다 갖추고 있다.

　'체용상대(體用相待)', '체용불이(體用不二)'는 원래 유학 사상의 체계에서 매우 일찍 발생한 개념이다. 그러나 중국의 역대 문헌에서는 '체(體)'와 '용(用)'의 관계에 대한 제대로 된 표현이 상대적으로 늦게 나타났다. 이때문에 일부 학자들은 모든 사회생활 영역에 영향을 미치는 이 철학적 개념의 발생을 순전히 서양의 학문이 동양으로 퍼져 나간 결과라고 생각하게 되었다. 철학적 개념으로서, '체(體)'와 '용(用)'의 관계는 두 가지 측면에서 의미의 경계를 세울 수 있다.

　첫째, '체(體)'는 '용(用)'에 의존한다는 것으로, '체(體)'는 형체, 형질(形質), 실체를 나타내고, '용(用)'은 기능, 작용, 속성을 나타낸다. 『순자·부국(富國)』에서는 "만물은 우주 속에서 공존하며 각각 다른 형태를 가지고 있다. 마땅한 것이 없다 해도 인간에게 쓰임이 있다.(萬物同宇而異體, 無宜而有用爲人.)"라고 했다. 당(唐)나라의 최경(崔憬)은 여러 경전에서 첫 번째에 해당되는 『주역』에서 그 안에 내재된 '체(體)'와 용(用)의 사실과 원리[事理]'에 대한 분별을 탐구하기 시작하여,『주역탐원(周易探元)』(하권)에서 "천지 만물은 모두 형질을 가지는데, 형질에는 체(體)도 있고, 용(用)도 있다. 체(體)는 형질(形質)을 말하며, 용(用)은 형질(形質)에서의 교묘한 쓰임(妙用)을 말한다.(凡天地萬物, 皆有形質, 就形質之中, 有體有用. 體者, 即形質也. 用者, 即形質上之妙用也.)"라고 했다. 명청(明淸) 시대의 사상가 왕부지(王夫之)도『주역』에서 이를 발전시켜 '실유(實有)'를 '체(體)'로 보고, '실유(實有)'의 기능과 작용을 '용(用)'으로 보고는, "천하의 '용(用)'은 모두 그 소유함에서 비롯된다. 나는 그 '용도[用]'를 통해 그 '실체[體]'의 존재를 알게 되었으니, 어찌 의심하겠는가?(天下之用, 皆其有者也. 吾從其用而知其體之有, 豈待疑哉?)"라고 했다.(『주역외전(周易外傳)』제2권)

둘째, '용(用)'은 '체(體)'에 의존한다는 것으로, '체(體)'는 본체, 본질을 나타내고, '용(用)'은 정신, 현상을 나타낸다. 삼국 시대, 왕필(王弼)은『노자·38장』에서 "비록 무(無)로 작용[用]을 삼는 것을 귀중하게 여길지라도, 무(無)를 버리는 것으로 형체[體]를 삼을 수는 없다.(雖貴以無爲用, 不能舍無以爲體也.)"라고 주석했다. 남조(南朝)시대, 범진(範縝)은『신멸론(神滅論)』에서 "형체[形]는 정신[神]의 본질[質]이며, 정신[神]은 형체[形]의 작용[用]이다.(形者神之質, 神者形之用.)"라고 했다. 근세에는 '체(體)와 용(用)에 대한 사실과 원리(體用事理)'에 대한 분별이 중국 철학의 '항언(恒言)'으로 강조되거나, '중국의 본질과 서양의 작용(中體西用)'이라는 주장이 제기되기도 했는데, 이는 모두 특정한 역사적 배경에서 비롯된 것이므로, 따로 언급할 필요가 없을 것이다.

그러나 송(宋)나라의 왕응린(王應麟)이 직접적으로 '체(體)와 용(用)의 원리[體用之理]'의 기원을 해석한 것이 학계에 상당한 영향을 미쳤다는 것도 사실이다.『곤학기문(困學紀聞)』제1권에는 이렇게 말했다.

엽소온(葉少蘊)은『주역』에서 유위(有爲)로 본 것은 모두 용(用)을 말하

는 것이라고 했다. 용(用)하는 자는 무엇인가? 체(體)이다. …… 조경
우(晁景遇)는 "체(體)와 용(用)은 본래 석가모니에서 나왔다."라고 했
다.(葉少蘊謂凡『易』見於有爲者皆言用, 用之者何? 體也……晁景遇曰: 體, 用本乎釋
氏.)

『관추편』이 나오면서, 처음으로 여러 문헌의 옛 뜻풀이를 폭넓게 검토
하고는 '체(體)와 용(用)이 서로 의존한다는 의미'는 실제로 '사고의 필요
성'에서 비롯된 것임을 밝혔다. 우선『관추편』에서는『주역정의(周易正義)』
를 고찰하면서, 그 안에 '체용(體用)'이라는 두 글자를 여러 번 언급한 것
에 주목하였다. 예를 들어, 「건(乾)」에서 '원형리정(元亨利貞)'이라 한 것에
대해, 『정의(正義)』에서는 "「천(天)」은 정체(定體)의 명칭이며, 「건(乾)」은 체
용(體用)을 일컫는 말이다.(天者, 定體之名; 乾者, 體用之稱.)"라고 설명했다. 또
한 「계사(繫辭)」(상편)에서 "주역은 무엇을 위한 것인가?(夫易何爲者也)"라고
한 것에 대해, 『정의』에서는 "주역의 효용과 그 체(體)는 무엇인지 묻는 말
이다.(易之功用, 其體何爲)"라고 설명했고, "공자는 여전히 주역의 체(體)와 용
(用)의 상태에 대해 말하면서(夫子還是說易之體用之狀)", "주역의 체(體)와 용
(用)은 이와 같을 뿐이다.(易之體用, 如此而已)"라고 했다.[27]
　『관추편』의 재판본에서는 이에 대해 추가적으로 보충해서 설명했다.
『문심조룡』에서는 '형용(形用)'이라고 언급하였는데, 이는 위진(魏晉)시대
의 관습적인 표현을 따른 것이다. 『삼국지·위서(魏書)·왕필전(王弼傳)』에
대해 배송지(裴松之)[28]는『주(注)』에다『박물기(博物記)』의 "왕찬(王粲)과 족
형(族兄)인 개(凱)는 모두 형주(荊州)로 피난하였는데, 유표(劉表)가 딸을 왕

27　錢鍾書,『管錐編』제1권, 8쪽.
28　(역주) 배송지(裴松之, 372년~451년): 자(字)가 세기(世期). 동진(東晉)과 유송(劉宋)시기의
　　관리이자 사학자. 배송지(裴松之)와 그의 아들 배인(裴駰), 증손자 배자야(裴子野)를 일
　　러 '사학삼배(史學三裴)'라고 부른다.(baidu 참조)

찬에게 시집보내려 했으나, 그의 외모가 투박하고 행동이 가벼워 불만스럽게 생각하였다. 그런데 개(凱)는 풍모가 있어 개(凱)에게 시집 보냈다.(王粲與族兄凱俱避地荊州, 劉表欲以女妻粲, 而嫌其形陋而用率; 而凱有風貌, 乃以妻凱)"라는 구절을 인용했다. 이는 왕찬의 외모가 투박하고 행동이 가볍다는 것을 의미한다.

『주역·건(乾)』에서 왕필(王弼)은 "천(天)은 형체의 명칭이고, 건(健)은 형체를 사용하는 것을 말한다.(天也者, 形之名也; 健也者, 用形者也.)"라고 주석하였으며, 또 「곤(坤)」에서 "지(地)는 형체의 명칭이고, 곤(坤)은 지(地)를 사용하는 것을 말한다.(地也者, 形之名也; 坤也者, 用地者也.)"라고 주석하였다. '형용(形用)'이 즉 '체용(體用)'인 것이다.

『시경·대서(大序)』의 "시에는 '육의(六義)'가 있다.(詩有六義焉.)"라는 구절에 대해, 공영달은 『정의』에서 이렇게 말했다.

> 풍(風), 아(雅), 송(頌)은 『시』편의 다양한 형태를 말하며, 부(賦), 비(比), 흥(興)은 『시경』에 수록된 문장의 세 가지 수사방식을 말할 따름이다. …… 부(賦), 비(比), 흥(興)은 시의 쓰임[用]이며, 풍(風), 아(雅), 송(頌)은 시의 형식[體]이 된다.(風, 雅, 頌者, 詩篇之異體, 賦, 比, 興者, 詩文之異辭耳. …… 賦, 比, 興是詩之所用, 風, 雅, 頌是詩之成形.)

'형(形)'과 '용(用)'을 대칭시킴으로써, 뒷 문장에서 말한 '형(形)'은 앞 문장에서 말한 '체(體)'와 같다. 이는 『주역·건(乾)』에 대해, 공영달이 『정의』에서 말한 '체(體)'와 '용(用)'은 왕필이 말한 '형(形)'과 '용(用)'이다. '체용(體用)'이라는 글자는 왕필의 『주역』에 대한 주석에서 한 번 보이는데, 『주역·곤괘(困卦)·구이(九二)』의 "술과 음식이 부족하여 힘들다.(困於酒食)"라는 구절에서 "곤란한 시기에 있을 때 그 속에서 잘 대처하고, 강인한 본질을 지니되, 중용과 겸손을 실천한다.(居困之時, 處得其中, 體夫剛質, 而用中履謙.)"라

고 주석하였다.[29]

결론적으로, 학자들이 열심히 자료를 정리하려 해도, 중국의 역대 문헌에서 '체(體)'와 용(用)이 서로 의존한다(體用相待)'에 대한 내포와 그 해석은 산발적이고 체계가 없는 형태를 띠고 있다. 그러나 한자의 체계를 고찰해 보면, 한자가 이미지를 취하고 형체를 구성하는 과정에서 이미 '체용(體用)' 관계의 원리를 내포하고 있음을 발견할 수 있다. 한자의 구조는 자체적으로 '체용(體用)'을 가지고 있다. 이를 바탕으로, 우리는 다음과 같은 추론을 할 수 있다. '체용(體用)' 관계의 원리는 사물의 본질과 원리의 특성에서 비롯된 것이며, 반드시 서양의 학문이 동양으로 전파된 결과만은 아닐 것이다. 순수하고 명확하게 '체용(體用) 관계'의 원리를 서술한 역대 문헌과 자료는 오직 한자의 체계와 한자가 이미지를 취하고 형체를 구성하는 데에만 찾아볼 수 있어, 이에 대해 우리는 전문적으로 고증을 한 적이 있다.[30]

여기서 먼저 명확히 해야 할 것은, 한자 체계가 형체를 구성하는 과정에서 드러내는 '체용(體用) 관계'는 실제로 위에서 언급한 첫 번째 수준의 의미에 속한다는 점이다. 아래에서는 이를 설명하기 위해 몇 가지 부수를 예로 들어보고자 한다.

① 『방(匚)부수』의 예

『설문』에서는 '방(匚)'에 대해, "방(匚)은 물건을 담은 기물을 말한다.(匚: 受物之器.)"라고 설명했다. '방(匚)'자는 고대의 사각형 모양의 물건을 담는 기물을 본 떠 만든 글자이다. 갑골문에서는 방(匚)으로 썼고, 금문에서는 방(匚)으로 썼다. 『설문』에서는 '방(匚)의 주문체인 방(匚)을 수록해 놓았

---

29 錢鍾書, 『管錐編』제5권, 2쪽.
30 『說文解字的文化說解』'取類系統'(湖北人民出版社, 1994).

는데, 이들의 형체에는 큰 변화가 없다.[31]

214	匚(匚)	215	匚(匚)
216	匚(匚, 匚)	217	匜(匜)
218	匜(匜)	219	匜(匜)
220	匜(匜)	221	匜(匜)

일반적으로 '방(匚)'에서 파생된 글자들은 '방(匚)' 형태의 기물과 관련된 '물건을 담는' 기능을 나타낸다. 예를 들어, '이(匜)'자의 구조에 대해, 『설문』에서는 "국자를 닮았는데, 손잡이 가운데 물이 흐르는 길이 있어, 물을 따를 수 있다. 방(匚)이 의미부이고 야(也)가 소리부이다.(匜: 似羹魁, 柄中有道, 可以注水. 从匚也聲.)"라고 설명했다. 단옥재는 「두(鬥)부수」에서는 '괴(魁)는 국을 푸는 국자를 말한다.'라고 했다. 두(科)는 국자를 말한다. 이(匜)의 형상이 국을 푸는 국자와 비슷하여, 물을 길어다 취하는 도구이다.(『鬥部』曰: '魁, 羹科也.' 科, 勺也. 匜之狀似羹勺, 亦所以挹取也.)"라고 주석하였다.

금문에서 '이(匜)'자는 匜(217)와 匜(218)로 쓴다. 전자는 그릇의 형태를 취한 것이고, 후자는 항아리의 형태를 취한 것이다. 이들은 모두 '이(匜)'가 그릇과 항아리의 기능을 가지고 있었다는 것을 명확하게 보여준다. 금문에서의 '이(匜)'는 또 匜(219)와 匜(220)로 쓰는데, 모두 금(金)으로 구성되어 있어, 그 재료의 재질에 중점을 두었다. 또 금문에서 匜(221)로 쓰기도 하는데[32], 금(金)이 의미부이고 명(皿)도 의미부이다. 금(金)이 의미부인 것은 그 물질의 본질을 드러낸 것이며, 명(皿)이 의미부인 것은

---

31 『甲骨文編』에 기록된 『存』2, 55. 『金文編』에 기록된 『弟家父匠』금문 편방.

32 『金文編』제12권에 수록된 이기(彝器)에 써진 금문으로, 순서대로 「大師子大孟姜匜」, 「宗仲匜」, 「中友父匜」, 「史頌匜」이다. 匜(221)은 『漢語大字典·匚部』에 수록되어 있다.

그 기능을 나타낸 것이다. 이 두 요소가 하나의 문자에 통합되어, '실체와 기능이 다르지 않다(體用不二)'는 원리를 매우 직관적이고 분명하게 보여 준다.

또 '보(匼)'자는 『설문』에는 수록되지 않았으나, 금문에서는 자주 보인 다. 용경(容庚)의 『금문편(金文編)』에서는 "방(匚)이 의미부이고 고(古)가 소 리부이다. 『설문』에는 수록되어 있지 않으며, 큰 아가리와 긴 사각형 모양 의 쌀[稻]이나 조[粱]를 담는 기물이다.(从匚古聲. 『說文』所無, 爲侈口長方之稻粱 器.)"라고 설명했다. 여기서는 그 형태와 기능, 두 가지 측면을 모두 언급 하고 있다. 금문의 구조를 살펴보면, 명(皿)이 의미부이고 금(金)도 의미부 인데, 하나의 형체를 이루고 있다. 이러한 구성은 이 기물에 '금속[金]'의 '본질[體]'을 가지면서 동시에 '그릇[皿]'의 기능도 가지고 있음을 보여준 다.(222 참조)

222　𣪏「백기보보(伯其父匼)」
223　鉆「서람보(西替匼)」
224　𥫗「진역보(陳逆匼)」
225　匾「중기보보(仲其父匼)」

그리고 금문에서는 '금(金)'이 의미부인 鉆(223)로 쓰기도 하고, '죽(竹)' 이 의미부인 𥫗(224)로 쓰기도 했다. 전자는 '금(金)'에서 의미를 취한 것 이며, 후자는 '죽(竹)'에서 의미를 취한 것이다. 이는 '보(匼)'의 형체[體]가 되는 것이 금속에만 국한되지 않으며, 때때로 대나무나 나무가 형체[體] 의 재료로 사용되었음을 시사한다. 그러나 금속 재료는 후대에 전해질 수 있지만, 대나무나 나무 재료는 오랜 시간 동안 전해지기 어렵다. 대나무 와 나무의 형체는 다시 볼 수 없게 되었지만, 문자가 이미지를 취하고 형 체를 구성하는 부분에서는 후대 사람들이 충분히 그 모습을 상상할 수 있다. 명문에서는 또 匿(225)로 쓰기도 하는데, '방(匚)'과 '금(金)'으로 구성되었다. '금(金)'은 형체를 나타내고, '방(匚)'은 용도를 나타낸다.[33] 하나의 문자 구성에 두 가지 측면을 보여주어, 형체[體]와 기능[用]이 서로 의존한다는 것을 매우 명확하게 보여주는 예라 하겠다.

'보(匫)'자는 『설문』의 「죽(竹)부수」에 나오는데, "보(匫)는 보(簠)의 고문체이다.(匫, 古文簠.)"라고 했다. 고문체로 수록된 '보(匫)'자는 '방(匚)'에서 이미지를 취하고, 그 기능을 전달한다. 반면에 '죽(竹)'도 의미부이고 '명(皿)'도 의미부인 '보(簠)'자는 그 형체를 보여줄 뿐만 아니라 그 기능도 함께 보여준다. 『설문·죽(竹)부수』에서는 "보(簠)는 죽(竹)이 의미부이고 명(皿)도 의미부이고, 보(甫)가 소리부이다.(簠, 从竹从皿, 甫聲.)"라고 분석했는데, 이미 기물의 형체로 그 기능을 나타낼 필요가 없음을 의미한다.

226 匪(匪)   227 匯(匯)
228 匠   229 笧

'배(匬)'자의 원래 형체는 『설문·목(木)부수』에 수록된 주문(籒文)체인데, "배(棓)는 술잔(匬)을 말한다. 목(木)이 의미부이고 부(否)가 소리부이다. 배(匯)는 배(棓)의 주문체이다.(棓: 匬也. 从木, 否聲. 匯, 籒文棓.)"라고 설명했다. 단옥재는 "세속에서는 '배(杯)'로 쓴다.(俗作杯.)"라고 주석했다. '방(匚)'으로 형체를 이루고, 술잔[杯, 匬]의 기능을 가지고 있다. 『옥편·방(匚)부수』에서는 "배(匬)는 배(杯)의 고문체이다.(匬, 古文(杯).)"라고 했고, 『집운·회(灰)운』에서는 "배(棓)는 간혹 배(杯), 배(匬)로 쓴다.(棓, 或作杯, 匬.)"라고 했다. 배(杯)가 목(木)으로 구성된 것은 술잔의 재료와 형체를 나타낸 것이다.

---

[33] 『金文編』제12권에서 볼 수 있다.

'匡(228)'자는 『옥편·방(匚)부수』에서 "또 筐로 쓰기도 한다.(又作筐.)"라고 했다. 죽(竹)으로 구성된 것은 그 재질을 나타내는 것과 같다. '匡(228)'자가 '방(匚)'으로 구성된 것은 우선 그 기능과 용도를 나타낸다.

'공(䉛)'자는 『설문』에서 "작은 잔을 말한다. 방(匚)이 의미부이고 공(贛)이 소리부이다. 공(㰍)은 공(䉛)의 혹체자인데, 목(木)으로 구성되었다."(䉛: 小桮也. 从匚贛聲. 㰍, 䉛或从木.)"라고 했다. 혹체자가 목(木)으로 구성된 것은 그 재질을 나타낸 것이다.

<table>
<tr><td>a. 匧(匧)</td><td>b. 甌(甌)</td></tr>
<tr><td>c. 匲(匲)</td><td>d. 籩(籩)</td></tr>
<tr><td>f. 匵(匵)</td><td>g. 柩(柩)</td></tr>
</table>

e.

'기(匧)'자는 『옥편·방(匚)부수』에서 "기(匧)는 기(箕)의 주문체이다.(匧, 籀文箕.)"라고 했다. '죽(竹)'으로 구성된 것은 그 재질을 나타낸 것이다.

'궤(甌)'자는 『설문·죽(竹)부수』에서 '궤(簋)'자에 수록된 고문체인데, '궤(朹)'로 쓰기도 한다. 죽(竹)이나 목(木)으로 구성된 것은 모두 그 재질을 나타내며, '방(匚)'이나 '명(皿)'으로 구성된 것은 그 기능을 나타낸다.

'변(匲)'자는 『옥편·방(匚)부수』에서 "변(匲)은 대로 만든 두(豆)와 같이 생긴 제기를 말한다. 또한 변(籩)으로 쓰기도 한다.(匲, 竹豆. 亦作籩.)"라고 했다. 『예변(隸辨)·선(先)운』에서는 『설문』을 인용하여 "변(匲)은 변(籩)의 주문체이다.(匱, 籀文簠.)"라고 했다. '대로 만든 두(豆)와 같이 생긴 제기[竹豆]'(그림e 참조)는 그 형체[體]와 용도[用]를 모두 포함하고 있어, 처음부터 형체와 용도 중 한쪽으로 치우치는 바가 없었다.

'독(匱)'자는 『설문·방(匚)부수』에서 "독(匱)은 궤짝을 말한다. 방(匚)이 의미부이고 매(賣)가 소리부이다.(匱: 匱也. 从匚賣聲.)"라는 설명과 "궤(匱)는 갑(匣)을 말한다.(匱, 匣也.)"라는 설명이 있다. 왕균은 『설문구두』에서 "이 글자는 「목(木)부수」에 있는 독(櫝)과 같다.(字與「木部」櫝同.)"라고 했다. 목(木)으로 구성된 것은 그 재질에 주목한 것이다.

'구(區)'자는 『설문·방(匚)부수』에서 "구(區)는 널(棺)을 말한다. 방(匚)이 의미부이고 구(久)가 소리부이다.(區: 棺也. 从匚久聲.)"라고 했다. 이 글자의 아래에는 또 혹체자인 '구(柩)'가 수록되어 있는데, 목(木)으로 구성되었다. 단옥재가 "대개 은나라 사람들이 나무를 사용한 이후에 이 글자가 생겼다.(蓋殷人用木以後乃有此字)"라고 주석한 내용은 '널[區]'의 형체에 '나무[木]'를 더한 관계를 설명한 것이다.

'협(匧)'자는 『설문·방(匚)부수』에서 "감추다는 뜻이다. 방(匚)이 의미부이고 협(夾)이 소리부이다.(匧: 藏也. 从匚夾聲.)"라고 하여, 그 기능과 효능을 특별히 강조했다. 또한, 이 글자의 아래에 죽(竹)으로 구성된 혹체자인 '협(篋)'을 기록하여, 또 그 재질을 강조했다.

'광(匡)'자는 『설문·방(匚)부수』에서 "음식 기물을 말하는데, 광주리[筥]를 말한다. 방(匚)이 의미부이고 왕(坒)이 소리부이다.(匡: 飲器, 筥也. 从匚坒聲.)"라고 하면서, 그 기능을 설명했다. 또한, 이 글자의 아래에 '죽(竹)'으로 구성된 혹체자인 '광(筐)'을 기록하여, 마찬가지로 그 재질을 강조했다.

이상, 「방(匚)부수」에 대해서는 자세히 설명하였으니, 아래에서 나열하는 여러 부수에 대해서는 일일이 열거하지 않고 예시만을 제시하기로 한다.

② 『목(木)부수』의 예

『설문·목(木)부수』에 따르면, 상당한 수의 글자가 '기물의 용도[器用]'에 대한 의미장을 형성하고 있으며, 형체[體]와 용도[用]가 같은 글자도 있다. 아래에 예를 살펴보자.

'반(槃)'자는 『설문』에서 "물건을 받잡는 나무쟁반을 말한다. 목(木)이 의미부이고 반(般)이 소리부이다.(槃: 承槃也. 从木般聲.)"라고 했다. 그리고 '반(鎜)'을 수록하여, "고문체인데, 금(金)으로 구성되었다.(古文从金.)"라고 설명했으며, '명(皿)'으로 구성된 주문체인 '반(盤)'도 수록하였다. '목(木)'과 '금(金)'으로 구성된 것은 각각 그 재료의 구성에 착안한 것이며, '명(皿)'으로 구성된 것은 '기물[皿]'의 용도에 중점을 두었음을 강조하고 있다.

230 罍(🔣)　　　231 罍(🔣)　　　232 囷(🔣)

'뢰(欙)'자는 『설문』에서는 "거북 눈을 도안으로 장식한 술동이를 말하는데, 구름과 번개무늬를 바탕무늬로 새겨 넣었다. 이는 은택을 끝없이 베풀라는 뜻을 상징한다. 목(木)이 의미부이고 뢰(畾)가 소리부이다.(欙: 龜目酒尊, 刻木作雲雷象. 象施不窮也. 从木畾聲.)"라고 하여, 그 형체와 재료에 중점을 두었다. 또 그 아래에는 '부(缶)'로 구성된 혹체자인 뢰(罍)와 '명(皿)'으로 구성된 혹체자인 뢰(罍)도 같이 수록하여, '기물[皿]'로서의 기능을 나타내었다.

'합(柙)'자는 『설문』에서 "우리를 말하는데, 호랑이나 무소를 가두는데 쓴다. 목(木)이 의미부이고 갑(甲)이 소리부이다.(柙: 檻也. 以藏虎兕. 从木甲聲.)"라고 하여, 그 형체[體]와 용도[用]를 모두 포함하고 있어, 처음부터 형체와 용도 중 한쪽으로 치우치는 바가 없다. '우리를 말한다[柙也]'와 '목(木)이 의미부이다[从木]'라는 표현은 형체와 재료의 측면을 말한 것이고, '호랑이나 무소를 가두는데 쓴다[以藏虎兕]'라는 표현은 기능과 용도의 측면을 말한 것이다. 그리하여 '합(柙)'의 고문체인 '합(圅)'을 수록하여, 그것이 사용되는 특정한 공간을 상징적으로 나타내었다.

『설문』은 한자의 구조와 본래의 의미를 연구하는 과정에서, 형체[體]와 기능[用]이 서로 분리되지 않고 상호 의존하는 관계임을 크게 관철시키고 있다. 바로 한자 체계에 대한 이러한 조사와 검토를 기반으로, 우리는 중국어사 연구에서 품사의 활용과 같은 관습적인 표현에 대해 다른 견해를 가지고 있다.[34]

'유(燎)'는 『설문』에서 "장작을 쌓아 놓고 불을 지피다라는 뜻이다. 목(木)이 의미부이고 화(火)도 의미부이고, 유(酉)가 소리부이다.(燎: 積木燎之也. 从木从火, 酉聲.)"라고 하여, 그 본질[體]에 중점을 두었다. '유(禉)'는 "섶을 태워 하늘의 신에게 제사를 드리다는 뜻인데, 혹체자이며, 시(示)로 구성되었다.(柴祭天神, 或从示.)"라고 설명하면서, 그 용도를 강조하였다.

③『고(鼓)부수』의 예

233　鼓(鼓)　　234　鞞(鞞)

235　鼙(鼙)　　236　鼗(鼗)

분(鼖): 큰 북을 분(鼖)이라 한다. 분(鼖)은 크기가 8자에 양면으로 되었으며, 군대를 지휘할 때 사용한다. 고(鼓)가 의미부이고 분(賁)의 생략된 모습이 소리부이다.(鼖: 大鼓謂之鼖. 鼖八尺而兩面, 以鼓軍事. 从鼓, 賁省聲.)

---

34 『語象論』(四), 『說文解字的文化說解』(一) 참조.

『설문』에서 이 글자는 형체[體]와 기능[用]을 모두 포함하고 있어, "분(賁)은 분(鼖)의 혹체자인데, 혁(革)으로 구성되었으며, 분(賁)은 생략되지 않은 모습이다.(韇, 鼖或从革, 賁不省.)"라고도 설명하면서, 그 본질적인 측면을 강조하였다.

> 답(鼞): 북소리를 말한다. 고(鼓)가 의미부이고 합(合)이 소리부이다. 답(鞈)은 답(鼞)의 고문체인데, 혁(革)으로 구성되었다.(鼞: 鼓聲也. 从鼓合聲. 鞈, 古文鼞从革.)

이 모든 것은 동일한 의미로 해석되기에, 따로 설명하지 않겠다.

④ 파생된 예

이러한 한자들은 앞서 「방(匚)부수」에서 이미 일부 다루었다. 이는 초문(初文)의 기반 위에 의미부를 더하여, 이로부터 해당 문자의 재질과 형체가 속한 범주를 명시하였다. 따라서 초문에서 파생된 문자로의 역사적 발전 과정이 형성되는데, 이는 '형체와 기능의 통일'이라는 관계의 유형을 드러낸다. 이 유형은 거의 전체 한자 체계의 발전과 변화 과정에 관련되어 있다고 말할 수 있다. 아래에 몇 가지 예시를 들어 살펴보자.

『설문·초(艸)부수』
> 저(菹): 소금에 절인 채소를 말한다. 초(艸)가 의미부이고 저(沮)가 소리부이다. 저(葅)는 저(菹)의 혹체자인데, 명(皿)으로 구성되었다.(菹: 酢菜也. 从艸沮聲. 葅, 或从皿.)

『설문·력(鬲)부수』
> 력(鬲): 세 발 솥의 일종이다. 용량은 5곡(觳)이다. 1 말[斗] 2되[升]가

1곡(觳)이다. 볼록한 배와 교차된 무늬와 세 개의 발을 그렸
다. 력(甌)은 력(鬲)의 혹체자인데, 와(瓦)로 구성되었다.(鬲:
鼎屬. 實五觳. 斗二升曰觳. 象腹交文, 三足. 甌, 鬲或从瓦.)

『설문·죽(竹)부수』

호(筶): 실을 감아두는 실패를 말한다. 죽(竹)이 의미부이다. 상형이
다. 중간 부분은 사람이 손으로 잡고 있는 모습이다. 호(互)
는 호(筶)의 혹체자인데, 생략된 모습이다.(筶: 可以收繩也. 从
竹, 象形, 中象人手所推握也. 互, 筶或省.)

237	甘(甘)	238	丌(丌)
239	箕(箕)	240	匚(匚)
241	簧(簧)	242	槃(槃)
243	丞(丞)	244	亼(亼)
245	筮(筮)	246	卣(卣)

『설문·기(箕)부수』

기(箕): 곡식을 까부는 데 쓰는 키를 말한다. 죽(竹)이 의미부이다. 기
(甘)는 키를 그린 상형자인데, 아랫부분은 그것의 손잡이
를 말한다. 기(甘)는 기(箕)의 고문체인데, 생략된 모습이다.
기(箕)는 기(箕)의 주문체이다. 기(匚)도 기(箕)의 주문체이
다.(箕: 簸也. 从竹; 甘象形, 下其丌也. 甘, 古文箕省. 箕, 籒文箕. 匚, 籒文
箕.)

『설문·기(丌)부수』

전(典): 오제 때의 서책을 말한다. 책(冊)이 받침대 위에 올려 진 모

습인데, 존중하여 높이 모셔두었기 때문이다. 전(筬)은 전(典)의 고문체인데, 죽(竹)으로 구성되었다.(典: 五帝之書也. 从冊在丌上, 尊閣之也. 筬, 古文典从竹.)

『설문·공(工)부수』

거(巨): 구거(規巨) 즉 구거(規榘)를 말한다. 공(工)이 의미부이고, 손으로 든 모습을 그렸다. 거(榘)는 거(巨)의 혹체자로, 목(木)과 시(矢)가 모두 의미부인데, 화살[矢]이라는 것은 정중앙을 맞추는 것이기 때문이다. 거(𠥑)는 거(巨)의 고문체이다.(巨: 規巨也. 从工, 象手持之. 榘, 巨或从木, 矢. 矢者, 其中正也. 𠥑, 古文巨.)

『설문·감(△)부수』

감(△): 감로(凵盧)를 말하는데, 밥을 담는 그릇이며, 버드나무로 만든다. 상형이다. 감(笐)은 감(△)의 혹체자인데, 죽(竹)이 의미부이고 거(去)가 소리부이다.(△: 凵盧, 飯器, 以柳爲之. 象形. 笐, △或从竹去聲.)

『설문·름(㐭)부수』

름(㐭): 곡식을 거두어 보관하는 곳을 말한다. 종묘에서 제사를 쓰는 곡물은 곡식의 색깔이 누르스름하게 되었을 때 거두어 곳집에 보관했다가 꺼내서 사용한다. 그래서 름(㐭)이라고 한다. 입(入)이 의미부이고, 회(回)는 지붕의 모양을, 중간에 문과 창이 있는 모습을 형상했다. 름(廩)은 름(㐭)의 혹체자인데, 엄(广)도 의미부이고 화(禾)도 의미부이다.(㐭: 穀所振入. 宗廟粢盛, 倉黃㐭而取之, 故謂之㐭. 从入, 回象屋形, 中有戶牖. 廩, 㐭或从广从禾.)

247 鎝(鎝)   248 盟(盟)

『설문·금(金)부수』

　　두(鎝): 술그릇을 말한다. 금(金)과 두(盟)가 의미부인데, 두(盟)는 기
　　　　　물의 모습을 형상했다. 두(盟)는 두(鎝)의 혹체자인데, 금(金)
　　　　　이 생략된 모습이다.(鎝: 酒器也. 从金, 象器形. 盟, 或省金.)

『설문·별(丿)부수』

　　예(乂): 풀을 베다라는 뜻이다. 예(刈)는 예(乂)의 혹체자인데, 도(刀)
　　　　　로 구성되었다.(乂: 芟草也. 刈, 乂或从刀.)

『설문·방(方)부수』

　　방(方): 연결하여 묶어 놓은 배라는 뜻이다. (아랫부분은) 배 두 척의
　　　　　모습을, (윗부분은) 머리를 묶은 모습을 그렸다. 방(汸)은 방
　　　　　(方)의 혹체자인데, 수(水)로 구성되었다.(方: 倂船也. 象兩舟省,
　　　　　總頭形. 汸, 方或从水.)

　　상술한 부분은 『설문』에서 파생한 글자[35]와 '형체와 기능이 서로 의존

---

35 열거한 각 부수의 예시 글자는 모두 '대서본(大徐本)'에 근거하였다. 근대 중국어에 이
　르러서도, 한자는 그 형체가 기능까지 함축하는 관계를 볼 수 있다. 예를 들어, '선(鏇)'
　은 술그릇의 명칭으로 사용되었는데, 『六書故·地理一』에서는 '선(旋)'의 재질과 그 명
　칭의 기원에 대해 다음과 같이 밝혔다. "선(鏇)은 술그릇을 말한다. '선(旋)'의 뜨거운
　물로 술과 박을 데운다(鏇, 酒器也. 旋之湯中以溫酒與泊者也.)" 『篇海類編·珍寶類·金部』에서
　는 "선(鏇)은 술을 데우는 것을 말한다.(鏇, 酒器.)"라고 하였고, 『수호전』(會評本)제3회에
　서는 "지심(智深)은 두 통의 술을 정자 위에 올려놓고, 지하에서 '선자(旋子)'를 집어, 술
　뚜껑을 열고 계속 술을 떠먹었다.(智深把那兩桶酒都提在亭子上, 地下拾起旋子, 開了酒蓋, 只顧舀

하는' 이체자를 나열했을 뿐이다. 갑골문과 금문을 참조하여, 초문에서 파생된 의미부와 형체로, '형체[體]와 기능[用]의 관계'를 표시한다면, 이는 전체 한자 체계와 관련된 문제이며, 한자 체계의 발전과 변화의 규칙에 부합한다. 이러한 측면에서 내포된 '자체적으로 형체와 기능을 갖춘' 한자에 대한 설명은 더 이상 다루지 않도록 하겠다.

제4절.

글로써 사상을 표현한다.

'문이재도(文以載道)'는 중국의 경전에서 자주 다루는 주제이다. 여기서 제시한 '문이재도'라는 명제는 두 가지 의미를 포함하고 있는데, 이 부분에 대해서는 반드시 먼저 명확히 설명해야 할 필요가 있다.

첫째, '문(文)'이 '문자의 뜻풀이[訓詁]'를 나타낼 때, 이에 상응하는 '도(道)'는 유학의 '의리(義理)'를 나타낸다. 이러한 측면에서, 우리는 경학과 고증학자들이 주장하는 바를 다음과 같이 발견할 수 있다. 즉, '의리'는 바로 '뜻풀이[訓詁]'에 존재하기에, 다른 곳에서 찾을 필요가 없는 것이다.

酒吃.)"라는 구절이 있다. 이는 '선자(旋子)'에 술을 치는 용도가 있음을 알려준다. 또 제27회에는 다음과 같은 구절이 있다. "무송(武松)이 보니, 큰 '선(旋)'에 담긴 술, 고기 한 접시, 면 한 접시, 그리고 큰 그릇에 담긴 국물이 있었다.(武松看時, 一大旋酒, 一盤肉, 一盤子面, 又是一大碗汁.)" 여기서는 '선(旋)'과 '반(盤)'이 나란히 언급된다. 강진지(康進之)의 『이규부형(李逵負荊)』제1막에서는 "왕씨, 이 술 차가워, 빨리 술을 데워와.(老王, 這酒寒, 快鐮熱酒來.)"라는 구절이 있는데, 지금의 산동성 제성(諸城) 등지의 방언에는 여전히 술을 따르는 것을 '선주(旋酒)'라고 말한다.

이렇게 함으로써 한자 체계에 대한 인식을 문자 고증의 차원에서 철학적 행동규범의 차원으로 승화시켰다.

둘째, '문(文)'이 '사장(辭章)'이라는 의미를 내포할 때, 이에 상응하는 '도(道)'는 모든 문학적 표현을 위한 법칙을 널리 지칭하며, 더 이상 유학에만 국한되지 않는다. 전자는 주제에 조금 더 가깝고, 후자는 주제에서 약간 멀어진다. 이들 모두 여기에서 부가적으로 설명하고자 한다.

글자로써 경전을 증명하고, 경전을 빌어서 글자를 고증함.

일본의 한학자들이 최근 청대의 고증학(考據學)에 대한 사상사 연구에서 허신의 『설문』이 특정한 역사적 조건에서 생겨났다는 것을 밝혔다. 한 나라의 사회 풍습은 '천인상응(天人相應)'의 신비학설로써 당시의 세계를 주도적으로 해석하였다. 따라서 허신의 글자 본의(本義)에 대한 설명을 직접적으로 한자 체계의 객관적 의미로 이해하는 것은 문제가 있다. 글자의 의미 분석을 오늘날 객관적 기준으로 간주하고, 이를 유학의 특정 가치체계 범주에 속하는 고증학의 글자 해석에 단순화하여 적용하는 방식 자체에 문제가 있는 것이다. 대진(戴震)의 고증학에 관해서는 다음의 두 가지 관점에서 고찰할 수 있다. 첫째, 대진의 글자의 뜻풀이[訓詁]와 유학(儒學)의 도(道)에 관한 연구가 어떤 내재적인 필연성에 의해 연결되어 있는가. 둘째, 소학(小學)의 뜻풀이가 유학과 밀접하게 연관됨으로써 소학이 단순한 도구적 수단이 아니라 본체적 목적 자체가 되었는가.

1. 문자 연구의 의의

이 부분에서 이해해야 할 것은 대진이 자신의 유학(儒學)적 입장에서 어떻게 문자학을 받아들였는가, 그의 문자 연구에서 어떤 의미를 발견할 수 있었는가 하는 점이다. 대진은 23세였던 1745년에 스승인 강영(江永)에게 쓴『강신수 선생의 소학서를 논함에 대한 답장[答江愼修先生論小學書]』에서 자신의 문자에 대한 견해를 매우 진솔하게 표현했다.

　그 중에서, 고대부터 전승된 '육서(六書)' 이론에 대해, 대진은 한나라 허신의 '육서설(六書說)'을 계승하면서도 그 의미를 한층 더 깊이 풀어냈다. 즉, 대진은 문자에 대해 "서사의 수단일 뿐만 아니라, 그 본질은 '육서'를 통해 세계를 반영한다."라고 해석했다. 이러한 판단은 문자의 소학(小學)을 철학적 도원(道原)[36]의 차원으로 끌어올렸다. 최초의 세계는 크게 두 부분으로 나뉜다. 바로 형체가 없는 '사(事)'(관계적 의미로 표현됨)와 형체가 있는 '물(物)'(실체가 있는 형체[形]로 표현됨)이 그것이다. "대체로 글자를 창조할 때, 근거할 바가 없었다. 우주 사이에 '사(事)'와 '형(形)'이라는 두 부분만 있을 뿐이다.(大致造字之始, 無所憑依. 宇宙間, 事與形兩大端而已.)"

　이것은 지사(指事)와 상형(象形)의 구성에 반영되어 있다. 이 두 부분으로 문자의 작은 세계가 구성되고, 그에 따라 소리와 의미를 표현하는 문자체계의 두 가지 주요 기능이 파생되었다. "문자가 세워지자, 소리는 문자에 의존하고……의미도 문자에 의존한다.……이 또한 문자를 이루는 두 부분이다.(文字旣立, 則聲寄於字……意寄於字……是又文字之兩大端也.)" 상술한 여러 기능에 상응하여, 해성(諧聲)과 회의(會意) 등 새로운 문자 구성법도 형성되었다.

　대진의 '체용론(體用論)' 입장에서 봤을 때, 위의 네 가지 문자 구성 원리는 실질적으로 문자를 만드는 방법의 '형체[體]'가 되며, 이 '형체'를 응용하는 부분을 '기능[用]'이라고 부르는데, 바로 전주(轉注)와 가차(假借)에

---

36 (역주) 도원(道原)은 높고 숭고한 품성과 도덕성, 최고의 성취를 지향하는 야망, 멀리 보는 비전, 넓은 마음가짐, 처음의 마음을 잊지 않는 정신, 편안하고 넓은 대로를 걷는 의미를 함축하고 있다.

해당된다. "그러므로 문자를 응용하는 것이 이 두 부분이다.(所以用文字者, 斯其兩大端也.)"

　여기에서 특히 주목할 점은 '육서(六書)'에 대해, "육서의 순서는 자연에서 나오며, 법칙[立法]은 단순함[易簡]에 귀결된다.(六書之次第出乎自然, 立法歸乎易簡.)"라고 전체적으로 요약한 부분이다. 이로부터 대진이 '육서'의 순서, 즉 그 구성 순서를 모두 '자연'에 귀결시켰음을 발견할 수 있다.(아래 첨부표 참조)

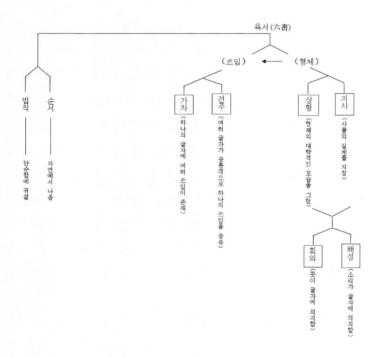

　이는 '육서'의 실질적인 부분과 응용 부분이 어떠한 인위적 요소에도 의존하지 않고, 자연스럽고 억지스럽지 않게 세계의 구성을 그대로 반영한다는 것을 보여주며, 그것이 구성된 원인을 밝히고 있다. 더 나아가, 대진은 문자를 구성하는 원리인 '육서' 방법을 '입법(立法)'이라고 부르고, 그

것을 '단순함[易簡]'으로 귀결시키고 있다. 이렇게 인식하는 법은 상당히 주목할 필요가 있다. '단순함'이라고 칭하는 이유는, '육서'가 극히 복잡하고 복합적인 상태로 존재하는 문자체계를 극도로 단순한 사실로 표현했기 때문이다. 이는 『주역·계사전(系辭傳)』에 반영된 '역학의 행동규범[易學義理]'과 유학(儒學)의 세계관 원리와도 서로 일치한다. 이 점은 대진의 문자와 '육서'에 취한 입장을 이해하는 데 있어, 근본적인 의미를 지닌다. 즉, 겉보기에는 뒤죽박죽인 글자들이 '육서'의 합리적인 구성 법칙에 의해 형성되었으며, 대진의 관점은 이러한 표면적인 의미를 넘어서 유학의 가치관을 나타내는 '단순함'의 원리에 귀결시키고 있다. 게다가 이는 단순히 서면으로 기록하는 수단으로서의 의미에 그치지 않고, 유학의 입장과 일치한다는 것을 보여준다. '단순함'으로 귀결되는 방법론으로 '육서'의 원리를 이해하면, 그 안에서 유학의 가치관을 발견할 수 있다.

여기서 주의해야 할 점은 '육서'를 '자연'과 '단순함'으로 귀결되는 것으로 보고, 내포된 의미를 파악하는 데 있다. 즉, '자연'에서 비롯한 육서로 구성된 모든 문자는 '자연'이며, 동시에 '단순함'의 구성 원리인 '육서'에 귀결된다. 따라서 대진에게 '육서'는 유학의 가치관을 담고 있는 '필연(必然)'으로 이해되었다.

2. 문자에서부터 성현의 도道까지

대진 본인이 고증학의 이념에 대해 문헌에서 자신의 생각을 밝힌 것은 최소 두 번이다. 첫 번째는 31세였던 1753년에 「시중명(是仲明)과 학문에 대해 논한 글(與是仲明論學書)」에서 다음과 같이 말했다.

경전이 이르고자 하는 것은 도(道)이고, 도를 밝히는 것은 그 말[詞]이며, 말을 이루는 것은 글자[字]이다. 우주를 통해 그 말을 이해하고, 말을 통해 그 도를 이해하려면 반드시 점진적이어야 한다.(經之至者, 道也; 所以明道者, 其詞也; 所以成詞者, 字也. 由字以通其詞, 由詞以通其道, 必有漸.) (『동원집(東原集)』제9권)

또 『동원집』제10권의 『고경해구침(古經解鉤沉)』의 서문[序]에서도 거의 같은 표현이 있으나, 여기서는 더 이상 언급하지 않겠다. 두 번째는 55세였던 1777년, 사망한 그해에 단옥재에게 보낸 편지에서 다음과 같이 말했다.

육경(六經)과 공자와 맹자를 통하지 않고, 글자의 의미, 제도, 사물의 이름과 형체를 연구하지 않으면, 그 언어에 통달할 수 없다.……(非求之六經, 孔孟不得, 非從事於字義, 制度, 名物, 無以通其語言……)

다른 문헌에서도 비슷한 설명이 있다.

나는 개인적으로 『시경』의 말을 알 수 없다고 생각한다. 그 뜻을 알면 그 말을 이해할 수 있을 것이다. 『시경』을 지은 이들의 의도는 더욱 알 수 없지만, '생각에 삿됨이 없다.(思無邪)'는 말로 그 뜻을 이해할 수 있을 것이다.(餘私謂『詩』之詞不可知矣, 得其志則可以通於其詞. 作『詩』者之志愈不可知矣, 斷以'思無邪'之一言, 則可以通乎其志.)(『대동원집(戴東原集)』제10권 「모시보전(毛詩補傳)」서문)

대진에게 있어, 문자와 언어의 차원에서 모든 유학의 의미적 연관성을 알 수 있다. 도(道)를 탐구하는 차원에서는 이를 기반으로 하여, 유학의 관념을 이해하는 과정에서 되풀이되는 순환을 거친다. 요컨대, 전체적인 유학적 인식과 부분적인 자구의 해석은 서로 보완하며 순환하는 관계이다. 대진의 '문자(文字)→말[言詞]→도(道)'의 고증적 사고는 그의 '자연(自然)→ 필연(必然)'이라는 기본적인 인식론의 투영이다. 따라서, '도(道)'에 관한 경전의 해석과 소학(小學)의 해석에 대한 연구를 깊이 파악하기 위해서는 단순히 순차적인 과정을 조합하는 문제뿐만 아니라, 각각의 차원에서 '자연(自然)——필연(必然)'의 관련성을 나타내며, 고증하는 과정 자체가 유학의 견해에 스며들고, 내재적인 의미의 연관성에 따라 구상되어야 한다.

3. 글자 의미[字義]의 일관성

위에서는 유학의 구체적인 전개 형태로서 대진의 고증학에 대해 고찰하였는데, 문자 연구를 통해 도원(道原)의 인식에 도달해야 한다. 여기서 토론할 부분은 대진의 '글자 의미의 일관성[字義一貫]'에 대한 규정이다.

일본의 한학자 야스다 지로(安田二郎)[37]는 『「맹자자의소증」의 입장(『孟子字義疏證』之立場』에서, 대진의 고증학의 객관성 여부를 기준으로, "글자의 의미가 일관된 의도에 종속되어야 한다면, 그 결과는 주관적 색채가 더 짙어질 수밖에 없다.(字義若要從屬一貫的意圖, 其結果只能是主觀色彩愈加濃厚.)"와 같이 대진의 글자 의미의 뜻풀이에 대한 견해를 밝혔다. 여기서는 위에서 이미 언급한 『시중명(是仲明)과 학문에 대해 논한 글(與是仲明論學書)』에서 '일관된 글자의

---

37 (역주) 야스다 지로(安田二郎, 1908~1945): 『중국근세사상연구(中國近世思想研究)』를 출판했는데, 이는 『일본 양명학 연구 명저 번역 총서(日本陽明學研究名著翻譯叢書)』의 일부이다. 이 책은 논문집으로, 4편의 주자(朱子)에 관한 글과 2편의 양명(陽明)에 관한 글이 포함되어 있다. 서양 철학의 개념, 체계, 방법을 사용하여 주자학(朱子學)과 양명학(陽明學)을 연구하고, 주자와 양명의 저작들 사이의 논리적 관계를 찾으려는 것이 연구의 특징이다. 또한 양명학과 주자학 사이의 필연적 연결을 제시하였다.(baidu 참조)

의미'를 설명하는 출처를 분명히 해야 한다. 이 책에서는 '문자(文字)→말
[言詞]→도(道)'의 순서를 이렇게 구상했다. 문자의 뜻풀이를 탐구하고자
한다면, 전서(篆書)를 분석한 허신의 『설문』에서부터 시작해야 한다. 3년
동안 연구하여 그 개요를 익혔다면, 점차적으로 고대 성인들이 근원을 추
구하는 상태를 엿볼 수 있다. 그리고 허신이 뜻풀이 부분에서 아직 유가
를 이해하지 못한 부분이 있는지 의문을 가져야 한다. 친구로부터 『십삼
경주소(十三經注疏)』를 빌려 읽은 후에야 "한 글자의 의미는 여러 문헌에서
일관성을 유지해야 하는데, 육서(六書)를 기반으로 한 다음에 정해진다.(一
字之義, 當貫群經, 本六書, 然後爲定.)"[38]는 사실을 이해하기 시작했다. 즉, 여러
문헌에서의 용례와 옛 뜻풀이를 근거로 하여, 충분히 고찰해야 한다. 대
진과 친분이 깊은 단옥재도 『대동원 선생의 연보(戴東原先生年譜)』에서 "한
글자의 의미는 반드시 육서를 근거로 하며, 여러 문헌에서 일관성을 유지
해야 정해진 해석으로 여긴다."라고 기록했는데, 이는 위의 표현과 크게
다르지 않다.

　　그리고 친구인 여정찬(余廷燦)은 이 말에 대해, "한 글자가 육경(六經)에
부합하지 않거나, 한 글자의 해석이 여러 문헌에서 일관성이 없다면, 그
것은 근거가 없는 것이니 믿을 수 없고, 믿을 수 없는 것은 반드시 반복적
으로 증거를 참조한 후에야 고정될 수 있다.(有一字不准六經, 一字解不通貫群經;
即無稽者不信, 不信者必反複參證, 而後即安.)"라고 정확하게 추론하여 설명했다.
여정찬은 "한 글자의 해석이 여러 문헌에서 일관성이 없다."에서 "근거가
없는 것이니 믿을 수 없고, 믿을 수 없는 것은 반드시 반복적으로 증거를
참조해야 한다."라는 부정적인 표현을 사용하여 '일관성[貫]'을 여러 문헌
에서의 각각의 사례에 대해 광범위하게 통달하고 검증해야 하는 것으로
이해했다는 것을 알 수 있다.

---

38 『東原集』제9권.

대진 자신이 말한 "충분하게 관찰해야 한다는 것은 반드시 고대 문헌에서 검증해야 하며 조리가 있어야 한다는 말이다.(所謂充分地觀察, 必定驗證於'古'而有條貫)"[39]라는 표현을 통해, 이 점을 더욱 명확하게 알 수 있다. 대진이 말한 '고(古)'는 여러 경전을 포함한 고대 문헌을 가리키며, 이에 근거하여 검증해야 한다고 했다. 그밖에, 한나라 정현의 '삼례(三禮)'와 『시경』 등의 주석 방법은 하나의 '경전'을 놓고, 광범위하게 여러 문헌을 참조하여, 총체적이고 통합적인 접근 방식을 취하였다.

그러나 후대의 유학자들은 오히려 그 본질을 이해하지 못했다. 후대 유학자들의 통찰이 얕다고 비난하는 것은, 정현이 여러 문헌을 관통하여 논한 것을 이해하지 못했기 때문이다.[40] 여기에서 '조관(條貫)'과 '관천(貫穿)'은 모두 같은 내용을 말하고 있으며, 견강부회하여 '일관성'을 추구하는 방식과는 정반대이다.

특히 대진이 27세 무렵에 "『이아』를 인용하여 『시경』과 『상서』를 해석하고, 『시경』과 『상서』에 근거하여 『이아』를 증명한다.(夫援爾雅以釋詩書, 據詩書以證爾雅.)"[41]라고 밝힌 고증학에 대한 절차는 이와 완전히 일치한다고 할 수 있다. 그의 제자인 단옥재는 『설문해자주』를 저술하며 "예전 동원(東原) 스승님은 '나의 학문은 글자로 문헌을 고증하고, 문헌으로 글자를 고찰할 뿐이다.'라고 말씀하셨는데, 내가 『설문해자』를 주석한 것도, 이 두 말에서 비롯하였다."[42]라고 매우 명쾌하게 말했다.

이러한 뜻풀이나 글자와 문헌을 상호 보완하는 이해는 대진의 고증학 원칙으로 확인할 수 있다. 따라서 대진의 뜻풀이나 글자의 의미 선택은 단순히 귀납적인 실증적 차원에 머무르지 않고, 전체적인 유학의 입장에

---

39 『與姚孝廉姬傳書』, 『東原集』제9권 참조.

40 『鄭學齋記』, 『東原集』제11권 참조.

41 『爾雅文字考序』, 『東原集』제3권.

42 『說文解字注』부록 진환(陳奐) 「序」

서의 더 높은 차원에서 문자, 어구, 고대 문헌을 전체와 부분 사이의 유기적인 연결 속에 포함시켜, 반복적으로 이해하고 검증하게 된다. 이는 기존 원칙에 억지로 끼워 맞추려는 방식과는 정반대이다.

이러한 방법론에 대해 후대의 황간(黃侃)도 "경학(經學)은 소학(小學)의 근거가 되므로, 한나라 사람들은 대부분 경학으로 소학을 해석하였다. 단옥재는 문헌으로 글자를 검증하고, 글자로 문헌을 검증하는 것이 오랫동안 변하지 않을 법칙이라고 여겼다.(經學爲小學之根據, 故漢人多以經學解釋小學. 段玉裁以經證字, 以字證經, 爲百世不易之法.)"라고 하면서, 비슷한 추론을 했다.

4. 전대흔錢大昕의 고증학에 대한 의미

일본의 한학자들은 이에 대해 다음과 같이 몇 가지 설명을 하였다.

1) 언어를 중심으로 한 경학經學 연구

전대흔은 역대 유학의 변천을 종합적으로 살펴보고, 자신이 속한 청나라 유학의 학문적 역할에 대해 이렇게 규정했다.

> 한나라 유학자들은 문헌을 설명하면서 스승이 전수한 내용을 엄격하게 따랐으며, 주석과 해석을 통해 고대 현인들의 의도를 잃지 않았었다. 그러나 진(晉)나라 이후로는 공허함을 숭상하였고, 송나라의 현자들은 갑작스러운 깨달음을 기뻐하면서 학문의 분열을 비웃으며, 주(注)와 소(疏)를 버리고 의미 없는 것으로 여겼다. 따라서 문헌을 논하는 학자들은 자신들의 생각을 옳다고 여기고, 거칠고 평범한 말로 경전을 해석했다. …… 옛 뜻풀이를 소홀히 한 것은 성현들

이 저술한 경전에 큰 해를 끼쳤다. 우리는 실학(實學)을 숭상하고 유교를 부흥시켜, 명나라 말기의 공허하고 얄팍하여 실질적인 내용이 없는 천박함을 한 번에 씻어냈다.[43]

전대흔은 여러 문헌에 대한 깊은 이해와 방대한 학식을 기반으로, 합리적 비판 정신에 입각하여 경학(經學)의 옛 뜻풀이를 존중할 뿐만 아니라, 실증적인 입장을 확립했다. 즉, 고대 중국어로 기록된 여러 문헌을 고대 중국어의 음운 연구와 같은 언어학적 방법을 통해 더욱 완벽하게 해석했다.

2) 의리義理의 추구

전대흔은 고염무(顧炎武)를 위시한 청대 고증학자들의 이론을 계승했다. 경학 연구에서 필수적인 조건은 한나라 유학자들의 뜻풀이이다. 즉, 옛 뜻풀이와 옛 주석을 말하는데, 그 근거는 무엇일까? 『장옥림경의잡식서(臧玉林經義雜識序)』에는 이렇게 밝히고 있다.

> 육경(六經)[44]이라는 것은 성인의 말씀이다. 그 말씀을 통해 그 의미를 추구하고자 한다면, 반드시 뜻풀이에서 시작해야 한다. ……뜻풀이는 반드시 한나라 유학자들을 의지해야 한다. 시간적으로 고대와 많이 떨어져 있지 않고, 스승님의 말씀이 엄격히 지켜지고 이어져, 공자 문하의 72명의 현인의 대의(大義)가 여전히 존재하는 것 같다. …… 삼대(三代) 이전의 문자와 발음은 뜻풀이와 서로 통했는데, 한나라 유학자들은 그것을 알고 있었던 것 같다.

---

43 『경적찬고(經籍纂詁)』의 서문[序].

44 (역주) 중국 고대의 육경, 즉 『시경(詩經)』, 『서경(書經)』, 『주역(周易)』, 『예기(禮記)』, 『춘추(春秋)』, 『악기(樂記)』 등을 지칭한다.

이로써 전대흔 본인의 고증학 이론을 요약하기에는 충분히 명확하지 않지만, '의리(義理)'가 뜻풀이를 초월하여 존재할 수 있는 형태가 아니라는 것은 밝힐 수 있다.

3) 뜻풀이에 존재하는 '윤리 도덕에 부합하는 의리義理'

전대흔은 '옛 뜻풀이[古訓]'를 어떻게 이해했을까? "문자가 있고 난 이후에 뜻풀이[詁訓]가 있으며, 뜻풀이가 있고 난 이후에 의리(義理)가 있다. 뜻풀이라는 것은 행동규범이 나오는 곳이다. 뜻풀이를 벗어나서 행동 규범이 있는 게 아니다."[45]

4) 경서經書의 해석에 대한 관념

전대흔은 소학(小學)이라고 불리는 문자, 음운, 뜻풀이를 기반으로, 실증적인 분석을 해야 한다고 확인했다.

이런 이유로, 전대흔이 여러 문헌을 해석하는 입장은 대진, 단옥재, 양왕(二王)의 완파(皖派)와 서로 통한다고 말할 수 있다.

> 육경(六經)은 모두 도(道)를 밝히기 위한 것인데, 뜻풀이를 통하지 않고서는 도를 알 수 없다. 육경의 뜻을 깊이 있게 파악하려면 반드시 『이아』에서 시작해야 한다.(夫六經皆以明道, 未有不通訓詁而能知道者. 欲窮六經之旨, 必自爾雅始.)[46]

---

45 『경적찬고(經籍纂詁)』의 서문[序].
46 『회지(晦之)와 이아를 논함(與晦之論爾雅書)』.
  (역주) 여기에서 회지(晦之)는 李健章(1912~1998)을 말함. 이건장(李健章)은 고전 문학

문자를 통해 고대의 음을 알 수 있으며, 고대의 음을 통해 옛 뜻풀이를 알 수 있다. 이것이 하나로 세 가지를 관통하는 도이다.(因文字而得古音, 因古音而得古訓. 此一貫三之道.)[47]

또한 『답문십이(答問十二)』에서도 이렇게 말했다.

고대 사람들은 문자를 통해 소리를 정하고, 소리를 통해 옛 뜻풀이를 안다. 그 원리는 하나로 일관되어 있다.(古人因文字而定聲音, 因聲音而得古訓, 其理一以貫之.)[48]

필기筆記 논문, 야사에서 예술을 논하다.[筆記論文 野史談藝]

필기패사(筆記稗史)는 『한서·예문지·제자략(諸子略)』에서 논의한 '소설가의 유파[小說家者流]'에 해당하며, 본래 "패관(稗官)에서 나온 항간에 떠도는 소문을 듣고 지어진 이야기"를 말한다. 원래는 대화를 돕는 역할에 불과하여, '도(道)를 전하거나' '교화(教化)'하는 그러한 사명이 있는게 아니었다. 그러나 『논어』에서도 "자하(子夏)가 말하길, 비록 작은 도일지라도, 반

연구 전문가로, 필명이 회지(晦之)이다. 안휘성 합비(合肥) 출신이다. 1939년에 무한(武漢)대학 중문과를 졸업하고, 사천성 강진(江津) 국립 제9중학교에서 중국어 교사를 역임했다. 저서로는 『志疑·袁中郞行狀箋正·炳燭集』과 『居蜀集·東西集』 등이 있다.(baidu 참조)

47 『소학고서(小學考序)』.

48 [日] 문학 박사 하마구치 후지오(濱口富士雄)의 『청대 고증학의 사상사 연구[清代考據學的思想史研究]』(日本國書刊行會, 1994) 참조. 대진의 고증학 이론에 대해 두 가지 측면에서 바라볼 수 있으며, 이는 현대인들의 '해석의 순환' 이론에 가깝지만, 완전히 일관성 있게 통합되지는 못하였다.(『管錐編』제1권, 171~172쪽의 절에 나타난 비판을 참조) 또한 황간(黃侃)의 견해를 인용하려면, 黃焯, 『文字聲韻訓詁筆記』(上海古籍出版社, 1983), 23쪽을 참조.

드시 볼만한 것이 있다.(子夏曰: 雖小道, 必有可觀者焉.)"라고 하여, 어느 정도 중시하였다. 정사가(正史家)들도 이를 두고 "그러나 이 역시 없애서는 안 된다. 항간의 작은 지식을 가진 자가 닿는 곳까지도, 잊지 않도록 기록하고, 혹시 취할 만한 말이 있다면, 이 또한 시골 사람들의 엉뚱한 말에 대한 논의가 될 것이다.(然亦弗滅也. 閭巷小知者之所及, 亦使綴而不忘, 如或一言可采, 此亦芻蕘狂夫之議也.)"라고 하면서, 필기패사의 필요성을 강조했다.[49]

전종서의 예술에 대한 논의는 더욱 주목할 만하다. 고대 중국의 미학을 연구하는 과정에서, 우리의 주의력은 항상 유명한 이론적 저서에 빠지곤 한다. 물론, 『악기(樂記)』, 『시품(詩品)』, 『문심조룡(文心雕龍)』, '시와 산문에 대한 이야기[詩文話]', '그림에 대한 이야기[畫說]', '사실을 왜곡하여 논의하거나 그 궤변[曲論]' 및 '문예에 관해 다양한 주제를 내걸고 토론하는 수많은 서신(書信)', 서문과 발문[序跋] 등이 연구 대상임은 말할 필요도 없다.

그러나 솔직한 사람이라면 이러한 문헌에 대한 연구가 그에 상응하는 많은 성과를 내지 못했다는 것을 인정해야 한다. 대부분이 진부한 말과 공허한 수사에 불과하며, 저자가 예의상 태도를 나타낸 것에 지나지 않는다. 섭섭(葉燮)은 시와 산문을 모아 놓은 책[詩文選本]에 대해 논하며 다음과 같이 한탄하며 말했다. "문선(文選)이라 이름하지만, 실제로는 '인선(人選)'이다".[50] 일반적으로 '문예 평론의 역사[文藝評論史]'라 불리는 것은 실제로 『역대 문예계 유명인 발언 기록(歷代文藝界名人發言紀要)』으로써, 이들은 명성이 있다 해도 그들의 발언은 실질적인 내용이 없는 경우가 많다. 오히려 시, 사, 수필에서나 소설, 희곡에서, 심지어 속담과 뜻풀이에서, 종종 무심코 던진 몇 마디 말에서 예리한 견해를 말하기도 하여 사람들에게

---

49 『漢書·藝文志·諸子略』.
50 『己畦集』제3권『選家說』.

지혜를 주었다. 이를 연역해낸다면, 문예 이론에 크게 기여할 수 있을 것이다.[51]

아래에서는 아직 제대로 주목받지 못한 내용들을 선정하여, 각각 하나씩 예를 들어 제시하고자 한다.

필기에서의 그림에 대한 이야기[畵說].

『진로련별전(陳老蓮別傳)』: 련(蓮)은 적어도 세 번, 주장사(周長史)[52]의 그림을 모방했지만, 여전히 만족하지 못했다. 사람들이 그가 모방한 그림을 가리키며 말했다. "이 그림은 이미 1년이 지났는데도, 여전히 부족해 보입니다. 어째서입니까?" 련이 대답했다. "이것이 바로 제가 부족한 탓입니다. 제 그림은 쉽게 좋다고 평가받지만, 아직 완벽하지 않습니다. 주장사는 본디 지극한 능력을 가졌지만, 마치 능력이 없는 것처럼 보입니다. 이것이 바로 어려운 점입니다. 이를 문장으로 비유해보겠습니다. 현재 글을 쓰는 자들은 자신의 의견 없이 사실을 모을 뿐입니다. 의견을 글에 부가하고 글을 사실에 부가하여, 철저하게 준비되고 계획되었을지라도 과연 작가의 의도가 그 속에 존재할까요? 작가에서부터 정연하게 글을 쓰는

---

51 『七綴集·讀「拉奧孔」』(上海古籍出版社, 1985), 29쪽.

52 (역주) 주방(周昉: 생졸년 미상): 자는 중랑(仲朗), 경현(景玄). 당대(唐代)의 유명한 화가. 출신이 높고, 월주(越州)와 선주 장사(宣州長史)를 역임했다.
그는 서예에 능하고 인물화와 불상을 잘 그렸으며, 특히 귀족 여성을 그리는 데 탁월했다. 그림 속의 인물들은 용모가 단정하고 체형이 풍만하며, 색채가 부드럽고 아름답게 표현되어 당시 궁중과 사대부들에게 사랑을 받았다. 중당(中唐) 시기에 오다자(吳道子)의 뒤를 이어 등장한 중요한 인물화가이며, 당시의 유명한 종교화가이자 인물화가였다. 초년에는 장선(張萱)의 스타일을 모방했지만, 후에 변화를 주어 자신만의 스타일을 창조했다. 주방이 창조한 가장 유명한 불교 형상은 '수월관음(水月觀音)'이다. 주방의 불교화는 오랫동안 유행하는 규범이 되어, '주가양(周家樣)'이라고 불렸다. 전해지는 작품으로는 『잠화사녀도(簪花仕女圖)』, 『휘선사녀도(揮扇仕女圖)』, 『조금철명도(調琴啜茗圖)』 등이 있다.(baidu 참조)

법이 나오는데, 글이 완성될 때마다 반드시 붓을 머금고 먹을 빨아들이는 행위가 있습니다. 만약 작가의 의도가 행간(行間)보다 앞서고, 그 논리와 사실을 버리고 나의 법을 취하면 이와 같음이 마땅하다 말합니다. 그런데 이와 같다면, 이치에 맞지 않는 것이 되어 글은 사라집니다! 그러므로 그림이 마치 기염이 이리저리 용솟음치는 모양새라면 주(周)와 진(秦)나라의 문체입니다. 그리고 글귀가 여유롭고 정돈되어 있으나 처지에 따라 어지러움에 빠진다면, 한(漢)과 위(魏)나라의 문체입니다. 법률과 제도 속에서 벗어나, 앞을 바로잡아 뒤를 편안하게 하며, 억압을 뛰어넘고 뛰어난 것을 숭상하며, 떨어진 것을 묶고 작품의 기운이 앞을 가득 채우는 것이 당(唐)과 송(宋)나라 8대가의 문체입니다. 따라서 그림에는 신의 경지에 들어선 화가, 명성이 뛰어난 화가, 적당한 화가, 작가, 장인이 있습니다. 저는 오로지 작가이기에, 이 부족함을 걱정하고 있습니다.[53]

필자의 생각에, 글과 그림을 평가하는 기준은 고대부터 현재까지 일관되게 정신을 추구하는 것[神似]을 귀히 여기고 숭상하였다. 형체를 추구하는 것[形似]과는 그 기세가 물과 불의 관계와 같이 대립적이다. 노련(老蓮)은 글[文]을 예술[藝]로 여겼으며, '글[文]'도 그 의미를 전달한다고 여겼다. '작가(作家)'는 '작가의 의도를 전달하는 것'을 우선으로 해야 한다. '작가'와 '장인'은 처음에 서로 양립할 수 없었다. 이로 인해 '형체[形]'와 '정신[神]' 사이에 갈등이 존재하게 되었다.

필기에서의 학론 學論.

난양소하록(灤陽消夏錄) 1부: (저자가 대악(岱嶽)의 석벽에서 나온 '덕망이 높은 선비[耆儒]'의 말을 인용하여 말했다.) 한나라의 여러 유학자들은 고대와

---

53 張潮輯, 『虞初新志』제30권. 毛奇齡(大可), 『陳老蓮別傳』(河北人民出版社, 1985).

시간적으로 멀리 떨어져 있는 게 아니라서, 뜻풀이[訓詁]와 주석을 통해 대개 옛 성인들의 마음을 엿볼 수 있었다. 또한 순박하고 간결하여 당파 싸움에 관여하지 않았고, 오로지 각자 스승의 가르침을 전달하며 근원을 깊이 탐구했다. 당대(唐代)에 이르러서도 이러한 유교 문화는 변하지 않았다. (비고: 저자가 마지막에 자신의 견해를 밝히며) 선비들이 지난날을 돌이켜보면, 만 봉우리가 하늘에 높이 솟아 있다 해도, 아득하여 사람의 흔적이 없었다. 이 일이 허무맹랑하다 생각하여도 대부분 한학자들의 우화를 중시하였다. 한나라의 학자들은 뜻풀이를 집중적으로 연구하였으며, 송나라의 학자들은 의리(義理)를 숭상하였다. 한나라의 학자들이 조잡한 반면 송나라의 학자들이 정교하다고 여길 수 있지만, 뜻풀이를 이해하지 못한다면 어떻게 의리(義理)를 알 수 있겠는가. 그렇지만 대체로 무시하고 배척하면서 업신여기는 경향이 있었으니, 이는 천자가 탈 수레가 만들어지자 바퀴살이 없는 초기의 수레를 배척하는 것과 같다. 또한, 길을 잃었거나 혼란스러운 상황을 해결하고 나면 도움이 된 귀중한 도구를 불태우는 것과 같다. 그리하여 송나라의 학자들을 비판하는 자들이 속속 일어났다. 그래서 나는 『사고전서(四庫全書)·시부총서(詩部總敍)』를 편찬하고 다음과 같이 말했다. 송나라 학자들이 한나라 학자들을 비판하는 것은 경전을 설명하고 견해를 내놓기 위함이 아니라, 단지 한나라 학자들을 이기기 위해서이다. 후세 사람들이 송나라 학자들을 비판하는 것도 경전을 설명하고 견해를 내놓기 위함이 아니라, 특히 송나라 학자들이 한나라 학자들을 비방하는 것에 불만을 품었기 때문이다. …… 공정하게 말하자면, 『주역』은 왕필(王弼)에서부터 이전의 설명을 변화시켜 송학(宋學)의 기초를 마련했다. 송나라 학자들이 『효경(孝經)』을 비판하지 않은 것은 그 단어의 의미가 명확했기 때문이다. 송나라 학자들이 논쟁을 벌인 것은 금문(今文)과 고문(古文)의 구절들인데, 주된 취지와는 관계가 없으므로 잠시 논의를 보류하기로 한다. 『상서』, 『삼례(三禮)』, 『삼전(三傳)』, 『모시(毛詩)』, 『이아』 등의 『주』와 『소』는 모두 고대 중국의 고전에 담긴 교훈과 철학적 의미에 근거한 것으로, 결코 송나라 유학자들이 할 수 있는 바가 아니다. 『논어』와 『맹자』에 대해, 송나라 학자들은 일생의 열정을 쏟아 글자와 문장을 신중히 다듬었는데, 이는 한나라 유학자들도 미치지 못하는 부분이다. 그래서 한나라 학자들은 스승의 전승을 중시하여 그 근원에 충실한 것이며, 송나라 학자들은 마음의 깨달음을 숭상하여 주역의 심오함을 연구하고 탐색했던 것이다. 한나라 유학자들은 간혹 옛 문체에 집착하며 지나치게 전승을 신뢰하였고, 송나라 유학자들은 간혹 자의적인 판단에 의존하여 경전을 과감히 바꾸었다. 그 장단점을 살펴보면, 서로 비슷한 수준이다. 단지 한나라 학자들의 학문은 책을 읽고 고전을 연구하지 않으면 한마디도 할 수 없고, 송나라 학자들의 학문은 누구나 공허한 이론이나 주장을 할 수 있다. 이 사이에 고상함과 천박함이 같이 생겨나, 모든 사람의 마음을 완전히 만족시키지 못하는 것이 비웃음과 조롱의 시작이 되었다. 이러한 허구적인 단어들도 아무 이유 없이 만들어진 것이 아니다.[54]

필기에서의 시론詩論.

난양소하록(灤陽消夏錄) 3부: 익도(益都)에 사는 이사원(李詞畹)의 말에 따르면, 추곡(秋穀) 선생이 남쪽으로 여행할 때 어느 집 정자에서 머물렀다. 어느 밤, 침대에 누워 시를 지으려고 생각에 빠져 있을 때, 창밖에서 들려오는 사람의 말소리를 들었다. "당신은 아직 잠들지 않았습니까? 맑고 아름다운 시구에 이미 마음이 십여 년 동안 취해 있는 듯 합니다. 지금 이곳에 머무르게 되어 다행이지만, 이미 한 달이 지났음에도 불구하고 의문을 제기하거나 난제에 도전할 기회가 없어서 아쉬웠습니다. 혹시 서둘러 떠나야 할 경우를 염려하여, 마음속에 있는 것을 다 말하지 못하면 평생의

---

54 紀昀, 『閱微草堂筆記』(上海古籍出版社, 1980), 9~10쪽.

미안함이 될 것입니다. 그래서 뻔뻔스럽게 창 너머로 자유롭고 솔직한 대화를 듣길 바랍니다. 선생님께서 이를 거절하지 않으시겠습니까?" 추곡이 물었다. "당신은 누구십니까?" 그 사람이 대답했다. "별관은 깊고 고요하고, 겹겹이 있는 문은 밤에 닫히어, 사람들의 발길이 닿지 않는 곳입니다. 선생님은 생각이 평온하고 넓어서, 두려움을 느끼지 않을 것이니, 깊게 고민할 필요가 없을 것입니다." 추곡이 다시 물었다. "왜 방에 들어와 만나지 않습니까?" 그 사람이 대답했다. "선생님은 마음이 넓고 자유로우며, 저 역시 형식에 얽매이지 않습니다. 정신적으로 교류할 수 있다면, 꼭 육체적인 만남에 의존할 필요가 있겠습니까?" 그래서 추곡은 그와 여러 날 동안 대화를 나누게 되었는데, 육의(六義)에 대해서는 상당히 깊은 통찰을 나누었다. 여러 밤 동안 이러한 상황이 계속되었는데, 우연히 술에 취한 척하며 농담 삼아 물었다. "당신의 말을 들어보니, 신선도 아니고 귀신이나 여우도 아닙니다. 혹시 산도깨비가 시를 읊고 있는 것은 아닙니까?" 말이 끝나자 조용해졌다. 틈새로 들여다보니, 기우는 달빛이 약간 밝게 비추고 연꽃처럼 보이는 그림자가 물 위를 스치며 정자의 처마 끝을 지나갔다. 정원의 오래된 나무가 구름에 닿을 듯이 높이 솟아 있어, 도깨비인가 의심이 되었다. 이사원이 또 말했다. 추곡이 도깨비와 이야기할 때, 몰래 듣던 사람이 있었다. 도깨비는 어양산인(漁洋山人)[55]의 시를 다음과 같이 묘사했다. 큰 산과 아름다운 물, 진귀한 나무와 은밀한 꽃이 있지만, 작은 토양에 오곡이 자라지 않는 것과 같다. 조각된 난간과 굽이진 정

---

55 (역주) 왕사정(王士禎, 1634년 9월 17일~1711년 6월 26일): 자(字)가 자진(子眞)이고, 호는 완정(阮亭)이거나 어양산인(漁洋山人)인데, 세간에서는 왕어양(王漁洋)으로 알려져 있다. 청나라 초기의 시인, 문학가, 시사(詩詞) 이론가이다. '신운설(神韻說)'을 실천하면서, 시와 산문의 성과가 뛰어날 뿐만 아니라, 전통적인 문단과 문인들의 편견을 극복하고 소설, 희곡, 민요와 같은 대중적인 문학과 문체를 높이 평가하고 중시했다. 그의 주요 업적은 시와 산문의 창작 및 이론 분야에 있지만, 소설, 희곡, 민요, 서예와 그림, 서적 수집, 역사 평론 등의 분야에서도 뛰어난 성취를 이루었다.(baidu 참조)

자, 물가에 있는 정자는 사람들에게 편안함을 주지만, 바람과 비를 막을 침실이 없는 것 같다. 화려하게 치장된 제사 때 사용하는 의례용기들이 가득하지만, 밥을 짓고 요리할 솥이나 가마가 없는 것과 같다. 신선의 베틀에서 짠 것처럼 문양과 색상이 아름다운 비단을 만들었지만, 추위나 더위를 막을 수 있는 갖옷과 베옷이 없는 것과 같다. 춤과 노래에 사용되는 화려하고 아름다운 의상과 부채, 12개의 금비녀가 있지만, 집안일을 맡을 여성이 없는 것과 같다. 규모가 크고 웅장한 왕실의 정원과 황금과 곡식이 많고, 우아한 손님들이 대청을 가득하지만, 진실한 충고를 해줄 좋은 친구가 없는 것과 같다. 추곡은 이에 매우 감탄했다. 또한, 명나라 말기의 시에는 평범한 문체가 섞여 있었으나 어양산인이 새롭고 독특한 문체로 바꾸었다고 말했다. 최근 사람들의 시에 허세와 과장이 날로 증가하고 있으므로, 선생님께서 직설적이고 솔직한 표현으로 바꾸었다. 세력은 본래 서로 의존하며, 이치에는 편향된 승리가 없다. 내 생각에, 두 학파는 조정과 상호 협력을 통해 해결해야 하며, 합치면 양쪽 모두 좋고, 떨어지면 양쪽 모두 상처를 받을 것이다. 추곡은 이에 대해 다소 불만을 표했다.[56]

　필자의 생각에, 추곡(秋穀)과 '도깨비[魅]'가 왕어양(王漁洋)의 시의 격조와 의미를 평가하며 나눈 대화는 진정한 감상의 말로, 전문 평론가들보다 훨씬 낫다. 어양은 '정신적 깊이[神韻]'를 중시했지만, 그의 시에는 '인간 세상의 연기와 불꽃을 멀리하는' 단점이 있으니, '도깨비'는 독창적인 말을 하며 요점을 잘 포착하고 형상을 정교하게 묘사했다. 현재, 예술과 논문 분야에서 활동하는 전문가들이 단순히 이론적 지식에만 국한되지 않고, 구체적이고 실질적인 목표를 가지고 있으니 흠잡을 데가 없다. 위에 추가된 설명은 모두 본론과 관련이 없다.

---

56 紀昀, 『閱微草堂筆記』(上海古籍出版社, 1980), 55~56쪽.

유학의 관물취상 사유고

    한나라 때 고문 경학의 대가였던 허신은 '양(羊)'자의 형체에 대해 설명하면서, 공자의 말을 빌려 이렇게 묘사했다. "양(羊)은 상(祥)과 같아 '상서롭다'는 뜻이다. 양(ㅜ)으로 구성된 것은 뿔과 다리와 꼬리의 모습을 그렸다. 공자께서는 '우(牛)나 양(羊)과 같은 글자는 모두 형체를 그대로 그린 글자이다.'라고 했다."[1] '우(牛)'나 '양(羊)'과 같은 글자들의 형체로 봤을 때, 그러한 특징들을 돌출시켜 '형체로써 나타낸' 것이 분명하다. 그래서 이러한 모습이 이후로 전해져 유가에서 극히 중요한 '관물취상(觀物取象)'[2]

---

1 『설문·양(羊)부수』제4권(상편). 또 「오(烏)부수」의 '언(焉)'자에는 다음과 같이 설명하고 있다. "대체로, 붕새는 날개가 달린 부류를 말하고, 까마귀는 태양 속에 산다는 날짐승을 말하며, 까치는 태세성의 위치를 아는 새이며, 제비는 아이를 낳을 징조를 알려주는 새인데, 제비가 둥지를 지을 때에는 무일(戊日)과 기일(己日)에는 피한다. 이상은 모두 사람들이 귀하게 여기는 것들이기에 모두 상형자로 만들었다.(凡字: 朋者, 羽蟲之屬; 烏者, 日中之禽; 焉者, 知太歲之所在; 燕者, 請子之候, 作巢避戊己. 所賢者故皆象形.)"

2 (역주) 여기서 '관물취상'은 사물을 관찰하고 그것들로부터 이미지나 형체를 나타내는 것을 의미하며, 이는 유학의 핵심적인 사고방식 중 하나를 나타낸다. 이 원칙은 사물이나 현상을 통해 인간과 세계에 대한 깊은 이해를 추구하는 유학의 지향점을 반영하고 있다.

의 원칙이 되었다고 해도 무방할 것이다. 여기서 밝히고자 하는 것은 바로 이러한 관물취상의 제도가 드러내고 있는 유학의 '비유와 상징'의 사유 규칙이다. 요약하자면, 이러한 규칙은 더없이 분명하고 단순하게 '옥(玉)'자가 개괄하고 있는 이 이미지 속에 응결되어 있다 하겠다.

『설문』에서의 '옥玉'의 이미지

근대 사람들은 고대 옥의 변화 발전에 관해 결론지으면서 '규(圭)'와 '벽(璧)'과 '상생(象生)'을 대종으로 삼았다. 좀 더 분석해서 말하자면, '규(圭)'는 곧고 네모진 옥의 종주요, '벽(璧)'은 둥글고 굽은 옥의 종주이며, '상생(象生)'은 옥으로 된 노리개의 종주이다. 또 '장(璋)'과 '황(璜)'은 '규(圭)'와 '벽(璧)'에 부속된 옥이며, '종(琮)'은 네모진 것과 둥근 옥이 합쳐진 모양이다. 이를 시기별로 나누어 보자면 대략 네 단계로 나눌 수 있는데, 그 변화 발전의 흔적이 뚜렷하게 드러난다.

즉, 제1기에는 '규(圭)'와 '벽(璧)'이 위주였는데, 돌이 옥보다 많았고 질박하고 무늬가 없이 실용적인 것으로 사용되었으며, 옥공은 석공에 포함되었다. 제2기에는 '상생(象生)'이 점점 늘어나게 되는데, 무늬가 많아지고 강하고 곧아, 노리개로 변했으나 실용성이 완전히 배제되지는 않았다. 또 돌보다 옥이 점점 많아져서 옥공도 점점 분화되었다. 제3기에 들면 '벽(璧)'과 '환(環)'이 패옥(佩玉)으로 변하여 순전히 노리개로 변했으며, '규(圭)'와 '장(璋)'도 의식용 예물로 변해 실용적 의미가 감소되었다. '상생(象生)'과 관련된 기물도 점차 대체되어, 무늬도 두루마리 형태로 변해갔다. 옥공은 전문직으로 변하여 단단한 옥도 다듬을 수 있게 되었으나, 옥이 적었기에 여전히 옥 다듬는 방법을 사용하여 예쁜 돌도 다듬었다. 전란이 빈번히 일어남으로 인해, 패옥 제도가 중단되었다. 제4기의 옥 다듬기는 여전히 '검(劍)'의 장식이나 강묘(剛卯)[3]나 대구(帶鉤)[4] 등과 같은 것으로 변해 갔으며, 장식은 무기와 일용품과 합해졌다. 효명(孝明)이 패옥의 제도를 부활시키긴 했으나 이미 옛날의 모습으로 돌아갈 수는 없었다. 옥 용기의 제작은 공예적인 측면에서는 발전하였으나, 진귀한 보물로 여기던 옛날과는 이미 달랐다. 이것이 고대 중국에서 옥이 변화하고 발전한 모습이다.[5] 실제로 "고대 사람들의 주택, 기물, 비첩(碑帖) 등은 원래 특정한 사용 요구를 충족시키기 위해 제작되었으므로, 후세 사람들의 심미적 감상만을 위한 것이 아니었다. 시간이 지나고 사회가 발전하면서, 옥의 제작은 순차적으로 바뀌면서 결국 그 실용성이 없어지고, 예술성만 남게 되었다.(古人屋宇, 器物, 碑帖之類, 流傳供觀賞摩挲, 原皆自具功能, 非徒鑒析之資. 人事代謝, 制作遞更, 厥初因用而施藝, 後遂用失而藝存.)"[6]

이는 말하는 사람이 전반적인 상황을 파악하지 못한 것이다. 좀 더 말하자면, 여기에서는 '옥(玉)'자의 발생에 관해 흥미를 느끼게 된다. 그 근본적인 의미는 그들의 구조적 형체에 있고, 여기서 체현된 관물취상 제도는 유학의 '비유와 상징'의 사유 유형을 응결하고 있다는 점이다.

먼저 『설문』의 「옥(玉)부수」에 수록된 글자들의 상황을 살펴보자. 이 부수에는 이체자인 17개의 '중문(重文)'과 대서본(大徐本)에서 이후에 '새로 첨부[新附]'된 14자를 제외하고도, 본문과 연이어지는 「각(珏)부수」에

---

3 (역주) '강묘(剛卯)'는 한나라 사람들이 사악함을 물리치기 위해 착용한 장신구로, 정월 묘일(卯日)에 금, 옥, 복숭아나무를 재료로 하여 사악함을 물리치는 내용의 문자를 새겨 제작하였다.

4 (역주) '대구(帶鉤)'는 고대에 허리띠를 고정하거나 장식하는 데 사용된 도구로, 주로 금속으로 만들어졌으며 실용성과 장식성을 겸비한 이중 기능을 가졌다. 고대 문화에서 대구의 형태, 크기, 재료 등은 특별한 상징적 의미를 지닐 수 있으며, 착용자의 신분이나 개인적 취향을 반영할 수 있다.

5 郭寶鈞, 『古玉新詮』, 『歷史語言研究所集刊』第二十本下冊(中華書局, 1987), 39쪽 참조.

6 錢鍾書, 『管錐編』제2권, 539쪽.

만 총 129자가 수록되어 있다. 이는 540부수로 된 『설문』의 각 부수 중에서 수록자가 매우 많은 부수에 속한다. 129자를 그 의미지향에 따라 나누어 보면, 각기 '옥 기물과 옥 장식', '기물의 품질 특성과 그 기능적 효용', '옥석의 가공', '옥 부류와 돌 부류'라는 비교적 큰 범주의 '의미장(sematic field)'으로 나뉜다. 그중에서도 옥과 돌의 '성품과 도덕적 기능'이라는 의미장 중에서, 주의할 만한 것은 또 다음과 같은 여러 가지 특수한 기능과 용도가 있다.

    천자만 사용하는 옥 장식
    신을 모실 때 사용하는 옥 기물
    인체의 특정 부위에 사용하는 옥
    일상생활에 사용하는 옥

아래에서는 『설문』의 관련 해석을 비교하여, 몇몇 글자들이 어디에서 이미지를 취했는지 그 유래에 대해 분석해 보겠다.

기(璂, 璂)

『설문·옥(玉)부수』에서 "고깔의 장식을 말하는데, 눈에 띄도록 옥을 덮는데 사용한다. 옥(玉)이 의미부이고 기(綦)가 소리부이다.(璂: 弁飾, 往往冒玉也. 从玉綦聲.)"라고 했다. 서개(徐鍇)의 『설문계전(說文系傳)』에서는 "눈에 띄도록 옥을 덮는데 사용한다.(行行冒玉也.)"라고 했다.

필자의 생각에, '모(冒)'는 고대의 '모(帽)'자이니, 경학가들은 '기(璂)'자의 본래 의미가 바로 '옥으로 만든 모자 꼭대기에 다는 장식적인 매듭[帽結]'이라고 여겼던 것으로 보인다. '기(綦)'는 또 멱(糸)이 의미부이고 기(其)가 소리부인 구조이며, '기(棋)'자 또한 기(其)가 소리부인 구조이다. '멱(糸)'이 의미부이므로 '매듭[結]'이라는 뜻이 생겼고, 소리부인 '기(其)'

로부터 확장시켜 볼 때, 글자의 어원적인 측면에서 '기(璂)'자의 형체를 들추어 내주고 있을 뿐만 아니라 실제로 그것이 장기나 바둑알과 같이 둥근 형태를 한 물체에서 형체를 취한 것임을 알 수 있다.

소서본 『계전(系傳)』에서는 또 이렇게 언급했다. "무관이 쓴 모자에다 마치 바둑알을 배치하듯 옥을 꿰어놓은 것을 말한다.(謂綴玉於武冠, 若棋子之列布也.)" 유학 경전에서 이를 증명할 수 있는 것으로는, 『주례·변사(弁師)』에서 "왕의 가죽 고깔[皮弁]은 오색의 옥기(玉璂)를 가운데로 기워 만든다."[7]라고 한 말이 있다.

정현은 이에 대해 "회(會)는 가운데를 깁는 것을 말한다. 기(璂)는 박차기(薄借綦)[8]라고 할 때의 기(綦)와 같은 뜻이며, 기(綦)는 '매듭[結]'이라는 뜻이다. 가죽 고깔을 가운데로 깁고, 각각 다섯 색깔로 된 12개의 옥을 매듭으로 지어 꾸미개로 삼는데, 이를 기(綦)라고 부른다. 『시경·위풍(衛風)·기오(淇奧)』에서는 '관의 구슬 장식은 별처럼 반짝이네.'라고 한 부분이 있으며, 또 『시경·조풍(曹風)·시구(鳲鳩)』에서는 '관 솔기엔 구슬 달았네.'라는 말이 있는데, 이를 두고 한 것이다.(會, 縫中也. 璂讀如薄借綦之綦, 綦, 結也. 皮弁之縫中, 每貫結五采玉十二以爲飾, 謂之綦. 『詩』曰: 會弁如星; 又曰: 其弁伊騏. 是也.)"[9]라고 주석하였다.

유학에서 말하는 '기(璂)'자의 관물취상(觀物取象) 제도는 대체적으로 위에서 언급한 바와 같다. 이렇게 물건을 보고 형체를 취하는 것은 모두 천자와 관련 있다. 고고학자들의 주장에 따르면, 지금까지의 발견에서 옥으로 만든 것은 보지 못했다고 한다. 조개껍질이나 구리로 만든 물방울 모양이 수천 개에 이르는데, 바로 옥기(玉璂)의 전신이다. 오늘날 촉(蜀)의 서

---

7 '기(璂)'와 '기(璂)'는 이체자로, 『설문·옥(玉)부수』에 수록되어 있다.

8 (역주) 삼베로 만든 짚신을 말한다.

9 『十三經注疏·周禮正義』(中華書局, 1980).

쪽 지방의 이민족들은 아직도 조개를 꿰어서 모자의 꾸미개로 쓰며, 모자 주위를 빙 둘러 가지런하게 장식하는데, 괴변(會弁)의 흔적이 남아 있는 것이 아닐까 한다.[10][11]

종(琮, 瑜)

『설문·옥(玉)부수』에서는 '종(琮)'에 대해 "서옥(瑞玉)을 말한다. 직경이 8치이며, 수레의 바퀴통을 닮았다. 옥(玉)이 의미부이고 종(宗)이 소리부이다.(琮: 瑞玉. 大八寸. 似車釭. 从玉宗聲.)"라고 했다.[12] 한나라의 유학자들이 "수레의 바퀴통을 닮았다.(似車釭)"라고 말한 것은 바로 '종(琮)'자가 가리키는 바를 명백히 밝힌 것이다. 이 역시 일상생활에 쓰이는 것으로, 관물취상 제도의 범위에서 벗어나지 않는다. 원래 수레의 바퀴통의 기본적인 형태는 실제로 수레바퀴[車轂]의 입구에 축을 끼우기 위한 내부는 원형이고 외부는 방형인 금속테이다. 이는 이미지를 취한 원형과 아래에 첨부한 '하늘을 본뜨고 땅을 형상한[法天象地]' 옥종(玉琮)과 마치 부합하는 듯한 관계에 있다.(249 참조)

---

10 『古玉新詮』을 참조.

11 『설문주』: 弁飾也. 往往冒玉也. 上也字依詩音義補. 弁師曰: 王之皮弁會五采玉琪. 鄭司農云: 故書會作. 讀如馬貫之會. 謂以五采束髮也. 琪讀如綦車轂之綦. 按許謂以玉飾弁曰琪. 與司農說同. 後鄭則易琪爲綦. 綦, 結也. 皮弁之縫中每貫結五采玉以爲飾, 謂之綦. 蓋後鄭謂經琪字乃玉名. 故易爲綦字. 曹風. 其弁伊騏. 箋亦云騏當作綦. 自用其周禮說也. 許同先鄭說: 往往, 歷歷也. 鄭云礫礫而處是也. 从王, 綦聲. 渠之切. -部.

12 『설문주』: 瑞玉. 大八寸. 似車釭. 鄭注周禮曰: 琮, 八方象地. 玉人曰. 大琮尺二寸. 射四寸. 注. 射, 其外鉏牙. 疏云: 角各出二寸. 兩相幷. 四寸也. 玉裁按. 除去射四寸. 則大琮八方之徑八寸. 許云瑞玉大八寸者, 謂大琮也. 其他琮不言射. 惟瑑琮大八寸. 如車釭者, 蓋車轂空中不正圜. 爲八觚形. 琮似之. 琮釭疊韻. 从王, 宗聲. 藏宗切. 九部.

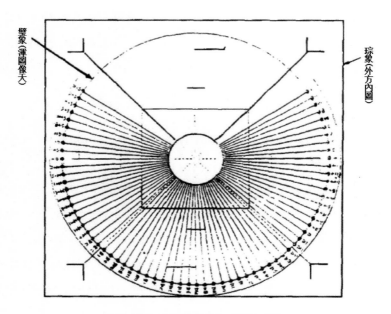

249. 서한 시대 해시계에 기록된 내용
『주례』의 "파란 옥은 하늘을 공경하고 노란 옥은 땅을 공경한다.
(蒼璧禮天, 黃琮禮地)"에 대한 추측도

　　고고학자들은 또 '종(琮)'이 어디에서 이미지를 취했는지 그 유래를 밝혀낼 수 있다고 말한다. '종(琮)'은 바깥이 방형이고 안이 원형으로 된 긴 모습으로, 방형과 원형이 합쳐진 형체이다. 이것은 처음에는 베틀에서 실을 들어 올리고 교차시키는 데 사용되는 물건으로, 원래는 나무로 만들어졌다. 베 짜기는 여자들의 일이었으므로, 종후(宗后)의 기물[器]이라는 뜻으로 파생되었다. '종(琮)'은 가문의 화합이라는 의미를 담고 있으며, 모아서 아우르는 이미지를 상징한다.

　　『주례』에 대한 정강성(鄭康成)의 주(注)에서 말한 "팔방은 땅을 본뜬 것이다.(八方象地.)"라는 것은, 사실 이는 파생된 의미로 실제 형상과 관련이 없다. 옥으로 만든 종(琮)은 나무로 만들었던 형체를 계승하였다. 바깥이 방형인 까닭은 교차되도록 하기 위함이고, 안이 원형인 까닭은 반을 돌리기 위함이며, 이빨처럼 돌출된 부분은 실을 들어 올리기 위함이다. '종(綜)'자는 이리저리 얽혀 있는 것과 모으다는 의미를 같이 가지고 있기 때문에, '종(琮)'에도 '가문을 모으다'는 뜻이 파생되었다.

『백호통』에는 "종(琮)자에 모으다[聚]는 뜻이 있다고 말한 것은 만물의 근원과 모이는 곳을 상징한다. ······안쪽이 원형인 것은 양(陽)을 상징하고, 바깥쪽이 직선인 것은 음(陰)을 상징한다. 또한, 바깥이 이빨처럼 돌출된 부분이 있어 서로 가까워져 모임과 단결을 상징한다.(琮之爲言聚也, 象萬物之宗聚也. ······內圓象陽, 外直爲陰, 外牙而湊, 象聚會也.)"라고 하였다.

소서본 『설문계전』에서도 "종(琮)자는 종주(宗)라는 뜻이다. 팔방에서 종주로 삼는 바이기 때문에, 바깥이 팔방(八方)으로 되어 있다. 가운데는 비어 있는 원형인데, 이는 끝이 없음을 나타내기 위한 것이다. 덕(德)은 땅을 본받기 때문에, 땅에 제사를 지낸다.(琮之言宗也, 八方所宗, 故外八方; 中虛圓, 以應無窮; 德象地, 故以祭地也.)"라고 하였다.

이는 실용적인 것에서부터 견강부회한 의미가 덧붙여져, 그 파생 변화의 모습이 분명하게 드러난다. 하지만 한 개의 종(琮)과 두 개의 줄[綜]이 실처럼 얼기설기 뒤엉켜 있으니, 모이는 것이 아니면 무엇이겠는가?[13] 250을 참조하면, 종(琮)을 만든 기원을 쉽게 추측할 수 있을 것이다.

---

13 『古玉新詮』 참조.

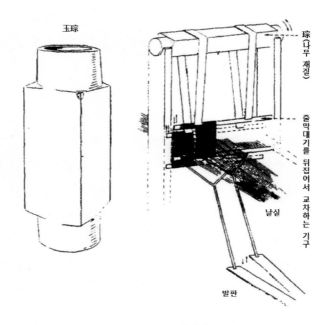

玉琮

琮(나무재질은)

줄막대기를 뒤집어서 교차하는 기구

날실

발판

250. 종(琮)을 만든 기원의 이미지

선璿, 기璣

　‘선(璿)’과 ‘기(璣)’자의 형체는 ‘종(琮)’과 서로 관련이 있으므로, 여기에서 부가적으로 설명하고자 한다. 『설문·옥(玉)부수』에서는 먼저 ‘선(璿)’자를 배열하고 "아름다운 옥을 말한다. 옥(玉)이 의미부이고 예(睿)가 소리부이다. 『춘추전』에서 ‘선(璿)이라는 옥으로 장식한 고깔과 옥으로 장식한 갓끈’이라고 했다. 叡(𥥍)은 선(璿)의 주문체이다.(璿: 美玉也. 从玉睿聲. 『春秋傳』曰: 璿弁玉纓. 叡(𥥍), 籀文璿.)"라고 했다. 또 ‘기(璣)’자에 대해선 "둥글지 않은 구슬을 말한다. 옥(玉)이 의미부이고 기(幾)가 소리부이다.(璣: 珠不圓也. 从玉幾聲.)"라고 했다. 경학자들은 이 역시 하늘에서 이미지를 취했다고 보았다.『상서·요전(堯典)』에서는 "선기옥형(璿璣玉衡)[14]으로 칠정(七政)[15]을 가지런히 한다.(在璿璣玉衡, 以齊七政.)"라고 했는데, 마융(馬融)은 그 연역적 관계를 이렇게 말했다.

> 선(璿)은 아름다운 옥을 말한다. 기(璣)는 천문 관측기구인 혼천의(渾天儀)의 회전 부분이기에 기(璣)라고 하였다. 형(衡)은 그 중간이 가로 방향의 통 모양의 기구로, 별자리를 관찰할 수 있다. 아름다운 옥[璿]으로 천문관측기구인 기[璣]를 만들고, 옥(玉)으로 별자리를 관찰할 수 있는 형(衡)을 만든 것은 대개 하늘의 형상[天象]을 귀하게 여겼기 때문일 것이다.(璿, 美玉也; 璣, 渾天儀, 可轉旋, 故曰璣. 衡, 其中橫筩, 所以視星宿也, 以璿爲璣, 以玉爲衡, 蓋貴天象也.)

근대의 고고학자들은 직접적으로 그 이름의 근원을 파헤쳐, '선기(璿璣)'가 바로 '선기(璇機)'[16]라고 여기며, 실제로 세간에서 볼 수 있는 베틀의 모습에서 근원했다고 하는데, 이는 옳은 것이다.

앞서 인용한『설문』에서는 '선(璿)'이 머리 장식에 쓰인다고 했다. '승(勝)'이 머리 장식을 지칭하는 것은 다 아는 사실이다.『석명(釋名)·석수식(釋首飾)』에서는 "화승(華(花)勝): 화(華)는 초목의 꽃을 그린 것이고, 승(勝)은 사람의 모습이 올바름을 말하는데, 한 사람이 그것을 꽂았을 때를 승(勝)이라 한다. 머리칼의 앞을 덮어 싸서 꾸미개로 삼는다.(華(花)勝: 華, 象草

---

14 (역주) '선기옥형(璿璣玉衡)'은 '혼천의'라고 하여, 고대의 천문 측량 기구를 뜻한다. 고대 중국인들은 이러한 천문 측량 기구를 사용하여, 일월오성의 운동 법칙을 관측하고 연구하여 역법을 제정하고 조정함으로써 사람들의 생활과 일을 지도하고자 하였다.

15 (역주) '칠정(七政)'은 바로 일월오성을 뜻한다. 일월오성은 해, 달, 목성, 화성, 토성, 금성, 수성을 일컫는다.

16 (역주) 옛날 천체를 관측하던 기계인 혼천의(渾天儀)를 말한다.

木之華也; 勝, 言人形容正等, 一人著之則勝. 蔽髮前爲飾也.)"라고 했다.

또한 '승(勝)'은 '옥비녀[玉勝]'의 전유물이 될 수 있다. 『산해경·서산경(西山經)』에서 "서왕모는 사람과 같은 형상으로, 호랑이 꼬리와 호랑이 이빨에 휘파람을 잘 불었으며, 헝클어진 머리카락에 비녀[勝]를 꽂았다.(西王母其狀如人, 虎尾虎齒而善嘯, 蓬髮戴勝.)"라고 했다. 곽박은 "승(勝)은 옥비녀[玉勝]를 말한다.(胜, 玉胜也.)"라고 주석했다. 『한서·사마상여전(司馬相如傳)』(하편)에서는 "백발이 성성한 머리에 비녀를 꽂고 동굴에서 사는구나. 다행히도 삼족오를 사자로 부리는구나.(暠然白首載勝而穴處兮, 亦幸有三足烏爲之使.)"라고 했는데, 안사고는 "승(勝)은 부인들의 머리 장식을 말한다. 한나라에서는 이를 화승(華勝)이라고 불렀다.(勝, 婦人首飾也, 漢代謂之華勝.)"라고 주석했다. 진(晉)나라 사람들은 또 '채승(彩勝)'이라 불렀는데, 『문창잡록(文昌雜錄)』에서는 "입춘 때, 삼성관(三省官)[17]에게 채승(彩勝)을 하사하되, 차등이 있었다.(立春賜三省官彩勝有差.)"라고 했다. 청나라 사람이 붙인 해설(疏)에서 "진(晉)나라에 이르러 채색을 잘라 만드니, 이로 인해 채승(彩勝)이라 부르게 되었다.(至晉剪彩爲之, 故又名彩勝.)"라고 했다.[18]

그러나 '승(勝)'은 또 베틀에서 날실을 지탱하는 축을 가리키기도 한다. 이러한 의미에서 『설문·목(木)부수』에서는 '승(榺)'자로 나타내었으며, 이에 대해 "잉아 즉 베틀의 날실을 한 칸씩 걸러서 끌어 올리도록 맨 굵은 실을 말한다.(榺: 機持經者.)"라고 설명했다. 단옥재는 "승(勝)은 승(榺)의 가차자이다."라고 주석했다. 이를 증명할 수 있는 문헌적 용례로, 『회남자·사논훈(氾論訓)』에서는 "백여(伯餘)[19]가 처음으로 옷을 만들었는데, 마에서

---

17 (역주) '삼성(三省)'은 고대 중앙 정부의 세 가지 중요 부서인 상서성(尚書省), 문하성(門下省), 중서성(中書省)을 말한다. 이 세 부서는 국가의 중대한 정무를 처리하는 역할을 담당했다.

18 『事物異名錄·服飾部』(嶽麓書社, 1991).

19 (역주) '백여(伯餘)'는 중국의 고대 전설에서 가장 처음으로 옷을 만든 사람으로, 옛날

실을 찾아내어 손으로 지었더니 마치 그물같이 엉성했다. 후세에 베틀과 북을 사용함으로써 사용이 편리해졌으며, 백성들은 이로써 몸을 가리고 추위를 막을 수 있었다.(伯餘之初作衣也, 紑麻索縷, 手經指掛, 其成猶網羅. 後世之爲 機抒勝復, 以便其用, 而民得以掩形御寒.)"라고 했다.

필자의 생각에, 그것이 옥비녀라는 뜻으로 파생된 것은 머리카락을 고정하기 위한 머리 장식이 '선기(璇璣)'가 축아(軸牙)로 날실을 지탱하는 것과 그 형상이 같기 때문에, 이름이 통용되었다고 본다. '선기(璇璣)'라는 명칭은 이로부터 얻어진 것이며, 그 의미는 돌아가는 기계의 축으로 날실을 당기고 풀 수 있는 것을 말한다. 그 후에 혼천의(渾天儀)가 이를 모방하여 옥으로 만들어 별을 관측하였기에 선기옥형(璿璣玉衡)이라고 이름을 바꾸었다. 그러나 그 속에서 사물을 관찰하여 이미지를 취하는 것에는 그 연관성과 흔적이 많이 남아있다.(251 참조)

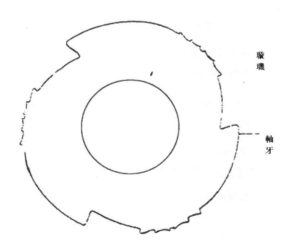

璇
璣

軸
牙

방직업에서 직기를 다루는 이들이 숭배하는 신으로 추앙되었다.

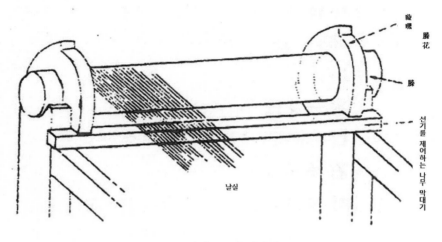

璇
瓁　滕花

滕

선기를 제어하는 나무 막대기

날실

251. 선기(璇璣)의 이미지

　　고고학자들은 원래 선기(璿璣)의 몸체 역시 고리 모양으로 만든 옥[璧]
의 종류에 속하며, 바깥 부분에 3개의 이빨[牙]이 나 있고, 베틀에서 날실
을 지탱하는 용도였다고 추정하고 있다. 그 이미지는 손잡이가 달린 고리
형상의 돌도끼를 닮았다. 기(璣)는 도끼와 닮았고, 축은 손잡이와 닮았으
며, 이빨과 같이 생긴 모양이나 도끼날이 상했을 경우 이를 이용했을 것
으로 보인다. 베틀에 사용되면서, 처음에는 필시 나무를 사용했으나, 이
후 옥(玉)으로 모방하여 만들게 되었는데 이때 이미 의례적인 것으로 변
했다. 마지막으로 혼천의(渾天儀)가 이를 모방하여 천체를 관찰하게 되면
서 비유가 더욱 두드러지게 되었다.[20]
　　아래의 예들은 모두 인체에 적용되며, 또한 사물을 관찰하여 형체를 취
하는 것과의 관련성을 보여준다.

---

20 '선(璿)'과 '선(琁)'은 이체자로, 그림은 모두 『古玉新詮』에서 보인다.

벽璧, **원**瑗, **환**環

이들은 같은 부류에 속한다. 『설문·옥(玉)부수』에서는 함께 나열했으되 해설은 각기 달리하였으며, 각기 이미지를 취한 근거에 대해 이렇게 말했다.

> 벽(璧): 둥근 모양으로 된 상서로운 옥을 말한다. 옥(玉)이 의미부이고 벽(辟)이 소리부이다.(璧: 瑞玉圜也. 从玉辟聲)
>
> 원(瑗): 큰 구멍이 있는 벽옥을 말한다. 임금이 계단을 오를 때 이 옥으로 인도한다. 옥(玉)이 의미부이고 원(爰)이 소리부이다. 『이아』에서 '가운데 구멍의 직경이 변 너비의 두 배가 되는 것을 원(瑗), 변의 너비가 가운데 난 구멍 직경의 두 배가 되는 것을 벽(璧)이라 한다.'라고 했다.(瑗: 大孔璧. 人君上除陛以相引, 从玉爰聲. 『爾雅』曰: 好倍肉謂之瑗, 肉倍好謂之璧.)[21]
>
> 환(環): 벽(璧)과 같은 옥을 말한다. 안쪽 구멍의 직경이 변의 너비와 같은 것을 환(環)이라 한다. 옥(玉)이 의미부이고 경(睘)이 소리부이다.(環: 璧也. 肉好若一謂之環. 从玉睘聲.)

형태에 착안하여 말한다면, 변이 넓은 것을 벽(璧)이라 하고, 구멍이 큰 것을 원(瑗)이라 하며, 변과 구멍이 같은 것을 환(環)이라 했다. 그러나 고 고학자들은 그 기능을 고려하여 관물취상론(觀物取象論)으로써 해석하였는데, 벽(璧)이란 둥근 모양의 돌도끼[石斧]에서 근원한 것으로 그 기능은 쪼개는 데[劈] 있었기 때문에 변이 넓고 얇아야만 했고 구멍이 작아야만 빠지지 않기 때문에 벽(璧)이라 이름했다고 한다. 실제로, 벽(璧)과 벽(劈)

---

21 필자의 생각에, '호(好)'와 '공(孔)'은 동원자로 통용된다. 『說文解字的文化說解·玄鳥意象篇』 참조.

이 모두 벽(辟)이 소리부인 것으로 봤을 때, 이들은 대체로 어원학적인 근거를 가진다. 원(瑗)은 석환(石環)에서 비롯되었으며, 그 용도는 끌어당기는 데 있었기 때문에 구멍이 커야 하고 둥근 형태를 갖추어 손가락이 들어가 쥐기 쉬워야 한다. 이로 인해 원(瑗)이라 이름했다. 실제로, 원(瑗)과 원(援)은 모두 원(爰)이 소리부이다. 환(環)은 실패[紡塼]를 고정시키는 데서부터 형상을 취해왔을 것이다. 그 모습은 둥글어야만 했으며, 그 기능은 돌리는 데 있었으므로 구멍과 변의 크기가 균등해야 했다. 이로 인해 환(環)이라 이름했다. 환(環)과 환(還)은 모두 경(睘)이 소리부인 구조로, 예에서 볼 수 있듯 서로 통하는 부분이 있다. 환(環)이라는 하나의 글자로써 세 가지의 의미를 지칭해도 안 될 것이 없다. 금문에서 '환(環)'자는 처음에는 '환(睘)'과 같이 적었는데, 'ㅇ'으로써 원형의 옥임을 나타내었기 때문에 특별히 옥(玉) 부호를 드러낼 필요가 없었다. 그러나 이후에는 옥(玉)을 붙여 환(環)과 같이 적었다.[22] 고대인들의 복식에서 취한 이미지를 살펴보면, 윗옷은 의(衣)라 하고 아래옷은 상(裳)이라 한다. 금문에서 '환(環)'자의 형상은 '의(衣)' 속에 'ㅇ'이 들어있는 모습인데, 사람의 가슴 앞에 다는 옥패(玉佩)의 전체적인 모습을 형상한 것임을 알 수 있다. 그러므로 환(環)이 둥근 옥[圓玉]의 총칭으로 보아도 무방할 것이다.

결玦

『설문·옥(玉)부수』에서는 "결(玦)은 패옥을 말한다. 옥(玉)이 의미부이고 쾌(夬)가 소리부이다.(玦: 玉佩也. 从玉夬聲.)"라고 했다. 결(玦)은 사람 몸에 다는 걸개 장식[佩飾]으로, 실제로는 환(環)과 같은 부류에 지나지 않지만, 특별히 한 부분이 이지러져 있는 것에서 이미지를 취했을 뿐이다. 결(玦)과 결(缺)은 같은 음으로, 『설문·부(缶)부수』에서는 "결(缺)은 도기가

22 容庚, 『金文編』제1권, 『番生簋』, 「毛公鼎」(中華書局, 1985)에 저록되어 있음.

깨어졌음을 말한다. 부(缶)가 의미부이고 결(決)의 생략된 모습이 소리부이다.(缺: 器破也. 从缶, 決省聲.)"라고 했다.『좌전·민공(閔公)』2년에 '금한결리(金寒玦離)'라는 말이 나오는데, 두예(杜預)는 "환(環)처럼 생겼으나 한쪽이 끊어져 있어 이어지지 않는 것을 말한다."라고 주석했다. '결(玦)'의 형상은 매우 일찍부터 '비유 - 상징'의 기능을 가졌다.『순자·대략편(大略篇)』에서는 "매우 뛰어난 사람은 결(玦)로 장식을 하고, 결(玦)을 뒤집으면 환(環)이 된다.(絶人以玦, 返玦以環.)"라고 했고,『백호통』에서는 "군자는 결단을 내릴 수 있으므로 결(玦)을 걸개 장식으로 달았다.(君子能決斷則佩玦.)"라고 했다. 또『좌전·민공(閔公)』2년에서는 "위(衛)나라 의공(懿公)은 석기자(石祁子)에게는 결(玦)을 주고, 영장자(寧莊子)에게는 화살을 주며, 그들을 사신으로 보내어 지키도록 하면서 '이것으로써 나라를 지키고 이로움을 택하여 그것을 하도록 하라'라고 말씀하셨다.(公與石祁子玦, 與寧莊子矢, 使守, 曰: 以此贊國, 擇利而爲之.)"라고 했는데, 두예는 "결(玦)은 결단을 내려야 함을 나타내며, 화살[矢]은 어려움을 물리친다는 것을 나타낸다.(玦, 示以當決斷; 矢, 示以禦難.)"라고 주석했다.

형珩

『설문·옥(玉)부수』에서는 '형(珩)'에 대해 이렇게 말했다.

> 형(珩): 패옥에서 가장 윗부분에 자리하는 옥을 말한다. 행동거지를 절제 있게 하라는 뜻이다. 옥(玉)이 의미부이고 행(行)이 소리부이다.(珩: 佩上玉也. 所以節行止也. 从玉行聲.)

유가 학자들이 '형(珩)'자에 함축적 의미를 부여한 과정을 보면, '비유와 상징'적 색채가 더욱 드러난다.『좌전·환공(桓公)』2년에는 장애백(臧哀伯)의 의론에 관한 기록이 실려 있는데, 관물취상의 원칙을 집중적으로 밝히고 있다. 그중에서도 '형(珩)'자에 대해 이렇게 언급하였다.

백성의 군주가 된 자는 덕을 밝히고 어긋난 것을 막아야 하며, 이를 규
범으로 삼아 백관들의 모범이 되어야 하는데, 두려워하는 듯 혹은
잃은 듯 하여야 한다. 그런 까닭에 미덕을 밝혀 자손들에게 보여야
한다. 그런 까닭에 종묘는 띠풀로 지붕을 덮고, 천자가 타는 수레에
는 버들자리[越席]를 깔며, 대갱(大羹)은 양념을 하지 않고, 밥 또한
정제되지 않은 곡물로 준비하는 것은 그 근검함을 나타내기 위한
것이다. 곤포[袞]·예모[冕]·폐슬[黻]·옥홀[珽], 혁대[帶]·아랫도리 옷
[裳]·방퇴포[幅]²³·신발[舄], 비녀[衡]·띠 모양의 머리 장식[紞]²⁴·면
류관 싸개[綖]는 그 법도를 나타내기 위한 것이다. 조율(藻率)²⁵·패도
의 장식[鞞鞛], 옷에 차는 큰 띠[鞶]·띠[厲]·깃발[遊]·말의 가슴 앞에
다는 장식[纓]은 등급의 고하를 나타내기 위한 것이다. 옷에 그린 불
[火]·용[龍]·도끼와 아(亞)자 모양의 수[黼黻]는 문식의 우열을 나타
내기 위한 것이다. 다섯 가지 색상이 천지사방을 상징하는 것은 기

---

23 (역주) 방퇴포[幅]는 중국 고대의 일종의 복식으로, 주로 바지 끝을 고정하고 다리를
보호하는 데 사용되어 먼지와 작은 돌이 신발 안으로 들어가는 것을 방지했다. 이는
긴 형태의 천 조각으로, 사람들이 바지 아랫단과 발목 주위를 감싸 사용했으며, 때로
는 따뜻하게 하는 용도로도 사용되었다.

24 (역주) 담(紞)은 고대 복식의 장신구 중 하나로, 머리를 묶는 머리 장식에 속한다. 보통
비단으로 짠 띠 모양의 물건으로, 머리를 고정하거나 장식하는 데 사용되었다. 고대
의 예복 제도에서 담(紞)은 관(冠), 대(帶) 등과 함께 복식 체계를 완성하는 장신구로,
착용자의 신분과 지위를 나타내는 역할을 했다.

25 (역주) 조율(藻率)은 고대 중국어에서 유래한 용어로, 조율(藻繂)로도 표기된다. 이는 고
대에 사용된 규(圭), 장(璋) 등의 옥기(玉器)를 장식하기 위해 부착된 장식용 받침으로,
가죽으로 제작되어 다양한 색상의 무늬가 그려져 있다. 이 받침의 기능은 옥기를 고
정시키고 장식하여 더욱 아름답고 위엄 있는 모습으로 꾸미기 위한 것이다.

물의 색채를 나타내기 위한 것이다. 순우[錞]²⁶·피리 같은 악기[和]·방울[鈴]은 소리를 나타내기 위한 것이다. 깃발에 그려진 해·달·별과 여러 형상들은 광채를 나타내기 위한 것이다."(君人者將昭德塞違, 以臨照百官, 猶懼或失之, 故昭令德以示子孫. 是以清廟茅屋, 大路越席, 大羹不致, 粢食不鑿, 昭其儉也. 袞·冕·黻·珽, 帶·裳·幅·舄, 衡·紞·紘·綖, 昭其度也. 藻率·鞞·鞳, 鞶·厲·遊·纓, 昭其數也. 火·龍·黼·黻, 昭其文也. 五色比象: 昭其物也; 錫·和·鈴: 昭其聲也; 三辰·旂旗: 昭其明也.)

진瑱, 이珥, 함琀

이것들은 모두 살아있는 옥을 상징하는데, 이들이 가진 '비유 – 상징'의 기능은 특히 주목할 만하다. 『설문·옥(玉)부수』에서는 '진(瑱)'에 대해 이렇게 말했다.

> 진(瑱): 옥으로 귀를 막다는 뜻이다. 옥이 의미부이고, 진(眞)이 소리부이다. 『시경·용풍·군자해로(君子偕老)』에서는 '옥으로 귀막이 옥을 만든다네.'라고 노래했다. 진(珥)은 진(瑱)의 혹체자인데, 이(耳)로 구성되기도 한다.(瑱: 以玉充耳也, 从玉眞聲. 『詩』曰: "玉之瑱兮." 珥, 瑱或从耳.)

여기에서는 '옥(玉)'으로 그 '본질[體]'을 나타내었고, '귀[耳]'에서 그 용도를 나타내었다. 이 두 글자는 구조가 다르나 의미는 같아, '체용불이(體用不二)'의 원리를 나타낸다. 이에 대해서는, 먼저 여기에서 간략히 언급하고 전문적인 논의는 이후에 하기로 하겠다.

---

26 (역주) 순우(錞于)는 고대 중국의 타악기로, 그 형태는 주로 원통형이며, 상단에는 단추가 있어 연주할 때는 막대기로 두드려 소리를 낸다.

'이(珥)'자는 '진(瑱)'자의 연관 범주에 불과하다.『설문·옥(玉)부수』에서는 '이(珥)'에 대해 이렇게 말했다.

> 이(珥): 귀막이 옥[瑱]을 말한다. 옥(玉)과 이(耳)가 모두 의미부인데, 이(耳)는 소리부도 겸한다.(珥: 瑱也. 从玉耳, 耳亦聲.)

'진(瑱)'의 형상은 '비유 – 상징'의 의미가 매우 풍부하다. 명칭과 실체를 부합시키는 것으로,『석명(釋名)』에서는 "귀 옆에 걸어 헛된 것을 듣지 못하게 하며, 귀를 막음으로써 듣는 것을 못하게 한다.(懸當耳旁, 不欲使人妄聽也. 塞耳亦使人止聽也.)"라고 했다.『예위함문가(禮緯含文嘉)』에서도 "간사한 소리를 듣지 않게 하기 위함이다.(爲閉奸聽.)"라고 하여, 이러한 설을 지지하고 있다.

'함(琀)'자는 죽은 자에게만 사용되는 것으로,『설문·옥(玉)부수』에서는 이렇게 말했다.

> 함(琀): 죽은 사람의 입 속에 넣는 옥을 말한다. 옥(玉)이 의미부이고 함(含)도 의미부인데, 함(含)은 소리부도 겸한다.(琀: 送死口中玉也. 从玉从含, 含亦聲.)

'함(琀)'의 어원은 바로 '함(含)'이다.『공양전·문공(文公)』5년에서는 "함(含)이란 무엇인가? 죽은 자의 입에 넣는 것을 말한다.(含者何? 口實也.)"라고 했고,『춘추설제사(春秋說題辭)』에서는 "입에 넣는 것[口實]을 함(琀)이라고 부른다. 살아있을 때 먹는 음식을 상징하는 것은 효자가 [부모님의 음식에 대한] 욕구를 비워놓는 것을 참을 수 없기 때문이다.(口實曰琀, 緣象生食, 孝子不忍虛其欲.)"라고 했다. 이는 함(琀)의 한 부분에 대해서 설명한 것이나, 학자들은 옥이 실제로 배를 채우고 굶주림을 해결하는 기능을 가진 것은 아니라고 의심하고 있다. 『백호통의(白虎通義)·붕몽편(崩夢篇)』에서는 "구슬과 옥을 입에 머물게 하는 이유가 무엇인가? 죽은 자의 형체에 이롭기 때문이다. 그러므로 천자는 옥(玉)을 머금고, 제후는 구슬[珠]을, 대부는 둥근 옥[璧]을, 선비는 조개[貝]를 머금는다.(啥用珠玉何也? 有益死者形體, 故天子飯以玉, 諸侯以珠, 大夫以璧, 士以貝也.)"라고 했다. 이는 옥과 같은 물질의 특성이 인체와 '비유 – 상징'적인 연관성을 가지고 있음을 설명한 것이다. 『의례·사상례(士喪禮)』에서 정현은 "살아있을 때 치아의 견고함을 상징한다."라고 주석하고, 또 옥의 견고함이 시신의 보존을 더 오래 지속시키는 데에 보탬이 된다고 밝혔다.

이렇게 다양한 종류의 옥 제품이 인체의 각 부위(죽은 자 포함)에 특별히 사용되는 것은 처음부터 모두 우연히 생긴 것은 아닐 것이다. 이를 유학자들의 '비유 – 상징'적 사고방식이 응집된 일종의 사물을 관찰하고 이미지를 취하는 체계로 이해해야 하며, 어떤 역사적 측면에서는 문헌에 근거한 것으로 여겨진다. 마지막으로, 『설문』에 수록된 병기의 형상에서 나온, 신을 섬기는 것과 관련된 '옥(玉)'자를 간단히 살펴보자.

롱瓏, 호琥, 령靈

옥으로 만든 기물 중에서 살아있는 형상을 특별히 상징하는 명칭으로 '롱호(瓏琥)'가 있다. 호(琥)는 군사를 상징하고, 롱(瓏)은 제사의식을 상징한다. 『설문·옥(玉)부수』에서는 '롱(瓏)'에 대해 이렇게 말했다.

> 롱(瓏): 가뭄이 그치기를 빌 때 사용하는 옥을 말하는데, 용(龍) 무늬가 들었다. 옥(玉)이 의미부이고 용(龍)도 의미부인데, 용(龍)은 소리부도 겸한다.(瓏: 禱旱玉. 龍文. 从玉从龍, 龍亦聲.)

이처럼, '롱(瓏)'자의 어원은 용에 있고, 중국 문화사에서 용은 비를 상징한다.

다음으로 '호(琥)'를 살펴보면, 『설문·옥(玉)부수』에서는 이렇게 말했다.

> 호(琥): 병력을 발동할 때 사용하는 서옥으로 호랑이 무늬가 들었다. 옥(玉)이 의미부이고 호(虎)도 의미부인데, 호(虎)는 소리부도 겸한다. 『춘추전』에서 '자가(子家)에게 쌍으로 된 호랑이 모양의 옥을 하사하셨다.'라고 했다.(琥: 發兵瑞玉, 爲虎文. 从玉从虎, 虎亦聲. 『春秋傳』曰: '賜子家雙琥.')

이는 직접적으로 그 형상과 어원에 대해 밝혔으며, 『춘추전』의 내용을 인용하여 그 내용을 증명하였다. 호(虎)는 호부(虎符)로서의 상징을 보여주는데(252 참조), 이는 유학의 후기에 나온 '비유 – 상징'의 사유를 분명히 보여준다. 『주례·춘관(春官)·대종백(大宗伯)』에서는 "옥으로 옥기를 만들어, 천지사방에 예를 표한다. ……백색 옥기[白琥]로 서쪽에 예를 표한다.(以玉作玉器, 以禮天地四方……以白琥禮西方.)"라고 규정하였는데, 정현은 "호(琥)는 맹호(猛虎)의 형상을 하고 있으며, 가을의 엄숙함과 위엄을 상징한다.(琥, 猛, 象秋嚴.)"라고 주석하였다.

『갑골문편』에 수록된 "갑(甲)2422"

252. 초기 갑골문에서 보이는 호랑이의 형상
호(琥)는 상서로운 문양으로 사용되었다.

그런데, 전국(戰國)시대에 '군대를 출병시키는 데' 사용한 호부(虎符)는 구리로 제작되었다. 예를 들어, 「신처호부(新郪虎符)」의 명문에는 "군대를 출병시킬 수 있는 부(符)의 반쪽은 왕에게 있고, 나머지 반쪽은 신처에 있다.(甲兵之符, 半在王, 半在新郪.)"라고 했다. 이는 호(琥)와 정확히 본질적으로 다르지만 형태적 특성이 유사하여, 하나의 이미지에 공동으로 작용하게 되었다. 따라서 고고학자들은 시대를 구분하며 이렇게 설명했다. 용은 비를 내릴 수 있으나, 고대 사람들의 이미지에서 군대의 위엄은 호랑이와 같다고 생각하였기 때문에 그 형상을 취한 것이다. 그러나 옥으로 만든 롱호(瓏琥: 용과 호랑이를 형상화한 옥기)는 제3기 이전에는 보이지 않으며, 전국시대에 롱(瓏)을 착용하긴 했지만 비를 기원하기 위해서는 사용되지 않았다. 『주례』, 『의례』, 『예기』에는 롱(瓏)으로 가뭄에 비를 기원하고, 호

(琥)로 군대를 발동시킨다는 의미가 없다. 손이양은 이렇게 말했다.

> 전쟁에는 호(琥)를 사용하고, 큰 가뭄에는 롱(瓏)을 사용한다. 대부분
> 『여람(呂覽)』은 ……『설문』에 나오는 호(琥)와 롱(瓏) 두 글자는『여
> 람』의 실전된 글을 기반으로 하였는데, 이러한 의심은 한나라 사람
> 이『여람』이 고유(高誘) 이전의 것이라고 말한 데서 기인한다. 아홉
> 개의 옥[九玉]은 대개 육국(六國) 시대에 만들어져,『의례』의 서옥(瑞
> 玉)과는 관련이 없다. 동주(東周) 시기에도 롱(瓏)과 호(琥)의 상징이
> 있었지만, 가뭄으로 인해 비를 기원하고 군대를 발동시키는 의미는
> 진(秦)나라 때부터 생겼다. 왕국유(王國維)는 「신처호부」의 발문에서
> "이 부(符)는 진(秦)나라가 천하를 통일하기 전 20~30년 간의 물건
> 이다."라고 했다.[27]

이것이 사실이라면, 롱(瓏)과 호(琥)의 새로운 용도와 새로운 상징은 이
시기부터 시작되었을 것이기에,『여람』이 이를 집록한 게 된다.
'령(靈)'자에 대한『설문·옥(玉)부수』에서의 구조는 옥(玉)이 신령스런
성질을 가지고 있다는 것을 명확하게 보여준다.

> 령(靈): 신령스런 무당을 말하는데, 그들은 신을 모실 때 옥을 사용
> 한다. 옥(玉)이 의미부이고 영(霝)이 소리부이다. 령(靈)은 령
> (靈)의 혹체자인데, 무(巫)로 구성되었다.(靈: 巫以玉事神, 从玉霝
> 聲. 靈, 靈或从巫.)

옥(玉)의 상징은 결국 '신성한 무당'을 대체하게 되었으며, 그 사이의

---

27 王國維,『觀堂集林』제18권(中華書局, 1959).『古玉新詮』참조.

연결은 오랜 고대로부터 이어져 왔다. 『관추편』에서는 이에 대해 자세하게 설명하였지만, 여기서는 구체적으로 나열하지 않겠다. 대신 왕인지(王引之)[28]의 해석을 보충해서 말하고자 한다. "초어(楚語)에 따르면, 고대에는 일반 사람들과 신의 세계가 분리되어 있었다. 오직 정신이 집중되고 행동이 단정하며 내면이 정직한 사람들만이 상하의 도리를 이해할 수 있는 지혜를 갖추었다. 그들의 성스러움은 멀리 비추어 빛을 발하고, 그들의 현명함은 사람들을 밝게 비추며, 그들의 청력은 멀리까지 들을 수 있었다고 전한다. 이러한 사람들은 명신에 의해 내려진 사자로 여겨졌다. 남성의 경우, 이러한 사자를 '격(覡)'이라 불렀고, 여자는 '무(巫)'라고 불렀다. 따라서 '무(巫)'라는 글자는 영적인 의미를 담고 있다.[29] 『설문』에서는 "령(靈)의 혹체자로, 무(巫)로 구성되었다."고 했다. 『초사·구가(九歌)』에서는 "영령이 흠향하러 내려와 이미 머무르시니(靈連蜷兮旣留)"라고 했다. 왕인지의 주석에 따르면, '영(靈)'은 '무당[巫]'을 의미한다. 초(楚)나라 사람들은 '무(巫)'를 '영자(靈子)'라고 불렀다. 『역림(易林)』에서는 '소축괘(小畜卦)에서 점괘(漸卦)로 발전하려면, 3년 동안 배워야 경지에 도달한다. 이러한 경지에는 인애, 지혜, 통찰력 및 길상과 기쁨, 복과 경사를 가져다주는 능력이 포함되는데, 이를 또한 학무(學巫)라고 말한다.'라고 하였다."[30]

실제로, 곽말약(郭沫若)과 서중서(徐中舒)와 같은 문자학자들의 고증과

---

28 (역주) 왕인지(王引之, 1766~1834): 자(字)가 백신(伯申), 호(號)가 만경(曼卿). 그의 부친 왕념손(王念孫)과 함께 '고우이왕(高郵二王)'으로 불렸다. 가경(嘉慶) 4년(1799년)에 진사로 급제하여, 한림원 편수(翰林院編修), 예부좌시랑(禮部左侍郎), 공부상서(工部尚書) 등의 직책을 역임했다. 왕인지는 부친의 학문을 계승하고 발전시켰으며, 특히 훈고학에서 높은 업적을 이루었다. 그의 저서 『경의술문(經義述聞)』과 『경전석사(經傳釋詞)』는 학술계에서 매우 높은 명성을 얻었다. 그는 고대의 발음을 통해 고대의 의미를 탐구하자는 주장을 펼쳐, 고대 중국어 연구에 중요한 공헌을 하였다.(baidu 참조)

29 『左傳·襄公二十六年』: 楚屈巫字子靈.

30 王引之, 『經義述聞』제22권 「春秋名字解詁」(江蘇古籍出版社, 1985).

해석에 따르면, '무(巫)'자의 이미지는 원래 옥이 교차하는 형태에서 나왔다. 상술한 '옥(玉)'자와 관련된 이미지는 모두 '비유－상징'을 말한 것이다. 유학자들은『설문』에서 옥(玉)이라는 전체 명칭에 대한 이해를 서술하며, 다음과 같은 결론을 도출하였다. "옥은 돌 중에서 아름다운 것으로, 다섯 가지 덕을 가지고 있다. 옥의 광택이 부드럽고 온화한 것은 인(仁)을 상징한다. 옥의 무늬가 선명하게 보여 외부에서 그 내부 구조를 알 수 있는 것은 의(義)를 상징한다. 옥을 두드렸을 때 나는 소리가 맑게 퍼져 멀리 들릴 수 있는 것은 지(智)를 상징한다. 옥은 견고하여 한번 부러지면 구부러지지 않으니 용(勇)을 상징한다. 옥은 날카로우나 사람을 해치지 않으니 결(絜)을 상징한다. 세 개의 옥이 연결되어 있는데, 그 사이를 관통하는 모습을 형상했다." 이렇게 옥(玉)은 인(仁), 의(義), 지(智), 용(勇), 결(絜)이라는 유학의 관념을 모두 포괄하며, 유학자들의 옥(玉)에 대한 긍정적인 감정과 가치 태도를 매우 순수하고 명확하게 응결시켰다.[31]

---

31 『漢語文字與審美心理』(四) 참조. "옥(玉)은 돌 중에서 아름다운 것이다.(玉, 石之美者)"라는 것은『설문구두』제1권의 "事類玉賦"의 주석을 인용하여 보충한 것이다.

출토 문헌에서의 '옥玉'의 이미지

위의 내용은 『설문』이라는 역사적 차원에서 보존된 유학의 사물을 관찰하여 이미지를 취하는 제도와 '옥(玉)'의 이미지가 나타내는 '비유 − 상징'의 사유를 설명한 것이다. 중국의 주석 학자들은 스스로 대가라 칭하며 자신의 학술적 지위와 영향력을 과장하여 자신의 명성과 권위를 높이려고 시도하는데, 이는 훈고사(訓詁史)에서 "문(文)으로 도(道)를 나타낸다.[文以載道]"는 내용을 억지로 갖다 붙이는 행위로, 취할 바가 아니다. 그들은 이것이 단어의 어휘적 의미를 넘어서 정치적 사상과 관념을 설교하는 것으로 여겼는데, 고대 중국인들이 단어와 글자의 의미를 해석하는 과정에서 자주 글자의 본래 의미에서 벗어나 정치적 설교를 추가하는 현상이 있었음을 말한다. 고대 중국인들이 문자를 만들 때의 사상을 신비하게 묘사하여, 마치 어떤 글자의 창조가 철학적 사고를 거쳤다는 듯, 그 글자들 뒤에는 고도로 심오하고 불가사의한 신비한 의식이 표현되어 있는 것처럼 보인다. 예컨대, 『설문·옥(玉)부수』의 '옥(玉)'자와 관련된 설명에서, 허신은 이 글자들의 의미가 무엇인지 모르는 것이 아니라, 단어의 어휘적 의미가 무엇인지 알면서도 의도적으로 그 의미를 봉건시대 윤리적 도덕과 음양오행의 설교를 통해 왜 그러한지를 추가로 설명하려 했다. 그가 옥(玉)을 "돌 중의 아름다운 것"이라고 한 해석은 매우 적절하지만, 굳이 봉건적 윤리 도덕에 비유하여 옥을 인격화하려는 경향이 있다.

그러나 『설문』은 중국 최초의 고대 문자서이자, 세계에서 가장 이른 시기에 출판되어 매우 높은 학술적 가치를 지닌 사전이므로, '문이재도(文以載道)'의 해석 또한 일률적으로 배척할 수 없다.

한편으로, 비유 중에는 참고할 만한 요소가 종종 존재하는데, 예컨대 '옥(玉)'자에서 '돌 중의 아름다운 것'이라고 한 것은 정의에 해당되는 것이며, 그 이후의 설명들도 그냥 덧붙인 것이 아니라, 어느 정도 옥의 특성을 반영하고 있다.[32]

말하는 이는 학습자들에게 언어와 문자 자체를 벗어나 어떤 관념을 설명하려고 할 때, 주제에서 벗어나 길을 잃지 않도록 주의하고, 분명한 편견이나 일방적인 해석을 피하는데 의미가 있음을 상기시킨다. 말하는 이가 문자의 바다에서 표류하며, 중국의 학술적 사상의 역사를 거의 이해하지 못하고, 한 시대의 정신적 특성과 습관에도 익숙하지 않다면, 그 결과 그들의 이해는 문자와 언어의 표면적인 관계에 머무르고, 깊은 이해에는 도달하지 못할 것이다. 고고학적 발견에 따르면, 『설문』에서 '옥'에 대한 설명이 보여주는 것처럼, 유학의 관물취상(觀物取象) 제도와 '비유-상징'의 사고방식은 시간이 지나도 그 가치를 인정받으며, 초기 사람들의 마음과 깊은 연결을 이어가고 있다는 것을 알 수 있다. 이는 과거로부터 전해진 지혜가 현재에도 여전히 의미가 있음을 보여준다.

고고학적 발굴을 통해, 석기시대에 대량의 석기들이 무덤에 함께 묻힌 것을 알 수 있다. 이러한 석기 중 일부는 옥으로 만들어졌는데, 대부분은 단순하고 무늬 장식이 없으며, 실용성 속에 상징성이 내재되어 있다. 그러나 시간이 지나면서, 둥근 형상의 돌바퀴와 돌도끼에서 옥으로 만든 옥벽(玉璧), 옥환(玉環), 옥황(玉璜) 등으로 발전하게 되었다. 즉, 이들은 더 이상 직접적인 사용 가치를 갖지 않고 상징적인 의미가 더 강해졌다. 대체로 옥은 돌보다 더 단단하여 특별한 용도로 쓰였다. 옥을 채취하고 가공하는 과정은 점점 더 복잡해졌다. 또한, 옥은 풍부한 색상, 부드러운 광택, 따뜻한 촉감을 가지고 있다. 이러한 특성 때문에, 오랜 석기시대를 거치

---

32 汪耀楠, 『注釋學綱要』(語文出版社, 1991), 217~219쪽.

면서 사람들은 점차적으로 옥에 대해 좋아하고 긍정적으로 생각하는 감정을 키워나갔고, 옥으로 만든 제품에 '진귀함'이라는 개념을 부여하게 되었다. 이 '진귀함'으로 인해, 옥은 '계급과 신분을 상징'하는 것과 '원시 종교적 신앙을 상징'하는 것으로 나뉘게 되었다.

은殷나라 말기와 주周나라 초기의 옥

은릉(殷陵)에서 출토된 고대의 옥에 대해서는 양사영(梁思永)이 편찬한 『전시품 목록[展品目錄]』에 "전시품은 대부분 후가장(侯家莊)에서 출토되었으며, 출토 당시 사람의 가슴이나 허리 부분에서 발견되었기 때문에, 통칭하여 패옥(佩玉)이라고 불렀다."라고 되어있다. 이는 포괄적인 명칭으로, 크게 두 종류의 기물로 나뉜다. 하나는 상징적인 색채가 강조된 순수한 장식품이고, 다른 하나는 장식과 실용성을 겸한 제품이다. 이러한 옥기의 정확한 용도는 대부분 분명하지 않지만, 그 발견 자체가 중국 문화사에 중요한 기여를 한 것으로 평가된다. 이게 발견되기 이전에 중국에서 옥을 조각한 예술의 역사는 한나라가 가장 오래된 것이었는데, 이 발견 이후로 그 역사는 천년을 거슬러 올라가 은(殷)나라에까지 이르게 되었다. 이 무덤의 모든 매장품은 옥으로 만든 병기[玉兵] 한 세트, 패옥(佩玉) 두 세트로 구성되어 있다. 이를 통해, 당시의 옥기는 주로 장식과 취미를 위한 것이었으며, 옥으로 만든 병기 중에는 옥 화살, 옥 창과 같은 것이 있었다 해도, 이것들도 의례적 용도로 사용되었고, 군사적인 용도로 사용되지 않았다는 것을 알 수 있다.[33]

옥 제품이 가진 '진귀함'이라는 함의로 인해, 계급 차이를 보여주기에 가장 적합하며, 그 소유 여부와 소유량으로 지위의 고하를 나타내었다. 발굴된 이 시기의 무덤에서는 죽은 자의 곁에 다양한 수량의 옥 장신구가

---

33 『古玉新詮』 참조.

놓여 있음을 볼 수 있는데, 이는 당시 인간사회의 계급 차이를 반영한 것으로 볼 수 있다. 이러한 상황에서, 계급이라는 개념이 옥과 옥 제품에 점차 스며들었다. 계급 개념과 원시 시대 종교적 개념이 옥 제품에 스며들면서, 비실용적 의미가 더욱 강화되었다. 옥 제품은 더 이상 무기나 도구가 아니라, 종교 활동에서 사용하는 제사용품과 고귀함, 계급, 권력의 상징물이 되었다. 참고로, 후에 나온 청동기 중 상당수가 이러한 종류의 예기(禮器)였다. 그것들은 완전히 정신적이거나 개념적인 상징물이었기 때문에, 당시 사람들은 옥과 청동 제품들의 형태와 장식에 심혈을 기울여, 점차 명확해지는 풍부한 정신적 내용을 표현하는데 사용하였다.[34]

출토 문헌 중에서 은허(殷墟)의 갑골복사 기록에 따르면, '옥'의 귀중함은 이미 전 사회의 보편적인 관념이 되었으며, '옥' 제품은 심지어 화폐로 사용될 수 있었다. 갑골문에 있는 '옥(玉)'자는 ($『庫』$211), ($『佚』$783)의 구조로, 옥 제품이 연결된 형태를 나타내며, 복사에서는 옥을 헤아리는 양사로 사용되었다.

그 점복을 거행하는데 세 개의 옥과 개와 양을 쓰면……?(其貞用三玉犬羊……)(『일(佚)』783)

무술일에 점을 쳐 물어봅니다. 왕이 돌아와 옥을 바쳐 제사를 드리면 정벌할 수 있을까요?(戊戌卜貞王歸奏玉其伐.)(『합(合)』255)

253	254	255	256
257	258	259	260
261	262	263	264
265			

---

34 鄧福星, 『藝術前的藝術』(山東文藝出版社, 1987), 87~89쪽 참조.

470 한자와 유학사상

또 '각(珏)'자가 나오는데, 왕국유는 이렇게 고증하고 해석하였다.

> 은나라 때 옥과 조개는 모두 화폐였다. …… 그 당시 화폐와 의복 및
> 수레를 장식하는데 사용되는 작은 옥과 작은 조개들은 모두 물건에
> 묶어 사용하였다. 이렇게 연결된 조개와 옥에서, 옥은 각(珏), 조개
> 는 붕(朋)이라고 불렀으나, 이 둘은 고대에 실제로 하나의 글자였다.
> '각(珏)'자는 은허의 복사에서 ⾭(258), ⾭(257)이나 ⾭(259)자로 쓰
> 였고, 금문에서도 역시 ⾭(258)으로 쓰였다. 이들은 모두 고대의 '각
> (珏)'자이다.[35]

왕국유는 그 형태를 매우 자세하게 설명하였다. 고고학적 발굴에 따르
면, 주원(周原) 지역의 주나라 무덤에서 ⾭(259), ⾭(260)과 같은 형태의
물건이 출토되어 왕국유의 설명이 받아들여졌다.[36]

갑골문에는 또 은상(殷商) 시대 옥(玉)의 채굴 상황이 기록되어 있다. 갑
골문에서 '박(璞)'자는 ⾭(261)(『前』7, 31, 4)으로 쓰였다. 당란(唐蘭)은 이
형체에 대해 "이 글자는 ⾭(262)으로 구성되었다. …… 현재 이 글자는 사
실 높은 산의 모습을 나타낸다고 생각된다. 이 글자를 ⾭(263)으로 쓴 것
은 두 손으로 신(辛)(혹은, 한 손이 생략되기도 함)을 든 모습이다. 옥을 들판
[屮]이나 산기슭에서 채굴한다는 뜻으로, 즉 박(璞)의 본래 글자이다.……
⾭(264)으로 읽어야 한다."[37]라고 했는데, 당란의 설명이 받아들여졌다.

『전국책·진책(秦策)』에서는 "정(鄭)나라 사람들은 다듬지 않은 옥을 박
(璞)이라 불렀다.(鄭人謂玉未理者, 璞.)"라고 했는데, 이 글자는 『설문』에는 수

---

35 『觀堂集林』제3권『說珏朋』.

36 徐中舒,『甲骨文字典』제1권(四川辭書出版社, 1990)에 기록되어 있다.

37 『殷虛文字記』참조.

록되지 않았지만, 『옥편』에서는 "박(璞)은 옥을 다듬지 않은 것을 말한다.(璞, 玉未治者.)"라고 했다.

갑골문에서 '박(璞)'은 戠(264)과 같이 읽으며, 동사 '격(擊)'처럼 사용된다.

> 기묘일에 점을 칩니다. 🦴가 물어봅니다. '다자족'으로 하여금 '견후'를 따라서 '주'를 정벌하는데, 왕의 일에 협조하게 할까요? 5월이었다.(己卯卜 🦴 (265)貞令多子族从犬侯璞戠(264)周協王事五月)(『續』5, 2, 2) [38]

춘추전국 시대의 옥 장식

휘현(輝縣)과 급현(汲縣) 무덤에서 발굴된 옥 제도를 보면, 이 시기의 옥기는 석기시대의 실용적인 특성에서 완전히 벗어나 오롯이 장식품으로 바뀌었다. 이전 시기의 무질서한 장식을 정리하고 형태와 색상을 조합하여 일련의 배열로 구성되었다. 물질적인 취향을 넘어서 정신적인 기능으로 전환되었으며, 정치, 교육, 도덕, 품성을 상징하는 것이 주요한 특징이 되었다. 제55호 무덤은 춘추시대 말기 귀족 여성의 무덤으로, 머리와 목 아랫부분이 두 세트의 패옥(佩玉)으로 둘러싸여 있었다. 제60호 무덤은 전국 시대 초기 귀족의 무덤으로, 가슴 앞에는 여섯 세트의 패옥이 배열되어 있었다. 제1호 무덤은 전국 시대 후기 귀족 여성의 무덤으로, 발굴된 부위에 따라 총 여덟 세트로 나뉘며, 옥 장식은 거의 전신에 걸쳐 사용되었다. [39] 귀족 계급이 사후에 대량의 옥을 사용함으로써, 옥의 특성을 몸에 전달하는 것은 분명히 '비유 – 상징'의 사고방식이다. 이는 전승된 문헌과

---

38 『甲骨文字典』제1권에 기록되어 있다.
39 『古玉新詮』참조.

일치하는데, 『신농본초(神農本草)』에서는 "사람이 죽기 직전에 옥을 다섯 근 먹으면, 3년 동안 색깔이 변하지 않는다.(人臨死服玉五斤, 三年色不變.)"라고 설명하였다. 옥을 몸에 착용함으로써 몸의 부패를 방지하고 옥처럼 영원할 것임을 의미한다.

주(周)나라 말기와 진(秦)나라, 한나라가 교차하는 시기에 전쟁이 빈번했고 사회 제도에 큰 변화가 발생하였는데, 상고(上古) 시기와 중고(中古) 시기의 문화는 이 시점에서 중대한 전환점을 맞이하게 되었다. 유학의 관념은 이때 완성되었다. '옥'의 상징적 내용은 이때부터 점차 추상화되어 완전한 관물취상(觀物取象) 제도를 형성하게 되었다.

학자들은 모든 유학의 철학적 관념이 옥의 물리적 상징의 의미에서 충분히 파악될 수 있다고 말한다. 옥이 상징하는 색상과 광택은 확실히 유학의 온화하고 돈후한 취지와 대응된다. 『설문·옥(玉)부수』에서는 옥과 돌의 분류에서 여전히 혼동되는 현상이 나타난다. 이는 석기시대에 돌 때문에 옥이 발견되었고, 옥은 그 특유의 물리적 특성으로 인해 사람들에게 중요하게 여겨졌기 때문이다. 연구자들은 옥의 색상이 가장 복잡하고 가장 묘사할 수 없으며 가장 확정할 수 없는 색상을 대표한다고 주장한다. 고대 사람들의 표정은 이러한 색채와 옥 특유의 광채가 섞인 시각적 경험을 통해 해방되고 확장될 기회를 얻었으며, 이는 시각적 즐거움으로 이어졌다. 옥은 또한 제작 기술에 비교할 수 없는 기교의 단순한 아름다움을 가지고 있다.[40]

"본질이 용도에 완전히 내재되어 있고, 질료는 순수하게 동작으로 나타나며, 쌓아 올린 것들은 모두 연기와 구름으로 변하고, 흐름은 마치 정해진 형태가 없는 것처럼 유연하다. 이것은 예술가들이 진정으로 추구하는

---

40 『古玉新詮』 참조.

경지이다. 실러[41]는 높은 경지에 오른 예술가는 재료를 형식에 완전히 녹여버릴 수 있다고 하였으며, 플로베르(Flaubert)는 문장이 완성되었을 때 마치 주제가 없는 것처럼 느껴지길 바랐다."[42]

이러한 시각적 미학 심리를 충족시키고, 거대한 상징적 의미를 담은 자연의 물상은 '옥' 만큼 그 대체물이 없어 보인다.

제3절.

유학 경전에서의 '옥玉'의 이미지

'옥'이 표현하는 관물취상 제도에 따르면, 중국 고대의 '의복'에서 이미지를 취하는 제도와 내외적으로 매우 중요한 위치를 차지한다.[43] 『속한서(續漢書)·여복지(輿服志)』에서는 이렇게 말했다.

---

41 (역주) 프리드리히 실러(Johann Christoph Friedrich von Schiller, 1759.11.10.~1805.5.9.): 18세기 독일의 유명한 시인, 철학자, 역사학자, 극작가로, 독일의 계몽주의 문학의 대표적 인물 중 한 명이다.
   실러는 오직 감성(感性)과 이성(理性)이 서로 협력하여 조화롭게 통합될 때, 인성(人性)이 자유를 얻을 수 있다고 생각했다. 인성의 자유를 얻기 위해, 미적 추구가 유일한 길이자, "천박한 감각과 숭고한 이성 사이의 중심축"이라고 여겼다. 즉 그는, 개인은 미적 추구를 통해 본능적 감성과 독재적이며 경직된 이성이 서로의 결점을 무의식적으로 보완하고 서로를 빛내게 함으로써, 정신과 물질, 내용과 형식의 결합을 실현하고, 이성과 감성의 조화로운 통합을 얻어, 결국 인성의 자유를 실현한다고 생각했다.
42 錢鍾書, 『管錐編』제4권, 1312쪽.
43 필자의 생각에, '의상(衣裳)'은 중국 문화의 중요한 이미지를 함축하고 있다. 『管錐編』제1권『周易正義』(고석편) 참조.

고대에는 군주와 신하가 모두 옥을 착용함으로써 존비(尊卑)를 나타내는 제도가 있었다. 상위 계층은 '폐슬[韍]'을 가짐으로써 귀함과 천함을 달리하였다. 패옥은 덕을 드러내는 것을 의미하므로 착용하는 것이다. '폐슬[韍]'은 일을 집행하는 것을 의미하며, 이는 예의의 공손함이다. ……

춘추시대 오패(五霸)가 연달아 부상하면서 전쟁이 끊이지 않았다. 패옥은 전쟁의 무기가 아니고 '폐슬'은 병기(兵旗)가 아니었기 때문에, 폐슬과 패옥을 풀어버리고, 그 계수(系璲)[44]만을 남겨두어 신분의 상징으로 삼았다. ……

'수(璲)'의 착용이 폐기되자, 진나라는 색색의 천으로 만든 띠로 수(璲)를 연결하여 더욱 눈에 띄게 했는데, 이를 '수(綬)'라고 불렀다. 한나라는 진나라의 제도를 계승하였기에 고칠 필요가 없었다. 그렇기에 거기에다 '쌍묘패도(雙卯佩刀)'[45]라는 장식옥을 더하였다. 효명황제는 큰 패옥을 만들어, 하얀 옥으로 형아(衡牙)와 쌍리황(雙璃璜)[46]을 만들었다. 또한 황제의 수레를 하얀 진주로 장식했다.(古者君臣佩玉, 尊卑有度, 上有韍, 貴賤有殊. 佩所以彰德, 服之衷也. 韍所以執事, 禮之恭也.……五霸迭興, 戰爭不息, 佩非戰器, 韍非兵旗, 於是解去韍佩, 留其系璲, 以爲表章.……璲佩既廢, 秦乃以采組連結於璲, 光明表章, 轉相結綬, 故謂之綬. 漢承秦制, 因而勿改, 故加之以雙卯佩刀之飾玉. 孝明皇帝乃爲大佩, 衡牙雙璃璜, 皆以白玉, 乘輿落以白珠.)

---

44 (역주) 계수(系璲): 허리에 차는 상서로운 옥을 말한다.

45 (역주) 쌍묘패도(雙卯佩刀): 쌍묘는 두 개의 작은 구멍을 의미하며, 허리띠를 고정하는 데 사용된다. 패도는 허리띠에 매달린 짧은 검을 말한다.

46 (역주) 형아(衡牙)와 쌍리황(雙璃璜): 형아는 이빨 같이 생긴 고대의 옥기로 장식용으로 사용되었다. 쌍리황은 반원형의 두 조각 옥패를 의미하며, 일반적으로 허리띠에 매달려 장식용으로 사용되었다.

『시경』에서는 '우(瑀: 허리띠에 차는 옥)'라고 불렀고, 「대동(大東)」에서는 "치렁치렁해야 할 인끈도(鞙鞙佩璲.)"라고 했는데, 모형의 『전』에서는 "귀족이 허리에 차는 패옥을 말한다.(璲瑞也.)"라고 했다. 또한 '유유(緌蕤)'라고도 불렀다. 속어에서 말하는 '옥추(玉墜, yù zhuì)'는 서추(瑞墜, ruì zhuì), 유췌(蕤贅, ruí zhuì)와 모두 독음이 비슷하다.

선진(先秦) 시대의 유학 경전에서 나타나는 '옥'의 이미지가 지닌 기능과 덕성은 『설문·옥(玉)부수』에 관련된 수록자와 해석이 보여주는 관물취상 제도 및 '비유−상징'의 사유와 상호 검증되어, 그것들이 서로 일치하는 것처럼 보인다. 여기서는 『시경』에서 두 가지 증거를 들어보겠다. 「진풍(秦風)·소융(小戎)」1장에서는 "우리 님 생각하니 온유하기 옥과 같네. 오랑캐들의 판자집에 계실 것이니 내 마음속 어지러워지네.(言念君子, 溫其如玉. 在其板屋, 亂我心曲.)"라고 했다. 정현은 『전(箋)』에서 "님의 성품을 생각하니 따뜻하기가 옥과 같다는 뜻이며, 옥에는 다섯 가지의 덕이 있다.(念君子之性溫然如玉, 玉有五德.)"라고 설명했다. 이는 군자의 따뜻한 성품을 직접 옥의 이미지로 비유할 수 있다는 것을 의미한다. 공영달은 『정의(正義)』에서 이렇게 설명하였다.

「빙의(聘義)」에서는 "군자는 그 덕을 옥에 비유한다. 따뜻하고 윤택한 것은 인(仁)이며, 세밀하고 엄숙한 것은 지(知)이다. 날카롭지만 상처를 주지 않는 것은 의(義)이고, 떨어지는 것처럼 늘어뜨리는 것이 예(禮)이며, 빛남이 사방에 널리 퍼지는 것은 신(信)이다."라고 하였다. 그런 즉, 『시경』에서 "님의 성품을 생각하니 따뜻하기가 옥과 같다는 뜻이며, 옥에는 다섯 가지의 덕이 있다."를 인용하였다. 심(沈)의 글에서는 두드리면 그 소리가 맑고 울림이 길며, 그 끝이 절제된 것은 악(樂)이다. 조그마한 흠이 광채를 가리지 않고, 광채가 조그마한 흠을 가리지 않는 것은 충(忠)이다. 기운이 하얀 무지개와 같은 것은 천(天)이다. 정신이 산과 강에 보이는 것은 지(地)이다. 규장(圭璋: 예식에서 장식으로 쓰는 옥)이 특별히 도달하는 것은 덕(德)이다. 이렇듯 10가지의 덕이 존재한다.(『聘義』云: 君子比德於玉焉. 溫潤而澤, 仁也; 縝密以栗, 知也; 廉而不劌, 義也; 垂之如墜, 禮也; 孚以旁達, 信也. 即引『詩』云言念君子, 溫其如玉, 有五德也. 沈文又云: 叩之其聲清越以長, 其終詘然, 樂也. 瑕不掩瑜, 瑜不掩瑕, 忠也. 氣如白虹, 天也. 精神見於山川, 地也. 圭璋特達, 德也: 凡十德.)

　『시경』에서는 군자의 따뜻한 덕을 '옥'의 이미지에 비유하여 연결시켰다. 또 「진풍(秦風)·종남(終南)」2장에서는 "우리 님이 오셨는데 불무늬 저고리에 수놓은 바지, 허리에 찬 옥이 잘강잘강하니 만수무강하시리라.(君子至止, 黻衣繡裳, 佩玉將將, 壽考不忘.)"라고 하였다. 여기에서 옥의 견고함은 사람의 건강과 장수와 자연스럽게 상징적으로 연결되어 있다.

　아래에서 우리는 『예기』 즉, 유학의 제도를 기록한 경전에서 '옥'자의 사용 상황을 통해 '옥'의 이미지가 다양하게 표현되었으며, 그것이 유학 개념과 어떻게 풍부한 연관성을 가지고 있는지를 구체적으로 알아볼 것이다.

　공영달은 『예기정의(禮記正義)』에서 각 편의 편목 아래에 정현의 『목록(目錄)』를 인용하면서 "이것은 『별록(別錄)』에서 XX의 분류에 속한다."라고 말했다.[47] 『별록』은 전체 여덟 분류로 나뉘는데, 49편의 내용을 종합적

---

47 (역주) 이는 당대(唐代) 공영달이 그의 저서인 『예기정의(禮記正義)』에서 각 편의 편목 아래에 동한(東漢) 시대 정현의 『예기목록(禮記目錄)』을 인용하면서 "이 편은 『별록(別錄)』에서 어느 분류에 속한다.(這一篇在『別錄』中屬於某個類別.)"라고 명시하였다는 말이다. 여기에서 '별록'은 유향(劉向)의 『별록』을 말하는데, 이는 중국에서 최초로 도서를 분류한 목록의 하나이다.
　구체적으로 말하자면, 『예기정의』는 『예기』에 대한 공영달의 주석과 해석이며, 『예기목록』은 『예기』의 편장에 대해 정현이 분류하고 해석한 것이다. 『예기정의』에서 공영달은 정현의 『예기목록』을 참조하여 각 편의 '편목(篇目)' 뒤에 그것이 『별록』

으로 고찰하면, 실제로 다음과 같은 네 부분으로 나뉜다.

첫째, 학문 및 예절과 경의에 관한 통론으로, 「예운(禮運)」, 「학기(學記)」, 「경해(經解)」, 「애공문(哀公問)」, 「방기(坊記)」, 「중용(中庸)」, 「표기(表記)」, 「치의(緇衣)」, 「유행(儒行)」, 「대학(大學)」, 「악기(樂記)」와 같은 11편이다. 이 11편은 중국의 고대 학술사를 연구하는 자료로 볼 수 있다.

둘째, 고대의 제도 및 예의와 풍속을 기록하면서 고증적 성질을 가진 것은 「곡례(曲禮)」(상·하편), 「옥제(王制)」, 「예기(禮器)」, 「소의(少儀)」, 「옥조(玉藻)」, 「대전(大傳)」, 「월령(月令)」, 「명당위(明堂位)」, 「상복소기(喪服小記)」, 「잡기(雜記)」(상·하편), 「상대기(喪大記)」, 「상복대기(喪服大記)」, 「분상(奔喪)」, 「문상(問喪)」, 「복문(服問)」, 「간전(間傳)」, 「삼년문(三年問)」, 「문왕세자(文王世子)」, 「내칙(內則)」, 「교특생(郊特牲)」, 「제법(祭法)」, 「제통(祭統)」, 「투호(投壺)」와 같은 25편이다.

셋째, 『의례(儀禮)』의 각 편을 전문적으로 해석한 것은 「관의(冠義)」, 「혼의(昏義)」, 「향음주의(鄉飲酒義)」, 「사의(射義)」, 「연의(燕義)」, 「빙의(聘義)」, 「제의(祭義)」, 「상복사제(喪服四制)」와 같은 8편이다. 이 8편은 『의례』를 통독하는데 매우 중요한 참고 자료이다.

주자는 『의례(儀禮)』에 정통하고자 한다면 『예기(禮記)』를 참조해야 한다고 말했으며[48], 그것이 주로 가리키는 바가 바로 이 둘째와 셋째 부류에 해당한다. 강영(江永)의 『예서강목(禮書綱目)』도 이 방법에서 벗어나지 않는다. 요컨대 『예기』를 활용하면, 『의례』의 어려운 부분을 많이 줄일 수

에서 어느 분류에 속하는지를 명시함으로써 독자들이 『예기』의 내용과 구조를 더 잘 이해할 수 있도록 하였다.

예컨대, 『예기정의』의 「학기(學記)」편에서 공영달은 정현의 『예기목록』을 인용하며 "「학기」라 명명된 이유는 그것이 사람들의 학습과 교육의 의미를 기록하기 때문이며, 이는 『별록』에서 「통론(通論)」에 속한다."라고 주석하였다. 이는 「학기」편의 내용이 『별록』에서 「통론」의 범주에 분류되었음을 의미한다.

[48] 『答潘恭叔書』.

있다.

넷째, 공자와 그의 제자 혹은 당시 사람들의 문답을 기록한 것은 「중니연거(仲尼燕居)」, 「공자한거(孔子閑居)」, 「천궁(檀弓)」상하편, 「증자문(曾子問)」과 같은 5편이다.[49]

『예기』의 내용은 대체로 이와 같다. 특히 「옥조」편에서 말하는 '옥'의 이미지에 더욱 주목할 만하다. 내용으로 볼 때, 「옥조」는 실제로 천자 이하의 복식 제도를 기록하고 있으며, 더불어 음식과 언행에 대한 예의도 포함하고 있다. 육덕명(陸德明)은 「옥조(玉藻)」제13편의 편목 아래에 이렇게 말했다.

> 정현은 그것이 관을 착용하는 일을 기록한 것이며, 관의 끈은 여러 가지 색상의 줄로 옥을 꿰어 장식하였기 때문에, 이로 인해 명명되었다라고 말했다.

공영달은 『정의』에서 이렇게 말했다.

> 정현은 『목록』에서 옥조(玉藻)라고 이름한 이유는 그것이 천자가 관을 착용하는 일을 기록한 것이며, 관의 끈은 여러 가지 색상의 줄로 옥을 꿰어 장식하였기 때문이다라고 말했다."[50]

그리하여 「옥조」에서는 '옥(玉)'자가 열 번 나타난다. 여기에서 구성된 '옥'의 이미지는 각각 사람의 품행, 태도, 행동거지와 대응되는데, 내면의 미덕과 능력을 닦고, 겉과 속이 맑고 깨끗한 것이 모두 연결될 수 있다.

---

49 蔣伯潛, 『經學纂要』(嶽麓書社, 1990), 96쪽 참조.
50 『十三經注疏·禮記正義』.

(1) 고대에 군자는 반드시 옥을 착용해야 했다. [군자가 걸을 때] 오른쪽에 달린 옥에는 치각(徵角)의 소리가 나며, 왼쪽에 달린 옥에는 궁월(宮月)의 소리가 난다.(古之君子必佩玉. 右徵角, 左宮月.)

육덕명은 『석문(釋文)』에서 "덕에 비유된다.……옥의 소리에 부합하는 바이다.(比德焉. ……玉聲所中也.)"라고 했다.[51]

(2) 나아갈 때는 읍(揖)하는 듯하고, 물러설 때는 허리를 드는 듯하다. 그런 다음에 옥이 소리를 내며 울린다.(進則揖之, 退則揚之, 然後玉鏘鳴也.)

육덕명은 『석문』에서 "읍하는 것은 앞으로 약간 숙이는 것을 의미하고, 허리를 드는 것은 뒤로 약간 기울이는 것을 의미한다. '장(鏘)'은 소리가 나는 모양이다.(揖之謂小俯見於前也, 揚之謂小仰見於後也. 鏘, 聲貌.)"라고 했다.

(3) 그러므로 군자는 수레에 있을 때는 난새 모양의 방울이 울리는 조화로운 소리를 듣고, 걸을 때는 패옥이 울리는 소리를 듣는다. 이로써 바르지 못한 마음이 없어, 스스로 들어감이 없다.(故君子在車則聞鸞之聲, 行則鳴佩玉, 是以非辟之心, 無自入也.)

---

51 (역주) '古之君子必佩玉'이라는 말은 고대에 군자는 반드시 옥을 착용해야 한다는 것을 의미한다. 고대 중국에서 옥은 고귀하고 순결의 상징이었기에, 군자가 옥을 착용한 이유는 그들의 존귀한 지위와 고상한 인품을 나타내기 위해서였다.
'右徵角, 左宮月'이라는 말은 군자가 걸을 때, 오른쪽에 달린 옥은 치각의 소리를, 왼쪽에 달린 옥은 궁월의 소리를 낸다는 것을 의미한다. 이는 고대의 사람들은 음악이 인간의 성정을 조화롭게 할 수 있다고 믿었기 때문에, 군자가 걸을 때 옥의 소리를 통해 자신의 걸음걸이와 리듬을 조절하려고 한 것이다.
'陸氏『釋文』: 比德焉. ……玉聲所中也.'라는 말은 육덕명이 『석문』에서 한 말이다. 즉, 군자가 옥을 착용하는 이유는 그들이 옥을 미덕의 기준으로 여겨, 옥의 소리를 통해 자신의 언행이 도덕적 요구에 부합하는지를 검증하였기 때문이다.

내 생각에, 옥의 소리는 저자(苴子)의 행위를 상징한다.(玉聲對象於苴子的行爲.)

(4) 왕이 있을 때는 옥을 착용하지 않는다. 왼쪽에는 패옥을 묶고, 오른쪽에는 패옥을 착용한다.(君在不佩玉, 左結佩, 右設佩.)
육덕명은 『석문』에서 "이는 세자를 말한다. 처한 곳에서 나와 왕이 있을 때는 덕을 상징하는 패옥을 하지 않고, 섬김을 나타내는 패옥을 착용한다.(謂世子也. 出所處而君在焉則去德佩而設事佩.)"라고 했다.

(5) 모든 띠에는 반드시 패옥을 차야 하지만, 오로지 상중에는 그렇지 않다.(凡帶必有佩玉, 唯喪否.)
육덕명은 『석문』에서 "상주는 애통하는 마음을 표현해야 하므로, 장신구를 착용하지 않는다.(喪主於哀, 去飾也.)"라고 했다.

(6) 군자는 변고가 있지 않고서는 옥을 몸에서 떼지 않는다.(君子無故, 玉不去身.)
육덕명은 『석문』에서 "'고(故)'는 장례와 재앙을 의미한다.(故, 謂喪與災眚.)"라고 했다.

(7) 군자는 옥에 덕을 비유한다. 천자는 흰 옥을 착용하고 검은 끈으로 묶는다. 공후(公侯)는 산현옥(山玄玉)을 착용하며 붉은 끈으로 묶는다. 대부는 수창옥(水蒼玉)을 착용하며 검붉은 끈으로 묶는다. 세자는 유옥(瑜玉)을 착용하며 색이 섞인 끈으로 묶는다. 선비는 옥돌[瓀玟]을 착용하며 주홍빛 끈으로 묶는다. 공자는 다섯 치 되는 상아 고리를 착용하며 색이 섞인 끈으로 묶는다.(君子於玉比德焉. 天子佩白玉而玄組綬, 公侯佩山玄玉而朱組綬, 大夫佩水蒼玉而純組綬, 世子佩瑜玉而綦組綬, 士佩瓀玟

而縕組綬. 孔子佩象環五寸而綦組綬.)

육덕명은 『석문』에서 "옥에 산의 검은색[山玄]과 물의 푸른색[水蒼]이 있는 것은, 보이는 무늬와 색상이 비슷하기 때문이다. '수(綬)'라는 것은 패옥을 꿰고 이어주는 것이다. ……겸허한 태도를 가지고 남과 덕을 비교하지 않고, 또한 세속적인 일을 하지 않는다. 상아[象]는 무늬와 결[文理: 글의 이치를 깨달아 아는 힘]이 있으며, 고리[環]는 순환하여 끝이 없음을 의미한다.(玉有山玄水蒼者, 視之文色所似也. 綬者, 所以貫佩玉相承受者也. ……謙不比德, 亦不事也, 象有文理者也. 環取可循而無窮.)"라고 했다.

『정의』에 따르면, 이 부분은 옥을 착용하는 관습에 대해 두루 설명하고 있다. '옥(玉)'자의 이미지는 『예기』의 다른 편에서도 종종 보이는 바와 같이 많이 나타나 있다. 예를 들면, 「곡례」(상편)에 "옥을 잡고서는 큰 걸음 하지 않는다.(執玉不趨.)"라는 구절이 있는데, 이는 '옥'이 부드러움을 상징하여, 그에 따른 행동이나 움직임을 정중히 해야 한다는 것을 의미한다. 또 「단궁」(하편)에서는 "목욕하고 옥을 착용하면 좋은 징조가 있다고 한다.(日沐浴佩玉則兆)", "다섯 사람은 모두 목욕하고 옥을 착용하였다.(五人者皆沐浴佩玉)", "목욕도 하지 않고 옥도 착용하지 않았다.(不沐浴佩玉)"는 구절들이 보이는데, 모두 '옥'의 깨끗한 이미지를 보여주고 있다. 그밖에, 『예기』에서 '옥(玉)'자는 예절을 나타내는 말의 접두어가 되면서 전문화된 단어들을 형성하는데, '옥녀(玉女)'(「祭統」), '옥척(玉戚)'(「明堂位」, 「祭統」), '옥색(玉色)'(「玉藻」), '옥두(玉豆)'(「明堂位」), '옥작(玉爵)'(「曲禮」上), '옥성(玉聲)'(「玉藻」), '옥조(玉藻)'(「玉藻」), '옥경(玉磬)'(「明堂位」), '옥기(玉器)'(「郊特牲」), '옥찬(玉瓚)'(「明堂位」), '옥잔(玉琖)'(「明堂位」) 등이 있다.

유학자들이 '옥(玉)'자에 대한 해석을 통해 나타내는 것은 완벽한 관물취상(觀物取象) 제도이며, 이는 매우 오래된 기원을 가지고 있다. 이 기원은 기본적으로 석기시대까지 거슬러 올라갈 수 있다. 이러한 관물취상 제도를 통해 축적된 '옥(玉)'의 이미지가 전달하는 것은 고대 중국인들에게 깊은 영향을 미친 '비유-상징'적 사유이다.[52] 시간이 지날수록 이러한 사고는 더욱 심해졌다.

---

52 고대 중국 경학자들의 '법칙을 보고 이미지를 취함(觀法取象)'에 대한 사고는 『청경해(淸經解)』제566권의 『대동원집(戴東原集)』에서 볼 수 있다. 이는 고대 중국인들의 이러한 인지 사유가 주술적 사유의 흔적에서 비롯되었음을 보여주며, 동시에 유학의 '비유-상징'적 인식의 추론을 전달한다. 대진(戴震)의 『법상론(法象論)』에서는 다음과 같이 밝히고 있다.

> 『주역』에서 "법상은 천지보다 큰 것이 없다.(法象莫大乎天地.)"라고 하였다. 또 "여러 현상을 이루는 것을 건(乾)이라고 하고, 이러한 현상을 모방하는 것을 곤(坤)이라 한다."라고 하였다. 또 "머리를 들면 하늘의 현상을 관찰할 수 있고, 고개를 숙이면 땅의 법칙을 관찰할 수 있다."
> 도리에는 멀고 가까운 구분이 없으며, 인간관계 속에서 완전히 체현할 수 있다. 돌이켜 찾으면, 이해되지 못할 것이 없다.
> 이 글을 쓴 이유는 학문을 좋아하고 경전을 연구하는 이들에게 전하기 위함이다.(易曰: 法象莫大乎天地. 又曰: 成象之謂乾, 效法之謂坤. 又曰: 仰則觀象於天, 俯則觀法於地. 夫道無遠邇, 能以盡於人倫者, 反身求之, 則靡不盡也. 作論以詒好學治經者.)
> 하늘에서 현상을 관찰하고, 땅에서 법칙을 관찰하며, 삼극(三極: 天, 地, 人)의 도를 헤아릴 수 있는 것은 인간이다. 하늘에는 태양과 달이 있고, 땅은 산과 강을 통하며, 인간의 윤리 관계는 남녀와 부부에서 시작된다. 그러므로 음과 양이 발현된다. 하늘은 그 현상을 이루어, 태양과 달로 깊고 오묘한 부분을 나타낸다. 땅은 그 형체를 이루어, 산과 강으로 그 기세를 모은다. 태양과 달은 현상을 이룬 남녀이고, 산과 강은 형체를 이룬 남녀이며, 음양은 기화(氣化)된 남녀이다. 사람의 몸에서 음양을 말하자면, 혈기(血氣)의 남녀이다.(觀象於天, 觀法於地, 三極之道參之者, 人也. 天垂日月, 地竅於山川, 人之倫類, 肇自男女夫婦. 是故陰陽發見, 天成其象, 日月以精分; 地成其形, 山川以勢會. 日月者, 成象之男女也; 山川者, 成形之男女也; 陰陽者, 氣化之男女也. 言陰陽於人之身, 血氣之男女也.)

『설문해자』에서
인용한 경전 목록

1. 『시경詩經』

팽(綮) 『詩』曰: "祝祭于綮."
        『시·소아·초자(楚茨)』에서 "제사를 주관하는 사람은 문 안에서
        제사를 드리고(祝祭于綮.)"라고 노래했다.

도(禂) 『詩』曰: "旣禂旣禂."
        『시·소아·길일(吉日)』에서 "이미 마(禡) 제사도 지냈고, 또 도(禂)
        제사도 드리네.(旣禂旣禂.)"라고 노래했다.

전(瑱) 『詩』曰: "玉之瑱兮."
        『시·용풍·군자해로(君子偕老)』에서 "옥으로 귀막이 옥을 만든다
        네.(玉之瑱兮.)"라고 노래했다.

체(玼) 『詩』曰: "新臺有玼."
        『시·패풍·신대(新臺)』에서 "새로 만든 누대가 저렇게 선명하구
        나.(新臺有玼.)"라고 노래했다.

슬(瑟) 『詩』曰: "瑟彼玉瓚."
        『시·대아·한록(旱麓)』에서 "산뜻하구나, 옥돌 잔이여!(瑟彼玉瓚.)"
        라고 노래했다.

창(瑲) 『詩』曰: “鞗革有瑲.”

『시·주송·재견(載見)』에서 “말의 고삐 가죽 장식에서 옥 소리 낭낭하네.(鞗革有瑲.)”라고 노래했다.

방(珌) 讀若『詩』曰“瓜瓞菶菶”.

『시·대아·생민(生民)』에서 노래한 “과질봉봉(瓜瓞菶菶: 외넝쿨도 죽죽 자랐다네)”의 ‘봉(菶)’과 같이 읽는다.

거(琚) 『詩』曰: “報之以瓊琚.”

『시·위풍·목과(木瓜)』에서 “아름다운 패옥으로 보답하나니.(報之以瓊琚.)”라고 노래했다.

수(璓) 『詩』曰: “充耳璓瑩.”

『시·위풍·기오(淇奥)』에서 “귀막이는 아름다운 옥돌이요.(充耳璓瑩.)”라고 노래했다.

구(玖) 『詩』曰: “貽我佩玖.”

『시·왕풍·구중유마(丘中有麻)』에서 “당신은 우리에게 허리에 차는 옥처럼의 선정을 베풀어 주셨다네.(貽我佩玖.)”라고 노래했다.

요(瑤) 『詩』曰: “報之以瓊瑤.”

『시·위풍·목과(木瓜)』에서 “아름다운 패옥으로 보답하니(報之以瓊瑤.)”라고 노래했다.

가(珈) 『詩』曰: “副笄六珈.”

『시·용풍·군자해로(君子偕老)』에서 “쪽에 꽂은 비녀엔 구슬이 여섯이고(副笄六珈.)”라고 노래했다.

서(壻) 『詩』曰: “女也不爽, 士貳其行.”

『시·위풍·맹(氓)』에서 “여자로서 잘못이 없는데도, 남자인 그대는 처음과 행동이 달라졌네.(女也不爽, 士貳其行.)”라고 노래했다.

준(墫) 『詩』曰: “墫墫舞我.”

『시·소아·벌목(伐木)』에서 “덩실덩실 춤추며(墫墫舞我.)”라고 노래했다.

훤(蕿)　『詩』曰: "安得蕿艸?"
　　　『시·위풍·백혜(伯兮)』에서 "어떻게 망우초를 얻을까?(安得蕿艸?)"
　　　라고 노래했다.

환(芄)　『詩』曰: "芄蘭之枝."
　　　『시·위풍·환란(芄蘭)』에서 "환란의 넝쿨 가지여.(芄蘭之枝.)"라고
　　　노래했다.

퇴(蓷)　『詩』曰: "中谷有蓷."
　　　『시·왕풍·중곡유퇴(中谷有蓷)』에서 "골짜기에 익모초 있는데(中
　　　谷有蓷.)"라고 노래했다.

류(藟)　『詩』曰: "莫莫葛藟."
　　　『시·대아·한록(旱麓)』에서 "무성한 칡덩굴이여.(莫莫葛藟.)"라고
　　　노래했다.

조(蔦)　『詩』曰: "蔦與女蘿."
　　　『시·소아·규변(頍弁)』에서 "겨우살이와 댕댕이 덩굴(蔦與女蘿.)"
　　　이라고 노래했다.

제(薺)　『詩』曰: "牆有薺."
　　　『시·용풍·장유자(牆有茨)』에서 "담장에 찔레가 났는데.(牆有薺.)"
　　　라고 노래했다.

금(芩)　艸也. 从艸今聲.『詩』曰: "食野之芩."
　　　'풀이름으로 금초(芩草)'를 말한다. 초(艸)가 의미부이고 금(今)
　　　이 소리부이다.『시·소아·녹명(鹿鳴)에서 "들의 금풀 뜯고 있네."
　　　라고 노래했다.

역(蕇)　『詩』曰: "邛有旨蕇."
　　　『시·진풍·방유작소(防有鵲巢)』에서 "언덕에는 고운 잡초가 났
　　　네.(邛有旨蕇.)"라고 노래했다.

요(葽)　『詩』曰: "四月秀葽."
　　　『시·빈풍·칠월(七月)』에서 "사월엔 아기 풀 이삭이 패고(四月秀
　　　葽.)"라고 노래했다.

순(蕣)　『詩』曰: "顏如蕣華."
『시·정풍·유녀동거(有女同車)』에서 "얼굴이 무궁화 같네.(顏如蕣華.)"라고 노래했다.

줄(茁)　『詩』曰: "彼茁者葭."
『시·소남·추우(騶虞)』에서 "저 싱싱한 갈대밭에(彼茁者葭.)"라고 노래했다.

이(薾)　『詩』曰: "彼薾惟何?"
『시·소아·채미(采薇)』에서 "저기 환한 게 무엇일까?(彼薾惟何?)"라고 노래했다.

처(萋)　『詩』曰: "菶菶萋萋."
『시·대아·권아(卷阿)』에서 "오동나무 무성하고(菶菶萋萋.)"라고 노래했다.

의(薿)　『詩』曰: "黍稷薿薿."
『시·소아·보전(甫田)』에서 "메기장 찰기장 무성하네.(黍稷薿薿.)"라고 노래했다.

봉(芃)　『詩』曰: "芃芃黍苗."
『시·소아·어조지습(魚藻之什)』에서 "무성한 기장 싹(芃芃黍苗.)"이라고 노래했다.

적(菽)　『詩』曰: "菽菽山川."
『시·대아·운한(雲漢)』에서 "산과 냇물이 바짝 말랐네.(菽菽山川.)"라고 노래했다.

회(薈)　『詩』曰: "薈兮蔚兮."
『시·조풍·후인(候人)』에서 "뭉게뭉게 구름 일더니(薈兮蔚兮.)"라고 노래했다.

모(芼)　『詩』曰: "左右芼之."
『시·주남·관저(關雎)』에서 "여기저기서 뜯고 있네.(左右芼之.)"라고 노래했다.

탁(蘀) 『詩』曰: "十月隕蘀."
『시·빈풍·시월(十月)』에서 "시월 달에는 낙엽이 지네.(十月隕蘀.)"라고 노래했다.

영(縈) 『詩』曰: "葛纍縈之."
『시·주남·규목(樛木)』에서 "칡넝쿨이 얽혀 있네.(葛纍縈之.)"라고 노래했다.

구(芁) 『詩』曰: "至于芁野."
『시·소아·소명(小明)』에서 "멀고 황량한 땅에 이르렀네.(至于芁野.)"라고 노래했다.

육(蓷) 『詩』曰: "食鬱及蓷."
『시·빈풍·칠월(七月)』에서 "울금과 산부추를 먹네.(食鬱及蓷.)"라고 노래했다.

조(藻) 『詩』曰: "于以采藻."
『시·소남·채빈(采蘋)』에서 "개구리밥 뜯으러(于以采藻.)"라고 노래했다.

록(菉) 『詩』曰: "菉竹猗猗."
『시·위풍·기오(淇奧)』에서 "왕골과 마디풀 우거졌네.(菉竹猗猗.)"라고 노래했다.

속(藚) 『詩』曰: "言采其藚."
『시·위풍·분저여(汾沮洳)』에서 "소귀나물을 뜯네.(言采其藚.)"라고 노래했다.

묘(茆) 『詩』曰: "言采其茆."
『시·노송·반수(泮水)』에서 "순 나물을 뜯네.(言采其茆.)"라고 노래했다.

순(犉) 『詩』曰: "九十其犉."
『시·소아·무양(無羊)』에서 "커다란 소가 아흔 마리나 되네.(九十其犉.)"라고 노래했다.

인(牣) 『詩』曰: "於牣魚躍."
『시·대아·영대(靈臺)』에서 "아! 연못 가득 물고기 뛰어 노는구나!(於牣魚躍.)"라고 노래했다.

고(呱) 『詩』曰: "后稷呱矣."
『시·대아·생민(生民)』에서 "후직께서 어린아이처럼 우시네.(后稷呱矣.)"라고 노래했다.

황(喤) 『詩』曰: "其泣喤喤."
『시·소아·사간(斯干)』에서 "울음소리 쩡쩡 울리는 것으로 보아(其泣喤喤.)"라고 노래했다.

억(嶷) 『詩』曰: "克岐克嶷."
『시·대아·생민(生民)』에서 "지능과 식별력이 뛰어났으며(克岐克嶷.)"라고 노래했다.

탄(嘽) 『詩』曰: "嘽嘽駱馬."
『시·소아·사모(四牡)』에서 "갈기 검은 흰말들 헐떡헐떡하네.(嘽嘽駱馬.)"라고 노래했다.

희(呬) 『詩』曰: "犬夷呬矣."
『시·대아·면(緜)』에서 "견이들이 피곤해 숨을 헐떡거리누나.(犬夷呬矣.)"라고 노래했다.

톤(啍) 『詩』曰: "大車啍啍."
『시·왕풍·대거(大車)』에서 "큰 수레가 덜컹덜컹 가는데(大車啍啍.)"라고 노래했다.

체(嚏) 『詩』曰: "願言則嚏."
『시·패풍·종풍(終風)』에서 "생각만 하면 가슴 메네(願言則嚏.)"라고 노래했다.

희(咥) 『詩』曰: "咥其笑矣."
『시·위풍·맹(氓)』에서 "나를 보고 허허 웃기만 했네.(咥其笑矣.)"라고 노래했다.

예(呭) 『詩』曰: "無然呭呭."
『시·대아·판(板)』에서 "그처럼 떠들고만 있지 말기를(無然呭呭.)"
이라고 노래했다.

준(噂) 『詩』曰: "噂沓背憎."
『시·소아·시월지교(十月之交)』에서 "모이면 말 많고 등지면 서로
미워하네.(噂沓背憎.)"라고 노래했다.

집(咠) 『詩』曰: "咠咠幡幡."
『시·소아·항백(巷伯)』에서 "조잘조잘 약삭빠른 말로(咠咠幡幡.)"
라고 노래했다.

혜(嘒) 『詩』曰: "嘒彼小星."
『시·소남·소성(小星)』에서 "반짝반짝 작은 별은(嘒彼小星.)"이라
고 노래했다.

봉(嗙) 讀若『詩』曰"瓜瓞菶菶".
『시·대아·생민(生民)』에서 노래한 "과질봉봉(瓜瓞菶菶: 외 덩굴도
죽죽 자랐다네)"의 봉(菶)과 같이 읽는다.

진(嗔) 『詩』曰: "振旅嗔嗔."
『시·소아·채기(采芑)』에서 "북소리 따라 군사들 사기가 충천하
구나.(振旅嗔嗔.)"라고 노래했다.

표(嘌) 『詩』曰: "匪車嘌兮."
『시·회풍·비풍(匪風)』에서 "수레 뒤흔들리며 따라가고 있네.(匪
車嘌兮.)"라고 노래했다.

탐(噂) 『詩』曰: "有噂其饁."
『시·주송·대삼(載芟)』에서 "맛있게 들밥을 먹네.(有噂其饁.)"라고
노래했다.

노(呶) 『詩』曰: "載號載呶."
『시·소아·빈지초연(賓之初筵)』에서 "소리치고 떠들고 하며(載號載
呶.)"라고 노래했다.

효(嘵) 『詩』曰: "唯予音之嘵嘵."
『시·빈풍·피효(鴟鴞)』에서 "나는 오직 쩍쩍 두려움에 우네.(唯予音之嘵嘵.)"라고 노래했다.

오(嗷) 『詩』曰: "哀鳴嗷嗷."
『시·소아·홍안(鴻雁)』에서 "끼룩끼룩 슬피 울부짖네.(哀鳴嗷嗷.)"라고 노래했다.

점(唸) 『詩』曰: "民之方唸吚."
『시·대아·판(板)』에서 "백성들은 지금 신음하고 있거늘(民之方唸吚.)"이라고 노래했다.

개(嘅) 『詩』曰: "嘅其嘆矣."
『시·왕풍·중곡유퇴(中谷有蓷)』에서 "깊은 한숨짓네.(嘅其嘆矣.)"라고 노래했다.

와(吪) 『詩』曰: "尚寐無吪."
『시·왕풍·토원(兔爰)』에서 "아예 꼼짝 않고 잠이나 내내 들었으면(尚寐無吪.)"이라고 노래했다.

언(唁) 『詩』曰: "歸唁衛侯."
『시·용풍·재치(載馳)』에서 "달려가 [나라가 망한] 위나라 제후를 위문해야지.(歸唁衛侯.)"라고 노래했다.

우(嚘) 『詩』曰: "麀鹿嚘嚘."
『시·대아·한혁(韓奕)』에서 "암사슴 수사슴 우글우글하고(麀鹿嚘嚘.)"라고 노래했다.

수(售) 『詩』曰: "賈用不售."
『시·패풍·곡풍(谷風)』에서 "팔리지 않는 물건 같은 나지요.(賈用不售.)"라고 노래했다.

질(嫉) 讀若『詩』"威儀秩秩".
『시·대아·가락(假樂)』의 "위의질질(威儀秩秩: 위엄과 예의 빈틈없이 갖추고)"이라고 할 때의 질(秩)과 같이 읽는다.

적(趚) 『詩』曰: "謂地蓋厚, 不敢不趚."
『시·소아·정월(正月)』에서 "땅이 두텁다고들 하지만, 조심해 걷지 않을 수 없네.(謂地蓋厚, 不敢不趚.)"라고 노래했다.

지(遲) 『詩』曰: "行道遲遲."
『시·패풍·곡풍(谷風)』 등에서 "가는 길 차마 발걸음이 안 떨어지네.(行道遲遲.)"라고 노래했다.

달(達) 『詩』曰: "挑兮達兮."
『시·정풍·자금(子衿)』에서 "왔다 갔다 하며(挑兮達兮.)"라고 노래했다.

척(趒) 『詩』曰: "趒趒周道."
『시·소아·소변(小弁)』에서 "평평한 한길에는(趒趒周道.)"이라고 노래했다.

우(踽) 『詩』曰: "獨行踽踽."
『시·당풍·체두(杕杜)』에서 "홀로 외로이 길을 가나니(獨行踽踽.)"라고 노래했다.

장(蹡) 『詩』曰: "管磬蹡蹡."
『시·주송·청묘지십·집경(執競)』에서 "피리 불고 석경 연주하니(管磬蹡蹡.)"라고 노래했다.

교(蹻) 『詩』曰: "小子蹻蹻."
『시·대아·판(板)』에서 "젊은 친구들은 교만하기만 하네.(小子蹻蹻.)"라고 노래했다.

지(躓) 『詩』曰: "載躓其尾."
『시·빈풍·낭발(狼跋)』에서 "뒤로 물러서려다 제 꼬리에 넘어지네.(載躓其尾.)"라고 노래했다.

척(蹐) 『詩』曰: "不敢不蹐."
『시·소아·정월(正月)』에서 "조심해 걷지 않을 수 없네.(不敢不蹐.)"라고 노래했다.

선(詵) 『詩』曰: "螽斯羽詵詵兮."
『시·주남·종사(螽斯)』에서 "여치의 날갯짓 소리 직직 울리는데(螽斯羽詵詵兮.)"라고 노래했다.

심(諶) 『詩』曰: "天難諶斯."
『시·대아·대명(大明)』에서 "하늘은 믿고만 있기 어려운 것이니(天難諶斯.)"라고 노래했다.

고(詁) 『詩』曰詁訓.
『시』에서 말한 '고훈(詁訓)'이 그것이다.

애(藹) 『詩』曰: "藹藹王多吉士."
『시·대아·권아(卷阿)』에서 "천자님의 여러 훌륭한 신하들 모였으니(藹藹王多吉士.)"라고 노래했다.

아(誐) 『詩』曰: "誐以溢我."
『시·주송·유천지명(維天之命)』에서 "아름다운 말로 우리를 이롭게 하셨으니(誐以溢我.)"라고 노래했다.

영(譻) 『詩』曰: "譻譻青蠅."
『시·소아·청승(青蠅)』에서 "윙윙 쉬파리 날다가(譻譻青蠅.)"라고 노래하였다.

예(詍) 『詩』曰: "無然詍詍."
『시·대아·판(板)』에서 "그처럼 떠들고만 있지 마시오.(無然詍詍.)"라고 노래했다.

자(訾) 『詩』曰: "翕翕訿訿."
『시·소아·소민(小旻)』에서 "여럿이 모여 모의하다가 또 서로 욕하고 하니(翕翕訿訿.)"라고 노래했다.

학(謔) 『詩』曰: "善戲謔兮."
『시·위풍·기오(淇奧)』에서 "우스갯소리도 잘 하시지만(善戲謔兮.)"이라고 노래했다.

홍(訌) 『詩』曰: "蟊賊內訌."
      『시·대아·소민(小旻)』에서 "해충이 들끓듯 내란이 심하네.(蟊賊內
      訌.)"라고 노래했다.

홰(諴) 『詩』曰: "有諴其聲."
      『시』에서 "별들이 반짝이네.(有諴其聲.)"라고 노래했다.

와(譌) 『詩』曰: "民之譌言."
      『시·소아·면수(沔水)』 등에서 "백성들의 뜬소문(民之譌言.)"이라
      고 노래했다.

업(業) 『詩』曰: "巨業維樅."
      『시·대아·영대(靈臺)』에서 "종과 경 틀에 기둥나무와 가로나무
      아래위로 있고(巨業維樅.)"라고 노래했다.

굉(轐) 『詩』曰: "鞹鞃淺幭."
      『시·대아·한혁(韓奕)』에서 "가죽 붙인 수레 앞턱 가로나무며, 무
      늬 새긴 멍에(鞹鞃淺幭.)"라고 노래했다.

갱(鬻) 『詩』曰: "亦有和鬻."
      『시·상송·열조(烈祖)』에서 "갖은 양념한 국도 있는데(亦有和鬻.)"
      라고 노래했다.

혁(鬩) 『詩』云: "兄弟鬩于牆."
      『시·소아·상체(常棣)』에서 "형제가 집안에서는 늘 다툰다 하지
      만(兄弟鬩于牆.)"이라 노래했다.

도(敊) 『詩』云: "敊兮達兮."
      『시·정풍·자금(子衿)』에서 "[이리저리] 왔다 갔다 하며(敊兮達
      兮.)"라고 노래했다.

태(緆) 『詩』曰: "緆天之未陰雨."
      『시·빈풍·치효(鴟鴞)』에서 "장맛비 오기 전에(緆天之未陰雨.)"라고
      노래했다.

대(祋) 『詩』曰: "何戈與祋."
『시·조풍·후인(候人)』에서 "어깨에도 긴 창 짧은 창 메고 있네.(何戈與祋.)"라고 노래했다.

두(斁) 『詩』云: "服之無斁."
『시·주남·갈담(葛覃)』에서 "베옷 지어 입으니 좋을시고(服之無斁.)"라고 노래했다.

수(敠) 『詩』云: "無我敠兮."
『시·정풍·준대로(遵大路)』에서 "나를 미워 마시고(無我敠兮.)"라고 노래했다.

목(牧) 『詩』曰: "牧人乃夢."
『시·소아·무양(無羊)』에서 "목동이 꿈을 꾸었는데(牧人乃夢.)"라고 노래했다.

변(梀) 『詩』曰: "營營靑蠅, 止于梀."
『시·소아·청승(靑蠅)』에서 "윙윙 쉬파리 날다가, 대추나무에 앉았네.(營營靑蠅, 止于梀.)"라고 노래했다.

반(盼) 『詩』曰: "美目盼兮."
『시·위풍·석인(碩人)』에서 "아름다운 눈은 맑기만 하네.(美目盼兮.)"라고 노래했다.

비(眕) 讀若『詩』云 "泌彼泉水".
『시·패풍·천수(泉水)』에서 노래한 "필피천수(泌彼泉水: 콸콸 흐르는 저 샘물)"의 필(泌)과 같이 읽는다.

활(眲) 讀若『詩』曰: "施罛濊濊".
『시·위풍·석인(碩人)』에서 노래한 "시고활활(施罛濊濊: 철석철석 걷어 올리는 고기 그물에서는)"의 활(濊)과 같이 읽는다.

경(睘) 『詩』曰: "獨行睘睘."
『시·당풍·체두(杕杜)』에서 "홀로 쓸쓸히 길을 가노니.(獨行睘睘)"라고 노래했다.

빈(矉)　『詩』曰: "國步斯矉."
　　　『시·대아·상유(桑柔)』에서 "나라 형편이 정말 위급하구나.(國步斯矉.)"라고 노래했다.

상(相)　『詩』曰: "相鼠有皮."
　　　『시·용풍·상서(相鼠)』에서는 "쥐를 보아도 가죽이 있는데(相鼠有皮.)"라고 노래했다.

언(嘕)　『詩』曰: "嘕婉之求."
　　　『시·패풍·신대(新臺)』에서 "고운 님 구하러 왔건만(嘕婉之求.)"이라고 노래했다.

권(睠)　『詩』曰: "乃睠西顧."
　　　『시·대아·황의(皇矣)』에서 "이에 서쪽 주나라를 살펴보시고(乃睠西顧.)"라고 노래했다.

휘(翬)　『詩』曰: "如翬斯飛."
　　　『시·소아·사간(斯干)』에서 "오색 꿩이 나는 듯 아름답네.(如翬斯飛.)"라고 노래했다.

홰(翽)　『詩』曰: "鳳皇于飛, 翽翽其羽."
　　　『시·대아·권아(卷阿)』에서 "봉황새가 날아감에, 날개를 펄렁이네.(鳳皇于飛, 翽翽其羽.)"라고 노래했다.

학(翯)　『詩』云: "白鳥翯翯."
　　　『시·대아·영대(靈臺)』에서 "백조는 깨끗하고 희기도 하네.(白鳥翯翯.)"라고 노래했다.

도(翿)　『詩』曰: "左執翿."
　　　『시·왕풍·군자양양(君子陽陽)』에서 "왼손에 새 깃 집어 들고(左執翿.)"라고 노래했다.

분(奮)　『詩』曰: "不能奮飛."
　　　『시·패풍·백주(柏舟)』에서 "훨훨 날아만 가고 싶네.(不能奮飛.)"라고 노래했다.

관(鸛) 『詩』曰:"鸛鳴于垤."
『시·빈풍·동산(東山)』에서 "황새는 개밋둑에서 울고.(鸛鳴于垤.)"
라고 노래했다.

확(矍) 讀若『詩』云"矌彼淮夷"之'矌'.
『시·노송·반수(泮水)』에서 노래한 "광피회이(矌彼淮夷: 멀리 달아
나는 회수 지역의 이민족들)"의 '광(矌)'과 같이 읽는다.

예(鷖) 『詩』曰:"鳧鷖在梁."
『시·대아·부예(鳧鷖)』에서 "물오리와 갈매기가 경수에서 노는데
(鳧鷖在梁.)"라고 노래했다.

단(鷻) 『詩』曰:"匪鷻匪鳶."
『시·소아·사월(四月)』에서 "수리도 아니고 솔개도 아니네.(匪鷻匪
鳶.)"라고 노래했다.

율(鴥) 『詩』曰:"鴥彼晨風."
『시·진풍·신풍(晨風)』에서 "새매는 씽씽 날아가고.(鴥彼晨風.)"라
고 노래했다.

앵(鶯) 『詩』曰:"有鶯其羽."
『시·소아·상호(桑扈)』에서 "그 깃이 곱기도 하여라.(有鶯其羽.)"라
고 노래했다.

요(鷕) 『詩』曰:"有鷕雉鳴."
『시·빈풍·포유고엽(匏有苦葉)』에서 "꿩꿩 암꿩이 우네.(有鷕雉鳴.)"
라고 노래했다.

표(受) 讀若『詩』"摽有梅".
『시·소남·표유매(摽有梅)』에서 노래한 "표유매(摽有梅: 매실 툭툭
떨어지네)"의 표(摽)와 같이 읽는다.

근(殣) 『詩』曰:"行有死人, 或殣之."
『시·소아·소변(小弁)』에서 "길가에 죽은 사람 있으면, 누군가가
묻어주기도 한다네.(行有死人, 尙或殣之.)"라고 노래했다.

괴(鬠)　『詩』曰: "鬠弁如星."
『시·위풍·기오(淇奧)』에서 "관에 동곳들이 별처럼 반짝이네.(鬠弁如星.)"라고 노래했다.

단(膻)　『詩』曰: "膻裼暴虎."
『시·정풍·대숙우전(大叔于田)』에서 "웃통 벗고 맨손으로 표범 잡아(膻裼暴虎.)"라고 노래했다.

련(臠)　『詩』曰: "棘人臠臠兮."
『시·회풍·소관(素冠)』에서 "병든 이 몸 여위었구나.(棘人臠臠兮.)"라고 노래했다.

료(膋)　『詩』曰: "取其血膋."
『시·소아·신남산(信南山)』에서 "피와 기름 받아내네.(取其血膋.)"라고 노래했다.

철(腏)　讀若『詩』曰: "啜其泣矣."
『시·왕풍·중곡유퇴(中谷有蓷)』에서 노래한 "철기읍의(啜其泣矣: 홀쩍이며 우네)"의 철(啜)과 같이 읽는다.

점(刮)　『詩』曰: "白圭之刮."
『시·대아·억(抑)』에서 "흰 옥의 티(白圭之刮)"라고 노래했다.

구(觓)　『詩』曰: "兕觥其觓."
『시·소아·상호(桑扈)』에서 "뿔잔은 구부정하네.(兕觥其觓.)"라고 노래했다.

성(觲)　『詩』曰: "觲觲角弓."
『시·소아·각궁(角弓)』에서 "잘 휜 뿔활(觲觲角弓)"이라고 노래했다.

형(衡)　『詩』曰: "設其楅衡."
『시』에서 "소뿔에 대는 가름 목을 진설하네.(設其楅衡.)"라고 노래했다.

휴(觿)　『詩』曰:"童子佩觿."
　　　『시·위풍·환란(芄蘭)』에서 "아이가 뿔송곳을 찼네.(童子佩觿.)"라
　　　고 노래했다.

참(僭)　『詩』曰:"僭不畏明."
　　　『시·대아·민로(民勞)』에서 "공명함을 두려워하지 않는 자들을
　　　몰아내주소서.(僭不畏明.)"라고 노래했다.

가(哿)　『詩』曰:"哿矣富人."
　　　『시·소아·정월(正月)』에서 "부자는 그래도 괜찮지만(哿矣富人.)"
　　　이라고 노래했다.

고(鼛)　『詩』曰:"鼛鼓不勝."
　　　『시·대아·면(緜)』에서 "북소리 그치지 않네.(鼛鼓不勝.)"라고 했
　　　다.

연(鼘)　『詩』曰:"鼞鼓鼘鼘."
　　　『시·상송·나(那)』에서 "자루 달린 북 큰북 덩덩 울리고.(鼞鼓鼘
　　　鼘.)"라고 노래했다.

당(鼞)　『詩』曰:"擊鼓其鼞."
　　　『시·빈풍·격고(擊鼓)』에서 "북소리 둥둥 울리니.(擊鼓其鼞.)"라고
　　　노래했다.

우(虞)　『詩』曰:"于嗟乎, 騶虞."
　　　『시·소남·추우(騶虞)』에서 "아아! 몰이꾼이여.(于嗟乎, 騶虞.)"라고
　　　노래했다.

희(餴)　『詩』曰:"可以餴饎."
　　　『시·대아·형작(泂酌)』에서 "찐 밥 술밥 지을 수 있지.(可以餴饎.)"
　　　라고 했다.

엽(饁)　『詩』曰:"饁彼南畝."
　　　『시·소아·보전(甫田)』에서 "남향 비탈밭으로 밥을 날라 오니.(饁
　　　彼南畝.)"라고 노래했다.

몽(饛)　『詩』曰: "有饛簋飧."
　　『시·소아·대동(大東)』에서 "그릇엔 밥이 수북하고(有饛簋飧.)"라
　　고 노래했다.

필(飶)　『詩』曰: "有飶其香."
　　『시·주송·재삼(載芟)』에서 "향긋한 그 향기(有飶其香.)"라고 했다.

어(饫)　『詩』曰: "飲酒之饫."
　　『시·소아·상체(常棣)』에서 "배부르게 먹고 마실 때(飲酒之饫.)"라
　　고 노래했다.

전(餞)　『詩』曰: "顯父餞之."
　　『시·대아·한혁(韓奕)』에서 "현보가 전송하는데(顯父餞之.)"라고
　　노래했다.

경(罄)　『詩』云: "缾之罄矣."
　　『시·소아·료아(蓼莪)』에서 "텅 빈 작은 병이여.(缾之罄矣.)"라고
　　노래했다.

담(𪔂)　『詩』曰: "實覃實吁."
　　『시·대아·생민(生民)』에서 "소리가 길고 커서(實覃實吁.)"라고 노
　　래했다.

래(來)　『詩』曰: "詒我來麰."
　　『시·주송·사문(思文)』에서 "우리에게 보리와 밀 씨 내리시어(詒
　　我來麰.)"라고 노래했다.

사(倈)　『詩』曰: "不倈不來."
　　『시·소아·채미(采薇)』에서 "나를 기다리지도 않고 나에게 오지
　　도 않네.(不倈不來)"라고 노래했다.

우(憂)　『詩』曰: "布政憂憂."
　　『시·상송·장발(長發)』에서 "정치 베풀길 잘 하시니.(布政憂憂.)"라
　　고 노래했다.

감(龕)　『詩』曰: "龕龕舞我."
『시·소아·벌목(伐木)』에서 "둥둥 북치고(龕龕舞我.)"라고 노래했다.

측(畟)　『詩』曰: "畟畟良耜."
『시·주송·양사(良耜)』에서 "날카로운 좋은 보습으로(畟畟良耜.)"라고 노래했다.

섭(鍱)　『詩』曰: "童子佩鍱."
『시·위풍·환란(芄蘭)』에서 "아이가 뼈로 만든 송곳 찼네.(童子佩鍱.)"라고 노래했다.

창(韔)　『詩』曰: "交韔二弓."
『시·진풍·소융(小戎)』에서 "엇갈리게 활집엔 두 활이 꽂혀있고(交韔二弓.)"라고 노래했다.

고(觓)　『詩』曰: "我觓酌彼金罍."
『시·주남·권이(卷耳)』에서 "에라, 금잔에 술이나 따라서(我觓酌彼金罍.)"라고 노래했다.

이(梯)　『詩』曰: "隰有杞梯."
『시·소아·사월(四月)』에서 "진펄에는 구기자와 가나무가 있네.(隰有杞梯.)"라고 노래했다.

수(檖)　『詩』曰: "隰有樹檖."
『시·진풍·신풍(晨風)』에서 "진펄에는 팥배나무 심겨져 있네.(隰有樹檖.)"라고 노래했다.

호(楛)　『詩』曰: "榛楛濟濟."
『시·대아·한록(旱麓)』에서 "개암나무와 호나무가 우거졌네.(榛楛濟濟.)"라고 노래했다.

염(壓)　『詩』曰: "其壓其柘."
『시·대아·황의(皇矣)』에서 "산뽕나무 들뽕나무를 베어 없애네.(其壓其柘.)"라고 노래했다.

유(楰)　『詩』曰: "北山有楰."
『시·소아·남산유대(南山有臺)』에서 "북산에는 광나무가 있네.(北山有楰.)"라고 노래했다.

매(枚)　『詩』曰: "施于條枚."
『시·대아·한록(旱麓)』에서 "나뭇가지 위로 뻗어 있네.(施于條枚.)"라고 노래했다.

요(枖)　『詩』曰: "桃之枖枖."
『시·주남·도요(桃夭)』에서 "싱싱한 복숭아나무여.(桃之枖枖.)"라고 노래했다.

삼(槮)　『詩』曰: "槮差荇菜."
『시·주남·관저(關雎)』에서 "올망졸망 마름 풀을(槮差荇菜.)"이라고 노래했다.

천(梴)　『詩』曰: "松桷有梴."
『시·상송·은무(殷武)』에서 "모진 서까래 길쭉길쭉하고(松桷有梴.)"라고 노래했다.

체(杕)　『詩』曰: "有杕之杜."
『시·당풍·체두(杕杜)』에서 "우뚝 선 아가위나무여.(有杕之杜.)"라고 노래했다.

렬(栵)　『詩』曰: "其灌其栵."
『시·대아·황의(皇矣)』에서 "떨기나무와 움이 난 나무를 없애버리네.(其灌其栵.)"라고 노래했다.

목(楘)　『詩』曰: "五楘梁輈."
『시·진풍·소융(小戎)』에서 "다섯 군데 가죽 감은 멍에의 수레 채 끝은 구부정했네.(五楘梁輈.)"라고 노래했다.

목(楅)　『詩』曰: "夏而楅衡."
『시·노송·비궁(閟宮)』에서 "여름부터 제물로 쓸 소뿔에 나무를 대어 뜨개질 못하게 하고(夏而楅衡.)"라고 노래했다.

유(燳)　　『詩』曰: "薪之燳之."
　　　　　『시·대아·역박(域樸)』에서 "땔나무로 베고 모닥불 감으로 자르네.(薪之燳之.)"라고 노래했다.

신(甡)　　『詩』曰: "甡甡其鹿."
　　　　　『시·대아·상유(桑柔)』에서 "사슴들이 우글우글하네.(甡甡其鹿.)"라고 했다.

위(韡)　　『詩』曰: "蕚不韡韡."
　　　　　『시·소아·상체(常棣)』에서 "꽃송이 울긋불긋하네.(蕚不韡韡.)"라고 노래했다.

고(櫜)　　『詩』曰: "載櫜弓矢."
　　　　　『시·주송·시매(時邁)』에서 "활과 화살도 큰 자루에 넣어두었네.(載櫜弓矢.)"라고 노래했다.

곤(壼)　　『詩』曰: "室家之壼."
　　　　　『시·대아·기취(既醉)』에서 "온 집안 화목하고(室家之壼.)"라고 노래했다.

태(邰)　　『詩』曰: "有邰家室."
　　　　　『시·대아·생민(生民)』에서 "태 나라를 세워 집안을 거느리게 되셨네.(有邰家室.)"라고 노래했다.

합(郃)　　『詩』曰: "在郃之陽."
　　　　　『시·대아·대명(大明)』에서 "합수의 북쪽에 있다.(在郃之陽.)"라고 노래했다.

오(晤)　　『詩』曰: "晤辟有摽."
　　　　　『시·패풍·백주(柏舟)』에서 "날만 밝으면 쿵쿵 가슴만 두드리네.(晤辟有摽.)"라고 노래했다.

현(晛)　　『詩』曰: "見晛曰消."
　　　　　『시·소아·각궁(角弓)』에서 "햇빛만 나면 녹네.(見晛曰消.)"라고 노래했다.

에(曀) 『詩』曰: "終風且曀."
『시·패풍·종풍(終風)』에서 "바람 불고 날 음산한데(終風且曀.)"라
고 노래했다.

창(昌) 『詩』曰: "東方昌矣."
『시·제풍·계명(鷄鳴)』에서 "동방이 밝았다.(東方昌矣.)"라고 했다.

괴(旝) 『詩』曰: "其旝如林."
『시·대아·대명(大明)』에서는 "그러한 깃발 숲처럼 빽빽하게 모
여 있네.(其旝如林.)"라고 노래했다.

자(鼒) 『詩』曰: "鼐鼎及鼒."
『시·주송·사의(絲衣)』에서 "크고 작은 솥의 음식이 보이네.(鼐鼎
及鼒.)"라고 노래했다.

직(稙) 『詩』曰: "稙稚尗麥."
『시·노송·비궁(閟宮)』에서 "올벼와 늦벼와 콩과 보리였네.(稙稚尗
麥.)"라고 노래했다.

류(稑) 『詩』曰: "黍稷種稑."
『시·빈풍·칠월(七月)』 등에서 "메기장 차기장과 늦 곡식 이른 곡
식(黍稷種稑.)"이라고 노래했다.

영(穎) 『詩』曰: "禾穎穟穟."
『시·대아·생민(生民)』에서 "벼도 줄지어 탐스럽게 자랐으며(禾穎
穟穟.)"라고 노래했다.

수(穟) 『詩』曰: "禾穎穟穟."
『시·대아·생민(生民)』에서 "벼도 줄지어 탐스럽게 자랐으며(禾穎
穟穟.)"라고 노래했다.

비(秠) 『詩』曰: "誕降嘉穀, 惟秬惟秠."
『시·대아·생민(生民)』에서 "하늘이 좋은 곡식 씨 내려 주셨으니,
검은 기장과 메기장이로다.(誕降嘉穀, 惟秬惟秠.)"라고 노래했다.

자(積)　　『詩』曰: "積之秩秩."
　　　　『시·주송·양사(良耜)』에서 "수확한 벼를 켜켜이 쌓아두었네.(積
　　　　之秩秩.)"라고 노래했다.

질(秩)　　『詩』曰: "積之秩秩."
　　　　『시·주송·양사(良耜)』에서 "수확한 벼를 켜켜이 쌓아두었네.(積
　　　　之秩秩.)"라고 노래했다.

요(舀)　　『詩』曰: "或簸或舀."
　　　　『시·대아·생민(生民)』에서 "[곡식을 찧고 빻고 해서] 까불고 퍼
　　　　내서(或簸或舀.)"라고 노래했다.

경(絅)　　『詩』曰: "衣錦絅衣."
　　　　『시·위풍·석인(碩人)』에서 "비단옷 위에 모시옷 입으셨네.(衣錦絅
　　　　衣.)"라고 노래했다.

질(瓞)　　『詩』曰: "緜緜瓜瓞."
　　　　『시·대아·면(緜)』에서 "길게 뻗은 외 덩굴이며!(緜緜瓜瓞.)"라고
　　　　노래했다.

향(向)　　『詩』曰: "塞向墐戶."
　　　　『시·빈풍·칠월(七月)』에서 "북향 창 틀어막고 문을 진흙으로 바
　　　　르네.(塞向墐戶.)"라고 노래했다.

구(穷)　　『詩』曰: "嬛嬛在穷."
　　　　『시·주송·민여소자(閔予小子)』에서 "홀로 괴로워하고 있나이
　　　　다.(嬛嬛在穷.)"라고 노래했다.

복(復)　　『詩』曰: "陶復陶穴."
　　　　『시·대아·면(緜)』에서 "흙집을 파고 굴집을 파고(陶復陶穴.)"라고
　　　　노래했다.

경(窒)　　『詩』曰: "瓶之窒矣."
　　　　『시·소아·료아(蓼莪)』에서 "텅 빈 작은 병(瓶之窒矣.)"이라고 노래
　　　　했다.

외(瘣)　『詩』曰: "譬彼瘣木."
『시·소아·소변(小弁)』에서 "병들어 죽은 나무처럼(譬彼瘣木.)"이
라고 노래했다.

부(痡)　『詩』曰: "我僕痡矣."
『시·주남·권이(卷耳)』에서 "내 하인 발병 났으니.(我僕痡矣.)"라고
노래했다.

도(瘏)　『詩』曰: "我馬瘏矣."
『시·주남·권이(卷耳)』에서 "내 말 지쳐 늘어졌네.(我馬瘏矣.)"라고
노래했다.

송(瘇)　『詩』曰: "旣微且瘇."
『시·소아·교언(巧言)』에서 "정강이에 종기 나고 발도 부어올랐
네.(旣微且瘇.)"라고 노래했다.

타(瘏)　『詩』曰: "瘏瘏駱馬."
『시·소아·사모(四牡)』에서 "갈기 검은 흰 말 병들었고(瘏瘏駱馬.)"
라고 노래했다.

미(眔)　『詩』曰: "眔入其阻."
『시·상송·은무(殷武)』에서 "그 험한 땅에까지 조밀하게 들어가
(眔入其阻.)"라고 노래했다.

고(罛)　『詩』曰: "施罛濊濊."
『시·위풍·석인(碩人)』에서 "철썩철썩 걷어 올리는 고기 그물(施
罛濊濊.)"이라고 노래했다.

포(罦)　『詩』曰: "雉離于罦."
『시·왕풍·토원(兎爰)』에서 "꿩이 덮치기에 걸렸네.(雉離于罦.)"라
고 노래했다.

천(幝)　『詩』曰: "檀車幝幝."
『시·소아·체두(杕杜)』에서 "박달나무 수레는 터덜터덜 지나가고
(檀車幝幝.)"라고 노래했다.

분(幩) 『詩』曰: "朱幩鑣鑣."
『시·위풍·석인(碩人)』에서 "붉은 천을 감은 말 재갈이 곱고(朱幩鑣鑣.)"라고 노래했다.

교(皎) 『詩』曰: "月出皎兮."
『시·진풍·월출(月出)』에서 "달이 떠 환하게 비치니(月出皎兮.)"라고 노래했다.

초(䗖) 『詩』曰: "衣裳䗖䗖."
『시·조풍·부유(蜉蝣)』에서 "옷이나 깨끗이 입으려 하니(衣裳䗖䗖.)"라고 노래했다.

구(俅) 『詩』曰: "弁服俅俅."
『시·주송·사의(絲衣)』에서 "[제복은 정결하고] 쓴 관은 얌전하네.(弁服俅俅.)"라고 노래했다.

필(佖) 『詩』曰: "威儀佖佖."
『시·소아·빈지초연(賓之初筵)』에서 "위엄과 예의가 허술해지네.(威儀佖佖.)"라고 노래했다.

표(儦) 『詩』曰: "行人儦儦."
『시·제풍·재구(載驅)』에서 "길가는 사람들은 북적북적하네.(行人儦儦.)"라고 노래했다.

나(儺) 『詩』曰: "佩玉之儺."
『시·위풍·죽간(竹竿)』에서 "허리에 찬 구슬은 댕그랑거렸네.(佩玉之儺.)"라고 노래했다.

위(倭) 『詩』曰: "周道倭遲."
『시·소아·사모(四牡)』에서 "주나라 도읍으로 가는 길은 꾸불꾸불 끝이 없네.(周道倭遲.)"라고 노래했다.

사(俟) 『詩』曰: "伾伾俟俟."
『시·소아·길일(吉日)』에서 "뛰는 놈에 서성대는 놈(伾伾俟俟.)"이라고 노래했다.

통(侗)   『詩』曰: "神罔時侗."
『시·대아·사제(思齊)』에서 "신령들 마음 아픈 일도 없게 되셨네.(神罔時侗.)"라고 노래했다.

길(佶)   『詩』曰: "旣佶且閑."
『시·소아·유월(六月)』에서 "건장하고도 길 잘 들었네.(旣佶且閑.)"라고 노래했다.

우(俁)   『詩』曰: "碩人俁俁."
『시·패풍·간혜(簡兮)』에서 "키 훤칠한 그이(碩人俁俁.)"라고 노래했다.

한(僩)   『詩』曰: "瑟兮僩兮."
『시·위풍·기오(淇奧)』에서 "묵직하고 위엄 있고(瑟兮僩兮.)"라고 노래했다.

비(伾)   『詩』曰: "以車伾伾."
『시·노송·경(駉)』에서 "수레를 잘 끌고 달리네.(以車伾伾.)"라고 노래했다.

시(偲)   『詩』曰: "其人美且偲."
『시·제풍·노령(盧令)』에서 "그 사람 멋지고 씩씩하기도 하지.(其人美且偲.)"라고 노래했다.

탁(倬)   『詩』曰: "倬彼雲漢."
『시·대아·역복(棫樸)』에서 "밝은 저 은하수(倬彼雲漢.)"라고 노래했다.

선(偏)   『詩』曰: "豔妻偏方處."
『시·소아·시월지교(十月之交)』에서 "모두가 요염한 포사와 어울려 지내네.(豔妻偏方處.)"라고 노래했다.

숙(俶)   『詩』曰: "令終有俶."
『시·대아·기취(旣醉)』에서 "끝내 훌륭함이 대단하시니(令終有俶.)"라고 노래했다.

애(僾)   『詩』曰: "僾而不見."
『시·패풍·정녀(靜女)』에서 "사랑하면서도 만나지 못하니.(僾而不見.)"라고 노래했다.

해(偕)   『詩』曰: "偕偕士子."
『시·소아·북산(北山)』에서 "튼튼한 벼슬아치(偕偕士子.)"라고 노래했다.

차(佽)   『詩』曰: "決拾既佽."
『시·소아·거공(車攻)』에서 "활깍지와 팔찌 끼고(決拾既佽.)"라고 노래했다.

혁(侐)   『詩』曰: "閟宮有侐."
『시·노송·비궁(閟宮)』에서 "강원의 묘 비궁은 고요한데(閟宮有侐.)"라고 노래했다.

괄(佸)   『詩』曰: "曷其有佸?"
『시·왕풍·군자우역(君子于役)』에서 "언제면 만나게 되려나?(曷其有佸?)"라고 노래했다.

현(俔)   『詩』曰: "俔天之妹."
『시·대아·대명(大明)』에서 "하늘의 소녀 같은 분이셨네.(俔天之妹.)"라고 노래했다.

관(倌)   『詩』曰: "命彼倌人."
『시·용풍·정지방중(定之方中)』에서 "수레몰이에게 명하기를(命彼倌人.)"이라고 노래했다.

개(价)   『詩』曰: "价人惟藩."
『시·대아·판(板)』에서 "갑옷 입은 착한 군인은 나라의 울타리요.(价人惟藩.)"라고 노래했다.

주(侜)   『詩』曰: "誰侜予美?"
『시·진풍·방유작소(防有鵲巢)』에서 "누가 남의 임을 꾀었나?(誰侜予美?)"라고 노래했다.

사(伺) 『詩』曰: "伺伺彼有屋."
『시·소아·정월(正月)』에서 "저들은 깨끗한 집 있고(伺伺彼有屋.)"
라고 노래했다.

조(佻) 『詩』曰: "視民不佻."
『시·소아·녹명(鹿鳴)』에서 "백성들에게 두터운 애정 보이시
니.(視民不佻.)"라고 노래했다.

벽(僻) 『詩』曰: "宛如左僻."
『시·위풍·갈리(葛屨)』에서 "공손히 왼편으로 비켜 다니고(宛如左
僻.)"라고 노래했다.

기(伎) 『詩』曰: "籧人伎忒."
『시·대아·첨앙(瞻卬)』에서 "남의 잘못은 엄격하고 악독하게 따
지네.(籧人伎忒.)"라고 노래했다.

아(俄) 『詩』曰: "仄弁之俄."
『시·소아·빈지초연(賓之初筵)』에서 "관을 비스듬히 쓰고(仄弁之
俄.)"라고 노래했다.

사(傞) 『詩』曰: "屢舞傞傞."
『시·소아·빈지초연(賓之初筵)』에서 "더풀더풀 비틀거리며 계속
춤추네.(屢舞傞傞.)"라고 노래했다.

기(僛) 『詩』曰: "屢舞僛僛."
『시·소아·빈지초연(賓之初筵)』에서 "비틀비틀 연이어 춤추네.(屢
舞僛僛.)"라고 노래했다.

최(催) 『詩』曰: "室人交徧催我."
『시·패풍·북문(北門)』에서 "집사람들은 번갈아 모두 나를 핀잔
하네.(室人交徧催我.)"라고 노래했다.

비(妣) 『詩』曰: "有女妣離."
『시·왕풍·중곡유퇴(中谷有蓷)』에서 "집 떠나온 여인 있네.(有女妣
離.)"라고 노래했다.

준(僔)　『詩』曰: "僔沓背憎."

　　『시·소아·시월지교(十月之交)』에서 "모이면 말 많고 등지면 서로
　　미워하네.(僔沓背憎.)"라고 노래했다.

기(伎)　『詩』曰: "伎彼織女."

　　『시·소아·대거(大車)』에서 "[밤이 깊어 기울어진] 직녀성을 바
　　라보니.(伎彼織女.)"라고 노래했다.

앙(印)　『詩』曰: "高山印止."

　　『시·소아·거할(車舝)』에서 "높은 산은 우러러보고(高山印止.)"라
　　고 노래했다.

극(襋)　『詩』曰: "要之襋之."

　　『시·위풍·갈리(葛屨)』에서 "바지 허리 달고 저고리 달아(要之襋
　　之.)"라고 노래했다.

박(襮)　『詩』曰: "素衣朱襮."

　　『시·당풍·양지수(揚之水)』에서 "흰 옷에 붉은 수놓은 깃 달아(素
　　衣朱襮.)"라고 노래했다.

경(褧)　『詩』曰: "衣錦褧衣."

　　『시·위풍·석인(碩人)』에서 "비단옷 위에 옅은 겉옷 입으셨네.(衣
　　錦褧衣.)"라고 노래했다.

체(褆)　『詩』曰: "載衣之褆."

　　『시·소아·사간(斯干)』에서 "포대기로 싸주며(載衣之褆.)"라고 노
　　래했다.

농(襛)　『詩』曰: "何彼襛矣."

　　『시·소남·하피농의(何彼襛矣)』에서 "어쩌면 저렇게도 고울까?(何
　　彼襛矣?)"라고 노래했다.

설(褻)　『詩』曰: "是褻袢也."

　　『시·용풍·군자해로(君子偕老)』에서 "여름 속적삼일세.(是褻袢也.)"
　　라고 노래했다.

주(袾)　『詩』曰: "靜女其袾."
『시·패풍·정녀(靜女)』에서 "아리따운 얌전한 아가씨(靜女其袾.)"
라고 노래했다.

번(袢)　一曰『詩』曰: "是紲袢也."
일설에는 『시·용풍·군자해로(君子偕老)』에서 "시설번야(是紲袢也:
여름 속적삼일세)"라고 노래한 반(袢)의 뜻이라고도 한다.

영(縈)　讀若『詩』曰 "葛藟縈之".
『시·주남·규목(樛木)』에서 노래한 "갈류영지(葛藟縈之: 칡넝쿨이
감겨있네)"의 영(縈)과 같이 읽는다.

문(毳)　『詩』曰: "毳衣如毳."
『시·왕풍·대거(大車)』에서 "부드러운 붉은 옥빛 털옷 입은 이 타
고 가네.(毳衣如毳.)"라고 노래했다.

소(歗)　『詩』曰: "其歗也謌."
『시·소남·강유사(江有汜)』에서 "결국 탄식하며 슬픈 노래 부르
게 되리라.(其歗也謌.)"라고 노래했다.

일(欥)　『詩』曰: "欥求厥寧."
『시·대아·문왕유성(文王有聲)』에서 "세상의 안녕을 추구하여(欥
求厥寧.)"라고 노래했다.

반(頒)　『詩』曰: "有頒其首."
『시·소아·어조(魚藻)』에서 "머리가 큼지막하네.(有頒其首.)"라고
노래했다.

옹(顒)　『詩』曰: "其大有顒."
『시·소아·유월(六月)』에서 "덩치가 큼지막하네.(其大有顒.)"라고
노래했다.

규(頍)　『詩』曰: "有頍者弁."
『시·소아·규변(頍弁)』에서 "점잖은 관(有頍者弁.)"이라고 노래했
다.

정(頳) 『詩』所謂"頳首".

『시·위풍·석인(碩人)』에서 말한 "정수(頳首: 매미 이마)"라고 할 때
의 정(頳)과 같은 뜻이다.

전(覥) 『詩』曰: "有覥面目."

『시·소아·하인사(何人斯)』에서 "얼굴 부끄럽게도(有覥面目.)"라고
노래했다.

진(鬒) 『詩』曰: "鬒髮如雲."

『시·용풍·군자해로(君子偕老)』에서 "검은 머리 구름 같으니(鬒髮
如雲.)"라고 노래했다.

권(鬆) 『詩』曰: "其人美且鬆."

『시·제풍·노령(盧令)』에서 "그 사람 멋지고 씩씩하기도 하지.(其
人美且鬆.)"라고 노래했다.

모(髦) 『詩』曰: "紞彼兩髦."

『시·용풍·백주(柏舟)』에서 "늘어진 다팔머리 총각(紞彼兩髦.)"이
라고 노래했다.

발(魃) 『詩』曰: "旱魃爲虐."

『시·대아·운한(雲漢)』에서 "가뭄 귀신 날뛰네.(旱魃爲虐.)"라고 노
래했다.

나(戁) 讀若『詩』"受福不戁".

『시·소아·상호(桑扈)』에서 노래한 "수복불나(受福不戁: 받으시는
복도 매우 많으시네)"의 나(戁)와 같이 읽는다.

도(鷱) 讀若『詩』曰"蔦與女蘿".

『시·소아·규변(頍弁)』에서 노래한 "조여여라(蔦與女蘿: 겨우살이와
댕댕이 덩굴)"의 조(蔦)와 같이 읽는다.

노(峱) 『詩』曰: "遭我于峱之間兮."

『시·제풍·환(還)』에서 "나와 노산 남쪽 기슭에서 만나(遭我于峱之
間兮.)"라고 노래했다.

호(岵) 『詩』曰: "陟彼岵兮."
『시·위풍·척호(陟岵)』에서 "수풀 우거진 저 산에 올라(陟彼岵兮.)"
라고 노래했다.

기(屺) 『詩』曰: "陟彼屺兮."
『시·위풍·척호(陟岵)』에서 "민둥산에 올라(陟彼屺兮.)"라고 노래
했다.

저(岨) 『詩』曰: "陟彼岨矣."
『시·주남·권이(卷耳)』에서 "돌산에라도 오르려 하지만(陟彼岨
矣.)"이라고 노래했다.

발(废) 『詩』曰: "召伯所废."
『시·소남·감당(甘棠)』에서 "소백님이 멈추셨던 곳이니(召伯所
废.)"라고 노래했다.

착(厝) 『詩』曰: "他山之石, 可以爲厝."
『시·소아·학명(鶴鳴)』에서 "다른 산의 돌이 이곳의 옥을 가는 숫
돌이 되네(他山之石, 可以爲厝)"라고 노래했다.

파(豝) 『詩』曰: "一發五豝."
『시·소남·추우(騶虞)』에서 "화살 한 대 쏘는데 다섯 마리 한꺼번
에 나타났네.(一發五豝.)"라고 노래했다.

견(豣) 『詩』曰: "並驅从兩豣兮."
『시·제풍·환(還)』에서 "나란히 달리며 두 마리 큰 짐승을 뒤쫓
았네.(並驅从兩豣兮.)"라고 노래했다.

비(貔) 『詩』曰: "獻其貔皮."
『시·대아·한혁(韓奕)』에서 "천자님께 비휴의 가죽을 바치셨
네.(獻其貔皮.)"라고 노래했다.

현(駽) 『詩』曰: "馷彼乘駽."
『시·노송·유필(有駜)』에서 "검푸른 네 마리 말이 끄는 수레가 달
려가네.(馷彼乘駽.)"라고 노래했다.

인(駰) 『詩』曰: "有駰有騢."
『시·노송·경(駉)』에서 "잿빛 흰빛 얼룩말과 붉고 흰 얼룩말이 있고(有駰有騢.)"라고 노래했다.

율(驈) 『詩』曰: "有驈有騜."
『시·노송·경(駉)』에서 "사타구니 흰 검은 말과 흰털 섞인 누런 말이 있고(有驈有騜.)"라고 노래했다.

철(驖) 『詩』曰: "四驖孔阜."
'『시·진풍·사철(駟驖)』에서 "커다란 검정 말 네 필이 수레 끄는 데(四驖孔阜.)"라고 노래했다.

교(驕) 『詩』曰: "我馬唯驕."
『시·소아·황황자화(皇皇者華)』에서 "내 수레 모는 말은 육척 되는 높은 말인데(我馬唯驕.)"라고 노래했다.

래(騋) 『詩』曰: "騋牝驪牡."
『시』에서 "큰 말 암말 가라말 숫말(騋牝驪牡.)"이라고 노래했다.

필(駜) 『詩』云: "有駜有駜."
『시·노송·유필(有駜)』에서 "살찌고 억센 살찌고 억센(有駜有駜.)"이라고 노래했다.

경(駫) 『詩』曰: "四牡駫駫."
『시·노송·경(駉)』에서 "살찌고 튼튼한 수레 끄는 네 마리 말(四牡駫駫.)"이라고 노래했다.

팽(騯) 『詩』曰: "四牡騯騯."
『시·소아·북산(北山)』 등에서 "수레 끄는 네 마리 말 튼튼하고(四牡騯騯.)"라고 노래했다.

규(騤) 『詩』曰: "四牡騤騤."
『시·소아·채미(採薇)』에서 "튼튼한 네 마리 말로 끌게 하고(四牡騤騤.)"라고 노래했다.

침(駸)　『詩』曰: "載驟駸駸."
『시·소아·사무(四牡)』에서 "쏜살같이 달리고 있네.(載驟駸駸.)"라고 노래했다.

태(駾)　『詩』曰: "昆夷駾矣."
『시·대아·면(緜)』에서 "오랑캐들 두려워 뛰어 도망치고(昆夷駾矣.)"라고 노래했다.

경(駉)　『詩』曰: "在駉之野."
『시·노송·경(駉)』에서 "먼 들판을 달리고 있네(在駉之野)"라고 노래했다.

방(尨)　『詩』曰: "無使尨也吠."
『시·소남·야유사균(野有死麕)』에서 "삽살개 짖지 않게 하세요.(無使尨也吠.)"라고 노래했다.

갈(獢)　『詩』曰: "載獫獢獢."
『시·진풍·사철(駟驖)』에서 "사냥개는 수레에 실려 의젓이 쉬고 있네.(載獫獢獢.)"라고 노래했다.

린(獜)　『詩』曰: "盧獜獜."
『시·제풍·노령(盧令)』에서 "사냥개 방울 딸랑딸랑 하고(盧獜獜.)"라고 노래했다.

훼(焜)　『詩』曰: "王室如焜."
『시·주남·여분(汝墳)』에서 "왕실은 불타고 있는 듯하네.(王室如焜.)"라고 노래했다.

부(烰)　『詩』曰: "烝之烰烰."
『시·대아·생민(生民)』에서 "푹 그것을 쪄 놓는다네.(烝之烰烰.)"라고 노래했다.

한(熯)　『詩』曰: "我孔熯矣."
『시·소아·초자(楚茨)』에서 "잘 말려서(我孔熯矣.)"라고 노래했다.

고(熇)　『詩』曰: "多將熇熇."
『시·대아·판(板)』에서 "말도 많이 하면 성만 나게 된다네.(多將熇熇.)"라고 노래했다.

점(忝)　『詩』曰: "憂心忝忝."
『시·소아·절피남산(節彼南山)』에서 "마음이 시름으로 애가 타고 있지만(憂心忝忝.)"이라고 노래했다.

홍(烘)　『詩』曰: "卬烘于煁."
『시·소아·백화(白華)』에서 "나는 화덕에 불을 사르네(卬烘于煁.)"라고 노래했다.

위(煒)　『詩』曰: "彤管有煒."
『시·패풍·정녀(靜女)』에서 "빨간 피리 더욱 고운 것은(彤管有煒.)"이라고 노래했다.

습(熠)　『詩』曰: "熠熠宵行."
『시·빈풍·동산(東山)』에서 "밤길에는 반딧불 번쩍이지만(熠熠宵行.)"이라고 노래했다.

엽(燁)　『詩』曰: "燁燁震電."
『시·소아·시월지교(十月之交)』에서 "번쩍번쩍 번갯불 따라 벼락 치니(燁燁震電.)"라고 노래했다.

멸(烕)　『詩』曰: "赫赫宗周, 褒似烕之."
『시·소아·정월(正月)』에서 "위대한 주나라를, 포사가 멸망시켰다네.(赫赫宗周, 褒似烕之.)"라고 노래했다.

신(燊)　讀若『詩』"莘莘征夫".
『시·소아·황황자화(皇皇者華)』에서 노래한 "신신정부(莘莘征夫: 말 달리어 길가는 사람은)"의 신(莘)과 같이 읽는다.

정(經)　『詩』曰: "魴魚經尾."
『시·주남·여분(汝墳)』에서 "방어 꼬리 붉어지도록 노력했는데도(魴魚經尾.)"라고 노래했다.

활(瀎)　　讀若『詩』"施罟渨渨".
『시·위풍·석인(碩人)』에서 노래한 "시고월월(施罟渨渨: 철썩 철썩
걸어 올리는 그물에서는)"의 월(渨)과 같이 읽는다.

철(截)　　讀若『詩』"截截大猷".
『시·소아·교언(巧言)』에서 노래한 "철철대유(截截大猷: 분명하고도
위대한 법도)"에서의 철(截)과 같이 읽는다.

교(喬)　　『詩』曰: "南有喬木."
『시·주남·한광(漢廣)』에서 "남쪽에 우뚝 솟은 나무 있지만(南有喬
木.)"이라고 노래했다.

혁(奕)　　『詩』曰: "奕奕梁山."
『시·대아·한혁(韓奕)』에서 "높고 큰 양산(奕奕梁山.)"이라고 노래
했다.

비(爽)　　『詩』曰: "不醉而怒謂之爽."
『시·대아·탕(蕩)』에서 "취하지 않고서도 성을 내는 것을 비(爽)
라고 한다.(不醉而怒謂之爽.)"라고 했다.

선(愃)　　『詩』曰: "赫兮愃兮."
『시·위풍·기오(淇奧)』에서 "훤하고 의젓하시니(赫兮愃兮.)"라고
노래했다.

침(忱)　　『詩』曰: "天命匪忱."
『시·대아·탕(蕩)』에서 "[하늘이 백성들을 낳으셨으나] 하늘의
명은 믿고 있을 수만 있는 것은 아니라네.(天命匪忱.)"라고 노래
했다.

휵(慉)　　『詩』曰: "能不我慉."
『시·패풍·곡풍(谷風)』에서 "그런데도 나를 좋아하지 않고(能不我
慉.)"라고 노래했다.

주(怞)　　『詩』曰: "憂心且怞."
『시·소아·고종(鼓鐘)』에서 "마음은 시름에 서글퍼지네.(憂心且
怞.)"라고 노래했다.

염(懕) 『詩』曰: "懕懕夜飮."
『시·소아·담로(湛露)』에서 "흐뭇한 술자리 밤에 벌어졌으니(懕懕夜飮.)"라고 노래했다.

녁(愵) 『詩』曰: "愵如朝飢."
『시·주남·여분(汝墳)』에서 "주린 아침의 음식처럼 그리웠네.(愵如朝飢.)"라고 노래했다.

섬(偲) 『詩』曰: "相時偲民."
『시』에서 "교묘히 말 잘하는 백성들을 수시로 자세히 살핀다네(.相時偲民.)"라고 노래했다.

노(恼) 『詩』曰: "以謹惽恼."
『시·대아·민로(民勞)』에서 "다투기 잘하는 자들 근신시키며(以謹惽恼.)"라고 노래했다.

패(怖) 『詩』曰: "視我怖怖."
『시·소아·백화(白華)』에서 "나를 거들떠보지도 않네.(視我怖怖.)"라고 노래했다.

개(愾) 『詩』曰: "愾我寤歎."
『시·조풍·하천(下泉)』에서 "푸우 하고 자다 깨어 탄식하네.(愾我寤歎.)"라고 노래했다.

조(懆) 『詩』曰: "念子懆懆."
『시·소아·백화(白華)』에서 "애타도록 그대 그리거늘(念子懆懆.)"이라고 노래했다.

췌(惴) 『詩』曰: "惴惴其慄."
『시·진풍·황조(黃鳥)』에서 "두려움에 떨었으리라.(惴惴其慄.)"라고 노래했다.

병(怲) 『詩』曰: "憂心怲怲."
『시·소아·규변(頍弁)』에서 "마음의 시름 그지없더니(憂心怲怲.)"라고 노래했다.

담(惔) 『詩』曰: "憂心如惔."
『시·소아·절피남산(節彼南山)』에서 "마음이 시름으로 애타고 있
지만(憂心如惔.)"이라고 노래했다.

철(惙) 『詩』曰: "憂心惙惙."
『시·소남·초충(草蟲)』에서 "시름 가득한 마음 어수선하네.(憂心惙
惙.)"라고 노래했다.

충(忡) 『詩』曰: "憂心忡忡."
『시·소남·초충(草蟲)』에서 "시름 가득한 마음 뒤숭숭하네.(憂心忡
忡.)"라고 노래했다.

초(悄) 『詩』曰: "憂心悄悄."
『시·패풍·백주(柏舟)』 등에서 "시름은 그지없어(憂心悄悄.)"라고
노래했다.

경(憬) 『詩』曰: "憬彼淮夷."
『시·노송·반수(泮水)』에서 "각성한 회 땅의 이민족들(憬彼淮夷.)"
이라고 노래했다.

증(溠) 『詩』曰: "溠與洧, 方渙渙兮."
『시·정풍·진유(溱洧)』에서 "증수와 유수는 넘실넘실 흐르고 있
는데(溠與洧, 方渙渙兮.)"라고 노래했다.

사(沱) 『詩』曰: "江有沱."
『시·소남·강유사(江有沱)』에서 "장강에는 사수 있는데(江有沱.)"
라고 노래했다.

개(湝) 『詩』曰: "風雨湝湝."
『시』에서 "비바람 쌀쌀히 몰아치는데(風雨湝湝.)"라고 노래했다.

표(淲) 『詩』曰: "淲沱北流."
『시·소아·백화(白華)』에서 "표타 물은 북쪽으로 흐르는데(淲沱北
流.)"라고 노래했다.

류(瀏)　『詩』曰:"瀏其清矣."

『시·정풍·진유(溱洧)』에서 "파랗게 맑은데(瀏其清矣.)"라고 노래
했다.

예(濊)　『詩』云:"施罛濊濊."

『시·위풍·석인(碩人)』에서 "철썩철썩 걷어 올리는 고기 그물에
서는(施罛濊濊.)"이라고 노래했다.

광(洸)　『詩』曰:"有洸有潰."

『시·패풍·곡풍(谷風)』에서 "우악스럽고 퉁명스럽게(有洸有潰.)"라
고 노래했다.

륜(淪)　『詩』曰:"河水清且淪漪."

『시·위풍·벌단(伐檀)』에서 "황하 물 맑게 잔물결 지우고 있네.(河
水清且淪漪.)"라고 노래했다.

람(濫)　『詩』曰:"觱沸濫泉."

『시·소아·채숙(采菽)』에서 "솟아오르는 샘물 가에서(觱沸濫泉.)"
라고 노래했다.

식(湜)　『詩』曰:"湜湜其止."

『시·패풍·곡풍(谷風)』에서 "파랗게 맑을 때가 있다네요.(湜湜其
止.)"라고 노래했다.

최(漼)　『詩』曰:"有漼者淵."

『시·소아·소변(小弁)』에서 "깊은 연못가에는(有漼者淵.)"이라고
노래했다.

분(濆)　『詩』曰:"敦彼淮濆."

『시·대아·상무(常武)』에서 "회수 가에서 치고 죽이고 하며(敦彼淮
濆.)"라고 노래했다.

순(漘)　『詩』曰:"寘河之漘."

『시·위풍·벌단(伐檀)』에서 "황하 가에 놓고 보니(寘河之漘.)"라고
노래했다.

지(沚) 『詩』曰: "于沼于沚."
『시·소남·채빈(采蘋)』에서 "못 가에서 물 가에서(于沼于沚.)"라고
노래했다.

총(㳫) 『詩』曰: "鳬鷖在㳫."
『시·대아·부예(鳬鷖)』에서 "물오리와 갈매기가 합수머리에 노는
데(鳬鷖在㳫.)"라고 노래했다.

사(汜) 『詩』曰: "江有汜."
『시·소남·강유사(江有汜)』에서 "장강에 사수 있는데(江有汜.) [큰
강물도 작은 강물과 함께 흐르네]"라고 노래했다.

한(灘) 『詩』曰: "灘其乾矣."
『시·왕풍·중곡유퇴(中谷有蓷)』에서 "[골짜기에 익모초 있는데]
가뭄에 말라 있네.(灘其乾矣.)"라고 노래했다.

산(汕) 『詩』曰: "蒸然汕汕."
『시·소아·남유가어(南有嘉魚)』에서 "[남녘엔 좋은 물고기들이]
득실득실 헤엄치네.(蒸然汕汕.)"라고 노래했다.

례(砅) 『詩』曰: "深則砅."
『시·패풍·포유고엽(匏有苦葉)』에서 "깊으면 옷 입은 채 건너고(深
則砅.)"라고 노래했다.

처(淒) 『詩』曰: "有渰淒淒."
『시·소아·대전(大田)』에서 "구름이 뭉게뭉게 일더니(有渰淒淒.)"
라고 노래했다.

폭(瀑) 『詩』曰: "終風且瀑."
『시·패풍·종풍(終風)』에서 "바람이 사납게 몰아치듯 하다가도
(終風且瀑.)"라고 노래했다.

함(涵) 『詩』曰: "僭始旣涵."
『시·소아·교언(巧言)』에서 "[어지러움이 처음 생겨나는 것은]
남을 모함하는데서 시작되어 자라난다네.(僭始旣涵.)"라고 노래
했다.

우(瀀) 『詩』曰:"旣瀀旣渥."
『시·소아·신남산(信南山)』에서 "넉넉하고 윤택해지고(旣瀀旣渥.)"
라고 노래했다.

농(濃) 『詩』曰:"零露濃濃."
『시·소아·료소(蓼蕭)』에서 "이슬이 축축이 내리네.(零露濃濃.)"라
고 노래했다.

흘(汔) 『詩』曰:"汔可小康."
『시·대아·민로(民勞)』에서 "[백성들 매우 수고로우니] 제발 편
케 하여 주시기를(汔可小康.)"이라고 노래했다.

매(浼) 『詩』曰:"河水浼浼."
『시·패풍·신대(新臺)』에서 "황하 물은 평평하네.(河水浼浼.)"라고
노래했다.

서(湑) 『詩』曰:"有酒湑我." 又曰:"零露湑兮."
『시·소아·벌목(伐木)』에서 "술 있으면 거르고(有酒湑我.)"라고 노
래했다. 또『시·소아·육소(蓼蕭)』에서 "이슬이 촉촉이 내리네.(零
露湑兮.)"라고 노래했다.

산(潸) 『詩』曰:"潸焉出涕."
『시·소아·대동(大東)』에서 "줄줄 눈물만 흐르네.(潸焉出涕.)"라고
노래했다.

주(州) 『詩』曰:"在河之州."
『시·주남·관저(關雎)』에서 "황하의 섬 속에서 울고 있네.(在河之
州.)"라고 노래했다.

영(永) 『詩』曰:"江之永矣."
『시·주남·광한(廣漢)』에서 "장강은 길고도 길어서(江之永矣.)"라
고 노래했다.

양(羕) 『詩』曰:"江之羕矣."
『시·주남·광한(廣漢)』에서 "장강은 길고도 길어서(江之羕矣.)"라
고 노래했다.

릉(朕) 『詩』曰: "納于朕陰."
『시·빈풍·칠월(七月)』에서 "[정월엔] 그것을 얼음 창고에 넣네.(納于朕陰.)"라고 노래했다.

령(霝) 『詩』曰: "霝雨其濛."
『시·빈풍·동산(東山)』에서 "보슬비 보슬보슬 내렸었네.(霝雨其濛.)"라고 노래했다.

매(霾) 『詩』曰: "終風且霾."
『시·패풍·종풍(終風)』에서 "바람 불며 흙비 날리듯 하는데(終風且霾.)"라고 노래했다.

인(闉) 『詩』曰: "出其闉闍."
『시·정풍·출기동문(出其東門)』에서 "성문 밖을 나서니(出其闉闍.)"라고 노래했다.

탐(耽) 『詩』曰: "士之耽兮."
『시·위풍·맹(氓)』에서 "남자가 빠지는 것은(士之耽兮.)"이라고 노래했다.

섬(攕) 『詩』曰: "攕攕女手."
『시·위풍·갈리(葛屨)』에서 "섬섬옥수(攕攕女手.)"라고 했다.

도(搯) 『詩』曰: "左旋右搯."
『시·정풍·청인(清人)』에서 "왼손으로 기를 돌렸다 오른손으로 칼을 뺏다 하네.(左旋右搯.)"라고 노래했다.

문(捫) 『詩』曰: "莫捫朕舌."
『시·대아·억(抑)』에서 "내 혀는 아무도 건드리지 못하지만(莫捫朕舌.)"이라고 노래했다.

공(控) 『詩』曰: "控于大邦."
『시·용풍·재치(載馳)』에서 "큰 나라에 호소도 하고 싶지만(控于大邦.)"이라고 노래했다.

제(㨨) 　讀若『詩』曰"蝃蝀在東".

『시·용풍·체동(蝃蝀)』에서 노래한 "체동재동(蝃蝀在東: 무지개 동쪽에 떠 있어도)"의 체(蝃)와 같이 읽는다.

추(揫) 　『詩』曰: "百祿是揫."

『시·상송·장발(長發)』에서 "여러 가지 복이 다 모여 들었네.(百祿是揫.)"라고 노래했다.

자(批) 　『詩』曰: "助我舉批."

『시·소아·거공(車攻)』에서 "잡은 짐승 쌓아두는 일을 도우네.(助我舉批.)"라고 노래했다.

견(掔) 　讀若『詩』"赤舄掔掔".

『시·빈풍·낭발(狼跋)』에서 노래한 "적석견견(赤舄掔掔: 붉은 신이 잘 어울리네)"의 견(掔)과 같이 읽는다.

교(攪) 　『詩』曰: "祇攪我心."

『시·소아·하인사(何人斯)』에서 "단지 내 마음만 휘저어 놓네.(祇攪我心.)"라고 노래했다.

구(捄) 　『詩』曰: "捄之陾陾."

『시·대아·면(緜)』에서 "삼태기에 척척 흙담아(捄之陾陾.)"라고 노래했다.

길(拮) 　『詩』曰: "予手拮据."

『시·빈풍·치효(鴟鴞)』에서 "내 손과 발이 다 닳도록(予手拮据.)"이라고 노래했다.

개(摡) 　『詩』曰: "摡之釜鬵."

『시·회풍·비풍(匪風)』에서 "가마솥을 씻을 것인가?(摡之釜鬵.)"라고 노래했다.

질(挃) 　『詩』曰: "穫之挃挃."

『시·주송·양사(良耜)』에서 "써걱써걱 곡식을 베어(穫之挃挃.)"라고 노래했다.

붕(搿) 『詩』曰: "抑釋搿忌."
『시·정풍·대숙우전(大叔于田)』에서 "화살 통 뚜껑을 풀고(抑釋搿
忌.)"라고 노래했다.

수(捘) 『詩』曰: "束矢其捘."
『시·노송·반수(泮水)』에서 "화살은 다발로 묶여 있고(束矢其捘.)"
라고 노래했다.

융(娀) 『詩』曰: "有娀方將."
『시·상송·장발(長發)』에서 "유융씨의 딸을 맞아오니(有娀方將.)"
라고 노래했다.

주(姝) 『詩』曰: "靜女其姝."
『시·빈풍·정녀(靜女)』에서 "아리따운 얌전한 아가씨(靜女其姝.)"
라고 노래했다.

란(嬌) 『詩』曰: "婉兮嬌兮."
『시·제풍·보전(甫田)과 『시·조풍·후인(候人)』에서 "젊고 예뻤는
데(婉兮嬌兮)"라고 노래했다.

교(孂) 讀若『詩』"糾糾葛屨".
『시·위풍·갈루(葛屨)』와 『시·소아·대동(大東)』에서 노래한 "규규
갈구(糾糾葛屨: 칡으로 엉성하게 얽은 신)"의 규(糾)와 같이 읽는다.

안(晏) 『詩』曰: "以晏父母."
『시』에서 "이로서 부모님을 편안하게 해드리네(以晏父母)"라고
노래했다.

사(姕) 『詩』曰: "市也媻娑."
『시·진풍·동문지분(東門之枌)』에서 "시장에서 날렵하게 춤만 추
네.(市也媻娑.)"라고 노래했다.

자(娑) 『詩』曰: "屢舞娑娑."
『시·소아·빈지초연(賓之初筵)』에서 "너풀너풀 계속 춤추네.(屢舞
娑娑.)"라고 노래했다.

원(媛)　『詩』曰:"邦之媛兮."
『시·용풍·군자해로(君子偕老)』에서 "나라의 미인일세.(邦之媛兮.)"
라고 노래했다.

요(姚)　『詩』曰:"桃之姚姚."
『시·주남·도요(桃夭)』에서 "싱싱한 복숭아나무여(桃之姚姚.)"라고
노래했다.

암(嬌)　『詩』曰:"碩大且嬌."
『시·진풍·택피(澤陂)』에서 "크고 또 아름답구나.(碩大且嬌.)"라고
노래했다.

회(嬒)　『詩』曰:"嬒兮蔚兮."
『시·조풍·후인(候人)』에서 "검은 구름 뭉게뭉게 일더니(嬒兮蔚
兮.)"라고 노래했다.

전(戩)　『詩』曰:"實始戩商."
『시·노송·비궁(閟宮)』에서 "실제로 상나라를 멸망시켰네.(實始戩
商.)"라고 노래했다.

첨(戔)　讀若『詩』云"攕攕女手".
『시·위풍·갈루(葛屨)』에서 노래한 "섬섬여수(攕攕女手: 갓 시집온
여인의 고운 손)"의 섬(攕)과 같이 읽는다.

집(戢)　『詩』曰:"載戢干戈."
『시·주송·시매(時邁)』에서 "방패와 창 모아 감추고(載戢干戈.)"라
고 노래했다.

벽(甓)　『詩』曰:"中唐有甓."
『시·진풍·방유작소(防有鵲巢)』에서 "뜰 가운데 길엔 오지벽돌 깔
렸네.(中唐有甓.)"라고 노래했다.

초(弨)　『詩』曰:"彤弓弨兮."
『시·소아·동궁(彤弓)』에서 "줄이 느슨한 붉은 활(彤弓弨兮.)"이라
고 노래했다.

구(絿)　『詩』曰: "不競不絿."
『시·상송·장발(長發)』에서 "다투지도 않고 서두르지도 않네.(不競不絿.)"라고 노래했다.

현(絢)　『詩』云: "素以爲絢兮."
『시』에서 "흰색 바탕이 무늬를 더욱 빛나게 하는구나.(素以爲絢兮.)"라고 노래했다.

처(緀)　『詩』曰: "緀兮斐兮, 成是貝錦."
『시·소아·항백(巷伯)』에서 "얼룩덜룩 아름답게, 조개무늬 비단이 짜였네.(緀兮斐兮, 成是貝錦.)"라고 노래했다.

기(綥)　『詩』: "縞衣綥巾."
『시·위풍·출기동문(出其東門)』에서 "흰 옷에 푸른 수건 쓴 처자(縞衣綥巾.)"라고 노래했다.

담(緂)　『詩』曰: "毳衣如緂."
『시·왕풍·대거(大車)』에서 "부드럽고 오추마 색 비단 옷 입었도다.(毳衣如緂.)"라고 노래했다.

부(紑)　『詩』曰: "素衣其紑."
『시·주송·사의(絲衣)』에서 "제복은 정결하고(素衣其紑.)"라고 노래했다.

침(綅)　『詩』曰: "貝胄朱綅."
『시·노송·비궁(閟宮)』에서 "조개장식 갑옷을 붉은 실로 꿰맸네.(貝胄朱綅.)"라고 노래했다.

추(縐)　『詩』曰: "蒙彼縐絺."
『시·용풍·군자해로(君子偕老)』에서 "고운 모시 걸치고(蒙彼縐絺.)"라고 노래했다.

비(轡)　『詩』曰: "六轡如絲."
『시·소아·황황자화(皇皇者華)』에서 "여섯 줄 고삐 실처럼 나란하네.(六轡如絲.)"라고 노래했다.

훼(虺) 『詩』曰: "胡爲虺蜥."
『시·소아·정월(正月)』에서 "어찌하여 독사나 도마뱀처럼 되려는
가?(胡爲虺蜥.)"라고 노래했다.

특(螣) 『詩』曰: "去其螟螣."
『시·소아·대전(大田)』에서 "명충과 황충을 제거하여(去其螟螣.)"
라고 노래했다.

촉(蜀) 『詩』曰: "蜎蜎者蜀."
『시·빈풍·동산(東山)』에서 "꿈틀꿈틀 뽕나무 벌레 기어가네.(蜎
蜎者蜀.)"라고 노래했다.

과(蠃) 『詩』曰: "螟蛉有子, 蜾蠃負之."
『시·소아·소완(小宛)』에서 "뽕나무 벌레 새끼를 나나니벌이 업
고 다니네.(螟蛉有子, 蜾蠃負之.)"라고 노래했다.

조(蜩) 『詩』曰: "五月鳴蜩."
『시·빈풍·칠월(七月)』에서 "오월에는 매미 울고(五月鳴蜩.)"라고
노래했다.

시(鼀) 『詩』曰: "得此鼀鼀."
『시·패풍·신대(新臺)』에서 "[고운님을 찾아 헤맸는데] 이 두꺼
비 같은 자가 걸렸네.(得此鼀鼀.)"라고 노래했다.

발(坺) 『詩』曰: "武王載坺."
『시·상송·장발(長發)』에서 "용맹하신 탕 임금께선 깃발 꽂아 세
우시고(武王載坺.)"라고 노래했다.

을(圪) 『詩』曰: "崇墉圪圪."
『시·대아·황의(皇矣)』에서 "숭나라 성은 높고 컸네.(崇墉圪圪.)"라
고 노래했다.

굴(堀) 『詩』曰: "蜉蝣堀閱."
『시·조풍·부유(浮游)』에서 "하루살이 굴 파고 나올 때 같네.(蜉蝣
堀閱.)"라고 노래했다.

지(坻) 『詩』曰: "宛在水中坻."
『시·진풍·겸가(兼葭)』에서 "여전히 강물 속의 모래톱에 계시네.(宛在水中坻.)"라고 노래했다.

궤(垝) 『詩』曰: "乘彼垝垣."
『시·위풍·맹(氓)』에서 "무너진 담 위에 올라서서(乘彼垝垣.)"라고 노래했다.

탁(坼) 『詩』曰: "不坼不疈."
『시·대아·생민(生民)』에서 "갈라지지도 터지지도 않았네.(不坼不疈.)"라고 노래했다.

예(壒) 『詩』曰: "壒壒其陰."
『시·빈풍·종풍(終風)』에서 "어둑어둑 흙바람 이는 날씨에(壒壒其陰.)"라고 노래했다.

질(垤) 『詩』曰: "鸛鳴于垤."
『시·빈풍·동산(東山)』에서 "황새는 개밋둑 위에서 울고(鸛鳴于垤.)"라고 노래했다.

차(瘥) 『詩』曰: "天方薦瘥."
『시·소아·절남산(節南山)』에서 "하늘이 지금 큰 고통 내리시어(天方薦瘥.)"라고 했다.

탄(墥) 『詩』曰: "町墥鹿場."
『시·빈풍·동산(東山)』에서 "사슴 놀이터엔 여기저기 사슴 발자국(町墥鹿場)"이라고 노래했다.

예(勩) 『詩』曰: "莫知我勩."
『시·소아·우무정(雨無正)』에서 "우리의 괴로움은 아랑곳도 하지 않네.(莫知我勩.)"라고 노래했다.

치(銘) 一曰『詩』云"侈兮哆兮".
일설에는 『시·소아·항백(巷伯)』에서 노래한 "치혜치혜(侈兮哆兮: 널따랗고 커다랗게)"의 치(侈)와 같이 읽는다고 한다.

전(錢)　『詩』曰: "庤乃錢鎛."
　　　　『시·주송·신공(臣工)』에서 "가래와 호미를 준비토록 하오.(庤乃錢
　　　　鎛.)"라고 노래했다.

박(鎛)　『詩』曰: "庤乃錢鎛."
　　　　『시·주송·신공(臣工)』에서 "가래와 호미를 준비하도록 하오.(庤
　　　　乃錢鎛.)"라고 노래했다.

굉(鍠)　『詩』曰: "鐘鼓鍠鍠."
　　　　『시·주송·집경(執競)』에서 "종과 북 덩덩 울리고(鐘鼓鍠鍠.)"라고
　　　　노래했다.

당(鏜)　『詩』曰: "擊鼓其鏜."
　　　　『시·패풍·격고(擊鼓)』에서 "북소리 둥둥 울리니(擊鼓其鏜.)"라고
　　　　노래했다.

대(錞)　『詩』曰: "厹矛沃錞."
　　　　『시·진풍·소융(小戎)』에서 "세모창은 흰 쇠를 밑에 대었네.(厹矛
　　　　沃錞.)"라고 노래했다.

월(鉞)　『詩』曰: "鑾聲鉞鉞."
　　　　『시·소아·채숙(采菽)』에서 "말방울 소리 짤랑거리네.(鑾聲鉞鉞.)"
　　　　라고 노래했다.

양(鍚)　『詩』曰: "鉤膺鏤鍚."
　　　　『시·대아·한혁(韓奕)』에서 "고리 달린 말 배띠며 무늬 있는 말
　　　　이마 장식(鉤膺鏤鍚)"이라고 노래했다.

매(鋂)　『詩』曰: "盧重鋂."
　　　　『시·제풍·노령(盧令)』에서 "사냥개 큰 고리 작은 고리 달았네.(盧
　　　　重鋂.)"라고 노래했다.

장(斨)　『詩』曰: "又缺我斨."
　　　　『시·빈풍·파부(破斧)』에서 "내 싸움도끼도 이가 다 빠졌네.(又缺
　　　　我斨.)"라고 노래했다.

소(所)　『詩』曰: "伐木所所."
『시·소아·벌목(伐木)』에서 "나무 베는 소리 탕탕 들리는데(伐木所所.)"라고 노래했다.

사(斯)　『詩』曰: "斧以斯之."
『시·진풍·묘문(墓門)』에서 "도끼로 자르고 있네.(斧以斯之.)"라고 노래했다.

유(輶)　『詩』曰: "輶車鑾鑣."
『시·진풍·사철(駟鐵)』에서 "가벼운 수레 끄는 말 재갈에 달린 방울 소리 울리고(輶車鑾鑣.)"라고 노래했다.

기(軝)　『詩』曰: "約軝錯衡."
『시·소아·채기(采芑)』에서 "수레의 굴통 대에는 가죽 감고 멍에에는 무늬 새기고(約軝錯衡.)"라고 노래했다.

납(軜)　『詩』曰: "沃以觼軜."
『시·진풍·소융(小戎)』에서 "흰색 쇠고리에 참마의 안 고삐를 매었네.(沃以觼軜.)"라고 노래했다.

발(軷)　『詩』曰: "取羝以軷."
『시·대아·생민(生民)』에서 "숫양으로 길의 신에게 제사지내고(取羝以軷.)"라고 노래했다.

잉(陾)　『詩』云: "捄之陾陾."
『시·대아·면(縣)』에서 "삼태기에 흙 척척 담아(捄之陾陾.)"라고 노래했다.

근(圣)　讀若『詩』云"赤舄己己".
『시·빈풍·낭발(狼跋)』에서 노래한 "적석기기(赤舄己己: 붉은 신이 잘 어울리시네)"의 기(己)와 같이 읽는다.

유(醹)　『詩』曰: "酒醴惟醹."
『시·대아·행위(行葦)』에서 "단술 전국술 내어 놓네.(酒醴惟醹.)"라고 노래했다.

훈(醺)　『詩』曰: "公尸來燕醺醺."
　　　『시·대아·부예(鳧鷖)』에서 "임금님의 시동 와서 쉬며 기뻐하게
　　　해 드리네.(公尸來燕醺醺.)"라고 노래했다.

2.『**주역**周易』

제(禔)　『易』曰: "禔旣平."
　　　『역·감괘(坎卦)』(구오)에서 "안정되고 또 편안하리다.(禔旣平.)"라
　　　고 했다.

축(祝)　『易』曰: "兌爲口爲巫."
　　　『역·설괘전(說卦傳)』에서 "태(兌)괘는 입(口)을 뜻하고, 무당(巫)
　　　을 뜻한다."라고 했다.

둔(屯)　『易』曰: "屯, 剛柔始交而難生."
　　　『역·단전(彖傳)』에서 "둔(屯)괘는 강하고 부드러움이 처음 교차
　　　하여 어려움이 새겨나는 모습을 상징한다.(剛柔始交而難生.)"라고
　　　하였다.

시(蓍)　『易』以爲數.
　　　『역(易)』으로 점을 치는 사람들이 이를 갖고 셈을 한다.

치(菑)　『易』曰: "不菑畬."
　　　『역·무망괘(無妄卦)』(육이효)에서 "[갈고도 수확하지 아니하고]
　　　묵정밭은 개간하려고도 하지 않는다.(不菑畬.)"라고 했다.

려(麗)　『易』曰: "百穀艸木麗於地."
　　　『역·리괘(離卦)』에서 "온갖 곡식과 초목이 땅에 들러붙어 있구
　　　나.(百穀艸木麗於地.)"라고 했다.

장(葬)　『易』曰: "古之葬者, 厚衣之以薪."
　　　『역·계사(繫辭)』에서 "옛날에 장사를 치를 때에는 풀로 두텁게
　　　시신을 덮어주었다.(古之葬者, 厚衣之以薪.)"라고 했다.

빈(牝) 『易』曰: "畜牝牛, 吉."
  『역』에서 "암소를 키우니 길하리라.(畜牝牛, 吉.)"라고 했다.

비(犕) 『易』曰: "犕牛乘馬."
  『역·계사(繫辭)』에서 "소로 수레를 몰고 말을 탄다.(犕牛乘馬.)"라
  고 했다.

고(告) 『易』曰: "僮牛之告."
  『역·대축(大畜)』(효사)에 "어린 소가 알려준다.(僮牛之告.)"라는 말
  이 있다.

아(啞) 『易』曰: "笑言啞啞."
  『역·진괘(震卦)』에서 "웃음소리 가득하구나.(笑言啞啞.)"라고 했
  다.

린(吝) 『易』曰: "以往吝."
  『역·몽괘(蒙卦)』에서 "곧장 나아가면 후회하게 될 것이다.(以往
  吝.)"라고 했다.

천(邅) 『易』曰: "㠯事邅往."
  『역』에서 "제사에 관한 일은 재빨리 치고 나가야 한다.(㠯事邅
  往.)"라고 했다.

린(遴) 『易』曰: "以往遴."
  『역·몽괘(蒙卦)』에서 "계속 나간다면 어려움을 만나게 될 것이
  다.(以往遴.)"라고 했다.

월(泧) 『易』曰: "雜而不泧."
  『역·계사(繫辭)』에서 "막 뒤섞여 있으되 [어떤 범위를] 넘어가지
  않는다.(雜而不泧.)"라고 했다.

반(鞶) 『易』曰: "或錫之鞶帶."
  『역·계사(繫辭)』에서 "혹 임금이 내린 큰 가죽 띠인가?(或錫之鞶
  帶.)"라고 했다.

공(鞏) 『易』曰: "鞏用黃牛之革."
『역·혁괘(革卦)』에서 "단단하게 묶으려면 황소의 가죽을 써야 한다.(鞏用黃牛之革.)"라고 했다.

숙(鬻) 『易』曰: "孰餁."
『역·정괘(鼎卦)』에서 "음식을 조리한다.(孰餁.)"라고 했다.

시(弒) 『易』曰: "臣弒其君."
『역·곤괘』에서 "신하가 그의 임금을 시해하다.(臣弒其君.)"라고 했다.

회(卦) 『易』卦之上體也.
'『역(易)』괘의 윗부분(上體)'을 말한다.

용(庸) 『易』曰: "先庚三日."
『역·손괘(巽卦)』(구오효)에서 "먼저 삼 일간 해보고 나중에 변화되는 것을 보자.(先庚三日.)"라고 했다.

효(爻) 象『易』六爻頭交也.
『역(易)』의 육효(六爻)가 서로 교차하는 모습을 그렸다.

탐(眈) 『易』曰: "虎視眈眈."
『역·이괘(頤卦)』에서 "호시탐탐(虎視眈眈: 남의 것을 빼앗기 위하여 형세를 살피며 가만히 기회를 엿봄)"이라고 했다.

상(相) 『易』曰: "地可觀者, 莫可觀於木."
『역·계사(繫辭)』에서 "땅에서 살필 수 있는 것으로는 나무만 한 것이 없다.(地可觀者, 莫可觀於木.)"라고 했다.

열(暗) 讀若『易』曰"勿卹"之"卹".
『역·쾌괘(夬卦)』에서 말한 '물휼(勿卹)'의 휼(卹)과 같이 읽는다.

척(惕) 讀若『易』曰"夕惕若厲".
『역·건괘(乾卦)』의 "석척약려(夕惕若厲: 밤낮으로 근심걱정하며 일을 게을리 하지 않음)"라고 할 때의 척(惕)과 같이 읽는다.

매(脢)　　『易』曰: "咸其脢."
　　　　『역·함괘(咸卦)』에서 "그 등살에서 느끼니 [후회가 없겠다](咸其
　　　　脢.)"라고 했다.

자(胏)　　『易』曰: "噬乾胏."
　　　　『역·서합(噬嗑)』에서 "뼈가 붙은 고기를 씹는 격이다.(噬乾胏.)"라
　　　　고 하였다.

리(利)　　『易』曰: "利者, 義之和也."
　　　　『역·건괘(乾卦)』(文言)에서 "리(利)라는 것은 의로움(義)의 조화
　　　　(和)이다."라고 했다.

규(刲)　　『易』曰: "士刲羊."
　　　　『역·귀매(歸妹)』에서 "선비가 양을 찔러 죽인다.(士刲羊.)"라고 했
　　　　다.

의(劓)　　『易』曰: "天且劓."
　　　　『역·규괘(睽卦)』에서 "정수리를 뚫는 형벌을 내리고 게다가 코
　　　　를 베는 형벌을 내린다.(天且劓.)"라고 했다.

서(觢)　　『易』曰: "其牛觢."
　　　　『역·규괘(睽卦)』에서 "그 소의 뿔이 치솟았구나.(其牛觢.)"라고 했
　　　　다.

서(筮)　　『易』卦用蓍也.
　　　　『역』에서 점복에 사용하는 점대(卦用蓍)라고 했다.

손(巽)　　『易』巽卦"爲長女, 爲風"者.
　　　　『역』에서 "장녀가 되고, 바람이 된다.(爲長女, 爲風.)"라고 풀이한
　　　　손괘(巽卦)를 말한다.

혁(虩)　　『易』: "履虎尾虩虩."恐懼.
　　　　『역·리괘(履卦)』에서 "호랑이의 꼬리를 밟았으니, 두려움에 벌
　　　　벌 떠는구나.(履虎尾虩虩)"라고 한 것처럼 '두려워하는 모양(恐
　　　　懼)'을 말한다.

형(荆) 『易』曰: "井, 法也."
　　　　『역·계사(繫辭)』에서 "정(井)은 법(法)을 말한다."라고 했다.

창(𩲃) 『易』曰: "不喪匕𩲃."
　　　　『역·진괘(震卦)』에서 [종묘사직에] 제사 모시는 일을 잊지 말
　　　　라.(不喪匕𩲃.)"라고 했다.

각(隺) 『易』曰: "夫乾隺然."
　　　　『역·계사(繫辭)』에서 "하늘은 높디높구나.(夫乾隺然.)"라고 했다.

륜(棆) 讀若『易』卦屯.
　　　　『역』의 괘 이름인 준(屯)과 같이 읽는다.

탁(柝) 『易』曰: "重門擊柝."
　　　　『역·계사(繫辭)』에서 "이중문을 설치하고 딱따기를 치며 야경을
　　　　돈다.(重門擊柝.)"라고 했다.

지(楮) 『易』: "楮恒凶."
　　　　『역·항괘(恒卦)』에서 "뇌우[즉 천둥소리와 함께 내리는 비]가
　　　　길게 이어지니 흉하도다.(楮恒凶.)"라고 했다.

탁(橐) 『易』曰: "重門擊橐."
　　　　『역』에서 "중문을 설치하고 야경을 돌면서 딱따기를 친다.(重門
　　　　擊橐.)"라고 했다.

얼(𦸣) 『易』曰: "𦸣𦸣."
　　　　『역·곤괘(困卦)』에서 "불안하다.(𦸣𦸣.)"라고 했다.

적(旳) 『易』曰: "爲旳顙."
　　　　『역·설괘(說卦)』에서 "[진괘(震)는] 흰한 이마를 상징한다.(爲旳
　　　　顙.)"라고 했다.

진(晉) 『易』曰: "明出地上, 晉."
　　　　『역·진괘(晉卦)』에서 "밝은 태양이 땅 위로 솟아, 만물이 자라날
　　　　것이다.(明出地上, 晉.)"라고 했다.

측(昃) 『易』曰: "日厢之離."
『역·리괘(離卦)』에서 "해가 서쪽으로 기울어질 때의 도깨비(日厢
之離)"라고 했다.

한(暵) 『易』曰: "燥萬物者莫暵于離."
『역·설괘(說卦)』에서 "만물을 말라 죽게 하는 것 중 불보다 더한
것은 없다(燥萬物者莫暵于離)"라고 했다.

인(夤) 『易』曰: "夕惕若夤."
『역·건괘(乾卦)』에서 "밤에는 경계할 지어다.(夕惕若夤.)"라고 했
다.

정(鼎) 『易』卦: 巽木於下者爲鼎, 象析木以炊也.
『역(易)』의 괘상(卦象)에서 "나무(木)가 불(火)의 아래에 놓인 것
이 정(鼎)인데, 나무를 쪼개 불을 지펴 취사를 한다."는 뜻을 담
았다.

멱(鼏) 『易』"玉鉉大吉"也.
『역·정괘(鼎卦)』에서 말한 "옥으로 상감한 솥이여 대길하리
라.(玉鉉大吉.)"에서의 현(鉉)을 말한다.

우(宇) 『易』曰: "上棟下宇."
『역·계사(繫辭)』에서 "위로는 용마루가 있고, 아래로는 서까래
가 있네.(上棟下宇.)"라고 했다.

풍(豊) 『易』曰: "豐其屋."
『역·풍괘(豐卦)』에서 "그의 집을 확장하리라.(豐其屋.)"라고 했다.

담(窞) 『易』曰: "入于坎窞."
『역·감괘(坎卦)』에서 "구덩이에 들었더니 그 속에 또 구덩이가
있구나.(入于坎窞.)"라고 했다.

량(兩) 『易』曰: "參天兩地."
『역·설괘(說卦)』에서 "3과 같은 홀수는 하늘을 뜻하고 2와 같은
짝수는 땅을 뜻한다.(參天兩地.)"라고 했다.

준(純) 讀若『易』屯卦之屯.
　　　　『역(易)』'둔괘(屯卦)'의 둔(屯)과 같이 읽는다.

파(旛) 『易』曰: "賁如旛如."
　　　　『역·분괘(賁卦)』에서 "[말에] 반점이 있고 또 희기도 하구나.(賁
　　　　如旛如.)"라고 했다.

간(艮) 『易』曰: "艮其限."
　　　　『역·간괘(艮卦)』에서 "간기한(艮其限: 경계에서 멈추다)"이라고 하
　　　　였다.

은(殷) 『易』曰: "殷薦之上帝."
　　　　『역·예괘(豫卦)』에서 "이 성대한 음악을 만들어 상제께 바치
　　　　네.(殷薦之上帝.)"라고 하였다.

유(裕) 『易』曰: "有孚, 裕無咎."
　　　　『역』에서 "믿어주지 않더라도 여유가 있으면 허물이 없는 법이
　　　　다.(有孚, 裕無咎.)"라고 했다.

비(斐) 『易』曰: "君子豹變, 其文斐也."
　　　　『역·혁괘(革卦)』에서 "군자는 표범과 같이 변화하는데, 그의 문
　　　　채가 분명하구나.(君子豹變, 其文斐也.)"라고 했다.

치(卮) 『易』曰: "君子節飲食."
　　　　『역·이괘(履卦)』에서 "군자는 음식을 절제하여야 한다.(君子節飲
　　　　食.)"라고 했다.

적(馰) 『易』曰: "爲的顙."
　　　　『역·설괘(說卦)』에서 "[진괘(震卦)는 우레를 상징하는데……말에
　　　　대해서는……] 흰색의 이마(的顙)를 상징한다."라고 했다.

단(驙) 『易』曰: "乘馬驙如."
　　　　『역·둔괘(屯卦)』에서 "말을 타도 말이 힘겨워하여 나아가지 않
　　　　는다.(乘馬驙如.)"라고 했다.

수(狩) 『易』曰: “明夷于南狩.”
『역·명이(明夷)』에서 “해가 지고 난 뒤 남쪽에서 사냥을 하면 [큰 수확이 있으리라](明夷于南狩.)”라고 했다.

검(黔) 『易』曰: “爲黔喙.”
『역·설괘(說卦)』에서 “주둥이가 검은 짐승을 상징한다.(爲黔喙.)”라고 했다.

독(瀆) 『易』曰: “再三瀆.”
『역·몽괘(蒙卦)』에서 “두 번 세 번 계속해서 모독하다.(再三瀆.)”라고 했다.

계(契) 『易』曰: “後代聖人易之以書契.”
『역·계사(繫辭)』에서 “후대의 성인께서 이를 서계로 바꾸었다.(後代聖人易之以書契.)”라고 했다.

운(壼) 『易』曰: “天地壼壼.”
『역·계사(繫辭)』에서 “천지의 원기가 가득히 응결되어 있네.(天地壼壼.)”라고 했다.

윤(䩸) 『易』曰: “䩸升大吉.”
『역·승괘(升卦)』에서 “앞으로 나아가고 또 높은 곳에 이르게 되니, 대길하리라.(䩸升大吉.)”라고 했다.

비(羲) 讀若『易』虙羲氏.
『역·계사(繫辭)』에서 말한 ‘복희씨(虙羲氏)’의 ‘복(虙)’과 같이 읽는다.

강(忼) 一曰『易』 “忼龍有悔”.
일설에는 『역·건괘(乾卦)』에 “최고 높은 위치에 놓인 용은 후회하리라.(忼龍有悔.)”에서처럼 ‘높다’라는 뜻이 있다고도 한다.

췌(悴) 讀與『易』萃卦同.
『역』 ‘췌괘(萃卦)’의 췌(萃)와 같이 읽는다.

련(漣) 『易』曰: "泣涕漣如."
『역』에서 "울어서 눈물이 줄줄 흘러내리네.(泣涕漣如.)"라고 했다.

쇄(惢) 讀若『易』"旅瑣瑣".
『역·여괘(旅卦)』에서 말한 "여쇄쇄(旅瑣瑣)"의 쇄(瑣)와 같이 읽는다.

렬(洌) 『易』曰: "井洌, 寒泉, 食."
『역·정괘(井卦)』에서 "우물물이 맑고, 샘물은 차서, 마실 수 있다.(井洌, 寒泉, 食.)"라고 했다.

황(巟) 『易』曰: "包巟用馮河."
『역·태괘(泰卦)』에서 "조롱박이 크고 넓으니 그것으로 허리에 매고 강을 건너리라.(包巟用馮河.)"라고 했다.

수(需) 『易』曰: "雲上於天, 需."
『역·수괘(需卦)』에서 "구름이 하늘 꼭대기로 올라갔다는 것이 '수'괘의 의미이다.(雲上於天, 需.)"라고 했다.

천(闡) 『易』曰: "闡幽."
『역』에서 "그윽하게 숨겨진 것을 열어젖힌다.(闡幽.)"라고 했다.

승(抍) 『易』曰: "抍馬, 壯, 吉."
『역·명이(明夷)』에서 "말을 건져 올리고, 말이 건장해졌으니, 길하리라.(抍馬, 壯, 吉.)"라고 했다.

륵(扐) 『易』筮, 再扐而後卦.
『역』에서 시초점(筮)을 치는 방법인데, 두 손가락 사이로 시초를 끼운 다음 괘를 계산한다.(再扐而後卦.)

구(媾) 『易』曰: "匪寇, 婚媾."
『역·둔괘(屯卦)』에서 "침탈자가 나타나지 않으면 결혼인을 하게 되리라.(匪寇, 婚媾.)"라고 했다.

수(繻) 讀若『易』"繻有衣".
　　『역·기제(旣濟)』에서 말한 "수유의(繻有衣)"라고 할 때의 수(繻)와
　　같이 읽는다.

녀(絮) 『易』曰: "需有衣絮".
　　『역·기제(旣濟)』에서 "새 솜으로 만든 따뜻한 옷을 입어야 하나
　　여전히 해진 헌솜으로 만든 옷을 입고 있네.(需有衣絮.)"라고 했
　　다.

곤(坤) 『易』之卦也.
　　『역』의 괘(卦)를 말하기도 한다.

여(畬) 『易』曰: "不菑, 畬田".
　　『역·무망(無妄)』에서 "개간하지 않은 땅에서 풍성한 수확을 바
　　라는 것은 [길하지 않다](不菑, 畬田.)"라고 했다.

현(鉉) 舉鼎也.『易』謂之鉉.
　　'세발솥을 [양쪽으로 끼워서] 들 수 있도록 한 귀(舉鼎)'를 말한다.
　　『역』에서는 현(鉉)이라 썼다.

복(輹) 『易』曰: "輿脫輹".
　　『역·대축(大畜)』에서 "수레에서 복토와 굴대를 동여매는 끈이
　　빠지리라.(輿脫輹.)"라고 했다.

승(抍) 讀若『易』"抍馬"之抍.
　　『역·명이(明夷)』에서 말한 "승마(抍馬: 구원하는 말)"의 승(抍)과 같
　　이 읽는다.

운(隕) 『易』曰: "有隕自天".
　　『역(易)』에서 "하늘로부터 떨어지다.(有隕自天.)"라고 했다.

황(隍) 『易』曰: "城復于隍".
　　『역·태괘(泰卦)』에서 "성벽이 다시 해자 속으로 무너졌구나.(城復
　　于隍.)"라고 했다.

육(六)   『易』之數, 陰變於六, 正於八.
         『역(易)』의 숫자를 말하는데, 음수(陰)는 육(六)에서 변하고, 정
         수(正)는 팔(八)에서 변한다.

임(壬)   『易』曰: "龍戰于野."
         『역·곤괘(坤卦)』에서 "용이 벌판에서 전투를 벌인다.(龍戰于野.)"
         라고 했다.

돌(厹)   『易』曰: "突如其來如."
         『역·잡괘(雜卦)』에서 "갑작스레 왔구나.(突如其來如.)"라고 했다.

3. 『상서尙書』

『서書』

점(蔪)   『書』曰: "艸木蔪苞."
         『서』에서 "[그곳의 흙은 붉고 차지고 걸차며] 풀과 나무는 서로
         덮고 감싸 한 덩이가 되었네.(艸木蔪苞.)"라고 했다.

소(韶)   『書』曰: "『簫韶』九成, 鳳皇來儀."
         『서』에서 "소소(簫韶) 9장을 연주할 때에는 봉황새도 날아와 법
         식에 따라 춤을 추었습니다.(簫韶九成, 鳳皇來儀.)"라고 했다.

예(秅)   『書』曰: "我秅黍稷."
         『서』에서 "우리는 찰기장과 메기장의 씨를 뿌리네.(我秅黍稷.)"라
         고 노래했다.

계(卟)   『書』云 "卟疑".
         『서』에서 "점을 쳐 의문 나는 것을 밝힌다.(卟疑.)"라고 했다.

『우서虞書』

시(柴) 『虞書』曰: "至于岱宗, 柴."
『우서·순전(舜典)』에서 "[순 임금이] 태산에 이르러 시(柴) 제사를 드렸다.(至于岱宗, 柴.)"라고 했다.

조(璪) 『虞書』曰: "璪火黺米."
『우서·고요모(皐陶謨)』에서 "물풀과 불과 글자 도안 등을 [천자의 제례 복 하의에] 수로 놓는다.(璪火黺米.)"라고 하였다.

곤(琨) 『虞書』曰: "楊州貢瑤琨."
『우서·우공(禹貢)』에서 "양주(楊州) 지역에서는 요옥(瑤玉)과 곤석(琨石)을 공물로 바쳤다.(楊州貢瑤琨.)"라고 했다.

구(逑) 『虞書』曰: "旁逑孱功."
『우서』에서 "광범위하게 [민심을] 수렴하여 이미 공을 세웠다.(旁逑孱功.)"라고 했다.

해(龤) 『虞書』曰: "八音克龤."
『우서·요전(堯典)』에서 "여덟 가지 악기의 소리가 조화를 이룰 수 있다.(八音克龤.)"라고 하였다.

모(謨) 『虞書』曰: "咎繇謨."
『우서』에 '고요모(咎繇謨)'편이 있다.

시(試) 『虞書』曰: "明試以功."
『우서』에서 "공적에 따라 분명하게 관리로 썼다.(明試以功.)"라고 했다.

이(异) 『虞書』曰: "岳曰: 异哉!"
『우서』에서 "사방 제후의 수장이 말하기를 '기이하도다!'라고 했다(岳曰: 异哉!)"라고 했다.

모(眊) 『虞書』耄字从此.
『우서』에서 모(耄)자를 이렇게 썼다.

주(疇)　『虞書』: "帝曰: 咨咨."

　　　『우서·요전(堯典)』에 "요 임금께서 말씀하셨다. 아아! [그대들 희씨와 화씨여……이들의 공적이 빛나도록 해주시오.](帝曰: 咨咨.)"라는 말이 있다.

조(殂)　『虞書』曰: "勛乃殂."

　　　『우서』에서 "방훈(放勛)이 죽었다."라고 했다.

극(殛)　『虞書』曰: "殛鯀于羽山."

　　　『우서』에서 "곤(鯀)을 머나먼 우산(羽山)으로 유배 보냈다."라고 했다.

질(豑)　『虞書』曰: "平豑東作."

　　　『우서·요전(堯典)』에서 "해가 동쪽에서 떠오르는 시각을 변별하고 순서 지운다.(平豑東作.)"라고 하였다.

첨(僉)　『虞書』曰: "僉曰伯夷."

　　　『우서·순전(舜典)』에서 "모두가 '백이'라고 했다.(僉曰伯夷.)"라고 했다.

장(牄)　『虞書』曰: "鳥獸牄牄."

　　　『우서·익직(益稷)』에서 "새와 짐승들이 먹이 쪼며 춤추네.(鳥獸牄牄.)"라고 했다.

류(欙)　『虞書』曰: "予乘四載."

　　　『우서·고요모(皐陶謨)』에서 "[고요가 말했다.] 저는 네 가지 탈 것을 탔습니다.(予乘四載.)"라고 했다.

민(旻)　『虞書』曰: "仁閔覆下, 則稱旻天."

　　　『우서』에서 "하늘은 인자하시어 온 만물을 보살피시니 이를 일러 민천이라 한다.(仁閔覆下, 則稱旻天.)"라고 했다.

양(暘)　『虞書』曰: "暘谷."

　　　『우서』에 "[해가 뜨는] 양곡(暘谷)"이라는 말이 있다.

기(朞) 『虞書』曰: "朞三百有六旬."
『우서·요전(堯典)』에서 "1기(朞)는 360일이다.(三百有六旬.)"라고
했다.

최(竅) 讀若『虞書』曰"竅三苗"之"竅".
『우서』에서 "최삼묘(竅三苗)"라고 한 '최(竅)'와 같이 읽는다.

잔(孱) 『虞書』曰: "勳救孱功."
『우서』에서 "[공공이] 온 사방으로 널리 찾아 성과를 갖추게 되
었다.(勳救孱功.)"라고 했다.

가(假) 『虞書』曰: "假于上下."
『우서·요전(堯典)』에서 "아래 위 온 천지에 다 이르다.(假于上下.)"
라고 했다.

기(臮) 『虞書』曰: "臮咎繇."
『우서·요전(堯典)』에서 "[직(稷)과 설(契) 및] 고요(皐陶)에게 물
려주었다.(臮咎繇.)"라고 했다.

용(毨) 『虞書』曰: "鳥獸毨髦."
『우서·요전(堯典)』에서 "[털갈이를 하여] 새와 짐승의 털이 수북
해졌구나.(鳥獸毨髦.)"라고 했다.

필(弻) 『虞書』曰: "弻成五服."
『우서·고요모(皐陶謨)』에서 "나랏일을 도와 땅을 다섯 지역으
로 정리하여 [땅의 너비가 사방 5천 리에 이르렀습니다](弻成五
服.)"라고 했다.

예(嬖) 『虞書』曰: "有能俾嬖."
『우서·금등(金縢)』에서 "이를 다스릴만한 사람이 없겠소?(有能俾
嬖.)"라고 했다.

도(盇) 『虞書』曰: "予娶盇山."
『우서』에서 "나는 도산에서 아내를 얻었다.(予娶盇山.)"라고 했
다.

오(夰)　『虞書』曰: "若丹朱夰."
　　『우서·익직(益稷)』에서 "단주(丹朱)처럼 오만하지 [마십시오]"라
　　고 했다.

색(塞)　『虞書』曰: "剛而塞."
　　『우서·고요모(皐陶謨)』에서 "강직하고도 충실하도다.(剛而塞.)"라
　　고 했다.

무(懋)　『虞書』曰: "時惟懋哉."
　　『우서·요전(堯典)』에서 "[이 직무를 맡으면] 시도 때도 없이 노
　　력해야 할 것이리라.(時惟懋哉.)"라고 했다.

호(浩)　『虞書』曰: "洪水浩浩."
　　『우서·당서(唐書)』에서 "홍수가 [하늘에 닿을 듯이 높이 불어]
　　질펀하다.(洪水浩浩.)"라고 했다.

천(川)　『虞書』曰: "濬く巜, 距川."
　　『우서·고요모(皐陶謨)』에서 "견(く: 작은 도랑)과 괴(巜: 큰 도랑)를
　　뚫어, 하나의 큰 내(川)가 되게 한다.(濬く巜, 距川.)"라고 했다.

예(睿)　『虞書』曰: "睿畎澮距川."
　　『우서·고요모(皐陶謨)』에서 "[아홉 개의 강물을 터서 바다로 흘
　　러들게 하고] 도랑과 운하를 깊이 파서 강으로 흘러들게 하였
　　다.(睿畎澮距川.)"라고 했다.

지(摯)　『虞書』雉摯.
　　『우서』에서 말했던 '치집(雉摯), 즉 꿩을 가져가 하는 상견례'를
　　말한다고도 한다.

회(繪)　『虞書』曰: "山龍華蟲作繪."
　　『우서·고요모(皐陶謨)』에서 "[해와 달과] 산과 용과 꽃과 벌레로
　　무늬를 만든다.(山龍華蟲作繪.)"라고 했다.

주(絑)　『虞書』"丹朱"如此.
　　『우서·고요모(皐陶謨)』에서 "[요 임금의 아들인] 단주(丹朱)"의
　　주(朱)자가 이와 같다고 했다.

비(圮) 『虞書』曰: "方命圮族."
　　　　『우서·요전(堯典)』에서 "명령을 어기어 일을 그르칠 것이리
　　　　라.(方命圮族.)"라고 했다.

붕(堋) 『虞書』曰: "堋淫于家."
　　　　『우서·고요모(皐陶謨)』에서 "[단주(丹朱)는] 무리를 지어 집에서
　　　　음란한 짓을 하여 [그의 후손도 끊기고 말았습니다.](堋淫于家.)"
　　　　라고 했다.

육(育) 『虞書』曰: "教育子."
　　　　『우서』에서 "아이들을 가르치고 키우다.(教育子.)"라고 했다.

『우공禹貢』

간(玕) 『禹貢』: "雝州球琳琅玕."
　　　　『우공(禹貢)』에서 "옹주(雝州) 지방에서는 구슬(球)과 임석(琳石)
　　　　과 낭간(琅玕)을 공물로 바쳤다."라고 했다.

하(菏) 『禹貢』: "浮于淮泗, 達于菏."
　　　　『우공(禹貢)』에서 "[조공을 실은 배가] 회수와 사수를 거쳐 하택
　　　　으로 들어간다.(浮于淮泗, 達于菏.)"라고 하였다.

비(紕) 讀若『禹貢』玭珠.
　　　　『우공(禹貢)』의 '빈주(玭珠)'라고 할 때의 '빈(玭)'과 같이 읽는다.

『하서夏書』

요(蕘) 『夏書』曰: "厥艸惟蕘."
　　　　『하서·우공(禹貢)』에서 "[흙은 검고 걸차며] 풀은 무성하고 [나
　　　　무는 길게 자랐다](厥艸惟蕘.)"라고 했다.

이(池) 『夏書』曰: "東池北, 會于匯."

『하서·우공(禹貢)』에서 "[장강은] 동쪽을 향해서 비스듬히 북쪽으로 흘러가, 회수와 만난다.(東池北, 會于匯.)"라고 했다.

로(簬) 『夏書』曰: "惟箘簬楛."

『하서·우공(禹貢)』에서 "오직 균로만이 아름다운 대라네.(惟箘簬楛.)"라고 했다.

탕(瑒) 『夏書』曰: "瑤琨筱瑒."

『하서·우공(禹貢)』에서 "[양주(楊州)에서 바치는 공물은] 아름다운 옥과 아름다운 돌과 가는 대나무와 큰 대나무이다.(瑤琨筱瑒.)"라고 했다.

유(柚) 『夏書』曰: "厥包橘柚."

『하서·우공(禹貢)』에서 "[양주(楊州)에서] 그들은 보따리에 귤과 유자를 담아 [공물로 바친다](厥包橘柚.)"라고 했다.

춘(杶) 『夏書』曰: "杶榦栝柏."

『하서·우공(禹貢)』에서 "[형주(荊州)의 공물로는] 참죽나무, 산뽕나무, 향나무, 잣나무 등이 있다.(杶榦栝柏)"라고 했다.

간(栞) 『夏書』曰: "隨山栞木."

『하서·우공(禹貢)』에서 "[우(禹) 임금이 땅을 다스렸는데] 산에 이르면 나무를 베어 젖히고 [높은 산과 강을 안정시켰다](隨山栞木)"라고 했다.

고(枯) 『夏書』曰: "唯箘輅枯."

『하서·우공(禹貢)』에서 "[형주(荊州)에서는] 조릿대(箘竹)와 화살대(輅竹) 및 호나무(枯木)[를 세 나라에서 바치어 이름이 났다]"라고 했다.

역(嶧) 『夏書』曰: "嶧陽孤桐."

『하서·우공(禹貢)』에서 "[서주(徐州)에서는] 역산의 남쪽에서 외로이 자란 오동나무[가 나고 사수(泗水) 가에서는 흙속에 떠 있는 것 같은 경석(磬石)이 난다](嶧陽孤桐.)"라고 했다.

노(砮)　『夏書』曰: "梁州貢砮丹."
　　　『하서·우공(禹貢)』에서 "양주(梁州) 지역에서는 화살촉을 만드는
　　　데 쓰는 노석(砮石)과 연료로 쓰는 단석(丹石)을 공물로 바쳤다."
　　　라고 했다.

위(渭)　『夏書』以爲出鳥鼠山.
　　　『하서·우공(禹貢)』에서는 "오서산(鳥鼠山)에서 발원한다고 했다."

유(濰)　『夏書』曰: "濰, 淄其道."
　　　『하서·우공(禹貢)』에서 "유수(濰水)와 치수(淄水)의 물길을 뚫었
　　　다.(濰, 淄其道.)"라고 했다.

서(澨)　『夏書』曰: "過三澨."
　　　『하서·우공(禹貢)』에서 "삼서수를 지나 [대별산에 이른다](過三澨)"
　　　라고 했다.

초(灑)　讀若『夏書』"天用勦絕".
　　　『하서·감서(甘誓)』에서 "천용초절(天用勦絕: 하늘은 이로써 국운을
　　　끊어버렸네)"의 초(勦)와 같이 읽는다.

루(鏤)　『夏書』曰: "梁州貢鏤."
　　　『하서·우공(禹貢)』에서 "양주에서 강철을 공납했다.(梁州貢鏤.)"라
　　　고 했다.

도(陶)　『夏書』曰: "東至于陶丘."
　　　『하서·우공(禹貢)』에서 "동쪽으로 도구에까지 이르렀다.(東至于陶
　　　丘.)"라고 했다.

『상서商書』

반(返)　『商書』曰: "祖甲返."
　　　『상서』에서 "조갑께서 돌아오셨다.(祖甲返.)"라고 했다.

제(隮) 『商書』曰: "予顚隮."
『상서·미자(微子)』에서 "우리 상나라는 장차 몰락하고 말 것이다.(予顚隮.)"라고 했다.

파(譒) 『商書』曰: "王譒告之."
『상서·반경(盤庚)』에서 "선왕들께서 정책을 널리 펼쳤다.(王譒告之.)"라고 했다.

회(卟) 『商書』曰: "貞曰卟."
『상서』에서 "하괘와 상괘를 잘 살펴야 할 것이다(曰貞曰卟)"라고 했다.

형(敻) 『商書』曰: "高宗夢得說, 使百工敻求, 得之傅巖."
『상서·열명서(說命序)』에서 "고종이 꿈에서 부열을 보았는데, 여러 관리들로 하여금 찾아 나서게 하여, '부암'이라는 곳에서 그를 찾았다.(高宗夢得說, 使百工敻求, 得之傅巖.)"라고 했다.

두(斁) 『商書』曰: "彝倫攸斁."
『상서』에서 "나라를 다스리는 법칙이 이로부터 무너졌다.(彝倫攸斁.)"라고 했다.

얼(櫱) 『商書』曰: "若顚木之有㽕櫱."
『상서·반경(盤庚)』(상)에서 "쓰러진 나무의 그루터기에서 움이 새로 돋아나는 것과 같다.(若顚木之有㽕櫱.)"라고 했다.

무(森) 『商書』曰: "庶草繁無."
『상서(商書)』(즉 『주서(周書)·홍범(洪範)』)에서 "온갖 풀이 무성하게 피었구나.(庶草繁無.)"라고 했다.

려(䣝) 『商書』: "西伯戡䣝."
『상서·서백감려(西伯戡黎)』에서 "서백이 여나라를 정벌하였다.(西伯戡䣝.)"라고 했다.

유(甹)　『商書』曰：“若顚木之有甹枿.”
『상서·반경(盤庚)』에서 “꼬꾸라진 나무에서 새로 자라난 가지와
잘린 나무에서 새로 움튼 싹과 같구나.(若顚木之有甹枿)”라고 했
다.

유(籲)　『商書』曰：“率籲眾戚.”
『상서·반경(盤庚)』에서 “여러 근심하는 사람들을 모아 놓고 [호
소하는 말을 하였다](率籲眾戚.)”라고 했다.

졸(拙)　『商書』曰：“予亦拙謀.”
『상서·반경(盤庚)』에서 “나도 시원찮게 일을 꾀하여 [그대들을
잘못 되게 한 셈이오](予亦拙謀.)”라고 했다.

멸(懱)　『商書』曰：“以相陵懱.”
『상서』에서 “서로 능멸하는구나.(以相陵懱.)”라고 했다.

괄(懖)　『商書』曰：“今汝懖懖.”
『상서·반경(盤庚)』에서 “지금 너희들은 정말 제멋대로구나.(今汝
懖懖.)”라고 했다.

호(政)　『商書』曰：“無有作政.”
『상서·홍범(洪範)』에서 “사적으로 좋아하는 일을 하지 말라.(無有
作政.)”라고 했다.

감(戡)　『商書』曰：“西伯旣戡黎.”
『상서』에서 “서백이 이미 여 땅을 점령했다.(西伯旣戡黎.)”라고 했
다.

문(紊)　『商書』曰：“有條而不紊.”
『상서·반경(盤庚)』에서 “조리가 있어 어지럽지 않다.(有條而不
紊.)”라고 했다.

『**주서**周書』

순(珣)　『周書』所謂夷玉也.
　　　『주서·고명(顧命)』에서는 동쪽 이민족의 옥이라고 했다.

개(玠)　『周書』曰: "稱奉介圭."
　　　『주서·고명(顧命)』에서 "[빈(賓)은] 큰 옥을 받드시오.(稱奉介圭)
　　　라고 소리한다."라고 했다.

이(莒)　荣莒. 一名馬舄. 其實如李, 令人宜子. 『周書』所說.
　　　'부이(荣莒) 즉 질경이'를 말한다. 일명 마석(馬舄)이라고도 한다.
　　　열매는 오얏(李)처럼 생겼는데, 아이를 잘 배게 한다(令人宜子).
　　　이는 『주서』[즉 『급총주서(汲冢周書)·왕회해(王會解)』]에서 보이
　　　는 해설이다.

곡(牿)　『周書』曰: "今惟牿牛馬."
　　　『주서』에서 "지금은 오직 우리에 갇힌 소나 말을 풀어야 할 때
　　　이다.(今惟牿牛馬.)"라고 했다.

제(嚌)　『周書』曰: "大保受同祭嚌."
　　　『주서』에서 "태보가 술잔을 받고, 제사를 드리고, 술맛을 보았
　　　다.(大保受同祭嚌.)"라고 했다.

불(咈)　『周書』曰: "咈其耇長."
　　　『주서』에서 "저 나이 든 어른의 뜻을 거스르는구나.(咈其耇長)."
　　　라고 했다.

유(逾)　『周書』曰: "無敢昏逾."
　　　『주서·고명(顧命)』에서 "[문왕과 무왕의 교훈을 이어받아 지킴
　　　에] 감히 소홀히 하거나 그르치지 않았소.(無敢昏逾.)"라고 했다.

패(退)　『周書』曰: "我興受其退."
　　　『주서·미자(微子)』에서 "[상나라에 지금 재난이 닥쳐왔으니] 우
　　　리 모두가 그 재앙을 받게 될 것입니다.(我興受其退)"라고 했다.

험(譣)　『周書』曰: "勿以譣人."
　　　『주서』에서 "간사한 사람을 쓰지 말라.(勿以譣人.)"라고 했다.

함(諴)　『周書』曰: "不能諴于小民."
　　　『주서』에서 "백성들과 매우 잘 화합했다.(不能諴于小民.)"라고 했
　　　다.

동(詷)　『周書』曰: "在夏后之詷."
　　　『주서·고명(顧命)』에서 "[성왕(成王)은] 온 천하가 공통으로 받
　　　드는 임금이다.(在夏后之詷.)"라고 하였다.

주(譸)　『周書』曰: "無或譸張爲幻."
　　　『주서·무일(無逸)』에서 "서로 저주하고 서로 속이는 일이 없구
　　　나.(無或譸張爲幻.)"라고 했다.

편(諞)　『周書』曰: "戳戳善諞言."
　　　『주서·진서(秦誓)』에서 "천박하고도 교묘하게 말하는구나.(戳戳
　　　善諞言.)"라고 했다.

기(諅)　『周書』曰: "上不諅于凶德."
　　　『주서·다방(多方)』에서 "윗사람도 흉덕을 꺼리지 않는구나.(上不
　　　諅于凶德.)"라고 했다.

우(訧)　『周書』曰: "報以庶訧."
　　　『주서·여형(呂刑)』에서 "서민들의 잣대로 죄를 물을 것이다.(報以
　　　庶訧.)"라고 했다.

박(攽)　『周書』曰: "常攽常任."
　　　『주서·입정(立政)』에서 "상박(常攽: 백성을 키우는 관리)과 상임(常
　　　任: 일을 관리하는 관리)이 있다."라고 했다.

부(敷)　『周書』曰: "用敷遺後人."
　　　『주서·고명(顧命)』에서 "그래서 후대에 베푸는 것이다.(用敷遺後
　　　人.)"라고 했다.

자(孜) 『周書』曰: "孜孜無怠."
『주서·태서(泰誓)』에서 "게으름 없이 부지런히 힘쓰네.(孜孜無怠.)"라고 했다.

반(斺) 『周書』曰: "乃惟孺子斺."
『주서·낙고(洛誥)』에서 "당신께서는 젊으시나 스스로 일을 분별하여야 할 것입니다.(乃惟孺子斺.)"라고 했다.

한(馯) 『周書』曰: "馯我于艱."
『주서·문후지명(文侯之命)』에서 "[당신은 전공이 매우 뛰어나고] 어려움에서 나를 보호해주었소.(馯我于艱.)"라고 했다.

료(敹) 『周書』曰: "敹乃甲冑."
『주서·비서(費誓)』에서 "그대들의 갑옷과 투구를 선택하고 [그대들의 방패 끈을 잘 이어, 감히 완전하지 않는 것이 없도록 하시오.](敹乃甲冑.)"라고 했다.

교(敿) 『周書』曰: "敿乃干."
『주서·비서(費誓)』에서 "그대들의 방패 끈을 잘 이어 [감히 완전하지 않는 것이 없도록] 하시오.(敿乃干)"라고 했다.

탈(敓) 『周書』曰: "敓攘矯虔."
『주서·여형(呂刑)』에서 "[치우가 난을 일으켰을 때] 서로 약탈하고 훔치며 난동과 혼란을 일삼았소.(敓攘矯虔)."라고 했다.

미(敉) 『周書』曰: "亦未克敉公功."
『주서·낙고(洛誥)』에서 "[세상은 아직도 혼란하여] 공의 일도 제대로 모두 끝냈다고는 할 수 없소.(亦未克敉公功)"라고 했다.

녑(敜) 『周書』曰: "敜乃穽."
『주서·비서(費誓)』에서 "그대들의 사냥용 함정을 메워 [풀어 놓은 짐승들이 상하지 않게 하시오.](敜乃穽.)"라고 했다.

탁(斀) 『周書』曰: "刖劓斀黥."
『주서·여형(呂刑)』에서 "발뒤꿈치를 자르는 형벌(刖), 코를 베는 형벌(劓), 음경을 자르는 형벌(斀), 이마에 묵을 넣는 형벌(黥)." 이라고 했다.

민(敯) 『周書』曰: "敯不畏死."
『주서·강고(康誥)』에서 "억지를 쓰며 죽음도 두려워하지 않거든 [모두 사형에 처하라](敯不畏死.)"라고 했다.

수(敠) 『周書』以爲討.
『주서(周書)』에서는 토(討)로 썼다.

전(畋) 『周書』曰: "畋尒田."
『주서·다방(多方)』에서 "그대들은 그대들의 밭을 갈고 있거늘.(畋尒田.)"이라고 했다.

모(睧) 『周書』曰: "武王惟睧."
『주서·군석(君奭)』에서 "무왕께서는 단지 눈을 내리깔고 볼 뿐이었다.(武王惟睧.)"라고 하였다.

멸(莧) 『周書』曰: "布重莧席."
『주서·고명(顧命)』에서 "[검고 흰 도끼 모양이 이어지는 무늬의 천으로 가를 댄] 촘촘하게 짠 부들자리를 두 겹으로 깐다.(布重莧席.)"라고 했다.

환(幻) 『周書』曰: "無或譸張爲幻."
『주서·무일(無逸)』에서 "서로 속이거나 서로 현혹되게 하지 말라.(無或譸張爲幻.)"라고 하였다.

초(劋) 『周書』曰: "天用劋絕其命."
『주서』에서 "하늘이 이 때문에 그들의 명을 끊었구나.(天用劋絕其命.)"라고 했다.

월(粵) 『周書』曰: "粵三日丁亥."
『주서』에서 "아! 3일 정해일이구나.(粵三日丁亥.)"라고 하였다.

혁(盡) 『周書』曰: "民冈不盡傷心."
『주서·주고(酒誥)』에서 "백성들 중 슬퍼 애통해하지 않는 자가
없었다.(民冈不盡傷心.)"라고 했다.

확(騰) 『周書』曰: "惟其敾丹騰."
『주서·재재(梓材)』에서 "[가래나무 재목으로 물건을 만들 때 애
써 다듬고 깎았다면] 단청도 잘 칠해야 한다.(惟其敾丹騰.)"라고
했다.

후(餱) 『周書』曰: "峙乃餱粮."
『주서·비서(費誓)』에서 "그대들의 말린 양식 다 갖추어 [감히 부
족하지 않도록 하시오](峙乃餱粮.)"라고 했다.

뢰(賚) 『周書』曰: "賚尒秬鬯."
『주서·문후지명(文侯之命)』에서 "그대에게 검은 기장과 울창주
를 하사하노라.(賚尒秬鬯.)"라고 했다.

비(朏) 『周書』曰: "丙午朏."
『주서·소고(召誥)』에서 "병오 일에 달에 처음 빛이 생겼다.(丙午
朏.)"라고 했다.

패(霸) 『周書』曰: "哉生霸."
『주서·강고(康誥)』에서 "[3월 달] 달의 흰빛이 생기기 시작할 때
(哉生霸.)"라고 했다.

비(粊) 『周書』有『粊誓』.
『주서』에 「비서(粊誓)」편이 있다.

포(宋) 『周書』曰: "陳宋赤刀."
『주서·고명(顧命)』에서 "선왕께서 보배로이 소장했던 물건과 붉
은 칼(陳宋赤刀)"이라고 했다.

용(宂) 『周書』曰: "宮中之宂食."
『주서』에서 "궁중의 비정규직 사람들의 음식을 제공한다.(宮中之
宂食.)"라고 했다.

면(眄) 讀若『周書』“若藥不眄眩”.
『주서』에서 말한 “약약불면현(若藥不眄眩: 치료를 할 때 만약 명현 반응이 나타나지 않으면)”이라고 할 때의 면(眄)과 같이 읽는다.

타(詑) 『周書』曰: “王三宿三祭三詑”.
『주서·고명(顧命)』에서 “왕께서 세 번 나아가시고 세 번 제사를 드리고 세 번 술을 올리셨다.(王三宿三祭三詑.)”라고 했다.

흘(仡) 『周書』曰: “仡仡勇夫”.
『주서·태서(泰誓)』에서 “팔팔하고 용감한 사람들(仡仡勇夫)”이라고 했다.

비(毖) 『周書』曰: “無毖于卹”.
『주서·대고(大誥)』에서 “[너무 지나치게] 걱정을 하지 마십시오.(無毖于卹.)”라고 했다.

벽(㢉) 『周書』曰: “我之不㢉”.
『주서』에서 “내가 다스리지 않으면(我之不㢉.)”이라고 했다.

암(碞) 『周書』曰: “畏于民碞”.
『주서·소고(召誥)』에서 “민심의 험악함에 두려움을 느껴야 한다.(畏于民碞.)”라고 했다.

원(獂) 『周書』曰: “獂有爪而不敢以撅”.
『주서(周書)』(『일주서(逸周書)·주축해(周祝解)』)에서 “돼지는 발톱이 있지만 그것으로 함부로 공격하지 않는다.(獂有爪而不敢以撅.)”라고 했다.

비(貔) 『周書』曰: “如虎如貔”.
『주서·목서(牧誓)』에서 “호랑이 같고 비휴 같구나.(如虎如貔.)”라고 했다.

작(焯) 『周書』曰: “焯見三有俊心”.
『주서·입정(立政)』에서 “세 직위에 추천되어 임용된 뛰어난 사람들의 마음을 환히 알아보셨다.(焯見三有俊心.)”라고 했다.

광(粿)　『周書』曰:"伯粿."
　　　　『주서』에서 "백광(伯粿)"이라고 했다.

민(忞)　『周書』曰:"在受德忞."
　　　　『주서·입정(立政)』에서 "아, 수덕[즉 주(紂)왕]이여, 온 힘을 다해 강해지려 하는구나.(在受德忞.)"라고 했다.

여(悆)　『周書』曰:"有疾不悆."
　　　　『주서·금등(金滕)』에서 [무왕께서] 병이 있으니 잊지 말라.(有疾不悆.)"라고 했다.

대(懟)　『周書』曰:"凡民罔不懟."
　　　　『주서·강고(康誥)』에서 "모든 백성들 중 원망하지 않는 이가 없도다.(凡民罔不懟.)"라고 했다.

기(惎)　『周書』曰:"來就惎惎."
　　　　『주서·진서(秦誓)』에서 "오기만 하면 해를 끼치는구나.(來就惎惎.)"라고 했다.

사(涘)　『周書』曰:"王出涘."
　　　　『주서』에서 "왕께서 배에서 나와 강의 언덕으로 올라가셨다.(王出涘.)"라고 했다.

면(湎)　『周書』曰:"罔敢湎于酒."
　　　　『주서·주고(酒誥)』에서 "감히 술에 탐닉해 살지 말라.(罔敢湎于酒.)"라고 했다.

치(䏁)　『周書』曰:"有夏氏之民叨䏁."
　　　　『주서·다방(多方)』에서 "하후씨(夏氏)의 백성들은 탐욕스럽고(叨) 울분에 차 있었다.(䏁)"라고 했다.

도(搯)　『周書』曰:"師乃搯."
　　　　『주서·태서(泰誓)』에서 "군사들이 드디어 무기를 꺼냈다.(師乃搯.)"라고 했다.

하(抲)　『周書』曰: "盡執, 抲."
『주서·주고(酒誥)』에서 "모두 잡아들여, 그들을 [주나라 땅으로] 돌려보내라.(盡執, 抲.)"라고 했다.

추(嫧)　周書』曰: "至于嫧婦."
『주서·재재(梓材)』에서 "[약한 자를 공경해 주고] 임산부를 돌보아 주는 경지에까지 이르고(至于嫧婦.)"라고 했다.

지(埶)　『周書』曰: "大命不埶."
『주서』에서 "큰 명이 이르지 않네.(大命不埶.)"라고 했다.

전(戔)　『周書』曰: "戔戔巧言."
『주서』에서 "끝없이 천박한 교묘한 말(戔戔巧言)"이라고 했다.

묘(緢)　『周書』曰: "惟緢有稽."
『주서·여형(呂刑)』에서 "[여러 범죄자들을 조사할 때에는] 잘 심문하고 또 잘 따져 보시오.(惟緢有稽.)"라고 했다.

목(坶)　『周書』: "武王與紂戰于坶野."
『주서·목서서(牧書序)』에서 "무왕(武王)이 주왕(紂王)과 목야(坶野)에서 전쟁을 치렀다.(武王與紂戰于坶野.)"라고 했다.

할(劼)　『周書』曰: "汝劼毖殷獻臣."
『주서·주고(酒誥)』에서 "너희들은 은나라의 어진 신하들에게 삼가고 또 삼가야 할 것이다.(汝劼毖殷獻臣.)"라고 했다.

매(勱)　『周書』曰: "用勱相我邦家."
『주서·입정(立政)』에서 "오직 훌륭한 사람만을 쓰시어 우리나라를 돕도록 하십시오.(用勱相我邦家.)"라고 했다.

욱(勖)　『周書』曰: "勖哉, 夫子!"
『주서·목서(牧誓)』에서 "힘 써 주시오! 장사들이여!(勖哉, 夫子!)"라고 했다.

윤(銃)　『周書』曰: "一人冕, 執銃."
『주서·고명(顧命)』에서 "한 사람은 관을 쓰고 손에는 뾰족한 창을 쥐고 [동쪽 옆방 뒤쪽의 섬돌에 서 있네](一人冕, 執銃)"라고 했다.

빙(凭)　『周書』: "凭玉几."
『주서·고명(顧命)』에서 "옥궤에 기대어 있네.(凭玉几.)"라고 했다.

얼(阢)　『周書』曰: "邦之阢隉."
『주서』에서 "나라가 위태롭구나.(邦之阢隉.)"라고 했다.

『일주서逸周書』

산(祘)　『逸周書』曰: "士分民之祘. 均分以祘之也."
『일주서』에서 "사인(士人)이 백성들의 세금(祘)을 규정에 따라 나누었는데, 균분하게 나누어 분명하게 계산하도록(祘) 했다.(士分民之祘. 均分以祘之也.)"라고 했다.

한(翰)　『逸周書』曰: "大翰, 若翬雉, 一名鷐風. 周成王時蜀人獻之."
『일주서』(「왕회(王會)」)에서 "대한(大翰)은 휘치(翬雉) 즉 금계와 비슷한데, 달리 신풍(鷐風)이라고도 한다. 주(周)나라 성왕(成王) 때 촉(蜀)나라에서 헌상되었다.(大翰, 若翬雉, 一名鷐風. 周成王時蜀人獻之.)"라고 했다.

신(曟)　『逸周書』曰: "疑沮事."
『일주서』에서 "의심이 많아 일을 망친다.(疑沮事.)"라고 했다.

흔(俒)　『逸周書』曰: "朕實不明, 以俒伯父."
『일주서』에서 "저는 확실히 우매하여 큰 아버지의 뜻을 완전하게 지키지를 못하였습니다.(朕實不明, 以俒伯父.)"라고 했다.

료(爒)　『逸周書』曰: "味辛而不爒."
『일주서』에서 "맛은 시나 [불타듯] 맵지는 않다.(味辛而不爒.)"라고 했다.

구(姁)　『逸周書』有姁匠.
　　　　『일주서』에 '구장(姁匠)'이라는 말이 있다.

비(匪)　『逸周書』曰: "實玄黃于匪."
　　　　『일주서』에서 "검게 물들인 비단과 누렇게 물들인 비단을 대상
　　　　자에 가득 담네.(實玄黃于匪.)"라고 했다.

4.『주례周禮』

체(禘)　『周禮』曰: "五歲一禘."
　　　　『주례』에서 "오년에 한 번씩 체(禘) 제사를 지낸다.(五歲一禘.)"라
　　　　고 하였다.

회(禬)　『周禮』曰: "禬之祝號."
　　　　『주례·춘관·저축(詛祝)』에서 "[저축(詛祝)이라는 관직은] 회(禬)
　　　　제사를 지낼 때, 축문을 읽는 일을 담당한다.(禬之祝號.)"라고 했
　　　　다.

마(禡)　『周禮』曰: "禡於所征之地."
　　　　『주례·왕제(王制)』에서 "정벌한 땅에서 마(禡) 제사를 지냈다.(禡
　　　　於所征之地.)"라고 했다.

윤(閏)　『周禮』曰: "閏月, 王居門中, 終月也."
　　　　『주례·춘관·대사(大史)』에서 "윤달(閏月)이 되면, 왕(王)은 정실
　　　　(正室)의 문(門) 안에서 거처하는데, 그달이 끝날 때까지 그렇게
　　　　한다.(閏月, 王居門中, 終月也.)"라고 했다.

찬(瓚) 『禮』: "天子用全, 純玉也; 上公用駹, 四玉一石; 侯用瓚; 伯用埒, 玉石半相埒也."

『주례·고공기·옥인(玉人)』에서 이렇게 말했다. "천자는 전(全)이라는 옥으로 장식을 하는데, 100퍼센트 순수한 옥으로 만들었다. 상공(上公)들은 방(駹)이라는 옥을 사용하는데, 성분의 80퍼센트가 옥이고 20퍼센트가 돌로 되었다. 제후들은 [60퍼센트는 옥이고 40퍼센트가 돌 성분인] 찬(瓚)이라는 옥을 사용하고, 백(伯)은 날(埒)이라는 옥을 사용하는데, [날(埒)은] 옥과 돌이 반반씩 섞였다."

장(璋) 『禮』: 六幣: 圭以馬, 璋以皮, 璧以帛, 琮以錦, 琥以繡, 璜以黼.

『주례·추관·소행인(小行人)』에서 이렇게 말했다. "여섯 가지 폐백이 있는데, 규(圭)는 말(馬)과 짝으로 하고, 장(璋)은 가죽(皮)과 짝으로 하고, 벽(璧)은 흰 비단(帛)과 짝으로 하고, 종(琮)은 물들인 비단(錦)과 짝으로 하고, 호(琥)는 수놓은 비단(繡)과 짝으로 하고, 황(璜)은 바느질한 비단(黼)과 짝으로 한다.(六幣: 圭以馬, 璋以皮, 璧以帛, 琮以錦, 琥以繡, 璜以黼.)"

모(瑁) 『周禮』曰: "天子執瑁四寸."

『주례·고공기·옥인(玉人)』에서 "천자가 대옥(瑁玉)을 잡는데, 너비가 4치(寸)이다.(天子執瑁四寸.)"라고 했다.

전(瑑) 『周禮』曰: "瑑圭璧."

『주례·춘관·전서(典瑞)』에서 "홀 옥과 벽옥에다 무늬를 아로새기네.(瑑圭璧.)"라고 했다.

근(菦) 『周禮』有"菦菹".

『주례·천관·해인(醢人)』에 "근저(菦菹: 쑥 절임)"라는 말이 보인다.

호(轂)   『周禮』曰: "轂斃不藃."
『주례·고공기·윤인(輪人)』에서 "[수레의 바퀴통을 만드는 재료를 불로써 음 부분은 굽고 양 부분을 가지런히 하면 바퀴통이 만들어져도] 바퀴통을 싸는 가죽이 폭 올라오지는 않는다.(轂斃不藃.)"라고 했다.

료(蔾)   『周禮』曰: "饋食之籩, 其實乾蔾."
『주례·천관·변인(籩人)』에서 "제사 때 음식 올리는 굽 달린 그릇에 말린 매실이 담겼네.(饋食之籩, 其實乾蔾.)"라고 했다.

아(訝)   『周禮』曰: "諸侯有卿訝發."
『주례·추관·장아(掌訝)』에서 "[빈객이] 제후이면 경대부가 나가서 맞이한다.(諸侯有卿訝發.)"라고 하였다.

포(鮑)   『周禮』曰: "柔皮之工鮑氏."
『주례·고공기』에서 "가죽을 부드럽게 만드는 장인인 포씨(鮑氏)"라고 했다.

취(取)   『周禮』: "獲者取左耳."
『주례·하관·대사마(大司馬)』에서 "사냥에서 짐승을 잡으면 왼쪽 귀를 벤다.(獲者取左耳.)"라고 했다.

수(㲋)   『禮』: "㲋以積竹, 八觚, 長丈二尺, 建於兵車, 車旅賁以先驅."
『주례』에서 "수(㲋)는 대쪽을 켜켜이 겹쳐서 만드는데, 팔각형이며, 길이는 1팔(장) 2자(척)이다. 전차에 세워두며, 전차의 선봉대가 그것으로 선도해 나간다.(以積竹, 八觚, 長丈二尺, 建於兵車, 車旅賁以先驅.)"라고 했다.

별(鷩)   『周禮』曰: "孤服鷩冕."
『주례·춘관·사복(司服)』에서 "천자는 붉은 꿩 도안으로 수를 놓은 예복과 모자를 쓴다.(孤服鷩冕.)"라고 했다.

무(膴)   『周禮』有膴判.
『주례·천관·석인(腊人)』에 '무판(膴判: 말린 고기)'이라는 말이 보인다.

수(膃)　『周禮』有"胳膃".
　　　『주례·천관·포인(庖人)』에 "거수(胳膃)"라는 말이 있다.

부(副)　『周禮』曰: "副辜祭."
　　　『주례·춘관·대종백(大宗伯)』에서 "짐승의 몸통을 둘로 갈라 제
　　　사를 드린다.(副辜祭.)"라고 하였다.

괄(劀)　『周禮』曰: "劀殺之齊."
　　　『주례·천관·양의(瘍醫)』에서 "죽은 살을 도려내는 데 쓰는 약(劀
　　　殺之齊.)"이라고 했다.

서(鋤)　『周禮』曰: "以興鋤利萌."
　　　『주례·지관·수인(遂人)』에서 "서(鋤)라는 조세법을 일으켜 백성
　　　들을 이롭게 한다.(以興鋤利萌.)"라고 했다.

연(筵)　『周禮』曰: "度堂以筵."
　　　『주례·고공기·장인(匠人)』에서 "대자리의 수로 명당의 크기를
　　　가늠한다.(度堂以筵.)"라고 했다.

료(䉤)　『周禮』: "供盆䉤以待事."
　　　『주례·지관·우인(牛人)』에서 "동이와 대상자를 제공해 제사를
　　　모실 수 있게 한다.(供盆䉤以待事.)"라고 했다.

복(箙)　『周禮』: "仲秋獻矢箙."
　　　『주례·하관·사궁시(司弓矢)』에서 "중추절이 되면 화살통을 헌상
　　　한다.(仲秋獻矢箙.)"라고 하였다.

척(鼜)　『禮』: 昏鼓四通爲大鼓, 夜半三通爲戒晨, 旦明五通爲發明.
　　　『주례·고인(鼓人)』에서 [『사마법』을 인용하여] "저녁이 되면 북
　　　을 네 번 울리는데 이를 대고(大鼓)라 하고, 한밤중이 되면 세
　　　번 울리는데 이를 계신(戒晨)이라 하고, 날이 밝으면 다섯 번
　　　울리는 데 이를 발명(發明)이라 한다.(昏鼓四通爲大鼓, 夜半三通爲戒
　　　晨, 旦明五通爲發明.)"라고 했다.

고(鼓) 『周禮』六鼓: 靁鼓八面, 靈鼓六面, 路鼓四面, 鼖鼓, 皐鼓, 晉鼓皆兩面.

『주례』에서 육고(六鼓)가 있다고 했는데, 뇌고(靁鼓)는 8면으로 되었고, 영고(靈鼓)는 6면으로 되었고, 노고(路鼓)는 4면으로 되었고, 분고(鼖鼓)와 고고(皐鼓)와 진고(晉鼓)는 모두 양면으로 되었다.

포(虣) 虐也. 急也. 从虎从武. 見『周禮』.

'잔학하다(虐)'라는 뜻이다. '급박하다(急)'라는 뜻이다. 호(虎)가 의미부이고 무(武)도 의미부이다. 『주례』에 보인다.

관(館) 『周禮』: 五十里有市, 市有館, 館有積, 以待朝聘之客.

『주례·지관·유인(遺人)』에서 "50리마다 시장(市)을 설치하고, 시장에는 객관(館)을 만들며, 객관에는 물품을 쌓아 놓아(積), 조회하거나 초빙한 손님을 대접한다.(五十里有市, 市有館, 館有積, 以待朝聘之客.)"라고 했다.

구(久) 『周禮』曰: "久諸牆以觀其橈."

『주례·고공기·여인(廬人)』에서 "창의 손잡이를 두 기둥 사이에 걸어두고 휘었는지를 살핀다.(久諸牆以觀其橈.)"라고 했다.

란(欒) 『禮』: 天子樹松, 諸侯柏, 大夫欒, 士楊.

『주례·총인(冢人)』에서 "천자는 소나무를 심고, 제후는 측백나무를 심으며, 대부는 난목을 심고, 선비는 버드나무를 심는다.(天子樹松, 諸侯柏, 大夫欒, 士楊.)"라고 했다.

호(柧) 『周禮』曰: "設梐柧再重."

『주례·천관·장사(掌舍)』에서 "행마를 두 겹으로 설치한다.(設梐柧再重.)"라고 했다.

유(禗) 『周禮』: "以禷燎祠司中, 司命."

『주례·춘관·대종백(大宗伯)』에서 "초(禷)와 료(燎) 제사로써 사중(司中)과 사명(司命) 신에게 제사를 드린다.(以禷燎祠司中, 司命.)"라고 했다.

소(郜) 『周禮』曰:"任郜地."
『주례·지관·재사(載師)』에서 "경기 지역을 맡아 관리했다.(任郜
地.)"라고 했다.

조(旐) 『周禮』曰:"縣鄙建旐."
『주례·춘관·사상(司常)』에서 "현(縣)과 비(鄙)에는 네 개의 장식
리본이 달린 거북과 뱀이 그려진 기(旐)를 세운다.(縣鄙建旐.)"라
고 하였다.

기(旗) 『周禮』曰:"率都建旗."
『주례·고공기·주인(舟人)』에서 "장수(率)와 도(都)의 책임자는
다섯 개의 장식 리본이 달린 곰을 그린 기(旗)를 세운다.(率都建
旗.)"라고 하였다.

여(旟) 『周禮』曰:"州里建旟."
『주례·춘관·사상(司常)』에서 "주(州)와 리(里)에서는 새의 가죽
을 넣고 거기에다 새를 그려 넣은 깃발(旟)을 세운다.(州里建旟.)"
라고 하였다.

전(旃) 『周禮』曰:"通帛爲旃."
『주례·춘관·사상(司常)』에서 "통으로 된 (붉은) 비단(通帛)으로
전(旃)을 만든다.(通帛爲旃.)"라고 했다.

맹(盟) 『周禮』曰:"國有疑則盟."
『주례(周禮)·추관·사맹(司盟)』에서 말했다. [부정기적인 회맹은]
"나라 간에 의심 가는 바가 있으면 회맹을 개최한다.(國有疑則
盟.)"

멱(鼏) 『周禮』:"廟門容大鼏七箇."
『주례·고공기·장인(匠人)』에서 "묘문(廟門)은 커다란 소댕 솥 7
개를 수용할 수 있다(容大鼏七箇.)"라고 했다.

진(稹) 『周禮』曰:"稹理而堅."
『주례·고공기·윤인(輪人)』에서 "조밀한 무늬와 견고한 재질(稹理
而堅.)"이라고 했다.

도(稌)   『周禮』曰：“牛宜稌.”
　　　『주례·천관·식의(食醫)』에서 “소고기를 먹을 때에는 찰벼가 적합하다.(牛宜稌.)”라고 했다.

타(秅)   『周禮』曰：“二百四十斤爲秉. 四秉曰筥, 十筥曰稯, 十稯曰秅, 四百秉爲一秅.”
　　　『주례·의례·빙례(聘禮)』에서 “240근(斤)이 1병(秉)이고, 4병(秉)이 1거(筥)이며, 10거(筥)가 1종(稯)이며, 10종(稯)이 1타(秅)인데, 400병(秉)이 1타(秅)이다.(二百四十斤爲秉. 四秉曰筥, 十筥曰稯, 十稯曰秅, 四百秉爲一秅.)”라고 했다.

취(竁)   『周禮』曰：“大喪, 甫竁.”
　　　『주례·춘관·총인(冢人)』에서 “대상이 임박하면 땅을 파서 무덤을 만들기 시작한다(大喪, 甫竁.)”라고 했다.

폄(窆)   『周禮』曰：“及窆執斧.”
　　　『주례·춘관·총인(冢人)』에서 “관을 땅속으로 내릴 때에는 도끼를 들고 옆에 선다.(及窆執斧.)”라고 했다.

몽(䡪)   『周禮』：“以日月星辰占六䡪之吉凶： 一曰正䡪, 二曰㖃䡪, 三曰思䡪, 四曰悟䡪, 五曰喜䡪, 六曰懼䡪.”
　　　『주례·춘관·점몽(占夢)』에서 “일월성신의 변화에 근거해 여섯 가지 꿈의 길흉을 점친다고 했는데, 첫 번째가 정몽(正䡪)이요, 두 번째가 악몽(㖃䡪)이요, 세 번째가 사몽(思䡪)이요, 네 번째가 오몽(悟䡪)이요, 다섯 번째가 희몽(喜䡪)이요, 여섯 번째가 구몽(懼䡪)이다.(以日月星辰占六䡪之吉凶： 一曰正䡪, 二曰㖃䡪, 三曰思䡪, 四曰悟䡪, 五曰喜䡪, 六曰懼䡪.)”라고 했다.

소(痟)   『周禮』曰：“春時有痟首疾.”
　　　『주례·천관·질의(疾醫)』에서 “봄이 되면 소(痟)라는 두통이 생긴다.(春時有痟首疾.)”라고 했다.

파(罷)   『周禮』曰：“議能之辟.”
　　　『주례·추관·소사구(小司寇)』에서 “능력 있는 자의 형벌에 대해 논의하였다.(議能之辟.)”라고 하였다.

멱(幎) 『周禮』有"幎人".
　　　　『주례·천관』에 "면인(幎人)"이라는 관직이 있다.

석(席) 『禮』: 天子, 諸侯席, 有黼繡純飾.
　　　　『주례·춘관·사궤연(司几筵)』에서 "천자(天子)와 제후(諸侯)의 자
　　　　리(席)는 흑백으로 된 도끼 무늬 장식을 한 것을 사용한다(有黼
　　　　繡純飾.)"라고 했다.

멱(幦) 『周禮』曰: "駹車大幦."
　　　　『주례·춘관·건거(巾車)』에서 "여러 색이 섞인 수레와 칠을 한 큰
　　　　베(駹車大幦.)"라고 했다.

괴(傀) 『周禮』曰: "大傀異."
　　　　『주례·춘관·대사악(大司樂)』에서 "크고 기괴한 이상한 일이 일
　　　　어났다.(大傀異.)"라고 했다.

탄(僤) 『周禮』曰: "句兵欲無僤."
　　　　『주례·고공기·노인(盧人)』에서 "갈퀴 같은 무기를 사용하는 병
　　　　사는 빠를 필요가 없다.(句兵欲無僤.)"라고 했다.

위(褘) 『周禮』曰: "王后之服褘衣."
　　　　『주례·천관·내사복(内司服)』에서 "황후께서 입는 위의(王后之服褘
　　　　衣.)"라고 했다.

간(顅) 『周禮』: "數目顅脰."
　　　　『주례·고공기·재인(宰人)』에서 "작은 눈과 기다란 목(數目顅脰.)"
　　　　이라고 했다.

발(魃) 『周禮』有赤魃氏, 除牆屋之物也.
　　　　『주례』에 적발시(赤魃氏)가 있는데, 담이나 집 안의 귀신을 없애
　　　　는 일을 한다.(除牆屋之物).

아(庌) 『周禮』曰: "夏庌馬."
　　　　『주례·하관·어사(圉師)』에서 "여름에는 당 아래의 곁채에서 말
　　　　을 키운다.(夏庌馬.)"라고 하였다.

구(廐) 『周禮』曰: "馬有二百十四匹爲廐, 廐有僕夫."
『주례』에서 "말 240필(馬有二百十四匹)이 마구간 하나(廐)에 들어가고, 마구간 하나(廐)마다 노비 1인(僕夫)이 배치된다.(馬有二百十四匹爲廐, 廐有僕夫.)"라고 하였다.

유(庮) 『周禮』曰: "牛夜鳴則庮."
『주례·천관·내옹(內饔)』에서 "밤에 우는 소의 고기 맛은 썩은 나무 같다.(牛夜鳴則庮.)"라고 했다.

광(磺) 『周禮』有卝人.
『주례』에 '광인(卝人)'이 있다.

척(哳) 『周禮』有哳蔟氏.
『주례·추관』에 척족씨(哳蔟氏)라는 관직이 있다.

이(而) 『周禮』曰: "作其鱗之而."
『주례·고공기·재인(宰人)』에서 "그것의 비늘과 뺨의 털을 일어나게 만든다.(作其鱗之而.)"라고 했다.

훤(狟) 『周禮』曰: "尚狟狟."
『주례』에서 "위엄 있게 당당한 것을 숭상한다.(尚狟狟.)"라고 했다.

준(焌) 『周禮』曰: "遂籥其焌."
『주례·춘관·수씨(菙氏)』에서 "그리하여 이미 불사른 점대를 입으로 분다.(遂籥其焌.)"라고 하였다.

초(燋) 『周禮』曰: "以明火爇燋也."
『주례·춘관·수씨(菙氏)』에서 "햇빛을 집적하여 만든 불씨로 횃불에 불을 붙인다.(以明火爇燋.)"라고 했다.

렴(燫) 『周禮』曰: "燫牙, 外不燫."
『주례·고공기·윤인(輪人)』에서 "수레바퀴를 불로 구어 부드럽게 하여야 바깥 테가 끊기거나 벌어지지 않는다.(燫牙, 外不燫.)"라고 했다.

관(爟) 『周禮』曰: "司爟, 掌行火之政令."
『주례·하관·사관(司爟)』에서 "사관(司爟)은 불의 사용에 관한 법령을 관장하는 관직이다.(掌行火之政令.)"라고 했다.

고(皐) 『周禮』曰: "詔來鼓皐舞."
『주례·춘관·악사(樂師)』에서 "사람들에게 알려서 북을 치게 하고, 춤추는 사람들을 들어오게 하라.(詔來鼓皐舞.)"라고 했다.

륵(泐) 『周禮』曰: "石有時而泐."
『주례·고공기·총서(總序)』에서 "돌도 때때로 그 무늬결 때문에 갈라지기도 한다.(石有時而泐.)"라고 했다.

세(涚) 『周禮』曰: "以涚漚其絲."
『주례·고공기·황씨(㡆氏)』에서 "미지근한 물로 비단실을 담근다.(以涚漚其絲.)"라고 했다.

견(く) 『周禮』: "匠人爲溝洫, 相廣五寸, 二相爲耦; 一耦之伐, 廣尺, 深尺, 謂之く."
『주례·고공기·장인(匠人)』에서 "장인은 논밭 사이의 도랑을 만든다(匠人爲溝洫). 1사(相)의 너비(廣)가 5치(寸)인데, 2사(相)를 우(耦)라고 한다. 1우(耦)의 너비로 땅을 파는데(伐), 너비가 1자(尺), 깊이가 1자(尺)되는 것을 견(く)이라 한다.(匠人爲溝洫, 相廣五寸, 二相爲耦; 一耦之伐, 廣尺, 深尺, 謂之く.)"라고 했다.

유(鮪) 『周禮』: "春獻王鮪."
『주례·천관·어인(𩵋人)』에서 "봄에는 왕에게 다랑어를 바친다.(春獻王鮪.)"라고 했다.

긍(䱍) 鮪也. 『周禮』謂之䱍.
'다랑어(鮪)'를 말한다. 『주례』에서는 이를 긍(䱍)이라 했다.

소(鱢) 『周禮』曰: "膳膏鱢."
『주례·천관·포인(庖人)』에서 "기름지고 비린내 나는 생선을 요리한다.(膳膏鱢.)"라고 하였다.

려(閭) 『周禮』: "五家爲比, 五比爲閭."
『주례·지관·대사도(大司徒)』에서 "5가(家)가 하나의 비(比)가 되고, 5비(比)가 하나의 려(閭)가 된다.(五家爲比, 五比爲閭.)"라고 했다.

삭(𣝙) 『周禮』曰: "輻欲其𣝙."
『주례·고공기·윤인(輪人)』에서 "수레의 바퀴살은 사람 팔처럼 날씬해야 한다.(輻欲其𣝙.)"라고 했다.

유(擩) 『周禮』: "六曰擩祭."
『주례·춘관·대축(大祝)』에서 "[아홉 가지 제례 중] 여섯 번째를 유제라고 한다.(六曰擩祭.)"라고 했다.

착(籍) 『周禮』曰: "籍魚鼈."
『주례·천관·별인(鼈人)』에서 "작살로 물고기와 자라를 잡는다.(籍魚鼈.)"라고 했다.

공(桻) 『周禮』: "上辠, 梏桻而桎."
『주례·추관·장수(掌囚)』에서 "중죄는 손에다 수갑을 채우고 발에는 족쇄를 채운다.(上辠, 梏桻而桎.)"라고 했다.

노(奴) 『周禮』曰: "其奴, 男子入于辠隸, 女子入于舂薨."
『주례·추관·사려(司厲)』에서 "그러한 노비들의 경우, 남자는 형벌이나 노비를 관리하는 사람에게 보내고, 여자는 곡식을 찧거나 수확하는 일을 관리하는 사람에게 보낸다.(其奴, 男子入于辠隸, 女子入于舂薨.)"라고 했다.

규(戣) 『周禮』: 侍臣執戣, 立于東垂.
『주례』에서 "근위병들이 양지창을 들고 동당(東堂)의 곁으로 서 있다.(侍臣執戣, 立于東垂.)"라고 했다.

극(戟) 『周禮』: "戟, 長丈六尺."
『주례·고공기』에서 "극(戟)은 길이가 1팔 6자이다.(長丈六尺.)"라고 했다.

단(匰)　『周禮』曰: "祭祀共匰主."
　　　　『주례·춘관·사무(司巫)』에서 "제사 때에는 신주를 모셔놓은 주
　　　　독을 가져온다.(祭祀共匰主.)"라고 하였다.

방(瓬)　周家搏埴之工也.
　　　　'『주례』에서 말한 점토를 이기는 장인(周家搏埴之工)'을 말한다.

궁(弓)　『周禮』六弓: 王弓, 弧弓以射甲革甚質; 夾弓, 庾弓以射干矦鳥獸;
　　　　唐弓, 大弓以授學射者.
　　　　『주례·하관·사궁시(司弓矢)』에 보면 여섯 가지 활이 있는데, 왕
　　　　궁(王弓)과 호궁(弧弓)은 갑옷이나 가죽으로 된 단단한 재질을
　　　　쏘는데 사용하고, 협궁(夾弓)과 유궁(庾弓)은 들개나 철새나 짐
　　　　승을 쏘는 데 쓰고, 당궁(唐弓)과 대궁(大弓)은 활쏘기를 연습하
　　　　는데 사용한다.(六弓: 王弓, 弧弓以射甲革甚質; 夾弓, 庾弓以射干矦鳥獸; 唐
　　　　弓, 大弓以授學射者.)

노(弩)　『周禮』四弩: 夾弩, 庾弩, 唐弩, 大弩.
　　　　『주례·하관·사궁시(司弓矢)』에 의하면 협노(夾弩), 유노(庾弩), 당
　　　　노(唐弩), 대노(大弩)의 네 가지가 있다.(四弩: 夾弩, 庾弩, 唐弩, 大弩.)

운(緷)　『周禮』曰: "緷寸."
　　　　『주례·고공기·재인(梓人)』에서 "벼리를 아래위로 내리고 올리는
　　　　끈은 길이를 1치로 한다.(緷寸.)"라고 하였다.

이(彝)　『周禮』: "六彝: 雞彝, 鳥彝, 黃彝, 虎彝, 蟲彝, 斝彝. 以待祼將之禮."
　　　　『주례·춘관·소종백(小宗伯)』에서 "여섯 가지 이(六彝)가 있는데,
　　　　계이(雞彝), 조이(鳥彝), 황이(黃彝), 호이(虎彝), 충이(蟲彝), 가이(斝
　　　　彝)가 그것이다. 술을 땅에 뿌리는 관(祼)제사를 드릴 때 쓰는
　　　　예기이다.(六彝: 雞彝、鳥彝、黃彝、虎彝、蟲彝、斝彝. 以待祼將之禮.)"라고
　　　　했다.

지(蚳)　『周禮』有蚳醢.
　　　　『주례·천관·해인(醢人)』에 '지해(蚳醢) 즉 개미 알로 만든 젓갈'
　　　　이 나온다.

랍(蠟) 『周禮』: "蠟氏掌除骴."

『주례·추관·사씨(蠟氏)』에서 "사씨(蠟氏)는 남은 뼈를 치우는 일을 관장한다.(蠟氏掌除骴.)"라고 했다.

조(祧) 『周禮』曰: "祧五帝於四郊."

『주례·춘관·소종백(小宗伯)』에서 "동서남북 네 교외에서 제단을 만들어 오제께 제사 드린다.(祧五帝於四郊.)"라고 하였다.

렬(鋝) 『周禮』曰: "重三鋝."

『주례·고공기·야씨(冶氏)』에서 "무게가 3렬(重三鋝)"이라 했다.

뇨(鐃) 軍法: 卒長執鐃.

군법(軍法)(즉 『주례·하과·대사마』)에서 "졸장이 작은 징을 든다.(卒長執鐃.)"라고 했다.

탁(鐸) 軍法: 五人爲伍, 五伍爲兩, 兩司馬執鐸.

군법(軍法)(즉 『주례·하과·대사마』)에서 "다섯 명(人)이 1오(伍)가 되며, 5오(伍)가 1량(兩)이 되는데, 양(兩: 25명)을 관리하는 사마(司馬)가 큰 요령(鐸)을 든다."라고 했다.

궤(几) 『周禮』五几: 玉几, 雕几, 彤几, 髤几, 素几.

『주례』에서 안석(几)에는 다섯 가지가 있다고 했는데, 옥을 붙인 옥궤(玉几), 무늬조각을 한 조궤(雕几), 색칠을 한 동궤(彤几), 옻칠을 한 휴궤(髤几), 조각이나 칠을 하지 않은 소궤(素几)가 그것이다.

유(斛) 『周禮』曰: "桼三斛."

『주례·고공기·궁인(弓人)』에서 "옻 3유(桼三斛)"라고 했다.

범(軓) 『周禮』曰: "立當前軓."

『주례·추관·대행인(大行人)』에서 "수레 가로 앞턱 나무에 올라섰다.(立當前軓.)"라고 했다.

대(轛) 『周禮』曰: "參分軹圍, 去一以爲轛圍."
『주례·고공기·여인(輿人)』에서 "지위(軹圍)를 셋으로 나누고 그중 하나를 없애 대위(轛圍)를 만든다.(參分軹圍, 去一以爲轛圍.)"라고 하였다.

춘(軘) 『周禮』曰: "孤乘夏軘."
『주례·춘관·건거(巾車)』에서 "경대부가 홀로 수레를 탈 때에는 바퀴통을 붉은색으로 묶은 수레를 탄다.(孤乘夏軘)"라고 했다.

복(轐) 『周禮』曰: "加軫與轐焉."
『주례·고공기·총서(總序)』에서 "수레 뒤턱 가로나무와 복토를 더한다.(加軫與轐焉.)"라고 하였다.

곤(輥) 『周禮』曰: "望其轂, 欲其輥."
『주례·고공기·윤인(輪人)』에서 "바퀴통을 바라다보면서, 바퀴통이 둥글고 균형을 이루길 바란다.(望其轂, 欲其輥.)"라고 했다.

격(轚) 『周禮』曰: "舟輿擊互者."
『주례·추관·야려씨(野廬氏)』에서 "전함과 전차가 서로 격돌하는 곳(舟輿擊互者.)"이라고 했다.

의(醫) 『周禮』有醫酒.
『주례·천관·주정(酒正)』에 약으로 쓰는 술(醫酒)이 나온다.

준(尊) 『周禮』六尊: 犧尊, 象尊, 著尊, 壺尊, 太尊, 山尊, 以待祭祀賓客之禮.
『주례』에 여섯 가지 준(尊)이 있다고 했는데, 희준(犧尊), 상준(象尊), 저준(著尊), 호준(壺尊), 태준(太尊), 산준(山尊) 등이 그것이며, 제사나 빈객을 모시는 연회에 사용했다.

5. 『의례儀禮』

려(珕) 『禮』: "佩刀, 士珕琫而珧珌."
『예』에 의하면, "장식용으로 차는 칼의 경우, 선비는 조개껍데
기로 칼집의 윗부분을 장식한다.(士珕琫而珧珌.)"라고 했다.

요(珧) 『禮』云: "佩刀, 天子玉琫而珧珌."
『예』에 의하면, "장식용으로 차는 칼의 경우, 천자는 옥으로 칼
집의 윗부분을 장식한다.(佩刀, 天子玉琫而珧珌.)"라고 한다.

탕(璗) 『禮』: "佩刀, 諸矦璗琫而璗珌."
『예』에 의하면, "장식용으로 차는 칼의 경우, 제후는 청동(璗)으
로 칼집의 윗부분을 장식한다.(佩刀, 諸矦璗琫而璗珌.)"라고 한다.

조(藉) 『禮』曰: "封諸侯以土, 藉以白茅."
『예』에 의하면, "제후에게 다섯 가지의 흙을 내릴 때에 흰 띠로
만든 거적으로 싸서 하사한다.(封諸侯以土, 藉以白茅.)"라고 했다.

쇄(帨) 『禮』: "布帨巾."
『예』에 '쇄건(帨巾: 허리에 차는 수건)'이라는 말이 있다.

치(觶) 『禮』曰: "一人洗, 舉觶."
『예·향사례(鄉射禮)』에서 "[주인집의] 한 사람이 잔을 씻어 이를
손님을 향해 들어올린다.(一人洗, 舉觶.)"라고 했다.

전(奠) 『禮』有奠祭者.
『예』에서 '전제(奠祭: 제사를 드리다)'라는 말이 보인다.

사(柶) 『禮』有柶. 柶, 匕也.
『예』에 사(柶)가 등장하는데, 사(柶)는 숟가락(匕)을 말한다.

절(晣) 『禮』曰: "晣明行事."
『예·사관례(士冠禮)』에서 "날이 밝고 나서 관례를 행한다.(晣明行
事.)"라고 했다.

항(舫)　『禮』: 天子造舟, 諸侯維舟, 大夫方舟, 士特舟.
　　　『예』에 의하면, '[강을 건널 때] 천자는 물 끝까지 배를 연결
　　　하고(造舟), 제후는 네 척의 배를 연결하며(維舟), 대부는 두 척
　　　의 배를 연결하며(方舟), 선비는 단독으로 된 배(特舟)를 사용한
　　　다.(天子造舟, 諸侯維舟, 大夫方舟, 士特舟.)'라고 했다.

좌(髽)　『禮』: 女子髽衰, 弔則不髽. 魯臧武仲與齊戰于狐鮐, 魯人迎喪者,
　　　始髽.
　　　『예·상복경(喪服經)』에 의하면, 여자가 상을 당했을 때 머리를
　　　묶고 상복을 입지만, 조상을 할 때에는 머리는 묶지는 않는다.
　　　노나라 장무중이 제나라와 오태에서 전쟁을 칠 때, 노나라 사
　　　람이 상을 당한 자가 있었는데, 그 때부터 머리를 묶어 상을 당
　　　했음을 표시하는 의식이 생겼다.(女子髽衰, 弔則不髽. 魯臧武仲與齊戰
　　　于狐鮐, 魯人迎喪者, 始髽.)

려(麗)　『禮』: 麗皮納聘.
　　　『예·사혼례(士婚禮)』에서 "두 장의 가죽을 납빙 때에 쓴다.(麗皮納
　　　聘.)"라고 했다.

고(皐)　『禮』: 祝曰皐, 登謌曰奏.
　　　『예』에서 '축문을 읽는 사람이 소리를 늘어트려 혼백을 불러들
　　　이는 것(祝)을 고(皐)라 하고, 당에 올라가서 노래를 바치는 것
　　　(登謌)을 주(奏)라고 한다.'

혼(婚)　『禮』: 娶婦以昏時, 婦人陰也, 故曰婚.
　　　『예·사혼례(士婚禮)』에서 "아내를 맞아들이는 결혼은 해가 저물
　　　었을 때 거행하는데, 여성이 음에 해당하기 때문이다. 그래서
　　　[결혼을] 혼(昏)이 들어간 혼(婚)이라 부른다."라고 했다.

진(縉)　『禮』有"縉緣".
　　　『예』에 "진연(縉緣)"이라는 말이 나온다.

지(墀)　『禮』: "天子赤墀."
　　　『예』에 의하면 "천자의 궁전은 바닥을 붉게 칠한다.(天子赤墀.)"
　　　라고 했다.

붕(堋)　『禮』謂之封.
　　　　『예』에서는 이를 봉(封)이라 했다.

현(鉉)　『禮』謂之冪.
　　　　『예』에서는 멱(冪)이라 썼다.

추(酋)　『禮』有"大酋", 掌酒官也.
　　　　『예』에 "대추(大酋)"가 있는데, 술을 관장하는 관리를 말한다.

6.『예기』禮記

치(薙)　『明堂月令』曰: "季夏燒薙."
　　　　『예기·명당(明堂)·월령(月令)』에서 "여름 마지막 달인 6월에는 풀을 베고 태워버린다.(季夏燒薙.)"라고 했다.

자(骴)　『明堂月令』曰: "掩骼薶骴."
　　　　『예기·명당(明堂)·월령(月令)』에서 "들짐승이나 날짐승이 먹다 남긴 뼈를 숨기고 묻어 준다.(掩骼薶骴.)"라고 했다.

기(幾)　『明堂月令』: "數將幾終."
　　　　『예기·명당(明堂)·월령(月令)』에서 "[365라는 숫자는] 거의 끝에 가까운 숫자이다.(數將幾終.)[일 년이 거의 끝나려 하네]"라고 했다.

방(舫)　『明堂月令』曰"舫人".
　　　　『예기·명당(明堂)·월령(月令)』에서 "방인(舫人)"이라고 불렀다.

중(霙)　『明堂月令』曰: "霙雨."
　　　　『예기·명당(明堂)·월령(月令)』에서 "가랑비가 내리다.(霙雨.)"라고 했다.

유(乳) 『明堂月令』: "玄鳥至之日, 祠于高禖, 以請子."
　　　　『예기·명당(明堂)·월령(月令)』에서 "제비가 돌아오는 날, 고매신에게 제사를 드려, 아들을 낳게 해달라고 빈다(玄鳥至之日, 祠于高禖, 以請子)."라고 했다.

견(蠲) 『明堂月令』曰: "腐艸爲蠲."
　　　　『예기·명당(明堂)·월령(月令)』에서 "썩은 풀 더미에서 마견이 생겨난다.(腐艸爲蠲.)"라고 했다.

홍(虹) 『明堂月令』曰: "虹始見."
　　　　『예기·명당(明堂)·월령(月令)』에서 "무지개가 처음 나타났다.(虹始見.)"라고 했다.

주(酎) 『明堂月令』曰: "孟秋, 天子飮酎."
　　　　『예기·명당(明堂)·월령(月令)』에서 "초가을이 되면 천자는 세 번 거른 진한 술을 마신다.(孟秋, 天子飮酎.)"라고 했다.

7. 『춘추전 春秋傳』

신(祳) 『春秋傳』曰: "石尚來歸祳."
　　　　『춘추전』(정공 14년, B.C. 496의 경문)에서 "[천자께서 사자인] 석상(石尚)을 통해 토지 신에게 제사드릴 때 썼던 고기(祳)를 보내오셨다.(石尚來歸祳.)"라고 했다.

사(社) 『春秋傳』曰: "共工之子句龍爲社神."
　　　　『춘추전』(『좌전』 소공 29년, B.C. 513)에서 "공공(共工)의 아들인 구룡(句龍)이 땅을 관장하는 신이 되었다.(共工之子句龍爲社神.)"라고 했다.

침(祲) 『春秋傳』曰: "見赤黑之祲."
　　　　『춘추전』(『좌전』 소공 15년, B.C. 527)에서 "붉고 검은 요상한 기운을 보았다.(見赤黑之祲.)"라고 했다.

관(瓘) 『春秋傳』曰: "瓘斝."
『춘추전』(『좌전』소공 17년, B.C. 525)에서 "관(瓘)이라는 옥으로
만든 술잔(斝)"이라는 말이 있다.

선(璿) 『春秋傳』曰: "璿弁玉纓."
『춘추전』(『좌전』희공 28년, B.C. 632)에서 "유(璿)라는 옥으로 장
식한 고깔(弁)과 옥으로 장식한 갓끈(纓)"이라고 했다.

호(琥) 『春秋傳』曰: "賜子家雙琥."
『춘추전』(『좌전』소공 32년, B.C. 510)에서 [소공께서] 자가(子家)
에게 쌍으로 된 호랑이 모양의 옥(琥)을 하사하셨다.(賜子家雙
琥.)"라고 했다.

온(薀) 『春秋傳』曰: "薀利生孽."
『춘추전』(『좌전』소공 10년, B.C. 532)에서 "이익만 쌓게 되면 재
앙이 생기는 법이다.(薀利生孽.)"라고 했다.

폐(茷) 『春秋傳』曰: "晉欒茷."
『춘추전』(『좌전』성공 10년, B.C. 581)에서 "진(晉)나라의 대부 적
발(欒茷)"이라고 했다.

량(駺) 『春秋傳』曰: "駹駺."
『춘추전』(『좌전』민공 2년, B.C. 660)에 '방량(駹駺: 얼룩소)'이라는
말이 있다.

경(牼) 『春秋傳』曰: "宋司馬牼字牛."
『춘추전』(『좌전』애공 14년, B.C. 481)에서 "송(宋)나라 사마경(司馬
牼)은 자(字)가 우(牛)이다.(宋司馬牼字牛.)"라고 했다.

홰(噧) 『春秋傳』曰: "噧言."
『춘추전』(『좌전』애공 24년, B.C. 471)에서 "황당한 말이구나.(噧
言.)"라고 했다.

학(嗀) 『春秋傳』曰: "君將嗀之."
『춘추전』(『좌전』애공 25년, B.C. 470)에서 "그대는 이것 때문에
토해낼 것이오.(君將嗀之.)"라고 했다.

주(嗾)　『春秋傳』曰: “公嗾夫獒.”
『춘추전』(『좌전』 선공 2년, B.C. 607)에서 “진(晉)나라 영공(靈公)이 큰 개를 풀어 [시미명(提彌明)을] 물라고 했다. [이에 시미명이 맨손으로 개를 단숨에 때려 죽였다.](公嗾夫獒.)”라고 했다.

력(趰)　讀若『春秋傳』曰“輔趰”.
『춘추전』(『좌전』 양공 24년, B.C. 549)에서 말한 ‘보력(輔趰)’의 력(趰)과 같이 읽는다.

유(灘)　『春秋傳』曰: “盟于灘.”
『춘추전』(『좌전』 환공 17년, B.C. 695)에서 “유(灘) 땅에서 맹약을 맺었다.(盟于灘.)”라고 했다.

발(癹)　『春秋傳』曰: “癹夷蘊崇之.”
『춘추전』(『좌전』 은공 6년, B.C. 717)에서 “풀을 발로 짓밟아 죽여 이를 쌓아두듯이 [그 뿌리를 절멸시켜 다시는 번식할 수 없게 만들어야 합니다](癹夷蘊崇之.)”라고 했다.

핍(乏)　『春秋傳』曰: “反正爲乏.”
『춘추전』(『좌전』 선공 15년, B.C. 594)에서 “정(正)자를 [좌우] 반대로 뒤집으면 핍(乏)자가 된다.(反正爲乏.)”라고 했다.

위(疐)　『春秋傳』曰: “犯五不疐.”
『춘추전』(『좌전』 은공 11년, B.C. 712)에서 “다섯 가지 옳지 못한 일을 범했다.(犯五不疐.)”라고 했다.

광(迂)　『春秋傳』曰: “子無我迂.”
『춘추전』(『좌전』 소공 21년, B.C. 521)에서 “그대는 나에게 겁주지 마세요.(子無我迂.)”라고 했다.

령(逞)　『春秋傳』曰: “何所不逞欲.”
『춘추전』(『좌전』 소공 14년, B.C. 528)에서 “어느 곳인들 욕망으로 곧장 나아가게 하지 않겠습니까?(何所不逞欲.)”라고 했다.

미(微)　　『春秋傳』曰:"白公其徒微之."

『춘추전』(『좌전』 애공 16년, B.C. 479)에서 "[백공이 산으로 달아나 목을 매고 죽자] 백공을 따르는 무리들이 그의 시신을 산에다 몰래 감추어놓았다.(白公其徒微之.)"라고 했다.

충(衝)　　『春秋傳』曰:"及衝, 以戈擊之."

『춘추전』(『좌전』 소공 원년, B.C. 541)에서 "교차로에 이르자 [자남이] 창으로 맹렬하게 그[즉 자석]를 공격했다.(及衝, 以戈擊之.)"라고 했다.

책(齰)　　『春秋傳』曰:"晳齰."

『춘추전』(『좌전』 정공 9년, B.C. 501)에서 "피부색이 하얗고 이빨도 가지런했다.(晳齰)"라고 했다.

차(鑢)　　『春秋傳』曰:"鄭有子鑢."

『춘추전』(『좌전』 소공 16년, B.C. 526)에서 "정(鄭)나라의 신하 중에 자차(子鑢)라는 자가 있다."라고 했다.

북(踣)　　『春秋傳』曰:"晉人踣之."

『춘추전』(『좌전』 양공 14년, B.C. 559)에서 "진(晉)나라 사람들을 넘어뜨렸다.(晉人踣之.)"라고 했다.

엽(郖)　　『春秋傳』曰:"次于郖北."

『춘추전』(희공 원년, B.C. 659)에서 "엽(郖)의 북쪽 땅에 주둔했다.(次于郖北.)"라고 했다.

심(諗)　　『春秋傳』曰:"辛伯諗周桓公."

『춘추전』(『좌전』 민공 2년, B.C. 660)에서 "신백(辛伯)이 주(周) 환공(桓公)에게 심각하게 간언했다.(辛伯諗周桓公.)"라고 했다.

희(譆) 『春秋傳』曰: "譆譆出出."
　　　『춘추전』(『좌전』 양공 30년, B.C. 543)에서 "[천자가 그의 아우 영부(佞夫)를 죽였다. …… 이 때 송나라 태묘에서 울부짖는 소리가 났다.] '희희출출'하면서 울부짖었다. [새가 은나라의 사당 위에서 울었는데 그 소리도 마치 '희희'라고 하는 듯 했다.](譆譆出出.)"라고 했다.

규(訆) 『春秋傳』曰: "或訆于宋大廟."
　　　『춘추전』(『좌전』 양공 30년, B.C. 543)에서 "때때로 송나라의 태묘에서 귀신이 큰소리로 울부짖는다.(或訆于宋大廟.)"라고 했다.

독(讟) 『春秋傳』曰: "民無怨讟."
　　　『춘추전』(『좌전』 소공 8년, B.C. 534)에서 "백성들은 원망의 정서가 없다.(民無怨讟.)"라고 했다.

비(俾) 『春秋傳』曰: "晉人或以廣墜, 楚人俾之."
　　　『춘추전』(『좌전』 선공 12년, B.C. 597)에서 "진나라 군사들 중에는 구덩이에 빠진 군사도 있었는데, 초나라 사람들이 구해주었다.(晉人或以廣墜, 楚人俾之.)"라고 했다.

곤(睔) 『春秋傳』有鄭伯睔.
　　　『춘추전』(『좌전』 양공 2년, B.C. 571)에 정백곤(鄭伯睔)이라는 이름이 보인다.

판(販) 『春秋傳』曰: "鄭游販, 字子明."
　　　『춘추전』(『좌전』 양공 22년, B.C. 551)에서 "정(鄭)나라의 유판(游販)은 자(字)가 자명(子明)이다."라고 했다.

완(翫) 『春秋傳』曰: "翫歲而愒日."
　　　『춘추전』(『좌전』 소공 원년, B.C. 541)에서 "세월 흘러감이 일상적인 것이긴 하지만 날이 짧음을 한탄한다.(翫歲而愒日.)"라는 말이 있다.

견(鴡) 『春秋傳』:"秦有士鴡."
『춘추전』(『좌전』 양공 9년, B.C. 564)에서 "진(秦)나라에 사견(士鴡)이라는 사람이 있다."라고 했다.

금(雓) 『春秋傳』有公子苦雓.
『춘추전』(『좌전』 소공 21년, B.C. 521)에 "[오나라에] 공자고금(公子苦雓)이라는 장수가 있다."라고 했다.

역(鶂) 『春秋傳』曰:"六鶂退飛."
『춘추전』(『좌전』 희공 16년, B.C. 644)에서 "[16년 봄, 운석이 송나라의 하늘 위에서 다섯 개나 떨어졌다.…… 또] 아조 새 여섯 마리가 [송나라 도성 위를] 뒤로 하여 날아갔다.(六鶂退飛.)"라고 했다.

자(茲) 『春秋傳』曰:"何故使吾水茲？"
『춘추전』(『좌전』 애공 8년, B.C. 487)에서 "[너는] 어떤 연유로 나의 물을 검도록 만드는 것이냐?(何故使吾水茲?)"라는 말이 있다.

섬(殲) 『春秋傳』曰:"齊人殲于遂."
『춘추전』(『좌전』 장공 17년, B.C. 677)에서 "제나라 사람들이 수 땅에서 섬멸 당했다.(齊人殲于遂.)"라고 했다.

황(肓) 『春秋傳』曰:"病在肓之下."
『춘추전』(『좌전』 성공 10년, B.C. 581)에서 "맹장 아랫부분에 병이 생겼다.(病在肓之下.)"라고 했다.

주(籀) 『春秋傳』曰"卜籀"云.
『춘추전』(『좌전』 희공 4년, B.C. 656)에서 "점복관이 점괘를 읽었다.(卜籀.)"라고 했다.

물(曶) 『春秋傳』曰:"鄭太子曶."
『춘추전』(『좌전』 은공 3년, B.C. 720)에 "정(鄭)나라 태자(太子) 홀(曶)"이라는 말이 있다.

필(篳)　『春秋傳』曰: "篳門圭竇."
　　　『춘추전』(『좌전』 양공 10년, B.C. 563)에서 "[가시나무나 대나무로
　　　만든 사립문과 벽을 뚫어 만든 작은 문을 가진 집에 사는 사람
　　　같은] 미천한 출신의 인물(篳門圭竇)"이라고 했다.

어(籞)　『春秋傳』曰: "澤之目籞."
　　　『춘추전』(『좌전』 소공 20년, B.C. 522)에서 "새나 물고기를 키우는
　　　임금의 연못 정원(澤之目籞)이다."라고 했다.

비(嚭)　『春秋傳』: "吳有太宰嚭."
　　　『춘추전』(『좌전』 애공 원년, B.C. 494)에서 "오나라에는 태재 비가
　　　있다.(吳有太宰嚭.)"라고 하였다.

염(豓)　『春秋傳』曰: "美而豓."
　　　『춘추전』(『좌전』 환공 원년, B.C. 711)에서 "아름답고 풍만하도
　　　다.(美而豓.)"라고 하였다.

관(盥)　『春秋傳』曰: "奉匜沃盥."
　　　『춘추전』(『좌전』 희공 23년, B.C. 637)에서 "[진(秦)나라 희공의 부
　　　인이었던 회영(懷嬴)이 직접 진(晉)나라 공자 중이(重耳)에게] 세
　　　수용 물주전자를 들고 대야에 물을 부어주었다.(奉匜沃盥.)"라고
　　　했다.

황(衁)　『春秋傳』曰: "士刲羊, 亦無衁也."
　　　『춘추전』(『좌전』 희공 15년, B.C. 645)에 "힘센 장사가 양을 찔렀
　　　지만 피가 나지 않습니다.(士刲羊, 亦無衁也.)"라고 했다.

철(飻)　『春秋傳』曰: "謂之饕飻."
　　　『춘추전』(『좌전』 문공 18년, B.C. 609)에서 "이를 두고 도철이라
　　　합니다.(謂之饕飻.)"라고 했다.

진(亲)　『春秋傳』曰: "女摯不過亲栗."
『춘추전』(『좌전』 장공 24년, B.C. 670)에서 [남자들은 폐백 때 옥백(玉帛)이나 금조(禽鳥) 등을 갖고 가 알현하지만] 여인의 폐백은 개암과 밤[과 대추와 말린 고기] 등을 넘지 않습니다.(女摯不過亲栗.)"라고 했다.

가(櫃)　『春秋傳』曰: "樹六櫃於蒲圃."
『춘추전』(『좌전』 양공 4년, B.C. 569)에서 [당초 계손(季孫)은 자신의 관에 쓸 재목을 위해] 개오동나무 여섯 그루를 노나라 왕실 정원에다 심었다.(樹六櫃於蒲圃.)"라고 했다.

효(栶)　『春秋傳』曰: "歲在玄栶."
『춘추전』(『좌전』 양공 28년, B.C. 545)에서 "세성[목성]이 현효성의 위에 자리하였다.(歲在玄栶.)"라고 했다.

재(栽)　『春秋傳』曰: "楚圍蔡, 里而栽."
『춘추전』(『좌전』 애공 원년, B.C. 494)에서 "초나라가 채나라를 포위했는데, [초나라가 채나라 도읍에서] 1리 떨어진 곳에다 흙을 다져 성을 쌓았다.(楚圍蔡, 里而栽.)"라고 했다.

영(楹)　『春秋傳』曰: "丹桓宮楹."
『춘추전』(『좌전』 장공 23년, B.C. 671)에서 "환궁[즉 노 환공의 사당]의 기둥에다 단청을 하였다.(丹桓宮楹.)"라고 했다.

각(桷)　『春秋傳』曰: "刻桓宮之桷."
『춘추전』(『좌전』 장공 24년, B.C. 670)에서 "환공 사당의 각진 서까래에다 조각을 했다.(刻桓宮之桷.)"라고 했다.

취(檇)　『春秋傳』曰: "越敗吳於檇李."
『춘추전』(『좌전』 정공 14년, B.C. 496)에서 "월(越)나라가 오(吳)나라를 취리(檇李)에서 패퇴시켰다.(越敗吳於檇李.)"라고 했다.

사(槎)　『春秋傳』曰: "山不槎."
『춘추전』에서 "산에 들어가서 [나무를 비스듬하게 찍는] 도끼질을 못하게 하였다.(山不槎.)"라고 했다.

도(檮) 『春秋傳』曰: "檮杌."

　　『춘추전』(『좌전』 문공 16년, B.C. 611)에 "도올(檮杌)"이라는 말이
　　나온다.

편(楄) 『春秋傳』曰: "楄部薦榦."

　　『춘추전』(『좌전』 소공 25년, B.C. 517)에서 "각목으로 해골을 받쳤
　　다.(楄部薦榦.)"라고 했다.

츤(櫬) 『春秋傳』曰: "士輿櫬."

　　『춘추전』(『좌전』 희공 6년, B.C. 654)에서 [채(蔡)나라 목공(穆公)
　　이 허(許)나라 희공(僖公)을 데리고 초(楚)나라 성왕(成王)을 만나
　　러 갈 때, 희공은 두 손을 가슴 앞으로 묶고 입에 구슬을 물었
　　고, 그의 대부는 상복을 입었으며] 그의 대부들은 널을 짤 나무
　　를 등에 지고 갔다.(士輿櫬.)"라고 했다.

갈(楬) 『春秋傳』曰: "楬而書之."

　　『춘추전』에 "푯말을 만들어 세우고 글을 적었다.(楬而書之.)"라고
　　했다.

록(麓) 『春秋傳』曰: "沙麓崩."

　　『춘추전』(『좌전』 희공 14년, B.C. 646)에서 "사산의 산기슭(沙麓)이
　　무너져 내렸다.(崩)"라고 했다.

운(鄖) 讀若『春秋傳』曰"宋皇鄖".

　　『춘추전』(『좌전』 양공 9년, B.C. 564)에서 말한 "송(宋)나라의 황운
　　(皇鄖)"의 운(鄖)과 같이 읽는다.

군(郡) 『春秋傳』曰"上大夫受郡".

　　『춘추전』(『좌전』 애공 2년, B.C. 493)에서 [적을 무찌른 자 중] 상
　　대부에게는 군을 하사하겠다.(上大夫受郡.)"라고 했다.

욕(鄏) 『春秋傳』曰: "成王定鼎于郟鄏."

　　『춘추전』(『좌전』 선공 3년, B.C. 606)에서 "주나라 성왕이 정(鼎)을
　　겹욕(郟鄏)에다 안치했다.(成王定鼎于郟鄏.)"라고 했다.

명(郳) 『春秋傳』曰: "伐郳三門."
『춘추전』(『좌전』 희공 2년, B.C. 658)에서 "[기(冀)나라가 무도해 당신 나라의] 명읍(郳邑)의 세 성문을 공격하였소.(伐郳三門.)"라고 했다.

후(郈) 『春秋傳』曰: "爭郈田."
『춘추전』(『좌전』 성공 11년, B.C. 580)에서 "[진(晉)나라의 신하 극지(郤至)가 주 왕실과] 후(郈) 땅을 놓고 다투었다.(爭郈田.)"라고 했다.

필(邲) 『春秋傳』曰: "晉楚戰于邲."
『춘추전』(『좌전』 선공 12년, B.C. 597)에서 "진(晉)나라와 초(楚)나라가 필(邲) 땅에서 전쟁을 치렀다.(晉楚戰于邲.)"라고 했다.

수(鄋) 『春秋傳』曰: "鄋瞞侵齊."
『춘추전』(『좌전』 문공 11년, B.C. 616)에서 "수(鄋)나라의 만(瞞)이 제(齊)나라를 침범했다.(鄋瞞侵齊.)"라고 했다.

격(郹) 『春秋傳』曰: "郹陽封人之女奔之."
『춘추전』(『좌전』 소공 19년, B.C. 523)에서 "격양(郹陽)성 관문지기의 딸(封人之女)이 [초(楚)나라 공자에게로] 도망을 갔다.(郹陽封人之女奔之.)"라고 했다.

우(鄾) 『春秋傳』曰: "鄧南鄙鄾人攻之."
『춘추전』(『좌전』 환공 9년, B.C. 703)에서 "등(鄧) 나라 남쪽 변방의 우인(鄾人)들이 그들을 공격했다.(鄧南鄙鄾人攻之.)"라고 했다.

경(郠) 『春秋傳』曰: "取郠."
『춘추전』(『좌전』 소공 10년, B.C. 532)에서 "경 땅을 빼앗았다.(取郠.)"라고 했다.

우(鄅) 『春秋傳』曰: "鄅人籍稻."
『춘추전』(『좌전』 소공 18년, B.C. 524)에서 "우(鄅) 나라 사람이 적전에다 벼를 심었다.(鄅人籍稻.)"라고 했다.

시(邿)   『春秋傳』曰: "取邿."
『춘추전』(『좌전』 양공 13년, B.C. 560) "[노나라가] 시(邿) 땅을 빼앗았다.(取邿.)"라고 했다.

환(讙)   『春秋傳』曰: "齊人來歸讙."
『춘추전』(『좌전』 정공 10년, B.C. 500)에서 "제(齊)나라 사람들이 와서 환(讙) 땅을 되돌려 주었다.(齊人來歸讙.)"라고 했다.

의(鄯)   『春秋傳』曰: "徐鄯楚."
『춘추전』(『좌전』 소공 6년, B.C. 536)에 "서(徐)나라의 대부 의초(鄯楚)"라는 말이 보인다.

예(郳)   『春秋傳』曰: "齊高厚定郳田."
『춘추전』(『좌전』 양공 6년, B.C. 567)에서 "제(齊)나라의 신하 고후(高厚)가 예(郳) 땅을 획정했다.(齊高厚定郳田.)"라고 했다.

간(旰)   『春秋傳』曰: "日旰君勞."
『춘추전』(『좌전』 소공 12년, B.C. 530)에서 "날이 저물 때가 되니, 임금께서 피곤해 하셨다.(日旰君勞.)"라고 했다.

향(曏)   『春秋傳』曰: "曏役之三月."
『춘추전』(『좌전』 희공 28년, B.C. 632)에서 "성복의 전역이 있었던 얼마 전의 3월(曏役之三月)"이라고 했다.

닐(暱)   『春秋傳』曰: "私降暱燕."
『춘추전』(『좌전』 소공 25년, B.C. 548)에서 "개인적으로 가까운 자들과 즐기는 연회를 줄였다.(私降暱燕.)"라고 했다.

괴(襘)   『春秋傳』曰: "襘動而鼓."
『춘추전』(『좌전』 소공 5년, B.C. 537)에서 "회(襘)를 움직여 전진하도록 고무시킨다.(襘動而鼓.)"라고 했다.

유(有)   『春秋傳』曰: "日月有食之."
『춘추전』(『춘추경』 은공 13년)에서 "해와 달에 일식과 월식이 나타났다.(日月有食之.)"라고 했다.

표(穮) 『春秋傳』曰: "是穮是衮."
『춘추전』(『좌전』 소공 원년, B.C. 541)에서 "김도 매고 땅도 북돋워
야 한다(是穮是衮)"라고 했다.

간(稈) 『春秋傳』曰: "或投一秉稈."
『춘추전』(『좌전』 소공 27년, B.C. 515)에서 "어떤 사람이 짚 한 단
을 던졌다.(或投一秉稈.)"라고 했다.

년(秊) 『春秋傳』曰: "大有秊."
『춘추전』(『춘추경』 선공 16년)에서 "크게 풍년이 들었다.(大有秊.)"
라고 했다.

임(稔) 『春秋傳』曰: "鮮不五稔."
『춘추전』(『좌전』 소공 원년, B.C. 541)에서 "적을 때에는 5년도 모
자란다(鮮不五稔)"라고 했다.

닐(秜) 『春秋傳』曰: "不義不秜."
『춘추전』(『좌전』 은공 원년, B.C. 722)에서 "정의롭지 못하면 하나
로 뭉칠 수가 없다(不義不秜)"라고 했다.

향(香) 『春秋傳』曰: "黍稷馨香."
『춘추전』(『좌전』 희공 5년, B.C. 655)에서 "기장(黍)과 서직(稷)이
향기롭구나.(黍稷馨香.)"라고 했다.

기(氣) 『春秋傳』曰: "齊人來氣諸矦."
『춘추전』(『좌전』 환공 10년, B.C. 702)에서 "제나라 사람들이 제후
들에게 사료와 식량을 보내왔다.(齊人來氣諸矦.)"라고 했다.

흉(兇) 『春秋傳』曰: "曹人兇懼."
『춘추전』(『좌전』 희공 28년, B.C. 632)에서 "조나라 사람들이 두려
움에 떨었다.(曹人兇懼.)"라고 했다.

둔(窀) 『春秋傳』曰: "窀穸从先君於地下."
『춘추전』(『좌전』 양공 13년, B.C. 560)에서 "선군을 따라 땅속에다
묻었다.(窀穸从先君於地下.)"라고 했다.

점(疝) 『春秋傳』曰: "齊侯疥, 遂痁."
　　　『춘추전』(『좌전』 소공 20년, B.C. 522)에서 "제후가 옴에 걸렸다가 결국에는 학질을 앓았다.(齊侯疥, 遂痁.)"라고 했다.

휘(微) 『春秋傳』曰: "揚微者公徒."
　　　『춘추전』(『좌전』 소공 21년, B.C. 521)에서 "깃발을 휘날리는 자가 그대의 부하인가요?(揚微者公徒)"라고 했다.

렵(儠) 『春秋傳』曰: "長儠者相之."
　　　『춘추전』(『좌전』 소공 7년, B.C. 535)에서 "[위압감을 주려고] 풍채 좋은 사람으로 하여금 손님을 접대하게 했다.(長儠者相之.)"라고 했다.

경(儆) 『春秋傳』曰: "儆宮."
　　　『춘추전』(『좌전』 양공 9년, B.C. 564)에서 "궁에서 경계를 섰다.(儆宮.)"라는 말이 있다.

제(儕) 『春秋傳』曰: "吾儕小人."
　　　『춘추전』(『좌전』 선공 11년, B.C. 598)에서 "오제소인(吾儕小人: 우리 소인들)"이라고 했다.

전(佃) 『春秋傳』曰: "乘中佃.", 一轅車.
　　　『춘추전』(『좌전』 애공 17년, B.C. 478)에서 "중간 등급의 수레를 타다.(乘中佃)"라고 했는데, 끌채가 하나인 수레(一轅車)를 말한다.

부(俘) 『春秋傳』曰: "以爲俘馘."
　　　『춘추전』(『좌전』 성공 3년, B.C. 588)에서 "사로잡은 포로의 귀를 벴다.(以爲俘馘.)"라고 했다.

견(襺) 『春秋傳』曰: "盛夏重襺."
　　　『춘추전』(『좌전』 양공 21년, B.C. 552)에서 "한 여름에 새 솜을 두 겹으로 넣은 핫옷을 입었다.(盛夏重襺.)"라고 했다.

괴(襘) 『春秋傳』曰: "衣有襘."
『춘추전』(『좌전』 소공 11년, B.C. 531)에서 "[옷에는 깃이 교차되는 곳이 있듯] 긴 옷에는 띠를 매는 곳이 있다.(衣有襘.)"라고 했다.

거(祛) 『春秋傳』曰: "披斬其祛."
『춘추전』(『좌전』 희공 5년, B.C. 655)에서 "환관 피(披)가 자신의 옷소매를 잘라버렸다.(披斬其祛.)"라고 했다.

건(褰) 『春秋傳』曰: "徵褰與襦."
『춘추전』(『좌전』 소공 25년, B.C. 517)에서 "바지와 저고리를 구한다.(徵褰與襦.)"라고 했다.

치(袳) 『春秋傳』曰: "公會齊矦于袳."
『춘추전』(『좌전』 환공 15년, B.C. 697)에서 "공께서 제나라 임금을 치 땅에서 만나셨다.(公會齊矦于袳.)"라고 했다.

조(褿) 『春秋傳』曰: "有空褿."
『춘추전』에서 "공조라는 사람이 있었다.(有空褿.)"라고 했다.

충(衷) 『春秋傳』曰: "皆衷其袒服."
『춘추전』(『좌전』 선공 9년, B.C. 601)에서 "[진(陳)나라 영공과 공녕(孔寧)과 의행보(儀行父) 등이] 모두 [하희(夏姬)의] 속옷을 입었다.(皆衷其袒服.)"라고 했다.

수(襚) 『春秋傳』曰: "楚使公親襚."
『춘추전』(『좌전』 양공 29년, B.C. 546)에서 "초나라 사람들이 노나라 양공을 시켜 직접 초나라 왕에게 수의를 입히도록 했다.(楚使公親襚.)"라고 했다.

첨(覘) 『春秋傳』曰: "公使覘之, 信."
『춘추전』(『좌전』 성공 17년, B.C. 574)에서 "[진나라] 여공께서 사람을 보내 엿보게 했더니, 정말로 그러했다.(公使覘之, 信.)"라고 했다.

삽(歃) 『春秋傳』曰:"歃而忘."
『춘추전』(『좌전』 은공 7년, B.C. 716)에서 "맹서의 피를 나누어 마시고서는 그 정신을 잊어버렸다.(歃而忘.)"라고 했다.

금(錦) 『春秋傳』曰:"迎于門, 錦之而已."
『춘추전』(『좌전』 양공 26년, B.C. 547)에서 "문에서 영접을 하면서 머리를 숙여 끄덕였을 뿐이다.(迎于門, 錦之而已.)"라고 했다.

하(碬) 『春秋傳』曰:"鄭公孫碬字子石."
『춘추전』(『좌전』 양공 27년, B.C. 546)에서 "정(鄭)나라의 공손하(公孫碬)의 자(字)가 자석(子石)이다."라고 했다.

공(磒) 『春秋傳』曰:"闕磒之甲."
『춘추전』(『좌전』 소공 15년, B.C. 527)에서 "궐공(闕磒)에서 나는 갑옷(甲)"이라고 했다.

운(磒) 『春秋傳』曰:"磒石于宋五."
『춘추전』(『좌전』 희공 16년, B.C. 644)에서 "운석(磒石)이 송(宋)나라에 다섯 개 떨어졌다.(磒石于宋五.)"라고 했다.

희(虪) 『春秋傳』曰:"生敖及虪."
『춘추전』(『좌전』 양공 4년, B.C. 569)에서 "오(敖)와 희(虪) 두 아이를 낳았다.(生敖及虪.)"라고 했다.

문(駹) 『春秋傳』曰:"馮馬百駟."
『춘추전』(『좌전』 선공 2년, B.C. 607)에서 "문마 4백 필(馮馬百駟)"이라고 했다.

칩(縶) 『春秋傳』曰:"韓厥執縶前."
『춘추전』(『좌전』 성공 2년, B.C. 589)에서 "한궐(韓厥)이 말의 고삐를 잡고 가서 [제나라 경공(頃公)의] 앞에다 매어두었다.(韓厥執縶前.)"라고 했다.

오(獒) 『春秋傳』曰:"公嗾夫獒."
『춘추전』(『좌전』 선공 2년, B.C. 607)에서 "진나라 영공이 그 사나운 개를 부렸다.(公嗾夫獒.)"라고 했다.

폐(獘)   『春秋傳』曰: "與犬, 犬獘."
　　　　『춘추전』(『좌전』 희공 4년, B.C. 656)에서 "[독약을 넣은 고기를]
　　　　개에게 먹이자, 개가 쓰러져 죽었다.(與犬, 犬獘.)"라고 했다.

제(猘)   『春秋傳』曰: "猘犬入華臣氏之門."
　　　　『춘추전』(양공 17년)에서 "미친개가 화신씨의 집 문으로 들어왔
　　　　다.(猘犬入華臣氏之門.)"라고 했다.

훼(燬)   『春秋傳』曰: "衛矦燬."
　　　　『춘추전』(『좌전』 희공 25년, B.C. 706)에서 "위나라 제후(衛矦) 훼
　　　　(燬)"라고 하였다.

설(爇)   『春秋傳』曰: "爇僖負羈."
　　　　『춘추전』(『좌전』 희공 28년, B.C. 632)에서 "희부기의 집을 불태웠
　　　　다.(爇僖負羈.)"라고 했다.

천(燀)   『春秋傳』曰: "燀之以薪."
　　　　『춘추전』(『좌전』 소공 20년, B.C. 522)에서 "땔감으로 밥을 지었
　　　　다.(燀之以薪.)"라고 했다.

초(燋)   『春秋傳』曰: "龜燋不兆."
　　　　『춘추전』(『좌전』 정공 9년, B.C. 501 등)에서 "불을 지져 거북점을
　　　　쳤으나 갈라지는 흔적[점괘]이 나타나지 않았다.(龜燋不兆.)"라
　　　　고 했다.

돈(焞)   『春秋傳』曰: "焞燿天地."
　　　　『춘추전』에서 "천지를 밝혔다.(焞燿天地.)"라고 했다.

번(燔)   『春秋傳』曰: "天子有事燔焉, 以饋同姓諸矦."
　　　　『춘추전』(『좌전』 희공 24년, B.C. 636)에서 "천자가 해야 할 일이
　　　　있다면 종묘의 제사에서 불에 구운 고기를 사용하고, 제사를
　　　　마친 후 고기를 동성 제후들에게 나누어 주는 일이다.(天子有事
　　　　燔焉, 以饋同姓諸矦.)"라고 했다.

은(懋) 『春秋傳』曰: "昊天不懋." 又曰: "兩君之士皆未懋."
『춘추전』(『좌전』 문공 13년, B.C. 614)에서 "높고 높은 하늘은 따지지 않는다.(昊天不懋.)"라고 했다. 또 "두 나라의 장사들이 모두 원하지 않았다.(兩君之士皆未懋.)"라고 했다.

각(慤) 『春秋傳』曰: "以陳備三慤."
『춘추전』(『좌전』 양공 25년, B.C. 548)에서 [순임금이 후손인 우알보(虞閼父)를] 진나라 제후로 책봉함으로써 세 후손들이 모두 제후로 봉해졌습니다.(以陳備三慤.)"라고 했다.

송(慄) 『春秋傳』曰: "駟氏慄."
『춘추전』(『좌전』 소공 19년, B.C. 523)에서 "사씨(駟氏) 집안사람들이 두려워했다.(慄)"라고 했다.

타(憜) 『春秋傳』曰: "執玉憜."
『춘추전』(『좌전』 희공 11년, B.C. 649)에서 "[진(晉)나라 혜공(惠公)이 주 왕실에서 예물로 보내온] 옥을 집어 들면서 무례한 기색을 보였다.(執玉憜.)"라고 했다.

리(悝) 『春秋傳』有孔悝.
『춘추전』(『좌전』 애공 15년, B.C. 480)에 공회(孔悝)라는 인물이 등장한다.

완(忨) 『春秋傳』曰: "忨歲而漱日."
『춘추전』(『좌전』 소공 원년, B.C. 541)에서 "흐르는 세월을 탐하더니 남은 세월에 목말라 하는구나.(忨歲而漱日.)"라고 했다.

준(惷) 『春秋傳』曰: "王室日惷惷焉."
『춘추전』(『좌전』 소공 24년, B.C. 518)에서 "왕실이 날이 갈수록 혼란스러워 지는구나.(王室日惷惷焉.)"라고 했다.

자(遾) 『春秋傳』曰: "脩涂梁遾."
『춘추전』(『좌전』 장공 4년, B.C. 690)에서 "[영윤(令尹) 투기(鬪祁)와 막오(莫敖) 굴중(屈重)이] 도로를 닦으며 전진하면서 자수에다 교량을 설치했다.(脩涂梁遾.)"라고 했다.

락(濼) 『春秋傳』曰: "公會齊侯于濼."
『춘추전』(『좌전』 환공 18년, B.C. 694)에서 "노나라 환공이 제나라 제후와 낙수에서 회합했다.(公會齊侯于濼.)"라고 했다.

연(沿) 『春秋傳』曰: "王沿夏."
『춘추전』(『좌전』 소공 13년, B.C. 529)에서 "왕께서 하수를 따라 내려가셨다.(王沿夏.)"라고 했다.

추(湫) 『春秋傳』曰: "晏子之宅秋隘."
『춘추전』(『좌전』 소공 3년, B.C. 539)에서 "안자(晏子)의 집이 추애(秋隘), 즉 좁고 낮았다"라고 했다.

심(瀋) 『春秋傳』曰: "猶拾瀋."
『춘추전』(『좌전』 애공 3년, B.C. 492)에서 "[아무런 대비도 없이 갑자기 백관들로 하여금 불길을 잡도록 하는 것은] 땅에 흘린 국물을 주워 담게 하는 것과 같습니다.(猶拾瀋.)"라고 했다.

재(巛) 『春秋傳』曰: "川雝爲澤, 凶."
『춘추전』(『좌전』 선공 12년, B.C. 597)에서 "흐르는 강물이 막혀 가기 어려운 소택으로 변하는 것은 흉할 징조이다.(川雝爲澤, 凶.)"라고 했다.

진(震) 『春秋傳』曰: "震夷伯之廟."
『춘추전』(『좌전』 희공 15년, B.C. 645)에서 "벼락이 [노나라의 신하인] 이백의 사당에 떨어졌다.(震夷伯之廟.)"라고 했다.

점(霤) 讀若『春秋傳』"墊阨".
『춘추전』(성공 6년 등)에서 말한 "점애(墊阨)"의 점(墊)과 같이 읽는다.

경(鱷) 『春秋傳』曰: "取其鱷鯢."
『춘추전』(『좌전』 선공 12년, B.C. 597)에서 "수코래나 암코래 같이 그렇게 흉학한 놈을 처단해야 한다.(取其鱷鯢.)"라고 했다.

비(閟)　『春秋傳』曰: "閟門而與之言."
　　　『춘추전』에서 "문을 걸어 잠그고 그녀와 이야기를 나누었다.(閟門而與之言.)"라고 했다.

첩(輒)　『春秋傳』曰 "秦公子輒"者, 其耳下垂, 故以爲名.
　　　『춘추전』(『좌전』 양공 8년, B.C. 565)에서 말한 "진(秦)나라 공자(公子) 첩(輒)"은 귀가 아래로 처졌는데, 그 때문에 이름을 첩(輒)이라고 했다.

괵(職)　『春秋傳』曰: "以爲俘職."
　　　『춘추전』(『좌전』 성공 3년, B.C. 588)에서 "[신은] 포로가 되었습니다.(以爲俘職.)"라고 했다.

준(捘)　『春秋傳』曰: "捘衛侯之手."
　　　『춘추전』(『좌전』 정공 8년, B.C. 502)에서 "위나라 국군의 손을 밀어젖혔다.(捘衛侯之手.)"라고 했다.

관(攬)　『春秋傳』曰: "攬瀆鬼神."
　　　『춘추전』(『좌전』 소공 26년, B.C. 516)에서 "신령들을 모독하는데 습관이 되었다.(攬瀆鬼神.)"라고 했다.

운(抎)　『春秋傳』曰: "抎子, 辱矣."
　　　『춘추전』(『좌전』 성공 2년, B.C. 589)에서 "그대를 잃어버린다면 이는 나라의 수치이다.(抎子, 辱矣.)"라고 했다.

도(掉)　『春秋傳』曰: "尾大不掉."
　　　『춘추전』(『좌전』 소공 11년, B.C. 531)에서 "[나무 가지가 너무 크면 잘리고] 꼬리가 너무 크면 흔들 수가 없는 법이다.(尾大不掉.)"라고 했다.

흔(掀)　『春秋傳』曰: "掀公出於淖."
　　　『춘추전』(『좌전』 성공 16년, B.C. 575)에서 "공의 수레를 진흙탕에서 번쩍 들어 꺼냈다.(掀公出於淖.)"라고 말했다.

환(擐)　『春秋傳』曰:"擐甲執兵."
『춘추전』(『좌전』성공 2년, B.C. 589)에서 "갑옷을 꿰차고 무기를 잡았다.(擐甲執兵.)"라고 했다.

추(捊)　『春秋傳』曰:"賓將捊."
『춘추전』(『좌전』소공 20년, B.C. 522)에서 "손님이 야경을 돌려고 했다.(賓將捊.)"라고 했다.

첩(捷)　『春秋傳』曰:"齊人來獻戎捷."
『춘추전』(『좌전』장공 31년, B.C. 663)에서 "제나라 사람들이 와서 융적을 격파하고 얻은 전리품을 헌상했다.(齊人來獻戎捷.)"라고 했다.

성(姓)　『春秋傳』曰:"天子因生以賜姓."
『춘추전』(『좌전』은공 8년, B.C. 715)에서 "천자는 [덕 있는 사람을 제후로 삼을 때] 태어난 곳에 근거해 성(姓)을 하사하고 [봉토에 따라 씨(氏)를 내립니다.](天子因生以賜姓.)"라고 했다.

신(姺)　『春秋傳』曰:"商有姺邳."
『춘추전』에서 "상(商)나라 때에는 신(姺)과 비(邳)가 있었다.(商有姺邳.)"라고 했다.

신(娠)　『春秋傳』曰:"后緡方娠."
『춘추전』(『좌전』애공 원년, B.C. 494)에서 "후민(后緡)이 비로소 아이를 배었다.(后緡方娠.)"라고 했다.

압(始)　『春秋傳』曰:"嬖人婤始."
『춘추전』(『좌전』소공 7년, B.C. 535)에서 "[위나라 양공의] 총애하는 여인 주압(婤始)"이라는 말이 있다.

완(婉)　『春秋傳』曰:"太子痤婉."
『춘추전』(『좌전』양공 26년, B.C. 547)에서 "태자(太子) 좌(痤)는 온순했다.(婉)"라고 했다.

현(嬛)　『春秋傳』曰: "嬛嬛在疚."

『춘추전』(『좌전』 애공 16년, B.C. 479)에서 "외롭게 홀로 오랜 병 중에 있었네.(嬛嬛在疚.)"라고 했다.

야(婼)　『春秋傳』曰: "叔孫婼."

『춘추전』(『좌전』 소공 7년, B.C. 535)에 "숙손야(叔孫婼)"라는 사람이 나온다.

인(戭)　『春秋傳』有檮戭.

『춘추전』(『좌전』 문공 18년, B.C. 609)에 도인(檮戭)이라는 사람이 보인다.

흘(紇)　『春秋傳』有臧孫紇.

『춘추전』(『좌전』 양공 23년, B.C. 550)에 장손흘(臧孫紇)이라는 사람이 보인다.

진(縉)　『春秋傳』"縉雲氏".

『춘추전』(『좌전』 문공 18년, B.C. 609)에 "[옛날의 제왕] 진운씨(縉雲氏)"라고 했다.

추(縋)　『春秋傳』曰: "夜縋納師."

『춘추전』(『좌전』 양공 19년, B.C. 554)에서 "밤을 틈타 줄을 성 아래로 내려 제(齊)나라의 군사들을 성안으로 들어오게 하였다.(夜縋納師.)"라고 했다.

번(縣)　『春秋傳』曰: "可以稱旌縣乎?"

『춘추전』(『좌전』 애공 23년, B.C. 472)에서 "말의 갈기에 단 장식이라 할 수 있는가?(可以稱旌縣乎?)"라고 했다.

설(紲)　『春秋傳』曰: "臣負羈紲."

『춘추전』(『좌전』 희공 24년, B.C. 636)에서 "제가 말고삐를 잡고 [군주를 쫓아 천하를 도는 와중에 그간 저지른 죄가 너무 큽니다.](臣負羈紲.)"라고 했다.

광(纊)　『春秋傳』曰: "皆如挾纊."
　　　『춘추전』(『좌전』선공 12년, B.C. 579)에서 "[삼군의 군사들이] 모두
　　　솜옷을 입은 듯 따뜻해 했다.(皆如挾纊.)"라고 했다.

액(縊)　『春秋傳』曰: "夷姜縊."
　　　『춘추전』(『좌전』환공 16년, B.C. 696)에서 "이강이 스스로 목을
　　　매 죽었다.(夷姜縊.)"라고 했다.

고(蠱)　『春秋傳』曰: "皿蟲爲蠱."
　　　『춘추전』(『좌전』소공 원년, B.C. 541)에서 "명(皿)과 충(蟲)이 합쳐
　　　져 고(蠱)가 된다.(皿蟲爲蠱.)"라고 했다.

점(墊)　『春秋傳』曰: "墊隘."
　　　『춘추전』(『좌전』성공 6년, B.C. 585)에서 "아래로 추락하여 고달
　　　프다.(墊隘.)"라고 했다.

붕(堋)　『春秋傳』曰: "朝而堋."
　　　『춘추전』(『좌전』소공 12년, B.C. 530)에서 "아침에 하관을 했
　　　다.(朝而堋.)"라고 했다.

경(勍)　『春秋傳』曰: "勍敵之人."
　　　『춘추전』(『좌전』희공 22년, B.C. 638)에서 "강력한 적(勍敵之人)"이
　　　라고 했다.

초(勦)　『春秋傳』曰: "安用勦民?"
　　　『춘추전』(『좌전』선공 12년, B.C. 597: 소공 9년, B.C. 533)에서 "어떻
　　　게 백성들을 수고롭게 하겠는가?(安用勦民?)"라고 했다.

경(鼚)　讀若『春秋傳』曰 "鼚而乘它車."
　　　『춘추전』(소공 26년)에서 말한 "경이승타거(鼚而乘它車: 한쪽 발로
　　　걸어 다른 수레를 탔다.)"라고 할 때의 경(鼚)과 같이 읽는다.

개(鎎)　『春秋傳』曰: "諸矦敵王所鎎."
　　　『춘추전』(문공 4년, B.C. 633)에서 "제후들이 주나라 천자를 분노
　　　해 싸워야 하는 적으로 생각했다.(諸矦敵王所鎎.)"라고 했다.

초(輀) 『春秋傳』曰: "楚子登輀車."
　　　　『춘추전』(성공 16년, B.C.575)에서 "초나라 공왕(共王)이 소거에
　　　　올라탔다.(楚子登輀車.)"라고 했다.

환(輨) 『春秋傳』曰: "輨諸栗門."
　　　　『춘추전』(『좌전』 선공 11년, B.C. 598)에서 "[진(陳)나라의 도성인]
　　　　율문에서 거열형을 집행했다.(輨諸栗門.)"라고 했다.

부(附) 『春秋傳』曰: "附婁無松栢."
　　　　『춘추전』(『좌전』 양공 24년, B.C. 549)에서 "작은 흙산이라 소나무
　　　　나 측백나무 같은 나무가 없구나.(附婁無松栢.)"라고 했다.

위(隔) 『春秋傳』曰: "將會鄭伯于隔."
　　　　『춘추전』(『좌전』 양공 7년, B.C. 566)에서 "위(隔)라는 언덕에서 정
　　　　나라 임금을 만날 것이다.(將會鄭伯于隔.)"라고 했다.

감(醓) 讀若『春秋傳』曰 "美而醓".
　　　　『춘추전』(『좌전』 문공 16년, B.C. 611)에서 말한 "아름답고도 요염
　　　　하도다.(美而醓.)"라고 할 때의 염(醓)과 같이 읽는다.

숙(茜) 『春秋傳』曰: "尔貢包茅不入, 王祭不供, 無以茜酒."
　　　　『춘추전』(『좌전』 희공 4년, B.C. 656)에서 "너희들이 공납으로 바
　　　　쳐야 할 띠 풀로 싼 술을 바치지 않으니, 천자의 제사에도 사용
　　　　할 그런 술(茜酒)이 없구나.(尔貢包茅不入, 王祭不供, 無以茜酒.)"라고
　　　　했다.

해(亥) 『春秋傳』曰: "亥有二首六身."
　　　　『춘추전』(『좌전』 양공 30년, B.C. 543)에서 "[태사 사조(史趙)가 말
　　　　했다.] 해(亥)자의 위쪽에 있는 두 획은 머리를, 아래쪽에 있는
　　　　여섯 획은 몸을 뜻합니다.(亥有二首六身.)"라고 했다.

8. 『논어論語』

조(莜) 『論語』曰: "以杖荷莜."
『논어·미자(微子)』에서 "[자로가] 지팡이에 풀로 엮은 그릇을 걸머진 [노인을 만나게 되었다](以杖荷莜.)"라고 했다.

인(訒) 『論語』曰: "其言也訒."
『논어·안연(顏淵)』에서 "그의 말이여, 너무나 어둔하구나.(其言也訒.)"라고 했다.

치(誃) 讀若『論語』"跢予之足".
『논어·태백(泰伯)』의 "치여지족(跢予之足: 나의 손발을 보거라)"이라고 할 때의 '치(跢)'와 같이 읽는다.

편(諞) 『論語』曰: "友諞佞."
『논어·계씨』에서 "말을 교묘히 하고 아첨하는 자와 친구를 하는구나.(友諞佞.)"라고 했다.

소(訴) 『論語』曰: "訴子路於季孫."
『논어·헌문(憲問)』에서 "[공백료가] 자로의 잘못을 계손에게 고해바쳤다.(訴子路於季孫.)"라고 했다.

뢰(讄) 『論語』云: "讄曰: '禱尔于上下神祇.'"
『논어·술이(述而)』에서 이렇게 말했다. "기도문에서 말했다. '너에게 아래위의 천지신이 내리기를 기도한다.'(禱尔于上下神祇.)"

혁(弈) 『論語』曰: "不有博弈者乎!"
『논어·양화(陽貨)』에서 "육박(六博)이나 바둑 같은 것도 있지 않은가!(不有博弈者乎!)"라고 했다.

곽(鞹) 『論語』曰: "虎豹之鞹."
『논어·안연(顏淵)』에서 "호랑이와 표범의 가죽(虎豹之鞹.)"이라고 했다.

찬(鑽)　讀若『論語』"鑽燧"之"鑽".
　　　　『논어·양화(陽貨)』의 '찬수(鑽燧: 나무에 구멍을 뚫고 마찰시켜 불을
　　　　일으킴)'라고 할 때의 찬(鑽)과 같이 읽는다.

계(啟)　『論語』曰: "不憤不啟."
　　　　『논어·술이(述而)』에서 "분발하지 않으면 가르쳐주지 않는다.(不
　　　　憤不啟.)"라고 했다.

로(魯)　『論語』曰: "參也魯."
　　　　『논어·선진(先進)』에서 "증삼아, 노둔하기도 하여라.(參也魯)"라
　　　　고 하였다.

기(旣)　『論語』曰: "不使勝食旣."
　　　　『논어·향당(鄕黨)』에서 "[고기 음식이 많아도] 곡식 음식보다
　　　　더 많이 먹지 않게 하라.(不使勝食旣.)"라고 했다.

애(餲)　『論語』曰: "食饐而餲."
　　　　『논어·향당(鄕黨)』에서 "음식이 쉬어 맛이 변했다.(食饐而餲.)"라
　　　　고 했다.

우(耰)　『論語』曰: "耰而不輟."
　　　　『논어·미자(微子)』에서 "흙 고르는 일을 그치지 않고 하는구
　　　　나.(耰而不輟)"라고 했다.

패(孛)　『論語』曰: "色孛如也."
　　　　『논어·향당(鄕黨)』에서 "무성하게 피어오르는 초목처럼 얼굴색
　　　　이 붉그스레 하구나.(色孛如也.)"라고 했다.

료(寮)　『論語』有公伯寮.
　　　　『논어·헌문(憲問)』에 공백료(公伯寮)가 나온다.

항(忼)　『論語』有陳忼.
　　　　『논어·학이(學而)』에 진항(陳忼)이라는 사람이 나온다.

빈(份)　『論語』曰: "文質份份."
　　　　『논어·옹야(雍也)』에서 "문질빈빈(文質份份)"이라고 했다.

포(袍)   『論語』曰: "衣弊縕袍."
　　　　『논어·자한(子罕)』에서 "낡은 솜옷을 입었다.(衣弊縕袍.)"라고 했다.

타(袉)   『論語』曰: "朝服, 袉紳."
　　　　『논어·향당(鄕黨)』에서 "조회 복을 걸치고 띠를 맨다.(朝服, 袉紳.)"라고 했다.

불(艴)   『論語』曰: "色艴如也."
　　　　『논어·향당(鄕黨)』에서 "얼굴색이 발끈한 듯하구나.(色艴如也.)"라고 했다.

학(貈)   『論語』曰: "狐貈之厚以居."
　　　　『논어·향당(鄕黨)』에서 "두터운 여우와 담비 가죽으로 만든 자리를 깔고 앉는다.(狐貈之厚以居.)"라고 했다.

오(奡)   『論語』: "奡盪舟."
　　　　『논어·헌문(憲問)』에서 "오(奡)는 배를 끌어당길 만큼 힘이 셌다.(盪舟.)"라고 했다.

유(愉)   『論語』曰: "私覿, 愉愉如也."
　　　　『논어·향당(鄕黨)』에서 "사적으로 만나보았더니 그의 안색이 즐겁더구나.(私覿, 愉愉如也.)"라고 했다.

혁(洫)   『論語』曰: "盡力于溝洫."
　　　　『논어·태백(泰伯)』에서 "있는 힘을 다해 봇도랑을 뚫는다.(盡力于溝洫.)"라고 했다.

간(偘)   『論語』曰: "子路偘偘如也."
　　　　『논어·선진(先進)』에서 "자로는 정말 강직하구나.(子路偘偘如也.)"라고 했다.

역(閾)   『論語』曰: "行不履閾."
　　　　『논어』에서 "드나들 때에는 문지방을 밟지 않는다.(行不履閾.)"라고 했다.

람(尷)　『論語』曰:"小人窮斯尷矣."
『논어·위령공(衛靈公)』에서 "소인들은 궁하면 말이 지나치게 되는 법이다.(小人窮斯尷矣.)"라고 했다.

예(羿)　『論語』曰:"羿善躲."
『논어·헌문(憲問)』에서 "후예가 활을 잘 쏘았다.(羿善躲.)"라고 했다.

순(純)　『論語』曰:"今也純, 儉."
『논어·자한(子罕)』에서 "오늘날 [의식용 모자를 만드는데] 생사를 사용하는 것은 검소함을 따랐기 때문이다.(今也純, 儉.)"라고 했다.

회(繪)　『論語』曰:"繪事後素."
『논어·팔일(八佾)』에서도 "회사후소(繪事後素: 그림은 흰색 바탕 위에다 채색을 더하는 법이다.)"라고 했다.

설(絬)　『論語』曰:"絬衣長, 短右袂."
『논어·향당(鄉黨)』에서 "집에서 입는 옷은 길게 하고, 오른쪽 소매는 조금 짧게 만든다.(絬衣長, 短右袂.)"라고 했다.

진(幀)　讀若『論語』"鏗尔, 舍瑟而作."
『논어』의 "갱이, 사슬이작(鏗尔, 舍瑟而作: [증석은 거문고 연주를 늦추더니] 쟁그랑 소리를 내면서 거문고를 내려놓고 일어났다.)"의 견(鏗)과 같이 읽는다.

9. 『효경孝經』

별(六)　『孝經說』曰:"故上下有別."
『효경설(孝經說)』에서 "그런 까닭에 상하 간에는 구별이 있어야 한다.(故上下有別.)"라고 했다.

향(亯)   『孝經』曰: "祭則鬼亯之."
　　　　『효경·효치(孝治)』에서 "제사를 드리면 귀신들이 와서 음식물을
　　　　먹는다.(祭則鬼亯之.)"라고 했다.

의(㤪)   『孝經』曰: "哭不㤪."
　　　　『효경(孝經)·상친(喪親)』에서 "곡을 하되 곡소리가 나서는 안 된
　　　　다.(哭不㤪.)"라고 했다.

거(尻)   『孝經』曰: "仲尼尻."
　　　　『효경』에서 "공자께서 거처하시다.(仲尼尻.)"라고 했다.

10. 『이아 爾雅』

원(瑗)   『爾雅』曰: "好倍肉謂之瑗, 肉倍好謂之璧."
　　　　『이아·석기(釋器)』에서 "가운데 구멍의 직경이 변 너비의 두 배
　　　　가 되는 것을 원(瑗), 변의 너비가 가운데 난 구멍 직경의 두 배
　　　　가 되는 것을 벽(璧)이라 한다.(好倍肉謂之瑗, 肉倍好謂之璧.)"라고
　　　　했다.

시(遈)   『爾雅』曰: "遈, 則也."
　　　　『이아(爾雅)·석언(釋言)』에서 "시(遈)는 칙(則)과 같아 규칙을 말
　　　　한다."라고 했다.

치(齝)   『爾雅』曰: "牛曰齝."
　　　　『이아·석수(釋獸)』에서 "소의 되새김질을 치(齝)라 한다."라고 했
　　　　다.

삽(跤)   『爾雅』曰: "跤謂之擷."
　　　　『이아·석기(釋器)』에서 "급(跤)은 힐(擷)과 같아 '옷깃을 끼워 넣
　　　　다'라는 뜻이다."라고 했다.

해(飮)　『爾雅』曰: "飮謂之喙."
　　　『이아·석기(釋器)』에서 "해(飮)는 훼(喙)와 같아 음식물이 썩어서 나는 냄새를 말한다."라고 했다.

황(鞾)　『爾雅』曰: "鞾, 華也."
　　　『이아』에서 "황(鞾)은 화(華)와 같아 꽃을 말한다."라고 했다.

이(栭)　『爾雅』曰: "栭謂之楶."
　　　『이아·석궁(釋宮)』에서 "이(栭)는 자(楶)와 같아 두공(枓拱)을 말한다."라고 했다.

적(樀)　『爾雅』曰: "檐謂之樀."
　　　『이아·석궁(釋宮)』에서 "첨(檐)은 적(樀)과 같아 처마를 말한다."라고 했다.

망(宋)　『爾雅』曰: "宋廇謂之梁."
　　　『이아·석궁(釋宮)』에서 "망류(宋廇)는 량(梁)과 같아서 들보를 말한다."라고 했다.

돌(柮)　讀若『爾雅』"貀無前足"之"貀".
　　　『이아·석수(釋獸)』에서 말한 "놜무전족(貀無前足: 놜이라는 짐승은 앞발이 없다)"의 '놜(貀)'과 같이 읽는다.

위(襭)　『爾雅』曰: "襭襭襀襀."
　　　『이아』에서 "위위(襭襭)는 궤궤(襀襀)와 같아 어지럽다는 뜻이다."라고 했다.

명(覭)　『爾雅』曰: "覭髳, 弗離."
　　　『이아·석고(釋詁)』에서 "명모(覭髳)는 불리(弗離)와 같은데, 희미하게 보이다는 뜻이다."라고 했다.

구(斀)　讀若『爾雅』曰"麎麚短脰".
　　　『이아·석수(釋獸)』에서의 "구가단두(麎麚短脰: 사불상의 수컷과 수사슴은 목이 짧다)"라고 할 때의 구(麎)와 같이 읽는다.

량(諒)　『爾雅』:"諒, 薄也."
『이아』에서 "량(諒)은 박(薄)과 같아 깔보다는 뜻이다."라고 했
다.

삽(嶘)　讀若『爾雅』"小山嶘, 大山峘".
『이아·석산(釋山)』에서 말한 "작은 산(小山)을 삽(嶘)이라 하고,
큰 산(大山)을 환(峘)이라 한다."라고 한 삽(嶘)과 같이 읽는다.

갈(猲)　『爾雅』曰:"短喙犬謂之猲獢."
『이아·석축(釋畜)』에서도 "주둥이가 짧은 개(短喙犬)를 갈효(猲獢)
라 부른다."라고 했다.

산(狻)　狻麑, 如虦貓, 食虎豹者. 見『爾雅』.
'산예(狻麑)'를 말하는데, 털이 몽근 잔묘(虦貓)와 비슷한데, 호랑
이나 표범도 잡아먹는다.『이아·석수(釋獸)』에 보인다.

확(貜)　『爾雅』云:"貜父善顧."
『이아·석수(釋獸)』에서 "확보는 힐끗힐끗 돌아보기를 잘한다.(貜
父善顧.)"라고 했다.

만(猨)　『爾雅』曰:"貆猨, 似貍."
『이아·석수(釋獸)』에서 "구(貆)와 만(猨)은 모두 살쾡이(貍)를 닮
았다.(貆猨, 似貍.)"라고 했다.

유(黝)　『爾雅』曰:"地謂之黝."
『이아·석궁(釋宮)』에서 "검푸른 색으로 칠한 땅(地)을 유(黝)라
한다.(地謂之黝.)"라고 했다.

환(懽)　『爾雅』曰:"懽懽愮愮, 憂無告也."
『이아·석훈(釋訓)』에서 "환환(懽懽)과 요요(愮愮)는 걱정스럽지만
하소연할 데가 없다.(憂無告也.)라는 뜻이다.(懽懽愮愮, 憂無告也.)"
라고 했다.

팔(汃)　『爾雅』曰:"西至汃國, 謂四極."
『이아·석지(釋地)』에서 "서쪽으로 팔국(汃國)에 이르게 되는데,
그곳을 사극(四極)이라 한다.(西至汃國, 謂四極.)"라고 했다.

저(渚)   『爾雅』曰:"小洲曰渚."
　　　　『이아·석수(釋水)』에서 "작은 모래톱(小洲)을 저(渚)라고 한다.(小洲曰渚.)"라고 했다.

연(涓)   『爾雅』曰:"汝爲涓."
　　　　『이아·석수(釋水)』에서 "여수는 [원수에서 갈라져 나온] 시내에 해당한다.(汝爲涓.)"라고 했다.

첨(瀸)   『爾雅』曰:"泉一見一否爲瀸."
　　　　『이아·석수(釋水)』에서 "샘물이 때로는 나왔다가 때로는 말랐다 하는 것(泉一見一否)을 첨(瀸)이라 한다.(泉一見一否爲瀸.)"라고 했다.

궤(氿)   『爾雅』曰:"水醮曰氿."
　　　　『이아·석수(釋水)』에서 "물이 마른 곳(水醮)을 궤(氿)라 한다.(水醮曰氿.)"라고 했다.

분(濆)   『爾雅』曰:"濆, 大出尾下."
　　　　『이아·석수(釋水)』에서 "분(濆)은 바닥에서 크게 용솟음쳐 나오는 샘(大出尾下)을 말한다.(濆, 大出尾下.)"라고 했다.

군(涒)   『爾雅』曰:"太歲在申曰涒灘."
　　　　『이아·석천(釋天)』에서 "목성이 신(申)에 해당하는 위치에 놓일 때(太歲在申)를 군탄(涒灘)이라 한다.(太歲在申曰涒灘.)"라고 하였다.

11. 『맹자孟子』

원(源)   『孟子』曰:"故源源而來."
　　　　『맹자·만장(萬章)』에서 "그래서 천천히 왔다.(故源源而來.)"라고 했다.

홍(鬨)　『孟子』曰: "鄒與魯鬨."
　　　『맹자·양혜왕(梁惠王)』에서 "추나라와 노나라가 서로 다툰다.(鄒
　　　與魯鬨)"라고 했다.

매(買)　『孟子』曰: "登壟斷而网市利."
　　　『맹자·공손추(公孫丑)』(하)에서 "[전체를 내려다 볼 수 있는] 깎
　　　아지른 절벽에 올라 내려다 본 후 시장의 이익을 독점한다.(登壟
　　　斷而网市利)."라고 했다.

축(㤻)　『孟子』曰: "曾西㤻然."
　　　『맹자·공손추(公孫丑)』에서 "증서가 불안한 모습을 드러냈다.(曾
　　　西㤻然.)"라고 했다.

개(忿)　『孟子』曰: "孝子之心不若是忿."
　　　『맹자·만장(萬章)』에서 "효자의 마음을 가졌다면 이렇게 소홀하
　　　지는 않을 것이다.(孝子之心不若是忿.)"라고 했다.

매(浼)　『孟子』曰: "汝安能浼我?"
　　　『맹자·공손추(公孫丑)』(상)에서 "너는 어찌하여 나를 더럽히는
　　　가?(汝安能浼我?)"라고 했다.

경(滰)　『孟子』曰: "夫子去齊, 滰淅而行."
　　　『맹자·만장(萬章)』(하)에서 "공자께서 제나라를 떠나실 때, 이미
　　　담가 놓았던 쌀을 건져서 말려 가셨다.(夫子去齊, 滰淅而行.)"라고
　　　했다.

| 지은이 소개 |

장극화臧克和

중국 상해 화동사범(華東師範)대학교 중문과 종신교수, 박사지도 교수, 중국문자연구와 응용
센터(중국교육부 인문사회과학 중점연구기지) 소장, 중국 국가어문위원회 한자위원회 부주임과
중국교육부 학풍건설위원회 위원, 미국 아이오와 대학교 명예교수, 독일 본 대학교 객원교
수, 세계한자학회 회장을 맡고 있다.
중국 국가 중점과제, 교육부 중점과제 다수를 수행했으며, 『실용설문해자』, 『중국문자학발
전사』, 『중고한자유변(中古漢字流變)』, 『간백(簡帛)과 학술』, 『독자록(讀字錄)』등 다양한 저술이
있다.
2018年度人文韓國PLUS(HK+)項目中方負責人: This work was supported by the Ministry
of Education of the Republic of Korea and the National Research Foundation of Korea
(NRF-2018S1A6A3A02043693), 中國教育部人文社科重點研究基地重大項目總負責人: 全能型
出土實物文字智能圖像識別研究(22JJD740034), 全息型出土實物文字釋讀網絡查詢平台建設
(22JJD740023)을 현재 수행 중이다.

| 옮긴이 소개 |

김화영金和英

경성대학교 중국학과 조교수, 華東師範大學中國文字研究與應用中心兼職研究員, 『한자연구』
학술지 편집주임, 사단법인 세계한자학회(WACCS) 이사로 있다.
한자어원 연구와 교육에 종사하고 있으며, 『그림책 급수한자』(8급, 7급, 6급) 3종 등의 저서
와 『유래를 품은 한자』, 『갑골문 실용자전』, 『갑골문 고급자전』, 『한국한문자전의 세계』, 『삼
차원 한자학』등의 역서가 다수 있다.

동서대학교 공자아카데미·대한중국학회
〈중국 인문·사회과학 학술저서 번역·출판 지원 사업〉

한자와 유학사상

초판 인쇄 2025년 1월 23일
초판 발행 2025년 1월 31일

지 은 이 | 장극화 臧克和
옮 긴 이 | 김화영 金和英
펴 낸 이 | 하운근
펴 낸 곳 | 學古房

주   소 | 경기도 고양시 덕양구 통일로 140 삼송테크노밸리 A동 B224
전   화 | (02)353-9908 편집부(02)356-9903
팩   스 | (02)6959-8234
홈페이지 | www.hakgobang.co.kr
전자우편 | www.hakgobang@naver.com
등록번호 | 제311-1994-000001호

ISBN 979-11-6995-578-2 94820
        979-11-6995-577-5 (세트)

값 45,000원